무당 하설희

무당 하설희

발행일   2015년 8월 31일

지은이   소쿠리씨
펴낸이   손 형 국
펴낸곳   (주)북랩
편집인   선일영   편집   서대종, 이소현, 이은지
디자인   이현수, 윤미리내, 임혜수, 김은해   제작   박기성, 황동현, 구성우, 이탄석
마케팅   김회란, 박진관, 이희정, 김아름
출판등록   2004. 12. 1(제2012-000051호)
주소   서울시 금천구 가산디지털 1로 168, 우림라이온스밸리 B동 B113, 114호
홈페이지   www.book.co.kr
전화번호   (02)2026-5777   팩스   (02)2026-5747

ISBN   979-11-5585-724-3 03810 (종이책)   979-11-5585-725-0 05810 (전자책)

이 도서의 국립중앙도서관 출판예정도서목록(CIP)은 서지정보유통지원시스템 홈페이지(http://seoji.nl.go.kr)와
국가자료공동목록시스템(http://www.nl.go.kr/kolisnet)에서 이용하실 수 있습니다.
(CIP제어번호 :CIP2015023123)

무당 하설희

소쿠리씨 지음

북랩 book Lab

목차

제1부

영혼과 귀신 / 7

제2부

귀신을 쫓는 굿 / 69

제3부

눈꽃에 돋아난 홍매화 / 107

제4부

겨자씨 닮은 사랑 / 159

제5부

굿과 접신 / 215

제6부
성령과 신령 / 259

제7부
무당의 길 / 301

제8부
사랑과 아가 / 379

제9부
귀신과 인간 / 417

제1부

영혼과 귀신

장마철에 접어든 어느 날 오후, 나는 이런저런 궁리에 빠져 있다가 전화 한 통을 받았다. "누구요? …아, 선배님이 어쩐 일로!" 나는 그의 부탁을 거절할 수 없어 바로 찾아뵙겠다고 말하고는 전화를 끊었다. 그는 다니던 신문사의 기자 생활을 접고 뒤늦게 신학을 공부한 대학 선배다. 그가 교회를 개척했다는 소식을 몇 해 전에 듣고서도 모른 척하고 지나친 바람에 그게 가끔 마음에 걸렸었는데 이번에 그 앙금을 털어 버릴 기회라는 생각에 책상에서 몸을 일으켰다.

나는 당시에 종교와 관련된 소설을 쓰던 중이라 취재도 하고 안부를 물을 겸 해서 충분히 들를 이유가 있었음에도 그때 성가시다는 기분을 가졌었다. 친하지 않았던 것도 아닌데, 왜 그랬었지?

산비탈에 둘러앉은 달동네는 추적추적 내리는 굳은비에 기진맥진한 듯 보였다. 나는 동네 어귀 담벼락에 승용차를 바짝 붙여 대었다. 차에서 간신히 내리는 내 몸으로 후두두, 빗방울이 뿌려댄다. "어, 차거!" 새가 놀라 퍼덕거리듯 황급히 우산을 펼쳐 들었다. 비바람에다 더욱이 낯설고 어둑하여 경황없이 골목길을 거슬러 올라가는데, 어느 집에서 뭐가 우당탕거렸고 남녀의 악다구니가 들려왔다.

내가 찾은 곳은 낡은 연립주택 여러 채를 뜯어고쳐 일으킨 교회였다. 거기 입구에 젊은 여신자가 교회 주보를 들고 서 있었다. "목사님을 뵈러 왔습니다." 그녀는 상냥한 미소를 머금으며 일러주었다. "예배가 끝나야 만나 뵐 수 있어요."

2

　내 기억에 선배는 한 여학생을 무척이나 사랑했던 것 같다. 나는 그때 대학에 갓 들어온 새내기였지만 선배가 독재 권력에 맞서 민주항쟁을 벌이는 학생운동의 주동자라는 사실을 주위로부터 들어 알고 있었다. 그런 숨 가쁜 와중에도 그녀를 만나는 선배의 모습이 캠퍼스 곳곳에서 내 눈에 띄었고, 그녀를 대하는 선배의 표정이 자못 진지하여 발길을 멈추고 물끄러미 바라보게 될 정도였다.

　그러나 시절이 그들을 가만두지 않았다. 기뻐야 할 그들의 만남은 날이 갈수록 야릇한 불안감으로 바뀌었고, 그것은 독재 정권의 타도를 외치는 국민의 치열한 저항 속에 덩달아 커져만 갔다. 그녀는 그가 학생운동 조직의 일원이라는 사실을 짐작하고 있었고, 그랬기에 생겨날 수밖에 없는 불안을 품고 있었다. 그러면서도 한편으로 그러한 투쟁은 정의를 바라는 국민의 당연한 몸짓이고, 지성의 목소리에 합당한 행동으로 여겼다.

　그러니 그녀는 비록 그도 자기처럼 공부에만 열심을 내는, 정치와 무관한 대학생이었으면 하는 바람을 지녔긴 했지만, 타인의 이런 정당한 민주 시민으로서의 주장과 그 획득을 위한 노력까지를 무시하고는 싶지 않았다. 어쩌면 무기력한 자기 모습과는 다르게, 뚜렷한 신념과 의지를 품고 행동하는 그가 자기 앞에 우상처럼 우뚝 서 있었는지도 모르겠다. 그녀는 그의 자유로운 정신을 마음속으로 찬양했다고 봐야 한다. 그래야 그와의 사랑이 사랑이겠고, 진정 사랑한다고 말할 수 있겠지.

하지만 안타깝게도 그들의 사랑은 오래가지 못했다.

뙤약볕이 내리쬐던 어느 무더운 여름날, 선배와 그의 친구들은 경찰의 포위망을 피해 일제히 몸을 숨겼고, 그녀는 어깨를 늘어뜨린 채 무거운 책 더미를 껴안고 도서관 계단을 오르내리는 걸 몇 번 보았다. 그 후로는 그녀도 볼 수 없었다.

그러다가 새 학년 준비로 바삐 오가는 캠퍼스에서 우연히 그녀를 보았다. 반갑기도 하고 궁금하기도 해서 인사라도 건넬 생각에 그녀에게 다가갔다. 먼발치서 지켜본 나와는 달리 그녀는 나를 처음 보았을 것이기에 그녀에게 나를 알렸다.

그녀는 그동안에 몸이 매우 수척해져 있었고, 아픈 사람처럼 안색이 창백하였다. 나는 마주한 자리에서 그녀가 선배를 지금까지도 찾고 있다는 얘기를 듣고는 순간적으로 연민에 빠져 선배의 어머니가 일한다는 곳의 주소를 적어 줬었다. 그녀는 감격해 마지않는 눈길을 내게 보냈고, 쪽지를 손에 꼭 쥔 그녀는 그 후, 다시는 캠퍼스에 나타나지 않았다.

내가 군대에 가 있는 동안 선배는 복학하여 학업을 마쳤고, 신문사에 기자로 취직했고, 그녀 아닌 다른 여자와 결혼을 했다. 그 후 들려온 소문으로는 아이를 셋이나 낳고 살다가 무슨 사정이 있었는지는 몰라도 부인과 이혼하였고, 새로이 신학대학에 들어가서 성경을 공부하고는, 현재 독신으로 목회 활동을 하고 있다는 얘기였다.

잡생각을 하느라 예배 분위기에 무심했음에도 여기저기서 쿨룩거리고 곰지락대어 경건하고는 멀어 보였던 수요예배가 끝났다. 보아하니 고된 일손을 놓고 병든 몸을 이끌고 찾은 중늙은이들 같은데 이를 두고 누가 탓할 수 있으랴. 모두들 어둠 속으로 뿔뿔이 흩어진 뒤에야 선배가 나를 불렀다.

"자네에게 보여줄 게 있네."

선배는 은밀하게 나를 목양실로 이끌었고 책꽂이에서 낡은 공책들을 주섬주섬 집어 들었다. 내 앞에 내민, 누렇게 변색됐거나 반질거리는 공책들은 세 권으로 나눠 엮어져 있었다.

"내게 익명으로 보내온 걸세."

첫 장부터 빽빽이 적힌 이 원고가 일기인지 소설인지 바로 분별하기 어려웠다. 뒤적거려 보니 어느 여인이 써 내려간 글이라는 것은 알겠다.

"불태워 버릴까 하네. 사탄의 계교야."

미신과 주술이 널뛰고 음울한 정서가 휘도는, 무당의 잡설이라는 것이다. 선배는 마음이 어수선한지 의자에서 일어나 내 앞을 어슬렁거렸다.

"그런데 굳이 저를 부른 이유가?"

나는 공책에서 시선을 떼지 않은 채 물었다.

"자네가 종교 소설을 쓴다고 들었네. 이 공책이 문학적으로 어떤 가치가 있는지 알고 싶어서야."

내게는 수년래의 궁리 끝에 써 내려간 책이 하나 있다. 오늘날의 종교 현실과 남녀 간의 사랑이 어떤 모양으로 엮여 굴러가는가를 짚어 본 소설인데 아마도 선배가 이것을 읽은 모양이다. 그 책의 내용이 기독교인이라면 분노까지는 아니더라도 불쾌감을 드러내기 십상인 책이라 여겼는데(나는 그런 의도로 쓴 게 아니지만 읽는 이들의 고착된 감정이 글 내용을 받아들이기 어려울 것이기에) 선배는 오히려 책에 적힌 나의 사유를 긍정하는지 이렇듯 자문을 구해오고 있는 것이다.

나는 언뜻 친근감이 느껴져 선배를 돕고 싶었다. 그러나 그 마음을 품는 순간, 즉각 내게 혼선이 왔다. 미신이고 잡설이라면서 그 가치를 따지겠다니…. 과연 선배가 바라는 게 무엇일까?

"그렇다면 돌아가서 읽어 보겠습니다."

선배는 벽시계를 힐끗 쳐다보았다.

"여기서 읽지? 오래 걸리지 않아. 이게 외부로 새면 아무래도…."

말이 채 끝나기도 전에 나는 돌연 공책 뭉치를 껴안고 일어섰다. 여기서 읽다가는 내 소감을 듣자마자 곧장 없애 버릴지도 모른다는 생각이 치솟아서였다. 호기심이 불꽃같이 피어올라 심장이 두근거린다.

"시간 끄느니 바로 해치우는 게 어떨까요?"

내 말에 선배는 오히려 한발 빼는 몸가짐을 보였다.

"이보게, 암만 그래도 읽어는 봐야지?"

그렇다! 선배는 이 공책을 놓고 우물쭈물하면서 아무런 결정도 내리지 못하는 상태에 놓여 있는 것이다. 나는 주저 없이 문밖으로 향했다.

"이런 원고는 고이 모셔 둬선 안 됩니다."

선배는 내 의도를 파악하지 못한 채 뒤숭숭한 표정으로 나를 따랐다. 원고를 손아귀에 넣은 작가의 집착이 얼마나 끈끈한가를 깜빡 놓친 듯하다.

"당장 없애겠다는 얘기가 아닐세. 충분히 따져본 뒤에…."

나는 선배가 쫓아올세라 후다닥 달려가 출입구에 놓인 우산을 집어 들었다. 그러자 선배는 걸음을 멈추고 멀찍이 거리를 둔 채로 두 손을 들어 과장된 몸짓을 지어 보였다.

"결국은 이것이 뜻하신 바인가?"

"목사님, 머지않아 다시 찾아뵙겠습니다."

나는 후딱 인사를 건넨 뒤 빗줄기 속으로 줄달음질을 쳤다. 황급히 외치는 선배의 고함이 어둠을 뚫고 내리는 세찬 비바람에 가물가물 묻혀 갔다.

"읽고 나서 태우든 가져오든 알아서 하게나! 어쨌거나 밖으로 새나 는군!"

선배는 이 공책이 책으로까지 엮일 줄을 짐작이나 했을까? 거기에는 이 시대의 사람들과 뒤엉켜 살 수밖에 없었던 어느 여인의 기구한 삶이 담담하게 적혀 있었다. 무당이 되고 나서 그리 될 수밖에 없었던 과거를 밝히고, 무당의 현재가 어떠한가를 꼼꼼히 적어 나갔다. 공책의 내용이 사실적인 묘사를 독백처럼 적은 것으로 봐서, 자신의 삶을 회고한 기록이 분명해 보였다. 내가 알고 있는 사실들도 여럿 눈에 띄었는데 그것이 정확하게 적혀 있었고, 특히 공책 말미에는 급히 써 내려간 듯한 필체로 세월호 참사가 언급되어 있어 더욱 확신하게끔 이끌었다. 나는 공책의 기록을 거듭해서 읽었고, 내가 지금껏 품은 의문들이 단숨에 풀려 나가는 감동을 맛볼 수 있었다.

4

귀신이 있나? 아니면 없나? 있다는 사람도 있고 없다는 사람도 있다. 그렇다면 영혼은? 사람들은 귀신이 있으려면 우선적으로 영혼이 있어야 한다는 생각을 가지고 있다. 영혼의 존재를 믿지 않는 사람들은 영혼 따위는 없으며 오직 물질인 뇌세포의 작용에 의해 일어난 현상에 불과하다고 말한다. 그러니 무신론자들은 영혼이 없는데 귀신이 어찌 있겠으며, 따라서 종교 집단이 신으로 숭배하는 존재 또한 있을 리가 만무하다고 생각하는 것이다.

영혼의 존재를 믿는 사람들은 영혼은 육체에 대비되는 이원론적 존재로서 육체와 분리가 가능하여 물질인 육체를 관찰하고 생각을 좌우하며 마음을 결정짓는 비물질의 이성적 존재라고 생각한다. 세상에 퍼져 있는 거의 모든 종교 집단이 이러한 생각에 몰두하고 있다고 보면 되겠다.

그렇다면 종교를 믿는 사람들은 적어도 영혼의 존재를 믿고 있으니 그들은 귀신도 존재한다고 믿고 있는 것일까? 여기서는 조금 생각의 측면이 달라진다. 영혼은 있되 귀신은 있을 수 없다는 쪽과 귀신이 있다는 쪽으로 나뉘게 된다.

물론 대다수의 유신론자들이(신의 존재를 부정해야 할 불교조차도) 영혼을 믿고 귀신의 존재에 대해 고개를 끄덕이고 있지만 이를 회의하는 사람들의 의문 중 하나는 이렇다. 어찌하여 요즘의 세상에는 귀신이 등장하지 않는가?

옛날부터 사람들은 한이 맺혀 죽은 원혼은 곧바로 저승으로 떠나지 못해 귀신으로 남기 일쑤라고 했다. 그래서 굿으로 그 원혼을 달래 주어야 했다. 그리고 죽은 조상의 혼백을 잘 모셔야 후손의 앞날을 잘 보살펴 줄 거라는 생각에 지극정성으로 제사를 모셨다. 죽은 영혼이 이 세상에 영향을 끼친다고 생각했기에 그랬다. 세상의 종교, 특히 동양에서 이런 사고가 강하여 제사와 굿으로 혼백을 달래기에 바빴다.

서양 사람들은 기독교의 교리에 의해, 육체가 죽어 영혼은 천국에 가 있다가 언젠가 몸과 함께 다시 살아나 영원히 사는 부활을 고작 꿈꿨을 정도에 그쳤다. 아니, 그 엄청난 사건이 고작 그거라고? 나는 여기서 그들의 소망은 심대했으나 영혼의 역할이 극히 보잘것없음을 말한 것이다.

그 대신에 기독교는 어디서 나타났는지 도무지 알 길이 없는(성경을 문자 그대로만 받아들인다면) 귀신을 등장시켰고, 그것은 사악한 사탄의 이미지를 표출하면서 이 세상의 강력한 존재로서 행세하고 있다.

어쨌거나 동서양을 막론하고 이 세상 사람들을 괴롭히는 존재로서 귀신을 내세우고 있다는 것만큼은(악의 징벌을 내세워 신이나 법칙을 끌어들이기도 하지만) 분명하겠다. 물론 이것은 종교를 믿는 사람들의 생각이다.

과학 문명을 연구하거나, 종교와 사상을 궁리하거나, 아니 본격적으로 심령이나 무속의 세계 쪽에 심취한 자일지라도, 사유를 제대로 한 사람일수록 대개 이런 결론에 도달하게 되는데(자기가 속한 집단의 사상에 함몰되어 빠져나오지 못한 경우에는 그렇지도 않지만), 그것은 귀신이 없다는 것이다.

그렇다면 귀신은 존재할 수 없음을 힘주어 말하는 그들에게 있어 영혼은 어떤 것일까? 육체, 특히 뇌 신경세포에서 일으키는 물질의 전기화학적 작용? 육체와 분리되는 비물질의 이성적 존재? 물론 이 외에도 잡다한 관념들이 떠돌겠지만 대개 이 두 범주에 머물 것이다.

내 생각을 누가 물어온다면 나는 정신을 지닌 물질(물질을 지닌 정신이라

해도 같다)의 한 갈래가 영혼이며, 당연히 그것은 비이성적 존재여야 한다고 말하겠다. 귀신에 대한 내 생각을 또다시 물어온다면 당장에라도 견해를 밝힐 수 있긴 하지만 내 말에 억지가 묻어날까 봐(이미 여러 견해들이 널렸는데 그중의 하나를, 그것도 압축해서 말해 봤자 시큰둥해질 것이니까), 언급을 늦춰야겠다. 여기 그녀의 회고록을 읽어가다 보면 나처럼 여러 의문들이 술술 풀릴 수 있겠기에 그렇다.

나는 이것을 소설 형식으로 꾸미기로 하였다. 공책은 어린 시절부터 최근의 일까지를 연대기 순으로 써 내려갔지만, 이것의 극적 흥미를 더하기 위해 현재와 과거가 교차되는 구성을 취하기로 하였다. 소설의 주인공, 이 여인은 과거와 현재 그리고 미래까지가 혼재된 정신 상태에서 살아왔고 살아갈 인물이라 느껴졌기에 이런 재구성이 여인이 말하고자 했던 의도와 별반 다르지 않을 거라는 생각에서다. 묘사가 지나치거나 알아먹기 어려운 구절은 아쉽지만 생략할 것이고, 더러 내 견해를 담은 구절을 덧붙일 작정이다.

익명의 글이라, 여기에 이름을 새로 지었다.

무당 하설희.

그녀의 삶을 이제 펼쳐 보이고자 한다.

"어째서 내게 이런 일이, 어휴…." 걸으면서 땅이 꺼져라 자꾸만 한숨을 내쉬었다. 걷고 또 걷고, 걷기만 하는 여정을 살아온 내 인생. 길은 왜 이리도 멀고 또 험하누. 먹먹한 가슴을 쓸어내리고자 걷는 걸음이라 그럴까. 오늘따라 걷는 이 길이 도무지 낯설다. 교회 가는 길섶에 촘촘히 늘어뜨린 나뭇가지에는 작은 새들이 호르르 날아다녔고 흥겨움에 맞추듯 발걸음 무척 사뿐했거늘.

여유를 가지고 사물을 바라볼 때만이 사물도 그만큼의 여유로 다가오는가. 이렇듯 뭔가에 쫓겨 걸음을 재촉하니 평소에 눈길을 주지 않았던, 도로를 파헤친 흙무더기가 발에 채이고 가로막은 공사 안내판에 발걸음을 바꿔야 하는, 이런 어수선한 풍경에 그만 안달이 나 버렸다.

한길을 벗어나 오르막 길목에 들어서자 교회가 저만치에 떡하니 자태를 드러낸다. 별로 크지 않은 삼 층짜리 건물에 수수하게 꾸며진 아담한 교회일 뿐인데도 야산 기슭에 지어져서인지, 주변에 높은 건물이 없어 교회가 도드라져 보인다. 걸음을 늦추고 혹시 흐트러졌는가 싶어 양장으로 곱게 차려입은 옷매무새를 가다듬어 본다. 남들이 뭐라 하건 몸에 밴 습관이라 바꾸기가 어렵다.

교회 가까이 모퉁이에 자리한 식당 앞에는 김 사장이 쭈그리고 앉았다. 이곳은 코딱지만 한 가게들이 다닥다닥 붙은 좁다란 안길이라서 비교적 큰 식당은 저기 하나뿐이다. 그는 휘둥그레진 눈망울로 두리번거리며 손끝에 달라붙어 꾀죄죄해진 꽁초를 연달아 물고 있다. 요즘 들어 손님의 발길이 뚝 끊겨 저러는 모양일 게다.

"권사님, 교회는 언제 오픈합니까요?"

말없이 지나치려니까 그가 말을 걸어왔다.

오픈? 틀린 말은 아니지만 왠지 장사판에 문 여는 소리 같아 그다지 좋게 들리지 않는다.

"문은 벌써 열렸어요. 기도와 예배도 드리고요."

마음이 뒤숭숭하여도 어쩌랴. 걸음을 멈춰 빙긋 미소를 지어주고는 바쁜 걸음을 마저 옮긴다. 저 김 사장과는 이제 말을 걸고 싶지가 않다. 능글맞은 얼굴을 마주하고 대화를 나눈 게 어디 한두 번이었어야지. 이곳에 교회를 새로 짓고 모두가 옮겨올 즈음에 저 양반을 전도해 보려고 무진 애를 썼건만 도무지 꿈쩍도 않던 사내였다.

찬바람이 일듯 종종걸음을 치자 뜻밖의 내 몸짓에 머쓱해졌는지 뒤통수에다 목청을 높인다.

"이담에 날 잡히걸랑 예배당 한번 가 볼게요. 됐죠?"

그래도 돌아보지 않았다. 내 쪽에서 아쉬운 소리를 내면, 그는 움찔거려 뒷걸음치면서 쪼잔하게 굴 남정네가 분명하니까. 두고두고 교인들의 목구멍이나 쳐다볼 테니까.

그리고 나는 권사가 아니라고 누누이 언질을 주어도 다들 저렇다. 누가 뭔 소리를 듣고 어떤 말을 꺼내든 구태여 내색할 일이 아니다만, 교회 내에서 몇몇 성도를 빼고는 나를 권사로 앉히려는, 그래서 간곡히 거절하는 나를 기어코 호칭하는 일부 성도들로 속이 편하지가 않다. 누가 뭐래도 나는 그냥 평범한 아줌마 집사이고 인간 하설희일 뿐이다. 교회에서의 얄궂은 위치가 나를 아슬아슬한 낭떠러지로 밀어뜨릴지도 모른다는 위기감이 항상 가슴골에 응어리져 맺혔다. 어떠한 구실로든 이제는 지난날을 회억하고 싶지가 않다.

교회 입구에 다다르면서 심술궂은 가을바람에 흐트러졌을지 모를 머리카락을 훔치느라 양손을 부지런히 움직였다. 날이 궂으려나? 바람이 스산하다.

교회 유리문을 밀자 휘청거리듯이 열린다. 이렇듯 열려 있어야 당연하지 싶은데도 아직은 낯설기만 하다. 상가 건물 지하층을 빌렸던 가난한 개척교회 때에는 언제부턴가 녹슨 철문이 굳게 닫혔었다. 도둑이 값나가는 방송 기자재를 깡그리 쓸어간다는 소식에 후닥닥 문고리를 걸어 잠갔는데, 우리 같은 가난한 교회가 탈탈 털리면 예배를 드리는 데 어려움이 이만저만이 아니라는 주위의 얘기 탓에 그랬다. 지레 도둑 걱정에 기도 하나 아무 때나 못 드리는가 싶어 헛웃음이 삐져나왔지만 현실을 굽어보면 또 어찌하겠느냐는 생각에 순응했다.

마음이 성전이라고 했는데…. 누추한 집구석이라도 거기 골방에 처박혀 간절히 기도를 올리면 그게 하늘에 응답받는 거라 했는데…. 그걸 익히 들어 알면서도 예배나 정한 시간 외에는 새가 둥지에 깃들이듯 교회에 머물 수 없는 내 육체의 억압이 못내 아쉬웠다.

오영석의 전화는 여전히 꺼져 있다. 집에서부터 전화를 해 댔지만 받지 않는다. 송 전도사와 몇 분의 성도에게 물어봤지만 목사의 행방을 모르긴 매한가지였다. 그래서 그는 교회에서 기도 중에 있을 거라는 생각에, 세 정류장의 거리를 버스 탈 겨를도 없이 달음박질쳐 온 것이다.

아까 교회 문이 열렸을 때 일순간 한숨을 돌렸었다. 오늘은 시월 초순에 월요일. 교역자가 모두 쉬는 날인데 문을 잠그지 않은 것은 누가 봐도 안에 누군가 머물러 있다는 얘기가 되니까. 게다가 교회 맨 꼭대기

삼 층엔 목사 사택이 있다. 화급을 다투는 일에 이렇게라도 문이 열리고 실마리가 잡힌다면 뒤틀려 꼬인 일들이 술술 풀려나갈 거라는 막연한 기대감에, 마음이 차분히 가라앉으면서 일상의 몸짓을 시늉하려 들었다.

경건한 모양으로 자리한 어둑한 본당에 그림자처럼 슬그머니 들어서면서 일부러 전깃불을 켜지 않는다. 한쪽 벽면으로 난 자그만 창문마다에 가을날의 스러져가는 오후 햇살이 가만히 성도석에 내려앉았다. 여기 옮겨오면서 새 걸로 바꾼 긴 의자의 나뭇결이 고운 니스 칠에 반들거린다. 예배실의 이런 분위기를 좋아하여 종종 이맘때에 기도하러 왔었다.

코앞 끝자리에 앉아 짧은 기도를 하나님께 올리고 나서 주위를 돌아보았다. 일단은 목사를 찾아야 했다. 계단을 올라가 독신의 오영석이 거주하는 사택의 문을 두드리지만 아무 응답이 없다. 아! 안도가 오래가지 않았다. "하나님, 어째서 제게 시련을 이렇게나 주십니까?" 다시금 원망이 입술에서 삐죽 나온다.

전화가 되지 않고, 여긴 목사가 없고, 문은 열려 있다. 어떻게든 그가 나타날 때까지 기도하며 기다릴 수밖에 없겠다는 생각에 이 층 계단을 향하는데 탁! 복도 한편에 있는 목양실에서 둔탁한 소리가 한 차례 들려왔다. 의자가 넘어지는 소리 같았다. 다시 소리가 들려올까, 걸음을 멈추고 가만히 지켜보는데 주변의 사물이 무언가에 억눌려 모조리 숨을 죽이는 듯하다. 무슨 일이지? 불길한 예감이 내 살갗을 가볍게 간질였다.

마치 주위와 어울리듯 숨죽이고 나아가 목양실의 문고리를 비틀자 스윽, 가볍게 열려 버린다. 이미 나의 눈초리는 날카로워졌다. 그곳에는 박춘식이 작달막한 체구의 어깨를 잔뜩 움츠린 채 열중하여 오영석의 책상 서랍 속을 뒤지고 있다. 그에게서 삐져나온 어둑한 그림자가 마치 그

박춘식의 육체를 짓누르는 것처럼 비친다. 그도 기척을 느꼈는지 슬며시 고개를 든다. 문틈 사이로 기웃거리는 나를 발견하고는 마치 귀신을 본 듯 깜짝 놀란다.

"윽! 거기 누고?"

"박 장로님, 나예요."

그를 부질없이 기겁하게 만든 거나 아닌가 싶어 문짝을 활짝 열어젖혔다.

"혹시 오 목사님 못 보셨어요?"

"거, 기척이나 하고 다닙시다. 놀랐잖소!"

생각보다도 훨씬 놀란 모양이다. 목에 식은땀까지 언뜻 비쳤다. 그는 뭐가 바쁜지 사람이 앞에 우두커니 서 있는데도 서랍을 구석구석 뒤지느라 정신이 없다. 그러면서도 지금 일으키는 소란이 이미 목사와 합의된 결과에서 나온 행위라는 암시를 던지고 싶었나 보다.

"목사님이랑 같이 점심을 들고는, 따로 산책 좀 하시겠다나? 그럭저럭 돌아오실 시간이 됐네. 그런데 집사님은 무슨 일로…?"

지금 내 얘기가 급한 게 아니라서 그의 말꼬리를 뚝 잘랐다.

"그런데 지금 뭐 찾으세요? 온통 쑥대밭이 되겠어요."

그는 대답 대신 볼멘소리로 투덜거린다.

"이거야 원! 언놈이 손댈 거라고…. 완전 꾸역꾸역 숨겨놨구먼. 대관절 어디 뒀다는 거고?"

북향으로 난 목양실의 창문은 가을의 비껴가는 햇살을 받기에 턱없이 좁아 어둑하다.

"불이라도 켜고 찾으시죠."

형광등을 켜 주었다. 불을 켤 정신머리 하나 없이 대체 뭘 찾는 것일까? 목사가 곧 온다면서 그새를 못 참고 남의 서랍을 뒤져 꼭 찾아내겠다는 것이, 설마, 둘 사이에 어떤 모종의 거래가 암암리에 이뤄졌다는 얘긴 아니겠지? 온통 불신과 의혹에 휩싸인 세상이라 하더라도 이곳은, 우리 오영석 목사는 절대 그렇지 않을 거라는 굳센 믿음을, 나는 지니고 있다. 그런데 뜬금없이 젖은 연기처럼 피어오르는 이 음울한 기운은 무엇일까? 살갗에 전류가 스쳐 지나갔다. 나는 아무 말이라도 던져야 했다.

"목사님이 오시면 해결될 거잖아요. 이토록 서두르실 이유가…."

말이 채 끝나기 전에 그가 윽박지르듯이 내 말을 덮쳤다.

"은행 문 닫기 전에 후딱 가 봐야 하거든요. 혹시 오 목사님 인감도장 못 봤어요?"

우물 주인이 나그네보고 물 달라는 소리 같다. 그렇긴 해도 내게는 아까부터 내팽개쳐진 서랍 속에 놓인 도장이 눈에 굴러다녔다.

"도장요? 아까 뒤적거릴 때부터 나뒹굴던 그거 아녔어요?"

"그래요?" 그가 내 눈짓을 따라 옆의 서랍을 살피더니 마침내 찾아낸다. "어, 여기 있네!"

박춘식은 재정 담당 장로다. 그러니 목사의 인감도장을 찾아 헤매든 통장을 뒤적이든 남이 이러쿵저러쿵 읊조릴 입장이 아니다. 분명, 목사와 상의 끝에 어떤 필요에 의해 취하는 행동일 테니까. 아주 자연스러울 수 있는 일 중의 하나일 테니까. 그런데도 덤벙대는 그의 몸짓을 지켜보자니 절로 의구심을 갖지 않을 수가 없다.

나는 커진 눈망울을 굴리며 그가 중얼거리고 움직이는 대로 지켜보기만 하였다. 그가 서둘러 방을 나서면서 마침내 한소리 하였다.

"목사님은 곧 오실 거요. 급해서 먼저 나갑니다. 이건 당회에서 다 결정된 사항이니까 그런 눈으로 볼 거까진 없어요."

내 눈이 어떻다고? 그는 정중한 태도를 취한다는 듯이 미소까지 띠었지만, 나의 행동거지 탓에 기분 잡쳤다는 몹쓸 감정을 감추지 못해 얼굴에 잔뜩 묻어나왔다. 나는 대꾸하지 않았다. 그는 대답을 기다리는 눈치를 언뜻 보이다가 횅하니 나가 버린다. 정말 뭔가 급하긴 급한 모양이다. 어쩌면 저 박춘식은 내색을 안 해서일 뿐이지 내 정체를, 나의 과거를 알고 있는지도 모른다. 알고 있다는 눈빛을 내게 넌지시 던져올 때가 종종 있다. 한때 그런 더러운 기분에 시달린 적도 있었지만 이제 다 지난 일, 그게 무슨 대수냐? 나는 내 길을 가면 그뿐인 것을.

어쨌든 오영석이 곧 돌아온다니 이 상황에 대해 설명을 해 주겠지. 그때 자초지종을 따져도 늦지는 않을 것이다. 내게 일어난 문제를 고민하다가, 잠시 다른 일의 목격에 집중하느라 잊어먹고 있었던 이 짧은 순간의 느낌이, 정녕 행복했다는 착각을 맛본다. 내게 일어난 일을 망각했다는 것만으로도 마음에 이 평온이 깃들었다면 이건, 나의 문제는, 필시 감당하기 벅찬 엄청난 사건임에 분명할 거라는 생각에 다시금 숨이 막힌다.

아아, 두려움과 억울함의 호소가 또다시 나를 조여오기 시작한다. 이건 한(恨)이다!

옆에 놓인 의자에 주저앉았다. 견디기 힘들어 옷섶을 움켜쥐었다.

한 여인이 언덕배기 풀밭에 엎드렸는데 뭉게구름 두둥실 떠가는 하늘에서 아름다운 빛줄기가 비쳐온다. 눈물에 얼룩진 여인의 슬픈 얼굴 위로 그 빛이 스며들자 점차로 여인의 표정이 하얀 미소로 바뀌어간다. 나는 그 여인이 나라는 생각이 들었다. 나는 지금 허공에 떠 있는 것인지 하여간 저 여인과 동떨어진 의식으로 존재하는데도 그런 걸 보니… 이게 꿈이려나?

바스락거리는 소리에 눈을 떴다. 언제 왔는지 오영석은 책상머리에 앉아 성경을 읽고 있다. 어질러진 책상은 이미 말끔히 치워져 있다. 책상 귀퉁이에 기대어 조느라 흘린 침 자국을 얼른 손으로 훔쳤다.

"피곤하셨던가 봐요, 집사님."

"아, 기다리다가 깜빡 졸았네요."

후줄근한 양복 차림에 오늘따라 피곤한 기색을 보이는 그가 성경책을 덮고 바라본다.

"제게 무슨 하실 말씀이라도?"

내게서 나올 말이 궁금한 모양이다. 나는 자세를 가다듬고 나지막한 목소리로 얘기를 꺼냈다.

"내 딸이 서울에서 얼마 전에 왔어요."

딸 얘기를 꺼내자 그의 표정이 금세 밝아진다.

"그래요? 서울 텔레비전 방송국에서 기자로 뛰는 대단한 여성분이죠. 고발 프로에서 활약이 정말 무궁무진했었는데. 올 들어 어찌 지내나 궁금하긴 했습니다. 엄마가 보고 싶어 들렀나 보군요?"

전부터 그는 이따금 딸의 소식을 내게 전했다. 텔레비전을 잘 보지 않는 나로서야, 딸이 무슨 프로그램에 언제 어떻게 나오는지 통 알 길이 없었지만 신기하게도 그는 예배를 마치고 출입문을 나서는 나를 불러 세우고는, 딸의 근황을 척척 일러주는 것이었다. 인터넷 검색만 해도 딸의 스토리가 줄줄이 엮인다니, 이러고도 모르고 지낸 어미가 한심하달 수밖에는.

"목사님, 지금 내 딸이 아픕니다. 치료가 필요해요."

그가 안경테를 만지작거리더니 벗는다.

"네, 그래서 요즘은 방송 활동이 뜸했군요. 무슨 병인데 그러시죠?"

"아이 말로는 서울의 유명한 병원은 죄다 돌아봤다는데 다들 병명을 모른대요."

"그래요? 그런 병이 있어요?"

"병명을 모르니 달리 치료할 방법도 없고…. 의사들은 안정을 취하라면서 영양제 같은 거를 처방해 주더라는데 차도가 없나 봐요. 별수 없어 회사에 육 개월 병가를 내고 쉬려고 왔다네요. 그런데 내가 볼 때…."

여기서 말을 멈췄다. 어떻게 말을 이어가야 그가 당황하지 않고 말귀를 알아들을까 하는 궁리에 잠시 빠졌다. 그는 서두르지 않고 내가 말을 꺼낼 때까지 기다리면서 까만 눈동자를 내 얼굴에다 모았다.

"그런데 이게 쉰다고 해서 나을 병이 아녀요. 걔는 병 고침을 받지 않으면 낫지 않습니다."

그가 놀란다. 내가 무슨 말을 하고 있는지 단박에 의미가 전달되었기 때문이다.

"내가 안수를, 내게 안수기도를 바란다는 말씀이세요?"

나는 앉은 의자를 가까이 끌어당겼다. 그가 딴소리를 늘어놓지 못하게 언질을 줘야 한다는 생각이 뇌리를 스친다.

"목사님, 성경에 다 기록된 말씀이잖아요. 우리를 치료하는 여호와이시고, 예수님께서 오셔서 우리 병을 고치셨고, 사도행전 5장 12절 이하에 기록되기를, 사도들의 손을 통하여 다 나음을 얻었다고 그렇게 말씀하셨습니다."

"그건, 그것은 사도시대에나 가능했던 표적과 기사였습니다."

그가 허둥대며 도로 안경을 낀다. 어떻게 말을 이어야 할지를 잠시 궁리하는 듯하다.

"집사님! 오늘날, 요즘의 병 고침은 병원을 통해 치료받아야 합니다. 집사님 심정은 충분히 이해가 됩니다만 그럴수록 냉철한 이성을 가지고, 닥친 이 고난을 헤쳐 나가야 합니다. 집사님, 아시겠지요? 그건 그렇고…."

그는 이쯤에서 이 국면을 넘기려는 모양이다. 나는 그에게 숨 돌릴 여유를 줄 필요가 있겠다는 생각에 이어서 나올 얘기를 기다렸다.

"아까 박 장로님과 많은 대화를 나눴습니다. 물론 박 장로님께서 막무가내로 밀어붙인다는 아쉬움은 있었습니다만, 결론적으로 교회 부동산을 담보로 은행 융자를 얻기로 했습니다. 당회의 승인을 거쳤고, 잠시 빌려 썼다가 자금이 융통되면 바로 갚는다고 하니 별걱정은 안 하셔도 될 것 같습니다만…."

그렇구나. 박춘식은 교회를 이용해서라도 자기 사업을 유지하기에 혈안이 되어 있구나. 그러다가 다 말아먹으면 이것을 어찌하려고?

"목사님, 왜 그런 결정을 내리셨어요? 박 장로의 사업에 문제가 많다는 소문을 들었습니다. 건설업이 요즘엔 대기업조차도 부도 위기에 허덕인다는데 어찌 거기다가 귀한 헌금을 쏟아부을 수가 있지요?"

"하설희 집사님, 물론 저도 교회 헌금을 함부로 사용해서는 안 된다는 것을 잘 압니다. 그렇지만 당회에서도 허락한 사항을 제가 어쩌겠습니까?"

"목사님, 저는 당회가 당회 구실을 제대로나 하는지 의문입니다. 당회라 해 봐야 목사님과 박 장로, 그 외 세 분이 더 계시지만 그 세 장로는 박 장로에 힘입어 직분을 얻은, 아직 젊은 성도들이지 않습니까. 당연히 요구를 묵살하기가 어려웠겠지요. 이럴 때는 목사님이라도 단호한 입장을 피력하셨어야 했습니다."

그는 수긍한다는 듯 내 말에 연거푸 고개를 끄덕였다.

"아까 박 장로가 허겁지겁 도장 챙겨 나가는 걸 봤어요. 그리도 다급해서야 결과가 좋게 나올지 의문이네요."

"하 집사님이 걱정하실 만합니다. 처음에는 나도 사래질을 쳤지만 어찌나 간곡하게 부탁을 하시던지 그만 제가 물러섰습니다. 지금 집사님 얘길 들으니 끝까지 버틸 걸 그랬다는 생각이 들긴 합니다. 어쨌든 자금줄이 이내 풀릴 거라니까 지켜봐야지요. 설마 별 탈이야 생기겠습니까?"

그의 무기력한 모습에 어떤 의혹이 물씬 생겨났다.

"목사님, 혹시 교회가 박 장로의 소유라고 생각하시는 건 아니겠지요?"

그가 펄쩍 뛴다.

"그럴 리가 있습니까. 교회의 모든 소유물은 하나님의 것이고, 우리 성도들이 정성으로 바친 헌금의 소산인 걸요."

"문제는, 박 장로가 어떻게 생각하느냐에 달렸겠지요. 속이야 빤하지만 끄집어 낼 수도 없고…. 답답합니다."

그만, 속에 있는 말을 내뱉었다. 하긴 뭐, 그리 말한들 여기 탓할 사람 누가 있는가.

개척교회를 열어 부흥시킨 목사는 교회를 자기 것인 양 다루기 십상이고, 대형 교회의 유명한 목사는 교회가 자기 자신의 권능으로 이뤄진 것인 양 교만에 빠져 허덕인다. 여기 진리교회는 박춘식이 돈 들여 교회를 열었고, 몇 분의 전도사를 거친 뒤, 오영석 전도사가 맡으면서 조금씩 성장하여 지금에 이르게 되었다. 물론 교회 부흥의 불씨에 나를 빠트릴 수는 없다. 오영석과 박춘식, 스무 명가량의 성도들이 지하 개척교회에 오글오글 모여 예배를 드릴 때 나, 하설희가 이 교회로 옮겨오면서부터 성도들의 가슴에 성령 충만의 불길이 뜨겁게 타올랐다고 봐도 과언이 아닐 것이니까.

"하 집사님이 권사로서 제 곁에 가까이 계셨으면 여러모로 도움이 컸을 텐데 좀 그렇습니다. 지금이라도 그 고집 좀 내려놓으시죠?"

"여기서 같은 소리 또 할까요?"

하하, 모처럼 웃음이 터져 나왔다. 즐거워서 웃은 게 아니라 그날 말한 기억이 겸연쩍게 떠올라서였다. 그때, 그러니까 오영석 목사로부터 권사 추천을 받았을 때 내가 그랬다.

"한국 교회가 말입니다. 남자 우월 사상이 여전하면서 나를 권사는 왜 시키려고 그럽니까? 장로라면 몰라도 권사 자리 정말 싫습니다. 권력 행사 하나 없이 뒤치다꺼리 봉사만 강요하는 여자들의 직분, 이 호칭, 이게 대체 뭐이라고요. 나를 올무로 얽을 생각일랑 마세요. 서리 집사만으로도 충분히 신앙의 삶을 살아갈 수 있으니까요."

시건방진 소리를 부근에서 귀동냥하는 박춘식이 들으라고 일부러 목청 돋워 읊었는데 빈말만은 아니었다. 지금도 그런 마음을 갖지만 사정은 그때와 좀 달라졌다. 이제는 장로들과의 알력을 피하기 위해서라도 삼가야 할 자리처럼 되어 버렸다. 권사라는 위치는 여전히 전도와 봉사의 호칭에 불과할 뿐이지만, 여기 교회에서 내가 가질 권사의 자리는 그런 성질의 것이 아니라서 문제다.

나를 따르는 몇몇 성도들이 주장하기를, 요즘 세상에 여자가 목사도 하는데 왜 여자라고 장로가 될 수 없는가. 여자가 장로인 교파도 있지 않은가. 어쨌든 권사라도 좋다. 이름에 불과하니까. 그렇게들 외치면서 장로의 위치에 권사를 두려 한다. 이런 주장을 우려하는 나로서도 이들을 어쩌지 못한다. 내 말에 의해 교인이 되었고 전도에 열심을 내어 고맙기는 하지만, 나를 따르고자 하는 저 외골수 습성이 왜 여태껏 흩어지지 않는 것인지 참으로 의아할 지경이다.

그때 내가 너무 세뇌시켰나? 누가 봐도 교회에서 분란과 파당을 짓는 행위로 비칠 게 빤해 신앙적으로 정말 삼가야 할 일이건만 이들, 한때의 내 신도들은 고집스럽게도 요지부동이다. 이런 관계와의 갈등 역시 나의 삶을 힘겹게 얽는다.

내가 어떠한 생각에 빠질 때 갖는 버릇인, 손가락으로 뭔가를 그리는 몸짓이 문득 자각되어 오영석을 쳐다보니 그는 다른 생각에 빠진 나를 눈치채고 물끄러미 지켜보고만 있었다.

"집사님, 따님의 병이 하루속히 완쾌되기를 기도하겠습니다. 그리고 지금 당장 확답을 드리지는 못하지만 어디 한번 성경 말씀을 자세히 찾아보고 깊이 묵상해서 안수기도가 과연 하나님의 뜻에 합당한 것인지를 검토해 보겠습니다."

그는 내가 일순간 말을 끊고 생각에 빠진 것이 딸의 병 걱정 때문이라 생각한 듯하다. 어쨌든 의외의 대답을 듣게 되자 나는 매우 기뻤다.

"목사님, 저는 목사님이 오직 성경에 입각하여 진리에 합당한 말씀을 찾고, 그것을 실천하는 삶을 강조하는 설교를 하셔서 참 좋아합니다."

그러면서 같은 기독교 목사이고 같은 교리를 배웠을 텐데도 여느 목사와는 다른 가르침에 무척이나 감동과 은혜를 받아 왔고, 이제 내 아이의 병을 고치기 위해 아직까지 목사님에게 이질적이라 할, 저 안수기도를 채택하시겠다니 정말 고맙기만 하다며, 거듭해서 감사의 인사를 드렸다.

"하나님의 말씀이 사도행전 9장의 아나니아 제자처럼 환상 중에 불러 이르시겠지요."

나는 아직까지 당황한 기색을 떨쳐 버리지 못한 그를 뒤로하고 서둘러 교회 문을 나섰다.

"하나님, 감사합니다!"

밖은 이미 어두워져 하늘의 뭇별들이 내 눈동자 속에서 반짝였다.

버스에서 내렸다. 나는 무척 홀가분해진 기분으로 길을 걸었다. 저기 아파트 입구에 위치한 상가 건물 지하가 바로 진리교회가 자리 잡았던 곳이다. 이사하고 텅 빈 공간에 아직 아무도 들어오지 않았다. 사람들이 출입을 꺼리는 지하상가에 입주할 상인이 누가 있겠나. 교회가 이곳일 때는 새벽예배, 수요예배, 금요기도회, 주일예배, 전도회 모임 등등, 모든 행사에 빠지지 않고 참석했건만 이제는 옮긴 그곳이 먼 길이라는 핑계로 곧잘 빼먹기 일쑤다. 나의 신앙에 어떤 변화가 생기기라도 하였나?

옮긴 교회 땅을 처음 지목한 건 나였다. 전도하러 다니는 중에 괜찮은 공터를 발견했는데 마침 매우 싼값에 나왔기에 교회 부지로 사 두는 게 좋겠다 싶어 오영석에게 알렸다. 처음에는 시큰둥하던 박춘식이 주변 시세가 꿈틀거리자 틈틈이 모아둔 건축헌금으로 얼른 사들였고, 이윽고 부근의 바닷가가 휴양지로 주목받으면서 땅값이 엄청 뛰어올랐다.

그러자 박춘식은 현재 사업 중인 건설업과 소싯적에 다녔던 금융회사에서의 경험을 살려 교회 건축을 시도하였다. 그런데 교회 땅을 담보로 하려는 사실을 알고 이를 극력 반대한 나와의 충돌이 빚어졌다. 부지의 절반가량을 팔아도 교회 지을 면적이 충분하니까 그 땅을 판 돈에 맞추어 교회를 건축해야 한다며 박춘식과 맞섰고, 주저하던 성도들이 마침내 나를 거들었다. 게다가 오영석까지 내 주장에 동조하자 결국 빚더미에다 대형 성전을 지어보겠다는 무모한 발상을 접었다. 그러니 박춘식이 어찌 나를 좋게 바라보겠는가. 눈엣가시가 분명할 테다.

내가 사는 집은 단지의 맨 안쪽 구석에 있어 쭉 걸어 들어가야 한다. 그래도 걸을 때마다 신명에 잡혀 무척 흥거워했는데 그것은, 보름날이 되면 저녁 이맘때 바로 눈앞에 탐스러운 보름달이 휘영청 떠올랐고, 대낮엔 뭉게구름 사이로 짙푸른 하늘색이 도드라졌고, 베란다 창을 열어젖혀 넘실거리는 바다 물결과 시원한 바람결에 넋을 잃을 수 있어 그러했다. 여긴 도시의 변두리여서 생생한 자연미가 더해져 아름다운 것이다. 게다가 이곳치고는 드물게 평지에 지은 아파트 단지라 허름해져도 다른 곳으로 옮길 생각이 없다. 다리에 힘이 빠진 노인네가 되어 비탈길을 어찌 걷겠나 싶어서이다.

이곳 몰운포로 옮기기 전에는 영산시의 중심 지역 중 하나에 속한다는 장포에서 살았다. 거기도 여기처럼 바닷가가 훤히 바라보이는 아파트여서 그럭저럭 만족하며 지냈는데 어처구니없게도 다니던 교회가 문제였다. 정확하게 말하자면 목사와 장로 몇 명이 문제였는데, 정녕 예수를 믿는 성도들이 확실할까 하는 의문을 달아도 충분할 정도로 신앙적으로 어그러진 존재들이라 봐야 했다. 정치적으로 편향되고 물질에 탐닉하면서도 자신들은 고고한 양 섣부른 몸짓을 부렸다. 한마디로 예수가 꾸짖은 바리새인의 몰골과 유사했다고 하겠는데, 생각해 보면 결국은 많은 교회가 이런 현상에 시달린다고 봐야 옳겠다.

여기 진리교회도 따져 보면 오영석을 제외하고는 그들과 별반 다르지 않을 수도 있겠다. 경상도 땅에 경상도 사람이 모인 집단이라서 그런지 여느 교회들도 하나같이 지방색과 거기에 어울릴 가치관으로 덧칠해져 말씀을 가려 버리는 실정이다. 우상숭배라며, 벽에 그려진 성화를 회칠로 덮어버린 투르크 이스탄불의 사원처럼 말이다! 이쯤 되니 도대체 전라도 쪽의 교회에서는 어떤 주의가 숭상되어 설교와 기도를 끌고 나가는 형국인지 당장에라도 달려가 알아내고픈 심정이 된다. 세상이 아니라 교회 안에서조차 성경의 말씀과 예수의 정신은, 인간이 필요에 따라 떠드는 사상 앞에 꼬리를 내려야 한다.

문제는, 이렇게 들쑤시며 일어나는 어리석은 현상도 골머리를 앓을 처참한 상황이건마는, 이런 거짓된 현실의 와중에도 신 앞에 당당한 모양인 양 버릇처럼 뇌까리고 행동하는 저 무지가 나는 더욱 두려운 것이다. 마치 니체의 말을 떠받들어 모시듯이, 신은 죽었다는 주장을 되레 교회가 웅변하는 작태를 보이고 있지 않는가. 하나님이 살아 계신다면, 그렇게 믿으면서 그렇게나 악의 뿌리처럼 행세할 수는 없는 일이니까. 어쨌거나 한소리 할라치면 그들은 벼락같이 성경 구절을 되뇐다. 남을 정죄하지 말라, 그렇게 말이다.

나는 그쪽 교회의 김요셉 목사와 몇몇 장로들의 행태가 너무나도 미워져 달아나듯 이곳으로 거처를 옮겼고, 기독교회에 대한 회의와 인간들에 대한 모멸감에 휩싸여 한동안 교회를 등져 살았다. 말로는 예수를 믿고 말씀을 받드는 거룩한 성직자처럼 행세하면서도(자신의 삐뚤어진 모습을 전혀 의식하지 못한 데서 나오는 버릇일 수도 있지만) 사고방식의 편협한 집착에서 나온 성경 해석의 오류와 왜곡을 당연시하는 작태에 환멸을 느낀 것이다.

나중에 들려온 얘기로는 김요셉 목사가 교회에서 쫓겨났다고 하였다. 그런데 죄를 짓고 물러난다는 양반이 전별금으로 10여억 원이라는 어마어마한 돈을 요구했고, 장로들이 당연하다는 듯 챙겨 줬다고 하는데, 어디까지가 사실인지 모르겠다. 교회라는 동네가 그렇게나 반듯하고 투명하지 못해서야 어둠의 소굴이랑 무엇이 다르겠는가. 하나님이 다 알아서 챙겨 주신다고 떠들어 댈 때는 언제고 정작 자신은 돈에 의지해야 살아갈 수 있겠다는 저 자백 같은 몰골을 어떻게 봐 줘야 좋을지 의문이다. 쫓겨난 이유는 풍문이라 들먹거리기가 좀 그렇다. 본인이 극구 잡아떼는 데다가, 새벽기도 마치고서 목양실에 들락거리던 젊은 여편네들을 꼴사납게 바라본 적이 몇 번 있었을 뿐이니까.

교회를 떠나고 집에 칩거하면서도 여전히 성경을 읽고 묵상하는 일상을 보냈다. 성경의 말씀은 내가 삶을 살아가는 데 필요한 힘이었기 때문이다. 그러다가 우연히 오영석과 마주쳤고, 더불어 나눔의 기력을 새로이 회복하여 여기까지 달려왔건마는….

집으로 오르는 승강기 앞에 섰다. 벽면에 붙은 거울을 보니 내 얼굴이 씁쓰레한 표정으로 가득하다. 승강기가 덜컥거린다. 만날 고쳤다고 하면서도 이렇다. 저번에는 형광등까지 깜빡거리더니 그에 비하면 좀 낫다. 이러다가 바닥으로 처박는 거나 아닌지. 그래야 대책을 세우네, 어쩌네, 난리굿을 벌이겠지?

다시 돌이켜 보면, 비단 여기가 살기 좋아서 눌러앉은 것만은 아니다. 아파트 값이 늘 고만고만해서 이사할 능력도 없다. 이사 올 당시에는 아파트 값이 서로 엇비슷했는데 이젠 저쪽이 두 배 이상이나 올랐단다. 사람들이 변두리에서는 도무지 살려고 하지 않아서 그렇다는데 학군 때문이라나, 뭐래나. 내가 얄미워한 저쪽 교회 한 장로가 그때 그랬다. 지역발전위원회인가 뭔가 하는 단체를 만든 후에 내게 귀띔하기를, 앞으로 이 지역을 서울의 강남처럼 만들 생각에 이 모임을 조직했다. 상류층 사람들이 곧 이곳으로 몰려와 자리 잡게 될 것이다. 그러면서 앞날이 훤하다는 듯 의기양양하게 웃었다.

당연히 나는 그 말에 놀랐다. 이런 후줄근한 지방에서조차 지역의 구별, 인간의 차별, 가치관의 분리를 도모하겠다고? 그게 발전이라고? 그 장로는 대학교수였고 응당 학식과 지성을 갖췄을 인물이라 봤는데, 그런 그가 탐욕이 넘쳐흐르는 이기적인 소리를 거침없이 쏟아내었으니 어찌 당혹하지 않을 수 있으랴.

어쨌거나 그 장로의 야심대로 그곳은 돈 많은 사람들이나 거주할 수 있는 땅이 되어 갔다. 가진 그들이 들러붙어 생활공간을 꾸리다 보니 더해지는 국가 예산의 지원과 기업의 참여로 해서 이제는 온갖 문명의 시설이 갖춰져 있다. 그 속에서 즐기기에 흡족한 문화 행위와 희락, 잘 가꾸어 놓은 자연의 혜택까지를 가까이에서 향유할 수 있는 공간이 되어 버렸다. 그러니 자원은 유한할 텐데 어찌 이 초라한 변두리까지 혜택의 손길이 미치겠는가.

그 문명의 땅에서 어쨌든지 버텨볼 걸 그랬나 하는, 속절없는 망상에 잠시나마 시달린다.

9

"엄마, 밥 먹어요. 배고프네."

망상은 눈앞의 고뇌에 물거품처럼 사라진다. 내 딸 곽아리는 소파에 앉아 텔레비전에서 나오는 영화를 보고 있다. 평온해 보이는 모습에 일단 마음이 좀 놓인다. 딸은 자신의 병이 무엇인지를 아직 모르니 느긋한 게 당연하다. 음식이 차려지자 딸이 텔레비전을 끄고 식탁에 와 앉는다.

"와! 뭘 이리 많이 차렸어요? 진수성찬이네."

"집밥이 먹고 싶댔지? 한껏 먹어."

"단번에 반찬 다 축내도 되는 거죠?"

딸은 엄마 앞에서 너스레를 떨었지만 입맛이 떨어졌는지 이내 젓가락을 되작거린다.

"이건 다이어트가 아니라, 음식이 먹히지가 않아요. 기분이 좋지 않아."

나는 듣지 말아야 할 소리를 들었다는 생각에 마음이 조급해졌다.

"아리야, 내 말 귀담아들어라. 같이 교회 가자. 목사님께 네 병을 말씀드렸더니 안수기도 해 주시겠대."

"엄마, 병은 병원에서 치료해야죠. 교회가 무슨 미신도 아니고…."

"미신이 아니니까 내가 이러잖아!"

생각지도 않게 언성이 높아졌다. 딸아이가 놀랐다.

"병원에서 고치지를 못하니까 이러잖니. 눈 딱 감고 해 보자."

딸이 내 눈치를 살피면서 설득하듯이 말한다. 평소와 다른 엄마 표정을 읽었나 보다.

"엄마, 그렇지만 나는 무신론자예요. 한때 엄마 손잡고 교회 나간 적이 있고, 그런 기억들이 산뜻하고 좋긴 했지만, 중요한 건 지금 내가 신자가 아닌데 기도가 내게 무슨 소용이 있겠어요?"

"남이 해 줘도 기도는 기도야. 안수는 또 달라."

딸아이가 잠시 궁리하는 기색이 되어 나를 빤히 바라본다. 그러다가,

"에이, 지금 병 핑계 대면서 교회 다니게 만들려는 거죠, 맞죠?" 한다.

"아리야, 지금은 병 고침이 우선이야. 네가 잘못될지도 모르는데 무턱대고 왜 그러겠니?"

"몸이 불편했었는데 한 열흘 쉬어서 그런가 어제오늘 많이 나아진 편이에요. 내 병은 과다한 스트레스로 인해 생긴 일종의 화병 같은 거라서 마음을 편안하게 먹고 안정을 취하면 회복될 거예요. 슬슬 이렇게 좋아지고 있잖아."

엄마의 걱정을 덜어주려는 듯 딸은 장난스럽게 춤추는 시늉에 몸을 비틀어보이고는, 일부러 음식을 허겁지겁 먹는 몸짓을 피운다. 그러는 딸이 더욱 안쓰럽게 다가왔다.

여전히 어리광을 부리며 다 큰 딸이 말한다.

"엄마, 이제 자식이 돈도 벌고 그러면 이쁜 옷도 좀 사 입고, 맛집 찾아 놀러 다니고, 좀 그러세요. 돈 모아서 뭣에 쓰려고? 인생도 즐기고 그러셔야지."

"딸이 아파가면서 번 돈인데 펑펑 써서 뭐 하누. 모았다가 네 결혼하고 살림살이에 보태야지. 이게 다 엄마들 마음이니까 나만 그렇다고 생각지 마라."

"내가 엄마 고집을 닮았나? 사람들이 나를 불도그라 불러요. 한번 물면 놓지 않는다나, 어쩐다나?"

"그것이 일 잘한다는 소리가 아니냐?"

"일? 한때는 방송국 분위기가 좋았죠. 요즘은 물러나라 어째라 온통 시끌벅적해요. 언론의 사명이라는 게 한결같아야 하는데, 그래야 하는데, 정치권력 따라 오락가락 휘청거리기만 하니…. 무슨 도깨비놀음도 아니고 말이야."

갑자기 딸아이 아버지를 떠올렸다. 딸은 나뿐만 아니라 제 아버지의 기질까지 고루 닮았을지 모른다는 생각이 다시금 떠올랐다.

"아리야, 정의로운 일에 곧은 심지는 좋지만 꺾이지는 않도록 해라. 때로 일부러 휘어져도 괜찮아. 세상 그깟 별거 아니고, 의미 또한 인간이 심심해서 생긴 거야."

"오! 울 엄마, 철학자다워. 이런 정신은 왜 안 닮았지? 인생을 관조하기에 딱 좋은 사고 같은데 말이야. 흠, 그러고 보면 내가 엄마를 별로 닮지 않은 게 확실해. 성격이나 기질, 육체도 좀 그렇고…."

"네 아버지는 거구셨지."

딸이 품는 생각을 그만 앞질러 말해 버렸다. 어려서부터 입 밖에 내지 못하게 한 아버지라는 단어와 존재를, 훌쩍 커버린 딸에게 환기시킨 꼴이 되었다. 엎질러진 물은 도로 담기 어렵다. 나의 언급에 눈이 뚱그레지며 말문이 막힌 딸의 어수선한 상념을 풀어 주어야 했다.

"아리 네 말이 맞다. 너는 아버지를 쏙 빼닮았어. 투쟁심과 굳은 의지, 정의로운 정신. 거기다가 늘씬한 육체까지 아버지를 꽤 닮았어. 내가 거구라고 말이 튀어나왔던 것은 바로 그 영적 정신을 뜻하는 거였어, 육체가 아니라."

"아, 그랬구나. 아빠 얘기 듣고 싶어요. 어떤 분이었어?"

"그게 다야. 그러고는 병으로 돌아가셨어. 국 식겠다. 어서 밥이나 먹자."

"그래요, 오늘만 날이 아니니까. 여태껏 몰랐던 아버지, 그 존재, 쉬엄쉬엄 알려 주세요. 이제 물꼬를 텄으니까. 핫핫!"

엄마의 말실수로 집안의 금기가 허물어진 모양새에 속이 다 후련하다는 듯이 딸이 시원스럽게 웃는다. 젓가락을 들고 이것저것 음식을 집어 먹는 딸의 모습이 유달리 명랑해 보인다. 저리도 좋아하는 것을 부질없이 입 막았었나 싶어 마음이 찡하다.

오붓한 저녁식사가 끝났다. 과일을 챙겨 거실 소파에 다가온 딸을 내 곁에 바짝 앉힌다.

"엄마, 또 왜? 교회 얘기는 마요. 시간은 많으니까 응?"

요 녀석이 엄마의 마음을 벌써 꿰차고 앉았다. 딴짓이 필요하다.

"듣기 싫은 소리는 엄마도 하기 싫다. 네 아버지 얘기나 들려줄까 싶네."

"오, 괜히 떨려요. 무슨 얘기가 와르르 쏟아지려나?"

딸이 호들갑스럽게 내 손을 꼭 쥐면서 다가앉는다. 나는 딸에게 자기 아버지 얘기를 해 주기로 작심하였다. 어디서부터 어떻게 말을 풀어나가야 좋을지가 선뜻 떠오르지 않았지만 어떤 식으로든 이야기를 해 줘야만 내 딸 곽아리를 목사에게 데려갈 수 있겠고, 모진 병에서 건져낼 수 있겠다는 막연한 소망이 움텄기 때문이었다.

"엄마, 교회 가자. 목사한테 안수 받을게요."

딸이 그 말을 할 때까지 언제까지고 이야기를 들려줄 작정으로 딸의 얼굴을, 초롱초롱한 두 눈을 들여다보았다.

"네 아버지를 처음 만난 게 대학 2학년, 겨울방학에 접어들 때였어. 괜히 어린 마음에 철학과를 선택했다는 속상함이 들 정도로 철학 공부를 어려워했지. 그 무렵 우리 대한민국은 오일쇼크의 어려운 경제 상황에다 몇 년째 계속되는 극심한 가뭄으로 허덕였고, 더군다나 독재 정권을 타도하겠다는 대학생들과 노동자들의 시위로 휴학과 파업이 빈발하는, 민심마저 정권에 등을 돌린 어지러운 시국이었어. 나는 누구나 할 것 없이 나서는 데모조차 할 줄 모르는 멍청한 여자애로 오직 학교와 하숙집만 오갔지. 학년 말 마지막 시험을 힘겹게 치르고 막 강의실을 나서는데 어떤 남학생이 말을 걸어왔어. '같이 커피 한잔 할까요?' 내가 그랬어. '커피보다는 밥 먹어요.' 그렇게 해서 그 사람과의 연애가 시작되었지."

"엄마도 아빠를 마음에 뒀었구나. 같은 철학과였어요?"

"아니. 그 사람은 신문방송학과였는데 제대한 복학생이었어. 한 과목을 같이 수업받느라 낯이 익었지만 내게 호감을 가졌을 거라곤 생각지 못했지."

"미루고 미뤘다가 그날 간신히 데이트 신청하셨나? 그래서요?"

"그 후로, 같이 공부도 하고 데이트도 하고 그랬지. 그렇게 6개월이 지

낳을까. 그가 독재 타도를 행동으로 옮기는 운동권 학생이라는 사실을 처음 알았어."

"그랬어요? 오, 멋져라!"

"멋지니? 나도 뒤늦게나마 참 멋지다는 생각을 갖긴 했지. 여름철 뙤약볕에 최루탄과 경찰 곤봉에 맞서 직접 행동에 나설 때는 그처럼 늠름하게 보일 수가 없었어. 그 사람의 매력에 점점 빠져들던 어느 여름날의 밤이었어. 나를 어느 으슥한 공장 창고 안으로 데려갔는데 거기에는 여러 대학생과 노동자들이 모여 앞으로 일으킬 거사를 도모하고 있었어. 무슨 건물인가를 점거할 모양이었는데 각목과 화염병, 현수막, 물통 등등, 점거에 필요한 여러 가지 물건들이 어지럽게 널려 있었어. 나는 비로소 사태의 심각성을 깨닫고 그를 말리기 시작했지. 대학생으로서 응당 가질 저항과 운동까지는 좋은데, 지나치면 신상에 악영향을 미치고 더구나 우리의 사랑과 앞날에 험난한 폭풍우가 휘몰아칠지 모른다는 얘기를 들려주었지."

"그래서 어떻게 됐어요?"

"나는 그가 자기 신념에 전부를 거는 남자인 줄 그때 알았어. 신념을 성취하는 일이라면 나와의 사랑쯤은 뒷전으로 물리칠 수 있는 그런 사람이라는 것을."

"그러셨구나." 딸이 약간 고개를 갸우뚱거렸다. "그래도 결론은 이미 나왔잖아요. 나를 낳았으니 사랑이 이겨낸 거겠죠? 아빠 이름이 뭐였어요?"

"곽성규. 나보다 세 살 많았어. 아리 말대로 예쁜 너를 낳았으니 사랑의 승리였겠지?"

나는 마음에 없는 빈말을 하고 말았다. 지금 생각해도 고귀한 사랑의 결과로써 그때 아이를 가졌다고 보기 어렵다.

"아무렴요. 장난처럼 일어나는 사랑은 없을 테니까. 그래서요?"

"엉, 어디까지 얘기했더라? 네가 말을 끊으니까 생각을 잊어먹는다."

"알겠어요. 이젠 듣기만 하고 말을 가로채지 않을 테니까 쭉 말씀하세요. 후후."

그때 딸의 휴대폰이 울린다. 발신지를 확인하더니 몸을 일으킨다.

"엄마, 잠시만…" 아리가 주방으로 향한다. "선배가 어쩐 일로?…몸이야 괜찮지. 거기 보도본부 사정은 어때?"

최수호 기자라는 사람인 모양이다. 언젠가 뉴스 시간에, 취재한 사건을 보도하는 모습을 지켜본 적이 있는데 말쑥한 외모를 지닌 청년이었다. 그가 전화를 걸어오는 걸 보면 아직까지 아리를 포기하지 않았나 보다. 이전에 딸이 투덜거린 적이 있었다. 방송국 선배 말고는 달리 생각지 않는다며 누누이 일렀는데도 자기에게 치근덕거려 매우 피곤하다고 했었다. 그래서인가 생각보다 일찍 통화를 끝내고는 정수기 물을 벌컥벌컥 들이킨다.

"한번 집에 놀러오겠대요. 오지 말라고는 했는데 내 말을 들을 것 같진 않고, 오거든 엄마가 따끔하게 좀 일러주세요. 어디 귀한 내 딸을! 그렇게요."

"허술해 보이지는 않던데?"

"차라리 허술하면 좋겠어요. 사람이 너무 현실적이라 하는 일마다 출세 지향적이고 물질 향락적이라서 내가 싫어요. 뭣이든 매가리가 없어. 주변의 실세와 엮이려는 자세까지, 정말 내 취향이 아니야."

능력이라며 그걸 반기는 여자들도 있을 테고, 살아남기 위한 방법으로 그렇게 한다면 또 어쩌겠는가.

"그래, 내 딸 아리가 남자 보는 눈이 남다르고 다 좋다만, 그러다가 시집은 언제 갈래? 네 나이 벌써 서른한 살이다."

"방금 그 말은 엄마답지 않아. 엄만 평생을 혼자 살았으면서."

"에구, 무서워라. 독신으로 늙겠다는 건 아니겠지?"

딸이 병에 걸려 아슬아슬한 심경임에도 혼사가 들먹여지면 애가 쓰인다. 자식이 결혼해서 품을 떠나야 비로소 부모로서 할 일을 다 했고 인생이 잘 마무리됐다는 기분을 갖는다. 일찍 돌아가신 내 아버지의 한이 새삼 묻어나는 듯하다.

"엄마, 아버지 얘기나 계속해요. 그게 재밌어. 호호!"

"얘가, 왜 이래!"

내 품에 파고들며 어리광을 부리는데 초인종이 울린다. 현관 모니터를 보니 나건수다.

"저 양반이 이 시간에 웬일이지? 내가 나가 보마."

현관문을 여니, 나건수가 큼직한 플라스틱 김치 통부터 불쑥 내민다.

"권사님, 마누라가 어제 담근 김치여유. 맛보시라고 쬐금 가져왔구먼유."

"어서 오게나. 매번 얻어먹어서 어쩌누."

그가 듬직한 거구의 몸을 성큼성큼 옮겨 주방에 있는 냉장고 앞에 내려놓는다.

"우선 거기 두게나. 안에 정리하고 넣게."

"그러세유. 지는 고마 가 볼게유."

딸이 알은체를 한다.

"안녕하세요, 아저씨. 여태껏 엄마랑 친분이 두터우신가 봐요."

"이 누구냐? 아리잖어. 집에 쉬러 왔나 벼?"

나건수는 딸이 중·고등학생일 때 몇 번 마주치고는 이번이 처음이다. 불량배로 떠돌아다니던 그를 훈계하여 사람을 만들었고, 택시기사 일을 권했고, 지금의 아내와의 만남을 주선했다. 아들딸 낳고 잘 살아주는 것만으로도 고마운데 지금껏 나에게 인생의 변화가 생길 때마다 쫓아다니면서 지극정성으로 돕는다. 그는 한때의 내 신도였으나, 여전히 내 신도처럼 따른다.

"여기 과일도 있네. 나 서방, 저녁은 드셨는가?"

"먹었어유. 시방 영업 뛰다 짬난 기라서 냉큼 나가 쇳가루 만져야 해유."

"개인택시 모니 이제는 사장 아닌가? 쉬엄쉬엄 일하지 그래?"

"차 할부금에다 새는 돈이 많아서리 당최 모이질 않구먼유. 팔팔할 때 요거 와락 긁어모아야 허는디 말입죠. 헤헤."

얘기 중에 흥겨운 듯 손가락을 동그랗게 모아 흔들어 보였다. 말은 엄살을 피워도 사는 일에 재미가 나는지 통 어려운 내색을 하지 않는다. 그는 바삐 가 버렸다. 항상 이렇다. 조금도 집에서 지체하는 꼴을 보지 못한다. 교회에서도 주변에서 어슬렁거릴 뿐, 나와의 친밀한 대화를 피한다. 그런 행동이 그가 나를 추종하는 하나의 방법이라 여기는 듯하다. 기독교로 개종하는 나에 대한 불만과 진통을 무사히 이겨내고, 여기까지 같이 걸어온 삶과 신앙에 대해 늘 감사하고 있다. 나를 배려하느라 주위의 눈에 띄지 않게 그가 처신을 잘하는 것이라는 생각이 들었다.

"아, 속이 메스꺼워. 기분이 이상해."

그가 가자마자 딸은 욕실에 들어서기 바쁘게 구역질을 한다. 딸의 병세가 악화된다는 걸 느끼겠다. 저러다가 먹거리를 끊고 몸져눕겠지? 휴!

한숨이 터져 나온다. 한탄스럽다! 하지만 이럴수록 차분해져야 한다. 나에게 이미 불어닥쳤고 헤쳐 나갔던 일에 불과하지 않는가. 험난한 가시밭길처럼 보여도 정작 살아보고 돌아보니, 별거 아니다! 이 어미의 경험을 십분 살려 소중한 내 딸을 건져낼 수 있을 것이다. 스스로에게 최면을 걸듯 다짐에 다짐을 거듭하면서 변기에 엎드려 꾸물대는 딸의 몸뚱이를 바라보았다.

"엄마, 저녁에 너무 과식해서 그래요. 얹힌 걸 가지고 병처럼 다루면 어떡해."

등덜미를 툭툭 두드려 주며 안수기도를 들먹이자 딸이 능청스레 말했다.

"그래그래, 아리가 이 엄마의 심정도 헤아려 줬으면 좋겠다. 어때, 좀 괜찮니?"

"이제 속은 편한데 아무래도 한숨 자야겠어요. 아빠 얘긴 내일 들을게요."

"그래라. 푹 자거라."

얼른 딸의 침대를 챙겼다. 이부자리를 다독거리고 딸이 잠드는 걸 기다려 방의 불을 껐다. 나는 잠을 이룰 수가 없었다. 이 고난에 대해 하나님의 응답이 올 때까지 밤을 새워서라도 기도해야 한다. 그게 이 어미가 할 수 있는 유일한 방법이었다.

10

한낮이 지나서야 잠에서 깨어났다. 전화벨이 암만 울려도 아득하게 들려 일어날 엄두를 못 냈는데, 초인종 소리에 깜짝 놀라 눈을 뜬 것이다.

오영석이었다.

"여태 주무셨어요? 아무튼 다행입니다."

밖에는 비가 많이 내리는지 빗물에 흠뻑 젖은 우산을 툴툴 털며 현관에 들어선다. 내가 새벽 기도에 빠지자 걱정이 되어 전화 끝에 심방 왔다고 한다.

딸은 졸도한 듯이 침대에 쓰러져 있다. 내가 볼 때는 그랬다. 그러나 어쩌겠는가.

"아리야, 목사님 오셨다. 그만 일어나. 정신 차려라."

이마를 짚어보고 몸을 건드리자 딸은 그제야 막 잠에서 깨어나 부스스 몸을 일으킨다. 밤새 병에 시달린 기색 같지는 않아 다행스럽다.

"옷만 대충 걸치고 나와."

호리호리한 몸매의 딸이 화장기 없는 얼굴로 주섬주섬 겉옷을 걸치면서 나오자, 그가 긴장하는 듯하다. 안수기도의 부담 때문만은 아니라는 생각이 언뜻 스쳤다.

세 사람은 거실에 둘러앉았고, 오 목사가 방문 기도를 마친 후에 안수에 대해 언급하였다.

"제가 성경을 쭉 검토해 봤습니다."

그러면서 그는 신구약에 걸쳐 두루 나오는 안수에 대해 설명을 하였다. 구약에서는 번제물의 머리에 손을 대는 안수가, 바친 그를 위하여 여호와가 기쁘게 받으시고 그에게 속죄가 될 것이기에 행한다는 기록이 있고, 또 하나, 안수하는 자의 권능이 그것을 받는 자에게도 미치기 위한 세례의 안수가 기록되어 있다고 한다. 신약에 들어와서도 마찬가지이긴 하다만 특이하기로는 안수를 통해 성령을 받게 되었다는 구절과 병 고침이 일어났다는 사실에 있다고 한다.

어쨌거나 신구약 말씀의 공통분모는 안수의 능력이 하나님으로부터 나오고 하나님께로 연결된다는 사실만큼은 분명하겠다는 결론에 이르렀다고 한다. 급진적이고 신비주의적 집단이 꾸리는 일부의 교파들이 바로 병 고침 따위의 주술적 기도 행위를 하는 추세일 뿐이고, 우리 교단은 세례를 제외하고는 안수를 하지 않지만 상황에 따라서는 굳이 피할 이유가 없다는 생각이 든다고 하였다.

"바로 곽아리 자매님 같은 경우가 그런 게 아닐까 합니다. 고뇌에 힘겨워하는 분들이 이 안수를 통해 위로를 얻고 새로운 힘을 받을지 또 누가 알겠습니까? 그래서 지금 힘닿는 데까지 안수기도를 해 볼까 합니다."

"목사님, 정말 고맙습니다. 하나님의 영이 내 딸에게 임하실 것이옵니다."

결단을 내리는 오 목사의 말씀이 있었고 내가 거기 동조하여 서둘러 멍석을 깔자, 딸이 엉겁결에 군소리 없이 따른다. 그는 바로 그 자리에서 무릎을 세워 딸의 머리에 손을 얹었다. 손 높이에 맞춰 고개를 잔뜩 수그려 그의 손길을 받아들인 딸이 눈을 질끈 감는다. 이쯤 되자 나는 마음이 놓여 얼른 눈을 감고 열성을 다해 그의 기도에 맞춰 아멘으로 화답하였다. 정말로 그는 혼신의 힘을 다하여 기도하였다. 그토록 열정적으로 기도하는 모습을 처음 봤지 싶다. 얼마쯤 시간이 흘러갔을까. 그가 기도를 끝낸다. 김이 서려 희뿌연 안경을 벗으면서 딸에게 묻는다.

"기분이 어떻습니까? 뭔가 새로이 와 닿거나 달라졌다는 느낌이 드는가요?"

딸이 어리둥절한 표정으로 간신히 말을 꺼낸다. "글쎄요?"

"잠시 쉬었다가 계속 기도하겠습니다."

땀이 송골송골 이마에 돋은 그에게 수건을 건네면서, 방금 펼친 안수기도에 의문이 들었다. 병 고침을 바라는 기도인데도 죄악으로부터의 용서를 구하는 내용으로 일관했다는 사실이다. 내 딸아이가 무슨 죄를 저질렀다는 얘긴지…. 죄 때문에 몹쓸 병에 걸렸다는 것인지…. 그는 구약의 속죄제에 치중하여 기도를 펼친 게 아닌가 싶었다. 이러고서 내 딸이 나을 거라는 믿음을 갖기가 어려운 심정이 되었다.

"기도는 우선적으로 본인이 간절해야 합니다. 자매님도 기도에 열심을 내십시오."

내 마음을 알 리 없는 그는 다시 안수기도를 시작하였다. 이번에는 아까보다 이른 시각에 안수기도가 중단되었다. 딸이 울음을 터트려서이다.

"왜 그러니, 아리야?"

"모르겠어요. 세상이 온통 슬프다는 생각밖에 안 들어요."

나는 그 말에 불길하였지만, 그는 생각이 정반대였다.

"자매님은 예수님께로 나아가는 회개의 눈물을 흘리셨고, 이제 죄악에서 구원받은 몸으로 거듭나게 될 것입니다."

그는 흡족해져 현관문을 나섰다. 그러면서 아직까지 훌쩍이는 딸에게 덧붙일 말을 잊지 않았다.

"내일 저녁 수요예배에 어머니하고 꼭 오세요. 교회에서 갖는 안수기도에 하나님의 손길이 더욱 함께하실 것입니다."

그가 돌아가고 나서 딸은 한참을 소파에 기대앉았다. 기도에 피곤했는지 어지럼증이 왔는지 밥 먹을 생각도 없이 말없이 앉았다가 훌쩍이다가 그랬다. 나는 건너편 식탁에 앉아 그런 딸의 모습을 물끄러미 바라볼 뿐이었다. 마침내 딸이 힘없이 일어나더니 씻으려는지 욕실로 들어갔다.

"엄마, 내 속옷 좀 챙겨 놔요."

이윽고 샤워하는 물소리가 들리나 싶더니 둔탁한 소리가 들려왔다. 딸이 쓰러졌다.

내 눈과 귀로 직접 확인하고 싶었다. 그래서 딸과 함께 병원을 찾았다. 현대 의학으로도 정말 내 딸의 병을 밝혀낼 수 없는 것인가? MRI를 찍었고, 아무리 살펴봐도 뇌 세포와 혈관 쪽의 이상을 발견할 수 없다며 의사가 MRI 사진을 조목조목 따져 가며 설명해 주었다. 뇌의 신경세포들 간에 교신하는 전자기적 작용에 문제가 생겨 일어나는 현상일 가능성도 있지만 현재로서는 거기까지 알아낼 방법도, 치료할 길도 없다는 얘기다.

11

나는 딸을 데리고 진리교회에 가서 안수기도를 재차 받아보고, 혹시나 싶어 병원에서 처방받은 빈혈 치료제까지 복용해 보는 형편이었지만, 며칠 지나고부터 그런 것에 기대하지 않았다. 나는 딸에게 제안하였다. 기도원에 들어가서 속이 다 후련해질 정도로 맘껏 기도해 보자는 무지막지한 요구를 들이댔는데, 딸이 기꺼이 받아들였다. 내 딸은 자신의 고통과 엄마의 고뇌가 다르지 않다는 자각이 비로소 생긴 모양이었다.

딸의 호응이 있자마자 바로 오영석을 찾았다. 허둥대지는 않았지만 화급을 다투는 듯 내 몸짓이 날래어 적잖이 당황하는 기색이었다.

"목사님, 내 딸 아리는 귀신이 들렸습니다."

"귀, 귀신이라니요?"

놀랄 줄이야 짐작했지만 의자에 앉은 몸이 들썩거릴 정도라니! 하지만 이미 꺼낸 말을 늦출 정신머리가 아니었다.

"목사님, 내 딸은 죄 때문이 아니라 귀신이 들려서 그렇습니다. 귀신을 쫓아내야 병 고침을 받습니다. 내 딸도 사태를 깨닫고 기도원에 들어가서 기도하겠답니다."

"집, 집사님! 그, 그게, 그러니까…."

말을 약간 더듬기까지 하는지라 내가 성경 구절을 놓고 일러줘야 했다.

"목사님, 예수님께서는 열두 제자에게 전도 여행을 보내면서 더러운 귀신을 쫓아내는 권능까지 주셨으나 그들이 능히 해 내지 못하자 꾸짖으시고, 예수님께서 친히 아이에게 들러붙은 귀신을 쫓아내셨습니다."

"그건 저도 잘 압니다만…."

"그러니 목사님께서도 제자나 바울처럼, '예수의 이름으로 네게 명하노니 그 아이에게서 나오고 다시 들어가지 마라.' 그렇게 말씀하심 되지 않겠습니까?"

"그렇지만 그건 전능하신 예수님이니까 가능했던 일이지 어찌 믿음 없는 이 세대가 그 일을 이룰 수 있겠습니까? 나부터 일단 귀신 쫓아내는 것의 경험이 없고 두려워하고 확신이 서지를 않습니다. 이런 상태에서 어찌 퇴마 의식을! 집사님, 정 불안하시다면 아무래도 입원을 하는 편이…."

내 눈치를 읽으며 말꼬리를 흐리는 그의 표정이 필시 정신병원을 염두에 둔 듯하다.

"마가복음 9장 25절에 귀신을 쫓는 방법의 말씀이 적혀 있고, 30절에 기도 외에 다른 것으로는 이런 종류가 나갈 수 없다고 말씀하셨습니다."

"집사님, 솔직하게 말씀해 주세요. 따님의 증세가 그 정도로 심각합니까? 귀신 들렸다고 의심해야 할 정도로요?"

이제는 그가 서두르는 기색에 내가 차분해질 수밖에 없다.

"아직은 대수롭잖게 여겨도 될 정도겠지요, 일반 사람에게는 말이에요. 하지만 내 눈에는 지금 미리 손을 쓰지 않으면 위험해질 것 같아서 그러는 거예요. 목사님, 이번에도 성경 말씀의 묵상과 기도를 통해 좋은 쪽으로 검토해 주셨으면 합니다. 그리 해줄 수 있으시죠?"

예전에 대학생일 때 기독교는 귀신을 어떻게 다루고 있는지 궁금해져 성경을 뒤져본 적이 있었다. 구약에서는 접신 들린 여인이나 박수무당 등을 물리치라는 내용만 간간이 있을 뿐이고, 신약의 예수처럼 폭넓게 귀신을 쫓아내고 병을 고치는 역사가 없었다. 그럼에도 솔로몬 시대에 이미 귀신을 쫓아내는 떠돌이 무당이 있었다고 전해지고 있으며 그것은 소수 유대인에 의한 민간전승이었든, 이집트나 북방민족의 샤머니즘처럼 타 민족의 유입에 의해서였든 간에 이들 무당의 명맥이 모세부터 예수 시대까지 면면히 이어져 왔다는 얘기가 된다. 나는 그 사실에 흥분되어 비로소 내게 불어닥쳤던 어린 날의 기억에 익숙해질 수 있었다.

생각하기에 따라서는 무당으로서의 역할을 지금 그에게 요구하는 꼴이 될 수가 있겠다. 그러니 비록 성경에 씌었다고는 하나 염치없는 부탁이기에 미안하기 그지없는 일이다. 그는 이런 난처한 주문을 놓고 바로 물리치지는 않았다.

"무, 물론, 검토는 해 보겠습니다만, 이럴 바엔 퇴마 쪽에 경험 있는 목사님이나 성도님을 찾아보시는 게 나을 듯합니다. 저는 지금으로선 도저히 자신 없습니다."

"우리 목사님의 경건한 안수를 바라지만 어쩌겠어요. 검토하시고 마음에 와 닿는 대로 하셔야죠."

이렇게 해서 얼렁뚱땅 대충 승낙을 얻고는 자리에서 일어섰다. 기도와 안수를 치를 장소로는 우리 교회가 사용하는 지리산 기슭의 벧엘기도원을 찾으면 될 것이다.

딸과 함께 주일예배를 드렸다. 마친 뒤에 가까운 성도들과 인사를 나누며 자연스레 목양실에 들렀다. 오영석이 기다렸다는 듯 반갑게 맞는다.

"자매님, 몸은 어떠세요?"

"증상이 매일같이 나타나진 않아요. 이따금씩 몸이 고달파지는데 요즘은 괜찮습니다."

그새 그와 한결 가까워진 딸이다. 몇 번 교회를 방문하고 안수를 받고, 그러는 와중에 서로 긴밀해졌는가? 며칠 사이에 증세가 완만해졌다는 점이 딸에게 우호적 기분을 갖게 하였나 보다.

"네, 주님의 은혜입니다. 점심식사 마치면 청년 모임이 있습니다. 한번 참석해 보시죠."

"아리야, 그래라."

나는 딸의 등을 떠밀었다. 청년부 회원은 겨우 열 명 남짓이지만 그가 이 모임을 직접 맡아 양육할 정도로 이들에게 거는 기대가 크다. 그의 권유는, 아리가 청년들과 어울려 지내면서 자연스레 예수님께 돌아오길 기대하는 것이겠지. 내 심정도 그러하다. 아무리 안수받는 자의 신앙과 상관없이 신의 은혜가 임할지언정 아무렴 당사자만 할까. 본인의 신앙이 미칠 영향을 무시할 수 없는 것이다. 딸이 가져야 할 신앙심, 그 역할에 그가 적극 나설 거라는 생각이 들었다.

그가 앞서 걷는다. 지하에 자리한 교회 식당이 의외로 한적하다. 예배에 출석하는 교인이 갈수록 줄어드는 데다가 식사를 같이 하는 교인들도 점점 줄어든다. 예배 때 얼굴 비쳤던 나건수와 몇몇 식구의 모습도 보이지 않는다. 나도 이제는 열심을 내던 전도마저 멈출 정도로 한계에 이르렀음을 느낀다. 그래서일까, 몇몇 성도와 만나 말씀을 나누던 구역예배도 갖지 않은 지 한참 되었다. 다들 바빠서일까? 마음에 여유가 없어진 것일까?

"목사님, 여기요!"

오영석은 우리와 같이 앉고 싶었지만 저쪽에서 장로들이 손짓하며 부르는 바람에 엉거주춤 떠난다.

딸이 소곤거리지만 표정이 밝고 활기차다.

"엄마, 오늘 친구 만나고 늦을 것 같으니까 기다리지 마세요."

"여태 떨어져서도 살았는데 늦는 것쯤이야."

딸이 교회에 호의를 보이는 것만으로도 만족스럽다.

"흐흐, 자정 안에는 들어갈게요."

딸은 아침을 먹지 않아서인지 시래깃국에 밥 한 공기를 뚝딱 해치운다. 사람이 출세하면 뭐 하고 부귀영화를 누린들 뭐 하랴. 작은 것에 행복이 느껴 오는 이 삶에 만족하면 그만인 것을. 나는 바로 집으로 돌아가서 밀린 잠을 푹 자 둬야겠다는 생각으로 가득했다.

12

"아리야, 얼른 내려와."

물이 차지만 살갗을 파고드는 촉감이 좋아 손을 적시고 발까지 담갔다. 딸은 길쭉한 기도원 단층 건물 안에서 여태 어기적거린다. 가방에 뭘 잔뜩 쑤셔 넣더니만 동작이 굼뜨다.

나는 이곳 벧엘기도원이 참 맘에 든다. 올 때마다 아늑한 고향 땅을 밟는 기분이다. 내가 태어난 고향 땅은 이처럼 수려한 풍광이 아니었지만 정겨운 밭고랑을 걸으면서 노을 탈 때 번지는 된장국 냄새에 킁킁거린 기억들이 새롭다.

"너! 이러려고 꾸물댔구나. 춥지 않아?"

어느새 냇물에 텀벙, 발을 담근 딸은 수영복 차림이다.

"한겨울에 냉수욕도 하는 걸요."

시월 하순의 쌀쌀한 날씨에도 아랑곳없이 딸은 씩씩한 자태로 웅덩이에 풍덩 몸을 던진다. "어어! 시원해!" 내지르는 소리가 더 추워 보이건만!

잦은 가을비에 콸콸 소리를 내며 냇바닥의 돌무지를 타고 흘러내리는 냇물에 흠뻑 마음이 다 뺏길 지경이다. 딸도 그래서일까, 개구쟁이 아이처럼 얼굴을 물속에 처박고 잠수하는 시늉까지 해댄다. 낌새가 요상타 싶더니만 요 녀석이 두 손 가득 물을 퍼 올려 엄마에게 물벼락을 내린다. 깔깔깔! 놀라 허둥대는 엄마 꼴이 재밌는지 연방 웃어젖힌다. 모녀가 언제 이런 놀이를 또 가져 보겠나! 나도 덩달아 물장난을 치며 딸의 물놀이에 한참을 어울렸다.

모녀가 뒤엉겨 재밌기는 한데 엷은 옷이 민망할 정도로 젖어 남우세스럽다. 남정네가 없기 망정이지 젖은 몸에 젖통이 자꾸 불거진다. 너무 소란을 피웠을까. 기도원에서 조금 떨어진 벽돌집 앞마당에서 형님이 팔을 휘두른다. "어여, 밥들 드시게나."

딸이 고개를 갸웃거리며 물었다.

"벌써 저녁 먹어요?"

"저 형님은 성미가 그래. 대충 멍석 걷자."

시골은 대개 이른 시각에 식사를 하지만 형님은 좀 더 일찍 해치운다. 맛으로 음식을 먹는 게 아니라 정말 살기 위해 에너지를 채우는 모습으로 비쳤다. 밥상에 셋이 둘러앉았다. 놋그릇에다 잡곡밥을 고봉으로 담았다.

"아따 시골 인심 한번 징하구마이. 이 밥을 언제 다 먹었소?"

"온다는 전갈 받고 어째야 쓰겄나 했는디, 동상이 맛난 찬거리는 죄다 준비해 왔어야."

"아따 성님, 한 보름 넉넉하게 있을 긴데 요렇게도 장만 안 해 쓰겠소. 이래봤자 성님이 담근 총각김치만 못하지라."

이 형님을 만나면 나도 덩달아 어설픈 사투리로 대꾸한다. 딸은 이런 내 모습이 우스워서 빙그레 쳐다본다.

"어매! 고러케나 오래 있어야. 시방 무신 일이 있는 거시여?"

"일이 머시 있겄소. 성님 얼굴도 보고 단풍놀이 온 거시지라."

허리가 구부정한 이 형님은 오영석의 먼 친척뻘이라 한다. 낯선 이곳으로 어린 나이에 시집을 와서는 지금까지 남편과 밭농사를 지으며 살아왔단다. 영감이 돌아가시자, 오영석은 이곳 밭뙈기를 사서 기도원을 짓고 관리를 맡겼다. 오영석과 교회에서 매달 돈 얼마씩을 꼬박꼬박 보내주니 노후 생활에 불편은 없을 게다. 교회 수련회 등, 교회에서 갖는 공식 행사 외에도 가끔씩 교인이 기도차 찾아오면 식사와 잠자리를 일일이 챙겨주고 더러 함께 기도에 나섰다. 비록 허리가 굽었어도 기력은 정정하여 온갖 뒤치다꺼리에 능숙한 것이, 오랜 밭일에서 다진 근력의 덕분이겠다.

이 친척 어른도 그렇지만 들은 바로는 오영석 목사의 집안이 일제강점기 때부터 기독교를 믿은 독실한 신앙의 가문이라 한다. 조부모는 일본의 신사참배 강요에도 굴하지 않고 신앙을 지켰고, 부모는 1·4후퇴 때까지 북한에서 신앙생활을 하다가 그 후, 영산에 정착하여 지금껏 기독교 집안으로 살아간다고 하였다. 이런 모태신앙의 저력에서 나온 것일까? 오영석은 부모의 바람대로 목사의 길을 걷기 위해 고교를 졸업하자마자 바로 신학대학을 다녔고, 전도사 과정을 거쳐 지금에 이른다. 살다가 뜻한 바 있어 목사의 과정을 밟은 게 아니라 처음부터 목회의 길을 택했다.

그 점에 있어 나는 오영석에게 깊은 호감을 가졌다. 어떻게 그런 마음이 순순히 일어날 수 있을까? 피치 못할, 어찌할 수 없어 떠밀려가듯 이 길을 걷는 사람이 또 얼마나 많은가. 나부터도 그러하다. 그러니 이렇듯 순수하게 예수를 향하는 경외의 마음이 한껏 궁금하였는데 정작 그는 내가 물었을 때 그렇게 말했다.

"별거 없어요. 부모님의 뜻을 따랐을 뿐이고, 따르고 싶을 만큼 예수님이 좋았어요. 예수님을 알아가는 시간들이 또 얼마나 행복할까. 매일 예수님을 생각하고 기도하며 살아갈 수 있다니. 그런 기대감에 선뜻 응했었죠."

말하는 표정에서 일말의 그늘이 드리워져 유심히 얼굴을 들여다보자 그는 말을 덧붙였다.

"그런데 아직도 예수님을 채 알지 못하겠고, 무엇보다도 내게 찾아오신 적이 아직 없다는 것입니다. 다른 목사님들은 주님께서 내게 이런 마음의 소리를 주셨다, 때로 꿈에 오시고 말씀으로 나를 인도하셨다, 이렇듯 여러 현상으로 나타나는 하나님과의 만남을 노래하는데, 대체 내겐 그런 게 없어 안타까울 때도 있지만 그러나 그럼에도 성경에서 나타나는 하나님의 말씀을 나와의 영적 접촉이라 느끼면서 하나님의 참된 뜻을 알아내고자 열심을 다하고 있습니다. 하 집사님, 어떻습니까. 내가 아직 만족한다는 것이겠지요? 주님을 사랑하고 진리를 따르는 이 마음의 순수를 알아주시겠지요?"

느닷없이 내게 되물었을 때 조금 당황했었고 이에 뭐라 대꾸한 기억은 있지만 무슨 얘기로 답을 했는지는 지금 분명치 않다. "저야 모르지만 주님은 아시겠지요?" 그렇게 뇌까렸다는 기억만이 흐릿하게 머릿속에 떠돌 뿐….

"할머니, 밤에 혼자 계시면 무섭지 않으세요?"

딸의 목소리가 내 상념을 깨뜨렸다.

"머가 무서버, 여기서 육십 년도 더 살았는데라. 귀신만 안 보이면 되야."

"후훗, 할머니도 참! 없는 귀신, 그렇담 무서울 거 하나 없다는 말씀이시네요."

"어매, 고런 소리 말어. 요 밑 감나무골 분이네 할마시가 그저께 황천길 갔어야. 귀신이 자꾸 따라댕긴다고 해쌌더니만 한날 덜컥 죽어버렸다니께. 델꾸 간 거여."

나는 마음이 언짢아져 화제를 바꿔 버린다.

"성님, 오 목사님이 목요일쯤에 여기 들린대요."

"우리 목사님이 뭔 일로 먼 걸음 하신디야? 자고 담날 가시는 겨?"

"아마 그러시겠지라."

아무래도 우리 모녀가 예삿일로 기도원을 찾아온 게 아님이 느껴지나 보다.

"기도원 안이 원체 쌀쌀하게 철야기도를 할 거시면 전기장판 이거 꼽아야 혀. 졸려 죽겠으면 냅다 이 황토방으로 오셔. 뜨끈뜨끈하게 군불 지펴 놓을 텐께."

지금 깔고 앉은 전기장판을 가져가라는 얘기다. 그러고 보니 기도원엔 전기장판이 보이지 않았다. 불을 때지 않은 맨바닥에 방석을 깔고 앉는 것만으로는 추위를 이겨내기 힘들다. 담요가 눈에 띄긴 했지만 그걸 뒤 집어쓰고 기도하기에는 좀 방정맞지 않을까.

놋그릇에 담긴 노인네의 수북한 잡곡밥이 날렵한 숟가락질에 벌써 게 눈 감추듯 한다. 밥알을 훔치느라 밥그릇을 손에 들고 두어 번 달그락거 리더니 밥상에다 탁 놓는다.

"같이 밥 먹으이 겁나게 맛있어야. 목구녕으로 술술 기냥 넘어가구마. 근디 각시는 촌밥이 입에 안 맞을 거여. 그래도 천천히 많이 드세이."

"네, 할머니. 원래 배가 작아서 그렇지 밥이 참 맛있어요."

밥 먹는 동안에 해가 서산으로 꼴깍 넘어가 버렸다. 날이 어둑해지니 골바람이 스산하게 울고 냇물 소리가 요란하다.

13

"성님은 걱정 말고 일찍 주무시소."

딸과 함께 전기장판을 치켜들고 기도원으로 향했다. 기도원 실내 정면에 큼직한 십자가 나무가 걸려 있다. 거기 가까이에 전기장판을 깔고 담요를 펼치고 그 위에 방석을 가지런히 놓았다. 천장에 걸린 하얀 형광등은 다 꺼 버리고 십자가 나무 뒤편과 벽면에 붙은 노란빛의 전구 몇 등만 켜 두었다. 나는 성경책을 앞에 펼쳐놓고 편한 자세로 앉았지만 딸은 이런 공간에 익숙지가 않아 다리부터 어찌 추슬러야 할지를 몰라 엉거주춤 앉았다.

"아리야, 심신을 편히 가져. 여긴 기도하는 데지만 생활하는 공간이기도 하니까."

나는 말을 마치고 눈을 감았다. 이번에 갖는 기도가 어떠한 응답을 가져올지, 딸이 힘들어하지나 않을지, 아무것도 알 길이 없다. 내가 기도하는 대로, 오영석이 안수하는 그것대로, 우리의 간절한 바람이 신에게 이르기를 바랄 뿐이다. 더 이상의 어떤 방법이, 묘책이 있을 수 있겠는가.

창문을 여닫는 소리가 들리더니, 딸이 내 곁에 바싹 앉는다. 귓속말로 부르기에 뭔 일인가 했다.

"엄마, 엄마, 우리 산책 나가요."

그 소리에 실눈이 떠진다.

"여긴 밤길이 험해."

"동녘에 보름달이 떠올랐다고요! 아직 달이 일그러지지 않았어. 엄마, 밤 풍경이 참 멋질 거야."

다른 누가 엿듣는 걸 꺼리는 모양으로 여전히 소리 죽여 말하는 딸이다. 어둑한 실내 분위기여서 그럴까.

"그러니? 좋아. 겉옷은 두툼한 걸로 걸쳐야 해."

걷지 않아도 바깥에 서서 달을 쳐다보는 것만으로 가슴이 벅찰지 또 모르지. 나는 가라앉은 몸뚱이를 천천히 일으켰다. 딸의 얘기대로 보름달이 산등성이 위로 벌겋게 떠올랐다. 이제 밤이 깊어질수록 중천에 올라앉아 이곳을 환하게 비출 테지.

"아리야, 이 엄마는 이곳에 앉아 무수히 반짝이는 별바다를 보는 게 더 좋더라."

"오, 그래요? 며칠 지나면 은빛 은하의 물결에 흠뻑 빠지기까지 하겠네?"

이때, 저 멀리 구부러진 산길을 타고 전조등 불빛이 이쪽을 향해 꾸물꾸물 달려온다.

"누구지? 여긴 막다른 곳인데."

"엄마, 최 기자인지 몰라요. 설마 여길 찾을까 했는데 기자라 다르네."

아까 물장구치고 있을 때 그가 문자를 남겼다고 한다. 나중에 전화를 하니 여길 찾아오겠다며 큰소리를 쳤다는데… 차가 모퉁이를 돌아 이곳 기슭에 오르자 운전자가 오영석임을 알아차렸다.

"아리야, 오 목사님이다! 벌써 어쩐 일이지?"

나는 기도원 어귀에 닦아 놓은 공터로 내려갔다. 낡아 털털거리는 승용차 엔진을 끄고 오영석이 내린다.

"목사님, 월요일인데 이리 일찍 어떻게요? 목요일에 오신다고선."

"아 예, 집사님, 그렇게 됐습니다. 오늘 와야 여유가 있을 것 같아서요."

"어유, 미리 기별이나 주실 것이지. 저녁은요?"

"오다가 휴게소에서 먹었습니다. 우리 곽아리 자매님은요?"

그가 주위를 둘러본다. 저편 언덕에 서서 물끄러미 바라보는 아리의 모습이 눈에 띄자 서둘러 그쪽으로 걸음을 옮긴다. 나는 조용히 그 뒤를 따랐다.

기도원 맨바닥에 앉은 그는 뜻밖의 얘기를 꺼냈다. 귀신 쫓는 안수를 하지 않겠단다. 성경을 검토하고 하나님께 답을 구하는 기도를 드렸는데, 악령을 쫓는 퇴마사는 일찍이 가톨릭에서 일부의 신부들이 나섰고 지금도 소수의 교파에서 간혹 행하고 있지만, 실제로 그 실효성을 찾을 수가 없었다고 한다. 그리고 구약에서는 귀신 쫓는 행위를 찾아보기 힘들 뿐만 아니라 귀신 자체도 그 존재가 희미하여 확신할 수 없었다고 한다. 그래서 예수님께서 행하신 귀신 쫓음의 행위가 대체 무엇을 의미하는지를 궁리하였고, 한참 만에 이런 생각이 묵상 중에 떠오르더라고 하였다.

"집사님, 우리가 성경 구절의 많은 부분을 문자 그대로 받아들이는 게 아닌 이상, 예수님의 행위 또한 여러 시각을 가지고 되새길 필요가 있습니다. 예수님의 귀신 쫓아냄은, 귀신이라는 존재에 대한 인식이나 쫓아낸다는 행위의 중요성에 있는 게 아니었습니다. 쫓아내어도 그 행실을 새롭게 갖지 않으면 그 형편이 전보다 더욱 심하게 된다는 말씀으로도 이를 입증하는 것이지요."

그러니까 마음과 몸을 항상 새롭게 하여 의로운 삶을 살아야 한다는 뜻이라는 것이다. 쫓아내어도 행실에 따라 더욱 악화되니까, 결국 사람의 선한 의지에 달렸다는 얘기다. 구약시대의 사람들은 죄가 있어 질병에 허덕이고 율법을 어겨 돌연한 죽음에 이른다고 믿었는데, 신약시대에 이르러 여기에 귀신이 더해졌을 뿐 이 모두가 신의 징벌에 의한 것이라는 믿음은 매한가지였다.

"이런 허튼 풍습을 앞에 두고 예수께서는 군중의 습성에 맞춰 귀신 쫓음을 행하셨다고 봐야 합니다. 신약의 요한복음 9장 3절에, 날 때부터 맹인이 된 사람을 보고 제자들이 물어 이르되 이것이 누구의 죄로 인한 것이냐고 묻자 예수께서 대답하셨지요. 이 사람이나 그 부모의 죄로 인한 것이 아니라 그에게서 하나님이 하시는 일을 나타내고자 하는 것이다, 그렇게요. 구약에서 자주 언급되는 죄에 대한 징벌의 표시로써 병에 걸리는 게 아니라, 이제는 부질없는 질병이 고쳐지길 바라시는 하나님의 선을 마침내 예수님께서 선포하신 것이지요. 이렇게 해서 나는 결론적으로 이런 의미를 찾았는데요. 그것은, 질병은 더 이상 죄나 귀신에게서 오는 게 아니라는 것이고, 질병은 반드시 치료되어야 할 대상에 불과하다는 것입니다. 이런 예수님의 뜻에 의해 오늘날에 와서는 많은 질병이 의술로써 치유됨을 얻고 계속해서 연구되어지는 것입니다."

그가 지금 옳은 소리를 하는 것이라 생각되면서도 나는 이게 불만족스러웠다.

"귀신 때문에 생긴 질병이 아닌데도 예수님은 왜 무지한 군중의 습성에 맞췄을까요?"

"병은 죄 때문에 귀신 들려 생겼다고 믿는 우매한 군중에게는 귀신이 쫓겨났음을 알려야 병이 나음을 믿을 수 있었겠지요. 요한복음 9장 6절을 보면, 진흙을 이겨 맹인의 눈에 발라 눈을 밝게 하셨고, 손을 내밀어 나병이 낫고, 의뢰자의 믿음에 중풍이 낫고, 손을 만져 열병이 낫고, 귀신 들렸다고 여기는 정신질환이 말씀으로 나았습니다. 이렇듯 만지거나 말씀과 믿음에 의해 나음을 입은 것들의 여러 사례를 봐서도, 비단 귀신 쫓는 행위를 거쳐야만 병이 낫는 게 아니라 하나님의 권능으로써 이 모든 일이 이뤄질 수 있음을 보여주신 것입니다. 질병뿐만 아니라 죽음까지도 깨어나게 하신 기적들을 살펴보면 더욱 그러하지요."

나는 점점 절박해지는 심정이 되어 그에게 무작정 매달릴 수밖에 없었다.

"목사님, 그렇다면 귀신 쫓는 행위가 아니라, 하나님의 권능에 힘입어 내 딸의 병이 치유될 수 있도록 그렇게 안수해 주시면 되잖습니까? 제발 그렇게라도 해 주세요."

"집사님, 문제는 이렇습니다. 앞서 말한 이러한 권능의 안수나 말씀이 사도시대에 임하신 성령에 의해서만 일어난 표적과 기사였다는 사실입니다. 만약 이러한 것들이 지금도 유효하다면 인류가 의술의 발전을 이루려고 여태껏 노력할 이유가 없었다는 게 되지요."

오늘따라 그의 완고한 모습이 무척이나 낯설다. 아무래도 그를 설득시키기에는 한계가 있겠다. 나는 혹시나 싶어 가져온 공책을 마침내 보여줄 때가 되었다는 생각에 이르자, 한편으로 마음이 매우 착잡해졌다. 나의 과거를 들춰내어 보여준다? 그것도 무당을 살려두지 말라는 구약성경의 구절을 아는 기독교 목사에게? 비록 그가 다른 목사와는 확연히 차이를 둘 만한 순수의 영성을 지녔다고 파악되지만 아무리 그렇더라도….

"아직 시간은 있으니까…. 생각이 바뀌기도 하니까…."

나는 혼잣말로 중얼거리며 굼지럭거렸다. 그래도 그는 나를 빤히 바라볼 뿐 더 이상은 말을 잇지 않는다.

"아리가 뭐 하고 있나 나가봐야겠어요."

마음이 어수선해져 딸 핑계를 대며 자리에서 일어났다. 딸은 여전히 밤의 정취에 취해 있을 게 뻔하다.

"같이 가시죠. 저도 바람을 좀 쐬어야겠습니다."

그는 나의 불편한 심기를 엿보며 아무런 도움을 주지 못해 미안하다는 기색을 비쳤다.

14

자기에게 불어닥친 고뇌를 제대로 통감하지 못하는 딸 아리는 보름달을 품는 여인처럼 바윗돌에 걸터앉았다. 그는 그쪽으로 걸음을 뗐지만 나는 일부러 벽돌집 뒤뜰에 나 있는 아궁이를 향해 걸었다.

"성님, 군불 어지간히 때셔이. 자다 궁둥이 타삐것소."

형님은 아궁이 앞에 쭈그리고 앉아 불쏘시개로 장작을 들쑤시고 있었다.

"어매! 연기 매운디 와야."

나는 차가운 몸을 녹일 생각에 불 가까이 다가가 앉는다.

"우리 목사님이 시방 엔간히 나이가 됐어야."

형님은 오영석에 관한 얘기를 떠들썩하게 해 댔지만 하나도 귀에 들리지 않았다. 나는 연기가 매워 손을 내저으며 쿨룩거렸다.

"동상, 아궁이가 폭삭 꺼져뿌리겄어."

이게 뭔 소린가 했다. 가만히 내 짓을 살피니 호흡 따라 거칠게 한숨을 몰아쉬고 있었다. 어지럽고 열이 화끈거려 이내 일어서야 했다.

"성님, 목사님은 기도원에서 주무신다 허네. 성님 먼저 황토방서 주무시소."

형님도 덩달아 몸을 일으키며 머리에 두른 흰 수건을 벗는다.

"그려, 댓 사람이 자도 널찍널찍하잖여. 오늘은 황토방이 따시니께 내도 자야 쓰겠어."

형님은 입은 허드레옷을 수건으로 툭툭 털며 앞마당에 내려서다가, 문득 한곳에 시선을 던지고는 말씨가 수다스러워진다.

"어매! 동상, 시방 저거 좀 봐야 쓰겄네. 워뗘? 각시랑 잘 어울리구마이."

나로서는 이미 익히 본 모습에 불과하다.

"아따! 성님, 뭔 소리여? 둘이 문답하는 거구마."

바윗돌에 앉아 담소를 나누는 둘의 모습을 가지고 저리 호들갑이다. 친척 간이라 노총각 오영석한테 얼쩡거리는 처녀가 보인다 싶으면 마구잡이로 혼삿길을 터놓고 싶은가 보다. 그러고 보니 요즘 둘의 태도가 미심쩍긴 하다. 특히 오영석의 행동이 예사롭지 않다는 생각이 절로 듦을 어쩌지 못한다. 서로가 마음 한구석씩을 차지하고 있다는 것일까?

나는 형님을 껴안듯이 하여 집 안으로 이끌었다. 형님은 못내 아쉬워 창문 너머로 기웃거리다가 씻는다며 욕실로 들어갔다. 그동안에 나는 거실 한편에 놓인 여행용 가방에서 공책 세 묶음을 끄집어내었다. 이것을 다 보여주나? 어떤 공책이 목사의 마음을 되돌리기에 적절할까. 공책 갈피를 손아귀에 쥐고 주르륵, 빠르게 넘기다가 가장 낡아빠진 공책에서 멈췄다.

이것은 내가 스물여섯 살 때 작성한 글이다. 무당이 되고 나서 아리 아버지, 곽성규에게 보여주려고 급히 밤을 새워가며 적은 글이다. 읽을 사람이 달라졌지만 이것을 읽으면 내가 안수를 요구하는 이유를 알게 될 것이다. 그런 확신 비슷한 기분에 이끌려 그 공책을 집어 들고 자리에서 일어섰다.

바윗돌에 둘은 보이지 않았다. 가을 산의 들꽃을 살피러 갔는가? 딸이 앉았던 자리에 걸터앉아 어느 무엇을 바라보면서 이 밤의 감흥에 빠져들었을까를 알아보려 했다. 달빛을 받아 한눈에 펼쳐진 계곡의 단풍, 능선 가까이 비죽배죽 얼굴을 내민 기암괴석, 어둠이 잔뜩 웅크린 수풀, 여전히 요동치는 냇물, 그리고 실구름을 거느리며 밤하늘에 유유자적하는 보름달.

그렇구나! 이거로도 족하겠구나. 살고 사는 인생, 그 자체로도 즐거운 것을…. 그러나 다들 그러저러하여 괴롭다. 숨이 가빠오는 것이다. 나는 환하여도 시리지 않는 달덩이에 한참 시선이 머무르다가 눈을 감았다. 그러자 불현듯 여러 소리가 하나씩 귀를 타고 들려오기 시작한다.

달빛이 어색한 날짐승 소리, 멀리서 기척을 따지는 개 소리, 부근의 고라니 소리, 자갈을 굴리는 물소리, 휘파람 같은 계곡 소리, 야단법석 떠는 풀벌레 소리, 이 자연의 소리들이 차차 어울려 관현악을 이룬다. 나는 마음에 울리는 소리를 타고 절정으로 치닫는 우주의 화음에 화답하느라 두 눈을 번쩍 떠 버렸다.

눈앞에 휘영청 달이 밝아 내가 한가락 선율을 타고 휘적휘적 날아오르는데, 그것은 기타 소리였다. 이어 들려오는 소리는 풍금 선율이다. 아아! 낯익은 음색의 건반 손놀림에 잠깨듯 정신이 확 깨었고, 자리를 박차고 벌떡 일어섰다. 신명에 잡힌 짓도 아니고 이게 무슨 꼴이람? 나는 소리가 흘러나오는 기도원 창가로 천천히 걸어갔다. 이 연주곡은 복음성가로, 일반인에게도 비교적 익숙한 노래다. 연주에 맞추어 노랫말을 흥얼거렸다.

"한 세대는 가고 한 세대는 오나, 땅은 영원히 있으며, 해는 떴다가 지고 그 떴던 곳으로 빨리 돌아가누나. 바람은 이리 불고 저리 불며 불던 곳으로 돌아가며, 모든 강물은 다 바다로 흘러가나 바다를 채우지 못하리라."

창가에 다가서서 가만히 안을 들여다보았다. 풍금 주위로 낮은 촉수의 둥그런 조명이 비춰져 있고, 건반을 두드리는 딸 옆에는 오영석이 왼발을 의자에 올린 자세로 기타 줄을 퉁기고 있다. 그들은 이중창으로 노래를 부르고 있었다.

"눈은 보아도 족함이 없고 귀는 들어도 차지 않누나. 만물의 피곤함을 사람이 어찌 말로 다 할 수 있으랴. 우리가 행하는 모든 것이 다 헛되어 바람을 잡으려는 것인 줄을 깨달았네."

둘의 모습이 행복해 보인다. 어긋나려는 화음을 눈으로 붙들며 선율 위에 서로의 마음을 띄우는 듯하다. 마치 조각달에 비낀 샛별의 모습에, 나는 처음으로 둘이 결혼해도 좋겠다는 생각을 떠올렸다. 공책을 만지작거리다가 도로 벽돌집으로 향했다. 그들의 연애 감정을 흔들고 싶지가 않다.

15

딸이 들어와 옆에 눕는 줄도 몰랐다. 늦게야 씻고 이것저것 바르고 챙기느라 등불을 켠 것도 몰랐다가, 옆자리에 파고들어서야 번쩍 눈이 뜨였다.

"재밌게 놀았니?"

"깜짝이야! 엄마, 놀랬잖아. 방금까지도 코 골더니?"

"내가?"

"그럼요. 근데 저 할머니 소리는 정말 커."

형님의 코골이는 유명하다. 여기 아니라 안방에서 자도 들릴 정도다.

"목사님은?"

"당장 주무시진 않겠던데? 먼저 자겠다며 왔어요."

잠시 서로 말이 끊긴다. 코 고는 소리에도 잠이라는 놈이 눈두덩을 꺼당겨 누른다.

"일찍 일어나려면 어서 자자."

한참 있다가 잠결에 중얼거리듯이 딸이 읊조린다.

"오영석 씨가 그러는데… 내가 매력적이래."

"…영석이가? 웬일이래? 후후."

얼마나 시간이 또 흘렀을까. 꿈결에 중얼거렸다는 느낌에 다시 눈을 떴다. 황토방의 열기에 내 몸이 주눅 든 게 아니었다. 과연 내 공책을 들여다본 이후에도 여전히 아리를 좋아하고 나를 다정하게 대할까? 아무 일도 아니라는 몸짓으로 그러할까? 열뜬 기분에 거실로 나왔다. 창가에 스며든 달빛에 기대어 공책을 챙긴다.

기도원으로 가는 길에 자갈이 깔려 있어 바가닥거린다. 밤이슬을 머금었나, 슬리퍼를 신은 발밑이 미끄럽다. 기어코 이 가을밤을 지새울 풀벌레의 합창을 들으며 잠옷 바람에 걸친 긴 외투를 여미었다.

오영석은 구석에 놓인 앉은뱅이책상에 앉아 성경을 읽으며 묵상 중이었다. 문을 열고 기척 없이 들어서는 내 모습에 일순 머뭇거렸지만 다가가도 일어나지는 않았다. 밤늦은 이 시간에 단순한 일로 찾아온 게 아님을 알 테니까. 항상 나의 얘기는 귀신으로 가득 찼으니까.

다가앉아 웃음기 없는 얼굴로 불쑥, 공책부터 앞에 내밀었다.

"목사님, 지금 당장 읽어주셨으면 해요. 시간이 많지 않으니까요. 그간에 선소리처럼 들렸던 내 얘기가 이걸로 이해될까 싶어 가져왔어요. 자세한 얘긴 읽으신 후에 나눴으면 하네요."

바로 자리에서 일어서자 그는 그제야 공책을 집으며 몸을 일으킨다.

"네, 읽어보겠습니다."

출입문까지 따라와 나직이 말한다.

"집사님, 문 꼭 잠그고 주무세요. 내일 뵙죠."

"편안히 주무세요, 목사님."

문을 나서며 인사하였고 잠시 후, 안에서 문 잠그는 소리가 들렸다. 나는 벽돌집으로 향하려던 걸음을 바윗돌로 옮겼다. 바로 잠자리에 눕고 싶지 않았다. 시간을 두고 기다렸다가 그가 공책을 읽기나 하는지 확인하고 싶은 충동을 어쩌지 못한다.

이제야 자정 무렵인가 보다. 달이 남쪽 하늘에 두둥실 떠올라 있다. 세상은 평화롭지 않아도 유유창천에서 내다보면 그윽하기만 하다. 이러한데 낡고 삭는 세포 하나에 집착해서 뭐 하겠는가. 우주는 일체인 것을! 하나로 이어지는 것임!

창가에 다가서서 어둑한 기도원 안을 엿보니, 그는 앉은뱅이책상에서 공책을 읽고 있었다. 읽어가는 그 표정이 무척 진지하여 한시름 놓았다. 그는 공책에서 시선을 떼지 않은 채 천천히 종이 한 장을 넘기고 있다.

제2부

귀신을 쫓는 굿

1

내 이야기는 1957년 12월부터 시작되어야 하겠다. 나는 간밤의 폭설로 인적이 끊긴 충청도 산골에서 새벽에 태어났다. 날이 맑았으면 둥그런 보름달의 정기를 받고 태어난 복스러운 아이가 되었을지도 모르는데 운 없게도 산파 없이 긴긴밤을 진통 끝에, 엄마가 나를 낳으셨다고 한다. 그래도 나는 일곱 살이 될 때까지 아무 탈 없이 무럭무럭 자라났다고 한다. 어린 나이에 비해 무척이나 영특하고 남달리 성장 속도가 빨라 그때 벌써 한글을 깨치고 키가 쑥 컸다고 이르지만 주위로부터 주워들은 얘기일 뿐, 내가 가진 기억은 일곱 살의 봄날부터 드문드문 떠오른다.

마을 뒷동산 가까이에 널찍이 삶의 터전을 마련한 아버지는 주로 밭농사를 지으면서 비교적 넉넉한 살림살이를 꾸렸다고 한다. 뒤뜰에는 울창한 대나무 숲이 있어 봄에는 죽순을 캐 먹고 여름에는 그늘을 내고 가을에는 다 자란 대나무를 골라내어 아버지는 목돈을 챙기셨다. 겨울에는 삭풍과 눈사태를 막아내어 좋다는데, 어른들의 마음과 달리 나는 대나무 숲이 사시사철 '쉬이익 쉬이익' 하고 바람 소리를 내어 좋았다. 겨울에는 추위를 이기는 잎사귀에 눈꽃이 수북하게 맺히기라도 하면 친구들과 숨바꼭질로 가끔 숨어들고는, 대나무를 흔들어 대어 눈 벼락을 맞히는 장난이 즐거웠다.

숲 뒤로는 아담한 동산이 펼쳐졌는데 아버지가 나를 팔뚝으로 안아 올리고 손을 휘이 저으면서 말씀하셨던 기억이 난다. "설희야, 저 끝 너머까지가 전부 우리 땅이란다." 어린 나이에도 멋진 일이라는 것을, 아버지의 뿌듯해 하는 표정을 보고 알아내었다. "엉? 아이 신나!" 나는 엉덩이를 들썩거리며 마구 까불었다.

내가 뒷짐 지고 저 아래 신작로를 우두커니 바라보고 서 있으면, 품앗이로 밭일하는 어른들이 새참 들면서 덕담처럼 한마디씩 하셨는데, 아이가 영악하여 여식이래도 이담에 커서 한자리할 관상이라는 둥, 이구동성으로 칭찬 일색이었다. 내게 병이 찾아오기 전까지는….

아버지는 일요일이 되면 이따금 자전거에 나를 태워 읍내로 데려가셨다. 도착해서는 먼저 지붕에 십자가가 매달린 교회에서 예배를 보셨고, 낯선 사람들에게 꼬박꼬박 인사를 시키셨다. "어머나, 그새 많이 컸구나." 다들 나를 안다는 듯이 말하는 걸로 봐서 어릴 때부터 아버지 품에 안겨 다녔던 모양이었다. 아버지는 예배가 끝나면 내 손을 꼭 붙잡고 읍내 장터를 이곳저곳 구경시키면서 맛있는 음식을 사 주셨는데 아버지가 즐겨 드시는 국수를 나도 일부러 시켜 먹었다. "설희야, 짜다. 조금씩 넣어 먹어." 먹을 때 입안이 근질거려 애꿎은 배추김치를 마구 축내기는 했다.

훨씬 뒤에야 안 사실이지만 아버지는 한국전쟁 1·4후퇴 때 평양 부근 마을에서 남하하여 우여곡절 끝에 우리 학마을에 정착하였다고 한다. 원래는 남쪽 끝까지 내려갈 생각이었지만 울 엄마와 눈이 마주치면서 도중에 주저앉게 되었다는데, 그래서 미련이 남았던 것일까.

내 외할아버지는 읍내로 가는 길가에 펼쳐진 평지에 스무 마지기의 논을 가지셨는데 거의 외할머니가 일꾼을 부려 벼농사를 지으셨다고 한다. 속뜻이야 어쨌든 외할아버지는 아버지를 보자 선뜻 반기셨고, 나이가 어려 무작정 놀고 싶어 하는 엄마를 재촉하여 서둘러 결혼까지 치르셨다. 어쩌면 아셨던 것일까? 평소에 술을 좋아하셨던 외할아버지는 내가 엄마 뱃속에서 새록새록 잠자고 있을 때 만삭이 된 딸의 배를 한번 어루만져 보고는 숨을 거두셨다고 한다.

아버지는 장례를 치르고 나서야 비로소 혼자 읍내 교회에 다니기 시작하셨는데, 일가친척 없이 홀로 피난살이하던 총각 때에 전도되어 신앙을 가졌다고 한다. 엄마는 외할머니와 함께 이따금 절간에 가서 빈다는 이유로 같이 교회 다니지는 않으셨다. 나는 신기한 물건과 맛있는 음식이 넘치는 읍내에 나다니는 걸 좋아하여 틈나면 아버지를 따라나섰고, 특히 교회에서 갖는 이모저모의 행사를 무척 재밌어 했던 기억으로 아직껏 남았다.

아버지는 교회뿐만이 아니라 마치 이때를 기다렸다는 듯 외할아버지가 애지중지하였던 논마지기를 죄다 팔아치웠고, 대신에 마을 뒷동산의 밭과 임야를 사들여 뽕나무를 심고 누에치기를 시작하는 등, 시절에 맞춰 고소득 농작물을 재배하는 일에 몰두하였다고 한다.

바로 이럴 때쯤 엄마는 아들을 하나 갖고 싶어 하였고, 아이가 들어서지 않는다며 걱정이 꾸물꾸물 먹구름처럼 내려앉을 때 덜컥 우환덩어리가 돋아나 버렸다. 내가 병에 걸려 버린 것이다.

그때가 쌀쌀했던 날씨로 봐서 늦가을쯤이었나 보다. 어스름 초저녁에 친구들과 술래잡기 놀이를 하다가 마침 한 아이가 내 몸을 밀쳤다. 그 바람에 웅덩이에 미끄러져 빠졌을 뿐인데, 가볍게 넘어졌다고 생각했는데, 일어나 주위를 쳐다보니 아이들은 아무도 보이지 않았다. 이때 너무도 이상한 기분이 들어 처음으로 징징 울면서 집에 돌아왔고, 멋모르고 엄마는 더럽혀진 옷을 벗기면서 나를 나무랐다.

그날 밤, 잠결이었을까. 아버지는 깜빡거리는 전등불 밑에서 엄마랑 두런두런 얘기를 나누었는데 내 얘기를 하고 있었다. 내 친구 아버지로부터 들었다는데, 내가 무서운 표정을 지으면서 나동그라지더라는 거다. 거기 놀던 애들이 놀라 죄다 달아났다는데⋯. 나는 잠든 척하며 듣다가, 그 얘기가 무서워 이불을 살그머니 뒤집어쓰고 돌아누웠다.

"설마, 내가 설희 머리카락을 싹둑 잘라서 이런 일이 생긴 건 아니겠지요?"

"아유, 그럴 리가요? 별생각을 다 하세요."

아버지가 이런 염려를 갖게 된 이유를 안다. 내가 네 살 됐을 적에 있었던 일인데, 얼마 전에 엄마에게서 다시 들어 떠올린, 유일하게 내가 기억하는 유아 시절의 잔상이다. 엄마는 머리카락이 길어지는 내 모습을 예뻐하여서 매일같이 씻겨주고 다듬어주고 때로 길게 땋아 빨간 댕기를 드리고는 하였다. 어쩌면 그게 엄마의 낙일 수도 있겠는데 아버지는 이게 불만이었다. 요즘 시절에 맞게 단발머리를 하면 산뜻해서 보기에 좋고 아이도 불편하지 않을 텐데 엄마가 너무 자기 취향만 따져 아이를 기른다는 게 아버지의 주장이었다. 이런 불평이 하루는 부부 싸움으로 번졌고, 엄마는 삐쳐 밥할 생각 없이 돌아누웠다. 그때 내가 아버지에게 다가가서 그랬다고 한다.

"아버지, 머리가 간지러워요. 씻겨 주세요."

나는 누가 시키지 않아도 부모님에게 꼬박꼬박 존댓말을 했는데 이 모습을 보고 주위 사람들이 모두 놀랐다고들 한다. 애가 어쩜 저리 반듯할까, 그렇게 말이다. 지금도 그렇지만 그게 자연스러운 일인데 왜들 그러나 하는 마음이었고, 아이들이 놀다가 욕설을 입에 담으면 그게 이상할 지경이었다. 어떻게 저런 욕을 할 수 있을까? 저걸 배우거나 써먹을 수 있다는 사실 자체가 나로서는 신비롭기까지 하였다.

아버지는 장독대 옆에 자리 잡은 세면대로 나를 데려갔다. 거긴 물에 질퍽거리지 말라고 시멘트로 발라놓아 마음에 들었는데, 여름철 무더울 때는 큰 대야에 물을 붓고 물장구치며 놀기에 딱 좋은 자리였다. 아버지는 바가지로 양수기에 물을 붓고 펌프질하여 물통에 물을 가득 담았다. 나는 얼른 세숫대야에 물을 부으며 말했다.

"아버지, 제가 뒤로 누울 테니까 아버지 다리와 왼팔로 제 몸을 잡아 주세요."

한 번도 해 보지 않아 서투른 아버지에게 나의 긴 머리카락을 수월하게 씻기는 자세와 방법을 일러주었다.

"엄마가 매일 이렇게 씻겨주거든요. 통에 있는 빨랫비누로 두 번 씻기고 세숫비누로 한 번 문질러 씻어 주세요."

아버지는 더듬거리며 내가 일러주는 대로 꼼꼼히 씻기면서 이랬다.

"이다지도 불편한 일을 매일 한단 말이냐, 엄마가?"

"네, 매일 깨끗하게 씻어 주세요, 엄마가."

"아버지가 하는 말이 그렇다. 왜, 고생을 사서 하냐는 거다."

목젖이 뒤로 젖혀져 말 꺼내기가 힘들었지만 그래도 목에 힘을 주어 말했다.

"아버지, 제가 머리카락 기르고 싶댔어요. 나는 긴 게 좋아요."

내가 좋아해서 그렇다는 얘기에 아버지는 약간 손을 더듬거렸다. 질끈 감은 내 눈 위로 비누 거품이 부글부글 올라오는 게 느껴졌다. 아버지는 얼른 손으로 훔치면서 내 머리통을 대야에 담갔다. 그러곤 빠르게 한손을 움직여 헹구고, 대야에 새로 물을 붓는 소리가 들리자 내가 그랬다.

"아버지, 됐어요. 이젠 제가 할 수 있어요. 일으켜 주세요."

아버지가 몸을 세우자 세숫대야 앞에 쪼그리고 앉아서는 머리카락을 헹구겠다며 작은 손으로 조몰락조몰락 문질러 대었다. 내 뒤에 우두커니 서서 이 모습을 지켜보았을 아버지는 어떤 마음이었을까?

이런 일을 경험하고는 아버진 더 이상 내 머리카락에 대해 언급이 없었다. 평소에는 눈여겨보지 않았던, 머리카락을 씻고 땋고 치장을 하는 엄마와 나의 모습을 새삼 물끄러미 바라보는 순간이 잦아진 게 달라졌을 뿐….

이런 아버지가 읍내 장터를 구경하다가, 세월이 흘러 이런 사실을 깜빡하였는지, 불쑥 나를 안아 올려 미용실로 데려가더니 거기 아줌마보고 주문처럼 중얼거렸다. 그러고는 나를 거울 앞 의자에 앉혔고, 몸뚱이를 덮는 거적때기의 묘한 무게감에 눌려 마치 포박당한 아이처럼, 나는 뚱그레진 두 눈으로 멀뚱히 이를 지켜볼 수밖에 없었다.

머리카락이 싹둑싹둑 잘려 나갔다. 엄마는 내 어깨선 밑에서 머리카락이 찰랑거리도록 살금살금 가위를 댔는데, 아줌마는 내 눈망울이 점점 커지도록 바람을 일으키며 잘라 나갔다. 결국 단발머리가 되었다. 나는 어색하고 부끄러워 마치 내 모습을 잃어버린 줄로 알았는데, 아버지는 딸을 새로 얻은 양 흡족해하며 내 머리를 자꾸만 어루만졌다.

"좋다 좋아! 이제야 아이 같네. 곧 학생이 될 텐데 이래야 공부하기가 좋지. 꼭 도시 아이 같은데? 하하."

웃기까지 하니 나는 더욱 눈물을 흘릴 수가 없었다. 그런데 "악, 이게 뭐야!" 나 대신에 엄마가 매우 놀랐고 아버지에게 큰소리를 질렀으며, 외할머니는 저만치서 싸리 빗자루를 들고 달려오는 것으로 나는 위안을 삼았다.

이 일이 있고 얼마 지나지 않아 귀신의 장난인 양 내가 덜컥 병에 걸려 버리자, 아버지는 이것이 마음에 걸려 미신처럼 자꾸만 후회하는 목소리를 내는 것이었다.

3

기절한 이날 이후로 어지럼증에 비틀거릴 때가 있었고, 간혹 졸도하여 정신을 잃는 순간도 생겨났다. 점차 부모님의 근심이 더해졌고 내 몸은 쇠약해졌다. 친구들을 만나기가 싫어졌고 입맛이 떨어져 음식을 대하기가 거북하였다. 늦가을부터 한겨울 내내, 몸이 괜찮다가 아프다가, 그런 시련의 나날을 보내다가 초등학교에 취학할 봄이 돌아왔지만 결국 입학을 미룰 수밖에 없었다. 게거품을 물고 경련을 일으키며 혼절했던 것이다.

우리와 가까이 사는 외가 친척 어른들이 이 사실을 전해 듣고는, "여식 하나 들어, 온 집안이 풍비박산 나겠네!"라며 혀를 끌끌 찼고, "그게 뭔 소리인고? 우리 손녀가 머시 어쨌다는 게야!" 외할머니는 고래고래 역정을 내며 나를 감싸 안았지만 정작 어찌할 바를 몰라 허둥대셨다. 이러니 엄마는 외할머니의 양해를 얻어 아버지와 함께 날마다 읍내 교회에 가서 신께 정성 어린 새벽기도를 올렸다. 가족의 생활이 나로 인해 뒤죽박죽이 된 것이다.

내가 생각하기에도 나는 약아빠진 아이여서 부모님의 눈치를 살피며 아픔과 두려움을 감추려 애썼고, 애써 귀여운 티를 내려고 나부대었다. 하지만 말수가 점점 줄어드는 것을 어쩌지 못하여 언제부터인가 말을 잃어버린 아이가 되어 표정까지 사라져 갔다.

이러는 동안에 부모님은 교회 목사가 내리는 주문에 따라 철야기도와 새벽예배를 드렸고 헌금도 바쳤지만 달라진 것은 없었다. 맥이 빠진 아버지는 이게 지랄병이라며, 평생을 따라다니는 고질병이라 약도 없고 낫지도 않는다면서 여러 날을, 막걸리를 들이켜며 사정없이 엄마에게 토해 냈지만, 정작 그렇게 말을 내뱉고서는 되레 상기된 듯 아버지는 부랴부랴 나를 데리고 이 병원 저 의사, 이 한의원 저 약사를 찾아다녔다.

결국 아버지는 지쳐 두문불출하였고, 그러자 이번에는 엄마가 팔을 걷어붙여 나를 절간으로 데려갔다. 이 절 저 스님, 온갖 불상과 탑, 공양과 지극정성의 기도에도 효험이 없자, 잠자코 지켜보며 이것저것 궁리만 하던 외할머니가 드디어 그러셨다.

"아무래도 무당 불러 굿을 해야겠다."

지푸라기라도 잡는 심정으로 읍내에서 용하다는 점쟁이를 불렀는데, 집을 휙 둘러보고는 점쟁이가 소리를 질렀다.

"이곳 집터에 원한 맺힌 잡귀가 가득해서 그렇구나. 이것들을 달래어 밖으로 쫓아 보내고 우리 성주대감님을 모셔야 아이에게 들러붙은 원귀도 나가게 되겠구나."

자포자기에 빠진 아버지는 마지못해 외할머니가 하는 대로 맡겼고, 몇

날 며칠을 시끌벅적하게 굿판 벌이느라 온통 넋이 나갈 지경이라 하였다. 이때쯤 나는 뭐랄까, 약해진 몸으로 엄마를 따라다니느라 파김치가 된 상태였고, 이날도 식은땀을 흘리며 몸져누웠기에 묘하게도 아무 기억이 나지 않았다.

얼마나 누워 있었던 것일까? 외할머니가 떠먹이는 식은 죽을 간신히 머금으며 차츰 기력이 되살아나자 엄마는 안도의 한숨을 깊이 내쉬었다. 그러나 그때 잠시였을 뿐, 혹시 병이 도지지나 않을까 늘 노심초사하던 엄마의 표정을 읽을 수가 있었다.

이렇듯 꼬박 일 년여를 난리법석 피운 뒤에야 간신히 초등학교에 입학할 수 있었고, 친구들보다 한 학년 늦은 공부를 시작하였다. 그래도 소꿉친구들은 나를 반겨주었고 재밌는 놀이를 하며 즐겁게 지냈다. 부모님은 내 병세가 완전히 소멸된 건 아니었지만 눈에 띄게 완화된 증상만으로도 감사하였고 만족하였다. 내가 여느 아이들과 어울려 학교에 다니고 있다는 사실만으로도 가슴 벅찬 심정이었을 게다.

"우리 손녀는 두고두고 봐도 예뻐 죽겠어. 공부도 반듯하게 잘하지. 커서 높으신 판사 되걸랑 이 할미 뭐 사줄 건고?"

외할머니는 내가 발작 없이 평온하게 초등학교 4학년을 보내는 여름방학 때, 학교에서 보내온 내 통신표를 받아들고는 미소 지으며 이승을 하직하였다. 나는 한참을 엉엉 소리 내어 슬피 울었다.

외할머니가 돌아가신 후로 병세가 슬그머니 고개를 쳐들기 시작하였다. 부모님의 추측보다도 더 심각하게 병증은 나를 아프게 하였고, 종종 고뇌 속으로 몰아세웠다. 어린 나이에 벌써 죽음이 뭔가를 떠올렸고, 외할머니의 죽음을 통해 여러 잡생각이 나를 어지럽혔다. 사람은 왜 태어나서 살다가 죽는가? 내게 이 고통은 왜 오는가? 도무지 이유를 알 수 없어 애태우다가 그만 지랄증에 빠져, 걸어 잠근 내 방에서 몰래 끙끙대야 했다.

4

아슬아슬한 시기를 보내던 5학년 가을 무렵에, 잠시였지만 귀신을 보았다. 아니, 내가 불러내어 같이 놀러 다녔다. 처음에는 꿈에서 귀신을 본 줄 알았다. 기실 꿈인 것 같기는 하였는데 나중에는 꿈을 꾸지 않아도 그 꼬마 귀신이 나타나곤 하였다. 꼬마 귀신은 어두운 빛깔을 띤, 뱀 같은 피부의 매끄러운 몸을 가졌지만 추하게 보이지가 않았고 얇아 달라붙는 옷을 걸친 것처럼 자연스러웠다. 몸이 아파 시름겹게 뒤척이는 밤이면 아무 불빛이나 응시하다가 질끈 눈을 감고 "꼬마야!" 그렇게 부르면 내 머릿속인지 내 주위인지 분간이 되지 않을 정도로 어둑한 천장의 어디쯤에서 벽을 타고 내려와 나를 이끄는 것이었다.

"너는 왜 혼자 다니니? 아버지는 어디 계시는데?" 처음 봤을 때는 이런 말을 꺼냈지만 꼬마는 아무 대답도 하지 않았다. 알고 보니 말이 필요 없었다. 우리는 말을 하지 않아도 서로 통했고 행동의 의도를 알아차렸다. 꼬마는 혼자이며 아무 데나 자유롭게 돌아다닌다는 것을 알았다. 나는 꼬마와 함께 평소에 무지 궁금했던, 쥐가 돌아다니는 천장 속을 기어 다녀보고, 지붕에 올라앉아 어둑한 마을을 둘러보았다. 꼬마가 있으면 아무 데고 마치 날듯이 벽에 붙듯이 자연스레 내 몸이 움직여지는 게 신기하였다.

한번은 이게 생각인지 현실인지가 궁금하여 실눈을 살짝 떠본 적이 있었는데 너무도 환한 방 안이 나타나 당황하여 도로 눈을 감았었다. 그때 꼬마가 텔레파시로 내게 이르기를, "다시 또 그런 짓을 하면 너랑 끝이야. 오지 않겠어." 그렇게 으름장을 놓고는 내 손을 잡고 지붕 위를 살짝 떠오르게 해 주었다. 나는 내친 김에 동산 위로 훨훨 날아오르고 싶었지만 꼬마가 허락하지 않았다.

"울 엄마가 밑에서 부르네. 저녁 먹으라는 소리일 거야. 너도 밥 먹고 나중에 또 놀자."

엄마가 부르는 소리에 속으로 그렇게 얘기하자 꼬마는 시무룩해져 어디론가 사라져 버렸다. 늘 깊은 밤중에 꼬마를 불러내어 같이 놀다가는 나도 모르게 스르르 잠드는 나날이었는데, 이날만큼은 초저녁에 누워 불러내는 바람에 그만 산통이 깨진 것이다.

밥상머리에 앉아 식은땀을 뻘뻘 흘리자 아버지가 걱정이 가득한 눈으로 나를 쳐다보았다.

"얘야, 어디 아프니? 밥그릇도 줄지 않았네?"

나는 더 이상 감출 수가 없었다.

"아버지, 몸이 아파요."

딸그락, 엄마가 숟가락을 놓쳤다.

5

엄마는 읍내 점쟁이의 굿판 덕분에 내 몸이 살아난 거라 짐작하여 다시 점쟁이를 불러들였다.

"이 일을 어쩌면 좋겠소. 다시 굿을 해야 할까요?"

전보다 기력이 쇠잔해진, 알록달록한 한복 차림의 늙은 점쟁이가 엄마 등에 달라붙어 갸웃거리는 나를 와락 잡아채고는 내 눈동자를 들여다보며 그랬다.

"야는 무당이 될 팔자야. 내림굿을 받아야 돼."

"그게 무슨 얘기요?"

엄마가 화들짝 놀란다.

"신을 받아야 이 애가 살아! 신병 걸려 이 지랄이야!"

기댄 엄마의 몸이 축 처지는 바람에 내가 놀랐다. 엄마는 더듬거렸지만 말이 빨랐다.

"그, 그럼, 와, 완전히 나을 수 있는 거요? 다, 다시는 아프지 않는 거요?"

"고럼, 괜찮아. 무당이 또 어때서. 자기 살기 나름이지."

내 신상을 놓고 작당하여 엄청난 음모를 꾸미려는 수작임을 직감하였다.

점쟁이가 치맛바람을 휙 일으키며 대문을 빠져나간 뒤, 엄마는 아무 일도 없었다는 듯이 마당에서 활개 치는 닭들에게 훠이훠이 모이를 뿌려주고는, 여전히 시무룩한 얼굴로 허리춤을 붙든 채 졸졸 따라다니는 나를 돌려세워 머리를 쓰다듬으며 조용히 말씀하였다.

"설희야, 괜찮다. 살아남는 게 중요해."

내가 아무 말 없자 엄마는 허리를 숙여 내 눈을 들여다보며 다독거렸다.

"무당 짓을 안 하면 되지."

가만히 나를 끌어안는 바람에 무슨 얘기든 엄마에게 들려줘야 했다.

"이번에 나으면 공부 열심히 할게요. 커서 꼭 훌륭한 사람이 될 거야,

엄마."

엄마는 일어서며 나를 더욱 껴안았다. 내 뺨이 포근한 엄마 가슴에 묻혔는데, 아픈 뒤로는 키가 잘 크지 않았다. 다른 뺨 위로 물이 뚝 떨어져서 나는 눈을 치켜뜨고 엄마에게 소곤거렸다.

"엄마, 나 괜찮아. 울지 마요. 무당 안 하면 되지. 근데 해도 신날 것 같아."

나는 진심으로 엄마가 나 땜에 더 이상 울지 않았으면 했다. 그래서 한 얘긴데 엄마는 소리 내어 훌쩍거렸다. 나는 머쓱했지만 울지 않았다.

엄마가 점쟁이랑 머리를 맞대고 굿판을 들먹일 때 아버지는 읍내 복덕방에서 사람들을 만나고 있었다. 집에 점쟁이가 오는 걸 알았어도 급히 나갔다는 것은 이보다 더한 일을 아버지가 지금 치른다는 얘기이겠다.

아버지는 볼일을 마친 후에 내게 줄 예쁜 머리핀을 사 들고 오셨다. 아버지는 외할머니가 돌아가시고 내가 다시 아프기 시작한 4학년 때부터 이사할 준비를 하나씩 하였다고 한다. 밭과 임야를 차례차례 팔고, 이제 이 집도 읍내 사람에게 넘기기로 하였다는데, 아버지의 들뜬 목소리에 비해 엄마는 착 가라앉았다.

"무당이 오늘 그랬어요. 굿하면 우리 애가 낫는다고 하던데, 딴 데로 꼭 떠나야겠어요?"

"여보, 한번 맘먹은 일 그대로 밀어붙입시다. 우리 설희가 완쾌되어 가면 더 좋잖소."

아버지는 이제 굿에 대해 거부감을 나타내지 않았다. 이 일에 대해서는 전적으로 엄마에게 맡기고 자신은 되도록 좋은 값에 집과 땅을 처분하는 일에 열심을 내었다. 그러면서 이사 갈 곳의 생활 기반을 새로이 마련하느라 동분서주하였는데, 이제 그러한 일들이 차츰 마무리 단계에 접어든 모양이었다.

"설희야, 어때? 넌 잘할 수 있지? 굿을 잘 치러서 건강해져야지. 우리가 이사 가는 것도 다 너를 위해서야. 도시에서 공부해야 실력도 쌓고, 멋진 아가씨로 커 가는 거지."

이곳 산골을 떠나 차가 씽씽 다니는 도시에서 살면 그건 그것대로 멋지고 신나는 일이 될 거라는 기분이 들지 않은 건 아니지만, 곧 있을 굿판이 무서워 아무 말도 할 수가 없었다.

건넛집 멍멍이가 낑낑거려 살포시 선잠을 깼을 때 아버지의 언성이 한 차례 내 방에 들려왔다.

"돈을 지나치게 요구하면 다른 데 맡길 생각이오."

"조선 말엽에 유명했던 매월 무당의 수제자였대요."

"무당이 제자까지 길러 냈다는 얘기요?"

"신령의 지피심이 어찌나 대단했는지 몇몇 제자들까지 빼어났다던데 그중에 수제자라네요."

"그건 그렇다 치고, 이제 겨우 열세 살짜리 아이에게 신 내림을 하겠다는 발상 자체가 가당찮은 일 아니겠어요?"

아버지의 얘기를 쭉 듣고는 엄마가 부드러운 목소리로 대꾸하였다.

"무당이라고 다 같은 게 아녀요. 선무당이 사람 잡는다고요."

나는 들려오는 엄마 말에 몸을 뒤척이며 곧바로 빌었다.

"제발, 무당 할머니가 나를 잡지 않게 해 주세요, 우리 하나님."

그렇게 잠들 때까지 빌었다. 그러면서 한편으로는, 이번에 굿을 치르고 나면 아픈 몸이 말짱해질 뿐만 아니라 혹시 삐쳐 도망간 꼬마 귀신이 찾아와서 같이 하늘을 날아다닐지도 모른다는 기대감이 살짝 들었다.

6

외할머니가 돌아가신 뒤로 의지할 곳이 없어진 엄마는 아버지의 뜻에 이끌려 다시 읍내 교회에 나갔는데 얼마 전에 집사님이 되었다. 가족이 같이 다녀서 좋았지만 무엇보다도 매주 읍내에 간다는 사실이 즐거웠다. 교회에 멋진 옷을 입고 나타나는 애들과 어울려 노는 시간도 재밌지만 전도사님의 지도로 찬송가를 연습하는 시간이 참 좋았다. 찬송가를 부르는 순간에는 내 몸이 달아오르고 목사님이 말씀하시는 성령 하나님이 내 몸속으로 쏙 들어오는 것만 같았다. 오늘은 유독 이것이 더했는데, 이렇다면 굳이 돈 들여 굿할 필요가 있을까 하는 생각에 이 기발한 생각을 엄마에게 알리고 싶었다.

찬송가 연습이 끝나자마자 부리나케 엄마를 찾았다. 엄마는 예배실 한쪽에서 아버지와 함께 있었는데 목사님의 긴 말씀을 묵묵히 듣고 있었다. 나는 눈치가 보여 문지방을 밟고 머뭇거리다가 결국 내 말을 포기하고 말았다. 갈수록 내 생각이 개똥 같아서였다.

경운기를 타고 돌아오는 길에 부모님이 나눈 얘기는 그랬다. 목사님은 우리가 굿한다는 소문을 전해 듣고 이를 강하게 질타하였다고 한다. 새마을운동의 뜨거운 열기가 세상을 바꾸고 있는데 아직도 미신이 시골에는 장승처럼 버티고 있어서야 되겠느냐는 것이다. 그밖에 여러 말씀을 듣다 보니 그럴지도 모른다는 생각에 아버지는 굿을 포기하겠다고 약속하였지만 엄마는 돌아오면서도 여전히 목사님의 말씀을 수긍하지 않았다.

"그러면서 그때는 왜 낫지 않았을까요? 나을 수 있다는 얘긴, 지금 왜 없을까요? 목사님 말씀 외는 다 미신이라면서 귀신이 있다는 건 어찌해서 믿나요?"

아까 내 생각을 들먹이지 않은 게 다행이라는 생각이 들었다. 어른들의 세계는 복잡하고, 거기에 혼란스럽게 얽힌 신의 문제를 내가 풀기에는 참 어렵겠다는 생각이 들었다.

경운기가 지름길이라는 좁다란 논길로 접어들자 아버지는 운전에만 몰두하였다. 나는 털컹거리는 몸을 자연스레 내버려두며 들판을 바라보았다. 벼가 누렇게 익어 입맛을 다시는 참새 떼가 흥겨워 짹짹거렸고, 옷이 너덜해진 허수아비가 줄에 매달린 깡통을 신나게 흔들고 있었다. 그리고 보니 가을바람이 선선히 불어와 내 귀여운 단발머리에서 까불다간 지나치고 또 스치곤 하였다. 나는 문득 귀가 간지러워 하늘을 쳐다보았는데, 하얀 뭉게구름이 파란 창공을 장식할 멋진 토끼 그림을 만드느라 이리저리 궁리하고 있었다. 나는 이렇게 자연을, 자연이 안겨주는 느낌에 감응하는 아이라는 사실에 뿌듯한 긍지가 있었다. 내 친구들은 도무지 이런 즐거움을 모르고 땅바닥에 뒹굴며 까불 뿐이었다.

"여보!" 한참을, 말이 없던 아버지가 입을 뗐다.

"네? 불렀어요?"

"당신이 알아서 하시오. 미신이 사실이래도 그깟 돈 좀 쓴 거 말고 뭐 있겠소. 굿판에 얹혀 먹고사는 사람이 오죽 또 많소. 그자들을 도운 셈 쳐도 괜찮지 않겠소?"

털털거리는 경운기 소음을 헤치고 일부러 꿋꿋하게 말씀하신 것 같았다. 아마도 엄마와 나를 위해 아버지는 굿이 덧없는 미신 짓거리에 불과하여 아무 효력을 발휘하지 못할지라도, 나름 행위로서의 의미는 가질 거라는 기대를 버리지 않았다.

이런 아버지의 모습이 참 훌륭하다는 생각에 팔을 꼭 붙들고 엄마에게 살짝 물었다.

"엄마, 무당은 훌륭한 사람이 아니에요?"

느닷없는 엉뚱한 얘기라는 듯 엄마가 어리둥절한 표정으로 그런다.

"설희야, 직업엔 귀천이 없고 누구나 훌륭해질 수가 있단다. 대통령이래도 나쁜 사람이 될 수가 있기도 하고 말이야."

나는 고개를 강하게 끄덕였다. 비로소 알 수 없는 불안에서 벗어나는 기분이 들었다.

"무당 할머니도 훌륭한 사람일 수가 있겠구나!"

시간이 지날수록 기분이 좋아져서 입가에 미소가 배어 나왔다.

일주일을 매일같이 목욕재계하고 밖에 나가지 않았다. 몸과 마음을 정갈하게 하여 부정을 막기 위해서라는데, 몸이 나을 수만 있다면 이 정도는 약과라 생각되었다. 드디어 날이 다가왔고, 하얀 한복으로 갈아입고서 엄마의 손에 이끌려 대청마루 아래로 내려섰다.

넓은 앞마당에는 멍석이 깔렸고 휘장이 둘러져 있었다. 한편에 마련된 돗자리에 무릎 꿇고 앉아 무당의 주문을 마냥 기다렸는데, 내가 갖는 불안을 잠재우려는 듯 엄마가 내 곁에 꼭 붙어 있었다. 호기심에 주위를 살피니 저기 상석 쪽에는, 죽어 흡족하다는 듯 미소를 흘리는 돼지머리와 빤질거리는 과일에 온갖 산해진미가 차려진 제물상이 놓였고, 초의 꽃불이 향의 연기와 어울려 출렁대는 풍경으로 해서 그것은 제법 귀신의 기분을 띄우기에 그럴싸해 보였다.

날도 이미 어둑해져 굿패들이 악기를 가지고 모여 앉았다. 여기저기 꽂힌 대나무와 울긋불긋한 깃발이 어지럽게 나부꼈고, 화려하게 색채 옷을 차려입은 무당 할머니가 작두 앞에서 중얼대며 어슬렁거렸다. 이제 굿자리가 다 갖춰졌구나 싶은데 내 무릎이 저려 왔다. 귀를 어지럽히는 쾡과리 소리에 어울려 주악이 울려 퍼지자 구경하러 모인 사람들이 술렁거렸다. 그중에는 내 친구 몇 명이 부모와 손잡고 기웃거리는 모습까지 눈에 띄어, 괜스레 얼굴이 달아올라 화끈거렸다.

굿판이 무르익어 무당은 신명에 들뜬 듯 치성을 더해 갔지만, 나는 갈수록 피곤해져 식은땀이 나고 머리가 어지러울 지경에 마음까지 허덕였다. 이러다 죽는 거 아닐까? 나는 열심을 다해 비비대던 손놀림을 집어치우고 몸을 일으키려다가 바닥에 고대로 고꾸라졌다. 엄마가 고함을 지르며 나를 안아 일으키려 애쓴다는 것은 알겠는데 내 몸은 이미 내 의지를 떠나 있었다.

무당은 손에 쥔 방울을 더욱 힘차게 흔들어 대며 무어라 계속 주문을 외더니 드디어 작두에 발을 올렸다. 머뭇머뭇 한 발씩 작두 칼날 위에 올라서서는 동서남북으로 방향을 바꾸며 움직였다. 나는 흐릿하게 그것을 응시하였는데 입에서 게거품이 버글버글 뿜어져 나오는 게 느껴졌다. 이럴 때에 여태까지의 나는 바로 졸도하여 정신을 잃었는데, 그래야 했는데, 나는 오히려 몸의 뒤틀림과는 다르게 정신이 깨어나면서 마음에 압박이 가해지기 시작하였다. 나는 너무나 괴로워서 아무 소리라도 버럭 내질러야 했다.

"아프다! 이년아! 고만해라!"

무당은 놀라 작두 타던 발놀림을 멈췄다.

"악! 이년아! 사람 잡겠다고! 썩을 년아!"

무당은 허둥지둥 작두에서 내려오다가 발을 베여 검붉은 피가 터져 나왔다. 삽시간에 굿판이 어수선해졌고, 굿패 어른이 황급히 발바닥의 상처를 살피며 붕대를 감았다. 엄마는 이 상황에서 어찌할 줄을 몰라 나를 끌어안고만 있었다.

무당은 자지러지게 놀라 눈이 찢어질 정도로 흥분한 상태에서도 부근의 대나무를 잽싸게 뽑아들고는 주문을 외치며 내 쪽으로 다가왔다. 이 굿판을 어떻게든 다스려야 한다는 사명감 때문인 듯하다. 내 모습이 어떻게 비쳤는지 마치 귀신을 대면하기라도 한 듯 무당은 공포에 질린 채, 덜덜 떨어 대는 대나무 잎사귀를 내 얼굴에다 마구 흔들어 댔다. 잎사귀에 가려 아무것도 보이지 않았다. 나를 멍석 바닥에 버려둔 채, 내 몸을 안았던 엄마의 따뜻한 품이 빠져나갔다. 나는 두려움에 마구 소리를 질러야 했다.

"어이쿠! 에구머니나!"

길고 긴 대나무 저 너머로 엉덩방아를 찧는 무당의 모습이 얼핏 내 눈에 들어왔다가 어둠 속으로 사라졌다.

8

다시 눈을 뜬 것은 삼 일 뒤였다고 한다. 나는 그날 실신하였고 아버지의 팔에 안겨 방 안에 눕혀졌다고 한다. 심신을 추스른 무당은 내가 굿판에 없어도 계속해서 새벽녘까지 푸닥거리를 이어갔다고 하였고, 엄마는 내 곁에 붙어 앉아 지성으로 손을 비볐다는데, 어쩜 그 정성에 감복해서일까? 난리굿이 나야 한동안 조용하다는 풍유처럼, 그 후로 차츰차츰 내 몸과 마음이 말끔해져 갔다.

"적은 돈도 아니었고 바라는 돈을 한 푼도 깎지 않고 다 줬건만 이제 또 뒷돈을 요구해서 어쩌겠다는 것이오?"

"무당 할매가 지금 몸져누웠대요."

"그것이 우리 애랑 무슨 상관이 있소?"

"우리 애 땜에 혼비백산하고서는 아직도 얼이 빠졌대나 어쨌대나. 엉덩뼈도 금이 갔대요."

신 내림을 받겠다는 굿이 성사된 것도 아니고 잡귀신을 어르고 내쫓는 굿조차도 엉망진창이 된 마당에 무당이 뜬금없이 치료비까지 요구해서야 되겠느냐며 아버지가 한소리 하셨고, 엄마는 어쨌거나 굿을 치렀고 설희에게 들러붙은 잡귀가 무당에게 옮아가서 그럴지도 모르니까 조금이라도 챙겨 주자는 얘기였다.

"알겠소. 내가 찾아보고 결정하리다."

아버지는 여한 없이 굿도 해 봤으니 이젠 운명에 따를 수밖에 없겠다고 일갈한 뒤, 아랫목에 드러누워 눈망울을 요리조리 굴리는 내 모습을 물끄러미 지켜보았다.

아픈 몸을 탈탈 털고 내가 일어나기를 기다렸다가, 우리 가족은 한 주일 걸러 읍내 교회에 출석하였다. 교회 목사님은 아버지에게 불편한 심기를 감추지 않았고, 교회 아이들이 나를 귀신 대하듯 슬슬 피했다. 엄마는 눈치코치 보느라 주위를 살피며 몸을 움츠렸다.

집으로 돌아온 아버지는 종일을 생각에 잠긴 듯하였다. 그날 이후로 아버지는 이사 가기 전에 이곳의 남은 일들을 마무리 짓느라 바삐 움직였는데, 한편으로 상한 마음이 풀리지 않았는지 교회에는 발길을 뚝 끊었다.

나는 대나무 숲에서 주운 조그만 돌멩이를 만지작대다가, 마을 어귀에 우뚝 선 서낭나무 돌무더기에 가볍게 톡 던졌다. 고목에 매달린 오색 헝겊이 산들바람에 가볍게 나부낀다.

"설희야, 얼른 와!"

멀리서 엄마가 부른다. 마침내 우리 가족은 이 산골, 정들은 고향 땅을 떠나 새로운 세계를 향해 막 출발하는 것이다. 이삿짐을 잔뜩 실은 트럭 두 대가 힘차게 부르릉거렸다.

"야호!" 고함을 지르면서 바닷물에 첨벙첨벙, 몸을 휘적대며 뛰어들었다. 겨우 배꼽까지 오는 데서 개헤엄 시늉에 팔다리를 버둥거리는 나를 튜브 위로 올려놓는 아버지다.

"설희야, 조금만 더 놀다가 점심 먹자."

"케이블카는 언제 타요?"

"밥 먹고 모래성 쌓은 뒤에."

빙긋이 웃는 아버지의 얼굴이 햇살을 받아 눈부셨다.

갯바위에 옹기종기 모여 앉아, 해녀 아줌마가 따온 해삼과 소라고둥을 초장에다 찍어 먹으면서 아버지는 기분 좋게 소주잔을 기울였다. 나는 공중에 떠다니는 케이블카가 또 타고 싶어 고개를 젖혀 가며 두리번거렸다.

호랑이 울타리에서 떠날 줄을 모르고 바라보는데 엄마가 내 팔을 낚아챘다. "얘는! 혼이 나갔구나." 그림으로만 보았던 호랑이와 대면하자 첫눈에 반해 버렸다. 수많은 동물 중에 호랑이가 가장 멋진데 굳이 다른 동물을 볼 것까지야! 아버지는 저만치서 공작새의 긴 꼬리가 우아하게 펼쳐지기를 기다렸다. 엄마가 줄곧 간수한 보자기를 잔디밭에 풀어헤치니 마술처럼 김밥 도시락과 삶은 달걀, 사이다와 과자들이 와르르, 내 눈에 쏟아졌다. "엄마! 이거 다 먹어도 돼요?"

덜컹거리는 버스 속에서 아버지 팔뚝에 머리를 묻고 달콤한 잠을 청하느라 눈을 끔뻑거렸다.

아버지는 이곳 영산시 장포로 이사 오면서 바로 가게를 하나 열었고, 고기잡이배를 한 척 사들였다. 가게는 생활 잡화뿐만 아니라 쌀, 부식, 과일까지 팔 만큼 덩치가 큰 만물상회였다. 엄마는 직원 오빠 한 명을 고용하여 가게를 맡았고, 아버지는 고깃배 운영에 신경을 곤두세웠다. 이른 봄에 풍어제를 올리고 출어한 배가 만선을 이뤄 돌아오자 아버지는 그제야 마음을 놓았다. 집에는 텔레비전, 전축, 선풍기 같은 전자제품이 하나씩 자리를 차지하고 들어앉았다. 아버지는 엄마의 일손을 돕는다며 식모 언니를 데려왔고, 내게 예쁜 여대생 과외 선생님을 붙여 주었다.

"우리 설희는 공부만 열심히 하면 돼. 아버지가 무엇이든 다 해줄 테니까."

작년 늦가을에 이사 와서 올여름이 지나가도록 우리 가족은 즐거웠고 평온했다. 아버지가 꾸미는 일마다 잘 풀려 나갔고, 도시에서의 학교생활도 적응이 빨라 성적이 금방 쑥쑥 올라갔다.

10

아버지를 마음 졸이게 만든 태풍이 무사히 지나갔다며 엄마가 한숨 돌린 그날, 폭풍우에 살아남은 걸 으쓱대듯 매미가 맵게 울어대던 저녁녘에 고깃배 어부 아저씨가 찾아왔다.

"선장님이 보내서 왔습네다."

초인종을 누르고 철 대문 앞에 우뚝 서서 외쳤던 아저씨는 이 층 다락방 창을 열고 삐죽 고개를 내민 나를 올려다보았다. 구레나룻이 수북하여 무섭게 생긴 아저씨는 대문까지 나온 아버지에게 용무를 얘기하였다.

"어떤 일이 있어도 출항 전에 별신굿을 치러야 한답네다. 우리 어부들의 요구를 들어주십사 하고 왔습죠."

아버지는 그 말에 아저씨를 집 안으로 불러들였다. 엄마가 마당에 놓인 평상에다 푸짐하게 주안상을 차렸다. 나는 어른들이 자리에 앉기를 기다렸다가 은근슬쩍 아버지 꽁무니 쪽으로 올라앉았다.

"올 정월 초에 풍어제 치렀으면 됐지 또 뭔 굿인가?"

술잔을 권하고 한잔 쭉 마신 아버지가 딱딱한 말투로 물었다. 안주엔 손대지 않고 아저씨가 대답하였다.

"풍어제는 매년 치러야 할 행사이곱죠. 이번 굿은 어부들의 목숨과 만선을 비는 별신굿이라는 굿판입죠."

앞서 만선을 이뤘고 많은 이문을 남겼기에 아버지의 표정은 너그러웠다.

"불가하다고 선장에게 누누이 일렀건만, 이거야 참. 근데 자네는 올해 몇 살인가? 왜 자네를 여기 보냈지?"

아저씨의 얼굴에 거친 주름이 드문드문 있어 나이가 무척 들어 보였다.

"올해 서른 살이 됩죠. 다들 겉늙었다고 합네다만, 이게 다 객지서 고생한 훈장입죠. 배는 재작년부터 탔습네다. 참, 제 이름은 장승대입죠."

묻지도 않은 얘기는 잘도 꺼내면서 정작 답해야 할 얘기를 빠트렸는데도 아버지는 채근하지 않았고 아저씨도 덧붙이지 않았다.

"그물질이 힘든 거, 내가 잘 아네. 한잔 쭉 들게나."

가볍게 끝날 줄 알았던 손님 접대가 길어져 버렸다. 거나하게 취한 아버지가 술을 자꾸 주문하였고, 비싸다는 맥주까지 내놓았는데 아저씨는 막걸리가 텁텁해서 좋다고 하였다. 사발에 가득 부어 단숨에 벌컥벌컥 들이켜고도 끄떡없어 보였다.

"야아! 단번에 드셨네?"

나도 모르게 탄성을 지르자, 찡긋 웃으며 아저씨가 으쓱거렸다.

"이 아저씬 술고래란다. 말술이지."

안주로 가져온 생선구이를 상에 놓으며 엄마가 슬쩍 눈총을 준다.

"설희야, 어른이 술 드시는데…. 방에 들어가."

"더워서 땀나요."

엄마의 훈계에도 덥다는 핑계로 평상에서 버텼는데, 기실 아버지 무릎에 치대며 날름날름 안주를 축내고 있었다. 안주가, 특히 구워서 찢어 놓은 오징어가 나를 버릇없게 만들었다.

"굿판은 간소하게 치르게. 정성으로 족하지 않겠나."

"아 예, 선주님, 물론입죠. 굿은 제가 어깨너머로 봐 와서 잘 압죠."

"그렇겠지. 나를 설득시키려고 보낸 인물이니 어련하겠나. 어때, 굿에 관한 자네의 역사를 들려줄 수 있겠나?"

"네, 선주님, 하고말곱죠. 제 가족은 난리굿에 폭격으로 다들 죽어버렸습네다. 그때가 일곱 살 땐데 마을 부뚜막에서 누룽지를 훔쳐 먹다가 스님 눈에 띄었습죠. 하도 불쌍해 보였는지 걷어주셔서 일찍이 동자승으로 자라났습죠."

털보 아저씨가 막걸리 사발을 집어 들고 구구절절이 토해낸 거친 삶의 얘기는 대충 이랬다. 대가리가 커지고 세상 물정이 하나씩 눈에 들어오면서 절간에 안주하는 중으로 살고 싶지가 않았다고 한다. 스스로 원하여 머문 암자가 아니었기에 때때로 갇혔다는 절망감에 빠질 정도였다는데 그럼에도 덮어놓고 중이 되어야 한다는 냉엄한 현실 앞에 마치 악몽 같은 하루하루를 버텨내는 심정이었다고 한다.

암자 스님에 대한 믿음도 커 갈수록 사라졌다는데 인근 마을이 장날이라며 바로 돌아올 사람처럼 태연하게 내려가서는 몇 주가 지나도록 돌아오지 않은 적이 많았다고 한다. 때로 새색시 같은 무당을 어디선가 데려와서는 몇 날 며칠을 불자들에게 굿을 해 주기도 하고 점을 치기도 하였다고 한다. 암자 스님의 법명은 구봉이고 정식으로 수계를 받았음에도, 술을 마시고 회도 즐겨 먹고 여자와의 동침마저 예사로 치른다는 소문이 자자하였다고 한다.

하루는 이를 놓고 투덜거리자 구봉 스님이 태연하게 그랬다고 한다. "이놈아! 부처의 경지를 네놈이 어찌 알겠느냐!" 그때가 열일곱 살이었고, 그날 곧바로 야반도주하였다고 한다. 서울 등지를 전전하면서 여러 잡일을 마다하지 않았는데 특히 배운 게 그 짓이라고, 굿판을 쫓아다니며 허드렛일을 거드는 조수 노릇을 유별나게 많이 했다고 한다. 어깨너머로 배웠지만 오랫동안 눈에 익은 짓이라 절로 써먹게 되더라는 얘기였다.

아저씨가 굿판에서 벌어진 일화를 들먹거리려 하자, 아버지가 도중에 말을 끊었다.

"그래, 사는 데 후회는 없는가?"

"후회는 없습죠. 실컷 돌아다니고 맘껏 놀다 보니까 이제는 모조리 그만두고, 조그만 암자라도 하나 지어 거기 처박힐 생각입죠."

"좋은 생각이네만, 역마살이 어디 갈까?"

"제가 배 탄 것도 목돈 만들려고 다 계획한 것입죠. 이번에 한 번만 더 타고, 좀 더 타나? 아무튼 늦어도 내년 중에는 강원도 산골에 들어갈 작정입네다."

"앞으로 스님이 되겠다는 얘긴가?"

"꼭 그런 계획이라기보다는 밭일하면서 우선 조용히 공부부터 해 볼까 합네다. 구봉 스님이 땡중이 틀림없긴 하는데, 염불보다도 굿하고 사주관상 보는 거랑 점치는 일에 오히려 솜씨가 좋습죠. 헤헤, 박수무당 뺨칠 수준이랄까? 어찌됐건 거기 암자 부근에다 터를 잡고 이참에 확실하게 배워볼까 하는 마음이 들긴 합네다."

갑자기 아버지가 술김에 내 어깨를 가만히 어루만지며 아저씨에게 물었다.

"내 딸이 어떠한가, 자네 보기에?"

아버지의 느닷없는 질문에 털보 아저씨가 술이 올라 게슴츠레해진 눈으로 나를 바라보았고, 나는 불현듯 조바심이 났다. 하필 이럴 때에 아버지의 손길이 내 봉긋해진 가슴에 무심히 닿지나 않을까 은근히 신경이 쓰였다.

"따님이야 참말로 예쁜 얼굴입죠. 커서 아리따운 여자가 되겠습네다."

하하하, 아버지가 크게 웃었다. 아버지의 손이 맥주 컵을 잡는다.

"글쎄다. 말이 시원찮네만 나쁜 소리는 아니군. 자, 한잔 받게나."

아버지는 내가 앓았던 신병에 대해 전혀 눈치채지 못하는 아저씨의 눈썰미를 비웃은 건지도 모른다. 어쨌거나 그가 어떠한 삶을 구상하든 아버지로선 중요한 게 아니니까. 혹시라도 내게 불어닥칠 병치레에 그가 관여할 이유가 도무지 없으니까.

하지만 아버지의 예감과 달리 이 털보 아저씨가 내 삶에 결정적 영향을 끼칠 인물로 다가올 줄 누가 알았으랴! 어쩌면 내가 평상에 죽치고 앉았던 까닭이, 서로가 끈을 이어갈 수밖에 없는 운명의 인연이라서 그랬을까?

주안상을 물리고 마침내 자리에서 일어났다. 가기 전에 아저씨는 일부러 내 손을 꼭 잡고는 이랬다.

"눈망울이 기묘하구만. 내가 돌팔이라서 아쉽네. 언제 또 볼지…."

11

아버지는 아침마다 가죽 가방을 들고 나가셨다. 어떨 때는 밤늦게 전화벨이 울려서 나가고 며칠씩 집을 비우기도 했는데, 이때는 그런 모습이 고깃배와 관련된 일이라고 생각했다.

가을밤도 깊어져 방구들 어디선가 귀뚤귀뚤 울어대는 귀뚜라미 소리에 솜이불을 끄당겨 돌아눕는데, 아버지가 어느새 들어와 내 머리맡에 와 앉으셨다. 내 이마를 짚고 가만히 있어서 내가 뒤척였다.

"아버지 오셨어요?"

"깼니? 자면서 기침하더구나."

나는 일어나 앉으며 쿨룩거렸다.

"엄마가 약 사 오셨어요. 아버지 요즘도 바쁘세요?"

"그렇구나. 너랑 놀아 주지도 못했네. 내년에 중학생이 되면 더욱이 놀지도 못할 텐데."

아버지는 가족과 어울려 지내지 못하고 한동안 소홀히 대했다는 자책이 이는 모양이다. 하지만 계속해서 풍어를 맞게 하려고 온 신경이 그쪽 일에 쏠려서 그리 됐던 게 아니겠는가.

"아버지, 저는 괜찮아요. 근데 엄마가 힘들어 하세요. 가게 일이 만만찮네, 지나가는 소리로 한 번씩 그러세요."

"설희야, 아버진 회사 일로 바쁘단다. 곧 한가해지겠지만 지금이 가장 바쁜 시기구나. 가끔 너도 엄마 일을 도와드리렴."

"네, 아버지, 그럴게요."

대답은 그렇게 하였지만 아버지가 고깃배 일로 바쁜 게 아니라는 얘기에 일순 의아하였다. 엄마 역시도 회사에 대해 아무것도 모르고 있던데, 이 비밀로 가득한 회사 일에 어쩜 그토록 몰두할 수가 있을까?

아버지는 평양사범학교를 나왔다고 한다. 학교 선생님을 하다가 이남으로 넘어와서는 한때 농사일에 나섰으나, 학력과 경력이 있다 보니 이곳 도시에 온 후로 회사에서 아버지를 채용했다고 한다. 가게와 고깃배 일을 적당히 챙기면서 다닐 수 있는 직장이라 괜찮기는 하는데, 자칫 무리하여 아버지의 건강을 해치지나 않을까 그게 가장 걱정이 된다는 엄마의 얘기였다.

얼마 뒤에 아버지가 쓰러지셨다. 우려가 현실이 된 것이다. 졸도는 아니었지만 업무 중에 몸 이상을 호소하여 병원에 입원하였다고 한다. 병실 침대에 환자복 차림으로 몸져누운 아버지는 링거주사를 꽂은 손으로 내 팔을 붙들며 이랬다.

"네 엄마에게도 아까 말해 줬다. 아버지는 빨갱이를 잡아내는 일을 한단다. 국가와 민족을 위해 매우 의미 있고 보람된 일이지. 아버지의 일을 누구에게도 알려서는 안 돼."

"그럼, 아버진 형사 아저씨예요?"

나는 두 눈을 뚱그렇게 뜬 채 침을 꼴딱 삼켰다.

"경찰이 아니다. 국가정보기관인데 말해 줘도 설희는 아직 몰라. 알 필요도 없지. 아버지가 말한 건 비밀이니까 꼭 지켜야 해. 알았지?"

"네, 쉬잇!"

마치 아버지와 어떤 음모를 꾸미는 공범자가 된 기분에 어깨가 으쓱거려졌다.

아버지는 다행히 며칠 만에 퇴원을 하였고, 심각한 병이 아니라는 의사의 진단이 있었지만 이번 일이 내게는 큰 충격이었다. 언제까지나 건강하고 힘센, 그러한 존재의 아버지일 거라는 나의 착각이 살얼음처럼 깨졌기 때문이었다.

아버지는 고혈압 증세로 퇴원 후에 약을 복용하였고, 내가 가끔 아버지의 약을 몰래 꺼내 먹곤 하였다. 결코 낯설지 않은 신병이라는 요놈이 살금살금 뇌세포 틈바구니에서 기어 나오는 게 느껴졌기 때문이었다. 아버지도 몸이 편찮은데 나까지 지긋지긋한 병세를 또다시 드러내고 싶지가 않았다. 어떻게든 버텨 보려고 무지 애썼지마는….

12

겨울방학이 시작되자 간신히 수업을 마쳤다는 안도감에 맥이 풀어진 데다가, 나 혼자 힘으로는 이 고난으로부터 자유로울 수 없다는 뼈저린 절망감까지 겹쳐 내 몸이 급격히 시들어 갔다. 아, 이것이 정녕 숙명이더냐! 타는 노을에 비낀 실구름이듯 나는 하루아침에 가물거리는 존재로 드러누웠다. 마침 아버지는 보름도 더 걸릴 거라는 출장길을 떠난 마당이었고, 엄마는 내가 몸져누운 사실을, 걸려온 아버지의 안부 전화에도 알리지 않았다. 돌아올 때까지는 엄마 혼자서 이 고뇌를 짊어질 작정이었다.

나는 여태까지 앓았던 증세와 다르게 치러지는 이 신병을 묵묵히 지켜보면서, 설혹 견디기 힘든 고통이 덮치더라도 끝끝내 굴복하지 않겠다고 다짐하였다. 그것은 죽음까지도 겸허히 받아들이겠다는 의지와 같은 마음가짐이었다. 나는 게거품을 물거나 경련을 일으키는 식의 육체적 이상보다도 심각한 정신적 무기력 상태에 빠졌다. 만사가 귀찮고 움직이기조차 싫어 방구석에 종일 드러누웠고, 식사를 거르거나 억지로 먹어도 겨우 입에 풀칠할 정도에 그쳤다. 그러다 보니 불과 며칠 만에 작은 몸뚱이 하나 일으킬 기운조차 없을 정도로 축 늘어져 버렸다. 영적 권태에 육체까지 기진맥진해 버린 것이다.

엄마는 가게 문을 잠시 닫았다. 기약 없이 과외를 중단하고 일꾼들을 내보냈다. 그랬다고 해서 나를 병원에 데려가거나 무당을 찾는 것은 아니었다. 묵묵히 내 곁에 앉아 나를 바라보면서 이따금 한숨을 내쉴 뿐이었다. 이제 엄마도 지쳤고 암암리에 느껴오는 나의 체념을 엄마도 선선히 받아들이려는 몸짓 같았다.

아버지가 볼일을 마치고 집으로 돌아왔다. 대문을 발로 툭툭 차는 소리가 들렸고, 내 기척이 없어 엄마에게 묻는 소리가 들려왔다. "설희는?"

이윽고 품에 안은 한아름의 선물 꾸러미가 마당에 굴러 떨어지는 소리가 들려왔다.

"설희야!"

마침내 아버지가 내 곁에 돌아왔다. 나는 가늘게 눈을 뜨고 웃어 보였다.

아버지는 바로 선장 아저씨에게 전화를 하였다.

"장승대라 그랬지? 그 사람을 수배해서 당장 집으로 데려오시게. 반드시 찾아야 해. 어서 수고 좀 해 주시게나."

나는 한 숟갈을 목에 넘기지 못했다. 몸이 말라 비틀어져서 곧 죽을 거라는 생각이 미쳤다.

"아버지, 저는 이제 죽어요."

아버지는 그렁그렁한 눈으로 조용히 말씀하였다.

"설희야, 약해빠진 소릴랑 입 밖에도 내지 마. 아버지가 너를 살린다."

하루 만에 털보 아저씨가 허겁지겁 나타났다. 나를 보자마자 얼굴을 살피고 맥을 여기저기 짚더니 외투 호주머니에서 주춤주춤 약봉지를 꺼냈다. 접힌 종이 속에 하얀 약가루가 들어 있었고, 그걸 막걸리 사발에 타서는 나를 일으켜 마시게 하였다.

"이게 신병 치료에 끝내주는 특효약임메."

털보 아저씨는 약을 반쯤 흘리다시피 들이켜고서 컥컥대는 나를 눕히지 않고, 아버지보고 등 뒤에서 부축케 한 다음에 기이한 행동을 하였다. 자신의 기를 모아 내게로 불어넣겠다는 모양인데 마치 장풍을 일으키고자 용쓰는 모습과 비슷하였다. 아저씨는 엄지손가락에 침을 잔뜩 묻혀 내 코끝에 바르고는 날쌔게 손을 놀려 내 눈을 어지럽혔다.

"얍! 얍! 나을지어다. 얍!"

아저씨는 오래 끌지 않았다. 싫증이 나는지 이내 자리를 박차고 일어섰다.

"내일 다시 오겠습네."

외투를 집어 들고 곧바로 나가려다가 호주머니에 뭐가 집히자 그제야 생각난 모양이다.

"참! 헤헤, 이거이 신통방통 신약입네. 우선 하루분만 가져왔습죠. 하루 네 차례 막걸리에 섞어서 먹이시면 됩네."

"이것만 먹으면 되는가? 따로 우리가 해야 할 일은 없는가?"

"무조건 밥을 먹여야 합죠. 뭐 일단은, 내일 경과를 보고 나서 말씀 올리겠습네."

아저씨는 내일 오후 이맘때 오겠다며 서둘러 방을 나갔다.

대문까지 배웅하고 들어온 아버지에게 엄마가 걱정되어 묻는다.

"설희 아버지, 저 양반을 믿어도 괜찮을까요?"

"당장은 어찌 하겠소. 내일이라니까 한번 지켜봅시다."

아버지와 같이하자 힘이 솟는 기분이 들었다. 살아야겠다는 욕망이 꿈틀거렸다. 결코 가루약이나 막걸리의 효력이 아니었다.

"설희야, 빈속에 약 먹으면 속 버린단다. 곡기를 끊으면 큰일 나지."

끼니때가 되기 무섭게 아버지는 나를 다독이며 정성으로 흰 쌀죽을 떠먹였고, 나는 이에 보답하듯 죽을힘을 다해 받아먹었다. 막걸리에 탄 가루약이 몸에 들어오면 나는 일부러 숨을 길게 들이쉬었다가 가만히 내뱉었다. 어린아이가 뭘 알까마는 무심결에 일어난 멋모르는 행동이었지만, 우주 만물에는 기운이 있고, 기운과의 호흡과 교감이, 생명을 지탱하는 정신에 잇닿는 게 아닐까 하는 무의식이, 찰나에 스쳤기 때문이었을 거라고 그때를 떠올려본다.

나는 살려는 본능이 일으키는 행동을 조금씩이라도 다지고 다져, 점차 기운을 차리고 차려서, 아버지의 얼굴에 어둑한 슬픔이 깃들지 않게 하고 싶어졌다.

13

아버지는 털보 아저씨를 반갑게 맞아들였다. 그가 행한 이상한 몸짓과 가루약의 효과 덕에 내가 점차 기력을 회복하는 것으로 아버지는 짐작하였다. 나는 아직 일시적 증상에 지나지 않는다고 느꼈지만 아버지에게 알리지 않았다. 확신할 수 없는 내 느낌이고 더욱이 아버지의 기대치를 무너뜨릴 수 없으니까.

아저씨는 내 앞에서 무서운 소리를 하였다.

"제게 한 달 정도만 말미를 주시면 따님을 고쳐 가지고 돌아오겠습네다. 이대로 그냥 방치해 두면 얼마 살지 못합네다."

부모님은 매우 놀랐지만 고칠 수 있다는 단서를 미리 달았기에 희망을 잔뜩 품는 기색이었다. 오히려 나는 고친다는 말보다 살지 못한다는 말이 뇌리에 박혔다.

"어떻게 우리 아이를 고치겠다는 얘긴가?"

"강원도 암자에 데려가서 구봉 스님의 치료를 받게 할 작정인 뎁죠. 삼십만 원의 경비가 필요하고 아무도 따라와서는 안 됩네다. 여하튼 저를 믿고 무조건 따님을 맡겨 주셔야 합죠."

아버지의 질문에 아저씨는 간단하게 대답하였고, 부모님은 이에 더 이상 묻지 않으며 다만 생각할 여유를 좀 달라고 하였다. 부모님이 주저하자 아저씨가 몸을 일으켰다.

"시간이 촉박합네다. 며칠 내로 연락을 주십죠."

"참! 여보게. 며칠 치 가루약은 주고 가게나."

"예? 아 참! 그렇군요."

불쑥 던진 요구에 아저씨는 외투를 걸치다 말고 엉거주춤한 모습으로 호주머니를 뒤적인다. 약종이가 든 봉투가 불거져 나오고 겉면에 인쇄된 빨간색 글자가 내 눈에 쏙 들어왔다.

엄마가 저녁을 준비하는 동안 아버지는 내 곁에 묵묵히 앉아 있었다.

내가 아버지께 그랬다.

"털보 아저씨는 돌팔이에요. 돈이 필요해서 그래요."

"내 생각도 그렇구나."

아버지는 내 말에 맞장구치고는 도로 생각에 빠졌다.

"설희 아버지, 밥상 들고 가세요."

엄마가 부르는 소리에 아버지가 몸을 일으켰다.

"그런데 치료는 스님이 하신다니까…"

아무래도 아버지는 나를 살려야 한다는 심정에 모험을 선택할 모양이다. 그럼에도 선뜻 결정을 내리지 못하고 주저하는 모습이어서, 나는 이럴 때일수록 두 눈을 부릅뜨고 이 위기에서 벗어나야겠다는 생각으로 가득했다. 이상한 아저씨와 어딘지 모를 낯선 곳으로 아무려면 따라가고 싶겠는가. 결코 이런 의혹의 조건에 나를 내던지고 싶지 않았다.

"아버지!"

내 양옆으로 부모님이 주무신다. 내 팔을 부여잡고 모로 누운 엄마는 피곤에 곤히 잠들었고, 내 왼편에 반듯이 누운 아버지는 눈을 감고 있지만 창으로 쏟아져 들어오는 달빛에 눈꺼풀이 끔뻑거렸다. 내가 불러놓고 말을 잇지 않자 아버지가 고개를 돌려 바라보았다.

"설희야, 왜? 아버지 듣고 있다."

혹시나 엄마가 깰까 봐 목소리를 낮췄다. 나도 덩달아 소리를 죽이느라 바람 소리를 냈다.

"낮에 그 털보 아저씨, 무서워요. 따라가지 않을래요."

"그런가? 우리 설희가 싫다면야 하는 수 없지. 보내지 않으마."

너무도 쉽게 응답이 있자 묘한 의구심이 일었다.

"아버지, 그 아저씨는 거짓말쟁이예요. 제가 먹은 가루약, 뇌선이에요."

"뇌선이라고?"

"네, 약국에서 파는 두통약이에요."

"설희는 어떻게 알았지?"

"아저씨 안쪽 호주머니에서 뇌선 겉봉투가 살짝 빠져나왔어요."

아버지는 천천히 이부자리에서 몸을 일으켜 앉았다. 목소리가 조금은 커졌다.

"그랬구나. 짐작은 하고 있었다. 만병통치약은 길거리 약장수나 파는 짓이지. 우리 설희가 알아 버려서 그나마 이젠 약효를 기대할 수도 없겠구나. 그래도 괜찮을까?"

아버지는 거짓을 알아차린 나를 걱정하는 듯하였다. 거짓을 알아 버려 거기에 담긴 참마저 놓친다는 뜻이었는지…. 아마 내가 가질 심리적 효과에 은근히 기대를 걸었나 보다.

"아버지, 천국이 정말로 있어요?"

"설희야, 너는 아직 어린애야. 어떻게 이 세상을 멋지게 살아갈까, 그런 꿈만 떠올려라."

"네, 그럴게요. 근데 아버진 왜 예배당에 가지 않으세요? 집 가까이 있는데요."

아버지는 대답을 주지 않았고, 나는 입을 다문 채 천장만 바라보고 있자니까 스르르 눈꺼풀이 내려앉았다.

나의 당돌한 고자질로 인해 털보 아저씨와의 흥정은 없던 일이 되었지만 그 바람에 내 몸은 바람 앞의 등불처럼 심하게 흔들렸다. 업무 때문에 일일이 나의 병치레를 거둬 줄 수 없는 아버지는 하는 수 없이 엄마에게 의존하였고, 엄마는 가능성이 없는 치료의 궁리를 접고 오로지 내 병의 뒤치다꺼리에만 열심을 내었다.

마침내 나는 육체마저 허물어져 버렸다. 혼절하여 정신을 잃는 순간이 잦아졌고 식은땀과 게거품에 경련까지 몰려왔다. 기억은 없는데 자꾸만 헛소리를 내지른 모양이었다.

"아버지, 저 이제 죽어요!"

제3부

눈꽃에 돋아난 홍매화

1

　육체와 정신이 심하게 요동친다는 것을 알겠다. 차갑고 딱딱한 물체에 몸뚱이가 부딪혔다가는 바로 돌아오고 또 부딪히는 일이 반복되는 가운데, 의식은 꿈속의 어둑한 공간에서 한줄기 빛을 쫓아 헤매었고, 그러다가 살그머니 정신이 깨어났다. 아! 여기가 어딜까? 눈을 떠보려고 했지만 도무지 앞이 보이지가 않는다. 내가 지금 어딘가에 실려 옮겨지고 있다는 자각이 들었고 그 순간, 바싹 마른 나뭇가지를 태우는 냄새가 코끝에 풍겨 왔다.

　아, 썩어 문드러질 살점을 헤집고 끝없이 꾸물거릴 저 버러지 같은 죽음이 기어코 타는 냄새를 풍기며 영혼에까지 와 닿았구나. 그러나 숨 막힐 어둠의 공포가 아니라 타악기의 리듬처럼 단조롭게 퍼지는 영혼의 울림에 드디어 환한 안식이 느껴지는구나. 이제 나는, 관에 넣어져 화장터에 들어섰다는 것일까? 그리하여 이미 죽은 몸이라는 것일까.

　얼굴에 따가운 자극이 와 닿았다. 몸이 타 들어가는 모양이다. 다시 자극이 오는데, 아프다. 아! 어둠을 뚫고 누군가 불쑥 나타나 흘긋거린다. 저승사자인가? 낯익은 얼굴, 털보 아저씨다. 그의 두꺼운 손바닥이 내 뺨을 후려친다.

　"엄마, 엄마!"

　헛소리를 내지르곤 도로 잠들었던 모양이다. 그러다가 따스한 기운과 밥 냄새에 다시 눈을 떴는데, 시골집 부엌의 어둑한 부뚜막에 올라앉아 이불 보따리에 몸을 의지하고 있었다. 황토 바닥에는 두 아저씨가 이마를 맞대고 쭈그리고 앉아 무언가를 열심히 먹고 있다가 내가 깨어나는 소리에 흘깃 쳐다보았다.

"얘가 이제야 정신이 드나 봄세."

몸이 마른 아저씨는 처음 보았고, 수저를 상에 내려놓으며 일어서는 사람은 털보 아저씨다.

"설희야, 내가 누군지 알겠남?"

다가와 묻는데도 그냥 멍하니 있자 털보 아저씨가 몸을 숙여 거듭 묻는다.

"내가 누군지 알겠으면 고개라도 끄덕여 봐."

고개를 끄덕이자 털보 아저씨는 밥상에 놓인 사발을 들고 와서 내 곁에 앉았다. 사발에는 뿌연 국물이 담겨 있었다. 그가 내 입가에 숟가락을 들이댔다. 기운이 없어서였나. 나는 입술을 떼지 않았다.

"그냥 마시면 돼. 꿀꺽 삼켜. 숭늉이야."

나는 입술을 움직여 맛을 보다가 역한 냄새에 고개를 돌려 버렸다. 아저씨는 귀찮은 기색으로 사발을 한쪽으로 밀쳐놓고는 내 얼굴을 찬찬히 들여다보았다.

"겨우 얼이 돌아와 어리둥절하겠네? 놀랄까 봐 미리 말해 줌세. 전에 스님 얘기 들었지? 이 삼촌하고 지랄병 고치러 거기 가는 길이야. 아마 내일 밤늦어서야 도착할 게다. 늦게 출발해서 얼마 가지도 못했거든. 앞으로 삼촌 말을 잘 듣고 잘 따라 줘야 후딱 병이 낫고 엄마 아빠를 보게 될 거다. 부모님께서 실신한 자식을 떠나보내면서 얼마나 애달파하셨는지! 이런 처지에 안부 인사 하나 없이 자식이 먼저 덜컥 죽어 버리면 천하에 이보다 더한 불효도 없겠지? 천추의 한을 품게 되겠지. 그런데 얘야, 봐라. 너는 지금 의식이 하도 오락가락해서 참으로 이 삼촌도 많이 무섭다. 네가 어찌 될지 지금 봐서는 장담을 못 하겠거든. 내가 시방 미친 짓거리를 겁도 없이 저질렀다는 생각이 들 정도다. 그러니 부디 이 삼촌을 불안에 떨지 않게 해 주라, 알겠남? 얼른 깨어나 부모님께 하지 못한 문안 인사를, 어떻게든 살아 돌아가서 해야겠지?"

털보 아저씨가 들려주는 의미심장한 얘기에도 자꾸만 눈이 감겨 왔다. 얼굴이 따갑다. 내가 잠들지 않게 또다시 뺨을 후려치는 모양이다.

"정신 차려라우! 여긴 니 집이 아니야. 당장 떠나야 해."

아저씨는 내 몸을 몇 차례 흔들어 깨우고는, 담배처럼 둘둘 말은 종이에서 피어오르는 연기를 내 얼굴 가까이 흔들어 대었다.

"앞으로 어리광 피우면 가만두지 않을 테다. 눈 뜨고 있어."

얼굴에 주름이 많고 마른 체구의 일행 아저씨가 한마디 거든다. "얼라가 뭔 죄가 있겠노. 쯧쯧!" 그러면서 숭늉 사발을 벌컥벌컥 들이켠다.

"승대 니는 밥 먹다 말고, 어째 그만 먹을 꺼가?"

"그만 먹어도 되겠습네다. 상 치웁세다."

처음에는 몰랐는데 점차 연기가 역해져 콜록거리자 털보 아저씨는 담배인 양 한 모금 길게 입으로 빨아들인다. "이건 담배가 아니다. 약이야." 한 차례 더 빨아들이고는 연기를 내 얼굴에다 길게 뿜는다. "정신이 좀 들 게다."

콜록콜록, 연기에 괴로워하는 나를 바로 둘러업는다. 식은 아궁이 재에서 군고구마를 서넛 건지던 일행 아저씨는 이불 보따리를 둘러메었다.

"승대야, 머라 싸도 마 시골 인심이 젤 좋은 기라. 할매가 죽어도 밥값 안 받겠다카네."

"그래도 답례는 해야 합네다. 요 앞 구판장에 들러 통조림이라도 넣어주고 갑세다."

부엌의 높은 문지방을 넘느라 내 몸이 한차례 울렁거려 헛구역질이 터져 나왔다.

용달차가 심하게 덜컹거린다. 군데군데 웅덩이가 움푹 팬 좁다란 황톳길을 달리느라 더욱 그러하다. 세상은 칠흑같이 어두워 인가의 가물거리는 불빛이 아니고는 주변을 분간하기가 힘들다. 전조등에 의지하여 오직 코앞만 보고 정처 없이 달려가는 꼴이다. 운전석 바로 옆자리에 내가 앉았는데 거구의 털보 아저씨가 나를 끌어안듯이 꼭 붙들고 있다. 그는 앞만 묵묵히 볼 뿐 한 번도 나를 쳐다보지 않았다. 아마도 눈 감고 잠들어 있을 거라는 생각에 그랬겠지만, 이럴 거면서 왜 아까는 눈을 뜨라고 사정없이 내 뺨을 때려 댔을까? 나쁜 아저씨는 분명 아니겠지만 엉뚱한 행동으로 나를 괴롭힐 것만 같아 그게 왠지 두렵다.

낡은 용달차 안으로 냉기가 들어와 춥고 속이 메스꺼웠다. 몸이 떨리지만 이를 악물었다. 그러고는 나를 지켜줄 엄마 아버지를 떠올렸다. 차창으로 유령처럼 언뜻언뜻 보이는 내 모습이, 털모자를 썼고 귀마개에 목수건으로 입까지 막았다. 담요로 몸을 감싸서 보이지 않지만 분명, 솜넣어 누빈 두툼한 겨울옷이 아래위로 입혀져 있을 것이다. 내가 추워할까 봐 엄마는 보따리에 겨울 내복을 꾸역꾸역 집어넣었겠지. 아버지는 내가 어디쯤 가고 있나 하고 쭉 지켜보고 있을 것이다. 분명히!

"승대야, 길바닥이 와 이리 험악하노. 차가 다 망가지겠구마. 용달 삯 쪼매 더 쳐주라."

"형님도 참말로…. 내가 뭔 떼돈이 생겼다고 그럽네까? 좀만 가면 신작 로 바로 나옵네다."

"니는 봐라, 아까 고속도로로 계속 달렸어야 하는 기라. 서울 근처 가 서 빠져야 되는 긴데 이라모 너무 뺑뺑 돌아가는 거 아이가?"

"산골이 원체 멀고 험해서 아는 길로만 다녀야 합네다. 이제 막 지은 고속도로라는데, 대관절 어디가 거긴 줄 알고 빠져나갑네까."

두 아저씨는 행선지로 가는 길을 놓고 한참을 티격태격하였다. 그러다 가 조용하였고 나도 깜빡 잠이 들었다가 기척에 눈을 떴다.

"아우야, 잠은 어데서 잘 거고?"

"조금만 더 가면 면 소재지가 나올 겁네다. 거기, 여관에 들어갑세다."

칠흑 같은 어둠의 차창 너머로 하얀 나비 같은 물체가 호르르 날아다 닌다.

"통행금지 이 시간이 참 지랄 맞구먼. 눈발이 서는 거이 요상하네, 요 상해."

속도를 줄이고, 주변을 두리번거리는 일행 아저씨다.

"니미! 한 바가지 쏟아지겠데이. 눈구멍에 처박힐 거 아니면 밤새 밟아 야 할 낀데 우야노. 큰일이구마!"

일행 아저씨가 투덜거리자 털보 아저씨는 다짐을 받듯 단호한 어조로 말했다.

"형님, 하여간에 목적지 도착해야 약조한 돈, 줄 거니까 딴소리 일절 맙세다요."

"허어, 내 이럴 줄 알았제. 사람 좋다고 딜렁 따라나섰다간 마 이리 되는 기라. 허긴 우야겠노, 쳇! 내가 씨불였는데. 것보다 눈 때매 까딱하모 사고 나삐겠구마."

용달차가 페인트칠로 얼룩덜룩한 여관 건물 앞 공터에 닿을 때까지 두 아저씨의 얘기는 끝이 없었다. 그 말들이 하도 시끌벅적하게 오가는 바람에 기력이 하나 없던 내 귀조차 쭈뼛거릴 정도였다.

차에서 내리면서 털보 아저씨는 그제야 무심히 내 얼굴을 쳐다보았다. 번쩍 뜬 내 눈과 마주치자 순간적으로 그의 눈빛이 동요하는 것처럼 비쳤다. 그러나 잠시 그랬을 뿐, 별다를 게 없다는 듯이 나를 둘러업고는 여관을 향해 걸어간다. 하긴 내 정신이 말짱해져도 남들이 보는 내 육체는 여전히 볼썽없는 파리한 모습일 테지?

차 문이 거칠게 쾅 닫히는 소리가 들리고, 이불 보따리를 둘러멘 일행 아저씨가 우리를 앞질러 여관 안으로 들어간다. 그런데 이게 뭐지? 아, 눈꽃이다! 등에 업힌 내 얼굴 위로 비바람 맞아 단숨에 지는 벚꽃처럼 나붓나붓 나부끼며 떨어졌다. 내 살갗에 와 닿는 차가운 감촉이, 이슬을 받아먹고 산다는 바닷가 절벽 바위 틈 풍란의 그윽한 향기 같기만 하여 삐죽 세운 콧날로 자꾸만 킁킁거렸다. 나는 저절로 눈이 시려 왔다.

미끄러운 눈길을 아슬아슬하게 헤쳐 나가는 용달차 운전에다가, 나를 먹여 살리느라 이래저래 휘적거렸던 아저씨들은 점차로 초췌한 모습을 더해 갔지만, 나는 갈수록 생기가 차오르는 기분에 조금씩 신명으로 들떴다. 거울 속의 내 얼굴을 들여다보아도 확실히 화색이 돌았다. 하지만 나는 이것을 속으로 감추고서 아저씨들에게 들키지 않으려고 눈치를 보왔다.

이제 거의 다 왔다면서도 암자에서 가장 가깝다는 마을에 이르자, 아저씨들은 기어이 가게 안으로 들어갔고, 골방에 주저앉아 막걸리를 연거푸 들이켰다.

"당일치기로 오는 거리가 사흘이나 걸렸습메!"

털보 아저씨가 푸념하며 일행 아저씨에게 사발을 내민다. 그 모습에서 털보 아저씨가 어쩐지 술 힘을 빌리려 한다는 생각이 절로 들었다. 하긴 오랜 세월을 연락 끊고 살다가 무턱대고 암자를 찾는다는 부담감과 불안이 또 얼마나 심하겠는가. 이걸 눈치챘는지 일행 아저씨도 덩달아 주거니 받거니 술을 마셔 댔고, 나 역시도 가루약을 먹어야 한다는 구실로 막걸리를 찔끔찔끔 마셨다. 우리 모두는 벌건 대낮부터 술꾼이 되어 해롱거리는 기분에 빠져든 게 분명하였다.

가게 아줌마는 털보 아저씨가 호감이 가는지 아까부터 눈웃음이 가실 줄 모른다.

"요 아래 지방은 눈이 펑펑 내린다면서요?"

"말도 마소. 죽다 살아난 기라."

"여기가 더 추울 텐데 어째 눈이 쌓이지 않았음메?"

털보 아저씨는 목청을 깔고 힘주어 말하였다. 가게 아줌마는 유리문 너머 바깥을 바라보며 혼잣말처럼 대꾸했다.

"여긴 그다지 오지도 않았어요. 이제야 한바탕 쏟아지려나? 금세 어둑어둑해지네."

갑자기 일행 아저씨의 몸짓이 어수선해졌다.

"승대야, 퍼뜩 마시삐라. 설쳐야겠데이."

그러면서 막걸리를 쭉 들이켜자 털보 아저씨는 몸을 일으키곤 술값을 치렀다.

"근데 아주머니, 저기 천불사에 구봉 스님은 여전하시겠죠?"

"댁들이, 거기 가세요?"

가게 아줌마의 표정이 약간 놀라는 기색이다.

"그렇소만…?"

"무슨 일이 있어 가는지 모르겠지만, 거긴 말이 절간이지 무당 굴이나 진배없어요. 꼭 귀신 나올 흉가처럼 구석구석이 허물어지고, 귀퉁이 한 곳은 불탄 채로 있대나 어쩐다나."

"그 수두룩하던 불자들이 죄다 죽기라도 한 것입네까?"

"말도 마세요. 무당년이 꿰찬 뒤로는 여염집으로 둔갑해 버렸대요. 나 같은 년도 거기 가 본 지가 언제더라? 가물가물하네요. 한때 잘나갔지, 언제부턴가 아무도 얼씬거리지 않는다고…."

"이런 얼어 죽을! 어쩌자고…."

말이 채 끝나기도 전에 털보 아저씨의 거친 욕설이 마구 튀어나왔다. 그는 가게 아줌마의 인사를 받는 둥 마는 둥, 황급히 가게 문을 나섰다.

암자 근처에 다가오자 마침내 함박눈이 튀밥 터지듯이 쏟아진다. 시꺼 먼 매연을 뿜어내며 용달차가 왱왱 헛바퀴를 돌자 일행 아저씨가 짜증 나는 듯 엔진을 와락 꺼 버린다.

"안 되겠구마! 내려서 걸어야겠데이."

아저씨들이 화물칸에 씌운 비닐 거적을 걷어 내고 주섬주섬 짐짝을 챙긴다. 그중에는 아까 가게에서 샀던 술 상자도 눈에 띈다.

"쐬주는 차에다 둘까?"

"보따리하고 가방부터 옮깁세다. 손이 모자라서리."

털보 아저씨가 이불 보따리와 가방을 양어깨에 걸친다. 얼핏 봐도 술 기운에 절어 피곤한 기색이다. 하기야 나 때문에 더욱 그리리라는 짐작이 들기는 한다.

"얼른 갑세다. 눈밭에 빠질라. 설희야, 따라올 수 있겠남?"

"아우야, 끝장을 봐야지. 니가 쪼매만 더 업어라. 보따리는 이리 안기고."

"업히기 싫어요. 혼자 걸을래요."

얼른 대꾸하면서 털보 아저씨를 쏘아보았다. 일행 아저씨는 어느새 내 모습이 눈에 익은 모양이다.

"대견키는 하다만, 그래도 애야, 무리는 하지 말그래이. 병이 낫는 성싶어도 고게 대번에 낫는 게 아이다. 그나저나 요기 다 온 참에 쏟아져서 참말로 하늘이 도우신 기라."

"형님, 눈길이 녹으려면 몇 날은 걸리겠습네다."

"우짜겠노? 오도 가도 못하는 내 신세. 여기서 절밥 먹고 버텨야제."

털보 아저씨가 내 몸을 슬쩍 밀친다.

"설희야, 저기 골짜기 바위산에 호랑이처럼 걸터앉은 암자가 보이남? 거기 가는 거다."

그리 멀어 보이지 않는 곳에 암자가 눈을 맞아 하얗게 빛난다. 그러나

고양이 같지도 않았다.

"멀수록 돌아가랬다고, 어찌 됐든지 무사히 잘 와 다행이구마."

나는 천천히 걸음을 옮겼다. 의외로 다리에 힘이 붙어 여태껏 걷지 않은 아이 같지가 않다.

"허둥대지 말고 숫자 세듯이 걸어. 앞 잘 보고."

털보 아저씨는 마치 동물을 다루는 조련사처럼 내 생리를 알고 한발 앞서 조절을 하였다. 여기까지 오는 사흘 동안에 그는 숭늉, 죽, 보리밥, 막걸리, 빵 등 다양한 음식을 사거나 얻어서 조금씩 내게 먹였고, 정체를 알 수 없는 가루약과 알약도 들이대면 군소리 없이 먹어야 했다. 그러면서 의식을 되찾고 기력이 차츰 되살아났는데, 이렇게 되기까지 나는 누차 훌쩍거렸다. 왜냐? 털보 아저씨는 내가 말을 꺼내기 창피할 정도로 쌍욕을 거침없이 해 댔고, 걸핏하면 손찌검하면서 나를 넘어뜨렸다. 자기 분노를 조절하지 못해 화풀이를 마구 해 대는 것 같은데도 그는 내가 울음을 그치고 진정이 되었을 때면 꼭 그랬다.

"이게 다 니 지랄병 낫게 해 주려고 이러는 기야. 이 삼촌이 하라면 해. 그래야 험한 꼬락서니를 면할 기야. 알겠남?"

앞서 털보 아저씨의 엉뚱한 행동이 나를 두렵게 만들 거라는 예감은 사실이 되었지만, 한편으로 이런 황당한 행위가 어처구니없게도 내 몸을 깨어나게 하는 치료의 역할을 하고 있다는 사실이 매우 놀라웠다. 그러면서 암자의 스님은 이런 무지막지한 방법을 써서 나를 치료하지는 않을 텐데 과연 어떠할지가, 무척 겁나면서도 궁금하였다.

"어어!"

잡생각에 빠져 그만 발을 헛디뎠고 미끄러졌다. 하늘이 몇 바퀴를 돌았는지 모른다. 엎드린 채 고개를 드니 두 아저씨가 토끼눈으로 내려다 보고 있다.

"이제 멀쩡하네?"

다치지 않은 게 확인되자, 가던 걸음을 재촉하는 아저씨들이다.

"천천히 올라와!"

아직 몸이 성치 않은 어린 여자애가 눈밭에 뒹굴거나 말거나 내버려 둔 채 무심히 길을 걷는 아저씨들보고 눈 흘겨서 뭐 하랴. 사흘 동안에 고달픔과 서러움을 겪은 마당이라, 엉금엉금 기다시피 해서 눈밭이 거세 지는 기슭을 올라갔다. 얼마나 걸었을까. 털보 아저씨는 길모퉁이에 쭈 그리고 앉아서 하루에 두어 차례씩 내게 연기를 쏘이던, 말린 잎사귀를 종이에 꼬깃꼬깃 말아 담배처럼 피우고 있었다. 다가가자 아저씨가 엉덩 이를 털며 일어난다.

"여기서부터 왼쪽으론 다 낭떠러지다. 이쪽으로 바짝 붙어 걸어야 해."

내 팔을 잡아 안쪽으로 밀치며 나를 이끌고 간다. 분명, 이 털보 아저 씨는 내가 죽으면 안 되는, 우연히 만들어진 운명을 지녔다는 강렬한 기 분이 들었다. 지금 같아서는 내 목숨을 걱정하지 않아도 될 성싶었다.

암자 경내에 들어서니 눈보라가 어지럽게 휘날려 앞을 바라보기가 힘 들 지경이다. 나는 이미 털보 아저씨 등에 업혀 헉헉거리며 뜨거운 입김 을 내뿜고 있었다. 일행 아저씨는 일찌감치 먼저 와서 요사채 마루에 가

부좌를 텄고, 곁에 앉아 뭐라 숙덕거리던 어떤 할머니가 우리를 바라보고는 주춤 일어난다.

"스님은 출타하셨다오."

털보 아저씨가 급히 나를 내려놓는 바람에 하마터면 뒤로 넘어질 뻔하였다.

"이렇게나 눈이 많이 와서 세상천지가 온통 새하얗건만, 스님께서 고적한 절간을 지키지 않으시고 대관절 어디로 싸돌아다니신다는 말씀이시오?"

버럭 고함지르듯이 털보 아저씨가 말을 쏟아내자 할머니는 어리둥절해 하였다.

"대체 뉘신데 그러시오?"

부아가 나서 성질나는 대로 말을 해 버렸지만, 이게 아니라는 생각이 곧바로 들었는지 털보 아저씨는 옆에 서 있는 내게 얼른 귓속말을 한다.

"저 할매에게 잘 보여야 붙어먹기 좋아. 척 보니 이 집 부두목이네."

털보 아저씨는 할머니에게 이렇다 저렇다 말도 없이 허둥지둥 오던 길로 돌아 나간다.

"엉? 와 저러노. 저 길로 바로 튀삐는 거 아니겠제?"

일행 아저씨가 지나가는 말로 읊조렸다.

"이보시오!"

할머니가 몇 번을 불러도 털보 아저씨는 못 들은 척 바삐 걷다가 내리막길에 이르러서야 뒤돌아보았다.

"나중에 와서 말씀드립죠. 길바닥에 짐을 놔뒀습네. 아하하."

말이 끝나기가 무섭게 홀쩍 사라지는 아저씨를, 할머니는 어이없는 표정으로 바라보았다. 눈밭에 발자국이 어지러이 흩어져 볼썽사납다. 할머니가 나를 물끄러미 쳐다본다.

"그런데 애야, 너 어디서 많이 본 아이 같다?"

그러자 일행 아저씨가 냉큼 껴들며 두 눈을 휘뚝거린다.

"뭣이 보이오?"

할머니가 어리둥절하여 둘을 번갈아 바라본다.

"이 무슨 소리요? 안면이 있는 아이 같다는데."

"아, 참 참! 할매는 이 집 보살이랬지요? 깜빡했네요. 헤헤."

일행 아저씨는 곧바로 이맛살을 잔뜩 찌푸리며 고개를 절레절레 흔든다.

"날 샜네, 샜어! 이 날씨에 턱도 없는 기라. 스님이 이래가 우째 돌아오시겠노?"

거친 눈보라가 허공에서 점점 굵어지고 있었다. 어디선가 퍽, 하고 기왓장 떨어지는 소리가 들렸다.

날이 으스레하여 양초에 불을 댕길 때까지 털보 아저씨는 돌아오지 않았다.

"설마 그런 일은 없겠제?"

걱정스러운 얼굴로 일행 아저씨가 주절거렸지만 아직 어린 내가 무슨 대꾸를 해줄 수 있으랴. 아까는 담배를 꺼내 물고서 흡족한 듯이 그랬다.

"눈치 땜에 밥알이 데굴데굴 입속에서 굴러다녔어도 끼니 하난 잘 때운 기라. 뜨끈한 아랫목에 잠까지 자게 된 기 어디고."

그랬다가, 비껴 누운 채로 담배를 다 피우고 나서는 걱정이 되는지 이런 한숨 섞인 소리를 가만히 내뱉는 것이었다.

"내뺀 건 아닐 테고, 설마하니 굴러 떨어져 어디 처박힌 건 아니겠제?"

아무래도 내 대답을 듣고 싶어 하는 것 같아 내키는 대로 말해 주었다.

"가게 아줌마 집에 계실지도 몰라요."

내 말이 끝나기도 전에 일행 아저씨가 무릎을 탁, 내리쳤다.

"옳거니, 그렇구먼! 혼자 재미 보러 간 거구만. 니미!"

그러다가 나를 물끄러미 쳐다본다.

"근데 니가 고것을 어찌 안 거고?"

나는 고개를 가로저었다.

"나도 몰라요. 그렇겠다는 짐작이에요."

일행 아저씨가 침을 꿀떡 삼킨다.

"아무래도 니는 귀신 들린 아이가 맞긴 맞는가배."

이때 방문 밖에서 기척을 알리는 기침 소리가 들려왔다.

"안에 계시오?"

일행 아저씨가 여닫이문을 열자 할머니가 디딤돌 위에 그림자처럼 서 있었다.

"방이 춥지는 않으시오?"

"군불을 땠더니만 뜨뜻하네요."

"다름이 아니라, 저 아이를 내 방에서 재울까 합니다만…."

일행 아저씨가 어리둥절한 표정으로 나를 쳐다본다.

"여서 자도 될 낀데? 얘야, 니 생각은 어떻노?"

"그냥 여기서 잘래요."

이곳에 오기까지 아저씨들이랑 함께하며 같이 한방에서 잤기에 아무생각 없이 그렇게 말했다가 할머니의 꾸중을 들었다.

"어린 것이 요망하구나. 어서 썩 나오너라!"

할머니의 서릿발 같은 소리에 일행 아저씨가 무안쩍은지 후딱 한마디 거든다.

"얘야, 퍼뜩 나가보래이. 아무래도 여긴 담배 연기가 지독할 끼다."

나는 얼른 요사채 방을 나섰고, 섬돌 위에 놓인 내 운동화를 꺾어 신었다.

"그럼, 편안히 주무시오."

할머니는 다소곳이 목례를 하고는 대뜸 내 손목을 잡았다.

"자, 가자."

나는 붙들린 채 머뭇거리며 뒤를 힐끔거렸다.

"무서워서 그러느냐? 너를 지켜주려는 거야."

이끌리어 가는 내 등 뒤로 일행 아저씨의 헛기침 소리가 연달아 요사채에 울려 퍼진다. 할머니가 앞을 보고 걸으며 나지막하게 말씀하였다.

"아무리 나이가 지긋한 아저씨래도 그렇지. 가릴 줄을 알아야 해."

할머니는 자기 옆에 내 이부자리를 마련하였다. 방바닥에 깐 요 위에 나를 가만히 앉히고는 묻는다.

"아무래도 하루 이틀 머물려고 온 게 아니구나. 이름이 뭐냐?"

"하설희입니다."

말없이 뚫어지게 나를 쳐다보다가 다시 묻는다.

"흐음, 여길 찾아온 이유를 들어 봐야 대충 감을 잡겠구나. 이 할미에게 말해 주련?"

나는 망설임 없이 말하였다.

"저는 신병에 걸렸어요. 아저씨가 여기 오면 고칠 수 있다고 해서 찾아온 거예요."

"그러냐?"

할머니는 놀라지 않았다. 단지 호기심이 가득한 얼굴로 내게 좀 더 가까이 다가앉을 뿐이었다.

"너의 지난 일들을 구체적으로 알고 싶구나. 도대체 무슨 일이 일어났었는지 내게 일러 주겠니?"

할머니 쪽 벽면에, 어둑해서 잘 보이지는 않지만 우람한 나무 한 그루가 그려져 있다. 가지에 붉은 꽃들이 얼핏 보였다.

"증세가 처음 나타난 게 일곱 살 때였어요."

할머니에게 나의 지난 일들을 자세히 알려 주었다.

"학마을? 거기가 네 고향이더냐?"

"네, 할머니. 제 엄마 고향인데 북에서 내려오신 아버지랑 결혼해서 저를 낳았어요."

얘기 중에 질문이 있으면 그것에 대해 꼼꼼하게 대답하였다. 나는 반드시 병을 고쳐야만 하는데, 어쩌면 이 할머니가 나를 이 고통에서 건져 줄지 모른다는 기대감이 더해졌기에 그랬다.

그날 밤늦도록 내 얘기를 들려줬다는 것과, 그런 후에 한숨도 자지 못하고 뒤척이며 온갖 환청에 시달렸다는 것이, 아직도 어제 일처럼 기억에 생생하다.

방문이 활짝 열리는 소리가 들렸고, 나를 깨우는 할머니 음성이 들렸다.

"애야, 해가 중천에 떴다. 그만 자고 일어나거라."

다행히도 눈은 그쳐 있었다. 햇살이 눈부셨고 날씨가 포근하여 쌓인 눈이 반짝거리며 녹고 있었다. 나는 시래깃국에 밥을 조금 넣어 말았는데 그걸 다 먹지 못해 남겨도 할머니는 묵묵히 바라보기만 하였다. 일행 아저씨는 밥값을 치러야겠다며 그늘진 뜰에 쌓인 눈을 치우러 갔고, 나는 요사채 마루에 걸터앉아 따사로운 햇볕을 쬐며 꾸벅꾸벅 졸고 있었다.

바로 이러할 때 털보 아저씨는 언제 왔는지 짐짝을 지게에 짊어진 채 내 앞에 우두커니 서서 추운 그늘을 드리우고 있었다.

"병든 닭 새끼처럼 졸고 있구나!"

기척을 느껴도 마치 꿈처럼 아득하여 쉽사리 졸음에서 깨어나지 못하였다. 간밤에 설친 잠이 지금에야 정신없이 쏟아지는가 싶었다.

"내가 없는 새 도로 아미타불 됐는감?"

털보 아저씨의 손이 가차 없이 날라들었고, 깜빡 잊었던 잔별들이 두 눈 속에서 일렁거렸다. 나는 느닷없는 봉변에도 아무 대꾸를 못 하였고, 다만 정신을 차려야 한다는 생각에 꿈쩍하지 않은 채 그를 올려다보았다. 졸음을 이겨내려고 그랬을 뿐인데 그는 적잖이 놀라는 기색이었다.

"지 지금 내게 반항하는 거냐?"

"뭔 짓이오!"

어디선가 할머니의 음성이 들려왔다. 기척도 없이 불쑥 나타난 할머니가 나를 두둔하였다.

"어린 것이 무슨 잘못이 있다고 함부로 손찌검을 하는 것이오?"

노기 어린 표정에 털보 아저씨는 허둥대며 변명거리를 찾느라 애쓴다.

"때린 것이 아니고, 아니 때린 이유가, 그러니까 얘긴즉슨, 보살님께서는 아직 이 아이의 몸 상태를 모르시는 탓에, 뭐 그렇게 말씀하시겠습네다마는⋯."

"여기서 이럴 게 아니라 따로 얘기 좀 나눠야겠소."

"예? 아 예! 그러십죠."

할머니가 휙 돌아서 가자, 털보 아저씨는 얼른 짐짝을 마루에 내려놓고 주춤 그 뒤를 따른다.

"설희야, 이따가 약 먹자."

짐짓 느긋한 표정을 내게 지어 보이지만 아무래도 털보 아저씨는 이곳 절간 스님에게 의존할 수밖에 없는 형편이라 저리 약한 모습을 보이는 성싶었다. 비록 내 아버지에게 돈을 받았다고는 하나, 나를 살려내겠다는 일념에 저리 모진 수고를 감수하면서까지 애쓰신다 싶어 마음 한편에 찡한 감동이 물결치듯 감돌았다.

한참 지나서야 털보 아저씨가 법당 문을 열고 나왔다. 경내 한쪽 귀퉁이에 자리한 큰 바위에는 좌불 상이 새겨져 있었고, 그 앞에 우두커니 서서 올려다보고 있는 내게 천천히 다가왔다.

"내 기억 속의 절보다 자그마하긴 한데 그래도 아늑하구먼. 따라와."

어떤 얘기가 서로 오갔는지 알 수 없지만 당분간 이 절간에 머물러도 괜찮다는 승낙을 받은 게 확실하였다. 털보 아저씨는 앞서 걷다가 빙긋 웃으며 돌아보았다.

"오히려 일이 잘됐어. 이제 스님만 오시면 만사가 술술 풀리는 게지."

법당 뒤편으로 난 오솔길을 뒷짐 지고 한 발짝씩 걸음을 떼던 털보 아저씨가 문득 걸음을 멈췄다.

"이제 보니 삼신각이 전보다 좋아졌음메. 옛날엔 흙탕길이었는데 반듯하게 돌이 깔렸고, 기왓장에 단청도 새로 했네."

삼신각에 가까이 갈수록 길이 넓어지고 큼직한 화강암 돌들이 계단을 이루며 박혀 있어 내가 보기에도 다니기 좋으라고 일부러 다듬은 흔적이 또렷하였다. 굳게 닫힌 문짝을 잡아당기자 실내에는 정면에 착하게 생긴 할아버지 상이 순박하게 웃고 있었고, 옆에 귀여운 호랑이 상과 그 외 여러 상들이 오글오글 모여 있었다.

털보 아저씨는 제단에 자리한 여러 촛대 중에서 한곳에 성냥불을 댕기고 향을 피우고, 냅다 엎드려 여러 번 큰절을 하였다. 나는 을씨년스러운 기운에 두 눈만 끔뻑거린 채 가만히 서 있었는데 그는 내게 아무런 언급이 없었다. 구석에 놓인 작은 불상들과 기묘한 형상이 그려진 벽화가 막 눈에 들어올 참에 그가 촛불을 꺼 버렸다.

"가자."

이날 이후로 털보 아저씨는 때에 맞춰 내게 밥과 약을 챙겨주는 것을 빼고는 빈둥거리며 아무런 지시와 간섭도 하지 않았다.

"스님이 오셔야 염불이든 굿이든 보고, 떡이라도 떼먹지."

그러면서 여러 날을 두고 일행 아저씨와 술독에 빠져 허우적거렸다. 절간에서 벌어지는 아저씨들의 이상한 술버릇에도 할머니는 모르는 척 눈을 감았을 뿐만 아니라 인심 좋게 반찬을 척척 만들어 내었고, 아랫 목에 엉덩이를 들이대지 못할 정도로 뜨끈하게 군불을 때 주었다. 아마 충분한 액수의 돈을 시주받았을 것이다.

털보 아저씨가 왔어도 나는 여전히 할머니 방에서 생활하였는데, 할 머니는 항상 내가 잠이 들 때까지도 법당에서 기도하느라 돌아오지 않 았고, 아침에 내가 눈을 떴을 때는 이미 일어나서 부엌에 머물렀다.

"날이 꼬여가꼬 엉망진창이 되삐렀다 아이가. 이를 우짜겠노. 사나흘 더 등어리 지졌다 가야겠데이."

눈은 이제 거의 다 녹아 일행 아저씨는 돌아가도 되었지만 할머니의 부탁으로 계속 머무는 참이었다. 이제 곧 스님이 돌아오실 테고 그러면 빈 용달차에 얹혀 남쪽 지방에 잠시 다녀와야겠다는 할머니의 말씀이 있었기 때문이다. 그러나 스님은 소식이 없었고 기다리다 못해 일행 아 저씨는 떠날 채비를 차렸다.

"더 쉬었다 오실 거면 기별이라도 하실 것이지. 휴, 또 천불이 나네!"

할머니는 근심이 가득하였고, 털보 아저씨도 초조하긴 매한가지였다.

"형님, 연말에 꼭 가게로 전화하고 오셔야 합네. 여기 사정을 잘 아 시잖습네까."

털보 아저씨는 떠나가는 일행 아저씨에게 거듭해서 언질을 주었다.

"승대야, 니는 걱정일랑 꽉 붙들어 매거라. 내는 의리 빼면 시체 아 이가."

일행 아저씨는 내게도 한마디 하는 걸 잊지 않았다.

"한 달 뒤에 니를 데리러 꼭 오꾸마. 그때까진 몸이 다 나아야 된데이, 알겠제? 스님이랑 삼촌 말씀 잘 듣고 기냥 따라하면 될 끼다."

일행 아저씨는 할머니에게 깍듯이 인사를 드리곤 종종걸음으로 산길을 내려갔다.

무료한 시간이 하루 이틀 흘러갔다. 육체나 정신에 특이한 현상이 일어난 것은 아니었지만 무턱대고 스님이 돌아오기만을 기다리는 이 현실 앞에 얄궂은 불안감과 초조감이 깃들지 않을 수가 없었다. 털보 아저씨가 아니라 정작 내게 심각한 문제로 다가오기에 그렇다.

"설희야, 안 되겠다. 우리끼리라도 먼저 수련하고 있자."

"몸은 아무렇지 않는데요?"

"이 녀석 보게? 이놈아, 괜찮다 싶을 때 뿌리를 싹 뽑아야 하는 것임메."

털보 아저씨가 시키는 대로 겉옷을 벗어던지고 응달져 눈이 수북하게 쌓여 있는 산비탈을 뛰어다녔다. 자빠지고 나뒹굴어 숨이 턱밑까지 차올라 헉헉거렸지만 왠지 속이 다 시원한 기분이 들어 한겨울에 비지땀이 흐를 정도로 혼신의 힘을 쏟아 부었다.

나뭇가지를 붙들고 안간힘을 다해 고목을 기어오르는 내 모습을, 할머니는 저편 언덕배기에 서서 물끄러미 바라보고 있었다. 마침내 할머니는 외출복으로 갈아입었다.

"필시 무슨 일이 터진 게야. 읍내 가서 수소문해 봐야겠어."

할머니는 산언저리까지 모시겠다는 털보 아저씨의 배려를 마다하였다.

"오래 걸리진 않을 게요. 그동안 여길 잘 간수해 주시게나."

당부를 거듭하고 산길을 내려간 할머니마저 어찌된 일인지 며칠이고
연락이 없었다. 그러다가 까마귀가 유달리 까악까악, 울어대 산골짝 아
침을 푸드덕 깨우던 날에 드디어 기다리던 기별이 인편으로 날아들었다.

"아저씨, 누가 아저씨 찾아요. 스님 소식이래요."

요사채 방문을 왈칵 열어젖히며 큰 소리로 외치자 털보 아저씨는 술
이 덜 깬 눈을 비비며 허둥지둥 뛰쳐나왔다.

"누군데?"

"몰라요. 어떤 아저씬데, 지금 참배하고 계세요."

아저씨는 웃옷을 추스르며 내가 가리키는 법당 쪽으로 부리나케 달려
갔고, 나는 열린 방문을 닫으려다가 깜짝 놀랐다. 방 안에서 속옷 바람
의 여자가 담요를 꺼당기며 살짝 내다보지 않는가. 가만 보니 가게 아줌
마였다.

"꼬마야, 안녕. 잘 있었니?"

눈웃음을 지으며 인사하는데도 나는 대꾸 없이 주춤 뒷걸음치며 털보
아저씨 쪽을 힐끗 쳐다보았다. 그는 마침 고무신이 홀렁 벗겨지는 바람
에 땅바닥에 철버덕 넘어졌는데, 어떻게든 숨통을 틔어보려는 절박감이
취기와 뒤엉켜 허둥대는 몸짓으로 비쳤다.

"네, 네, 알겠습네다."

멀리 돌탑 근처에서 대화 나누는 모습을 지켜보니, 털보 아저씨는 고
개를 끄덕이며 얘기를 듣다가 가끔씩 짧게 대꾸하였다. 이윽고 손님을

배웅하고 돌아온 그가 요사채 마루에 걸터앉았다.

"할머니 동생분이라 하네."

"할머니는 어디 계신데요?"

곁에 앉은 나를 바라보기는 하여도 털보 아저씨는 생각에 빠지느라 눈망울이 초점을 잃고 멍하니 그렇게 있었다.

"스님께서 고향에 가셨다가 눈길에 쓰러지셨다고 하네. 생명에 지장은 없다는데, 워낙 고령이라서…"

한참만에야 그 말을 툭 던지고는 일어나 법당 쪽으로 향했다. 생각할 게 많은 모양이다. 힘없이 축 처진 털보 아저씨의 등덜미를 바라보면서, 이제 내 신병 치료는 물 건너갔다는 생각에 점점 심장이 콩닥거리고 온몸의 신경이 마구 곤두섰다.

가게 아줌마는 바쁘다며 아침식사도 거른 채 부리나케 산길을 내려 갔다. 나는 그날 하루 종일을 묘한 분노에 시달리며 털보 아저씨조차 꼴 보기 싫었지만 막상 화풀이를 해댈 만한 상대가 이 집에는 아무도 없었다.

"내 이럴 줄 진작 알았슴메."

다음 날 아침, 부엌 문지방을 넘어오면서 털보 아저씨가 말씀하였다. 그의 의기소침도 나의 분노처럼 오래가지 않았다. 그는 일부러 내게 쾌활한 척하는 게 아니라 본래 천성이 낙천적인 게 틀림없어 보였다.

"있으나 없으나 우린 우리의 길을 가면 되는 것임메, 그렇지?"

"네, 아저씨."

나는 아궁이에 불을 지피면서 세차게 고개를 끄덕여 주었다. 나라도 응원을 해 줘야 털보 아저씨가 기운을 북돋울 것 같았다. 배에서도 주방

장을 도맡았다는 그는 가져온 꽁치 통조림과 고추장을 김치와 버무려 얼큰한 찌개로 만들었다.

"사람은 자고로 고기를 먹어야 힘이 솟는 것임메. 설희야, 할미 없을 때 배 터지게 먹어두라우. 잘 먹어야 화색이 도는 기야."

할머니는 고기를 일절 삼갔다. 그 탓에 술안주로 고기 통조림을 따 먹으면서도 내게는 일절 국물도 없다가 이제야 겨우 밥반찬이라며 내놓았다. 그때는 아마도 내 입에서 풍길 냄새가 걱정되어 그랬을 테지만.

털보 아저씨의 수고를 알지만 거절하였다.

"아저씨, 나는 고기 싫어해요. 안 먹을래요."

"엉, 투정부리는 게야? 전에는 오징어가 맛있다고 야금야금 먹지 않았남?"

털보 아저씨는 지난여름에 오징어 안주를 슬쩍 집어먹은 짓을 알고 있었다.

"그, 그때는 병 걸리기 전이었잖아요."

이 말에 털보 아저씨가 더욱 놀라며 말까지 더듬었다.

"그, 그랬지! 어, 그러네?"

털보 아저씨는 신병을 고칠 수 있다는 자신감만 충천했었지 정작 신병에서 벗어난 이후에 내게 닥칠지 모를 현상에 대해서는 아무런 생각조차 없는 상태였다.

"설희야, 이거이 뭔 조짐이냐면 바로 네가 무당 될 팔자라는 소리가 아니냐?"

털보 아저씨는 침을 꿀떡 삼키며 멀뚱멀뚱 바라보았고 나는 태연하게 빙그레 웃어 보였다. 이미 내게는 귀에 박히도록 들은 무당 얘기에 불과하였다.

"도대체 이게 말이나 되남? 네가 이 풍진세계를 무당으로 살아간다는 것이?"

털보 아저씨의 들뜬 마음을 가라앉힐 생각에 덤덤한 듯이 얘기하였다.

"저는 뭘 해도 괜찮지만 우선은 공부하고 싶어요. 어른이 되면 가야 할 길이 보일 거예요."

"그래? 그럴지도 모르겠다만…. 그래, 제발 네 소원대로 일이 잘 풀리면 좋겠습메. 자, 얼른 밥 먹고 수련하러 나감세."

털보 아저씨는 이곳에 스님도 안 계시고 공기도 어수선해진 마당이니 무엇에도 기대지 말고 자력으로 이 난관을 헤쳐 나가자고 하였다. 이런 굳센 의지 앞에 나 역시 털보 아저씨의 그 꿋꿋한 기운을 받아들이려고 애썼다. 그래서일까, 시간이 지날수록 내 몸이 느끼기에 온통 생기로 꿈틀대는 듯하였다.

"우주에는 기가 있지. 그 기를 온전하게 받아야 심신이 건강해져. 그래야 탈 없이 살아갈 수 있어."

털보 아저씨는 수련에 앞서 누누이 강조하고는 나를 고되게 다루었다. 주로 눈밭을 헤치며 걷거나 뛰게 하였는데 특히 눈발이 서는 날이면 광분할 정도로 내 영육을 혹독하게 다그쳤다. 병마를 이겨낼 강인한 심신이 그 무엇보다 필요하다는 것이었다. 이렇듯 생명의 활력이 넘쳐흐르는 나날들이 구봉 스님과 연락이 닿지 않는 가운데 계속되었다.

8

　가까운 곳에서 사나운 산짐승이 월 워우, 울어대는 바람에 방문을 살그머니 열어 보았다. 살을 에는 듯한 추위가 와락 밀려와 얼른 옷을 여미었다. 얼굴이 달빛을 받아 입김이 피어오른다. 아직 자기에는 이른 시간인데도 요사채 주변이 적막에 잠겨 있다.

　털보 아저씨는 항상 날이 어두워질라치면 저녁을 들고는 곧바로 자기 방으로 들어갔다. 그러고는 다음 날 아침때까지 모습을 보이지 않았는데 내 어린 눈에도 그런 행동들이 기이하게만 느껴졌다. 외톨이로 살아왔기 때문일까? 가족적 분위기의 일상적 교감과는 아예 등진 모습이었다.

　그런데 아, 오늘은 아니다. 추워서 하늘도 저리 시퍼런 빛깔을 띠며 돌아가는데 그는 거기에 아랑곳하지 않고 밤 산책을 누리는 중이었다.

　나는 산짐승이 들으라고 큰 소리로 불렀다.

　"아저씨, 아저씨. 늑대가 막 울어요."

　털보 아저씨는 내가 기거하는 할머니 방으로 천천히 다가와 주위를 둘러보았다.

　"늑대가 아니라 들개야. 왜? 짖어서 무섭니?"

　"네, 무서워요. 엄마 아빠가 보고 싶어서 더 무서워요."

　"그래? 음. 이제 얼마 안 남았다. 이번 연말에 꼭 돌아가마."

　털보 아저씨는 반쯤 열린 방문을 마저 열어젖히며 문턱에 걸터앉았다.

　"아저씨, 이제 내 병이 다 나은 거예요? 돌아가도 괜찮은 거예요?"

　"어쩜, 앞으로도 한 번씩 아플지 몰라. 그런 조짐이 느껴질 때마다 멍청하게 누워 있지 말고 몸을 자꾸 움직여. 그럴수록 수련을 하라는 얘기야."

"그러면 괜찮아요? 아프지 않아요?"

"글쎄다? 거기까진 모르겠다. 네 몸에 매였겠지?"

털보 아저씨와 나는 곧바로 침묵에 빠져들었다. 나는 떠오르는 여러 잡생각을 지우느라 달리 할 말이 없었지만 아저씨는 무슨 이유로 말을 멈췄는지 모르겠다. 늑대는 아니 들개는 울부짖다가 어디론가 가 버렸고, 골짜기를 지나는 바람 소리가 쉬이익, 세차게 내 귀에 들려왔다.

"삼촌 간다. 방문 꼭 닫고 자거라."

털보 아저씨가 천천히 일어났다.

"아저씨, 편히 주무세요."

털보 아저씨가 요사채 방문을 열고 안으로 들어갈 때까지 그대로 지켜보았다. 어둑한 마당에 아무 기척도 남지 않자 코를 자꾸 훌쩍거렸다. 콧물이 나와서가 아니라 문풍지에 새는 바람처럼 마음 한편에서 울리는 서러운 마음에 그냥 훌쩍거려 본 것이다. 그래도 눈물이 나오지 않았다.

눈을 비비며 부엌에 들어서자마자 구석에 걸려 있는 빛바랜 달력으로 다가갔다. 오늘도 날짜에다 몽당연필로 동그라미를 그렸다. 집으로 돌아갈 날짜가 점점 가까워진 성탄절이다. 나는 콧노래로 징글벨을 흥얼거리며 아궁이에 불을 지폈다.

까치가 여기저기 퍼덕거리며 우짖던 점심나절에 할머니가 혼자 돌아오셨다.

"할머니!"

장작을 패느라 뒤늦게 할머니 기척을 알아채고는, 마치 붙임성이 좋은 아이인 양 달려가서 냅다 품에 안기었다.

"오, 그래, 설희야. 그동안 잘 지냈니? 얼굴이 부쩍 좋아졌구나."

"아저씨 덕분이에요."

"그러네. 근데 네 아저씨는 어디 갔대?"

"글쎄요? 방금까지 계셨는데요?"

주위를 살피며 걸음을 옮기는 할머니를 따르면서, 여기저기를 두리번거렸다.

"들어가서 한숨 자야겠다. 저녁에 보자꾸나."

할머니는 지체 없이 방으로 들어갔다. 무척 피곤해하는 것 같아 저녁 때까지는 잠자코 있어야겠다는 생각이 미쳤다. 이때 저쪽 법당 귀퉁이에서 털보 아저씨가 빠끔 고개를 내밀며 손짓으로 나를 불렀다.

"할머니가 뭐라고 하셔?"

다가온 나에게 기가 한풀 꺾인 낯빛으로 물었다.

"별말씀 없으셨어요. 아저씨, 무슨 잘못한 거 있으세요?"

"아니 왜? 난 그런 거 없다!"

털보 아저씨가 정색하며 움츠린 몸을 쭉 편다.

"그런데 왜 놀라세요? 아저씨는 어디 갔느냐며, 묻긴 하셨어요."

순간, 아저씨의 몸이 다시 움츠러들었다.

"나를 왜 찾아?"

"있던 사람이 안 보이잖아요."

"그거야… 그렇군. 내가 움츠릴 이유 하나 없는데, 대체 이게 뭔 꼴이람. 으음."

털보 아저씨의 말마따나 결코 두려워하거나 달아나야 할 까닭이 있을

리 만무하였다. 그런데도 창백한 기색을 어쩌지 못하였는데, 나중에 밝혀진 얘기지만, 마음속에 묻어 두었던 옛날의 어떤 기억 파편이 그를 괴롭혀서 그랬던 것이었다.

9

저녁이 되어 할머니는 잔기침을 하며 일어났고, 우리가 정성을 들여 준비한 식탁에 마주 앉았다. 말없이 식사하던 여느 때와 다르게 할머니가 웬일로 말을 꺼냈다. 할머니는 먼저 사소한 잡담부터 얘기를 하였다. 요 밑 산어귀까지 남동생이 바래다준 덕에 무사히 올 수 있었고, 구봉 스님은 아직까지 병원에 입원한 상태인데, 우리들의 문제로 일부러 짬을 내어 돌아왔다고 하였다. 단순히 잡담하려고 식사 규칙을 깬 것은 아닐 테니, 분명 심히 중대한 언급이 있을 터였다. 이를 알아차린 아저씨의 안색이 어두워졌다.

"구봉 스님께서는 어느 신도가 암자를 찾아왔다는 소식을 전해 들으시고는 무척이나 기뻐하셨어요. 어릴 적의 이름, 승대를 여태껏 기억하고 계시더군요. 지금부터는 스님께서 직접 하셨던 말씀을 대신해서 전하는 것이니 잘 새겨들으시고 확답을 해 주셨으면 합니다."

나는 얼른 털보 아저씨의 표정을 살폈다. 그는 목을 약간 빼고서 의혹이 가득한 눈빛으로 고개를 끄덕였다.

"들어보고 답하겠습네다."

할머니는 잠시간 털보 아저씨를 응시하다가 말을 이었다.

"스님께서는 세 가지를 물으셨습니다. 첫 말씀은, 여기 천불사와 전 재산을 장승대 신도에게 물려줄 생각이니 이를 받아들이겠느냐, 그렇게 물으셨습니다."

"네?"

털보 아저씨는 놀라다 못해 어리둥절해서 어찌할 바를 몰랐다. 전혀 예상치 못한 얘기라 그럴 수밖에는. 나는 엉겁결에 그의 옆구리를 콕 찌르며 소리 죽여 말했다.

"아저씨, 한다고 하세요. 아저씨가 바라던 일이…."

"쉬잇!"

털보 아저씨가 내 입 가까이 손가락을 들이대며 말을 가로막았다. 그러고는 머리를 굴리느라 헛기침을 몇 번이고 하면서 말을 더듬으며 물었다.

"저야 뭐 손해 볼 일 없는 말씀 같긴 합네다만, 근데 스님께서 무조건 그렇게 하실 리가 없지 않겠습네까?"

"질문은 마친 뒤에 하시고 스님 물음에 대답만 하세요."

"네? 아, 예! 그게…."

털보 아저씨는 잠시 망설이다가 다시 말을 이었다.

"나머지 두 말씀까지 마저 듣고 대답하면 어떨까 합네다만. 헤헤."

할머니가 고개를 절레절레 흔든다. 표정이 굳어졌다.

"첫 물음에 답이 없으시면 이대로 끝낼게요."

"아, 아닙네다. 바로 대답합죠."

거드름 피울 여지가 없다.

"예! 예, 말씀대로 받아들이겠습네다."

할머니는 다시 말없이 털보 아저씨를 응시하다가 두 번째 물음을 꺼냈다.

"두 번째 말씀은, 죽을 때까지 천불사를 떠나지 않겠느냐, 그렇게 물으셨습니다."

나는 하마터면 웃음이 나올 뻔했다. 왜냐면, 털보 아저씨는 저번에 아버지와 얘기를 나눌 때에 그랬기 때문이다. 천불사 가까운 곳에 암자를 지어 살고 싶다고. 그래서 구봉 스님으로부터 이것저것 배울 수가 있으면 좋겠다고. 출가까지는 작정하지 않았지만 아무튼 공부하면서 여생을 보내고 싶다고. 그때 이러셨으니 이제 그 소원이 그저 넝쿨째 굴러들어 온 게 아니고 무엇이랴.

아니나 다를까, 금세 털보 아저씨의 얼굴에 화색이 돌았다.

"아 네, 여기다 뼈를 묻겠습니다. 묻고 말굡죠."

할머니는 바로 세 번째 물음을 던졌다.

"세 번째 말씀은, 박수무당이 되겠느냐, 그렇게 물으셨습니다."

"네? 그게 무슨…?"

나도 깜짝 놀랐다. 절간에서 스님도 아니고 무당이라니?

"저기 보살님. 뭔가 잘못 들으신 거겠죠? 중도 아니고 하필 무당이라니요?"

"가타부타, 답을 하세요."

할머니의 단호한 모습에 털보 아저씨가 주춤거렸다.

"그게, 에… 그건 아무래도 생각 좀 해봐야겠습네다."

"싫은 게로군."

그 말에 털보 아저씨가 얼른 손사래를 친다.

"아, 아뇨, 싫다는 게 아니라, 이 문제는 얼렁뚱땅 넘어갈 일이 아니라서 그렇습메."

"그러면…?"

할머니는 차분하게 털보 아저씨의 의향을 마저 들어볼 생각이다.

"실은 제가, 스님이 되는 일도 고민에 빠질 지경입죠. 오죽했으면 어린 나이에 여길 박차고 달아났겠습네까. 철들고, 세상 쓴물도 맛보고, 하다 보니 생각이 많이 달라지긴 했습네다만, 그래도 이 몸뚱이가 박수무당이 될 거라곤 전혀 짐작조차 못한 일이 되어가지고 말입죠. 소질도 없고, 고작 돌팔이 짓에, 그게 아무나 하겠다고 할 수 있는 일도 아니고…."

털보 아저씨는 자기 의사를 설득력 있게 설명할 방법을 찾지 못해 마구 주절거리는 심정으로 할머니에게 토로하였다. 그러면서 양손을 가만히 두지 못해 마치 몸살 난 환자처럼 자기 몸을 이곳저곳 지압하듯 주물렀다. 할머니가 눈빛을 반짝이며 털보 아저씨의 어수선한 몸짓을 진정시켰다.

"알겠네. 세 번째 물음의 답은 마음이 정해지면 듣기로 하죠."

"설희야, 네 생각은 어떠하남?"

식사가 끝난 뒤, 어둑해진 경내를 거닐면서 털보 아저씨가 던진 질문이었다. 나는 짐짓 생각에 잠기는 몸짓을 지으며 몇 발자국 더 걷다가 털보 아저씨를 바라보았다.

"아저씨, 세 번째 물음이 그렇게나 어려운 문제예요?"

"아니냐?"

털보 아저씨는 궁리하느라 앞만 보고 묵묵히 걸음을 옮기다가 문득 고개를 돌린다.

"그런데 말이다. 스님께서 어찌하여 하필 박수무당을 하라고 하셨을까? 그게 어렵지. 더구나 스님이신 분이 말이야."

"아저씨, 그냥 하겠다고 하세요. 제가 볼 때는 어려운 문제가 아니에요."

이 말에 털보 아저씨는 걸음을 멈추며 나를 똑바로 바라보았다.

"그러냐?"

"스님과 할머니는 이미 나이가 많으세요. 때가 되면 돌아가실 테고, 아저씨가 하고 싶은 일은 그때 가서 하면 되잖아요."

아저씨가 내 이마를 툭 건드렸다.

"네 이놈, 참으로 앙증맞구나. 그런데… 그러네! 이미 답이 나왔으니 당장에라도…. 아니지, 내가 서두를 일은 아닌 게야. 천천히 답해야겠습메, 흠!"

하하하, 아저씨는 이제야 속이 후련한 듯 웃어 젖혔다. 고적한 산사에 울려 퍼진 이 웃음소리가 할머니의 귀에는 이미 답한 걸로 들렸지 싶다.

이부자리에 누웠지만 잠이 오지 않았다. 집으로 돌아갈 날이 성큼 다가와 마음이 설레는 데다가 드디어 수련을 끝내고 나니 힘이 남아돌아 그런 모양이다. 문풍지에 이는 바람 소리의 정체를 살피러 살짝 실눈을 뜨니, 할머니는 흐늘거리는 그림자를 이루며 호롱불 가에 앉아 여태껏 바느질을 하는데, 지금은 버선을 깁고 있었다.

"이틀 후면 우리 설희가 엄마한테 가는구나."

쳐다보지 않고도 내가 눈 뜬 걸 아셨나? "네에." 나는 겨우 대답하고선 마치 실컷 자고 일어나는 아이인 양 맘껏 꾸물거리며 하품을 늘어지게 해 댔다. 할머니가 문갑을 열어 거기서 곱게 접힌 하얀 수건을 꺼냈다.

"그동안 많이 애썼다. 이 할미가 네게 선물을 할까 하는데 괜찮겠니?"

"저는 아무려나 괜찮은데, 할머니가 좋으실 대로 하세요."

"알겠다. 내일 밤에 치르자구나."

내일 밤에 치른다고? 그게 뭘까. 못내 궁금해져 일어나 앉으려는데 할머니가 불현듯 호롱불을 끄고 몸을 일으킨다.

"잠이 안 오면 눈 꼭 감고, 잠 친구를 불러내든지."

할머니는 소곤거리듯이 내게 이르고 하얀 치맛자락을 끌며 방에서 나간다. 이윽고 부엌문이 삐드득, 여닫히는 소리가 들려오고는 쭉 잠잠하였다.

잠 친구? 할머니가 알고서 일부러 주문한 소리는 아니었겠지만 문득 사라져 버린 꼬마 귀신이 생각났다. 요즘은 누구의 친구가 되어 무엇을 하며 지낼까? 실제로 존재하는 아이 귀신이기나 할까?

달빛이 봉창으로 스며드는가. 하얀 빛을 받으며 맞은편 벽화의 매화나무가 검누른 빛의 꺼칠한 궂은살을 드러내었고, 서릿발을 베어 물고 가지에 돋아난 홍매화들이 유난스럽게 진홍빛을 내었다. 뒤척이며 꼬마 귀신의 기억을 하나씩 떠올리다가 다시 힐끗 돌아보니 그것들이 어느 틈에 활짝 만개하여 가지마다 터진 꽃들로 주렁주렁 매달려 있는 풍광에 놀랐다가, 빙긋 웃으며 점점 깊은 잠에 빠져들었다.

먼동이 터 오는 새벽 기운에 눈을 떴는데 할머니가 요에 앉아 있었다. 나는 몸을 일으키며 인사를 드렸다.

"할머니, 일어나셨어요?"

"아니다. 할미는 이제 눈을 붙여야겠구나."

할머니는 자리에 누우며 끄응, 하고 짧게 신음 소리를 내었다. 나는 얼른 이불을 꺼당겨 할머니의 수고를 덜어주었다.

"할머니, 주무세요."

할머니는 뭔가를 하느라 뜬눈으로 긴긴밤을 새운 모양이었다. 밖으로 나가려다 문득 벽화를 바라보았다. 돋은 홍매화는 여전히 눈꽃을 머금고 있었다.

털보 아저씨는 싸리 빗자루로 마당을 쓸어서 마른 잎사귀를 한곳에 모으고, 수북하게 담은 아침밥을 거뜬히 들고, 나무하러 지게 지고 산길을 갈 때까지도 별로 말이 없었다. 나 역시 시무룩한 기분은 아니었지만 오늘따라 말을 아끼고 싶어 묵묵히 그의 모습을 지켜볼 뿐이었다. 그는 지금껏 주무시는 할머니에 대해 아무런 의문을 달지 않는 걸로 봐서, 어젯밤에 할머니가 꾸민 일을 알고 있는 게 분명하였다. 어쩌면 그 일로 해서 말수가 줄어들었는지 모른다.

으랏차, 털보 아저씨가 기합을 넣으며 땔감 쌓아둔 곳에 지게를 내려놓는다. 그때 부엌에서 막 설거지를 끝내고 물 길러 나서던 참이었는데 그가 손짓하여서 물동이를 도로 내려놓았다.

"앞으로 연탄 땔 궁리를 해야겠습메. 땔감이 달리겠어."

털보 아저씨는 벌써 이 집 사람이 다 된 모습이다. 한아름의 마른 잔가지를 성큼성큼 아궁이로 옮겨놓는다.

"손이 얼었네. 물 데워서 할 것이지. 이리 당겨 앉아라."

털보 아저씨는 막 피운 아궁이 불 가까이로 나를 이끌었다.

"용달차 아저씨랑 연락이 닿았다. 내일 도착한다니까 모레쯤엔 떠날 수 있겠어."

"아저씨는 어떡하실 거예요?"

"아무래도 좀 그러네. 돌아오려니 힘들기도 하고…"

"…네."

작별이 아직 실감 나지는 않지만 그동안에 나를 챙긴 수고는 결코 잊히지 않을 것이다.

"설희야."

"네?"

"할머니께서 무슨 말씀이 없으시던?"

"무슨…? 아, 그러셨어요. 오늘 밤에 제게 선물 하나 주신댔어요."

마른 나뭇가지가 타닥타닥, 벌겋게 타들어간다. 나는 손이 곱아서 불 가까이 대고 문질렀다.

"그랬구나. 틀림없이 할머니가 큰맘 먹고 하시는 걸 거야."

"아저씬 아세요? 선물이 뭔지?"

"오늘 밤에 굿할 것임메."

"네? 굿이요?"

"놀랄 거 없어. 다 너를 위해서니까. 너는 그냥 무릎 꿇고 앉아서 가만히 지켜보기만 하면 되는 거야."

"할머니가 무당이세요?"

"그런 모양이네. 어젯밤, 부엌에서 이상한 소리가 나기에 몰래 봤더니만, 입에 수건을 꽉 물고 숫돌에 식칼을 갈고 계시더구나. 오늘 그 정성 들여 간 칼로 굿을 치르시겠지. 그래도 걱정할 거 없어. 단순하게 칼춤만 추는 굿이니까. 이제 생각하니 옛날에 할매를 본 적이 있는 것 같기도 하고…. 당시 스님과 시시덕거리던 무당들을 곧잘 훔쳐보곤 했지. 흠."

"네에."

고개가 절로 끄덕여졌다. 털보 아저씨가 박수무당이 되었으면 하는 구봉 스님의 뜬금없는 주문이 어슴푸레 납득이 갔기 때문이다.

"그런데요 오늘 밤에 굿을 하면 저에게 뭐가 좋아지는 거예요?"

"글쎄다? 그것까진 내가 알 길이 없지. 무당의 일을, 속뜻을 내가 어찌 알겠남. 나중에 기회가 되면 직접 물어보든지."

"나쁠 건 없겠죠?"

"그렇겠지. 선물이라니까."

불꽃을 피우며 신나게 타들어가던 마른 잔가지가 어느새 재를 남기며 숯불로 가물거린다. 털보 아저씨가 토실한 감자 여러 개를 잿불 더미에 파묻느라 뒤적이는 바람에 검댕이가 춤추듯 날아올랐다. 나는 양손을 휘저으며 얼른 그 자리를 피하였다.

"할머니는 여태 주무시남? 점심은 드셔야지."

털보 아저씨는 솥뚜껑을 열어 펄펄 끓는 뜨거운 물을 양동이에 옮겨 붓고, 밥이 담긴 양푼 그릇을 뜨거운 솥 안에 집어넣었다.

"아저씨, 저기 검댕이가, 밥에 검댕이가!"

털보 아저씨는 내 손짓에도 아랑곳없이 그대로 솥뚜껑을 닫았다. 그러고는 딴소리를 한다.

"너는 씻었니?"

"네, 아저씨."

"삼촌 얼굴 어때? 더럽지?"

"많이 더러워요. 특히 수염."

"네가 가고 나면 싹둑싹둑 다 깎고 빡빡 밀 거다. 감자는 저기 면장갑 끼고 까먹어라."

털보 아저씨는 양동이를 번쩍 들고 뒤뜰에 있는 샘터로 향했다. 나는 솥뚜껑을 다시 열어 밥알에 달라붙은 검댕을 기어코 훔쳐내었다.

그가 몸을 씻고 돌아오기까지 얼마 걸리지 않았다. 익은 감자를 뒤적거려 겨우 하나를 먹고 있을 때 수건으로 머리카락을 문지르며 나타났다.

"휴, 어쩌다가 내 팔자가 이렇게까지 됐남?"

"아저씨가 왜요?"

"가만 보니 말이다. 불제자가 싫다고 달아난 놈이 졸지에 박수로 둔갑해 버린 꼴이야."

말끔해진 얼굴과는 달리 말소리가 탁하게 들려왔다.

"아저씬 여기가 싫으세요?"

"좋긴 하지. 암만해도 나는 갇혀 사는 체질이 된 게야. 뱃놈 생활도 그렇고."

"그런데도 왜요? 아저씬 좋은 사람이에요. 설마 별일이 있을라구요? 여기 분들이랑 가족처럼 재밌게 살면 되잖아요."

"하긴 네 말이 옳다. 공부도 하고, 부모처럼 모시고, 그렇게 살면 되겠지. 인생 뭐 별거 있겠남."

"할머니 깨울까요? 점심밥이 다 데워졌어요."

"그래야겠다. 씻을 물이 지금 뜨뜻하다고 아뢰라."

"네."

감자를 입에 쏙 집어넣고 우물거리며 잽싸게 뛰었다. 요즘은 밥 먹은 지 얼마 되지 않아 뱃속이 자꾸만 꼬르륵 소리를 낸다. 이제 집으로 돌아가면 꽁보리밥이 아니라 쌀밥과 과일을 마음껏 먹을 수 있다는 생각에 가슴이 자꾸만 부풀어 올랐다.

11

얄궂다. 한낮에는 처마 끝에 매달린 고드름에 햇볕이 쨍 하고 부서지더니만, 한밤이 되니 오늘따라 유별나게 흩날리는 눈이 달빛처럼 슬픈 곡조를 낸다. 앞뜰 가운데 우뚝 선 돌탑 옆에 멍석을 깔고, 오동나무 반상을 놓고, 거기에 물이 찰랑거리는 사기대접을 차리고, 멍석 위에 방석 하나 놓은 거기에 내가 다소곳이 앉았다.

"아저씨, 저는 어떻게 해요? 손 싹싹 비벼요?"

"꼼짝 말고 가만히 앉아 있기만 하면 돼. 정말 춥지 않겠남?"

하얀 한복 속에 겨울 내의를 잔뜩 껴입으라고, 아까 털보 아저씨가 귀띔하였지만 그러지 않았다. 삭풍이 나무 끝에 불고 눈꽃이 내 발등에 맺더라도 내 몸엔 뜨거운 열기가 휘몰아칠지 모른다.

할머니가 어두컴컴한 오솔길을 내려온다. 점심마저 거르고 삼신각에 오른 후, 이제야 모습을 드러내었다. 내게 줄 선물을 위해 저리 공들여 기도하시다니! 할머니의 옷차림은, 깨끗하게 빨고 다린 하얀 한복으로 새로 갈아입었다는 것 외에 여느 때와 별다르지 않았다. 할머니의 거동을 알아차린 털보 아저씨가 황급히 여러 개의 향촉에 불을 붙이고는 자리에서 물러날 기색을 보인다.

"아저씨! 북장단은 어쩌고요? 딴 데 가지 마세요!"

아저씨를 놓칠세라 얼른 바짓가랑이를 붙들자 털보 아저씨가 화들짝 놀라며 뿌리친다.

"일없다! 나는 요 자리 있으면 큰일 나."

털보 아저씨는 부리나케 눈앞에서 달아났다. 반상에는 두 개의 식칼이 가지런히 놓여 있어 섬뜩한 기분이 솟구쳤다. 이윽고 할머니가 내게로 다가왔지만 아무런 말씀도 없었다. 휴우! 긴 호흡으로 숨을 내쉬며 뒤에서 잠깐 동안 내 머리를 매만졌다. 그러고는 반상에 다가서서 고무신을 가지런히 벗어 버선발로 땅을 디디고는, 식칼을 양손에 쥐었다. 나는 저 식칼로 어떻게 할까 하고 긴장 속에 무척 궁금하였으나, 대접 물에 담갔다가 뺀 후에 유유히 식칼을 허공에 흔들며 무어라 주문을 외던 순간을 제외하고는, 내 등 뒤로 넘어가서 춤사위를 펼치는 바람에 통 엿볼 수가 없었다. 하긴 마주하게 된다면 저 시퍼런 식칼을 휘두를 때에 내 몸이 움찔거려 다칠 것만 같은, 아슬아슬한 공포감이 깃들긴 하겠다.

비나이다. 천지신명이시여!

굿거리장단 없이 치르는 할머니의 적막한 몸짓이 눈발에 어지러운 그림자가 되어 내 몸을 덮친다. 한기가 느껴졌다. 쌔, 하게 와 닿는 기운이 정수리에 꽂히는 듯 감돌자 혀에 쓴맛이 왈칵 미친다. 속이 메스꺼워 침이라도 뱉고 싶었지만 오히려 꿀꺽, 하고 삼켜 버렸다. 왠지 내 몸에 들어오는 이 기운을 가두면 가두었지 일부러 내보낼 이유가 없겠다는 생각이 들어서였다. 암자의 공기는 물밑의 어둠처럼 적막하였지만 할머니의 칼날에서 뿜는 기운은 물결의 파고처럼 차고 거칠게 심신에 밀어닥쳤다. 나는 그때 그 휘젓는 기운에 몸서리치면서도 전율의 찰나를 만끽했다고 해야겠다.

어떻게 회오리라도 몰아쳤던 것일까. 켜둔 여러 개의 촛불이 일제히 훅 꺼지고 향내가 진동하였다. 이윽고 숨죽인 날카로운 칼춤이 끝났는지 할머니는 식칼을 제자리에 놓은 뒤 긴 숨을 가라앉히며 호흡을 가다듬는다. 휴웃!

할머니는 고무신을 신고서 곧장 방으로 향했다. 나는 일어나지 않은 채 꺼진 초를 멀뚱멀뚱 지켜볼 뿐이었는데 털보 아저씨가 재빠르게 다가왔다.

"얘야, 그대로 있어. 삼촌이 업고 가마."

털보 아저씨의 행동이 의아스러웠으나 군소리 없이 따랐다. 하지만 등을 들이댄 그에게 정작 업히려고 하니 옴짝달싹할 수가 없었다. 말하려 했던 건 아니었지만 말도 나오지 않는 듯하였다.

"이런!"

털보 아저씨는 당황하여 나를 두 팔로 번쩍 안아 들고는, 할머니 방이 아니라 그가 기거하는 요사채로 데려갔다. 정신만큼은 멀쩡하다 보니 어느 틈엔가 감쪽같이 소진해 버린 기력을, 나는 알아채지 못하고 있었다.

"삼촌이 다 알아서 할 테니까 이대로 한숨 푹 자거라."

털보 아저씨는 마당을 치우러 도로 나갔고, 나는 이부자리에 꼼짝 않고 누워 두 눈만 끔뻑거리고 있었다. 내게 무슨 일이라도 일어났는가? 한참 만에 아랫도리가 축축이 젖었다는 사실을 알아차렸으나 어찌하지 못하였다. 나는 몸을 일으키려 하였고, "아, 아." 일부러 소리를 내보려 했지만 성대가 제대로 열리지 않았다. 털보 아저씨는 아궁이에다 군불을 때는 모양이었다. 마침내 털보 아저씨가 일을 끝내고 들어왔다.

"아직 안 잤네? 암만해도 한기 들까 싶어 잔뜩 땠습메. 한숨 푹 자고 일어나면 괜찮다고 하셨어."

털보 아저씨는 내가 오줌 싼 사실을 아는지 모르는지 그냥 이불을 꺼당겨 다독거린다.

"제 발로 이불을 걷어찰 때까지 푹 덮어 주라고 하셨습메."

털보 아저씨는 촛불을 훅 불어 끄고는 그대로 맨바닥에 벌렁 드러누워 탄성을 지른다. "아, 좋다!"

묘한 기분이다. 문풍지에 부는 바람 소리가 엄청 시끄럽다. 바깥에는 소용돌이쳐 낙하하는 별똥비의 황홀한 궤적이 있기라도 하는 걸까. 그래서 세상의 온갖 귀신이 온통 이곳 문풍지에 달라붙어 웅성거린다는 것일까.

"삼촌은 시방 말이여, 골방이 후끈거려 이래 자는 기야. 설희는 모르겠지?"

나는 전혀 더운 줄 모르겠고 얼른 잠을 재촉해야겠다는 생각에 눈꺼풀을 닫자, 흔들리는 대나무에 맺힌 눈꽃이 내 동공에 아스라하게 비쳤다. 그 눈꽃 무더기가 연거푸 흩날려서 슬슬 추워졌다. 바깥은 지금 모진 눈보라라도 휘몰아친다는 것일까?

12

　방에는 아무도 없고, 나는 이불을 걷어찬 몰골로 누워 있었다. 바깥은 이미 날이 훤하여 해가 중천에 떠 있을 성싶다.

　"아, 아." 가만히 일어나 앉으며 일부러 소리를 내어 보았다. "설희야, 어젠 왜 입을 다물었지? 아, 아!"

　괜찮다. 모든 게 정상으로 돌아왔다. 평소처럼 기지개를 켜며 밖으로 나가려다가 문득 아랫도리를 내려다보았다. 그래, 오줌을 쌌었다! 이제는 다 말라 버려 아무 흔적도 없겠지만 혹시나 하는 마음에 치마 속 팬티를 살펴보는데, 이게 뭐지? 허벅지에도 피가 엉겨 들러붙었다! 너무나 놀라 단숨에 할머니 방으로 뛰어 들어갔다. 다행히도 할머니는 좌정하여 책을 읽고 있었다.

　"할머니, 할머니, 이것 좀 보세요. 이게 뭐예요?"

　치마를 걷어 올려 아랫도리를 보여 드렸다. 거기 팬티에 누렇게 번진 핏자국을 할머니가 유심히 바라보았다.

　"어젯밤 식칼 때문에 이리 된 거예요, 할머니?"

　할머니는 책을 옆에 내려놓으며 나를 똑바로 쳐다본다.

　"달거리를 하는구나."

　"달거리?"

　"넌 이게 처음인 게로군. 여자가 되어 간다는 표징이란다."

　"괜찮은 거예요?"

　"암, 괜찮고말고. 것보다 이리 좀 오너라."

할머니는 내 손을 이끌어 앞에 앉히곤 목덜미 쪽을 살짝 건드렸다.

"하마터면 큰일 날 뻔했구나? 나도 몰랐네."

할머니가 내미는 손거울을 받아들고 목을 살피니 생채기가 가볍게 나 있었다. 나도 모르는 사이에 칼날이 스쳤던 모양이다.

"혹시 모르니 소독이나 해 둘까?" 할머니가 서랍을 뒤진다. "이젠 늙어 빠져서 이 짓도 못해먹겠구나. 그래, 몸은 어떠니?"

"지금은 좋아요, 할머니."

어젯밤에 옴짝달싹하지 못한 이유를 할머니께 여쭙지 않았다. 아무런 귀띔조차 없어서였다. 할머니는 상처 난 곳에다 소독약을 발랐다.

"언제 설희를 또 볼 수 있을지… 네가 태어난 곳, 읍내에 한때 머문 적이 있었단다. 예사 인연이 아닌 게야."

"그러셨어요? 저를 본 적 있으세요?"

"그건 아닐 게다. 설희가 어렸을 때 그곳을 떠났으니까."

"네…."

아버지의 품에 안겨 읍내 장터를 돌아다닐 때, 할머니와 언뜻 스쳤을지도 모른다는 몽상에 잠시 빠졌다.

"아프지 말고 잘 크고. 크거든 꼭 반듯한 사람이 되거라."

"네, 할머니."

할머니는 장롱에서 천 꾸러미를 꺼내어 내게 건넨다.

"씻고 이걸 속에 덧대어 입어라."

접힌 천을 펼치니 수건 같았는데 알고 보니 면으로 만든 생리대였다.

"꼭 애기 기저귀 같아요."

엄마에게서 얼핏 들었던 월경이라는 생리 현상이 비로소 내게도 시작되었다는 사실에 일말의 뿌듯함이 없지 않았지만 왜 하필이면 굿을 치른 이날에 일어났을까 하는 의아심이 들었다. 설마하니 굿의 영향으로 생겨났거나 혹 영향을 미치는 것은 아니겠지? 나는 내게 불어닥친 모진 시련들이 필연이 아니라 모두 우연이기를 바랐고, 그런 만큼 이것을 잘 버텨서 무사히 넘기면 새로운 삶이 활짝 펼쳐지게 되리라는 희망의 줄을 놓지 않았다. 그랬기에 이렇듯 우연히 맞닿은 현상에 대해 애써 의미를 두려 하지 않았다. 그럼에도 나의 뇌리에 스친 기억들이 자꾸만 마음 한곳에 차곡차곡 쌓여가는 것을 어쩌지 못했다.

13

"누가 왔나 보구나."

나는 잡생각에 빠져 아무 소리도 듣지 못했는데 할머니가 인기척을 느꼈다. 나는 얼른 방문을 열고 밖을 내다보았다.

"승대야! 나 왔네. 이 형님 왔데이."

"아저씨!"

벌떡 자리를 박차고 뛰쳐나갔다. 일행 아저씨가 드디어 온 것이다. 그는 큼직한 가방 하나를 어깨에 메고 뜰에 서서 주위를 휙 둘러보았다.

"설희야, 잘 지냈제? 그새 몰라보게 확 달라졌구먼. 이제 다 나은 기가?"

"네, 아저씨."

"안 그래도 내가 니 집에 들러서 왔다 아이가. 니 엄마가 싸 준 이바지도 있으니까 이따 풀어보자고. 참, 할머니는 어디 계시노?"

"어서 오세요, 거사님."

할머니가 쪽마루에 내려서며 반긴다.

"하이고, 보살님. 그간 잘 지내셨능교? 여전히 정정하시구먼요. 헤헤."

"짐 푸시고 좀 쉬세요. 먼 길에 고되실 텐데."

"아, 예 예. 여기서 하룻밤 자고 내일 아침때나 출발해야겠네예."

일행 아저씨는 익숙한 발걸음으로 성큼성큼 요사채 쪽으로 향한다. 나는 어찌할까 망설였는데, 그러고 보니 일행 아저씨의 목소리가 들렸어도 털보 아저씨는 아무 기척이 없다.

"털보 아저씨는요?"

부엌으로 들어가는 할머니에게 큰 소리로 물었다.

"나무하러 가셨다."

이 소리에 일행 아저씨가 먼발치에서 말참견을 한다.

"허어, 부지런도 때가 있는 법이제. 이 엄동설한에…."

둘러보는데, 마침 털보 아저씨가 나뭇가지를 한 짐 지고 삼신각으로 통하는 비탈길을 내려오고 있다. 후딱 양팔을 흔들어 그를 반겼다.

"털보 아저씨예요. 저기 오시네요."

그는 가쁜 숨을 몰아쉬며 요사채 아궁이 쪽에 지게를 내려놓는다.

"휴우, 되다! 형님, 일찍 오셨네요. 용달차는 어디 됐습네까?"

"요 산어귀 공터에 대났지. 왜?"

"날씨가 하도 변덕을 떨어 미리 짐을 갖다놓아야겠습메. 형님, 좀 도와주시라요."

털보 아저씨는 숨 돌릴 겨를도 없이 요사채 방에 들어가서 내 옷가지와 허드레 물건이 든 보따리를 양손에 잔뜩 끌고 나온다.

"이런, 오자마자 또 일이가?"

"하하, 아이가 건강해져 돌아간다는데 이 정도 일쯤이야 거들만 하잖습메."

털보 아저씨는 비운 지게에다 보따리를 하나씩 얹는다.

"하여간에 승대 니하고 엉기면 이놈의 몸뚱이가 느긋한 꼴을 못 본다니까. 거참!"

영차! 힘찬 소리를 내며 털보 아저씨가 지게를 짊어지자, 일행 아저씨는 별수 없다는 듯 곁에 놓인 큼직한 보따리를 번쩍 집어 들었다.

"엉, 이거이 생각보다 허풍선이구마?"

옷가지를 싼 보따리여서 그다지 무겁지 않은 모양이다. 일행 아저씨가 나를 보고 히죽 웃는다.

"우리 설희 짐이라카는데 내사 우짜겠노. 신통방통하게도 다 나아서 참말로 다행이데이."

일행 아저씨는 보따리를 어깨에 들쳐 메고는 뒤처질세라 얼른 털보 아저씨 뒤를 따랐다.

"보살님이 쓰실 기름 두 병에 이것저것 양념들 하고, 이건 스님 드릴 영양제 약이고, 승대 몫으로는 담배 다섯 보루, 에 또 요것이 뭐냐."

일행 아저씨는 가방에서 여러 가지를 꺼냈는데, 따로 싼 묵직한 보따리를 풀자 먹음직한 음식이 눈앞에 펼쳐졌다.

"설희의 완쾌를 축하하는 의미로 다 같이 잔치할 떡들하고 한과들이구마."

나는 얼른 음식이 담긴 그릇들을 집어 들어 식탁으로 옮겼다.

"할머니, 이것 드세요. 제가 좋아하는 찹쌀떡도 있어요."

"엄마가 푸짐하게 싸 주셨구나."

할머니가 미소 지으며 다가앉는다.

"이리 오셔서 같이 드시게나."

다들 식탁에 다가와 앉는데, 일행 아저씨는 가방 안에서 또 뭔가를 꺼낸다.

"헤헤, 마실 게 빠짐 안 되겠지? 여기 수정과하고 에 또, 이것은 와인이라카는 긴데 비싼 양주라카네예."

그래도 명색이 절간인데 감히 술을 꺼내 들기가 미안하여 머뭇거린다. 털보 아저씨가 힐끗 할머니 눈치를 살폈다.

"형님도 참, 여기가 이래봬도 암자 아니우. 술은 슬그머니 슬쩍슬쩍…."

"이리 가져오세요. 포도주가 뭐 어때서. 저도 맛 좀 봅시다."

"아 예, 헤헤. 알겠심더. 포도주야 까짓것, 음료수나 매한가지라카데요."

딸깍거리며 가방째 들고 오는데 가방 속엔 얼핏 봐도 여러 병이 눈에 띄었다. 저걸 다 마셔?

어쨌든 그날 밤에 신나게 먹고 마시면서 일행 아저씨는 가요까지 거침없이 불러대었고, 분위기에 휩쓸려서인지 할머니까지 덩달아 동백아가씨를 구성지게 불렀던 기억이 남았다.

"헤일 수 없이 수많은 밤을 내 가슴 도려내는 아픔에 겨워 얼마나 울었던가. …"

그땐 몰랐는데 밖에는 싸라기눈이 하얗게 흩뿌리다가 아저씨들이 벌건 눈을 비비며 긴 하품 속에 섬돌 위 고무신을 챙기는 그때에 희끗희끗 그치고 있었다.

"세상이 온통 하얘요!"

14

　간밤의 요란스러움은 어둑새벽의 빛살에 싸라기눈이 녹듯 사라지고, 다들 자기 일을 시작하는 시늉으로 하루를 맞이하였다. 불 때고 빗자루를 들고 요리하고 씻고 다 같이 아침밥을 먹고. 그렇게 평소의 하루와 다름없는 아침을 보냈는데….

　마침내 남을 사람은 남고 떠날 사람은 떠나야 하는 시간이 다가온 것이다.

　"온갖 잡새가 날아들더니만 어찌 오늘따라 한 놈도 안 우는고? 설희야, 잘 가거라."

　"네, 할머니. 오래오래 건강하세요. 다음에 뵙겠습니다."

　"그래, 훌쩍 다 크거든 오너라. 엉뚱한 데로 빠지지 말고 올곧은 어른이 되어야 한다."

　할머니는 내 머리를 끌어안으며 가만히 쓰다듬어 주었다.

　"그런데 네 털보 아저씨는 어디 갔누? 아까부터 보이질 않네?"

　곁에 선 일행 아저씨가 고갯짓으로 뒤뜰을 가리킨다.

　"벌초하고 있더구먼요. 거울 보고 다듬는 폼이 어찌나 민망스럽기 짝이 없던지. 헤헤."

　"할머니, 잠시만요."

　해우소로 달려갔다. 자꾸만 가슴이 울렁거려 심호흡을 하다가 헛구역질을 하였고, 이제 먼 길을 떠난다는 생각에 기저귀를 새로 갈았다. 그러면서 뜬금없이 흐르는 눈물을 닦느라 시간을 끌었던 모양이다.

"설희야, 설희야!"

털보 아저씨의 목소리가 들려왔다. 후닥닥 옷을 가다듬고 눈가를 손등으로 훔치며 밖으로 뛰쳐나갔다.

"아악! 그게 뭐야, 아저씨."

털보 아저씨가 더욱 놀랬다.

"왜, 왜! 이게 어때서?"

털보 아저씨는 머리카락과 턱수염을 빡빡 밀어버린 탓에 느닷없는 문어가 되어 눈앞에 나타난 것이다. 그는 곧 정색하고 내 양손을 부드럽게 잡았다.

"너를 보내 놓고 깎을까 생각했다가 이래야 좋을 것 같아 미리 깎아버렸네. 이래야 훗날 나를 찾아도 알아보지 않겠나."

"아저씨!"

"잘 가라. 다신 아프지 말고. 아니 아프면 언제든지 와라. 이 삼촌이 공부 열심히 해서 직방으로 낫게 해줄 테니까. 알겠냠?"

"네, 알겠어요, 삼촌. 다음부터는 삼촌이라고 부를게요. 참, 여기서 쭉 사실 거죠?"

"그럼, 살다마다. 두 분 모시고 오래오래 살 거니까 꼭 다시 와."

"네, 꼭 올게요."

해우소 앞에서 털보 아저씨와의 작별인사가 길어져서일까, 저만치서 할머니와 일행 아저씨가 우두커니 지켜보았다.

집으로 돌아가는 용달차 안에서도 이따금 훌쩍거렸다. 무슨 까닭인지 잘 모르겠으나 다시는 털보 아저씨를 볼 수 없을 거라는 생각에 서글퍼져서 그런 게 아닐지.

"엄마, 엄마!"

엄마는 어둑한 신작로 가로등 밑에 서서 나를 기다렸다. 나는 고함을 지르며 달려가서 엄마 품에 세차게 안겼고 엄마는 나를 넙죽 끌어안았다.

"설희야, 내 딸 설희야. 무사히 돌아왔구나. 어쩜 그새 몰라보게 쑥 커버렸어."

"엄마, 엄마, 아버지는요?"

엄마는 감격하여 내 양쪽 볼을 마구 문지르며 얼굴을 들이대었다. 엄마의 뜨거운 입김이 코를 간지럽힌다.

"아버지는 전화하고 계셔. 너를 지금까지 기다리셨다. 어서 집에 가자."

허둥지둥 대문을 밀치고 마당에 들어서자 아버지가 막 뛰쳐나온다.

"설희야!"

"아버지, 아버지!"

와락 아버지 품에 안겼다. 몸이 공중에 붕 뜨는 기분이었다.

제4부

겨자씨 닮은 사랑

대지를 박차고 달리는 내 육체의 뜨거운 호흡에, 덩더꿍 신명나 버린 내 영혼의 상쾌한 율동이, 창공에 부풀어 오르며 자유를 즐거워한다.

나는 집에 돌아온 이후로 같은 또래의 아이들과 재잘거리며 신나는 학창 시절을 보냈다. 초등학교 시절은 어린아이가 감내하기 힘든 몹쓸 시련과 우여곡절을 겪은 끝에 지나갔다지만 그래도 돌이켜보면 좋았을 때가 많았고, 한창 낭만이 많을 중학생이 되어서는 정다운 친구들과 돌무더기를 쌓듯 우정을 함께하면서 삶이 참으로 즐겁다는 사실을 감격 속에 느낄 수 있었다. 물론 고등학생이 되어서는 대학 입시라는 부담감을 어쩌지 못해 피로와 불안이 항상 꼬리표처럼 따라다녔어도 뜻 맞는 친구들과 짬짬이 속닥거렸던 기억들과, 손잡고 한라 산꼭대기에 올랐던 수학여행의 발자취는 충분히 추억할 만한 것이었다.

엄마는 내가 중학생이 될 무렵부터 가게를 완전히 정리하고 살림에만 전념하였다가, 여고에 입학할 즈음에 가족과 얼굴을 마주할 시간조차 갖기 어려워진 아버지를 대신하여 고깃배 사업을 떠맡았다.

"당신이 오히려 사업 수완이 좋구려."

"당신 건강이 걱정이에요. 돈, 명예, 이런 것들이 무어 필요하겠어요."

아버지는 무언가에 쫓기는 사람처럼 가로등을 등진 채 그림자를 끌며 들어왔다가는, 마치 발자국 소리를 뒤쫓는 걸음으로 대문을 박차고 떠나는 것이었다. 아버지의 거동만큼이나 나라 안팎에서 들려오는 소식 또한 매우 어수선한 그림자를 드리우고 있었고, 그런 불안한 세태 속에 휘말렸는지 어느덧 표정을 잃어버린 아버지의 얼굴을, 나는 모르는 척 외면할 수밖에 별도리가 없었다. 지금은 열심히 공부해서 원하는 대학으로의 진학이 내가 추구해야 할 가치의 전부인 것처럼 여겼다. 대학에 들어가기만 하면 그때 비로소 아버지의 건강 문제와 고뇌 등 여러 불안 요소를 후련하게 날려버릴 효도를 정성껏 할 수 있을 거라 생각했고, 그리하면 아버지도 화답하여 평강의 정신을 되찾을 수 있을 거라는 순진한 기대 속에 여고 시절을 보냈던 것 같다.

나는 한 달여를 천불사에서 보내는 동안에 가족의 소중함을 절실하게 깨달은 바 있어, 될 수 있으면 가족과 함께하는 시간을 보내려고 애썼다. 찰나 같은 생명의 덧없음을, 죽음의 기로에서 누차 맛보았기에 가족에의 애착은 여느 사람들보다도 한층 질긴 감정이었다. 그러했기에 대학 생활도 이곳 영산에서 가족과 함께 지낼 생각을 하였고, 전공으로는 철학과를 결심하였다. 이 철학 공부를 통해 대체 인생이 어떠한 것이며 그간 내게 닥쳤던 고뇌의 본질이 무엇인지를 명확하게 파악하고 싶다는, 그와 같은 강렬한 충동에 의해 내린 결정이었다.

아버지는 엄마로부터 나의 이런 포부를 전해 듣고 걱정이 되어 나를 불러 앉혔다.

"철학은 학문 자체가 까다롭다. 직업 갖기도 애매해서 순탄한 생활을 꾸리기에 많은 어려움이 뒤따를 것이다."

"아버지, 설마 산 입에 거미줄이야 치겠어요?"

"설희야, 뭐라 해도 선생님이 좋겠다."

아버지는 이 시대의 여자가 무난하게 살아가기로는 교사만한 직업도 없다면서 사범대를 권했고, 부모와 떨어져 지낼지언정 서울이라는 대도

시에서 청춘의 한때를 보내는 것이 참으로 근사하지 않겠느냐는 의견까지 들려주었다. 내 속마음은 이미 철학과로 기울었지만 아버지의 의지가 확고한지라 좀 더 생각해 보겠다는 얘기로 얼버무릴 수밖에 없었다.

공간에서 움직이는 것들은 시간을 붙잡을 수 없다고 했다. 이렇듯 끝없이 지루하게 늘어질 것만 같던 입시철도 결국은 불어닥쳤고, 아버지와 의견을 조율하여 서울에 있는 한성대학 철학과에 지원하였다. 물론 교직과정을 반드시 이수하겠다는 전제를 깔고 내려진 결정이었다. 나는 예비고사를 치렀고 대학 본고사와 면접을 거친 후에 당당히 합격하였다.

"하하하, 설희가 벌써 어엿한 대학생이 되었구나!"

아버지는 크게 기뻐하였고 바쁜 와중에도 엄마와 서울까지 동행하여 이것저것을 꼼꼼히 챙기면서 대학 후문에 자리한 하숙집을 구해 주었다.

"불편한 게 있으면 이 엄마한테 바로 얘기해. 알겠지?"

엄마는 눈물을 비치며 아버지와 같이 내려갔다. 그렇게 서울에서의 대학 생활이 시작되었다. 그리고 사색하는 눈빛의 시선 속에 당신의 모습이 꽂혔다.

곽성규, 그가 나를 불렀다. "하설희 씨!"

그때 나는 신호등이 꺼진 기다란 횡단보도를 막 건너는 중이었고, 저만치서 달려오는 트럭을 의식하느라 뒤돌아볼 짬이 없었기에 내처 달음박질을 하였다. 그래도 나를 부르는 목소리가 누구인 줄 알았기에 그때 미소가 입가에 잔뜩 묻어났던 것 같다.

길을 다 건넌 후에 새침 떼며 돌아보았고 곽성규, 그는 내가 건너온 길을 뒤따를 생각에 허둥대었다. 나는 깜짝 놀라 황급히 손을 내저어 그의 어수선한 행동을 제지하였고 다행히도 그는 내 몸짓에 한숨을 놓으며 씩 웃어 보였다.

"걸음이 무척 빠르군요."

입김을 불며 그가 내 곁에 다가왔다.

"어머! 귀가 시려서 그랬나?"

살짝 웃어 보이며 그를 반기는 시늉을 하였다.

"저기, 따뜻한 데 가서 커피 한잔 합시다."

오늘따라 그가 추워 보였다. 그리고 보니 그의 몸을 감싼 낡은 캐주얼 외투가 왠지 허술해 보였고 바람이 막 파고들 것만 같았다.

그는 군대를 마치고 복학한 신방과 학생으로 같은 2학년이다. 같은 과가 아니지만 그가 듣는 언론학 과목 중에 하나를 수강하면서 안면이 익었는데 불행히도 대화를 나눈 적이 없는 사람이었다. 아까 캠퍼스 강의실을 나설 때까지만 해도 그는 다른 친구들과 잡담하느라 내게 어떠한 눈치도 주지 않았다.

한때, 그와 마주치면 나를 향한 은밀한 몸짓이 감지될 때가 가끔 있었고, 그럼에도 그는 주저하면서 말을 아끼기에 내가 먼저 다가가 물꼬를 트는 게 어떨까 하는 생각을 해본 적이 있었다. 하지만 그러한 나의 시도는 그쪽 친구들의 의도하지 않은 방해로 말을 잇지 못한 채 물러날 수밖에 없었고, 그 후로 그만 제풀에 지쳐 그와의 인연 맺기를 단념하였다. 엎친 데 덮쳤다고나 할까, 학생 데모와 시민 봉기 등이 끊이지 않아

나라가 더욱 혼란으로 치닫자 학교 측에서는 봄 학기 때처럼 휴교령이 내려질 것을 우려해 일찌감치 기말고사까지 치르고 종강을 해 버렸다.

나는 미처 다하지 못한 공부도 안타까웠지만 언제 다시 그를 볼 수 있을까 하는 막막한 심정을 쓸어내리며 돌아섰는데 이렇게 오늘, 지금에서야 마치 낮도깨비처럼 말을 걸어왔으니 이를 어떻게 받아들여야 좋을지…. 아니, 이것은 단순히 말을 걸어온 자체로서 그치는 게 아니라 여태껏 말로만 듣던 데이트 신청이라는 분명, 그 역사적 사건이 아니겠는가?

갑자기 그의 몸짓이 머뭇거린다. 아! 잡생각에 그만 시간을 끌었나? 마치 거부하는 모습으로 비쳤을까 싶어 나는 놓칠세라 얼른 대꾸하였다.

"커피보다 밥 먹어요!"

빨랐다는 걸음보다 잼싸게 말이 튀어나오는 바람에 그가 어리둥절한 표정으로 쳐다보았다.

그러니까 몇 달 전, 언론학 첫 수업시간 때였다. 그가 교수님의 질문에 시원시원하게 대답하는 모습을 지켜보면서 이상야릇한 호감을 가졌다. 나와 인연이 닿을 것만 같은 친숙한 느낌. 같이하면 마냥 행복해질 것만 같은 따뜻한 기분. 그런 묘한 감정에 들떠 그가 은근히 내게 다가오기를 바랐고, 혹시 어떠한 메시지를 슬쩍 남기지 않을까 싶어 종종 곁눈질을 했다. 하지만 수업이 끝나면 그는 항상 친구들과 붙어 다닐 뿐이어서 암만 봐도 내게 관심을 두지 않는 인물처럼 느껴지기도 했었다.

하지만 그렇다면 아예 어떠한 텔레파시도 보내지를 말든지. 그러면 먹지도 못할 떡을 군침 흘리며 바라보지도 않았을 텐데 그는 이따금 수업 중에 힐끗 둘러보며 야릇한 눈빛과 몸짓을 비치곤 하였으니, 내 속이 야금야금 타들어갈 수밖에! 바람둥이도 아닌 것이 사람 약 올리는 것도 아니고…. 하지만 그렇다고 해서 어찌 그를 탓할 수 있겠는가. 어차피 누군가를 향하는 감정은 나의 의식에서 시작되었고 내 영혼에서 움트는 에너지인 것을 말이다.

그러니 자존감이 구겨질 대로 구겨질지라도 차마 버리지 못할 호감 하나를 품은 채 수업과 과제물에 집착하면서 쭉 버텨 왔거늘, 도대체 이게 꿈인가 생시인가? 내 맞은편에는 바로 그토록 오매불망 고대했던 남자가 떡하니 앉아, 뜨끈한 김치찌개를 마치 옛날부터 쭉 이래 왔던 사람처럼 서로 숟가락을 담가 가며 이렇듯 밥술을 같이 뜨고 있다는 것이!

"왜 웃어요?"

내가 빤히 쳐다보자 머쓱했던 모양이다.

"아뇨, 그냥요."

내 말에 그가 씩 웃더니 젓가락으로 밥을 떠 입으로 가져갔다.

"이따 창덕궁에 갑시다."

언뜻 지나가는 투로 말하기에 처음엔 이게 뭔 소린가 하였다. 그는 비원을 창덕궁이라 불렀다.

그의 얼굴과 몸을 코 닿을 데서 찬찬히 뜯어보니, 그러면서 가슴에 품었던 대화를 나눠 보니, 그는 정말로 내가 평소에 품었던 호감 이상의 남자였다. 우선 그는 신체부터 남달라 보였다. 훤칠한 키에 잘 다져진 유연한 몸매와 빼어난 외모. 그것은 바라보면 바라볼수록 몹시 빛났다. 서글서글한 눈매와 정갈하게 뻗은 눈썹, 잘 다듬어진 코와 입술, 탐스러운 모양의 귀, 깔끔한 피부에서 오는 산뜻함이 순수를 더하는 듯하였고, 그러면서 육체에까지 배어 있는 듯한 강인한 의지와 결단의 흔적이 정녕 사내답다는 감탄을 토해도 적절할 남자로 비쳤다. 성품은 또 어떤가. 다정하고 온화하여 모든 추운 것들을 꼭 품어 줄 인물처럼 보였다. 목소리는 맑았고, 적당한 어휘를 적절하게 구사하는 그의 언어는 가히 잘 짜인 문장을 읽어 내려가는 것처럼 아름답고 명료하게 뜻이 바로 전달되었다. 가까이 다가서야 외모와 음색이 윤기를 더하는 이런 경우가 다 있다니!

눈에 콩깍지가 씌어, 그라는 존재에 대해 온갖 환상에 사로잡혔더라도 별수 없는 일이다. 솔직히 말해 곽성규, 그에게 너무나 반한 나머지 어떻게 그날을 보냈고 헤어졌는지 정녕 꿈인 듯 가물거릴 지경이었다. 지금도 그 첫날을 생각하면 가슴이 울렁거려 가만히 심호흡으로 가다듬어야 하겠다.

마치 왕과 왕비처럼 느긋하게 궁궐 후원을 산책하면서, 우리는 어느덧 팔짱을 끼고 있었다.

"내일 집에 갑니다. 방학이 끝나야 오는데."

"겨우 시작이라 아직 서먹서먹한데…. 우리, 내일 한 번 더 만납시다."

그는 이 겨울방학 동안에 나와의 데이트를 여유롭게 즐길 수 있을 거라 생각한 것일까? 내일은 집에 간다는 이 한마디에 그만 그의 몸짓이 안달이 나버렸다. 바보! 진작 좀 이러지.

우리는 저녁으로 통닭과 호프를 먹었고, 명동을 쏘다니며 밤의 정취를 맘껏 즐겼다. 그와 함께하는 이 문명의 찬란한 불빛이 내 청춘을 언제까지고 황홀하게 이끌 것만 같았다. 당분간 만나지 못한다는 생각에 촌각을 다투듯 젊음의 향기를 발산하였고, 통행금지가 임박해서야 우리는 하숙집 대문 앞에 간신히 이를 수 있었다.

숨을 거칠게 몰아쉬는 우리 앞에, 밤하늘을 가르는 날카로운 호각 소리가 오히려 오늘만큼은 시원하게 들려왔다.

"잘 자요."

그가 가려고 해서 내가 그의 팔을 붙들었다.

"어떻게 가려고요?"

걱정하는 내 모습에 그가 빙긋 미소 짓는다.

"걱정 마세요. 여기 하숙촌은 내 아지트나 진배없어요."

골목 모퉁이를 서둘러 돌아가는 그를 바라보면서, 나는 키스를 받지 못했다는 야릇한 아쉬움에 잠시 빠졌다.

3

하루를 더 만났다. 시간이 아까워 아침 일찍부터 만난 우리는 짧은 시간에도 사랑의 열정에 취해 들었고, 오랜 세월을 같이한 사람처럼 친밀해진 기분이었다. 그러나 이 기운은 오래 가지 않았다. 그러니까 그때가 오후 세 시쯤이었나 보다.

국수로 점심을 먹고, 영화를 보고, 막 충무로를 걷는데 골목 어디선가 재빠른 걸음으로 나타난 시위대가 무리를 지어 도로를 횡단하였다. 우리는 젊은 혈기에 그들과 동조하여 손뼉을 치며 들떠 있을 때, 잠복하고 있던 경찰 진압대가 이에 대응하여 거침없이 최루탄을 쏘아 대었다. 아! 숨 막히는 광경이 순식간에 펼쳐졌는데, 구호와 폭발음에 겹쳐 연기와 아우성 소리가 일시에 터져 나왔고, 주위가 온통 혼란의 도가니에 빠져 들었다. 이때 어디서 나타났는지 데모대의 해산이 아니라 강제 연행에 나선 백골단들이 곤봉을 마구 휘둘렀고, 나는 두려움에 우뚝 서서 몸을 부르르 떨었다.

"설희 씨, 빨리 피해요!"

그는 내 몸을 부둥켜안고 황급히 그곳을 피해 골목 안으로 달아났다.

"잘못한 게 없는데도 왜 무서웠을까요?"

따끈한 어묵 국물을 홀짝거리면서 던진 내 의문에 그는 대꾸 없이 아까 본 영화로 화제를 돌렸고, 그런 행동이 마치 정치에 무관심한 대학생처럼 비쳐져 그것에 안도하였다. 그러나 데모대를 군화로 짓밟는 진압군의 강압적 폭력을 목격한 뒤로 신경이 곤두섰는지 그는 말수가 뜸해졌고, 멍하니 어떤 생각에 잠겨들곤 하였는데 그러다가 불쑥, "운명 어때요? 베토벤." 하더니 나를 고전음악실로 이끌었다. 우리는 거기 클래식 선율에 묻혀 깊은 침묵 속에서 한참을 보냈다.

밖으로 나오니 날은 이미 어두워졌고 밤거리를 휘도는 찬바람이 내 귓전에서 차갑게 맴돌았다.

"소주 한잔 합시다."

그는 삼겹살에 소주잔을 비우면서 나를 향해 짐짓 즐거운 표정을 지었고, 물끄러미 바라보는 시선이 많아졌다. 그것은 비단 술 기운 때문에 일어난 몸짓만은 아니었을 것이다.

"어제도 그랬고, 고기를 좋아하지 않는군요?"

"네, 누린내가 좀 그래요."

"아! 나도 술안주로나 먹을까, 평소엔 잘 먹지 않아요."

그의 입가에 머문 미소가 좀처럼 지워지지 않는다. 어제 내가 그를 향해 나부대었던 몸짓이 바로 이러지 않았을까?

"맘에 드는 걸로 하나 골라요."

좌판에 널려 있는 겨울용품 잡화 중에서 털북숭이 귀마개 쪽을 가리키며 그가 말했다. 나는 그가 베푸는 섬세한 배려에 그만 감동을 먹고 말았다. 무언가를 찾아 사람들 사이를 비집고 나아가더니만 이처럼 새빨개진 내 귀를 생각한 것이라니!

그는 어제보다 이른 시각에 나를 하숙집까지 데려다 주었고 이번에도 키스가 아닌 한마디를 내 가슴에다 안겼다.

"내 마음에 씨앗 하나가 심어졌는데 이게 얼마큼 자라날까요? 아쉽지만 작별은 여기서 하겠습니다."

다음 날 정오 무렵에 나는 커다란 배낭 하나를 짊어지고 서울역 승강장에서 서성대었다. 배웅하지 못한다는 그의 언급이 있었음에도, 행여나 파도를 헤치며 양 날개를 펼친 갈매기처럼 홀연히 나타날까 싶어 기차가 떠날 때까지 두리번거렸다.

여기저기서 증기를 뿜어 대는 기차역의 겨울날 정취에, 나는 미소를 지었다.

4

집에 돌아와서 부모님에게 아무런 귀띔도 하지 않았다. 매우 짧은 시간에 사랑이라는 열띤 감정에 빠졌다는 부담감에다가, 겨울방학이라는 공백을 뛰어넘고서 여전히 이 감정이 유지될 수 있을까 하는 초조감이 있었고, 무엇보다도 아버지에게 일말의 염려라도 끼치지 않을까 공연히 조심스러워서였다.

"아직 남자 친구가 없어 어쩌누?"

그냥 해 보는 소리인데도 엄마의 이 말에 뜨끔할 정도로 곽성규는 어느덧 내 가슴속 깊숙이에 자리하고 있었다. 가정이라는 울타리 안에서 갖는 부모님과의 신뢰와 사랑에 만족하고 여행과 대화를 즐거워하는 나날 속에서도 늘 그가 떠올랐고, 보고 싶다는 감정을 어찌지 못해 가만히 한숨을 내쉬고는 하였다. 아버지는 여전히 바쁘셔서 많은 시간을 가족과 같이할 수는 없었지만 엄마와 나를 사랑하고 아끼는 마음만큼은 물씬 와 닿아 그것으로 만족하였다.

가족이 오순도순 담소를 나누는 저녁때에 아버지의 자랑스러운 딸임을 은연중에 내비치자 아버지는 딸의 마음을 읽고 그것에 기뻐하였다.

"교직과정은 할 만하던가?"

"네, 재밌어요. 아버지 말씀대로 철학이 무척 어렵긴 해요."

아버지가 현재 일하는 직업의 성격을 어렴풋이나마 알고 있었기에 현 세태의 민감한 문제는 결코 건드리지 않았고, 아버지도 일절 언급이 없었다. 세상을 살아가는 인간의 삶이 어찌 정치와 무관할 수 있겠느냐마는, 때가 되면 만물이 하나씩 제자리를 찾듯 이것도 순리대로 돌아가리라는 믿음을 마음에 품은 걸로 충분하게 생각하였다.

드디어 길디긴 겨울이 지나갔다. 왈츠 춤곡에 맞춰 기지개를 켜며 깨어나듯 새싹이 초록 빛깔로 움트는 봄날에, 우리는 캠퍼스에서 활짝 웃으며 다시 만났다.

"그동안 잘 지내셨어요? 씨앗이 얼어 죽지나 않으셨는지!"

"흠! 알고 보니 겨자씨 같은 종자였더군요. 어느새 한 뼘 쑥 커 버려, 굵직한 뿌리가 넝쿨처럼 내 가슴을 휘감고 잎사귀가 내 머리 위로 한껏 우거져 거기 새들이 우짖느라 내 마음이 심란하기가 그지없었답니다."

"뭐예요? 이건 시인의 애틋한 호소라기보다, 마치 아이의 짓궂은 농담 같아요. 겨우내 싹이 어찌 틀까?"

"워어, 무슨 소리! 설희 씨는 눈 속의 꽃으로 고고했을지라도 나는 그날 이후로 지금껏 뜨거운 여름날이었답니다."

이번에는 내가 듣는 철학 한 과목을 그가 수강하였다. 우리는 학사 일정이 서로 달라 자주 만나지는 못하였어도 자연스레 캠퍼스 친구로, 꿈과 사랑을 속삭이는 연인으로 지냈다. 그의 곁을 맴도는 친구들이 대략 눈치를 챘는지 내게 힐끗 눈길을 던지며 지나치곤 하였다.

"친구들에게 내 얘기 했어?"

"글쎄? 걔들은 생각이 딴 데 가 있는 애들이라서."

그들만의 세계에서는, 내가 또는 우리의 사랑 따위는 별로 중요한 게 아니라는 소리처럼 들려 그게 나를 서운하게는 하였지만 뭐 어쩌랴. 간섭 없이 아무 군소리 없이 우리의 사랑이 무르익어 가는 게 더 좋을 거라는 생각이 없지 않았으니까.

곽성규, 그를 만나면 정말 행복하였다. 세상이 온통 아름다운 채색 빛으로 다가왔고, 나뭇가지를 타고 까부는 파랑새처럼 만물이 산뜻하게 돌아가는 듯했다. 같이 도서관에서 책을 읽었고, 같이 본 연극을 가지고 토론에 빠지기도 하였다.

"내가, 어디가 좋아?"

"착해. 지혜롭고."

나는 웃음을 참으며 되물었다.

"그런 거 말고 외모 말이야."

"눈이 예뻐. 산머루 같아."

"피! 물어서 겨우 듣네. 또?"

그러나 시절이 우리를 가만히 두지 않았다. 나는 뒤늦게야 그가 민주 항쟁에 나섰다는 사실을 알았다. 그는 친구들과 합세하여 독재 권력과의 투쟁에 나서기를 원했고, 나는 단지 공부가 하고 싶었을 뿐이었다. 게다가 이수 중인 교직과정 수업의 과제물이 산더미같이 쌓여 있어 딴 데 신경 쓸 겨를이 없기도 하였다. 이러다 보니 우리의 만남은 점차 뜸해질 수밖에 없었고 그럼에도 우리의 사랑을, 나는 추호도 의심하지 않았다.

햇볕이 유달리 따갑던 초여름 토요일 오후. 마침내 처음으로 그의 투쟁을 목격하고 말았다. 그때 종로서점에 들러 오랜만에 여고 동창을 만나고 있었는데, 열화와 같은 구호를 외치는 소리에 밖을 내다보니 종로 거리에 운집한 데모대의 선두 무리에 곽성규, 그가 앞장서서 붉은 띠를 두른 강렬한 모습으로 맨주먹을 불끈 쥐며 '독재타도!'를 외치고 있었다. 피가 끓도록 외쳐대는 그의 모습을 처음 보았고, 막연히 느낌으로만 가졌던 그의 열정을 직접 눈으로 확인했다는 경이로움에 들떴지마는 그것은 잠시뿐이었다.

방패와 곤봉, 최루탄으로 무장한 진압군의 반격으로 집회 공간이 삽시간에 아수라장으로 변했다. 질서를 지키던 데모대의 행렬이 추풍낙엽처럼 흩어지자, 나는 그가 걱정이 되어 숨이 멎어 버릴 것 같았다. 그는 날아드는 최루탄 연기 속에 모습을 감추었다. 나는 혹시나 싶어 붙잡힌 사람들을 멀리서나마 살폈는데 다행히도 그가 눈에 띄지 않았다. 필시 경찰 체포조의 포위망을 피해 무사히 빠져나갔을 거라는 생각에 돌아다 보고 또 돌아다보며 한숨을 돌렸지만, 이것이 일상에서 우발적으로 일 어나는 단순한 일이 아님은 분명하였다.

그날 이후로 그는 하숙집에 찾아오지 않았고 학교에도 모습을 드러내 지 않았다. 우리 사이에 아직 정해놓은 연락처가 없었다는 사실이 새삼 허망하게 다가왔다. 이처럼 모습을 드러내지 않는 그는 어디선가 투쟁하 고 있을 게 분명하였다. 나는 눈에 보이지 않는 그를 마음속으로 응원하 면서 제발 다치지 않고 잡히지 않기를 간절히 빌었다.

어느덧 학기가 끝나가고 기말고사를 준비하느라 정신없이 바쁜 어느 날이었다. 그가 나를 찾아 도서관 열람실을 기웃거렸다. 변장한 차림이 라 하마터면 못 알아볼 뻔하였다.

"옷차림이 그게 뭐야? 안경은 또 뭐고?"

우리는 햇볕이 쏟아지는 거리를 달아나 수풀이 우거진 그늘에 숨어들 며 여느 때보다 심각한 표정으로 마주하였다.

"성규 씨, 다 좋은데 우리의 앞날도 생각해야 하지 않을까?"

그는 내 말에 약간 당황한 기색을 보였다. 그 표정이 그간에 보였던 우 리 사이의 무신경을 자책해서 생겨난 줄 알았는데 대답이 왠지 엉뚱했다.

"그동안 곰곰이 생각해 봤어. 오늘 밤 나와 같이 갈 데가 있다."

내 어릴 때 듣던 매미들의 울음소리가 한꺼번에 쏟아져 내렸다. 그의 눈빛이 번득거려 나는 가볍게 몸을 떨었다.

설마 했지만 그는 운동권 동료 여럿이 작업 중인 소굴로 나를 데려갔다. 허름한 공장 창고처럼 보였는데 어둑한 불빛 아래 왠지 으스스한 기운이 감도는 곳이었다. 나는 실망하여 맥이 풀렸다. 아무리 사상에 절대적 가치를 두고 정의에 목숨을 걸지라도 사랑을 앞에 두고서는 이럴 수 없는 게 아닐까? 그는 나를 사랑하지만, 사랑보다도 자신의 신념을 중요시하는 남자임을 그날에 비로소 자각하였다. 사랑보다도, 사랑하는 사람보다도, 자신의 사상과 행위에 더한 가치를 두는 이 사람을 내가 사랑해도 괜찮은 것일까? 그의 생각은, 자기를 사랑한다면 그리하여 삶과 죽음을 자기와 같이할 정신과 의지가 있다면 기꺼이 자기의 사상에 따른 행위에까지 동참할 수 있어야 한다는 것을, 추호의 의혹도 없이 자신의 가치관에 대해 스스로를 신뢰하는 모양새였다.

단적으로 말해, 이기적인 사람일지 모른다는 그 또렷한 느낌에 나는 우울하지 않을 수가 없었다. 이러하니 내가 나를 포기하고 그에게 다가가지 않는 한 우리의 사랑은 물거품이요, 쌓을 수 없는 신기루에 불과해 버린다. 아마 그럴 것이다. 이 사랑의 결실이 오직 나의 결심에 달린 숙제라는 생각에 현기증을 느꼈다. 이 일을 어쩌나!

그와 그들은 공공건물을 점거할 준비를 하고 있었고, 나는 뜻하지 않게 한패가 되어 그들과 하룻밤을 뜬눈으로 보냈다. 그날 밤에 내가 도운 일은 허드렛일이었고, 그것 때문에 나를 데려간 이유가 될 수 없었다. 그는 내가 생사를 같이할 한배를 타길 바랐던 것이고, 그것에 나는 갈등한 것이다. 나는 불안하였고 무지 화나고 슬퍼서 그를 마구 때려주고 싶었다.

"설희야, 이것은 정의로운 일이야!"

새벽녘이 되어 모두들 뿔뿔이 흩어졌다. 그는 도둑고양이처럼 어느 낯선 자취방으로 나를 이끌었고 새가슴이 되어 두근거리는 나를 뜨겁게 끌어안았다.

"성규 씨, 잠시만. 아, 이건 아니지!"

이렇게까지는 생각지도 못했는데 그가 노골적으로 달려들어 차마 어쩌지를 못했다. 나는 나이에 비해 이런 면에서는 아직 어린애였다. 이 짧은 정사가 내게 미칠 영향을 그때 즉각 떠올리지 못했다는 게 말이나 될 법인가! 나는 사랑에서 오는 자연스러운 경험이 아닌 고통과 두려움이 묻어나는 이 행위에 수치심을 느꼈지만 곽성규, 그는 보채던 젖을 실컷 먹은 아기가 곤히 잠든 모양으로 내 곁에서 막 잠들고 있었다. 나는 비닐로 씌운 유리창 너머에 비치는 동녘 하늘의 햇살을 물끄러미 바라보았다.

마음을 다잡고 그와 한패가 되기로 작정했음에도 또 다시 연락이 두절되어 나를 애태우던 그가 밤늦게 하숙집에 숨어들었다. 경황이 없어 속옷 바람에 문을 열자 그가 어둠 속에서 숨죽여 말했다.

"설희야, 거사가 들통 났다. 이따가 연락할게."

"이 밤에 어딜 가려고?"

그를 이불 속으로 끌어당겼다.

"프락치가 있었나 봐. 이왕 이리 된 거, 설희가 명단에 없어 다행이다."

"더 이상 기다리는 건 싫어. 어디로 연락하면 돼?"

그를 뜨겁게 끌어안고 얼굴을 쓰다듬었다. 얼굴이 온통 상처투성이에다 피까지 묻어나온다.

"아아! 이걸 어떡해! 잠시만, 좀 닦자."

곁에 놓인 휴지 가지고 닦을 새도 없이 그가 몸을 일으킨다.

"나는 피신해야 해. 잠잠해지면 그때 보자."

"어떻게, 어떻게 볼 건데! 그때가 언젠데, 응?"

"오래 걸리진 않을 거야. 내가 데리러 올게."

그가 방문을 열고 나가려 하자, 일순 몸이 굳어지며 정신이 멍해졌다.

"아!"

외마디 괴성에 그가 움찔대다가 내게 뜨거운 키스를 퍼부었다. 나는 그와의 격렬한 키스에 흐느적거리며 속으로 다짐하였다. 이 사람과 같이 하자. 같이 살다가 죽어가자. 인생이 이것으로 충분하지 않을까!

오늘따라 하숙집 강아지가 자꾸 낑낑거려 마음이 무척 쓰였다. 그는 야간도주를 포기하고 지금 내 곁에 누워 나를 끌어안고 있다. 나는 가만히 일어나 커튼 사이로 유리창 밖을 살폈다. 골목 가로등 주변으로는 아무 기척이 없고 저편 어둑한 모퉁이에 점퍼 차림의 사내가 어슬렁거린다. 취객이 아니어서 의심스러웠지만 이쪽을 감시하는 것 같지는 않아 일단 마음이 놓였다.

"바깥 공기가 어때?"

"자긴 쫓겨 다니느라 날카로워진 거 같아. 오늘 밤만이라도 좀 쉬어요."

이불 속으로 들어가자 그는 냉큼 내 품에 매달렸다. 나는 그의 어깻죽지를 꼭 안아 주었다. 그는 나를 끌어안고 휴식을 취할 뿐, 더 이상 바라지는 않았다. 어쩌면 그의 육체와 영혼이 점점 기력을 다하고 있는 건지도 몰랐다.

"우린 여태 만날 기약 없이 지냈어. 내가 방금 기발한 생각이 떠올랐는데, 잘 들어 봐. 자기가 만약 붙잡히면 내가 감옥에 면회를 가면 돼. 잡히지 않으면 우리 그러자. 늦어도 12월 24일, 밤 여덟 시에 서울역에서 만나는 거야. 물론 그 전에 우린 계속 만나고 있을 테지만. 어때?"

"좋은 생각이다. 그러자. 성탄절 전야, 밤 여덟 시, 서울역 앞에서."

우리는 밤새 뜨거운 포옹에 감격하다가 울다가, 새벽녘이 되어서야 그가 내 곁을 떠났다.

8

그의 소식이 뚝, 끊겼다. 홍길동처럼 불현듯 내 앞에 나타나지 않는 한 그의 안부를 알 길이 없기는 매한가지였지만 이번에는 같이 어울려 다니던 친구들마저 종적을 감춰버린 마당이라 답답하고 초조하기가 이루 말할 수 없었다.

시험이 끝나고 여름방학이 시작되어 집으로 향했다. 이곳 하숙집에 계속 남아 있을까도 생각했지만 아버지의 염려 섞인 목소리를 듣고는 그나마 남은 의욕마저 풀려 버려 덜컹거리는 기차에 몸을 실었다. 쩍쩍 갈라지고 타들어가는 논과 밭을, 스쳐가는 창가에 앉아 바라보면서 나는 나를 탓했다.

"무슨 얼어 죽을 낭만도 아니고, 성탄 전야가 뭐람! 말복 날에 삼겹살에 소주나 먹자고 할걸!"

기차는 떠났고 손 흔들어 봐야 소용없는 짓이라는 걸 알면서도 두고두고 후회하였다.

엄마는 생각보다 사업 수완이 좋아서 배를 한 척씩 불리다 보니 어느덧 다섯 척의 배를 소유한 선주가 되어 있었다. 선원들이 솜씨가 좋아 고기를 많이 잡아온 덕택도 있겠다. 아버지는 얼마 전에 승진을 하였고, 직무가 달라졌는지 전보다 여유로운 모습을 보였다.

"곧 이 땅에 평화가 오겠죠, 아버지?"

세상이 평온해지기를 바라는 마음에 넌지시 물었더니 이렇게 말씀하였다.

"폭풍 전야다. 아무쪼록 몸조심해라."

그 말이 나를 한없는 절망으로 몰아넣는다.

"얘야, 왜 그러니? 안색이 안 좋구나!"

"아니에요, 아버지. 좀 쉴게요."

절망을 감추려고 몸을 일으키는데 아버지가 덧붙인다.

"아버지는 이 생활을 곧 끝낼 작정이다. 염려 말아라."

내 방에 들어가서 이번에 새로 장만했다는 널찍하고 푹신한 침대에 몸을 눕혔다. 그랬다. 아버지를 걱정하는 마음은 온데간데없이 겨우 만나기 시작한 풋내기 사내를 걱정하고 그리워하다니! 살짝 달뜨는 미열에다 몸살기가 느껴지자 문득 두려웠다. 설마 아파지려는 것은 아니겠지?

결코 잊을 수는 없지만 기억에도 피부 감촉에도 거의 희미해진, 신병이라는 이름을 다시 떠올렸다. 오뉴월 감기는 개도 아니 앓는다던데, 그 까닭에 이깟 몸살 기운에도 유독 예민한 반응을 보이는 것이라며 애써 태연하려 하였다. 이제는 있을 수 없는 일이다! 각자 알아서 열심히 살아야겠지. 이 말을 되뇌며 가족에 최선을 다했고 공부에 열심을 내었다. 하지만 그것도 한때뿐인 것을.

유달리 무더웠던 여름 한철도 소낙비처럼 지나가고, 푸른 하늘의 뭉게구름마저 뒤바람에 떠내려가도, 좀처럼 풀리지 않는 시국이 계속될 뿐이었다. 나의 생활도 점점 권태의 하루들로 둔갑되어 갔고, 그것이 나를 미치도록 힘들게 하였다.

"이 고통을 오늘, 그대는 알아차릴까? 당연히 그대도 힘에 부쳐 이렇듯 야위겠지!"

넋두리처럼 허공에 대고 읊조려 봐야 돌아오는 것은 허망한 마음을 두들기는 상념뿐인 것을. 나는 조금씩 몸이 아파 오는 기척을 느꼈다.

대통령이 암살된 며칠 뒤에야, 바보처럼 내가 아이를 가진 몸이라는 사실을 깨달았다. 단 한 번의 행위에 임신할 수 있다니! 임신한 사실도 모른 채(생리 불순이 잦았고 넋이 나갔을 때라지만) 그가 이젠 학교로 돌아올 수 있겠다는 희망에 들떠 있다가 꾸물거리는 아이 발길질에야 겨우 깨닫다니!

내게 있어 가장 힘든 시기였다. 이 무렵이⋯. 내 곁을 떠난 그는 소식이 없고, 아기를 가졌고, 독재 세력은 여전히 힘을 지녔고, 아버지는 또다시 쓰러졌다.

9

병원에 도착했을 때, 아버지는 의외로 밝게 웃으며 나를 맞았다.

"아버지!"

"왔나, 내 딸 설희야!"

아버지는 환자 옷을 입은 야윈 몸으로 내 손을 꼭 잡는다.

"왜 이제 연락하셨어요? 힘들 때 바로 부르시지."

"나는 괜찮다. 쉬니 마음이 편해서 좋구나. 네 엄마랑 매일같이 붙어 지내고 말이야."

엄마는 부녀의 상봉에 설움이 복받쳐 올라 손수건으로 연거푸 얼굴을 훔친다.

아버지는 두 달 전에 암 진단을 받았고, 그 뒤로 줄곧 입원해서 약물과 방사선 치료를 해 오다가 이제야 수술을 결정하였다고 한다. 엄마는 아버지의 당부로 내가 방학할 때까지 일부러 알리지 않았다고 한다. 고혈압이 아버지의 건강을 해칠지 모른다고만 짐작했지, 설마 암세포가 내장에 퍼질 줄은 미처 몰랐던 것이다. 급기야 말기에 발견된 위암이라 수술해도 몇 달을 넘기기 어렵다고 하였다.

"아버지! 간밤에 눈이 내렸어요. 세상이 온통 새하얘요."

병실 창밖을 내다보며 탄성을 지르자 아버지가 눈을 번쩍 뜬다.

의사의 순회 진료가 있었고 아침식사를 마친 후, 아버지는 나와의 산책을 원했다. 처음에는 내 팔을 잡고 천천히 복도까지 나아갔으나 숨이 차는지 걷기를 포기하고 휠체어에 앉아 내가 이끄는 것에 의지하였다.

털모자를 눌러쓰고 담요로 몸을 감싼 모습으로 아버지는 병원 뒤뜰에 쌓인 눈의 정취를 한참이나 두루 살폈다. 다행히 삭풍이 불지 않아 메마른 나뭇가지에는 눈꽃을 희롱하는 겨울 햇살이 반짝거렸다. 내 눈에 비치는 저 흥겨움이 병마의 고통과 씨름하는 내 아버지의 눈에도 비치겠지 싶어, 이 겨울 이날에 하얀 눈을 내려 주신 하늘에 감사하였다.

"설희야, 여기 아버지 곁에 앉아 봐라."

아버지는 긴 의자에 나를 앉게 하고 그간의 학교생활을 물었다. 나는 가볍고도 경쾌하게 캠퍼스의 낭만과 학문의 세계를 들려주었고, 아버지는 나의 이런 얘기를 즐거워하였다.

"설희야, 사람들이 살아가는 이유가 뭘까?"

그러다가 문득 이렇게 물었는데, 아마도 철학을 전공하는 만큼 나의 정신세계와 학문적 깊이를 파악하고 싶어서였는지 모른다. 하지만 느닷없는 질문에 명쾌하게 대답하기가 어려워서 머뭇거렸다.

"싫은데도 억지로 태어나는 생명이 없다고 보면 살아가는 일이 좋다는 뜻이 될 거야. 그러나 무턱대고 아무 생각 없이 살아간다면 그건 무의미한 삶이 될 테지. 이유가 있긴 있다는 얘기인데…."

나는 더 이상 주저할 수가 없어 아버지에게 내가 깨친 철학적 사유를 말씀드려야 했다.

"사람들이 살아가는 데 필요한 물질적 또는 정신적 소유에 대한 욕구 충족을 위해 움직이다 보면 마치 수단이 목적인 양 착각하며 살아가다가 짧은 생을 다하겠지요. 일반적인 생명들은 존재 자체를 추구하는 것으로, 그리하여 종족 번식을 이루는 것으로 삶의 역할을 다했다고도 볼 수 있지만 사람들의 생은 이와는 달리 기존 학습을 통해 얻은 지혜를 이용하여 끊임없이 진리를 추구해야 한다는 점입니다. 진리가 무엇이며 이 시대를 살아가는 인간에게 진리가 어떻게 적용되어 나가야 할 것인가를 궁리하여 밝혀내고, 그것이 수행이거나 삶의 실천이거나를 통해 세상의 법칙으로 펼쳐져야 한다는 것입니다. 세상 만물이 끊임없이 변화하고 진화되어 나가야 하는 것이라면 이것은 누구도 거역할 수 없는 진리적 요구일 테지요. 한마디로 정리하자면, 인간은 진리 추구를 통한 변화에 진보를 거듭하여 마침내 선의 세계에 이르러야 한다는 것이 제 생각입니다."

아버지는 뭔가 궁리하는 표정으로 나를 바라보다가 다시 묻는다.

"사람마다 다들 생각이 다른데, 무엇이 진리라고 어떻게 확정 지을 수가 있겠으며, 또한 그 진리를 파악하였더라도 추구하는 수단이나 수행이 다를 경우에 그것으로도 같은 진리를 향하게 되겠느냐는 의문이 드는데 이것을 어떻게 답하겠느냐?"

이번에는 아버지 질문에 즉각 대답하였다.

"궁극이 선이니 항상 선으로 이끄는 것들이 진리라 하겠고, 수단과 능력이 다름은 다양성의 표출일 뿐이니 결코 진리에 어긋나지 않는다는 게 제 생각입니다."

"지혜가 부족한 사람은 진리를 알기 어렵고 도무지 선의 세계를 모를 터인데 어떻게 삶의 방향을 세울 수가 있을까? 단순히 착하게 살아야 한다는 의미가 아닐 것인데 말이다. 그리고 아버지가 여태껏 명심하고 살았던 사랑이라는 것이, 이러한 진리 추구에 있어 대체 어느 만큼의 가치를 가지는 것이지?"

"누구든지 양심에서 나오는 정의로운 감정을 지녔고, 이것저것을 따질 수 없는 사랑의 정신이 본래 생명의 근원에서부터 있었기에 이에 합당한 삶을 살아가면 되겠지요. 탐욕에 빠져 본성에 거스르는 삶을 살지 않는 한, 삶의 수단이자 목적인 사랑은 진리의 한 단면이면서 선의 속성이기에 이것의 향유만으로도 충분히 인생을 옳게 사는 것이라 봅니다."

"네 견해를 실제의 삶에서 찾는다면 뭐가 있을까?"

"어떻게든 살려 보겠다며 실신한 딸을 낯선 사내의 손에 맡긴 아버지의 행위는, 사랑이라는 에너지에 의해 일어난 지혜의 열매입니다. 지금도 그 딸은 아버지에게 감사하고 있습니다. 결코 잊을 수 없는 사랑입니다."

"그렇구나. 설희가 지금껏 무엇을 말하였는지 이제 좀 알겠구나. 하하하…"

아버지는 속에서 터져 나오는, 그런 후련한 기운은 아니었지만 나름 흡족하여 밝게 웃었다. 그러고는 설경을 휘이 둘러보다가 쾌활한 표정으로 다시 말을 꺼낸다.

"설희야."

"네."

"이제 내가 가고 없더라도, 혹시 네 몸이 다시 아프더라도, 결코 몸져눕는 일은 없어야 해. 설희는 이 아버지의 자랑스러운 딸이다. 네가 앞으로 무엇을 하든지, 어떻게 하든지 이 아버지가 응원하마."

"네, 아버지. 꼭 명심할게요."

"슬슬 추워지는구나. 그만 들어갈까?"

10

죽는다는 선고를 받은 상황에서도 다소 시간이 흐른 때문일까. 아버지는 정신적 충격을 이겨내고 어느덧 마음을 비운 듯하였다. 어쩌면 육체의 고통을 견디기 위한 진통제 처방이 아버지의 감각을 무디게 만든 건지도 모른다. 그런 아버지를 지켜보는 내 마음이 더욱 아팠다. 근원을 모를 나의 슬픔과 분노가, 아버지와 마주한 내 표정에 묻어나지 않게 하려고 자주 화장실 거울을 쳐다보며 얼굴을 쓰다듬었고 세수를 하였다.

수술을 해 봐야 부질없다며 주위에서 다들 말렸다는데, 아버지는 한참이나 지난 뒤에 불쑥 수술을 결심했다는 얘기를 흘려듣고서 자꾸 한숨이 새어 나왔다.

고깃배가 들어왔다며, 엄마가 빨랫감을 챙겨 들고 병실을 비웠을 때 아버지가 내게 조용히 일렀다.

"대학생들이 이 시국을 어떻게 판단하는지 잘 알고 있단다. 늦게나마 이 아버지도 자각하여 무엇이 진실이고 정의인 줄을 깨닫고 있다. 참, 의사 선생님 말씀이 내 몸을 아프게 한 암세포의 줄기와 뿌리까지 다 잘라 버린다 해도 이미 샅샅이 퍼진 알갱이들을 어찌하지 못한다더구나. 이젠 너도 봤고…. 질질 끄는 삶보다는 고통의 시기를 앞당기는 지혜가 필요한 시점 같아 결심한 거란다. 내 말 이해하겠지?"

"네, 아버지."

"그래, 고맙다. 넌 영특한 아이니까."

아버지는 잠깐 숨을 고르다가 다시 말을 잇는다.

"독재와 불의의 뿌리가 뽑혀 나갔어도 미세한 알갱이 같은 정신이 유령처럼 떠돌며 여전히 이 나라를 유린할까 봐 그게 걱정이다. 빨갱이를 잡겠다고 뛰어든 일들이 결국은 죄 없는 사람들을 잡아들이고 누명을 씌우는 추잡한 짓으로 변질될 줄을 아버진 미처 몰랐단다. 당당했던 가치관이 하루아침에 오욕의 나락으로 떨어졌는데도 아버진 미적거렸다. 그래도 이렇게라도 손을 놔 버려서 참 다행이라 생각한다. 아버진 내 딸 설희가 정치적 술수에 얽히지 않는 순수한 삶을 살게 되기를 바라고, 망령된 정신의 지배를 받지 않는 자유로운 영혼이기를 바란단다. 내 딸 설희야!"

아버지는 얘기 중에 가만히 내 손을 꼭 쥐었다.

"너는 참으로 많은 정신적 육체적 시련을 거쳐 성숙한 어른이 된 만큼 앞으로 무엇이 되든지 어떤 일을 하든지 참 좋은 사람이 될 거라 믿는다. 광야에서 시련을 겪었다는 성인들이 한둘씩 떠오르네. 내 딸 설희도 그들과 다르지 않아. 언젠가 훌륭한 일을 하게 될 테지. 휴, 아버진 이제 얘기를 다한 것 같다."

아버지는 말하느라 거칠어진 숨을 고른다.

"아버지! 아버지의 귀중한 말씀, 제 마음에 또박또박 새기겠습니다."

나는 미소를 방긋 지으며 손을 뻗어 아버지의 뺨과 코끝을 어루만졌다.

"저는 아버지 딸이니까요."

아버지는 평화로운 모습으로 내게 눈길을 주다가 천장을 향해 눈을 끔벅거렸다. 아버지는 죽음을 예감한 것일까. 찾아오는 사람들에게 일일이 작별 인사를 건넸고, 고통에 힘겨워하면서도 틈틈이 엄마와 내게 시선을 맞추며 빙그레 미소를 짓곤 하였다.

수술을 하루 앞두고 밤 깊어 조용한 병실에서 아버지가 또렷한 목소리로 곁에 앉은 엄마와 나에게 말씀하였다.

"나는 이 세상에 태어난 걸 즐거워했어. 당신 옥이와 우리 딸 설희를 만난 행운을 기뻐하며 맘껏 누렸어. 이제 먼저 가서 아쉽기는 하지만 그래도 만족스러워. 잘들 지내시게."

엄마와 나는 달리 할 말이 없었다. 어떠한 위로의 말이나 한탄이 지금은 무의미해 보였다.

"여보, 나도 행복했었어요. 당신 덕에 잘 살았어요."

엄마는 울먹이며 간신히 말을 이었다. 나는 한순간 이게 아버지의 유언일 거라는 생각에 터져 나오려는 울음을 삼키고 진정한 후에, 아버지 머리맡에 다가앉아 나지막하게 얘기하였다.

"아버지는 나를 낳으시고 어느 때든 나를 절망에서 건져 주셨어요. 정말 감사드려요. 삶이 다한 후에 도래할 낙원을 저는 믿어요. 우리 가족이 거기서 다시 만나게 될 거예요. 먼저 가셔서 우리를 지켜봐 주세요."

사실, 이 말은 내가 가진 내세관과는 동떨어진 얘기였다. 그렇지만 임종을 앞둔 아버지에게 드릴 가장 적절한 위로의 선물인 것 같아(그 누구도 내세의 실체를 입증해 내지 못하니까) 소곤거린 것이다.

아버지는 허허허, 소리 내어 웃었다.

"그래, 설희는 멋진 내 딸이다. 가서 이 아버지가 기다릴 동안 엄마 잘 챙겨 드리고 좋은 남자 만나 행복하게 살아라. 그거면 됐다."

"네, 그럴게요, 아버지!"

대답을 하면서 그만 울음을 터뜨렸다. 아버지는 손을 뻗어 가만히 내 등을 어루만진다. 벽에 걸린 시계 바늘이 뚜벅뚜벅 제 갈 길을 가고, 조금씩 슬픔을 삭이는 내 손등과 아버지의 얼굴에 침묵이 어둑하게 내려앉고 있었다.

"아버지, 마음 푹 놓으시고 이따 뵈어요."

수술실로 향하는 아버지의 불안을 가라앉히려고 말이 많아졌다. 수술대 위에 누운 아버지의 손을 미소 지으며 꼭 잡고 놓지 않았다. 아버지의 눈빛이 흔들릴까 봐 수시로 얼굴 가까이 눈을 마주쳤다. 마침내 수술실 문이 열리며 아버지는 들어가셨고….

아버지는 혼수상태 속에서 중환자실로 옮겨졌다. 한동안 깨어나지 않다가 숨을 거두기 직전에, 풀린 눈언저리로 한 가닥 이슬을 비치며 잠긴 목소리로 드문드문 말씀하셨다.

"교회… 잘 다니지?"

아버지는 돌아가셨다. 엄마의 고향에 가서 외할아버지와 외할머니가 머무는 선산에 같이 모셨다. 세상이 이토록 허망한 적이 또 없었다. 돌아오는 길에 뿌리기 시작한 겨울비가 삼 일 동안 종일 내렸다.

엄마는 돌아와서 겉으로는 아무렇지 않은 모습을 보였다. 고깃배 사업에 더욱 열심을 내는 것 같았고, 선원들과 얘기 중간에 웃음을 보이기도 하였다. 아버지의 염려와는 달리 움츠러든 채로 고뇌에 빠진 쪽은 오히려 나였다.

11

아버지를 잃은 슬픔에 시간 가는 줄도 몰랐다가, 곤한 잠에서 눈을 뜬 아이처럼 깜짝 놀랐다. 성탄 전야가 얼마 남지 않았고 두려움에 회피하기만 했던 뱃속의 아기가 마침내 걱정이 되어 몰래 병원을 찾았다. 휴, 천만다행으로 아기는 괜찮다고 한다. 발육이 좀 더딘 것 같으니 칼슘과 단백질 등, 영양분이 많은 음식물 섭취에 신경 쓰라는 의사의 당부가 있었다. 그때서야 비로소 한숨을 돌렸고 뱃속의 아기에게 마음이 쏠렸다.

나는 몸을 추슬렀다. 매일 목욕을 하고 피부를 다듬고 집에 있으면서도 매일같이 화장을 했다가 밤이 되어서야 지웠다. 어언간에 나는 기도를 하고 있었다. 아직까지 그가 붙잡혔다는 소식이 없으니 서울역에 나올 가능성이 높겠지만, 어찌 될지 모를 불안정한 정국인 까닭에 그를 기다리는 두근거림에는 항상 불안과 공포가 깃들어 있었다.

드디어 서울역 앞에 서 있었다. 하숙집을 비워야 한다는 이유를 대고 서울에 올라와, 하숙 짐을 포장하여 열차 화물로 부친 뒤에 쭉 그곳에 머물렀다. 약속한 시간이 점점 다가오자 설레어 가슴이 두근거렸다. 생각보다 인파로 복작거려 다행이었지만 혹 그들에게 묻혀 찾지 못할까 봐 나중엔 은근히 걱정이 되었다.

밤 여덟 시가 되자 두 눈은 그림자라도 놓칠세라 두리번거렸고, 초조한 마음에 저만치 가는 비슷한 사람을 쫓고 낯선 이를 돌려세웠다. 이윽고 여덟 시가 넘어가고 불길한 예감에 휩싸이자, 대합실 안쪽으로 들어가서 종종걸음을 치며 인파 속을 휘젓고 다녔다. 그는 끝내 보이지 않았다. 온갖 불길한 생각이 뇌리를 스쳐 지나갔다.

집으로 돌아가는 입석 야간열차를 간신히 집어탔다. 덜커덕 덜커덕, 승강구 바닥에 몸을 잔뜩 쭈그린 채 허탈하게 설렘과 희망을 떠나보내고 있었다. 이제 내게 남은 것은 뭐가 있을까? 졸려 휘적대는 고개를 아무렇게나 내버려둔 채 알지 못할 절망감에 점점 추워져 갔다. 아! 승강구 틈새에서 요동치는 칼바람이 이제야 느껴져 목도리를 질끈 동여매었다. 그러다가 문득, 남의 눈에 띌 정도는 아닌 볼록해진 배를 지그시 쓰다듬었다.

새벽녘에 기차는 영산역에 도착하였고, 지친 몸을 이끌며 택시를 잡아탔다. 일부러 동네 입구에서 내려 빙판길을, 살을 에듯 차가운 삭풍을 맞으며 집까지 천천히 걸어갔다. 골목 어귀에 함부로 내동댕이쳐진 눈사람이 내 눈에 자꾸 밟혔고, 나도 마치 찬바람을 더 쐬어야 몸이 반짝거릴 눈사람이거나 하는 양 목도리를 풀어 늘어뜨리고 외투 단추를 끌러 앞가슴을 풀어 헤쳤다.

있다가 없어진 사람도 있거늘, 아직 있는 사람을 없다고 한숨에다 투정까지 부려서야 될 법이겠느냐. 이십여 년을 같이 살다가 영원히 헤어진 아버지에 대한 그리움과 서글픔을 보듬어 안으니, 곽성규와의 짧은 만남과 이별의 회한은 고작 눈사람의 이마에 떨어지는 한 방울의 뜨거운 눈물에 지나지 않는 것처럼 느껴졌다.

풀어 헤친 옷차림에 어색하게 달려 있던 털북숭이 귀마개를 벗어, 버려진 눈사람에게 걸쳐 주었다. 그것은 아마도 언젠가 녹을 눈사람처럼 이제 그와의 기억들을 잊고 싶다는 갈망에서 그랬을 것이다. 내게는 여린 듯 강한 의지의 영혼이 깃든 게 아닐까 하는 생각이 언뜻 스쳤다.

집 앞에 이르러 열쇠로 대문을 따다가 멈칫거렸다. 거실에 불이 켜져 있고 사내의 그림자가 얼핏 스쳤기 때문이다. 잠시 뜸들이다가 초인종을 눌렀다. 이제 어떤 일이 일어나게 될까? 언제부턴가 불길한 느낌이 섬뜩하게 와 닿아도 이를 감수하고 받아들일 각오를 다지고 있었던 것이다. 나는 결코 피하지 않을 것이다.

12

대문이 열리고, 엄마의 옷차림이 외출복인 걸로 보아 누가 온 게 확실해졌다.

"왔니?"

"누가 왔어요?"

엄마가 내 팔을 가만히 붙든다.

"놀랄 거 없다. 아버지 동료분이셔."

"그런데 왜 이 시간에?"

"네게 물어볼 말이 있다네? 밤늦게 와서 저러고 계신다."

나는 움찔했다. 동료라면 정보기관에서 나왔다는 소리가 아닌가?

"혹시 무슨 일이라도 생긴 거냐?"

"엄마는… 제게 뭔 일 있겠어요. 어서 들어가요. 추워!"

엄마를 껴안고 현관에 들어서니 거실 소파에 앉았던 두 사람이 몸을 일으킨다. 그중에 한 사람이 나를 알은체하였다.

"아, 이 아가씨가 바로 설희 학생이로군요. 거, 몰라보겠네. 하 과장님이 따님 자랑 참 많이 하셨습니다. 하하, 사진보다 훨씬 미인인데?"

그들은 엄마의 마음이 다치지 않도록 조심하는 기색을 보였다. 그것은 한때 동료였던 돌아가신 아버지를 배려하는 차원이었을 것이다.

"설희 학생, 별거 아니야. 잠시 같이 가서 질문 몇 마디에 답하고 돌아오면 돼."

"잠시만요, 아저씨. 이제 막 와서…. 옷 좀 갈아입고요."

잠시나마 숨 돌리고 싶어 핑계를 댔는데 옆의 동료가 눈을 번뜩이며 휙, 내 팔을 낚아채었다.

"놔둬!"

아버지의 동료가 외쳤다.

나는 방에 들어와 길게 심호흡을 하였다. 필시 곽성규와 연관된 일로 나를 찾은 게 틀림없어 보였다. 어차피 나는 아는 바 없으니 아는 그대로 대답하면 되지 않겠는가. 마음을 진정시키며 다시 한 번 다짐하였다. '하여간 정의롭게 행동할 것이다.'

심호흡을 거듭하고 방을 나서려다가 고개를 갸우뚱거렸다. 책꽂이에 책 몇 개가 거꾸로 꽂혀 있는 게 아닌가! 주위를 가만히 둘러보니 제자리에 놓이지 않은 물건들이 꽤 눈에 들어왔다. 그들은 말과 달리 내 방에까지 들어와서 뭔가를 찾을 양으로 이것저것 뒤진 흔적이 역력하였다. 갑자기 불쾌한 감정이 치솟으면서 정신이 아득해졌다가 몸이 부르르 떨려 왔다. 이제 그들이 나를 데려가서는 범죄자인 양 함부로 다룰지도 모른다는 예감이 치밀자 도리어 용기가 벌컥 솟구쳤다.

나는 방문을 열고 그들에게 나아가 말하였다.

"아저씨, 이제 가요!"

어쩌면 이들로부터 곽성규의 행방을 들을 수 있지 않을까 하는 야릇한 희망마저 생겨났다. 그들을 따라갈 생각에 먼저 현관을 나섰다. 그런데 엄마가 내 팔을 붙들며 놀란 표정으로 뭐라 얘기하는데 내 귀엔 아무 소리도 들리지 않았고 곧바로 혼절하여 바닥에 쓰러졌던 것 같다. 하지만 즉각 정신을 차려 벌떡 일어났는데도, 그랬다고 생각했는데, 그들은 나를 부축하여 방에 눕혔고 엄마와 무언가 쑥덕거리더니 그대로 가

버렸다. 그리고 그들은 다신 찾아오지 않았고 며칠 뒤, 나는 궁금증을 참다못해 엄마에게 물었다.

"엄마, 그때 그 사람들이 왜 그냥 갔어요?"

"네가 많이 아파 보였단다."

"겨우 그거 가지고요?"

엄마는 내 손을 쓰다듬으며 잠시 말을 늦추었다.

"감춰서 뭐 하나. 마치 신병처럼 보였단다."

"아, 내가 그랬어요?"

13

화려한 봄은 왔으나 나의 봄이 아니었기에, 휴학계를 내고 여전히 집에 죽치고 있었다. 햇살이 기웃거리는 거실 앞쪽 화단에는 철쭉이 붉은 꽃을 피우고 있었고, 나는 거기 의자에 기대앉아 아까부터 주소가 적힌 쪽지를 만지작거리며 푸른 하늘을 멍하니 올려다보고 있었다. 그러면서 이참에 기운을 내어 그를 찾아 나설까 어찌할까를 궁리하였다. 쪽지는 휴학하려고 학교에 들렀을 때 우연히 마주친 곽성규의 후배가 그때 적어 준 것이다. 후배는 그의 행방을 몰랐고, 어디론가 끌려가는 걸 본 사람이 있었다는 풍문 정도로만 알고 있었다.

"잡혀 갔을 리가 없어요."

나는 그가 감옥에 갇히지 않았고, 언론 보도도 없는 걸로 봐서 여전히 도피 중에 있을 거라며 억지를 부렸다.

"어디 있는지 아무도 모르잖습니까. 연락도 없고요."

"그래도⋯. 어딘가에 숨어 지내겠지요?"

내 말에 후배가 고개를 절레절레 저었다.

"이런 경우에 사람들이 흔히 쓰는 말이 있죠. 행방불명이 되었다. 독재 정권에서 왕왕 일어나는 이런 실종은⋯. 아무튼 또 모르죠."

문득 하던 말을 끊더니 호주머니에서 꾸겨진 쪽지를 꺼냈다.

"여기가 선배 모친이 기거하는 곳이라던데요?"

확실한 정보는 아니지만 곽성규의 안부가 정 궁금하다면 한번 찾아보는 것도 나쁘지 않을 거라는 말을 남기곤 후배는 종종걸음으로 가 버렸다. 나는 그의 후배가 도중에 말꼬리를 감췄던, 행방불명이라는 단어가 내포하는 의미를 결코 되씹고 싶지 않았다.

"그 사람은 조용히 숨어서 이 수상한 시절이 지나가기를 기다리고 있어. 틀림없어."

언젠가 그의 어머니가 일 때문에 전라도 광주에 머문다는 얘기를 얼핏 들은 적이 있었다. 이 주소가 마침 그곳을 가리키고 있으니 쪽지는 신뢰해도 괜찮을 것 같았다.

출산 예정일이 다가올수록, 아기를 낳기 전에 그를 만나야 한다는 강박관념에다 낳은 아기를 어떻게 키워야 하느냐는 현실적 문제를 놓고 시달렸다. 어디서부터 일이 꼬인 것일까? 그냥 고개 쳐들고 숨을 내쉬면 그뿐일 텐데 바보처럼 물에다 코를 박고 허우적대는 몰골 같아 때로 분노가 치밀어 오르기까지 하였다. 돌아가신 아버지가 이 사실을 알았다면 어떻게 하셨을까. 그리고 엄마는?

한번은 엄마에게 임신 사실을 고백하고 삶의 지혜에서 오는 해답을 구해야겠다는 생각으로 부둣가에 나간 엄마를 기다린 적이 있었다. 하필 그날따라 엄마는 늦었고, 내가 깜박 조는 사이에 돌아왔지만 거실 창가에 우두커니 서 있는 엄마의 모습이 쓸쓸하게 비쳐져 그만 꺼내려던 말을 다물어 버렸다.

"왜? 말하지 그러니?"

"아니에요. 다음에 말씀드릴게요. 것보다 요즘, 일은 어떠세요?"

"배 말이니? 동지나해로 고기잡이 나갔던 배에 무슨 문제가 생긴 것 같네. 들어와 봐야 자초지종을 알겠다만, 욕심이 과했어."

"어쩌나? 엄마, 제발 별일이 없었으면 좋겠어요."

달빛을 우러러 보는 엄마의 눈가에 이슬이 맺혀 있었다. 나는 처음으로 아버지가 없는 빈자리를 절감하였다. 외부로부터 가해지는 가벼운 압력에도 이토록 쉽사리 위기의식을 느끼게 되다니…. 우리 집에 경제적 혼란이 닥칠지도 모른다는 예감이 들자, 이미 내게 안겨진 아기와 곽성규와의 미묘한 관계가 새삼스레 더욱 뚜렷하고도 커다란 태산이 되어 티끌 같은 내 몸뚱이를 덮쳤다.

식은땀을 흘리며 악몽에서 깨어났다. 곤히 잤고 여독에서 벗어난 나그네처럼 태양 빛에 찡긋, 얼굴을 찌푸리며 일어났기에 어디까지가 꿈이고 현실인지를 잠시 더듬어야 했다. 그러고는 다시 우울해져 침대에 털썩, 도로 몸을 떨궜다. 또 자자! 우울에는 잠이 최고라는 속설이 사실에 근거한 것인지, 엉뚱하게 무기력증까지 동반하는 것은 혹시 아닌지, 몸을 뒤척이며 쓸데없는 잡생각에 몰두하려 하였다.

내가 동굴 아래로 떨어졌다. 어두운 동굴에는 큰물이 있어 거기에 빠졌고, 파도가 쳐서 허우적거렸다. 그때 멀리 허공에서 한줄기 빛을 타고 구렁이가 굼틀굼틀 날아와 내 몸을 덮쳐 칭칭 휘감고는 빛을 거슬러 올라갔다.

눈을 번쩍 떴고 꿈인 걸 알았다. 일어나려 했지만 움직일 수가 없었다. 온몸이 물에 빠진 듯 흥건히 젖어 있었다. 엄마를 불렀다.

"엄마! 이리 와 보세요. 어서요!"

대체 엄마가 지금 어디 있는 줄 알아서 엄마를 찾았던 것일까? 계속해서 엄마를 불렀고, 배가 아파 비명을 질렀으며 마구 헛소리를 해 댔던 것 같다. 내가 부르짖는 소리를 듣고 막 엄마가 달려왔는지 아니면 한참을 나 혼자서 허덕이다가 뒤늦게 귀가한 엄마에게 발견이 되었던 것인지, 하여간 나는 혼절한 상태에서 구급차에 실려 병원으로 갔다고 하였다. 엄마는 나의 임신 사실을 그때야 알았고, 나를 향한 원망이 아니라 자신의 무관심을 한탄하였다.

"이 꼴이 되도록 혼자 속을 태웠으니. 어휴, 어찌 아가인들 무사할까."

엄마는 만사 일을 다 제쳐두고 내가 퇴원할 때까지 병실에서 떠나지 않았다.

내 아기는 죽은 채로 태어났다고 한다. 죽은 원인은 탯줄이 목에 감긴 상태에서 질식하여 죽었다는 의사의 진단이 있었다. 나는 아기의 시신을 차마 볼 수 없었고, 한줌의 재가 되어서야 엄마가 건네는 작은 항아리를 품에 안아 보았다.

아기를 잃고 낯짝이 부끄러워져 곽성규를 향한 그리움마저 억누르며 조용히 방구석에 틀어박혔다. 세상이 돌아가는 꼴까지 외면할 수는 없어 텔레비전 뉴스를 지켜보고 있자니 군부의 입김에 의해 민주화는 물 건너가는 기분이 들었고, 이에 분노하는 시위는 점점 더 폭동 수준으로 과격해지면서 그 덩치도 커져만 갔다. 이대로 가다가는 세상이 바뀔 것 같지가 않았고, 그의 복귀도 까마득한 일처럼 여겨졌다. 이런 비관적 기류에 휘말리다 보니 마음이 더욱 답답해졌다. 더 늦기 전에 그를 만나야 하겠고, 만날 수 없다면 그의 어머니라도 뵈어야 그나마 속이 풀리겠다는 생각에 어느 날, 길 떠날 채비를 챙겼다. 찾는 데 애먹지나 않을지, 나쁜 소식이라도 접하게 되지나 않을지….

"엄마, 내일 광주에 다녀올게요. 한 사나흘 정도면 될 거예요."

친구를 만나러 가겠다는 얘기에 엄마가 극력으로 말렸다.

"군부가 재집권을 시도한다는 소문이 파다하단다. 민심이 극도로 흉흉해진 이 마당에 어딜 가겠다는 거냐."

더구나 전라도에는 계엄군이 집결하여 권역별로 에워싸는 분위기라는 것이다. 나는 주저하였다. 엄마의 염려 가득한 충고에 선뜻 길을 나서지 못했는데 그리고 며칠 뒤였나? 급기야 우려했던 유혈사태가 광주에서 터지고 말았다. 시위대를 해산시키는 과정에서 빚어진 계엄군과의 충돌이 도화선이 되어 시민들의 저항이 마치 마른 잎에 불붙듯 번졌다는데, 그것을 강제로 진압하는 과정에서 광주 시가지의 파괴는 물론이고 무고한 시민들까지 살육을 당하는 엄청난 참극이 벌어졌다는 소식이었다. 당시의 언론 보도로는 사실을 파악하기가 쉽지 않았지만 나중에 밝혀진 목격자의 증언과 촬영된 기록물을 통하여 그때의 상황이 얼마나 끔찍하였는지가 생생히 드러난 사태였다.

　나는 이 사태가 하루속히 수습되기를 초조하게 기다렸고, 드디어 평정을 되찾았다는 보도를 접하자마자 광주로 떠날 채비를 차렸다. 엄마는 여전히 우려하면서도 예사롭지 않은 나의 태도에 눌려 허락을 하였는데, 내가 만나려는 친구가 누구인지를 대략 눈치챈 듯하였다.

　"친구 만나고 돌아와서는, 이전의 설희로 돌아가면 좋겠다. 엄마 말뜻 알겠지?"

　"엄마, 염려 마세요. 좋은 일로 가는 거예요."

　나는 쾌활하게 웃어 보였다.

15

　광주 시내로 접어드는 외곽의 공터마다 군데군데 불탄 채로 방치된 버스들과 파괴된 차량들이 눈에 띄었다. 내가 탄 버스가 도착한 터미널은 신문 쪼가리를 휘날리며 매우 한산하였다. 버스들은 웅크린 채 대기하고 있었으나 승객들이 거의 눈에 띄지 않았고 밖으로 나선 거리의 모습 역시도 매우 고즈넉하게 다가왔다. 사람들이 죄다 어디로 간 걸까? 어쩌다가 마주치는 행인들도 표정을 잃은 먹먹한 모습으로 어디론가 곧장 떠나가고 있어 길을 묻기가 어려웠다. 이번에 벌어진 사태가 얼마나 끔찍한 일이었는지가 얼추 짐작이 갔다.

　다행히도 내가 찾는 장소는 생각보다 손쉬운 곳에 위치하고 있었다. 복덕방 할아버지가 손끝으로 가리킨 건물을 돌아 신호등 있는 곳에서 왼쪽 도로로 꺾어 드니, 일러준 식당 간판이 눈에 확 들어왔다.

만복식당. 그곳에는 아담한 이 층 건물이 자리하였고 일 층이 한식당이었다.

"어서 오세요."

개량 한복을 곱게 차려입은 중년 여인이 상냥한 목소리로 손님을 맞았는데, 첫눈에 바로 알아버릴 정도로 곽성규와 무척 닮은꼴의 모습이었다. 그의 어머니는 갸름한 체구에 부지런한 몸짓으로 홀과 주방을 오갔고, 미소 띤 온화한 표정으로 손님을 대하였다. 내가 들른 시각이 마침 점심때라 거기서 밥 먹으면서 손님이 뜸해지기를 기다렸는데, 정작 손님이 한둘씩 빠져나가고 식당이 한가해졌어도 설거지와 음식 준비 등으로 바쁘기는 매한가지였다.

"저기, 어머니!"

나는 눈치도 보였고 미룰 수도 없어 나를 알렸다. 그의 어머니는 내 얘기를 듣는 둥 마는 둥 하며 자꾸만 주방 쪽으로 시선을 옮겼다.

"아가씨, 잠깐만…."

그의 어머니는 주방 아줌마의 일 처리가 마땅찮은지 그쪽으로 다가가 뭔가를 한참 설명하고는 다시 내게로 다가왔다.

"성규랑 친구라고?"

그의 어머니는 계산대에 앉아 셈하면서 내가 차분하게 말할 수 있도록 짬을 내주었다.

"그래, 무슨 일인지 얘기해 봐요."

"어머니, 성규 씨와 연락 끊긴 지가 한참 됐습니다. 여기 오면 알 수 있을까 해서요."

"그런데 아가씨가 우리 성규를 왜 찾지?"

"네?"

대뜸 꺼내는 냉정한 말씨에 나는 깜짝 놀랐다. 아들과의 관계를 모르는 상황에서 얼마든지 나올 수 있는 물음이었는데도 나는 무엇을 기대했기에 말문이 막힐 정도로 당황하였을까?

"성규가 어디 있는지는 나도 몰라. 걔는 졸업도 해야 하고 취직도 해서 평범하게 살아 주기를 이 엄만 원해. 맘 다잡고 조용히 지내려는 애, 괜히 붙들어서 바람 넣을 생각 말어. 그냥 돌아가 주면 좋겠어."

그의 어머니는 일어나서 주방으로 다시 향하였다.

"잠시만요, 어머니! 이건 제 전화번호인데, 그가 오거든 전해 주십시오. 꼭!"

그의 어머니는 멈칫하며 의아한 듯 나를 똑바로 쳐다보았다.

"학생은… 운동권 친구 아냐?"

그러고 보니 그의 어머니는 나를 운동권의 동지쯤으로 생각한 모양이다.

"성규랑 친구라면… 아냐, 아냐!"

뭔가 말하려다가 고개를 가로젓는다.

"어쨌든 이 메모는 오거든 전달할게요. 지금은 어디 있는지 나도 몰라. 학생, 잘 가요."

그의 어머니는 아까보다 부드러워진 태도로 식당 문 앞까지 따라 나섰다. 어쩌면 나와 관련된 얘기를 일찍이 아들이 귀띔해 주었을지도 몰랐다. 어쨌거나 낯선 길을 기대와 염려 속에 찾아왔건만 또다시 허탈과 실망을 안고 돌아가야 하다니… 비척거리는 뾰족구두를 탓하며 허망하게 걷다가 못내 미련이 남아 힐끗 뒤를 돌아보았다. 그런데 저게 뭐지? 식당 위층의 창문에 커튼이 펄럭거렸고 언뜻 사내가 보였다. 곽성규? 순간, 걸음을 멈췄다. 그리고 내 눈을 의심하였다. 곽성규처럼 보였던 사람의 모습은 사라졌고 다신 나타나지 않았다.

내가 헛것을 본 것일까? 그가 거기에 있을 리가 없었다. 아니, 자기 엄마 집이니까 있을 수야 있겠지만, 하지만…. 내가 찾아왔는데도 만나지 않고 되레 피할 이유가 도무지 없지 않은가! 점점 두려워졌다. 이 황량한 거리에 이렇게 우두커니 서 있기가 무서워 황급히 걸음을 옮겼다.

얼마나 걸었는지 모른다. 길가에 멍석을 깔고 앉은 관상쟁이 할아버지가 나를 불러 세웠다.

"왜요, 할아버지?"

"내가 관상 봐 줄게. 공짜야."

이 핑계로 주저앉을까 하다가 그냥 지나쳐 버렸다.

"이봐, 아가씨. 여기 와 앉으래도, 얼른!"

나는 지금 저기 주저앉아 관상 볼 정신이 아니라, 냉큼 박차고 달려가 커튼 뒤의 그림자라도 이 두 손으로 붙들어야 한다는 생각이 불끈 치솟았다. 얼마나 뛰었을까. 어처구니없게도 길을 잃어버렸다. 오던 길을 되돌아 식당으로 쫓아간다는 것이 그만 우왕좌왕하여 어찌할 바를 모르고 헤매다가 발걸음이 터미널 앞에 이르러서야 겨우 우뚝 멈춰 선 것이다. 날은 이미 어둑하여 불빛들만이 내 눈동자에 아롱졌다. 이미 용기를 잃어버린 나는, 기진맥진해진 몸뚱이를 이끌고 버스에 올라야 했다.

이것이 마지막이라는 생각이 들었다. 곽성규와의 인연과 사랑은 이로써 막을 내렸다는 생각에 허망하였다. 커튼 뒤의 어둑한 사내가 곽성규

였든 아니든, 그의 오랜 실종이 오히려 뜻밖의 좋은 결과를 곽성규 자신이 만들어나갈 거라는 예감에 한편으로 마음이 놓이기도 하였다.

사람들은 왜 태어나는 것일까. 왜 태어나서 이 세상을 슬프게들 살아가는 것일까. 나는 처음으로 태어나는 생명들이 측은하다는 생각이 들었고, 가엾어 그것들이 죽을 때까지만이라도 한껏 품어주어야 도리이겠다는 생각으로 몸을 떨었다. 그것이 나를 향하는 이기심에서 비롯된 것이었는지 몰라도, 그랬다.

그렇게 하루 만에 집으로 돌아왔고, 지친 나를 반갑게 맞은 사람은 엄마만이 아니었다.

16

털보 아저씨가 스님 복장으로 눈앞에 나타났다.

"아저씨, 깜짝이야! 어떻게 여길?"

"하하, 궁금해서 왔지. 아리따운 숙녀가 다 됐겠지 하고."

"정말 멋있어지셨어요. 스님 같아."

"허어 이거 참, 뭐라 답해야 하나? 깜박하고 한눈파는 새에 돌중이 되어버렸으이."

나는 정신이 번쩍 들었다. 여태까지 곽성규와 나눴던 사랑과 방황이 한낱 백일몽인 양 뿌옇게 흩어져 가는 기분이었다.

"아버지의 부고를 어저께야 전해 들었다. 참으로 훌륭한 어른이셨는데."

아저씨의 이 한마디에, 살아생전에 나를 뿌듯하게 바라보던 아버지의 모습이 떠올라 한없이 부끄러워졌다.

아저씨는 단순히 나들이하러 온 게 아니었다. 거실에 앉기 바쁘게 파선한 배의 수습을 놓고 엄마와 계속해서 의견을 나누었다. 엄마가 그동안에 별 언급이 없어서 나로서는 대수롭지 않게 여겼건만 지금 곁에서 가만히 듣자니 의외로 문제가 심각하였다.

"이번에 위령제를 지내려고 오셨단다. 스님은 세상을 달리한 선원들과 한동안 같이 지내기도 하셨어."

동지나해에서 조업하던 어선 한 척이 거센 풍랑 속에 기관 고장을 일으켰고, 결국 침몰되어 선원들 중에 일곱 명이 실종되는 사태가 벌어졌다고 한다. 워낙 현지 사정이 좋지 않아 끝끝내 시신을 찾지 못한 채 그곳에서 철수하였고, 사후 대책이나마 최선을 다한 끝에 이제 간신히 마무리를 지어 간다고 하였다. 하지만 아직까지 유가족 보상에 관한 합의가 지지부진한 상태라는 것이다.

"아직은 생각에 불과합니다. 딸의 의견을 들어보고 스님께도 여쭙고 나서 결정할까 합니다. 우리에게 네 척의 배가 남았는데 전부 처분해서 유족 보상금과 남은 선원들의 상여금으로 나눠주려고 합니다. 저야 지금껏 돈만 챙겼지, 정작 그분들이 목숨 내놓고 잡은 생선으로 불린 배들입니다. 이러니 이런 마당에 돌려주어도 아깝지 않을 것 같습니다. 그렇다고 우리 몫이 아예 없을 수는 없으니, 자그마한 건물을 하나 구입해서 옛날에 해봤던 슈퍼마켓을 차리는 게 어떨까 합니다만…. 스님, 이번 일을 어떻게 매듭지어야 좋을까요?"

"네, 신도님께서는 자애로운 마음을 가지셨습니다. 그러나 아직까진 좀 더 신중히 생각해 보시는 게 좋을 듯합니다. 소승은, 오늘 낮에 봤던 담당 변호사와 여러 법적 근거 등을 묻고 형편을 알아본 뒤에 그때 가서 소견을 밝히도록 하겠습니다. 나무석가모니불!"

그러고 보니 아저씨의 말씨가 예전과 달리 부드럽고 차분해졌다.

"네, 스님. 그렇게 하세요. 설희 생각은 어떠니?"

"저도 생각을 해봐야 하겠지만… 사고라는 게 정황도 살펴야 하고 선장이나 선원들의 과실도 있을 테고 보험금도 받을 테니 도의적인 위로금 정도면 충분하지 않을까 하는 생각도 들어요. 무조건 선주 측이 모든 책임을 진다는 것은 좀…"

나는 머뭇거리며 말까지 더듬었다. 엄마와 아저씨가 휘둥그레진 눈으로 나를 바라보는 듯한 어색한 분위기가 잠시 흘렀다. 내가 탐욕에라도 빠진 것일까?

"설희 얘기도 일리가 있습니다. 아무튼 일의 사정을 잘 헤아려서 해결되었으면 합니다."

아저씨가 고개를 끄덕이며 내 의견에 수긍하자 엄마도 덧붙여 말씀하였다.

"하긴, 아버지 없이 살기는 우리도 매한가지니까."

엄마는 아저씨의 잠자리를 따로 마련하였고, 취침 인사를 나눈 뒤 내게 다가와 낮은 목소리로 이른다.

"스님 피곤하시다. 너무 오랫동안 얘기 말고 너도 일찍 자도록 해라."

"알겠어요. 일찍 잘게요. 엄마, 주무세요."

엄마는 자리 들어갔고, 나는 여쭤볼 말들이 많아 아저씨를 붙들고 소파에 눌러앉았다.

"이젠 스님이셔서 삼촌이라 부르지도 못하겠어요."

"허, 삼촌이라 불러라. 무늬만 스님인걸."

"그래도 출가한 스님이신데…. 법명이 뭐예요?"

"일봉이란다. 구봉 스님의 도에 한참 못 미쳐 고작 봉우리 하나뿐이라
는 뜻이다. 흠."

얘기하는 중에 익살스러운 털보 아저씨의 예전 모습이 슬쩍 묻어났다.

"아, 그래서 일봉 스님이시라? 뭐, 어쨌든 부르기 좋고 의미심장한 이
름이네요. 후훗."

웃을 분위기가 아니라서 참으려 했지만 그만 배시시 웃음을 흘리고
말았다. 내가 뜬금없이 몸을 흐트러뜨리자 아저씨도 덩달아 어수선한
몸짓을 피웠다.

"구봉 스님께서 직접 법명을 수계하셨기 때문에 막상 그 뜻이겠느냐마
는. 하하."

"아, 그래요? 구봉 스님이 완쾌되어 돌아오셨군요! 천불사 할머니는 지
금도 여전하시죠?"

"엉? 그러고 보니 네가 천불사를 떠난 지도 훌쩍 십 년이구나. 강산도
변한다는데 어찌 사람이 그대로이겠는가."

천불사의 눈 쌓인 겨울 풍경이 뇌리를 스쳤고, 곧바로 천불사의 봄, 여
름, 그리고 가을의 낙엽이 우수수 흩어져 갔다.

"그동안에 무슨 일들이 일어났군요?"

갑자기 아저씨는 정색하고 반듯하게 좌정하였다.

"네가 떠난 뒤로도 일 년이 더 훌쩍 지나서야 구봉 스님이 돌아오셨다
만 그때는 열반을 염두에 두고 회귀하신 거였네. 비록 몸이 온전하지 않

으셨지만 내가 마음을 고쳐먹고 공부에 열심을 내게끔 다독거려 주셨지. 아쉽게도 육 개월 남짓 가르침을 받았지만 그때 배운 공부와, 유산으로 물려주신 불경과 책들이 내게 많은 영향을 끼쳤어. 대체 불교가 뭔지, 내가 어떻게 수행해 나가야 바른 길인지가 윤곽이 잡힌 귀중한 시간이었지. 할머니한테는 굿을 배웠다. 없는 귀신을 놓고 이것저것 따져가며 배우려니까 내게는 별로 득이 없었다만 그래도 어쩌겠나. 그분의 뜻이었고 배워두면 긴히 써먹을 일이 있다고 하셔서 꾸역꾸역 익혀 뒀다마는…. 지금 생각해도 내 몸뚱이는 그나마 스님 체질에 가깝지 절대로 박수 될 놈이 아닌 게야. 중은 하나씩 배워 가고 수행하면 되는 것이지만 무당은 타고나야 해. 선천적으로 뭣이 눈깔에 뵈야 하고, 없는 귀신이라도 달라붙어야 해 먹든가 하는 것이지."

아저씨의 얘기가 끝났는데도 맞장구칠 생각을 잊고 멀뚱히 바라보고만 있었다. 그가 잠시 머쓱한 표정을 지었다.

"참, 할머니는 이번 사월 중순경에 노환으로 돌아가셨다. 천수를 다하신 게야."

"네! 돌아가셨군요. 하지만 정말 안됐어요."

잠시 옛일을 더듬느라 할머니의 잔잔한 미소를 떠올리다가, 괜스레 죽은 아기가 겹쳐 생각났다. 아기도 그때쯤이었는데.

"그래도 스님은 할머니를 끝까지 모셨어요."

"내 모친이라 생각하고 모셨지. 이제 천불사도 묵은 때를 벗고 슬슬 절간 분위기가 난단다. 불자들도 한둘씩 생겨나고 말일세."

"그럼, 스님은 언제 천불사로 가시는 거예요?"

"아무래도 한 열흘쯤 지나야 돌아갈 것 같다. 위령제 치를 날짜도 그렇고."

방금 떠오른 생각인데, 천불사에 항아리를 봉안하고 죽은 아기의 넋을 위로하는 게 어떨까 하는 것이다. 이번에 아저씨가 가실 때에 맡겨야겠다는 생각이 꿈틀대었다.

"설희도 요즘 많이 힘들겠구나."

"제 얼굴에 씌었죠?"

"허, 이거 참. 내가 하도 돌팔이라서 말이야. 어림잡아 병색이 도는 얼굴빛 같기는 하는데."

오, 맙소사! 제가 이만치 힘들게 살았답니다. 하마터면 그렇게 앞질러 말할 뻔하였다.

"왜? 어디 편찮은 데라도…."

"어휴, 스님. 이 나이에 아플 리가요."

나는 얼른 아저씨의 관심을 다른 데로 돌려야 했다. 아직은 처리할 게 많은 집안의 대소사를 앞두고 분위기를 흩뜨려놓아서는 안 될 일이었다.

"참, 있잖아요. 아까 말씀 중에 무엇이 불교이고 어떻게 수행해야 바른 길인가를 귀뜸하셨는데, 그게 뭐예요?"

"설희가 철학을 공부한다는 얘길 들었다. 거기서 가르쳐 주지 않던?"

"주로 서양철학이고 개인적으로 동양의 철학과 종교에 관심이 높긴 하지만 겨우 기존 사상의 답습에 그쳐요."

"그런가? 음… 까딱하다간 수염이 한 뼘 거뜬히 길어지겠는걸!"

아저씨는 내 얼굴을 응시하면서 어떻게 내용을 압축해야 좋을지를 궁리하는 기색이다.

"그러니까… 불교와 그에 따르는 수행은 에… 맨몸으로 깊은 강을 건너는 사람과 같도다."

"네? 그게 뭐야. 무슨 선문답 같아요. 난해해!"

"그러냐? 하하하. 흠, 어려워야 선문답인 게지. 화두는 함축된 말이라, 이걸 놓고 궁리에 궁리를 더하는 사유를 하다 보면 터득하게 되는 것이야. 급할 게 없으니 오늘은 이만 끝내고 잘까?"

나는 화급히 손사래를 쳤다.

"아이참, 스님도! 암만 그렇더라도 일단 맛보기는 있어야죠."

"허어! 뚝심이 여전하구먼."

아저씨는 내가 순순히 물러날 리 없음을 알고 일으키려던 몸을 다시 추스른다.

17

"그래, 아무래도 화두를 풀기 위한 귀띔 정도는 있어야겠지? 일찍이 구봉 스님께서 내게 이렇게 설법하셨다. 그것을 지금부터 말할 터이니 귀를 열고 명심해서 듣도록 해라. 구봉 스님께서 말씀하시기를, 불교는 진리를 깨닫는 종교다. 그 수행은 진리를 깨치기에 유용한 수단을 가지는 것이다. 그렇게 말씀하셨다."

일봉 스님은 그렇게 운을 뗀 후, 가볍게 잔기침을 두어 번 하고는 거침없이 설파해 나갔다.

"세상 사람들이 석가세존의 가르침을 기록한 불전과 고승들의 설법을 익혀 참 불자로 나아가고는 있네. 하지만 아직도 불상 앞에 바짝 엎드려 자신의 이기심 충족을 바라는 복 빌기에 여념이 없어. 서낭당에다 대고 손 싹싹 비비는 행위와 다를 게 뭐람. 하기야 중생이니 이기주의와 욕망에 빠져 살아갈 수밖에 없겠고, 한 치 앞을 분간 못할 어둠 속에서 허둥대다 보니 그 불안과 공포에서 건져줄 절대자의 손길이 필요하겠지. 그러나 말일세. 불교는 자기 수행이지 빌고 어쩌고 하는 종교가 아니야. 왜냐, 기복신앙은 신의 존재를 믿고 따르는 종교 집단이나 무속에서 찾아야 하는 것이야. 석가세존이 당시 고유 신앙이었던 브라만교에 반발하여 불교를 창시한 이유가 무엇이겠나. 홀로 수행 중에 우주 만물의 이치를 깨치고, 세상에 퍼져 있는 가르침과 수행이 잘못되었다는 것을 아신 것이지. 그것을 바로잡고자 진리에 어울릴 법칙을 세우고 그에 합당한 가르침과 수행을 새로이 갈파하셨어. 그러셨는데, 그랬던 이 불교가 시대와 지역의 변천을 거치면서 묘하게 뒤죽박죽이 되었고, 결국은 중생이 지녔던 원래의 습성으로 되돌아간 것이야."

"원래의 습성? 그게 뭘까. 힌두교에서 추종하는 신들과 신들의 세계, 그것들을 향해 기원하는 행위, 그리고 자의식을 가진 영혼의 존재와 그것의 윤회를 믿는 사고방식, 그러한 것을 두고 일컬은 거예요?"

"그렇지. 석가세존은 무아와 연기에 의한 윤회를 말씀하셨어. 만물은 자기라고 내세울 것이 없는 상태에서 조건이 서로 관계해서 일어나는 이치에 의해 윤회한다는 것이지. 즉 사람들이 통념적으로 생각하는, 영원히 실재하는 그런 의식체의 영혼이 없다는 것이고 따라서 인격적 신이 있을 수 없다는 가르침이셨지. 그 당시 브라만교나 세상 사람들이 믿었던 신이나 영혼에 관한 인식, 그로 인해 빚어진 그릇된 수행의 어리석음을 갈파하시고 참된 이치의 가르침을 널리 펼치셨어. 그런데 오늘날 형편은 어떠한가? 중생은 힌두교적 종교관에 도로 함몰되어 버렸고, 한국 불교 역시 이러한 어리석음에서 자유롭지 못하지."

"이 세상에 존재하는 모든 종교가, 특히 오늘날의 불교조차도 아미타불과 관세음보살 같은 신을 믿고 떠받들고 복을 비는 게 현실입니다. 이러한데도 인간이 갖는 본성을 무시할 수가 있을까요?"

"무신론자들이 점점 많아지는 요즘 세상에서 이것이 인간의 본성이라고 말하기가 애매하긴 해. 하지만 그 무신론자들도 온갖 두려움 뒤에 여전히 버티는 신의 기운을 의식한다고 봤을 때는 그렇다고 할 수 있겠지. 하나, 석가세존께서 설파하신 불교의 참된 가르침은 사성제와 팔정도에 따르는 수행을 닦아 스스로 우주 만물의 이치를 깨치는 방법밖에는 없다고 말씀하고 있어."

하기야 인간의 오랜 습성이라고 해서 반드시 본성이라 단정 지을 수 없긴 하다. 궁리하느라 말을 늦추자 지켜보던 일봉 스님이 설법을 잇는다.

"그리고 설희야."

"네? 말씀하세요."

"불교를 제대로 이해하려면, 있고 없고를 잘 파악해야 해."

"있고 없고, 그것이 무엇인가요?"

"이를테면 공즉시색, 자아라고 할 만한 영혼이 없다고 해도 우리 몸에 아무것도 없는 상태가 아니라는 것이지. 힌두교의 유아론처럼 의식하는 자아의 실체 불변하는 개체로서의 영혼은 아니되 연기를 일으킬 어떠한 성질이라는 것이 반드시 있기에 무아라 일컬었는데, 한국 불교는 이것부터 어긋났어."

"한국 불교는 이런 가르침을 주지 않나요?"

"바수반두라는 인도의 불교 철학자가 저술한 유식론을 불교가 받아들이면서 망가졌어. 이 유식론이 불교사상에 있어 철학적 논리의 발전을 가져왔을지는 몰라도 석가세존이 가르치신 무아와 연기의 뜻에 어긋나면서 불교의 본질마저 심하게 왜곡시켜 버렸어."

"저도 학교에서 유식설을 대강 배운 탓에 알아먹기가 힘들던데, 가장 큰 오류가 무엇일까요?"

"색즉시공, 본시 마음이라는 것이 따로 없는데 바수반두는 마음이라는 놈을 설정해 놓고 논리를 전개하다 보니 그만 마음까지 해부하는 우를 범해 버렸어. 석가세존이 가르치신 법 내용을 잘못 파악하여 식이라는 존재를 억지로 만들어 놓다 보니 나중에는 불성이라는 놈까지 기어 나오고, 마음을 찾겠다는 수행까지 생기는 등, 전래의 사상으로 돌아간 게야."

"그런 까닭에 불교에도 힌두교를 닮은 무수한 신과 신들의 세계가 만들어지고 유아와 엇비슷한 아뢰야식이라는 영혼의 개념까지 등장하게 되었군요?"

"꼭 그런 학설 때문에 모든 게 생겨났다기보다는 인간의 습성이 전설이나 만담 같은 이야기를 좋아해서일 수 있겠고, 어차피 종교를 받드는 마당에 밍밍하게 믿느니 죽음의 공포로부터 벗어나고 고뇌에 찬 삶에 위로를 구하는 편이 좋겠다는, 그런 순진한 충동이 빚어낸 결과인지도 모르지."

"사람들이 원하는 대로 종교가 이끌리어 간다는 말씀이신가요?"

"그러하네."

나는 잠시 일봉 스님의 표정을 살폈다. 방금 그가 대답한 의미를 두고, 자신은 앞으로 불교를 어떻게 풀어나갈 것인지가 못내 궁금해졌다.

"이런 현실 앞에 스님은 어떻게 해 나가실 거예요?"

의외로 그는 망설임 없이 답한다.

"나는 땡중이라고 진작 말했네. 시류에 따를 수밖에는."

그렇구나. 중생이 외면하여 설 자리를 잃어버린 종교, 그것 역시 무슨 의미를 가질까?

"그런데 스님 말씀을 들으니 귀신은 아예 없다는 얘기처럼 들려옵니다."

"우리가 흔히 말하는 귀신은 자의식을 지닌 영혼이 존재해야 하기에 귀신은 없다고 봐야겠지만, 우주 만물에 깃든 기운이나 에너지의 흐름을 귀신이라고 본다면 있는 거겠지. 하지만 나는 그것조차 귀신이라 생각지 않아. 그것을 다만 공의 존재로 파악할 뿐이지."

"스님, 저도 결합하는 방식으로 윤회하는 원소들이 귀신일 거라고 생각하지 않아요. 모든 만물은 물질만으로 이루어진 게 아니라 물질과 정신의 화합에 의해 이뤄졌다는 이론을 어떤 책에서 읽었고, 거기에 적극 찬동하는 입장입니다. 만물의 가장 작은 단위인 원소들이 우주 대폭발에 의해 탄생되었을 당시, 그때 이미 정신을 지닌 물질이었으므로 이 모든 것들이 영적 존재라고 일러도 타당하겠지요. 그런 측면에서 보면 고대인이 향유했던 샤머니즘이나 토테미즘, 정령신앙 등 여러 형태의 종교 행위와 영적 주술에 대하여 오늘날 과학이라는 미명하에 무조건 배타하기에는 곰곰이 짚고 넘어가야 할 문제들이 많다고 봅니다. 현대 물리학에서는 양자이론을 내세워 마치 원소들을 이성적 개체로서 이해하려는 경향을 띠는 이 마당에 어찌 고래로부터 내려온 굿이나 서낭당 참배 같은 영적 의식을 단순히 미신이라 몰아세울 수 있겠는지요? 저는 내 정신, 아니 어쩌면 내 목숨과도 깊숙이 얽힌 문제이기에 심각하게 고민을 해 봐야겠습니다."

"설희는 귀신이 있다는 주장 같은데 자세히 말해 줄 수 있겠나? 어떤 존재인지를…."

일봉은 신병을 앓고 죽다 깨어난 이력이 있는 내가 귀신의 정체에 대해 어떠한 언질을 줄 수 있을 거라 생각한 듯하다. 그러나 나는 또렷하게 말해 줄 아무런 근거도 없었다.

"귀신은 죽어서 저승에 가지 못한 영혼도 아니고 무아 상태로 윤회할 어떠한 것도 아닙니다. 우주 만물에 깃든 에너지와 같은 기운을 귀신이라 볼 수도 없고요. 그러니 흔히 말하는 귀신이 나올 만한 장소나 시간 따위가 있을 수 없다는 얘기가 되겠지요. 제가 느끼는 귀신은, 사실 귀신이라 할 것도 없지만 굳이 이름을 붙인다면, 그것들은 항상 인간을 떠나지 않는데, 그들의 정신 작용에 의해 생겨나는 기운을 일컬어 귀신이라 말하고 싶어요."

"너도 겪었지 않느냐!"

그가 버럭 힘주어 말하였다.

"한때 귀신 들린 네 신병마저 아예 무시하겠다는 거냐?"

분명히 일봉 스님은 인격체의 영혼을 부정하였고, 따라서 귀신도 존재하지 않아야 타당한 이치다. 그렇게 주장도 하였고. 그럼에도 그는 내 견해에 괜히 역정을 내고 있다.

"병명을 몰라 사람들이 신병이라 불렀겠고, 결국은 그 신병 역시도 내 몸속에서 생성되어 작용을 일으킨 기운입니다."

일봉 스님이 무릎을 탁, 쳤다.

"그렇구나! 듣고 보니 참으로 그럴듯하이. 연기로다!"

18

우리는 한 차례 더 의견을 나눈 뒤에, 엄마의 생각대로 어업에서 손을 떼기로 하였다. 사업 일체를 다른 회사에 넘기고 대신에 주식 지분을 배당받기로 하였다. 그리고 건물을 하나 사서 임대업과 슈퍼마켓을 운영하기로 하였다. 나는 이 모든 결정에 따랐지만 못내 아쉬운 게 뭐냐면, 집 안이 휑하니 빈 느낌이라는 이유만으로 그간 정들어 살던 집을 처분하고 부근의 아파트로 이사 가기로 한 것이다. 이 집에는 아버지의 숨결이 고스란히 배어 있기에 가능하면 유지하고 싶었는데….

불과 보름 사이에 위령제를 치르고, 회사를 넘기고, 모든 일이 일사천리로 진행되었다. 적어도 내게는 그렇게 느껴졌다. 살던 집도 바로 팔렸고, 정리해야 할 모든 것들이 마무리된 셈이었다. 이리도 술술 풀려 나가는 세상살이가 있다는 사실이 흥미로웠다.

일봉은 이제 내일이면 돌아간다고 한다. 나는 돌연 마음이 바뀌었다. 이대로 덧없이 지내다가는 삶의 권태를 도무지 감당하지 못할 것만 같아 무당이 되기로 작심하였다. 무당…. 어린 시절 이후로는 육체적 시련 따위야 없었다지만 줄곧 내게 엉겨 붙었던 정신적 갈증, 절망, 그것들을 어찌 가볍다고 할 것이냐. 무심코 넘겨 버릴 가벼운 상처라고 감히 읊조릴 수 있으랴.

"무당이 되겠다고?"

일봉이 펄쩍 뛰었다. 엄마는 한참이나 주절거린 내 얘기를 조용히 귀담아들었다.

"그래라, 그게 좋겠다."

출가하는 게 아니라 무당 일을 배우고선 돌아오겠다는 나의 얘기를 엄마가 받아들였다.

이튿날 꼭두새벽에 일봉과 함께 강원도 천불사로 향하는 승용차에 올랐다. 엄마가 누군가로부터 기사가 딸린 차를 빌린 것이다. 엄마는 내 손을 꼭 잡고 격려의 눈빛을 띄우는 것으로 작별을 고하였다.

"인생이 어찌 생겨 먹었는지, 이 엄마도 엿보고 싶구나."

승용차가 빠져나갈 때 차창 너머 엄마는 미소를 보였지만 그 뒤에 감춰진 엄마의 깊은 눈물이 가로수 길을 헤치고 언덕길을 오를 때까지 나를 힘들게 하였다. 어쩌면 그것은 나를 향한 내 어둑한 그림자였는지 모른다.

제5부

굿과접신

1

　십 년의 세월에도 천불사는 땅거미가 지는 산중턱에 다소곳이 앉아 여전히 그윽한 풍경 소리를 내고 있었다. 길은 넓어져 암자 바로 밑까지 차가 들어갈 수 있었다. 근처 계곡이 휴양지로 개발된 덕분이라고 하였다.

　"옛날 모습 그대로야! 지난날의 기억들이 고스란히 피어올라요!"

　요사채 마루에 가방을 내려놓고 이곳저곳에 피어난 이름 모를 들꽃을 가만히 꺾었다.

　"할머니는 삼신각에다 모셨다. 그분 뜻이야."

　삼신각에 들러 향촉을 밝히고 들꽃을 바쳤다.

　"할머니 고마워요. 저를 참으로 예뻐해 주셨어요."

　그러고는 법당에 들러 구석빼기 한쪽에 마련된 선반에다 아기 항아리를 안치하였다.

　"아가야, 미안하다. 이제라도 편히 쉬어라."

　일봉은 할머니가 지냈던 본채에 기거하고 있어서 요사채에다 내 잠자리를 마련하였다. 험준한 이곳까지 전기가 들어와서 방에는 형광등과 전기장판이 설치되어 있었다.

　"어딜 그리 싸돌아다니는 건지. 이거 참."

　싸늘하게 식은 아궁이를 들여다보며 일봉이 투덜대었다. 절간에 기거하면서 그의 공양을 챙겨 주는 보살할미가 있다고, 아까 오던 길에 내게 귀띔하였는데 그분이 어디 출타한 모양이다. 일봉의 태도에서 예사 불자가 아닐 거라는 직감이 스쳤다.

그날 밤에 여러 갈래의 꿈을 꾸었다. 하나하나 기억하기 어려웠지만 고금을 통틀어 억울하게 죽은 조상들이었다. 고문당해 피범벅이 된 원혼들이 머리카락을 풀어헤친 채 쫓기는 신세가 되어 어둑한 내 잠자리를 밟고 무수히 지나쳐 가는 것이다. 나는 꿈속에서 한참을 버둥거렸고, 기진맥진해서야 검은 물체가 내 몸뚱이에 착 달라붙고는 얼굴을 쪽 내미는데 바로 꼬마 귀신이었다.

"꼬마야, 반가워! 그땐 미안했었어. 놀다가 맘대로 가 버려서."

지쳐 내뱉은 내 말에 꼬마 귀신은 씩 미소 지으며 괜찮다고 하였다. 한 번씩 살금살금 내 뒤를 따라다녔다며, 자기는 이제 하늘나라로 구경을 떠날 참이라 하였다. 기약은 할 수 없지만 돌아오게 되면 그때 같이 놀자고 하고선 어디론가 감쪽같이 사라져 버렸다. 어쩜 꼬마 귀신 덕이었을까. 그 뒤로는 원혼 같은 희뿌연 것들이 보이지 않아 비로소 곤히 잠들 수 있었던 것 같다.

이튿날 아침. 피로감에 아침밥을 되작거리며 일봉에게 뒤숭숭했던 꿈 이야기를 들려주었다.

"그들이 오다 보니까 내 자신이 한스럽고 설움이 밀려오는 게, 어쩌면 이게 분노 같기도 해요. 무언가 치밀어 오르는 이것이요."

"막상 무당이 된다는 두려움에 그런 꿈을 꾼 게야. 괜찮아. 한바탕 푸닥거리 치르면 다 풀어져. 신명난 육체에 정신이 번쩍 들 테니까."

우리는 바로 굿판을 펼칠 준비에 들어갔다. 오후 들어 냇가에서 목욕재계하고 돌아왔을 때 마침 부엌문을 열고 나오는 일봉과 마주쳤다.

"여긴 들어오지 마라. 식칼 가는 중이다."

손사래 치는 그의 표정이 그늘졌다. "대략 난감하구먼!" 그는 근심이 되었는지 연거푸 투덜거렸다.

"지금 뭐 하자는 짓인지!"

"할머니한테 물려받은 대로 하시면 되잖아요."

말은 그렇게 했지만, 하얀 모시를 입속 꽉꽉 베물고 숫돌에다 식칼을 쓱쓱 갈고 앉았을 그를 떠올리자니 왠지 우스꽝스럽긴 하였다.

"설희야, 생각해 봐라. 귀신이 없다고 떠들어댄 너와 내가 이 무슨 꼴이냐? 대체 이런다고 해서 어떠한 변화라도 일어날 수 있겠나?"

"하지만 원혼들이 휘젓고 다녔잖아요. 정신 사나워!"

"꿈이니까. 꿈에는 무엇이든 보이고 뭐든지 할 수가 있지. 하늘을 날기도 해."

꿈은 뇌세포의 활동에 의해 만들어지는 심리적 표현에 지나지 않는다고 하였는데, 까딱하면 실제로 일어난 현상처럼 받아들일 뻔하였다. 그 정도로 꿈이 생생하였다.

"스님, 이번 꿈에 얼마나 혼비백산했는지 몰라요. 이왕 이렇게 마음을 먹은 거, 끝장을 봐야겠습니다. 혹시 또 알아요? 굿해서 내 몸에 들러붙은 신병이 완전히 나가떨어질지…."

"신병? 어쩐지 그런 조짐이 보이더라니. 흠! 좋아, 까짓 한번 해 보자꾸나. 모친이 아무려면 쓸데없이 굿을 가르쳤겠나."

일봉은 옛날처럼 경내 한가운데 우뚝 선 돌탑 옆에 멍석을 깔고 할머니한테 배운 굿을 하나씩 내게 가르쳐 주었다. 이번에는 어린 날에 치렀던 것과 같은 무지막지한 훈련 방식이 아니라서 육체적 고달픔이야 덜었다지만 뜻밖에 부딪는 정신적 시달림은 짐작을 뛰어넘는 것이었다.

"엉, 이 뭐야? 이 옷차림에 마구잡이로 놀아요?"

지금껏 무턱대고 가만히 앉아 내림굿을 받기만 하였다가 이제 몸소 굿을 해 가면서 신명의 흐름을 익히는 수업에 접어드니 당황되기도 하다가 때로 신기하기도 하였다. 하루하루가 흘러갈수록 점점 내 몸짓이 신명에 젖어들어 어떠한 쑥스러움도 느끼지 못하겠고, 어쩔 때는 내 의지와 상관없이 몸뚱이가 따로 놀기까지 하였다.

나는 굿판에 심취하였고, 무당이 내 천직이라는 생각에까지 미쳤다.

2

"꼬끼오…."

대체 수탉이 어디서 저리 우는 것인지 오늘도 길게 목을 뽑는 소리에 그만 새벽같이 일어났다. 된장 풀고 이것저것 넣어 구수한 찌개를 끓이고, 전기밥솥에 오곡밥을 안치고, 땅에 묻은 독에서 묵은 김치를 꺼내고, 밭에서 뜯어 다듬어 놓은 나물을 무쳤다. 제집처럼 스스럼없이 호들갑을 떨며 일봉과 같이할 아침밥을 그릇에 담는데, 웬 여자가 불쑥 들어서는 바람에 하마터면 밥그릇을 놓칠 뻔하였다.

"에구, 깜짝이야!"

"호호호, 귀신인 줄 알았어?"

여자는 길게 늘어뜨린 생머리에 화사한 꽃무늬 원피스를 걸친 데다 뾰족구두를 아직 벗지 않은 폼이 이제 막 산사에 올라온 듯하였다. 한눈에 이 여자가 일봉이 말하던 그 보살할미라는 것을 알겠는데, 어쩐지 얼굴이 눈에 익었다.

"나를 알아보는 것 같네? 하긴, 내 외모가 어디 가겠니?"

주절대는 여자의 입술 밑 점을 바라보자니 옛날에 저 아랫마을에서 가게를 하던 아주머니가 분명하였다.

"아주머니, 오랜만이에요. 근데 보살할미가 아주머니였어요?"

"보살은 무슨…. 어쩌다 보니 이렇게 된 거지. 근데 애, 조그맣던 애가 그새 이리 컸네! 호호, 말 놔도 실례는 아니겠지?"

내 어릴 적에도 이 근처를 어슬렁거리더니만 마침내 보살할미라는 명목으로 이곳 절간에 똬리를 틀었다는 사실이 썩 유쾌하게 와 닿지 않는다. 욕망과 번뇌를 물리쳐야 하는 스님이 이런 여자를 눈앞에 빤히 두고서 어찌 자기 마음을 다스릴 수 있을까?

아까부터 일봉이 여러 차례 눈치를 줘서인지 밥을 먹는 동안에 보살할미는 아무 말도 하지 않는다. 물론, 그와 나도 대화를 피했다. 너무나 조용해서 이따금 딸그락거리는 수저 소리가 내 귓속을 간지럽힌다.

나는 은근슬쩍 티격태격하는 둘의 모습을 살짝 훔쳐보면서 묘한 감정이 일었다. 암자를 찾는 불자들의 시선이 껄끄러워 따로 거처할 뿐이지 보통 사이가 아니었다. 대처승이라 해도 문젯거리가 되진 않지만 석가모니의 가르침과는 거리가 있어 보였다. 하긴, 불교가 시대를 거치면서 인간들에 의해 만들어지고 다듬어져 가는 종교라고 봤을 때 그 가르침을 더러 무시한들 또 어쩌겠는가. 사람은 죽고 또 태어나고, 그렇게 경전도 추가되고 가르침도 확장되어 이따금 달라질 수 있을 테니 말이다.

하지만 진정 신이 존재한다면, 그리하여 인간들보다 우월하고 빼어날 수밖에 없는 그런 신과의 접촉에 의해서 세계를 엮어 나가는 종교가 있다면, 거기로부터 나오는 가르침이 사람들에게 더욱 가치 있는 삶을 제공하지 않을까?

진정 신이 존재하여 내게 임한다면, 나는 기꺼이 무당의 길을 걸어가리라. 그리하여 신의 뜻에 합당한 계시를 받아 사람들에게 진리를 전하고 의로운 행동을 펼쳐 나가리라. 이것이 신을 모시겠다는 나의 비장한 각오인 것이다.

"얘, 전에 무당 할미 있잖아. 스님에게 가르쳐 준 굿은 완전히 변종 굿이야. 하나도 굿 같지가 않아. 고깔모자도 안 쓰지, 삼색 띠도 안 두르지, 제단이랍시고 차려놓는 것도 없지. 굿도 요상하게 하는 것 같고. 억지로 배우느라 우리 스님이 죽을 똥을 쌌다니까."

보살할미는 나이가 들어가서 그런가, 전처럼 새침 떼는 모습이 사라지고 중년 여자에게서 흔히 보이는 넉살 좋은 풍채로 내게 너스레를 떨었다. 불필요한 말을 삼가고 오직 천신을 받겠다는 일념으로 정신을 모아야 하는 이때이지만, 사실은 나도 궁금하기 이를 데 없었다.

산비탈을 내려가는 보살할미와 작별한 뒤, 일봉에게 물으니 머리를 긁적인다.

"나도 모르지. 여긴 사찰이니 굿할 도구나 제대로 있었겠나?"

그는 말을 해놓고선 고개를 갸우뚱거리다가 덧붙인다.

"그럼에도 대충대충 굿할 모친이 아니셨지. 필요하면 얼마든지 챙길 수 있었거든. 글쎄다?"

나는 질문의 끝을 놓지 않았다.

"물어보지 그러셨어요?"

"그러게 말이다. 너는 왜 그러셨다고 생각하니?"

"네?"

말문이 막혔다. 되물어 오는 이 문제에 대해 조금도 고민을 해본 적이 없었던 것이다.

"스님, 제 숙제로 남겨둘게요. 때가 되면 풀리겠지요."

어느덧 이런저런 수련을 마무리 짓고 내일 밤부터는 한 주간에 걸쳐서 정식으로 내림굿을 펼치기로 하였다. 보살할미는 남몰래 일봉의 지적을 받았는지 나를 일반 불자 대하듯 조심스럽게 행동하면서 오직 살림만 챙기는 역할에 충실하였다. 그러더니 굿을 앞두고는 또 다시 아랫마을에 내려가 있을 모양인가 보았다.

"부정 탄다나 어쩐다나. 까짓것 그러라지. 옛날에는 걸핏하면 돌아다녔다는 귀신이 요즘같이 좋은 세상에 깡그리 굶어죽었대? 어찌 코빼기도 안 비친대야?"

아무렇게나 말을 툭 던지며 나를 바라보더니, 빙긋이 미소를 지으며 양장으로 곱게 차려입은 몸매를 쓱쓱 손으로 훑어 내린다.

"아직까진 괄시받을 몸매는 아니지. 설희야, 다녀올게. 천신이라 했나? 제발 좀 내렸으면 좋겠다만. 호호."

"조심해서 다녀오세요, 아주머니."

천성이 착한 여자다. 일봉 곁에 남아 때때로 외로울 심사를 달래주는 일에 적당한 인연 같다는 생각이 들었다.

드디어 만신이 된 일봉 스님의 주재로 내림굿이 펼쳐졌다. 굿은 삼신각에서 펼쳐졌는데 살아생전에 할머니의 지극한 정성이 깃들어 있다 보니 여느 사찰의 삼신각보다도 자태가 깔끔하고 아름다웠다. 야수파의 벽화 같은 그림 앞에 제단이 있어 거기에 여러 개의 초와 향을 피웠고, 그 앞에 장구와 북, 징과 꽹과리가 놓인 거기에 그가 좌정하여 채를 들었다. 그 앞에 삼신각의 양쪽 여닫이문이 활짝 열린 아래 대리석 바닥에 멍석이 깔려 거기에 내가 앉았다.

어깨선에 찰랑거리는 머리카락을 뒤로 올려 핀과 끈으로 단단히 묶었고, 보살할미가 구해 온 하얀 모시 한복을 차려입었다. 할머니가 굿할 때만 썼다는 식칼, 버선, 사발, 부채, 방울 등등, 이것이 세상의 풍파를 겪으며 오롯이 이 자리에 놓인 것이다. 조촐한 굿판은 풀벌레가 요란하게 울어대는 초승달 초저녁에 시작하여 동트는 새벽에야 그쳤는데, 이것이 이렛날 동안 계속되었다.

일봉 스님은 예전에 할머니가 내게 하였던 식칼 굿을 엇비슷하게 한판 추고는, 이후로 장구와 꽹과리 등의 악기를 붙잡고 앉아 내게 다양한 몸짓을 주문하였다. 부채와 방울 그리고 대나무를 양손에 쥐고 삼신각이 떠나가도록 흔들어 대며 펄쩍펄쩍 멍석 위를 뛰게 하였고, 쉼 없이 천지신명께 빌게 하고서 어서어서 천신을 받으라고 호통을 쳤다. 잠시 거친 숨을 고르다가도 달아오른 몸이 식을세라 후닥닥 멍석에서 뛰놀게 하였고, 갈아입은 누런 베옷이 흠뻑 젖도록 몰아붙였다.

넋을 놓고 굿을 치른 첫째 날 아침에, 몸을 정갈하게 씻고서 일봉에게 물었다.

"아무런 차이를 모르겠어요. 첫날이라 그렇겠죠?"

"나는 모른다. 하여간 천지신명의 밝은 빛이 몸뚱이에 찾아들기를 간절히 바랄 수밖에 없다 하더라. 낮 공양할 때까지 푹 자 둬라."

낮잠인데도 형체가 흐릿한 귀신에게 시달렸다. 어둠 속에 부채가 펼쳐지고 방울이 허공에 흔들려 귀가 멍할 정도로 요란스러웠다. 나를 괴롭히던 선잠에서 벌떡 깨어나 그대로 누워 있자니 몸이 슬슬 아파오고 공포가 밀려들었다. 이러다가 죽는 것은 아닐까? 나는 일어나 요사채 툇마루에 걸터앉아 햇볕을 쬐었다. 그러자 온몸이 떨리고 소름이 돋던 그런 기운이 조금씩 사라져 갔다.

"몸뚱이가 가라앉으니 헛된 잔상이 떠오를 게야."

일봉이 살피러 왔다가 병든 닭처럼 졸고 있는 내 몰골을 보곤 스치듯 한소리 하였다.

"어이없게도 이런 귀신은 없다고 해 놓고는, 헛것에 시달려야 하다니요?"

내가 힘없이 대꾸하였다.

비슷한 모양으로 굿을 치른 둘째 날 아침에, 자러 가려는데 일봉이 묻는다.

"아직 별다른 변화가 없는가? 굿이 간절하지 않아서일까?"

"굿할 때는 아무 생각도 없어요. 제발 꿈에 시달리지만 않으면 좋겠어요."

한참을 뒤척이다가 겨우 잠드나 싶더니만, 시꺼먼 물체가 눈앞에 휙 지나가고 단호한 눈빛의 호랑이가 나타나 어슬렁거렸다. 나는 일찌감치 이부자리를 개고 따가운 햇볕을 쬘 양으로 마당을 거닐었다. 몸속에 웅크린 더러운 기분이 입안에 고이는 것 같아 침을 땅바닥에 내뱉자 거품이 부글부글 일었고 입가에도 거품이 묻어났다.

"오장육부는 다 깨끗한데 병명이 없으니, 뇌세포의 이상일까요?"

"다들 간질이라고 하지. 쉽사리 고치지 못하는 병이야."

나는 조상이 궁금해졌다. 이게 유전병은 아닐까? 현재도 이북에서 살고 있을 아버지의 형제들과 친척들은 어떻게 지내고 있는지. 여태껏 아버지 핏줄의 역사를 단 한 번도 묻지 않았다는 사실이 놀라웠다. 한참 햇볕을 쬐었고, 배가 고파서 밥을 먹는데도 뱃속이 메스꺼워 삼킬 수가 없었다. 속을 완전히 비울 생각으로 숭늉 건더기를 조금 건져 먹었다.

거친 춤사위를 줄이고 천지신명께 비는 굿에 정성을 기울인 셋째 날 아침에, 기진맥진하여 일봉에게 물었다.

"여전히 몸에 변화가 없어요. 오히려 악화되기만 할 뿐인 걸요?"

"신병은 귀신 들린 병이라는데, 하늘로부터 내려오는 선한 신은 그따위 병을 주지 않는다더구나. 어쨌든 모친이 가르친 대로 나흘만 더 버티어 보자꾸나."

이부자리에 드러눕자마자 늪에 빠지는 기분이 들면서 곧바로 잠에 곯아떨어졌던 것 같다. 잠 깰 기척에 이상한 노인들이 문틈으로 기웃거렸고, 뱀이 벽을 기어 다녔고, 기이한 물체들이 드러누운 내 몸에 엎어지듯 스쳤다. 나는 이게 현실이라고 생각한 데다가 견딜 수 없는 통증까지 밀려와 꼼짝달싹 못한 채 어찌해야 좋을지 막막하였다. 그러다가 눈이 번쩍 떠졌는데 꿈이었다. 다행히 꿈속에서 불어닥쳤던 그런 절망의 고통은 없었다.

"약이라곤 아스피린밖에 없다. 그거라도 줄까?"

"안 먹을래요. 기분에, 약 먹으면 큰일 나는가 싶어요."

그날 밤에 굿을 하는데 세상이 떠나가라 할 정도로 울음이 터져 나왔다. 일봉 스님은 놀라 벌벌 떨며 장구를 패대기치듯 마구 두들겼다. 언제부터인가 항상 내 등짝에 두꺼비 같은 것이 달라붙어 있는 듯했는데 갑자기 그 껍데기가 떨어져 나가는 느낌을, 속이 터져라 꺼억 꺼억 울면서 받았다.

굿을 치른 넷째 날 아침에, 지금껏 놀란 눈을 어쩌지 못한 채 일봉이 말하였다.

"너는 무당 될 팔자다. 너를 상대하니 나까지 귀신에 붙들린 기분이 들었다."

"살려면 밥을 먹어야 하는데 도저히 먹히지 않아요."

밥상머리에 앉아 앞가슴을 주먹으로 툭툭 치자 그가 벌떡 일어나더니 침 도구를 가지고 왔다.

"돌팔이다만 어쩌겠나. 죽지 않으니 걱정 마라."

그는 침을 가지고 손마디를 똑똑 땄다. 시꺼먼 피가 나오더니 나중에 물이 나왔다.

"이제 됐다."

"속이 편해졌어요. 밥은 나중에 먹을게요."

바로 잠들고 싶지 않았다. 침을 맞은 후 편안한 기분이 들어 저만치 보이는 산꼭대기에 오르고 싶어졌다.

오솔길을 오르는 고개 마루터기마다 산새들이 우짖으며 날아다녔고 수풀이 우거져 바람결에 춤을 추었다. 나무 잎사귀가 바람을 붙잡으려고 자꾸만 하늘로 향하였다. 나는 고개를 한껏 들어 내게로 내려오는 뭉게구름을 마구 안았다.

그런 흥에 겨운 설렘으로 자연을 품은 까닭일까. 암자에 돌아와서 평화로운 꿈을 꾸었다. 하늘에 뭉게구름이 피어오르고 하얀 옷을 입은 할 아버지가 내려오는데, 주변에 어림잡아 사람들이 족히 백 명은 되었어도 아무도 이를 못 보고 나만 바라보는 것이다. 가슴이 미어터질 듯하고 몸 이 불덩이처럼 타올랐지만 하나도 고통스럽지가 않았다. 할아버지는 내 앞에 사뿐히 내려서더니 활짝 웃었다. 어느덧 나를 스르르 눕히고 손바 닥에 쏙 들어갈 만한 돌멩이 세 개를 맨살의 내 배에다 문지르는데 시뻘 겋게 단 차돌이라 깜짝 놀라니, 조금만 참으라면서 마냥 웃다가 훌쩍 하 늘로 올라가는 것이다. 희한도 하다.

일어나자마자 달려가 꿈 이야기를 일봉에게 하였고, 그는 고개를 갸웃 하였다.

"그 천신이 그 천신일까? 간절하게 빈 결과가 기껏 꿈으로 온다고?"

"그럴까요? 개꿈일 테죠?"

나는 실망의 빛을 감추지 못하였지만 한편으로 정신이 번쩍 들었다. 아무리 천신을 바란다지만 부질없는 꿈에 기대려 했다는 것이, 허황된 무속의 세계에 침잠하려 했다는 사실이 새삼 부끄러워졌다. 하지만 한 편으론 그렇다. 이럴 바에야 나는 왜 무당이 되려고 하는 것일까? 굳이 무당이 되어서 뭘 어쩌자는 것인가? 아프지 않기를 바라는 마음에, 현실 로부터의 도피로, 무작정 이 세계에 뛰어든 것은 아닐 테다. 분명, 그것 은 아니라는 느낌이었기에 따랐던 것이다. 그렇다면 이것이 내게 있어 하나의 운명이기라도 하는 걸까? 거역할 수 없는 운명이라면, 적어도 이 런 운명을 엮은 존재나 세계, 적어도 법칙 정도는 있어야 하지 않겠는가!

이런저런 잡생각이 어이없이 굿판까지 따라왔다. 멍석을 깔고 굿을 꾸 미는 내 몸짓을 마구 흐트러뜨렸지만 다행히 오래가지는 않았다. 아! 정수리에 살짝 닿은 일봉 스님의 칼날이 번뇌를 깡그리 끊어 버린 것이다.

굿을 치른 다섯째 날 아침에, 멍석을 떠들치다가 건성으로 투덜거렸다.

"힘들어 죽겠어!"

아까부터 꼼짝도 않고 나를 줄곧 지켜보기만 하던 일봉의 목소리가 들려왔다.

"설희야, 얼렁뚱땅 짓는 집은 없단다."

목소리가 하도 진지하여 힐끗 쳐다보니 그가 되레 굿의 세계에 흠뻑 빠진 기색이었다. 그 모습이 너무도 엄숙하여 아무 말이라도 답을 하여야 했다.

"이따… 좋은 꿈이나 꾸게 될까요?"

정성을 들여 목욕재계하고 조심스레 잠자리에 들었건만 꿈은 그야말로 최악이었다. 전날의 선한 할아버지 등장에 은근히 기대까지 했었는데, 꿈속 생각에, 이것은 악한 귀신이다! 그렇게 저절로 외쳐지는 어둑한 물체가 내 몸에 확 실렸다가 빠져나가는 것이었다. 심지어 돼지 새끼, 뱀, 연기처럼 흩어지는 시꺼먼 온갖 것들이 내 몸에 실렸다가 빠져나갔고, 급기야 내 몸뚱이는 만신창이가 되어 버렸다.

나는 눈을 번쩍 떴다. 일봉이 나를 들여다보고 있었다.

"쉬잇! 괜찮다. 비명 소리에 와 봤다. 꿈에 시달렸더냐?"

"지독한 악몽이었어요."

일봉은 내 꿈 이야기를 귀 기울여 들었다.

"내 소싯적 떠돌뱅이 시절에 여러 무당을 겪어 봤다. 다들 하는 말이, 무당 될 재목은 필히 신병이 오고 처음에는 신이 있는지 없는지 자기에게 신기가 끼었는지 도무지 감이 잡히지 않는다더군. 무당도 여러 질이 있는데, 굿과 정성을 잘 드리거나, 일을 잘하거나, 굿의 처음 시작을 맡거나, 경을 읽거나, 점을 잘 치거나, 이렇듯 여러 분야로 나눠져 있기도 하는데, 이 모든 것을 통틀어 하는 무당도 있지. 바로 모친이 그런 분이셨다."

"굿이나 여러 일은 배워서 익혀야 할 것들이지만 점은 그런 게 아니잖아요."

"그렇지. 점치는 능력은 따로 있다더라. 점은 조상이 일러주어서, 손님을 따라온 분이 일시 무당 몸에 실렸다가 빠져나가곤 알게 되어서, 속마음을 꿰뚫어 보고서 이래저래 알게 된다고 하더라마는…"

"내림굿을 하려면 돈이 많이 들고 사이비를 만나기도 한다던데, 저 같은 경우는 잘된 거예요."

단정적으로 말하자 일봉이 조금 움츠린다.

"글쎄다? 돈만 밝히면 사기꾼이 분명하겠지만 굿하는 데는 여러 가지가 필요하니까 뭐라 말하기가 좀 그렇구나. 어쨌거나 무당이 되려는 사람들도 천차만별이야. 개중에는 사고가 나고, 몸이 난도질당해서, 술을 먹어댄 끝에, 쫄딱 망해서, 변심에 고통당하여, 사기를 당하고, 험한 일을 겪어서, 이래서 무당이 되는 경우도 있지. 여기저기 떠돌다 보니 그런 꼴을 하도 많이 봐서 어떻게 해야 바른길을 밟는 무당이라 할 수가 있는지 참 애매하구나."

"스님…"

불러놓고 말이 없자 그가 의아한 표정을 짓는다.

"왜 그러느냐?"

"얼마 전부터 할머니를 모친이라 부르시는데 혹, 혈육의 어머니가 아니세요?"

"어떻게 알았느냐?"

망설이거나 달리 언급할 줄 알았는데 거침없이 되물어서 내가 놀랐다. 순간적으로 생각지도 않은 말이 툭 튀어나왔다.

"닮으셨어요, 모습이…."

"다신 그 말, 입에서 꺼내지 말거라. 귀신의 입은 죄다 장난이 심하다고 하더라."

그는 앉았던 방바닥에서 후딱 몸을 일으켰다.

"참! 스님."

나가려는 그를 붙들어 세웠다.

"할머니 방에 벽화, 아직 그대로 있나요? 거 있잖아요, 매화나무."

"색깔이 바래 흐릿하구나. 손대기 뭐해 그냥 뒀다."

나는 일부러 보지 않았다. 어릴 적에 피웠던 홍매화를 가슴에 머금고 싶었다.

일봉 스님은 할머니로부터 이어받은 굿이 내 몸에 녹아내리도록 혼신의 힘을 다하였다. 나는 허공 속으로 펄쩍 뛰었고, 지성으로 손을 비볐다. 꼭 이래야 하는지 까닭도 모른 채 시키는 대로, 내 몸이 이끌려가는 대로 움직였고, 이러한 굿판이 밤이면 시작하여 어둑새벽에 그쳤다.

굿을 치른 여섯째 날 아침에, 물을 마시다가 구역질하며 게웠다.

"이런! 체했구나?"

"아니에요, 스님. 체한 게 아니라 물 냄새가 역겨워서 울컥한 거예요."

"왜 그렇지? 평소에 마시던 물인데?"

"스님, 오늘 신명께 비는 중에 이런 생각이 치고 들어왔어요. 산, 땅, 나무, 물, 돌, 자연의 모든 것에 귀신이 있다. 귀신은 천신 만신, 알래야 알 수 없을 정도로 많다. 선신도 있지만 악신도 있고 힘이 세다. 무당도 믿음으로 가야 영험이 생기는데 대체 나는 무엇을 하고 있는가?"

일봉의 목소리가 높아졌다.

"옳거니, 나도 그 생각이다. 미신에 빠졌거나, 사실이거나. 어차피 둘 중에 하나겠지."

"근데 이렇게 말했다고 해서 제 생각이 바뀐 건 아니랍니다. 정신의 존재를 귀신이라는 이름으로 바꾼 것뿐이고, 귀신은 인간의 정신 작용일 뿐이라는 견해를 우주 만물 전체로 확대했을 뿐이에요."

"불교의 범신론 사상을 받아들이는구나?"

"네? 그건… 아니에요. 그것과는 좀 달라요. 말씀이라는 정신적 의지를 발휘하여 이러한 정신으로 가득한 우주 만물을 창조하신 창조주를 믿는답니다. 물론 그 신은 인격체이면서 유일해야만 한다는 것이고요. 그래야 신이겠고, 창조의 능력이 생각과 말씀에 의해 이뤄질 수 있을 테니까."

"엉? 단번에 기독교 교리처럼 들려 버리는데? 이거, 얘기를 더 끌다간 복잡해지겠군. 그것보다 아까 무당도 믿음으로 가야 한다고 했는데, 무엇을 믿는다는 것이냐?"

"귀신이든 정신이든, 내 몸뚱이에 낀 나쁜 기운을 몰아내고 선한 정신을 받아들여야 한다는 믿음입니다. 만약 그렇게 해서 내게 들어온 그 정신은 나보다 위대할 것이기에 신이라 이름 붙여도 하등 문제될 게 없다는 얘기예요."

"자기 몸과 마음의 수행을 거쳐 거룩해지는 게 아니라 외부로부터 들어오는 정신에 의해 자기가 거룩함을 입는다는 얘긴데, 무당이 되겠다는 자의 생각으로는 적절하겠구나. 그런데 말이다. 만약 그럴 경우에, 기독교에서 말하는 성령이라는 것이 네 몸뚱이에 실린다면 너는 기독교의 야훼 신을 믿는 무당이 된다는 얘기가 아니더냐?"

나는 머뭇거렸다. 어릴 적에 아버지의 손을 잡고 교회에 다닌 기억이 주마등처럼 스쳤다. 설마하니, 그러기야 하겠나?

"두렵구나. 어떻게 돌아갈지 모르겠다만! 그런데 말이다. 그 믿음은 어떻게 해서 생겨난 것이지? 자기 의지에 의해 갖는 것이냐, 어디서 저절로 오는 것이냐?"

"그건… 저도 아직 모르겠어요. 뭐가 뭔지."

나는 얼버무릴 수밖에 없었다. 이성적 의지에 의해 신의 개념을 따져서 받아들인 모양새였지만 그 의지의 근원이 어떻게 해서 시작되었냐는 것이다. 신의 선물? 인연생기? 뇌세포 작용의 조합? 이 모두가 그럴싸하였다.

거론할수록 꼬여 가는 게 또한 관념의 세계인지라 우리는 대화를 일단락 짓고 자리에서 일어났다. 오늘 밤에 계속해서 치러야 할 굿에 대한 중압감이 큰 탓도 있었다. 일봉과의 대화가 길어진 탓에 정신이 산만할까 하였는데 의외로 곤히 잘 수 있었다.

오늘로써 이레째. 마지막 굿을 치른다는 미묘한 기류에도 아무 꿈도 꾸지 않았다.

오늘이 마지막으로 노는 굿판이래도 달라진 것은 없었다. 오히려 온몸의 맥이 풀려 버린 듯 일봉 스님의 칼춤이 공허해 보이기까지 하였다. 그는 멍석에 털썩 주저앉아서 넋이 빠져라, 한바탕 꽹과리를 후려치고는 내게 이른다.

"오늘 밤은 어디 니 마음대로 놀아 보거라."

나는 다소곳이 앉은 채로 밤하늘을 올려다보았다. 별들이 초롱초롱하였고 북두성이 정수리 윗자리에서 돌아가고 있었다. 달리 할 게 없어 방울을 쥐었다. 그리고 천천히 흔들었다. 마파람이 옷깃을 스치는 이 같은 밤에는 노랫가락을 구성지게 한 수 뽑아야 천지신명과 어울리겠건만 내게 소질이 없음을 원통히 여겼다. 그렇다고 아무려면 그렇지, 명색이 굿판인데 타령이나 민요가 아닌 가요를 능청스레 부를 수야 없지 않은가. 돌연히 할머니의 한스러웠던 옛 노래가 귀에 맴돌았다. 헤일 수 없이 수많은 밤을 내 가슴 도려내는 아픔에 겨워….

나는 가라앉은 탁한 목소리로 판소리의 아니리처럼 읊조리기 시작하였다.

"한 곡조 멋들어지게 뽑고 싶은데 딱 어울릴 노래를 모릅니다. 그래서 개흙을 게우는 가막조개처럼 내 속의 얘기나 울컥 토해내 보렵니다. 대학 일 학년 때였습니다. 약 먹고 저세상으로 홀쩍 떠나겠다는 내 친구 숙이 전화에 병원을 찾아 밤새 위로하고는, 며칠을 내가 아파 애먹었습니다. 나는 친구를 만나면 묘하게 아픕니다. 전에 아팠다는 친구의 병세까지 내게 실려 버립니다. 그런 사실을 들먹여야 고통이 풀리는데 입 다

무는 바람에 몇 날을 끙끙 앓게 됩니다. 밝히기가 좀 그렇잖습니까. 그러니 힘들어 친구 누구든 만나기 싫어졌습니다."

얼른 장구로 바꿔 장단 맞추던 일봉 스님이 점차 내 넋두리에 멍해지면서 고개를 갸웃거렸다.

"천지신명께 아뢰는 소리냐, 들으라고 내게 이르는 소리냐?"

"쉬잇, 아무나 들으라는 얘기예요."

앞만 묵묵히 응시한 채로 대답하고는 흠흠, 잠시 헛기침에 방울을 세차게 흔들었다가 다시 조용히 읊조렸다.

"내가 왜 무당이 되려 하겠습니까. 효심과 지극정성이 없으면 죽어도 걷지 못할 이 길이지 않습니까. 마귀 사탄아 물러가라, 예수의 이름으로 물러가라. 이 고통과 이 설움, 온갖 천대를 받을지라도 내가 끌어안고 품는 걸로 족하겠습니다. 언젠가는 필시 사람들이 나를 칠지라도 이 낯선 무당의 길을 꿋꿋이 걸어가야 하지 않겠습니까. 깔딱깔딱, 숨이 넘어갈 때는 나도 살고 싶더라고요. 그러하지 않겠습니까."

시선이 서서히 일봉 스님을 향하면서 차츰차츰 목소리가 울려 퍼지자 그가 움츠린다.

"이것들아, 기도를 하기는 하냐. 선을 베푼다면서 악으로 번져 나가니 이를 어찌할 거냐. 너를 알라. 먼저 인간이 되어야 하느니라. 옳은 신을 받으려면 됨됨이가 되어 먹어야 하느니, 그게 기도니라."

잠시 숨을 몰아쉬었다. 내가 넋두리를 늦추는 사이에 잠자코 이를 지켜보던 두견이가 어쩌자고 서늘하게 울어 대었더니, 제단에 놓인 촛불들이 파르르 떨며 연기를 피워 내고 놓쳤던 향내가 물씬 코끝에 진동하고 밤하늘의 기색이 남빛으로 일렁거린다. 나는 몸을 가볍게 떨었다. 형언

하기 어려운 기운이 스윽, 밀려와 피부 세포 속으로 젖어드는 느낌에 온몸이 슬쩍 추워진 것이다.

이윽고 마음이 평화로워졌다. 산사에 내려앉는 별빛이 더욱 환하였으며 그윽한 향내가 주위에 그득하였다. 미소 지으며 나를 바라보는 일봉 스님의 굿거리장단이 없어도 피아노 삼중주의 선율이 바람결에 흐르고 있었다. 필시 놀라거나 황홀한 표정으로 있었을 나를 향해, 일봉 스님은 고개를 쑥 내밀며 그때 분명히 이렇게 말씀하였다.

"좋으시겠소. 천신이 오시었네."

아아! 나는 황홀감에 빠져 말을 잊은 채 그 자리에 납작 엎드렸다. 낙원으로 둔갑한 주변의 정취를, 엎어진 뒤로도 눈망울을 굴리며 엿보았다. 나는 고백하고 싶어졌다. 나의 이 부푼 감정을 기독교의 간증처럼 세상에 널리 알리고 싶어졌다. 그리하여 쩔렁 쩔렁, 내 손아귀에서 흔들리는 방울을 붙들고 천천히 일어나 앉았다. 그러고서 서사시를 읊듯 이야기를 엮어 나가기 시작하였다. 이 소리는 나의 생각이며 내가 지금 가지는 감정을 그대로 노래하는 것일 텐데, 마치 남의 의지를 대신해서 토해내는 묘한 기분이었다.

"북쪽 하늘에는 영롱한 빛이 언제까지고 춤을 추었다네. 영원히 춤출 그 빛은 땅과 이어져 있는지라 사람들은 빛 아래 모여들어 북을 치고 노래하며 하늘의 신을 찬양하였지. 하늘이 내리신 빛을 흠모하여 빛을 좇아 살다가 빛의 동방에까지 나아온, 빛의 형상을 닮은 사람들이, 폭풍우가 휘몰아치는 어느 어둑한 날에 낙뢰에 쓰러지고 불타올라 모닥불의 동굴에 은신하는 무당으로 전락한 것을 그 누가 알겠는가.

하지만 뜨거운 심령을 불러일으켜 신앙과 예배를 지성으로 드리고픈 인류 모두의 심성을 어찌 꺾을 수 있겠느니. 자연현상과 인간사가 모두 신의 섭리에 의해 이뤄짐을 세상의 종교들이 전도하는 이 마당에, 선악 두 갈래의 신령을 감지할 수 있는 이 무당의 몸을 통해 원한을 빌 때에 어찌 영향을 끼치지 않겠느냐. 무당은 초자연적 존재와 직접 교통한다네. 열광하여 황홀과 홀림을 만끽하는데 어찌 영혼, 정령, 저세상이 없다고 하겠느냐. 이러하듯 무당의 심령이 오고가는 다른 세계가 반드시 있느니라. 세상에서 벌어지는 크나큰 일들이 육이 아니라 영의 간섭에서 일어나는 것임을 어찌 부인하리오.

무당은 촉수가 예민한 탓에 병이 생겨나기 일쑤이고 덮치는 기운에 기진맥진하는 거라네. 더러 세습도 하고 있네만, 허나 무당이 되려면 험난한 수행을 치러야 하고 신령과의 교통을 경험해야 하는 것을 아느뇨. 입문에는 고난이 뒤따르고 때로 능력의 선생무당에게 지도를 받아야 무당이라 큰소리칠 수 있다네. 무당은 빛의 자손이라 빛의 형상에 어울릴 색색의 의복을 곱게 차려입고 북을 울려 천신께 아뢰어야 열광에 빠져 정령과 교통한다지.

예나 지금이나 무당의 큰일은 치유라네. 한때 모든 병은 영혼의 상실이라, 환자의 넋이 몸을 떠나 떠돌고 있는지 귀신에게 빼앗겼는지 다른 세계에 갇혀 있는지를 점쳐야 했고, 굿으로 환자의 넋을 되쳐 몸속에 집어넣어야 하였다네. 이런 영혼의 움직임을 소리 내어 아뢰어야 비는 이들이 귀신의 장난임을 알게 되기에 그러하지 않겠느냐. 무당은 선한 신에게 제사하고 남은 자를 위로하며 죽은 자의 넋을 저세상으로 보내고, 점을 쳐서 길흉을 예언하며 주술로써 신령의 힘을 빌려 병마를 몰아내고, 신령의 입술 노릇을 하여 신의 의지를 직접 전달하는 신탁의 능력을 발휘하고, 이런 것들이 무아지경에서 혼이 자기 몸을 떠나는 능력을 구사하여 수행하였지마는, 이런 강신은 혼재된 정신의 현상으로 길게 이어지지 않는다네.

무당은 미개한 사회에서나 우월할 뿐, 인간과 최고신과의 중개자라 자처하는 종교의 사제들하고는 엄연히 다르다고 말들 한다네. 하나, 그렇다고 하여 어찌 무지한 자에 대한 위로를 등한시하겠느냐. 그들에게도 희망의 불씨를 지펴야 하지 않겠는가. 이것이 너희들이 가질 숙제이니라."

일봉 스님이 갑자기 땅바닥에 고꾸라진다. 지치기는 나도 마찬가지였다. 퍼져 앉아 한참 동안 풀벌레 소리를 들으려 애썼다.

마침내 기력을 되찾은 일봉스님은, 굿판이 끝났음을 만천하에 알렸다.

"끝났다!"

그는 바깥 멍석 바닥에 주저앉은 나를 일으켜 삼신각 제단으로 이끌었고, 거기서 무당이 되었음을 알리는 큰절을 세 번 올리게 하였다.

나는 도무지 실감이 나질 않았다.

"스님, 이제부터 내가 무당이 된 거라고요?"

"그렇지. 무당이 된 거야. 정확하게 말하자면 무당의 형식을 밟았다, 뭐 그런 것이지."

"…형식?"

"정작, 내림굿은 일찍이 할머니한테서 받았다. 이번 굿은 네게 전수할 겸 굿판 형식을 밟아본 것에 지나지 않아. 옛날에 굿을 치렀을 때는 네가 어려서 신당을 차리고 어쩌고 할 수가 없었지만, 이젠 다 컸고 천지신명께 인사까지 드렸으니 앞으론 반드시 신당을 차려야 한다더라. 네가 모시는 천지신명께 매일같이 기도를 올리고, 그래야 병치레가 없을 거라 하시더군. 할머니의 당부셨어."

애기를 듣는 중에 불꽃같이 떠오르기를, 내게 천신이 임하였음을 어떻게 알고 스님이 굿 도중에 스스럼없이 그런 말을 할 수 있었는지가 궁금해졌다. 내가 그것을 묻자 오히려 그가 되묻는다.

"내가… 내가 그랬다고? 나는 그리 말한 적도 없고 아무것도 모른다네!"

"네? 대체 그게 무슨…."

나는 놀랐고 나를 의심했다. 이런 현상이 왜 일어났고 무엇을 의미하는 것일까? 나는 의혹을 품을 새도 없이 머리가 어지러웠고, 몸을 가눌 기력마저 급격히 쇠잔해져 비틀거렸다. 나는 바닥에 쓰러지면서, 왜 또 이럴까 하는 위태로운 마음이 일었다.

곤한 잠에서 눈을 떴다. 햇살이 창호지 너머로 비쳐들어 눈이 부셨기 때문이다.

"할머니!"

나는 깜짝 놀라 소리쳤다. 할머니가 내 곁에 앉아 바느질을 하고 있었다.

"대낮에 잠꼬대까지 해 가면서 뭔 잠을…."

나는 벌떡 몸을 일으켰다.

"할머니! 할머닌 돌아가셨잖아요."

할머니가 빙그레 웃는다.

"얘가! 꿈을 꾼 게로구나."

"할머니처럼 무당이 됐는데 그것도 꿈이에요?"

"엉? 정신이 번쩍 들게 냉큼 가서 물 한 동이 이고 오너라. 밥 지어 먹자."

그러고 보니 내 몸이 초등학교 육 학년 때의 모습과 똑같았다. 나는 후딱 벽 쪽을 쳐다보았다. 어디선가 하얀 나비가 날아들 것만 같은, 아름드리나무에 빛깔 고운 홍매화가 움트고 있었다.

"네! 할머니. 어휴, 꿈이라서 참 다행이에요."

"꿈에 어디 먼 곳에라도 다녀왔더냐?"

"먼 곳? 혹시 먼 미래라면…. 설마 꿈처럼 되는 건 아니겠죠?"

"왜? 몹쓸 꿈을 꾼 게로구나?"

"네, 그래요, 할머니. 슬프고 힘들고 사람들이 무서웠어요. 어른 되기 싫어요."

할머니가 바느질하던 손을 멈추고 나를 바라보는데 점점 윤곽이 흐려지면서 말소리가 울려 퍼진다.

"세월, 금방이다. 하기 싫어도 어른이 되는 거란다. 더구나 설희는 무당이 되었어. 무당은 평생을 짊어져야 할 업보야."

할머니의 모습이 사라지고 어둠이 밀려왔다. 나는 몸을 뒤척였다. 어지러워 눈을 뜰 수가 없다. "업보란다!" 마치 늪에 빠져 들듯이 온몸이 납덩이같아 신음 소리를 내었다. 누가 나를 이 수렁에서 건져내어 줄까.

언뜻 일봉의 근심 어린 표정이 나타났다가 사라지고, 보살할미의 능청스러운 모습이 나타났다가 목소리와 함께 사라졌다.

"자는 건지 고꾸라진 것인지. 쯧쯧, 이래가지고서야…"

그리고 나는 눈을 떴다.

"온종일 잠만 잤단다. 정신이 좀 드니?"

보살 할미가 젖은 물수건으로 내 이마를 닦는다. 내가 눈망울을 굴리며 주위를 살피는 걸 보고 한마디 덧붙이는데 마치 내 말에 대한 대꾸처럼 들려온다.

"어디긴, 요사채지. 깨어나서 다행이다. 난 또 이대로 저세상 가나 했다. 호호."

이때 방문이 왈칵 열리며 일봉이 문가에 우뚝 섰다.

"일어났구나! 거긴 뭐 하시오? 얼른 공양 올리지 않고."

보살할미가 입술을 삐죽거리며 방을 나섰고 그가 내 곁에 다가앉는다.

"설희는 좋은 무당이 될 거라는 모친의 말씀이 있으셨다. 긴가민가하였는데 역시 그렇구나. 너는 확실히 진짜 무당이라는 생각이다. 사이비 같은 엉터리가 아니야."

나는 아무 말도 할 수 없었다. 당장 일어날 기력조차 없는 듯하였다. 이런 속사정을 아는지 그가 슬며시 내 손을 부여잡고 한참을 그러고 있다.

"굿하는 내내 가쁜 숨을 가라앉힐 때마다, 너를 탐하려는 욕망이 꿈틀거렸다. 어떻게 이겨냈는지 신기할 지경이다. 네가 요염한 여자로 보인

게 굿 때문이라는 생각이고 보면 아무래도 잡스러운 기운까지 네 주위에 감돌았다고 봐야겠지? 솔직히 지금도 네가 아리따운 여자로 보인다. 네 몸뚱이를 맘껏 욕심 부려 탐하고 싶어 죽을 지경이다. 내가 이토록 어렵게 말을 꺼내는 이유를 너는 알겠지? 보시한다는 마음으로, 절절한 심정에 빠진 나를 건져내어 주겠나?"

갑작스레 사내로 돌변한 그가 내 손목을 부여잡은 한손을 뻗어 은근슬쩍 저고리 허리춤으로 다가온다. 그러다가 손을 쑥 밀어 넣어 옷고름을 끄르며 안쪽 젖가슴에 손을 묻었다. 나는 그러는 동안에도 가만히 있었다. 비록 몸을 움직이기 힘들었다고는 하나 내 마음도 그걸 거부하고 싶지 않아서가 정확하겠다. 그는 손을 심하게 떨었고 숨소리가 급격히 거칠어졌다. 마침내 허겁지겁 내 저고리를 풀어헤치고 몸을 덮친다. 허둥대며 치맛자락을 걷어붙일 때에야 겨우 목소리가 터져 나왔다.

"그만하세요. 아이 낳은 여자도 순결은 지켜야지요."

이 말 한마디에 그는 소스라치게 놀라며 내 몸에서 떨어져 나갔다.

"헉! 정말 미안하구나. 어리석게도 내 욕심만 너무 내세웠다."

그러고는 그는 황급히 자리를 박차고 나간다.

"어차피 처녀도 아니고, 애까지 낳은 여자 몸으로 이깟 정사가 뭐 그리 대수이겠나. 서로 괜찮다면 이 또한 희락이거니."

일봉은 내 몸을 탐할 핑곗거리로 그렇게 말하였고, 나는 그것에 반발하여 몸을 움츠렸던 것인데…. 그런데 나중에 말하길, 자기는 그런 말을 입 밖에 낸 적이 없고 다만 심정에 자기 행위를 합리화하려는 그런 비슷한 감정을 담은 건 사실이라 하였다.

"혹시 네게 독심술이라도 생긴 게 아니냐?"

하지만 매번 그런 것이 아니었고, 당연히 뒤따를 수밖에 없는 행위의 심리에 대한 추측이라서 신빙성을 갖기도 어려웠다.

아랫마을로 내려가 엄마에게 집으로 돌아가겠다는 전화를 드렸다.

"괜찮아요, 엄마. 내가 알아서 찾아갈 수 있어요."

엄마는 나의 만류에도 불구하고 기사가 딸린 승용차를 다시 보내 주었다.

천불사를 다시 떠나는 날 정오에, 까마귀 떼가 유독 허공을 날며 울어 대었고, 나는 부질없이 옛날 할머니 방 앞을 기웃거리다가 발길을 돌렸다. 일봉과 보살할미는 나와의 이별을 안타까워하였다. 일봉은 겸연쩍은 낯빛을 감추지 못한 채 떠나는 나를 물끄러미 바라보는지라 차마 내 발걸음이 떨어지지 않았다. 나는 돌아서서 그를 한껏 끌어안았다. 그리고 속삭이듯 그의 뺨을 맞대며 내 마음의 소리를 들려주었다.

"괜찮아요, 스님. 그깟 서로 좋다는데 뭐 어때요?"

그의 빡빡머리를 손바닥으로 세게 문질렀다. 그러고는 짓궂게 그의 귓불을 양 손가락으로 꼭 잡아당기며 두툼한 입술에다 쪽쪽, 소리가 나도록 뽀뽀를 해대었다.

"갈게요, 스님. 다음에 볼 때까지 건강하셔야 해요."

나의 돌발적 행동에 당황하기로는 일봉만이 아니었다. 내가 조그만 더 주접을 떨었더라면 화급히 뜯어말렸을 기색으로 보살할미의 눈이 휘둥그레졌다.

"큰언니!"

"엉, 왜?"

"그동안 고마웠어요. 잊지 못할 거예요."

"그래, 나도 그러네. 설희야, 조심해서 가. 참말로 섭섭해서 어쩌누."

금세 얼굴이 풀리며 아쉬움으로 화답하는 보살할미다.

나는 더 이상 머뭇거리면 안 되겠다 싶어 저 밑 도로에 주차된 승용차에 오르기까지 뒤돌아보지 않기로 하였다.

집에 돌아왔고 아무 일도 없었다. 처리해야 할 세상의 일을 놓고 엄마는 바삐 움직였고, 나는 엄마가 던져주는 허드렛일만 이따금 도왔을 뿐이다. 마침내 우리는 새 아파트로 이사를 하였다. 같은 장포 동네라 살던 데서 그리 멀지 않았다. 그런데 두 식구가 살기에 적당한 평수라지만 내가 볼 땐 천신을 모시기에 그럴듯한 공간이 없어 막막한 기분이 들었다.

아버지의 손길이 닿은 유품을 정리하다가, 책 속을 도려낸 빈 공간에서 권총 한 자루를 발견하였다. 탄환이 담긴 탄창까지 장전되어 있어 마치 급박했던 한순간의 자욱한 포연이 코끝에 감도는 듯하였다. 방으로 들어서는 엄마의 기척에 얼른 그것을 감췄다.

"뭐 하니?"

"아, 이것저것 쓸 만한 거 챙기느라고요. 엄마, 왜요?"

"엄마랑 얘기 좀 할까?"

"그래요. 이것만 마저 치우고 곧 나갈게요."

처음에 권총이 눈에 띄었을 때는 놀랐고 어리둥절하였으나, 이제껏 그랬듯이 지금부터는 내 손에서 감춰져야 할 것 같았다. 아버지의 의도가 무엇이었든 내가 이어서 그것을 숨기고 싶었다. 감춘 것은 써먹기 위해서이거나, 그럴 가능성에 대비하자는 거였겠지. 아버지가 써먹지 못한 이 권총은 나를 위해 일부러 알리지 않은 거라는 강렬한 느낌에 그것을 따르기로 하였다.

엄마는 거실 소파에 앉아 과일을 깎고 있었다. 그러지 않아도 이번에는 어떤 식으로든 신당을 차려야 했기에 나는 줄곧 이 문제로 고민하고 있었다. 그것을 넌지시 여쭸고 엄마는 사과 껍질을 다 깎은 뒤에 차분하게 말을 꺼내었다.

"엄마 생각에는 설희가 대학을 마저 마쳤으면 좋겠다. 한 학년만 더 다니면 되는데, 아깝지 않겠니? 잘 생각해 보렴. 무당이 됐다고는 하지만 조금도 달라진 게 없잖나? 접신하지도 않았다면서 천신인지 뭔지를 모시겠다니, 그것도 좀 그렇구나."

"마음속으로 이미 서약을 했어요."

엄마는 내가 단호한 태도를 취하자 잠시 생각에 빠졌다. 이윽고 탁자에 놓인 손가방에서 통장과 도장을 꺼낸다.

"네 몫으로 통장을 하나 만들어 놨다. 앞으로 무엇을 하든 잘 따져서 밑천으로 삼도록 해라. 그리고 이 집도 네 앞으로 등기를 했으니 네 소유다."

"엄마, 왜 그러셨어요?"

나는 엄마와 떨어져 지낼 생각이 추호도 없었다. 아직은 무당으로 살아갈지 어찌할지를 아무도 모르는 형편이고, 다만 신당을 조촐하게 차리겠다는 것뿐인데도 불구하고 엄마는 나와의 결별을 준비하는 행보 같기만 해 살짝 원망이 어렸다.

"왜 그러다니? 그게 무슨 말이냐?"

엄마는 내 말을 이해 못했는지 독촉하였다.

"엄마, 왜 설희랑 떨어져 나갈 생각을 하시느냐고요."

엄마가 놀란다. 애써 태연하려는 몸짓을 지으면서도 커진 눈망울은 어쩌지 못하였다.

"이렇게나 서둘러 말하게 될 줄 몰랐는데…. 설희야, 엄마도 어쩔 수 없었단다. 너도 다 컸으니 이 엄마를 이해해 줬으면 좋겠다."

이번에는 내가 놀랐다. 엄마가 지금 꺼내는 말의 뜻을 도무지 헤아릴 수 없었음에도 어떤 어둑한 그림자가 엄마 곁에 얼른거리는, 그런 더러운 기분이 들었기 때문이다.

"남자 생겼어요?"

무심결에 그렇게 말이 툭 튀어나왔다.

"설희야, 그렇게 말해 버리면…."

"엄마… 그렇군요?"

엄마의 목소리가 심하게 떨렸고 당황하여 얼굴빛이 붉어졌다.

"그분은 우리 일을 진심으로 도우셨단다. 내가 사업을 수월하게 할 수 있었던 것도…."

"그럼, 예전부터 아셨던 거예요?"

"그건, 그것은 말이다. 알았대도 그땐 사업상 만났던 거야."

엄마의 뺨을 후려쳤다. 그리고 고함을 질렀다.

"아무리 그래도! 어쩜 그럴 수가 있어요!"

"설희야! 내가…."

엄마는 당혹하여 뭔가 변명하려다가 문득 멈추고는, 흐트러진 머릿결을 훔친다. 나의 분노가 너무 지나친 것일까!

나는 방으로 뛰어 들어와 방문을 닫았다. 그리고 주저앉아 가쁜 숨을 삼키기 시작하였다. 엄마는 엄마대로 에는 가슴을 쓸어내리느라 침묵을 지키는 모양 같았다. 하지만 나는 엄마를 용서할 수 없었다. 아버지의 흔적과 체취가 아직 곳곳에 고스란히 남았을 텐데 그렇게나 일찍 다른 남자의 품을 찾는다는 것은 있을 수 없는 일이었다. 아버지의 자존이 더럽히지 않기 위해서라도 한시바삐 그들로부터 벗어나야겠다는 생각으로 가득하였다.

8

떨어져서 살 집을 구하러 고향을 찾았다. 딱히 갈 만한 곳이 떠오르지 않아서였다. 구석진 산골의 마을이라 옛날이나 지금이나 별반 달라진 게 없어 보였다. 아니 오히려 다 커서 찾은 고향 마을의 집들은 활기를 잃은 채 잔뜩 웅크린 초라한 모습이었고, 하나둘씩 도시로 떠나는 바람에 버려진 폐가들이 잡초더미에 묻혀 허물어져 가고 있었다.

내가 어릴 적 살았던 생가도 벽돌로 지은 양옥으로 바뀌어 옛 모습을 찾기 어려웠다. 대나무 숲도 없었고 세면대 부근에 우뚝 섰던 감나무만이 겨우 버티고 있었다. 마을 사람들은 가뭄에 흉년이 든 데다 돼지까지 질병으로 죽어 나가 앞날이 깜깜해서인지 외지인인 나를 보고도 무심하였다. 안면이 있는 노인 몇 분이 눈에 띄었지만 그 어른들은 나를 전혀 모르는 눈치였다. 내가 돌멩이를 얹고 떠났던 동구 밖 서낭당 나무와 돌무더기는 흔적도 없이 사라졌고, 대신에 시멘트로 지은 육중한 곡물 창고가 그곳을 차지하고 있었다.

타고 왔던 읍내 택시에 다시 몸을 실었다. 시골은 내게 은둔 외에는 달리 따지고 들어올 구석이 없어 보였다.

9

읍내에서 호젓한 산길에 위치한 기와집을 둘러보며, 복덕방 여주인이 이 집의 내력을 낱낱이 일러주었다. 얘기를 들어보니 어쩌면 어렸을 때 굿을 했던 그 점쟁이 할머니의 집이었는지 모르겠다.

"왕년에 무당이 살았던 집이라, 귀신이 나온대나 어쩐대나. 주인이 수시로 바뀌곤 이리 처박혀 있어요. 급매라 엄청 싸게 나왔으니 사둘 만해요."

"그 무당은 어디 갔어요?"

"들리는 소문으로는, 굿한 뒤로 앓다가 도시로 나갔다는 얘기가 있고, 돈에 쪼들려 야반도주했다는 얘기도 있어요. 근데 내 아버지 얘기로는, 치매인지 귀신이 들려 그리 됐는지 하여튼 집을 나갔다가 못 찾아와서 실종된 거라 하셨어요. 어느 얘기가 맞는지는 알 수 없어요."

"그런데 어떻게 이 집이 다른 사람의 손에 넘어간 거죠?"

"일가친척도 없는 무당으로 다들 아는데 어느 날, 양아들이라는 사람이 불쑥 나타나서 이 집을 팔아 버렸대요."

뒤뜰로 가니 멀찍이 떨어진 곳에 작은 건물이 한 채 있고 부근에 우물이 보였다. 원래는 사람이 살던 바깥채인데 앞의 주인이 창고처럼 썼다고 하였다.

"이 우물은 쓸 수 있는 거예요?"

"글쎄요? 요새는 다들 수돗물을 쓰니까 그다지…."

슬레이트로 대충 덮어 놓은 우물 안을 슬쩍 들여다보니 바닥에 맑은 물이 고여 있긴 한데 무척이나 깊어 아찔한 기분이었다.

"어휴, 너무 깊어 물을 길어 올릴 수도 없겠네."

줄을 묶는 돌로 된 받침대만 있고 두레박은 보이지 않는다.

"내 아버지 얘기로는, 이 집은 대대로 무당들이 살았는데 처음에는 이 뒤뜰이 없었대요. 온천을 찾겠다고 왜놈들이 언덕을 깎고 땅을 파 들어가서 우물이 만들어진 거라 그러네요. 이 바깥채도 원래는 왜놈이 공사 때문에 지은 거래요."

"나중에 사들인 거로군요?"

"그렇죠. 온천수가 나오지 않자 온지골로 옮겨가면서 넘긴 거래요. 그때 무당은 왜놈들이 얼씬거리는 걸 무척 싫어했다나요."

소박하면서도 곡선미가 뛰어난 집채의 구석구석마다 세월의 풍파에 시달린 흔적이 역력했지만 널찍한 앞마당과 기와를 얹어 고풍스러운 분위기를 자아내는 이 집이 마음에 들었다. 그래서 선뜻 계약을 하겠다고 하니 복덕방 여주인의 눈이 뚱그레진다.

"이리 빨리요? 겨우 한 번 보고요?"

복덕방 여주인이 두 팔로 몸을 감싸며 공허한 몸짓을 지어 보였고, 이때 느닷없이 들리는 앙칼진 소리에 돌아보니 검은 길고양이가 대청마루를 잽싸게 지나쳐 간다. 복덕방 여주인은 정말로 소름이 끼치기라도 하는 듯 발걸음을 재촉하여 앞서 대문 밖으로 빠져나갔다.

나는 매정하게 엄마 품을 떠났다. 엄마는 여러 차례 변명을 늘어놓았지만 그것이 엄마 자신의 감정으로는 진실일 수도 있겠지만, 내가 그것을 받아들이기에는 아버지를 향한 그리움이 더욱 컸다. 아버지를 땅에 묻을 때에도 흘리지 않았던 눈물을 회한에 빠져 펑펑 쏟아낸 것이다.

통장을 챙기고 아파트 전세금에다 아버지의 흔적이 어린 물건까지 모조리 챙겨 영산시 장포를 떠났다. 아버지의 손을 꼭 붙들고 찾은 이곳을 이제 홀쩍 떠나, 내가 태어난 처음의 땅으로 돌아가는 것이다.

10

가옥을 여기저기 손보고 신당을 차렸다. 신당에 들어서는 문기둥에 키 작은 대나무를 세워 놓은 것은 어릴 적의 친근감 때문이 더 컸다. 차려진 제단의 모습은 천불사의 삼신각을 빼닮았다. 물려받은 천불사 할머니의 한복과 도구까지 한쪽에 고이 모셔 두고는, 내가 입고 사용할 것들을 새로 똑같이 맞춰 놓았다. 이제 내가 갖춰야 할 것들을 대충 마무리 지었다는 생각에 마음이 홀가분해졌다. 이제부터는 무엇을 한다?

내림굿을 하고 신을 받고 신당을 차렸으면 매일같이 밤낮으로 신께 기도를 올리는 삶을 살아야 하고, 이에 덧붙여 손님을 받아야 한다는 것인데. 그러니까 신접한 자기를 상대로 해서 중생들이 길흉화복을 알아내어 예방하고 치유하는 삶을 사는 데 도움이 되어야 한다는 것이다.

이것은 내 생각이 아니고 예로부터 전해 내려온 무속 신앙의 한 체계이다. 하긴 그렇다. 이렇게 하지 않는다면 내게 불어닥쳤던 수많은 고통이 무슨 의미를 갖겠으며, 무당이 되어야 할 이유가 뭐 있더란 말인가? 신 자신을 향해 기도를 드리고 찬양하게 하려고 연약하고 힘겨워하는 뭇 인간을 괴롭혔을 리가 없다. 그런 단순하고도 괴팍한 의도에 의해 세상이 돌아가는 게 아닌 것이다.

하지만 다들 집 앞에 간판을 내걸고 깃발을 세우는데도 나는 그러지 않았다. 그냥 내 몸이 괜찮은 걸로 유유자적하자. 나는 내가 무당이라는 사실을 아무에게도 알리지 않았고 조용히 책 읽고 기도하고 가끔 여행을 떠나는 그런 생활로 그해를 보냈다.

새해가 되고도 한참 지난 어느 이른 봄날. 어떻게 소문이 났는지 사람들이 무당 집이라는 것을 알게 되었고, 시절이 하도 수상해서인지 한둘씩 내 집을 기웃거렸다.

"거기 누구세요?"

행랑채 가까이 있는 세면대에서 아직까지 차가운 수돗물로 세수를 하다가 몸을 일으켰다. 서둘러 대문을 열고는 목에 걸쳤던 수건으로 얼굴을 닦으며 여인네들을 불러 세웠다. 전 같으면 호기심에 안을 엿보는 것이려니 하고 무심히 넘어갔겠지만 오늘따라 그러지 않았다.

"내 신세가 하도 답답해서 뭐 좀 물어볼까 해서요."

무리 중에 유달리 애처로운 눈빛을 띤 한 아주머니와 맞닥치자 나는 왠지 거절할 힘을 잃어버렸고 얼떨결에 약속을 하고야 말았다. 어디다가 하소연해야 좋을지를 몰라 허둥대는 사람을 모르는 체하기 어려웠다.

"준비하는 데 시간이 좀 걸려요. 다음 주, 이때쯤 오도록 하세요."

굽실거리며 돌아가는 그들의 뒷모습을 바라보면서 그제야 감당 못할 일을 저질렀다는 생각에 어쩔 줄을 몰랐다. 이런 일이 닥칠 거라 예감하지 못했던 내가 어떻게 타인의 삶을 들여다보는, 그러한 점을 칠 수 있단 말인가!

이미 엎질러진 물이었다. 무당이 치러야 할 점술을 굳이 마다할 이유가 없다며 스스로를 다독거렸다. 더욱더 영육을 정갈히 하여 기도에 열심을 내는 하루하루의 생활을 보냈다. 내가 기댈 수 있는 유일한 길이었기에 오직 기도만을 붙들 뿐이었다.

11

마침내 약속한 그날 그 시간이 다가왔다. 대문 빗장을 벗기고 바깥을 흘끗 내다보았다. 세상만사가 흡사 적막의 진구렁에 빠져 든 것 같았다. 거리는 삭막하여 바람을 일으킬 뿐, 사람 하나 눈에 띄지 않았다. 냇가에 자갈이 구르는 소리까지 매몰차게 들려왔다. 아, 이렇듯 골목 구석빼기에 내가 살고 있구나. 살고 있었구나! 근처 전봇대 밑에 어린 강아지가 머리를 처박고 있다가, 내 인기척에 끙끙거리며 꼬리를 살래살래 흔들어 대었다. 가만히 대문을 닫자 삐걱거리는 소리가 유독 크게 들려왔다.

제단 앞에 하얀 한복 차림으로 소곳이 앉았는데 점차 몸이 떨려 왔다. 처음에는 긴장해서 그러려니 했다. 마음을 가라앉히려고 방울을 쥐자 마구 흔들렸고, 갑자기 온몸이 두들겨 맞은 듯이 욱신거렸다. 휴우! 길게 한숨을 내쉬며 방울을 내려놓고 눈을 질끈 감았다.

한참 지나, 대문 열리는 소리가 삐걱 나더니 두런거리는 소리가 들려왔다. 누군가 조심스레 대청마루 섬돌에 서서 입을 열었다.

"계세요? 무당 할머니?"

나는 나지막하게 대꾸하였다.

"먼저 점 볼 분만 들어오시고, 다른 분들은 거기 대청마루에 앉아 차례를 기다리세요."

그들은 순서를 정하기라도 하는 듯 수군거리더니, 이윽고 한 중년 여성이 맨 처음으로 미닫이문을 열고 들어섰다. 그녀는 선글라스를 꼈고 세련된 도회풍의 정장 차림을 하였는데 옷이 값나가는 패션으로 보였다. 그녀는 나를 보자 깜짝 놀라는 기색이었다. 아마 내가 어려 보여서 그랬을 게다.

"거기 앉으세요."

그녀는 가리키는 꽃방석에 무릎을 접으며 어색하게 앉는다.

"무엇 때문에 나를 찾아온 게요?"

묘하게도 어린 티를 채 벗어나지 못한 내가 얼결에 천불사 할머니의 말투를 흉내 내어 말하는 것 같아 깜짝 놀랐다. 그러나 더욱 당혹한 표정을 지은 쪽은 그녀였다.

"뭣 때문에 찾아온 줄 모른다고요?"

고것까지 미리 알면 내가 귀신이게? 찰나의 생각을 밀치고 엉뚱한 말이 불쑥 튀어 나왔다.

"처맞고 사는구먼. 말라빠진 사내새끼도 꼴에 서방이라고. 쯧쯧."

갑자기 그녀가 선글라스를 벗더니 퍼질러 앉아 흐느끼기 시작하였다. 손수건으로 눈물을 훔치는 그녀의 눈가가 시퍼렇게 멍들어 있다. 바깥 대청마루 쪽에서 "어머머머!" 탄성에 이어 웅성거리는 소리가 잠시 들렸다. 그녀는 자기가 살아온 삶을 주절주절 쏟아내기 시작하였다.

나는 군소리 없이 그녀의 말을 귀담아 들어주기만 할 뿐이었다. 그럴 수밖에 없는 것이 나 또한 그렇게 일갈하고 나서 정신이 번쩍 들어 어리둥절하였기 때문이다. 그녀는 온 전신에 멍 아닌 데가 없다며, 자기 옷을 들춰 가며 구석구석 멍든 자국을 보여주기까지 하였다.

"도사님, 제 처지가 이러니 어찌해야 좋겠습니까?"

사태를 직시하려고 애쓰는 나에게 그녀가 물어 왔다. 나는 여태껏 방울 한번 들어 올리지 않은 사실을 깨닫고 짐짓 방울을 손에 쥐었다. 그러나 방울은 미동도 없었다. 일부러 방울을 몇 차례 흔들어 보이곤 말하였다.

"허어, 이거 참. 뭐라고 말해 줘야 하나."

잠시 그녀의 얼굴을 빤히 쳐다보다가 나긋한 목소리로 일러주었다.

"아주머니, 답은 두 가지예요. 남편이 던져주는 돈에 위안을 삼고 풍족한 물질을 누리며 사시든가, 아니면 바람피우고 폭력이나 일삼는 남편과 헤어지시든가. 그 둘 중에 아주머니께서 잘 판단해서 결정하셔야겠어요."

"네? 그래도, 그중에 어떤 게 좋은지 일러주셔야죠."

나는 또다시 눈망울을 멀뚱거렸다.

"참, 어렵네요. 아주머니는 둘 다를 놓지 못하고 계세요. 그러니 살아갈수록 힘이 드는 거예요. 속 편하게는 둘 다를 버리세요."

"그게 무슨 소린지…?"

"돈과 남자를 포기하고 새 삶을 사는 게 좋겠지만, 차라리 허영과 질투를 버리는 것도 괜찮겠고. 그것도 말처럼 쉽진 않겠죠?"

"이 험한 세상에 여자가 혼자 벌어먹기도 수월찮고, 남편도 바람만 안 피운다면야 그다지…"

"이제 끝났습니다. 나가셔서 다음 분 들어오라고 하세요."

그녀는 내게 달라붙어 조언을 듣고 싶은 눈치였지만 더 이상 답이 나올 수 없는 문제라서 점이 끝났음을 알렸다.

"얼마죠, 복채?"

"네?"

전혀 생각지 못한 그녀의 말에 내가 머뭇거렸다. 돈, 그래 받아야지! 근데 얼마를 불러야 하지? 내가 안절부절 어쩔 줄 몰라 한다고 느꼈는지 그녀가 불쑥 신경질조로 언성을 높인다.

"얼마냐고요. 많이는 못 줘요."

"알아서 내세요. 형편에 따라서요."

그러자 그녀는 문득 내 눈치를 살피며 손가방에서 천 원짜리 한 장을 꺼내 점상 앞에 내밀었다.

"안녕히 가세요."

그녀는 일어서려다가 내 인사말에, 또 다른 주문을 던진다.

"부적은 얼마죠? 내 남편한테서 고 계집년이 떨어져 나갈 부적 하나 만들어 주세요."

나를 당황케 하는 재주가 이 여자에게 있다기보다 내가 점집이라는 동네에 익숙지 않은 탓이 크겠다. 나는 보편적인 점쟁이의 세계에 있어서는 문외한에 가까운 초보에 지나지 않았다. 계속해서 이 일을 할 작정이라면 일반적인 것에 어울릴 준비를 갖춰야 한다는 생각이 가슴을 짓누르며 지나갔다.

"부적 가지고 될 일이 아니에요."

"그래요? 뭐, 그렇담 할 수 없고."

그녀가 선글라스를 다시 끼고 나가자 여럿이 수군거리는 소리가 앞마당을 지나 대문 밖으로 사라져 갔다. 삐걱 하고 대문 닫히는 소리가 들려왔다. 그리고는 조용하였다.

이후로 아무도 들어오지 않아 슬쩍 밖을 내다보니 마룻바닥에 방석만이 나뒹굴고 있었다. 아까 그들은 따라온 일행이었고, 마치 용한 점쟁이인지 어떠한지를 탐색하러 온 모양새처럼 비쳤다. 그리고 보니 애처로운 눈빛을 띠던 그 아주머니는 아직 오지 않은 것이다.

나는 그 아주머니를 기다렸지만 끝내 오지 않았다.

12

처음으로 점을 치고 난 후, 겨우 한 사람을 맞이하고는 다음 날 하루 종일 온몸이 욱신거렸다. 그녀가 당한 구타의 고통이 내게 전해지기라도 했다는 것일까? 그리고는 한동안 아무 일도 일어나지 않았다. 아무도 찾아오지 않은 것이다.

뒤숭숭한 느낌의 적막 속에서 부적 만드는 것과 제사상 차리는 법을 배우고, 굿판의 대강을 살피러 이곳저곳 돌아다녀 보았다. 그러나 어느 하나도 내 심기에 맞아떨어지는 게 없었다. 선배 무당 되는 선생으로부터 갖가지 형식적 절차와 속내를 배웠지만 바로 포기하면서 그것들을 내세우지 않겠다고 작정하였다.

아직까지 통장의 돈은 충분했지만 이렇듯 수입 없이 언제까지고 지낼 수는 없다는 생각에 남의 굿에 갈 궁리를 하였고, 마침 어느 무당이 제안한 보조 역할에 끼어들었다. 일당을 받고 도왔다가 다음에 자기가 굿판이 성사되면 그쪽을 부른다는 방식인데, 이런 남의 일에 몇 차례 참여하고 나서는 이 또한 심기가 뒤틀려 버렸다. 이런 탓에 내가 모시는 신이 그런 분이라는 단정을 내릴 수밖에 없었다. 말이 심해져 도무지 남의 굿에 휘둘릴 수 없었던 것이다.

혼란기를 틈타 새로운 군부정권이 들어서면서 일시 숨죽였던 세상이, 어느 정도 그 유형에 익숙해졌는지 사람들의 불만과 저항이 서서히 꿈틀거렸다. 그러면서 손님들이 띄엄띄엄 대문을 넘나들기 시작하였다. 그런데 묘하게도 손님의 하소연이나 궁금증이 시대의 흐름과 무관하지 않은 것들이어서 졸지에 텔레비전을 켜 놓고, 특히 뉴스를 집중해서 쳐다보는 무당이 되어가고 있었다. 세태에 휩쓸려 떠내려가는 이들에게 들려줄 조언을, 신접한 상태만으로는 감당하기 어려웠던 것이다.

어쨌거나 차츰차츰 사람들은 나에게서 예지와 신통력을 느꼈고, 물어물어 타지에서까지 찾아오는 일이 잦아졌다. 한마디로 미어터진 것이다. 이러다 보니 무슨 일이 생길라치면 나를 찾는 신도들이 하나둘씩 생겨났고 내 곁에서 허드렛일을 돕는 신도가 여럿 되었다. 개중에는 복채 값을 올리고 부적도 만들고 상다리가 휘어지도록 굿판을 벌여 놓기도 하자며 은근히 부추기는 신도들도 있었지만 그런 말을 내쳤다.

무당으로서의 출발은 대략 비슷하게 시작하는데 가다 보면 더러 사이비로, 더러는 권력을 쥔 양 행세하고, 많은 자들이 도중에 길에서 빠지는, 이렇듯 여러 갈래의 길이 나오면서 절로 추려지는 것이다. 무당이 되어도 고역을 치르고, 풍파를 겪어야 할 날들이 밀려들거늘, 어찌 이를 피하고자 부귀영화를 좇는다는 것인지!

오히려 인간답게 살아가기 힘든 것이 무당의 길이라는, 천불사 할머니로부터 흘려들은 탄식이 귓가에 맴돌았다. 사람은 양심이라는 게 마음속에 있어 그것을 한번 속이면 사기꾼이 되고, 뿌리치면 정도를 걷는다고 하였다. 무턱대고 굿? 굿을 치르자고? 아냐! 돈을 좇으면 점점 힘들어지는 게 무당의 섭리인 것을, 주변의 인간들이 멋모르고 부추기는 것이다.

13

나로서는 정도를 걸었고 해야 할 일을 했다는 확신이 있었음에도 쇠락의 기운이 스멀대던 이듬해, 그러니까 1982년 11월 늦가을 날의 밤이었다. 곽성규, 당신의 소식을 입에 문 파랑새가 멀리 따뜻한 남쪽 나라로 날아가지 못하고 추위에 쫓겨 날아든 것이다. 일찍이 공장 창고에서 한 차례 스쳤던 기억의 운동권 여자. 이제는 깃털 뜯겨 볼품없는, 한때 당신의 동지였다는 그녀의 숨죽인 얘기에서 당신이 어디서 무엇을 하고 있는지 알게 되었다.

잊었던, 잊으려 애썼던 당신의 기억을 마구 떠올리며 모든 삶을 멈춘 채 이렇게 뜬눈으로 밤을 지새웠다. 당신에게 들려주기 위해 이 글을 적었지만 정작 당신을 만나면 내 마음이 또 어떻게 변할까. 이번에는 만나게 되려는지. 내 앞길 하나 모르면서 이 무당 짓을 언제까지 하게 되려

나. 아, 그것조차 모르겠다. 당장에라도 집어치우고 싶은 마음이 굴뚝같
지만 글쎄요. 어떠할 것인지….

　하나 분명한 것은 당신의 기별이 닿은 그 순간부터 내 마음이 희열에
들떠 소리를 마구 내지르고 싶어 한다는 것이다. 그것은 아마 당신의 삶
이 그래서일 터이다.

제6부

성령과 신령

1

잠에서 깨어났다. 간밤의 꿈자리가 뒤숭숭한 탓에 동튼 줄도 모르고 잤다. 내 곁의 딸은 단잠을 자는지 고운 숨소리를 낸다. 형님은 뒤뜰 아궁이에 불을 지피고 있다.

"성님, 거기서 뭐 하셔, 아침부터?"

"어이 동상 잘 잤는가? 기냥 잔가지 때는 거여. 세숫물도 데워야 쓴게."

참! 어젯밤에 건네준 공책을 오 목사는 다 읽었는지. 마음에 어떤 변화라도 일었는지….

"목사님은 어째, 기척이 있던가요?"

"암, 벌써 일어나셨제. 시방 기도 중이겠고마."

언제 다 읽고, 언제 주무셨지? 나는 기도원으로 향하였다. 가는 길에 산포도 덩굴 가지를 타고 지저귀는 작은 새들의 합창이 옷깃을 여미게 할 만큼 상쾌하다.

기도원 창문 안을 힐끗 들여다보곤 조용히 문을 열었다. 오영석은 앞쪽 한가운데에 반듯하게 앉아 묵상에 잠겨 있다. 끝자리에 편하게 앉아서 기도하느라 눈 감고 있다가, 기척에 눈을 떠 보니 그가 내 옆에 다가와 앉는 중이었다.

"목사님, 편안히 주무셨어요?"

"아, 집사님. 그게…. 수기는 잘 읽었습니다."

그가 공책을 내민다. 나는 얼른 받아 가슴에 품었다.

"다 읽고는 마침 새벽기도를 드려야 할 시간이라 어쩌다 보니 그만….

이제 한숨 좀 잘까 합니다."

오영석의 목소리에 피곤이 묻어났다.

"세상에, 지금껏 안 주무셨어요? 목사님, 어서 눈 좀 붙이세요. 때마침 형님이 불을 지피던데, 황토방으로 가세요."

"그럴까요?"

나가려고 일어서는데, 형님이 문을 열고 들여다본다.

"어서들 씻고 아침 드셔이."

"이런, 바로 자긴 글렀네요. 하하."

그의 표정이 밝다. 우선은 안심이다.

"딸에게는 모르는 척해 주세요, 무당 얘기."

"아, 그렇습니까? 엄마 일을 모르기가 쉽지 않은데요?"

"어쩜 아는지도 모르지만, 내색하지 않으니 두고 볼 수밖에요."

"네, 그렇군요. 나가시죠."

딸은 여태 자는지 바깥을 둘러보아도 보이지 않는다. 또다시 기운을 잃어 버렸나?

덩굴나무에 까불던 작은 새들이 어디로 갔누. 푸른 물결에 둥실 떠가는 뭉게구름 너머 저 멀리로 날아간 작은 새들은 짹짹 또 그곳을 노래할 테지. 바람에 날리어 흩어지는 창공의 이 푸르른 빛이 내 눈망울처럼 까만 여기 산포도에 내려앉누나! 아이 어르듯, 속을 헤집듯이.

"안수든 퇴마든 부딪혀 보겠습니다."

아침 햇살에 겨워 흥얼거리듯 걷는 나에게, 아무렇지 않게 말하는 그의 말이 처음엔 뭔 소린가 하였다.

"안수받기에 적당할 때 말씀하세요. 귀신 쫓아내는 것쯤 겁날 거나 있겠습니까."

그의 생각이 바뀌었다! 그러나 승낙 자체야 정말 고마운 일이지만, 느닷없는 그의 자신감이 나를 급격히 주눅 들게 만든다. 내 글을 읽고서 영묘한 감응이라도 일으켰다는 것일까? 내가 아직 이렇다 할 대답을 하지 않았는데도 그는 그것에 신경 쓰지 않았다.

"참! 그런데 하나 궁금한 것이, 집사님께서 직접 귀신을 쫓아내어도 될 텐데 왜 그러지 않으셨습니까?"

생각지도 않은 질문이라 말문이 막혔다. 그가 여전히 태연한 모습으로 말을 잇는다.

"하긴 그렇겠어요. 무당 일에서 손 씻었으니 할 수도 없었겠습니다."

"아, 그러네요. 예수의 이름이 아니고서는, 쫓겨 나갈 귀신이 없겠지요?"

나는 멋쩍게 대꾸하였다. 앞서가던 형님이 귀가 밝은지 구시렁거린다.

"이 무슨, 구신 씻나락 까먹는 소리여? 아침부터 괜한 소리 하는 거 아녀. 방정 떨다 귀신이 돌아다니면 우짤 겨. 큰일 나제."

오영석이 욕실에 들어가자, 딸을 깨우러 황토방 문을 열었다. 이부자리를 가지런하게 개어 놓고 딸은 어느 겨를에 일어났는지 나가고 없다. 창 너머 멀리 보이는 바윗돌에도 딸의 모습이 보이지 않는다.

"속이 답답하기도 하고 저 산꼭대기에는 뭐가 있을까 하고 한번 가 봤어요. 확실히 정상에서 내려다보는 맛이 좋긴 하더라고요."

"말이라도 하고 갈 것이지, 이게 뭐냐."

"미안해요, 엄마. 사뿐이 걸어볼까 한 게 어쩌다가 멀리까지 걷게 됐
어요."

아침도 거르고 점심때도 훌쩍 넘겨서야 나타난 딸이 나에게 늘어놓은
이유였다. 무사하니 다행이긴 하다만, 이 엄마의 심정을 헤아리는 게 그
처럼 어려울까. 아무튼 늦게라도 밥을 꾸역꾸역 챙겨 먹는 모습을 보고
있자니 한시름 놓이는 기분에 한숨이 절로 새어 나왔다.

돌이켜 보면, 내게 신병이 도졌을 때는 비록 어린아이였지만 의젓하였
고 사태를 눈치채고는 꿋꿋한 의지로 헤쳐 나갔던 것 같다. 지금의 딸을
보면 멋모르고 나약하여 아무런 대처 능력이 없어 보인다. 자기에게 불
어닥친 몸의 이상을 아직까지도 단순한 질병처럼 다루고 있으니 말이
다. 아무래도 과학 문명의 그늘에서 정신없이 살다 보니 영적 신비의 세
계에 대해 눈뜬장님이 되어 버린 때문이 아닐까 싶다.

"그래, 산꼭대기에 가 보니 어떻디?"

"어휴, 진작 그리 물으시지. 아직도 날 어린애로 아셔."

"세상이 보잘것없어 보이디?"

"흠! 그것보다 뭐랄까. 산길을 거슬러 올라갈수록 하늘이 내게로 내려
오면서 나를 마구 끌어당긴다고 할까, 품는다고나 할까?"

"얘가 오늘따라 시인이 된 듯하구나?"

나는 일부러 짓궂게 말했다.

"하여간 기분이 무지 좋았어요. 그 느낌을 어떻게 설명하지?"

설명하지 않아도 그 느낌을 엄마는 알겠다. 그것보다 더한 신명에 종

종 빠져 살았으니까. 문제는, 딸이 그런 감흥에 일시적이나마 잡혔다는 사실이 두렵다. 예술가의 창작에 에너지를 불어넣는 영감이 아닌 바에야 그게 무엇을 의미하겠나. 신병의 덫에 걸린 딸에게 그런 흥겨움은 신접 외에 달리 무엇이 있을까나.

"참! 내려오다가 폰이 터졌는데 선배가 여길 온대요."

"이 먼 길을, 뭐가 급해서?"

최수호라는 선배를 딸이 언급하자 바로 어둑한 기분이 들었다. 딸이 마음 아파할 일이 생기지나 않을까 우려되어서다.

"남원 쪽에 출장 왔다가 돌아가는 길이래요. 오라고 그랬죠, 뭐."

"굳이 왜, 아픈 애를 이때 보려고 할까?"

"그런 면에서는 성질이 급해요. 즉답을 바라는 스타일이라."

아무래도 뭔가 작심하고 달려오는 낌새다. 그가 아픈 딸의 심중에 어떤 몹쓸 자국을 남길지 걱정되어 심기가 어수선해졌다.

"오늘은 밥도 잘 먹네. 더 줄까?"

마음이 아릿하여 더 먹이고 싶어졌다.

"아뇨, 이걸로 충분해요."

풀어헤치듯 옷섶을 움켜쥐고선 바람이라도 일으킬까 하여 퍼덕거렸다.

"아리야, 선배가 그저 그런 존재인 거 확실하지?"

"그럼요. 엄마 지금 이상하다. 아무렴 내가 매달릴까 봐서 그래요?"

"아니다. 그럼 됐다."

"흐흐, 엄마는! 내가 아프기로서니, 아무렇게나 삶을 결정짓지는 않는답니다. 아셨죠?"

3

    가까운 휴게소라던 최수호는 날이 어두워져도 오지 않았다. 나는 딸과 함께 예배당에 앉아 곧 치를 퇴마 의식에 마음을 가다듬고 있었다. 오영석은 수요예배를 드리기 위해 늦어도 내일 오전 중으로는 출발해야 하기에 오늘 밤밖에 기회가 없다. 하루 만에 단 한 차례의 축사 행위로 귀신이 쫓겨 나갈지는 의문이지만 원래 퇴마하려고 왔던 게 아니었기에 시간이 촉박해도 어쩔 수 없는 일이다. 이거로도 감지덕지해야 했다.

    불을 훤히 켜 놓고 귀신을 내쫓는 의식이 시작되었다. 딸에게서 멀찍이 떨어져 앉아 오 목사가 펼치는 축사 행위를 지켜보았다. 솔직히 기독교회에서 치르는 퇴마 의식이라는 게 너무 싱겁다. 기도와 때로 고함과 머리에 닿은 손의 압력이 전부다. 물론 일부 교파에서 드물게 치러지는 의식인 데다가 그만의 축사 행위라서 저마다 약간씩 다르겠지만, 어쨌든 그런 유형의 축사 행위를 가지고 귀신을 내쫓는 퇴마가 옹글게 이루어질 수 있을 거라는 생각이 들지 않는다. 예수의 이름으로 명하더라도 귀신이 알아먹지 못하는 게 아닐까 하는 의구심마저 들었다.

    열정을 다하는 그의 기도에 아멘으로 화답하느라 나도 합심하여 기도에 매달렸지만 시간만 덧없이 흘러갈 뿐 아무런 변화의 조짐조차 일지 않아 슬쩍 실눈을 떠 보았다. 딸은 허공을 응시하고 있다가 힐끔 곁눈으로 나를 쳐다본다.

    두 눈을 질끈 감고 열성으로 하나님께 기도 올리던 그가 마침내 기도를 그친다. 휴우, 길게 숨을 몰아쉬며 호흡을 가다듬고서 그가 입을 뗀다.

"하나님께 정성 어린 기도를 드렸습니다. 당장 어떤 결과를 바라긴 힘들겠지요. 때를 기다려 하나님의 응답이 올 때까지 최선의 삶을 살아야겠습니다. 이만 마치겠습니다."

"목사님, 고생하셨어요. 하나님의 은혜가 목사님에게 또한 내 딸 아리에게 임하기를 빌 뿐입니다."

어떻게 달리 할 말이 없었다. 겨우 이렇게 끝낸다니 속절없다는 마음이 치솟을 뿐이다.

"집사님, 아리 성도님과 따로 시간을 가질까 합니다."

"그러세요, 목사님. 먼저 나가 있을게요."

밖으로 나왔다. 풀리지 않는 숙제를 잔뜩 쌓아 놓은 아이처럼 가슴이 막막하였다. 나도 모르게 땅만 보고 걸었을까. 기도원 모퉁이를 돌 때까지도 몰랐다가 어둑한 그림자를 끌며 구둣발이 성큼 나타나는 바람에 깜짝 놀랐다.

"이, 이 뭐야!"

"아리 어머니, 놀라지 마세요."

불쑥 나타난, 아니 내가 미처 발견하지 못했던 사람은 바로 최수호였다.

"아리와 같은 방송국에 다니는 최수호라고 합니다."

"아, 그래요. 얘기 많이 들었어요. 언제쯤 오시나 하고 기다렸는데. 근데 아리는 지금 목사님과….."

"좀 전에 안수를 받더군요. 고의는 아니었고 아리 찾다가 창으로 들여다봤습니다."

"아리는 지금 목사님과 대화 중이라 조금 기다려야 해요."

"멀리서 보니 야윈 것 같던데 많이 아픈가요?"

"아니, 약간 그렇긴 한데…. 누구나 흔히 받는 안수인걸요."

나는 얼버무리며 적당히 둘러대었다.

"기다리는 김에 어머님과 얘기를 나눴으면 합니다."

"그래요?"

어디서 얘기를 나눌까 하여 주위를 두리번거리는데, 그가 나선다.

"괜찮으시다면 제 차에 가시죠. 날씨가 썰렁한 게, 따끈한 커피가 제격일 것 같습니다."

훤칠한 외모에 태도가 싹싹하여 나무랄 데 없는 청년 같다. 시간을 두고 지켜보면 또 어떨지 몰라도 이런 사람을 아리가 싫어하다니 내 딸이래도 그 속내를 모르겠다.

"아리가 요즘은 어지러워하거나 그러지 않습니까?"

주차된 공터로 내려가는 좁은 언덕길에 이르자 스스럼없이 내 팔을 잡아주며 그가 말했다.

"아리 병세, 아세요?"

"어어, 조심하세요!"

그가 발밑에 삐죽 솟은 돌멩이를 보곤 팔을 끌어당겨 나를 챙겼다. 공터에 내려서자 그가 멋쩍게 웃으며 머리를 긁적인다.

"같이 근무할 때 제가 주제넘게 충고를 많이 했습니다. 체제에 대충 따르라고요."

"걔가 내겐 통 말이 없어서…. 알고 싶네요, 방송국에서 어떻게 지냈는지."

"아리는 권력과 이념에 짓눌려, 시절에 따라 꼭두각시놀음이나 하는 언론 행태를 보곤 드세게 반발한 게 문제였습니다. 지나치게 그쪽으로 대들다 보니 정신적 억압에 따른 스트레스에 뭉그러져 졸도까지 하는 지경에 이르렀습니다. 여자의 몸으로 육체마저 버텨 내지 못한 것이죠."

"아리 말로는, 언론인으로서 마땅히 해야 할 사명이라고 하던데요? 공정 보도가…."

딸이 왜 이 남자에 대해 회의적인지 얼핏 감이 왔다.

"사람들은 손쉽게 생각하죠. 불의에 맞설 수 있는 게 언론이라고요. 그런데 실상은 언론조차도 겨우 윗대가리 몇 명이 권력에 굴복해 버리는 것으로써 좌지우지되는 게 현실입니다. 우리 같은 조무래기가 그것에 저항한다는 것은 계란으로 바위치기에 지나지 않습니다."

"굉장히 현실에 안주하려는 젊은이로군요?"

사실은, 거친 표현을 써서라도 이런 가치관을 나무라고 싶었지만 어차피 남인데 싶어 그만두었다. 내 말에 그가 약간 신경질적인 반응을 보인다.

"상부 몇 명의 엉뚱한 지시에도 언론이 발맞추어 움직일 수 있는 밑바탕에는 같은 이념, 같은 사고방식으로 뚤뚤 뭉친 부류가 존재하기에 그렇습니다. 한쪽으로 치우친 가치관의 인간들이 묘하게도 절반씩 나눠 있기에 이런 부조리한 현상이 벌어진다고 봅니다. 이런 마당에 누굴 탓할 수 있을까요?"

그는 기자답게 사물의 현상을 제법 꿰뚫고 있는 듯하다. 그럼에도 부조리에 저항하지 않고 흐름에 따르겠다는 발상은, 약육강식이라는 다윈 진화의 논리가 골수에 박힌 현대인이 그것에 맞춰 살아남겠다는 자구책에서 비롯된 것인지, 그리하여 동물이라는 생명체에 어울릴 적자생존의 가치관을 세웠다는 것일까?

　언론과 언론 종사자들 그 자체가 가진 자들 축에 속한다. 비록 보수와 진보, 양쪽으로 나뉘어 표방하고 있어도 언론의 강력한 힘은 가진 자를 두둔하는 세력으로부터 나온다. 가진 쪽이 이 세상을 주도하기 때문이다. 그러나 제아무리 그렇더라도 정의라는 것조차 이러한 것들에 영합되어야 옳더라는 말이더냐. 정의가 고작 세상 풍조에 휘말릴 성질의 것이더란 말이더냐!

　아무런 대꾸가 없자 최수호도 더 이상 아무 말이 없었다. 그는 차 문을 양쪽 다 활짝 열어젖히고는 나지막하게 음악을 틀었다. 아니, 저편 아래로 흘러내리는 냇물 소리보다 컸으니 부근의 산새들이 푸드덕거리며 대가리를 양 날개에 파묻었을지도 모르겠다.

　그가 보온병에 담긴 따끈한 커피를 잔에 부어 내게 건넨다.

　"드셔 보세요. 향이 매우 좋습니다. 맛도 괜찮고요."

　자신도 커피 맛을 음미하더니 뜬금없이 승용차 얘기를 꺼낸다.

　"이 차, 외제차입니다. 값도 꽤 나가고요."

　그러고 보니 야무지게 생긴 세단 승용차다. 카오디오에서 흘러나오는 클래식 선율이 무척 감미롭다.

　"일부 사람들이 그러죠. 젊은 것이 뭔 외제차냐고. 저는 그렇습니다. 달려야 하는 차는 성능과 안전이 우선시되어야 하는 것이지 사기업 제품을 쓰는데 무슨 애국심까지나 들먹거려져야 하는가. 이렇듯 저는 현실주의자인 건 사실입니다. 아리가 종종 지적하는 이기주의처럼 때로 비치기도 합니다만, 이게 내 체질인 것을 어쩌겠습니까. 이런 내 가치관을 스스로 긍정하고 있고, 아리는 이것을 싫어하더라도 말입니다."

조금 혼란스럽다. 요즘 젊은이들의 잡다한 사고방식을 어찌 일일이 가늠할 수 있겠는가.

"저는 보수니 진보니, 이런 거추장스러운 세계에 편입되는 자체를 싫어합니다. 제가 걱정하는 것은 자칫 이념의 싸움판에서 아리를 놓치게 될까 봐 그게 두려워서입니다. 왜곡 편파 보도니 뭐니 핏대 세우고 싸우더라도 한순간 적당히 물러서면 좋을 텐데. 설령 졸도가 일시적일지라도 그런 무모한 싸움은 자신에게 거듭 충격만 가해질 뿐인데도 물러서질 않습니다."

언론인이라는 직업은 투철한 사명감이 무엇보다도 우선되어야 하건만 자기기만에 빠져 얼렁뚱땅 불의에 눈감고 추세에 영합하는 그러한 풍조가 만연할 때에 대체 이 세상이 어디로 흘러가겠는가. 그는 아리의 병이 스트레스로 인한 일시적 충격일 거라 짐작하고 있다. 최수호라는 이름이 들먹여졌을 때 불현듯 어둑한 그림자가 느껴진 이유를 알겠다.

딸이 나오기 전에 그를 돌려보내고 싶어졌다. 단번에 내게 호감을 안긴 이 남자를 아리가 외면한 데에는 다 이유가 있었던 것이다. 모든 것에 다 이끌려도 관념의 충돌을 넘어설 수 없는 그 한계에서 오는 괴로움 같은 거. 딸은 그 고통마저 가졌지 않을까?

"하나 물어볼게요. 우리 아리, 어디가 좋지요?"

"네? 그게, 그것은…."

그는 대답을 망설였으나 오래 끌지 않았다.

"아리는 여자들에게서 흔히 보이는 내숭이 없습니다. 행동이 싹싹하고 성격이 시원해서 상대하기가 편안합니다. 그래서 둘이 같이하게 되면 즐거울 수밖에 없었죠. 그리고 무엇보다도 능력이 있어 일 처리가 뛰어납니다. 물론 내로라하는 명문대에서 정통으로 언론학을 공부할 만큼 그 자질과 노력이 빼어났겠고 그런 것들이…. 근데…? 하하하."

그가 갑자기 말을 중단하며 까닭모를 헛웃음을 웃는다. 그러다가,

"저는 사실 지방대를 간신히 나왔고 방송국도 가까스로 들어갔긴 합니다만, 이러나저러나 현재 같은 동료 입장이니까 그다지…. 그래도 우린 부모님이 다 교수시고 집안도 괜찮은 축에 드니까 까짓, 누구에게도 꿀리지는 않습니다만…."

말이 허둥대는지라 도중에 끼어들어야 할 것 같았다.

"아리라는 개인이 무엇보다 중요하겠지만, 혹시 우리 쪽 집안에 대해 아는 게 있어요?"

"그게, 그건 아리가 말해 주지 않아서 모르고 있습니다."

"아리가 그랬다는 것은 아무래도…."

그가 얼른 내 말을 가로챘다.

"어머님, 그렇지만 그게 문제가 되진 않습니다. 집안의 사정이야 어떠하던, 어머님 말씀대로 한 인간이 중요한 것이니까요."

정말로 이기적인 젊은이답게 이것저것을 저울질한 끝에 내 딸을 선택한 것만 같아 마음이 씁쓸하다. 아버지 없이, 내가 무당이었다는 사실을 알게 되면 그의 손에 쥐어져 있는 저울추가 어디로 기울어질까. 더구나 인생을 같이해야 할 부부로서 반드시 지녀야 할, 정신적 동질성과 행동

의 일체감을 가볍게 여기는 이 사고방식을 어찌 모른 척할 수 있으랴.

"저기, 있지요. 내가 이런 말을 하기에는…."

어렵게 말을 꺼낼까 하는데 언제 나왔는지 딸이 불쑥 끼어들었다.

"선배!"

언덕 위에서 반갑게 손짓까지 하는 것이다. 곁에는 오영석이 서 있다.

"하하, 목소린 여전하네. 이리 내려올래?"

서둘러 내려오면서 딸이 외친다.

"언제 왔어요? 그래도 잘 찾아왔네?"

의외다. 평소 내게 들려주었던 말과는 다르게, 그에게 친밀한 몸짓을 보이는 딸이다.

"이야, 더 씩씩해졌네. 아픈 거 맞아? …처음 뵙겠습니다."

다가온 오영석에게 넙죽 인사하는 최수호다. 아리의 소개가 없어도 오영석이 바로 답한다.

"반갑습니다. 뉴스 때 몇 번 본 기억이 납니다."

그들은 의례적인 인사를 나눴고, 최수호가 따라주는 커피를 홀짝홀짝 마시며, 들려오는 클래식 선율에 흥얼거리다가는, 내가 좋아하는 라흐마니노프 피아노협주곡 2번이네 어쩌네 하면서, 다들 즐거운 표정으로 소리 내어 웃곤 하였다.

어제는 그토록 환하던 보름달이 어디로 갔는지 보이지 않는다. 궤도를 달리하여 다른 자리를 운행하고 있는 것일까. 그러고 보니 뭇별들도 보이지 않는 게 날이 잔뜩 흐려진 모양이다. 나는 그만 피곤을 느껴 그들의 대화에서 떨어져 나갔다.

"나는 좀 쉬어야겠네. 얘기들 나눠요."

깍듯이 인사하는 최수호를 뒤로하고 걸으면서, 인간의 음악에 화들짝 놀라 졸지에 숨죽인 풀벌레들의 노래잔치가 지금은 어디쯤에서 화려하게 펼쳐졌을까 싶어 귀를 기울여 보았다.

"뭐, 뭐고!"

딴 데 몰두해서 그랬나. 등덜미에 웬 시꺼먼 그림자가 달라붙는 것 같아 후딱 돌아봤더니만, 기척도 없이 뒤를 따라온 오영석이 내 곁에 다가선다.

"집사님, 그가 일부러 여기까지 찾아올 정도면 예사로운 선배가 아닐 것 같습니다."

분명, 그는 최수호의 등장이 못내 신경 쓰이는 눈치다. 내가 방금 자기 때문에 놀랐다는 걸 모를 정도다.

"아리는 쟤가 싫대요. 그저 방송국 선배인걸요. 근데 왜 같이 얘기 나누시지 않고요?"

"아, 네. 그게, 둘이 따로 얘기할 게 있답니다. 그래서…"

"누가요?"

"그 선배라는 최 기자가 그러더군요. 무슨 심각한 얘기라도 있을 모양 같던데. 아무튼 자리를 피해 줬습니다."

최수호는 자기 나름대로 아리에게 할 말이 많을 게 분명하겠다. 서로 간에 묵혀 두었던 이성과 감정의 찌꺼기까지를 한껏 쏟아내고, 그런 후에 둘의 관계를 매듭지으면 좋겠다.

오영석이 예배당에서 자겠다고 하기에 바로 황토방으로 들어왔다. 우리가 잘 이부자리까지 미리 깔아 놓고 형님은 안방에서 자나 보다. 우리가 안수받을 즈음에 군불을 때고는 일찌감치 잠자리에 든 모양이다. 아

득한 꿈나라를 떠다니며 거기 나룻배에 노라도 저으시나. 코고는 소리
가 유달리 우렁차다.

이부자리 위에 아무렇게나 털썩 드러누웠다. 세상살이가 대체 어떤 모
양이기에 이리도 피곤할까. 그냥 웃으며 담담하게 살아갈 수는 없는 것
일까. 이 세상이 무엇이기에…

5

"엄마, 엄마."

깜빡 잠들어 버렸나, 딸이 내 몸을 흔들고서야 눈을 떴다.

"엄마, 옷 벗고 바로 해서 주무세요."

나는 후딱 몸을 일으켰다.

"엉? 지금 몇 시야? 참, 그 사람은?"

"갔어요."

"말도 없이?"

"인사 전하래요. 주무셔서 그냥 간다고."

벽에 걸린 시계를 보니 어느덧 밤 한 시가 넘었다. 시간이 이리 되도록
얘기를 나눴다고? 옷을 대충 벗어 머리맡에 두고는 이부자리에 다시 눕
자, 시무룩해 보이는 딸이 슬쩍 내 팔에 머리를 기댄다.

"이젠 나를 놔주겠대요. 붙잡힌 기억 하나 없는데…."

결국은 이렇게 해서 정리가 되는구나.

"걔 생각에 그런 거니까. 잘됐네, 어쨌든."

"엄마, 내 얼굴이 지금 어때요?"

"왜?"

"선배가 오늘따라 망설임 하나 없이…"

"예쁘기만 하구면."

"선배가, 선을 봤대요. 상대가 그럭저럭 맘에 든대나? 결혼할지도 모른 대요. 부모 독촉에, 질질 시간 끌기도 그렇고, 그래서…"

딸의 얘기를 어떻게 맞장구쳐야 좋을까. 어찌 말해 주어야 이놈의 상처가 흔적도 없이 아물게 될까. 생각만 맴돌 뿐, 아무 말도 하지 않았다. 내 품에 파고들며 이부자리를 들썩거리던 내 딸 아리는 어느새 잠들었는지 조용하다. 새근거리는 숨소리조차 없어 그게 가슴을 아리게 하였다.

아침이 훌쩍 지났는데도 딸은 일어나지 못한다. 의식은 말짱해도 기운이 빠져 있어 누운 채로 몸을 추스를 수밖에 없다. 오영석은 아까 새벽녘에 딸이 식은땀을 흘리며 어지럼증을 호소할 때 부리나케 달려와 안수기도를 하고는, 그도 지쳤는지 지금 간편한 티셔츠 차림으로 황토방 아랫목에 누워 있다. 눈감은 채로 기척이 없지만 그래도 잠든 것 같지는 않다. 정신이 성가시면 육체가 피곤해도 쉬이 잠들기 어려운 법이니까.

"땀 쪽 빼고 나면 몸이 가뿐해질 거여."

속 모르는 형님은 자꾸 군불 땔 궁리만 한다.

나는 한참을 딸의 머리에다 두 손을 얹고 기도하였다. 하나님의 인자하신 은혜의 손길로 내 딸 아리를 이 몹쓸 병에서 건져내 주옵소서!

속이라도 후련해질까 하여, 바람 쐴 생각에 몸을 일으켰다. 모두들 지쳤는지 잠잠하게 누워 있어 조심스레 현관문을 열었다. 세상은 어느새 보슬비를 뿌리고 있었다. 바윗돌이 보이는 모퉁이 쪽으로 걸음을 옮겼다. 이렇듯 촉촉한 대지의 풍경을 한없이 바라볼 요량으로 처마 밑에서 몸을 움츠리는데, 오영석이 현관 앞에 불쑥 모습을 드러낸다. 그도 나처럼 보슬비에 젖는 산천초목을 반기는 것일까. 우두커니 서서 한곳을 바라보며 혼잣소리로 중얼거린다.

"귀신이 있으면 신도 있는 거고. 귀신이 없다고 신이 없는 건 아닌 게고. 귀신이 있으나 없으나 악인은 있으니, 악인을 내버려두는 신은 있을 수도 있고 없을 수도 있고. 그래서 특히 지옥이 강조되는지도, 신이 있어야 하려면."

몇 걸음 떨어져 있어 분명하게 들려오진 않았으나 마치 만담처럼 그가 읊조린 듯 비쳐져, 나도 허공에 대고 조금은 큰 소리로 읊조려 보았다.

"귀신이 있으나 없으나 선인은 있으니, 선인은 내버려두어도 거기가 천국이고, 신의 형상이니, 신이 있니 없니 하고 구태여 찾을 필요가 없고."

"예, 집사님. 옳습니다. 내 마음에 천국이 있고, 신이 거기 거한다고 하시잖습니까."

그는 내가 들으라고 소리 높여 외쳤다. 땅바닥의 흙이 빗물에 튀어 오를 정도로 아까보다 빗줄기가 굵어진 때문이기도 했다.

"목사님, 수요예배에 빠져도 정말 괜찮겠어요?"

"그럼요, 부목사에게 예배를 부탁해 놨고, 장로님들에게도 일일이 알려 양해를 구했습니다. 사람 살리는 일보다 중요한 게 또 어디 있겠습니까."

독수리인지가 날개를 쫙 펼치고 창공에 떠돌더니만 산 너머로 유유히 사라진다.

"문득 이런 생각이 들어요. 한 인간의 불행이 죄의 대가로써 내리는 신의 벌이나 업인 과보에 의해 일어난 비극이라 해도, 그 불행이 거듭 대를 잇는다는 것은 너무 가혹한 일이에요. 우주적 질서나 자연의 섭리에 의해 궁극적으로는 만물이 선을 지향한다고 할지라도, 지금 이 시간에 즉각적으로 당하는 인간의 고통을 주관하거나 무시하는 게 신이라면, 대체 그러한 신이 우리에게 무슨 의미가 있겠는지요? 차라리 무속 신앙에서 나타나는 천신의 한없는 자비하심과 구원하심이 한 인간의 영혼을 올곧게 이끌지 않겠는지요?"

그가 다소 관념적인 얘기를 풀어놓았기에 나도 답답한 마음에 투덜거리듯 늘어놓아 보았다. 서서히 굵어지던 빗줄기가 어느덧 바람 닮은 빗소리를 내었고, 처마 끝에서 떨어지는 물방울이 튀어 내 머리카락과 옷을 점차 적시어도 여전히 그대로 선 채 말을 이어 나갔던 것이다. 그는 나를 위로하려는 듯 확신에 찬 목소리로 말하였다.

"하나님의 무한한 사랑과 구원하심을 의심하기에는 우리에게 베푸신 하나님의 은혜가 참으로 놀랍도록 세상에 가득하다는 것입니다. 우리의 아리 자매님도 조만간에 하나님의 은혜로 치유함을 얻을 것입니다. 그걸 확신하는 믿음으로 나아갈 때 하나님은 기쁘게 우리의 기도를 온전히 들어주실 것입니다. 집사님, 좀 더 힘을 내어 믿음의 기도로써 이 고난을 헤쳐 나갔으면 합니다."

나는 목소리를 높여 그의 말에 반박하였다. 그러고 싶었다. 음성이 둔탁해진 것이 더욱 거세진 빗소리 때문만은 아니었다.

"내 딸 아리만의 얘기가 아니에요. 이 세상에 존재하고 존재했던 무수한 인간들이 불행한 삶을 살다가 죽어 갔다는 사실이에요. 대체 그들이 무슨 짓을 어찌하였기에 고통과 절망의 늪에서 헤어나지 못했던 것인지. 지금도 비극 가운데 죽어가야 하는 것인지. 그걸 되묻고 싶은 거예요."

"우리가 신의 뜻을 어찌 알겠습니까? 우주 만물을 주관하시는 신의 권능에 순종하는 삶만이 최선이겠습니다."

"이보세요, 오 목사님!"

"네?"

나의 당돌한 외침에 그가 깜짝 놀란다.

"이 세상에서 벌어지는 처절한 전쟁과 전염병, 온갖 질병과 굶주림, 약탈과 살인, 고통과 절규, 이렇듯 죽음보다 더한 비극적 절망들이 신의 뜻이라고요? 신이 주관하여 일으킨 현상이라고요?"

그는 놀라움을 감추지 못한 채 입을 다물었다. 내 말에 반박할 수 없어서라기보다는 내 몸짓과 말투가 평소의 나와는 전혀 딴판이었기 때문일 것이다.

"나는 그런 신을 인정 못합니다. 아니요, 그런 신이 신일 수가 없습니다. 더러운 악귀의 계교를 가지고 어찌 거기에다 거룩한 신의 이름을 갖다 붙이려고 작정하는지요. 나의 천신은 아니, 우리의 하나님은 오로지 인자하시고 선하시고 모든 만물을 사랑으로 품는 거룩한 분이십니다. 그분이 직접 이 땅에 오시기까지 하셨잖아요. 예수님…"

하늘에서 번쩍 하고 번갯불이 일었다. 그 순간 나는 땅에 무릎을 꿇고 두 손을 하늘로 뻗으며 절절하게 외쳤다. "예수님!" 그러자 갑자기 거세게 내리던 비가 그쳤고, 하늘과 땅이 온통 밝은 빛으로 가득했으며, 비파와 수금의 선율이 내 몸을 감싸듯이 흘렀고, 향기로운 꽃향기가 내 몸 속으로 녹아내렸다. 나는 희열에 빠져 신에게 찬양의 기도를 올렸다.

"권능의 하나님! 하나님은 오직 선만을 행하시는 살아 계신 분이십니다. 그 하나님을 찬양합니다. 자유의지의 인간이 만들어내는 마귀의 삿된 죄악으로부터 인류를 구원하소서. 성령에 힘입어 모두가 신성을 향하게 이끌어 주옵소서!"

이때 그가 쫓아와서 내 몸을 붙잡아 일으키려고 하였다.

"예수님! 제발 내 딸을 살려주세요. 불쌍한 내 딸 아리를 제발…"

나의 기도를 훼방하는 그의 행동이 의아하여 뿌리치려 했다. 그러나 그가 내 뺨을 후려치는 바람에 그를 올려다보았다. 그러자 갑자기 빗줄기가 쏟아졌다. 거센 빗소리에 천둥소리까지 더해졌다. 자신의 겉옷으로 흠뻑 젖은 내 몸을 감싸는 그의 목소리까지 들려왔다.

"집사님! 정신 차리세요. 여기서 이러시면 어떡해요!"

"아! 내가…. 뭐가 잘못됐나요?"

나는 어찌된 일인지 몰라 어리둥절하였다.

오영석은 짬짬이 안수기도를 하였고, 돌아가는 금요일 아침때에도 딸에게 할 안수를 잊지 않았다. 어제는 둘이 오래도록 얘기 나누며 웃는 모습이 자주 눈에 띄었고, 그럴 때마다 슬그머니 자리를 비켜 주었다. 딸의 몸이 의외로 빨리 회복되는 것 같아 나도 마음이 즐거워졌다.

아까는 그가 지나가는 말투로 내게 물었지만 비 오던 날에 일어난 해프닝을 설명해 주지 않았다. 그러나 나는 예감하고 있다. 내가 잊고 있었던, 잃었던 천신이 다시 내게로 오신 게 아닌가 하는 것이다. 당연히 그것은 나의 하나님, 나의 성령께서 임하신 것임을 믿어 의심치 않는다.

"그날, 감기 걱정에라도 말리지 말걸 그랬습니다. 기도가 압권이었으니까요."

그는 정말로 아쉬웠다는 표정이다. 우리에게 미소로 인사하며 그가 차에 오른다.

"목사님, 조심해서 가세요. 보름 지나서 그때쯤 뵙게 되겠네요."

곁에 선 딸은 인사말 없이 빙그레 웃으며 손짓으로 대신하고 있다. 조금 전까지만 해도 아궁이 근처에 모습을 비췄던 형님은 온데간데없다.

8

오영석은 돌아갔고, 다시 세 여자의 조용한 일상이 펼쳐졌다. 이곳에, 그리고 딸에게 아무 일도 일어나지 않는 평화로운 나날이 계속되었다.

"엄마, 비췻빛 밤하늘이 눈물 나도록 예뻐요."

"니 몸뚱이가 은하수에 빠져 마치 초승달처럼 두둥실 떠가는 기분이 들지 않니?"

"엄마! 어쩜 내 기분을 그리 잘 알아요? 하하."

"후훗, 애는! 엄마가 지금 그래서 그런다."

모녀가 부둥켜안고 밤하늘의 은하 물결과 별똥별의 비행을 황홀해하는 날들 속에서도, 나는 기도를 게을리하지 않았다. 기도하는 순간이 기쁘고 아늑하여 언제까지고 그러고 싶었다. 딸도 점점 마음이 열려 내 곁에 앉아 드문드문 기도를 올리곤 하였다. 이대로 쭉 가기를, 이대로의 삶이기만 하기를! 이 소망을 늘 마음속에 담은 채 딸의 눈을 들여다보고 정수리에 손을 얹었다.

점심때가 됐는데도 형님이 보이지 않는다. 아리와 같이 밤 따러 가셨나? 밭에서 상추를 뜯느라 딸이 저만치 오는 줄도 몰랐다.

"엄마! 거기서 뭐 해요?"

"아리야, 할머니는?"

"못 봤는데요? 혼자 등산했어요."

딸이 배낭을 풀며 벽돌집 안으로 들어간다.

신병을 이기려면 드러눕는 게 아니라 움직여 운동해야 한다는 일봉의 말이 떠올라, 요 며칠 전에 들려줬더니 저리 열심을 낸다. 이겨내려는 의지만 있으면 아무 문제될 게 없지 않겠나. 이런, 내 정신 보게! 점심 차릴 생각 없이 멍하니 하늘을 바라보다가 후딱 몸을 일으켰다.

"어쩐 일이지? 아랫마을엔 잘 가지 않는데?"

밥상을 차리고 반찬 가지를 찾느라 냉장고 안을 살폈다.

"방에 계신 거 아니에요?"

딸이 황토방에서 옷을 갈아입으며 안방을 흘끗 바라본다.

"계신데 이리 조용할 리가…."

딸이 안방 쪽으로 다가간다.

"코 골지 않는다는 건, 혹시 눈 뜨고 앉아 계시나?"

농담처럼 한마디 하곤 방문을 살짝 열어보더니 그대로 동작을 멈춘다.

"아리야, 왜?"

불길하여 얼른 딸 곁으로 다가갔다.

"할머니가… 이상해요!"

형님이 방문 가까운 구석에 무릎을 세우고 웅크린 채 앉아 있지 않는가!

"형님, 왜요? 무슨 일이라도 생겼어요?"

한눈에 형님이 이상하다는 것을 알았기에 바로 다가가지 않았다. 거리를 두고 같은 눈높이로 쭈그리고 앉아 조용히 말을 꺼냈다.

"형님, 무슨 일인지 내게 말해 봐요. 왜 그래요?"

"쉬잇!"

갑자기 형님이 손가락을 입에 댄다. 조용히 하라는 뜻이다. 형님은 안쪽 아랫목에 깔린 이부자리를 보다가 나를 보다가, 서너 번을 그러더니 소리 죽여 말한다.

"동상, 저기 감나무골 거시기 영감탱이가 몰래 내 이불 덮고 자는 꼴 보소."

"뭐라? 어디에?"

"저기 이불 속에 자빠져 자고 있고만."

덮는 이불이 불룩하게 솟았고 머리맡 쪽으로 굴이 생겼긴 하였다. 그러나 사람은 없고, 필시 형님이 자다가 빠져나온 흔적인 듯싶다. 형님은 벌겋게 충혈이 된 눈으로 배시시 웃는다.

"형님, 여기는 우리 집이니깐 영감탱이보고 후딱 나가라고 호통 치세요."

"나가라고 했제. 근디 원체 말을 안 들은께. 동상이 좀 그래 보소."

나는 순식간에 맥이 풀려 더 이상 앉아 있을 수가 없었다.

"휴우, 우리 성님이 어쩌다가 이리 됐누. 성님! 이따가 저 영감탱이 쫓아내고요, 시방은 밥 좀 먹읍시다."

"안 된단께. 무서버서 꼼짝도 못 하겠구마. 동상이 후딱 야단쳐서 쫓아버리서."

"알겠어요, 형님. 그대로 가만히 있으세요."

형님이 고개를 끄덕이며 히쭉 웃는다. 나는 방문을 천천히 닫았다.

"아리야, 119 불러야겠다. 여기까지 오려나 모르겠네."

"할머니가 왜 저러시는 거예요?"

"치매다."

딸이 폰을 꺼내 들자 문득 오영석이 떠올랐다.

"아니다. 먼저 오 목사에게 알려야겠네. 친척 간이랬어. 그 폰 이리 다오."

신호가 가나 받지 않는다.

"할머니가 귀신을 본 거예요?"

"헛된 거다. 뇌 이상 증세야."

딸이 의문의 눈망울을 내게 띄웠다.

"그럼, 내게 했던 안수는 뭐죠? 귀신 놀음?"

나는 딸의 물음을 무시하였다. 간단히 답할 문제가 아니기 때문이다. 게다가 오영석의 목소리가 폰을 타고 흘렀다.

"여보세요… 아리?"

9

더없이 평화로워 보였던 이곳 기도원이 형님의 이상 증세로 인해 순식
간에 바뀌어 버렸다. 가까운 읍내 병원의 구급차가 달려와 쏜살같이 형
님을 데려갔고, 어스름이 깔릴 무렵에 일정이 빠듯한 오 목사 대신으로
송 전도사가 허겁지겁 나타났다. 송 전도사는 이곳에 머물면서 추후 조
치를 기다리기로 한 모양인데, 곧 추위가 닥쳐오고 관리할 사람도 없어
아마 당분간은 기도원 운영이 어렵지 않겠느냐는 얘기다.

우리는 송 전도사와 함께 딸의 승용차를 타고 읍내 병원에 들렀다.

"어쩐지 요 며칠 할머니가 이상하셨어. 도둑놈이 자꾸 얼씬거린다지
않나. 안 자던 낮잠까지 주무시고."

"그랬니? 내가 정신을 딴 데 팔았나 보구나. 그것도 모르고…."

형님의 증상이 치매일 가능성이 높다는 진단 소견을 확인하고, 병세
가 나빠지지 않기를 바라는 기도를 드렸다. 오늘 밤은 병원에 머물겠다
는 송 전도사를 남겨두고 우리는 집으로 향했다.

딸이 운전하면서 또 묻는다.

"안수로 고침 받는 병이 있기나 할까요?"

"너는 낫는다. 믿어야 해."

딸은 눈을 끔벅이며 딴 생각에 빠졌는지 말을 잇지 않는다. 그러다가
한참 만에 다시 말문을 연다.

"엄마, 옆에서 뭐 해요? 잠도 오는데 말 좀 시키세요."

그러고 보니 야간 운전에 시달려 잠이 썬 표정이다.

"에구, 그랬니? 졸면 큰일 나지. 난 또, 일부러 조용히 있었구먼. 무슨 얘기 할까?"

"참, 궁금한 게 있어요. 성령 하나님이 우리 신자들의 몸에 거하신다면서 왜 그까짓 질병 따위 하나 물리치지 못하는 걸까요?"

"육체가 아니라 우리의 심령을 보살펴 주시니 그렇겠지."

"그래도 치매는 정신에 연결되는 질병이니까 인격체인 성령이 주관하셔서 우리 몸을 온전하게 이끌 수 있는 문제잖아요."

"성령은 인격체가 아닌, 하나님의 기운이란다. 우리가 선한 행실로 나아가게끔 이끄는 역할을 하시지. 그러니 질병 퇴치의 영험한 능력이나 성스러운 인격체를 지니는 인간이 존재할 수가 없는 것이야. 다만, 성령의 거룩한 절대 선에 의지하여 인간의 자유의지가 그 선을 향해 나아가고자 하는 부단한 노력이 필요할 따름이지."

"흠, 엄마 얘기는 뭐랄까. 멋진 말 같기는 한데요. 그런데 이것을 기독교에서 받아들일까요? 삼위일체라는 교리가 있는데도 말이죠."

"삼위일체니까 더욱 그렇지. 인격체가 일체라는 얘기가 아니니까."

"그런가? 어쨌든 엄마는 목회를 하셔도 잘하겠어. 한데 그랬다간 사이비 교주로 몰릴까 봐, 그래서 하라고 말은 못 하겠네. 하하!"

에구, 이것아! 사이비 교주보다 더한, 무당을 한 어미다. 아무래도 이 엄마의 과거를 모르는 모양이다. 그래, 이대로 내가 죽을 때까지 덮어둘 수 있다면 그게 좋겠다. 우리는 밤늦게 집으로 돌아왔다. 이렇게 벧엘기도원에서의 생활은 마침표를 찍었다.

한 해가 훌쩍 지났다. 올겨울은 딸아이와 함께하는 시간을 보내서 그런지 포근하였다. 기도원을 다녀온 이후로 한쪽에서 이상한 소리가 떠돈다지만 상관할 게 뭐람. 기도의 응답이 있었던 것일까. 딸의 얼굴빛이 밝아졌고 언제 아팠느냐는 듯이 몸짓이 생기로 넘쳐흘렀다. 나는 이것으로 흡족하였다. 욕심 부릴 게 더 뭐가 있을까.

늦겨울 비라도 오려나. 날이 궂어 빨래를 걷는데 초인종이 울린다. 오영석이다. 아리는 친구 만나러 외출했다고 하니까 긴히 할 말이 있다면서 부득부득 찾아온 것이다.

"호시탐탐 노리는 자들이 있어요, 목사님."

두툼한 밤색 외투를 벗다가, 그는 어리둥절한 표정이 된다.

"집사님 때문에 가끔씩 놀랍니다. 누가 뭘 어쩐다는 것이죠?"

아차, 괜히 말을 꺼냈나?

"외투, 이리 주세요."

외투를 받아 거실 한편에 놓인 옷걸이에다 걸었다. 그는 아직 모르는 게 분명하다. 하긴 소문의 종착역은 언제나 당사자이니까. 교회 내에서 떠돌던 무성한 입소문이 나건수의 귀에 걸려 내게 전해졌고, 이제 내가 마지못해 입을 열어야 한다. 결국 당사자의 한 축인 오영석의 귀에 마침내 도착하는 것이다.

방문 기도를 끝내고 그가 소파에 앉는다.

"목사님, 요즘 교회 안에 황당한 소문이 돌아다닌답니다."

"그렇습니까? 제겐 아무런 귀띔도 없었는데요?"

"목사님 일이니까 그랬겠죠. 누가 그걸 당사자 앞에서 고해바치겠어요?"

그가 입을 닫는다. 쓸데없는 소문에 연루됐다는 사실만으로도 기분좋을 리가 없겠다. 오자마자 성급하게 소문부터 꺼냈다는 생각에 냉큼몸을 일으켰다.

"잠시만요. 커피 타 올게요."

주방으로 가서 커피 잔을 챙기다가, 이미 엎질러진 물인데 얼른 훔치기라도 하는 게 좋을 것 같아 두서없이 소문을 끄집어내었다.

"소문이 여러 갈래라 어느 것부터 꺼내야 할지를 모르겠네요. 기도원의 집사가 우리 때문에 귀신 들렸다고 그러고, 아리가 홀려서 요새 쩔쩔매는 오 목사라 그러고, 교회가 빚잔치하게 생겼다는 얘기도 들려오고, 이게 다 뭣이 끼어서 그렇다고, 다들 그러고 있네요."

"그렇다면 별로 문제될 게 없는 소문인데요?"

고민할 것도 없다는 듯 그가 바로 답하였다.

"그게 시답잖은 얘기예요?"

그는 바로 긴장이 풀려 빙긋 웃기까지 하였다.

"치매라는 병원 진단이 이미 나왔고, 성도 누구에게나 쩔쩔매는 목사인걸요. 은행 빚은 다들 아는 사실인 데다 채무 상환에 문제없다고 하더군요."

주전자의 물이 펄펄 끓는다. 가스 불을 껐다. 얘기의 초점이 엉뚱한 쪽으로 흐려진 게 아닌가, 어쩌다가? 그가 안일하게 소문을 다룬다 싶어좀 더 확실하게 짚고 넘어가야겠다는 생각이 미쳤다. 커피 잔을 거실 탁자에 내려놓으며 짐짓 진지한 표정을 지어 보였다.

"내 생각엔 가볍게 넘길 문제가 아니에요. 아리에게 들린 귀신의 장난으로 형님이 덜컥 병에 걸렸다는 얘기이고, 그 귀신 들린 아리가 오 목사를 유혹해서 목회에 나쁜 영향을 끼치고 있다고 지금 수군대고 있답니다."

"아리가 어때서요? 멀쩡하게 교회 열심히 다니는 신자가 됐잖습니까. 또한 내 목회 활동에 무슨 영향을 끼친다는 얘기인지요?"

"이게 왜 문제가 되냐면, 아리가 내 딸이고 내가 한때 무당이었잖아요. 그러니 그 유전적 기질을 물려받아 아리도 무당이나 진배없다는 주장이겠지요."

"요즘 어느 누가 그런 허무맹랑한 얘기를 곧이곧대로 믿을까요?"

"소문 자체야 무시해도 되겠지요. 그런 소문을 꾸며댄 자들의 고의적 악의가 두렵다는 얘깁니다. 어떤 의도가 없고서야 이런 식의 소문을 낼 리가 만무하니까요."

"누가 그런 소문을 퍼뜨렸을까요? 아무에게도 무당을 언급한 적이 없는데요?"

혼기를 놓친 오영석이다 보니 그와 결혼하기를 간절히 원하는 처녀 쪽의 질투에서 비롯된 것일 수가 있고, 빚 문제로 골치 아픈 박춘식의 농간일 수도 있다. 두 경우를 놓고 신중하게 처신하여야 그들의 계략에 말려들지 않을 테지만 이것을 쉽사리 오영석에게 알리지 못한다. 말해서 갖게 될 의심과 선입견 역시 버려야 할 것들이니까.

"아무튼 이런 소문들이 누구보다도 목사님에게 해가 될 만한 것들입니다. 행동에 있어 각별히 조심하셔야 해요."

"알겠습니다. 그런데 제가 조심해야 할 게 뭐가 있을까요? 늘 하던 대로 할 뿐인데요."

"전에 수요예배 한 번 빠지셨죠? 아리와 자주 접촉하는 것도 그렇고, 이렇게 심방 오시는 것도 남들이 이상한 쪽으로 생각할 수 있어요. 트집 잡으려면 아무 거라도 눈에 거슬리게 되니까요."

"그렇군요."

그가 식은 커피를 홀짝 들이마신다.

"목사님, 제게 무슨 할 말이 있다고 하셨죠?"

"아 네, 그게…."

그는 주저하며 쉽게 말을 꺼내지 못한다. 쑥스러운 표정을 짓는 모양이 아무래도 딸과 관련된 문제이겠다.

"혹시 내 딸하고 얽힌 얘긴가요?"

"며칠 전에 아리에게 청혼을 했습니다."

뜻밖이다. 서로가 호감을 가지고 가까이 지낸다는 것쯤은 알고 있었지만 이렇게까지 진척이 되었을 거라고는 미처 생각지 못했다. 둘 사이의 묘한 낌새를 맡고 그런 소문이 떠돌았었나?

"아리는 뭐라던가요?"

"생각할 시간을 좀 달라더군요. 아직 답을 듣진 못했습니다."

"신중한 아이라, 아직 몸이 어떠할지도 모르고…."

딸이 오영석에게서 사내로서의 어떤 매력을 느끼기라도 했다는 것일까?

"교회에서는 눈치도 보이고 그래서, 되도록이면 이곳 집에서 아리와 같이하는 시간을 보낼까 해서 말씀드렸습니다."

"둘이 좋다면야 어디든 괜찮겠지만 왠지 소문이 꺼림칙하네요. 어떤 해코지가 있을지."

"집사님, 그건 걱정하지 않으셔도 될 겁니다. 서로 좋다면 축하받아 마땅한 결혼이 아니겠습니까."

제발 그랬으면 좋겠다. 소문이 한낱 기우에 그쳤으면 좋겠다.

"아리가 종교인에게 마음이 쏠릴 줄은 생각도 못 했네요. 목회자의 아내가 되려면 내조가 무엇보다 필요할 텐데 아리가 그것을 감당해 낼지. 직장은 또 어찌할지 모르겠군요."

"아리가 원하는 대로 할 생각입니다. 제 불편 정도는 감수해야 하겠죠."

"아무튼 잘 사귀어 보세요. 아리가 목사님의 기도에 힘입어 건강해졌으니 같이 사는 데도 별 무리가 없을 것 같네요."

"정말 감사합니다!"

내 말에 그가 크게 기뻐하였다. 엄마인 나에게서 결혼 승낙을 얻는 것이야말로 필시 천군만마를 얻는 기분일 게다. 정작 당사자로부터는 확답이 없었다고 하면서도 아리와의 결혼이 이제 기정사실이라도 된 양, 들뜬 마음을 어찌하지 못한다.

밤늦어 흩뿌리기 시작한 비를 맞으며 딸이 들어왔다.

"머리 안 젖었니?"

현관에서 젖은 외투를 벗는 딸에게 수건을 내밀었다. 외투로 머리 위를 가리고 왔는지 머리카락이 말짱해 보인다.

"엄마, 이 외투랑 옷 좀 챙겨 줘요. 씻고 나오게."

딸은 바로 욕실로 들어가면서 허둥지둥 옷가지를 벗어젖힌다.

"얘가 왜 이리 덜렁거리나? 얌전치 못하게."

말은 그렇게 했지만 활기를 띤 모습이라 보기가 좋다.

"막 쏟아지는 비라 옷 뒤집어쓰고 뛰어왔지. 왈가닥처럼 말이야! 별로 맞은 것도 없네. 하하."

딸은 마지막 속옷 하나를 벗어던지곤 욕실 문을 닫는다.

오늘 낮에 오영석과 나눴던 얘기를 일러주었다. 소파에 반쯤 누워 얼굴 팩을 바르던 딸이 그런다.

"우리는 생활공간이 떨어져 있어요. 직업이 달라 서로 간에 생활 리듬이 끊길 우려가 있고요. 내 몸 상태가 아직 확실한 것도 아니라서 많이 망설여지긴 하는데, 일단은 복직해서 사태 추이를 지켜본 후에 결정하겠다고 그랬어요."

"둘 다 나이가 있는데 이것저것 잴 필요 없다. 살아가면서 맞추면 되는 게야."

"복직할 날도 얼마 남지 않았고…. 뭔가 답이 나올 테죠."

답? 그랬다. 나름 문제만 잔뜩 풀어놓고 정작 그 답을 몰라 뒤숭숭한 삶을 여태 살아온 인생이 아니었나 싶다. 언제까지 이런 삶이 계속될 것인지 그 답조차 알 수 없어 오늘도 긴 숨을 내쉬는 것이다.

12

서릿발을 베어 물고 돋아나는 홍매화의 고고한 지조를 내 일찍이 흠
모하였건만, 여기 저 나무가 매화나무였다니!

"아리야."

"예? 왜요, 엄마?"

"옛날에 내 아버지랑 여기서 저 나무에 앉은 눈꽃과 겨울 햇살을 바라
보며 즐거워했었단다. 며칠 뒤에 돌아가셨는데…"

아버지의 웃음소리가 들려오는 것만 같아 말끝이 흐려졌다.

"그런데 저것이 홍매화를 피울 줄은 몰랐네!"

나는 아름드리나무에 활짝 피어난 홍매화의 요염한 자태에 눈길을 빼
앗겼다. 딸은 나뭇가지 앞까지 다가간다. 종합병원 뒤뜰, 그 나무 아래
서성이다가 지난날의 온갖 추억이 뒤섞여 버렸다.

딸은 복직을 며칠 앞두고 종합검진을 받았다. 영양제 주사를 일부러
맞고 한 이틀 입원하면서 휴식을 취할 생각에서다. 청혼이 있고부터 딸
은 오영석과의 관계가 더 깊어진 성싶다. 아직 청춘이라서 그런가. 폰으
로 나누는 대화가 여간 아니다. 일부러 면회를 오진 않았어도 밤늦게까
지 나누는 통화가 나로서는 우려될 정도였다.

"엄마, 방금 복도에서 누구 만난 줄 아세요?"

계산서를 떼러 갔던 딸이 병실을 들어서면서 야단이다.

"누구? 오영석?"

"흠, 직업은 맞혔네. 오 목사하고는 아까 통화를 했는데 곧 이리 온

대요."

그는 아예 소문을 굳히려고 작정하셨나? 그러고 보니 딸도 그를 친구처럼 가볍게 대하고 있는 게 아닌가.

"오 목사님이 아니면?"

"누구냐면, 김요셉 목사님을 만났어요."

김요셉! 그 이름을 듣자마자 신경이 곤두섰다.

"그 양반이 왜? 여길 어찌 알고서?"

"엄마도 참, 누구 병문안 오셨대요."

부질없는 걱정인 줄 알면서도 긴장이 늦춰지지 않았다.

"그 양반이 뭐라 하던?"

딸은 내 말투에서 뭔가 미심쩍은 생각이 들었나 보다.

"무슨 일이라도 있었어요? 그 양반은 또 뭐예요?"

"일은 무슨! 상종하기 싫어서 그러지."

"웬일이래?"

딸이 어이없는 표정을 짓는 바람에 그 이유를 대야 했다.

"들리는 소문에 성추행, 착복, 몹쓸 짓한 게 여럿 된다더라. 더러운 얘기, 관두자."

"뭐야? 설마하니 그분이, 그럴 리가요? 요즘 기독교가 엉망이라 떠들기로서니 뭐가 이리도 개떡 같을까!"

딸이 투덜거리며 쓸데없이 폰을 만지작거린다.

"그냥 조용히 사는 게지, 떠들어 뭐 하겠나."

"옛날에 엄마 손잡고 교회 나갔을 때 무척 날 예뻐하셨는데. 혹시 엄마가 잘못 알고 있는 거 아니에요?"

"벼락 맞지 않았다고 깨끗한 목사라 할 수는 없지."

내가 완고한 태도를 보였는가. 딸이 물끄러미 나를 보더니 버럭, 소리를 높인다.

"아하! 엄마는 김 목사님을 싫어하는구나? 그래서 그 교회를 떠났던 거였어요?"

"절이 싫으면 중이 떠나야지 그런다고 절을 불사를 수야 있나."

"에구, 엄마는. 교회 얘기에 엉뚱하게 절이 왜 나와요?"

"인간을 선으로 이끄는 종교는 다 똑같다. 같은 신이라는 걸 사람들이 몰라서 그러지."

딸이 퇴원할 채비를 차리며 건성으로 중얼거린다.

"엄마는 그런 철학을 가지고 있으시구나. 하긴 하나님이 한 분뿐이라는데 세상의 선이 어디서 나왔겠어요? 그럴 수도 있겠네."

딸은 금세 시무룩해졌다. 저리도 불의에 힘겨워하는 아이였던가?

"그 양반이 네게 별다른 말은 없었고?"

딸은 가방을 어깨에 멨다.

"뭐, 별로. 이번에 교회를 새로 세웠다고 한번 들르라네요. 명함이…"

"그거 이리 다오."

딸이 내미는 명함을 빼앗아 내 호주머니에 집어넣었다.

"아리야. 병원비 계산은?"

"끝났어요. 바로 퇴원하면 돼."

"오 목사 온다며?"

"주차하기 힘들까 봐 입구서 보기로 했어요."

나서서 복도를 걷는데 딸이 그런다.

"그분 얘기가, 자긴 안수를 잘한대요. 귀신 쫓아내는 퇴마가 특기라는데?"

미친놈이 무당 앞에서 방울 흔드는 식이구먼. 딸이 아프다는 건 귀신같이 또 어찌 알았누.

"근데 안수받으러 갈 이유가 없겠어요. 소문이 사실이라면…."

"사실이든 아니든 그 양반은 정신이 글러 먹어서라도 안 돼."

"그런데도 교회가 계속 커지는 중이라고 아까 그러던데요? 주위에 양복 걸친 남자들이 에워싸서 처음엔 웬 회장님인가 했어요."

"물질적 풍요는 신의 축복과는 아무 상관이 없단다. 예수님께서 오셔서 이를 바로 알렸어."

"아, 그래요? 돈 많은 기독교인들은 그렇게 생각지 않을 텐데요?"

"일용할 양식에 족할 수 있어야 신의 은혜에 감사하게 되지."

"그렇겠구나. 엄마, 저기…!"

마침 김요셉 일행이 어느 병실에서 우르르 몰려나오고 있다. 마치 저기서 권위가 나오는 양 많은 식솔을 거느렸다.

"아리야. 이리 가자."

딸의 팔을 잡아끌며 황급히 걸음을 바꿔 다른 복도로 향했다. 마주치는 것만으로도 음습한 기운이 감돌 것 같아서였다.

13

"집사님!"

오영석 소리에 돌아보니 그가 병원 주차장 쪽에서 뛰어오며 손짓한다.

"부지런도 하셔라. 여기까지 어쩐 일로?"

다가온 그가 밝게 웃는다.

"모시고 드라이브할까 해서요. 어디 경치 좋은 야외로 가서 외식도 같이 하고요."

벌써 같은 가족이 된 것처럼 우리를 대하려는 눈치다.

"와우, 멋진 스케줄인데? 엄마 그렇게 해요."

둘이 미리 계획을 짜 놨는지 딸까지 부추긴다. 사실, 마다할 이유가 없다. 어쩌면 사위가 될지도 모를 오영석과 딸이랑, 아니 교우 관계라 해도 그렇지, 함께 어울려 산책하고 식사를 같이 하는 행위가 어찌 풋풋하지 않으랴. 게다가 딸하고는 외식 한 번 같이 한 기억조차 가물거릴 정도이니 까짓, 오늘 하루쯤 만끽한들 또 어떻겠는가.

"갑시다. 나야 들러리일 테지만 어디 한번, 얼마나 좋은 덴지."

"엄마, 나는 앞에 앉을게요."

우리는 그의 차에 올랐다. 앞좌석에 나란히 앉아 가는 둘의 모습이 보기에 좋다. 저렇게들 살아가면 좋겠다.

무당의 길을 걸으면서부터 지금까지 나는 비싼 옷, 값나가는 물건, 산해진미의 요리, 이런 것을 가까이하지 않았다. 딱히 이유는 없었지만 섬기는 신령이 그걸 바라지 않는 것 같았고, 남한테서 받은 정성스러운 복채를 함부로 허비해서는 안 된다는 생각이 앞섰다.

스스로 성직자의 길을 걷겠노라고 작정했다면, 개인의 이기주의적인 삶을 벗어나 검소하고 담백한 삶을 살아야 할 것이고, 그러려면 결혼하지 않는 구도자의 삶이 이상적이라는 게 내 생각이다. 배우자와 아이를

거느리고서 어찌 물질적 탐욕과 세속적 갈망에 초연할 수가 있다는 것
인지…. 성직자도 인간이니 때로 즐겨야 하지 않겠느냐고 하겠지만 어찌
희락의 기준을 일반인과 같이 둘 수가 있겠는가. 달리하는 희락을 모르
고서 어찌 성직자라 이를 수가 있으랴. 그런 점에서 아리를 낳고 키운
나 역시도 온전한 무당의 길을 걷지 못했다고 봐야 옳겠다. 슬프게도….

　오영석도 내 딸과 결혼한다면 필히 그리할 게 분명하다. 인간인 이상,
제도와 감정의 굴레를 떨쳐 버리지 못하고 거기에 얽혀 돌아가게 될 것
이니까. 오늘만 봐도 사실 그렇지 아니한가. 정실에 얽매여 시간과 물질
에 더하여 정력까지를 소모하고 있다. 그럼에도 나는 이런 현상을 어찌
지 못하고 받아들인다. 성직자든 신자든 일반인이든 그 누구든 간에,
그저 그런 모습으로 걸어가고 걸어오는 오늘이니까.

　어쨌거나 오늘 모처럼 오붓한 시간을 보냈고 즐거웠다. 우리는 밤이
이슥해서야 아파트 주차장에 도착하였다.

　"목사님, 운전하느라 애쓰셨는데 들어가서 차라도…."

　그냥 보내기 뭣해서 인사치레로 말했을 뿐인데 그가 선뜻 차에서 내
린다.

　"그럴까요?"

　아리가 앞서 걷자 내게 넌지시 묻는다.

　"집사님! 저번에 공책, 그게 전부가 아니죠? 있으면 마저 읽고 싶습
니다."

　"있기는 한데, 무당 때의 일화라 도움이 안 될 거예요."

　나머지 두 권의 공책은 무당 생활뿐만 아니라 아리의 출생 비밀까지
적혀 있다. 이제 사위가 될 오영석이라면 굳이 힘들여 설명할 게 아니라

이럴 때 일찌감치 보여주는 것도 나쁘지 않을 것 같다. 딸이 씻으러 들어간 사이에 두 번째 공책을 그에게 건넸다.

"구닥다리 시절에 치렀던 내 개인적 삶이라 목사님 심령에 영향을 끼칠 리 만무하겠지요. 더욱이 세월을 훌쩍 뛰어넘은 지금에 와서 말이지요. 마음 편히 읽으세요."

"잘 알겠습니다."

그는 항상 들고 다니는 가방 속에 공책을 집어넣었다.

"집사님, 저번에 들은 소문을 가지고 박 장로님과 의논을 해 봤습니다. 그런데 박 장로는 처음 듣는 얘기라면서 한번 알아보겠다고 하더군요."

나는 고개가 갸우뚱거려졌다.

"그럴 리가 없을 텐데요?"

"그런데 오늘 아침에 전화로 말하기를, 소문은 사실이었고 몇 분의 장로와 시무집사가 강력하게 문제를 제기하기에 진상을 파악할 참이라네요. 그러면서 걱정할 일은 아닐 거라 했습니다."

"단언컨대 이것은 박 장로의 계략입니다."

내가 단호한 태도로 말했는데도 그의 표정이 의외로 담담하다.

"계략이라고요?"

"빤한 소문을 몰랐다는 것부터, 이제 와서 부질없는 소문을 가지고 문제 삼으려 한다는 것들이, 뒤에서 박 장로가 조종한 짓임을 여실히 보여주는 것이지요."

"문제 일으켜 교회에 무슨 득이 있다고 그럴까요?"

"은행 빚을 감당 못해 모종의 술수를 획책하는 게 아닐까 싶네요."

"집사님도 그리 생각하시는군요?"

"그럼 목사님도?"

"사실, 오늘 병원에 들르기 전에 교역자 회의를 가졌습니다. 모두의 의견이 쓸데없는 꼬투리를 잡고 늘어지는 거라더군요. 사태의 추이를 봐 가면서 신중하게 처리하기로 뜻을 모았습니다."

"박 장로보고 빚부터 해결하라고 하세요. 돈에 욕심이 생겨 정신을 못 차리나 봅니다."

"내가 물러난다고 해서 빚이 해결되는 것도 아닐 텐데 참으로 답답합니다."

"그런 일은 없겠지만 이번 일로 목사님이 물러나면 아마 또 다른 소문을 만들겠죠? 그래야 교회 돈으로 수작 부리기 쉬울 테니까. 목사님, 그런데도 이런 상황에서 팔자 늘어지게 우리랑 식사하신 거예요? 남들이 보면 또 어찌하려고요."

"집사님, 우리는 공의의 하나님을 믿는 사람들입니다. 아닌 것에 대해 피하거나 두려워할 하등의 이유가 없는 것입니다."

"하긴 그러네요. 무서울 게 뭐 있담?"

언뜻 그가 든든하게 다가왔다. 저 정도 배짱이면 충분하지 않을까.

"뭔 얘기를 그리 재미나게 하세요?"

딸이 욕실에서 나왔다. 그러자 그가 서두른다.

"집사님, 그만 가 보겠습니다. 편히 쉬십시오."

"뭐야? 내가 나오자 바로 가는 거예요?"

"너무 늦었어요."

입구까지 바래다 드리라고 하니까 그가 괜찮다며 빙긋 웃었고, 딸은 현관문에서 손짓하는 것으로 그와 작별했다. 그렇게 오영석은 내 공책을 가지고 돌아갔다. 그는 책상머리에 앉아 내가 쓴 나의 흔적을 더듬을 것이다. 거기에는 막 뛰어노는 어린 아리의 모습도 보일 테지. 읽으면서, 그가 잠길 상념이 어떤 빛깔인지를 미리 알아보려 했지만 기억에 가물가물하였다. 나는 대체 무슨 넋두리를 늘어놓았던 것일까.

제7부

제7부

무당의 길

1

그러니까 1981년 이른 봄날에 내 생애 처음으로 점을 치르고 난 후, 겨우 한 사람을 맞이하고는 온몸이 종일토록 욱신거렸다. 그녀가 당한 구타의 고통이 내게 전해진 것일 테지만, 처음 큰일을 치르는 데서 오는 팽팽한 긴장감에 그만 근육이 놀랐던 것은 혹, 아닐지….

노을이 질 무렵, 읍내 약국에 들렀다. 드르륵, 유리문이 열리는 소리에 졸고 있던 중년의 남자 약사가 의자에서 벌떡 몸을 일으킨다.

"안티푸라민 주세요, 아저씨."

잠이 덜 깨셨나? 그는 필요 이상으로 친절을 베풀려고 하였다.

"어디 다쳤어? 상처 보고 나서 먹는 약이랑 같이 지어 줄게. 어디지?"

나는 괜찮다고 하였다. 나를 애 다루듯이 하면서 반말을 툭툭 던지는 모양이, 마치 내가 점칠 때 내뱉은 고약한 말투처럼 비쳐져 잠시 어리둥절한 기분이 들었다. 점을 본 그 아주머니도 이처럼 불쾌했을까? 그는 무척이나 억센 인상에다 눈가에 주름이 깊었고, 저 투박한 손이 부드러운 약을 다룬다는 게 왠지 어색해 보였다.

"처음 보는데 여기 놀러 왔나?"

그가 묻기에, 물레방앗간 못 가서 냇가 돌다리 건너 언덕배기 기슭에 있는 기와집에 산다고 하였다. 그랬더니 눈이 휘둥그레졌다.

"거긴 주변에 집도 없고 귀신 나오는 흉가라던데?"

그러고는 힐끔 눈치를 보다가 내가 아무 말이 없으니까 재차 묻는다.

"웬 무당이 샀다고 하더니만 거기 딸이냐?"

내가 그 기와집 주인이라고 하니까 그는 더욱 눈이 휘둥그레지며 말까지 더듬거린다.

"아, 아직 어린애 같은데 무당이라고? 어쩐지 누, 눈매가!"

지금껏 어기적거리더니 손을 빠르게 놀려 약을 쑥 내민다.

마치 벌레 씹은 듯 떨떠름한 표정이 된 그를 뒤로하고 문을 나섰다. 잠시 뒤에 문 여는 소리가 들렸고, 주문을 외는 듯한 소리가 이어졌다. 아마 액막이한다고 문밖에다 소금을 뿌려 대는 모양 같은데 돌아보지 않았다. 무당이 어쨌다고 저 난리지? 꼴에 미신 짓거리를 혼자 다 하면서도 무당을 경멸하는 것 같아 어이가 없었다. 인간들이란!

2

이상하게도 그 후로 사람들이 기웃거리지 않았다. 그러는 동안에 속세의 무당이 갖추어야 할 기본을 익히고자 하여 부적을 만들어 보았고, 제사상 차리는 법도 배웠다. 굿판의 대강을 살피고자 여기저기 돌아다녀도 봤지만 모두 쓸데없다는 생각만 들뿐, 어느 하나 내 심기에 맞아떨어지는 게 없었다. 내가 모시는 신이 그래서일까? 아니면 남에게 베풀어야 하는 굿 행위 자체가 부질없는 미신에 지나지 않는다는 것일까? 한참을 고민하다가 문득 한 생각이 미쳤다. 천불사 할머니가 다뤘던 굿! 자질구레한 온갖 장식과 허울 좋은 음식을 싹 쓸어버린, 그 굿이 비로소 내 마음에 와락 와 닿았다.

밤 기도를 끝내고 대청마루를 지나는데 갑자기 낑낑거리는 소리가 들렸다. 강아지가 신음하는 소리다. 담장 너머로 강아지가 애처롭게 울어 댔지만, 밤이 깊기도 하고 어찌하겠느냐는 심정에 그대로 안방으로 들어 갔다. 강아지는 내 기척을 알아차리고 도움이라도 바랐던 것일까. 내가 잠자리에 들자마자 바로 울음을 그쳐 버린다. 몇 달 전, 전봇대 밑에 웅크리고 있었던 그 강아지일까? 어미를 잃고 내버려져 여기저기 떠돌아다니는 강아지일지 모른다는 생각이 스쳤다.

밤에 꿈자리가 뒤숭숭하여 아침 일찍 대문을 열었다. 바로 몇 달 전 그 강아지가 문설주에 기대 있다가 나를 보고는 꼬리를 마구 흔든다. 몸을 수그려 가만히 지켜보았다. 놈은 비록 못 먹어 야위었지만 키가 좀 자랐고, 회색빛 짧은 털이 덕지덕지 엉겨 있다. 그렇긴 해도 눈빛이 초롱초롱하고 귀가 쫑긋한 게 진돗개의 피가 조금이나마 섞인 듯싶었다.

몸을 일으키자 놈이 낑낑거린다. 이놈이 어찌하는지 알아보려고 대문을 열어둔 채 마당으로 들어가자, 놈은 문턱에 앞발을 얹고는 벌벌 떠는 몸짓으로 혀를 날름거린다. 그래도 덮어놓고 마당으로 기어들지 않는 것을 보니 딴 데서 눈칫밥을 먹은 탓이거나 영리해서일 것이다.

갑자기 이름을 지어 주고 싶었다. 뭐가 좋을까?

"모차르트, 이리 와라!"

놈은 내가 내미는 손짓을 기다렸다는 듯 힘차게 달려들었다. 낑낑! 놈이 응석 부리듯 마구 몸을 까불며 호들갑을 떤다. 두 손으로 놈을 허공에 들어 올렸다.

모차르트는 하얀 개였다. 깨끗하게 목욕을 시키고 나니까 몸매가 제법 매끈하게 빠진 데다가 하는 짓까지 영리한 것이, 혹시 진돗개 순종이 아닐까 하는 생각이 슬그머니 기어들었다. 개집을 하나 사서 뒤뜰로 가는 양지바른 모퉁이에다 모차르트의 보금자리를 만들어 주었다. 놈의 집이 생각보다 크다.

그런데 모차르트는 생각한 것보다 별로 영리하지가 않았다. 내 집에 들어와 산 지 얼마 안 되어 어디선가 농약 든 먹이를 처먹고는 비실거려 동물 병원 신세를 톡톡히 졌다.

"이놈아! 내가 주는 밥이 맛이 없디? 나가서 주워 먹는 버릇, 그만 버릴 때가 됐잖니?"

놈이 알아듣기라도 하는 양 내 눈치를 보며 낑낑거렸다.

3

날씨가 풀려 따뜻해지자 생필품과 반찬감을 사러 읍내 장터를 다녔는데 그럴 때마다 문득 한마디씩 던지곤 했다. "아주머니, 곧 좋은 일이 생기겠어요." 느껴져 무심결에 나오는 말을 어쩌랴. "아저씨, 병원 가서 진찰 한번 받아보세요." 병색이 완연한데도 돈벌이에 매달려 알아차리지 못하니 남이라도 말해주는 게 어찌 좋지 않겠는가.

장터는 새로운 건물이 들어서고 길도 곳곳이 넓어졌긴 한데, 아직도 옛 모습 그대로 간직한 가게도 많이 띄었다. 새로 지을 여력이 없어 초라하게 버티는 저 모양이 내게는 어린 날의 추억으로 해서 무척 정겹게 다가왔다. 사람들은 낯설었지만 노인네 분들을 볼 때면 필시 아버지 손을 잡고 기웃거렸을 때 먹을 것을 한 줌씩 쥐어주곤 하셨던 분들이 틀림없을 게다. 그 생각을 하면 모든 이들이 내게 친숙한 이웃으로 다가오는 것이다.

누가 장난스럽게 물어 왔다.

"무당도 병원에 가세요?"

나는 능청스럽게 대꾸하였다.

"무당도 아프면 병원에 갑니다. 이게 귀신이 실린 병인지 내 병인지를 확실하게 알아야 하니까요."

그러자 내킨 김에 묻는다는 듯 한마디를 덧붙이는데, "영혼이 있다고 보세요?"

"네. 영혼은 연기로, 빛으로 올 때도 있고 꿈에는 형체로 올 때도 있지만, 어떤 것을 캐내어야 할 때는 기운이 쓱 와서 피부 세포 쪽으로 흡수되는 느낌을 갖기도 하지요."

어려울 수 있는 얘기를 슬쩍슬쩍 들려주곤 하니, 모두가 다정다감한 얼굴로 다가왔다. 이렇듯 어떤 형편에서 마주치든지 스치는 기운에 맞춰 암시를 주니, 읍내 사람들이 삼삼오오 모여 쑥덕거렸고, 은근슬쩍 복채 값을 묻더니 살금살금 기와집 문턱을 넘기 시작하였다.

"이 뉘래요? 설희 아녀?"

거기다가 도시로 달아나지 못하고 주저앉은 옛날 소꿉동무였던 순이, 분이 등등 여러 친구가 어른이 되어 나를 반겼다. 나는 걔들을 얼싸안았고 그들의 운세를 좋은 쪽으로 풀어주며 마구 축복하였다. 우리는 마음이 통하여 수시로 안부를 묻곤 하였는데 주변 사람들에게 수다를 떨어 내 존재를 알리는 모양이었다.

여러 사람이 나를 찾아오고 돌아갔다. 그해 봄날에 이곳 사람들은 묵은 근심을 내려놓고 가슴에 새삼스레 희망 하나씩을 안으며 살아가게 되었다.

4

아침 기도를 드리기 전, 이른 시각에 누가 대문을 두드렸다. 허리 굽은 할머니라 기다리게 할 수가 없다. 할머니는 복채로 보리쌀 한 줌을 내밀고는 앉자마자 한숨을 내쉰다. 자기가 다니는 사찰 스님이 그랬단다. "집에 뭐 들어왔어!" 그래서 굿을 해야 하는지 어찌해야 좋을지를 몰라 여기 왔다고 하였다. 맑은 영혼의 스님은 자신이 득해야 할 성불이 우선시되어야 한다. 참선하고 도를 닦는 데 여념이 없어야 할 입장에서, 집에 뭐 들어왔다고 떠드는 것은 땡중이나 하는 짓이다.

"할매요, 쓸데없는 소리를 귀담아들을 거 없어요. 굿할 필요 없습니다. 마음 편하게 먹고 여생을 보내세요."

"고래도 그 때문에 허구한 날, 자식새끼들한테 우환이 끼어서요."

할머니는 스님의 악담을 채 떨쳐 버리지 못해, 굿을 해야만 우환이 생기지 않을 거라는 묘한 심정에 빠져 있다. 집에 나쁜 것이 따라 들어올 지경이면 필시 의지를 지닌 의식체라는 소린데, 가당찮다. 먼지나 습기처럼, 그런 음습한 기운이 감돌 수는 있지만 그것은 사람들에 의해 형성된 기류인지라 당연히 그 사람들이 긍정적 변화를 일으켜야 하는 것이다. 할머니는 귀신이 농간을 부린다고 믿고 있기에 내가 풀어줄 방도밖에 없었다.

"그렇다면 굿을 합시다. 뭣이 들었던 내가 쫓아내 줄게요."

그랬는데도 할머니는 땅거죽이 꺼져라 한숨을 내쉰다.

"굿할 돈이 없어 그래서 그래요."

그 순간, 천불사 할머니가 왜 식칼 굿을 고집해서 전수하였는지 어슴푸레 알 것 같았다. 나는 공짜로 해 주겠다며 굿할 날짜와 시간을 정해 주었다.

그런데 그날 되어 막상 할머니 집에 가서 보고는 속으로 깜짝 놀랐다. 이곳 읍내 중심지에서 보기 드물게 널찍한 대지에다 반듯하게 칠 층으로 지어 올린 건물이었고, 그 꼭대기 층의 일부를 할머니가 가정집으로 사용하고 있었다. 나중에 들은 소린데, 서울에서 건축업을 하는 아들이 살던 생가를 허물고 그 자리에다 건물을 지었다고 한다. 원래부터 알부자인 할매는 여간 노랑이가 아니라서 동전 한 닢, 주머니에서 내놓는 꼴을 못 봤다는 얘기까지 들렸다.

굿을 준비하면서 창밖을 둘러보니 어릴 때 다녔던 교회가 저만치 내려다 보였다.

"돼지머리 하나 없이 하는 게요? 이 무슨! 며느리가 굿 값 드리라 해서 챙겨 놨는데…"

"어허!"

나는 못 들은 척, 버럭 소리를 내지르며 식칼을 흔들었다.

"여기 귀신은 먹는 거 다 싫다 하네! 어찌나 많이 드셨는가 물맛이 최고라 하네! 어허!"

할머니의 미심쩍은 눈빛에도 무사히 굿을 치렀고 물론, 돈을 받지 않았다.

"늘그막에 낳은 아들이 재수를 하거든요. 올해는 대학 가야 허는디 부적 하나 만들어 주시오. 값이 비싸겠죠?"

장터서 국수 팔아 유학까지 보냈으니 살림살이가 또 얼마나 척박할까.

말은 국수를 먹다 말고 분식집 아저씨에게 그랬다.

"서울서 공부하는 아드님은 부적이 필요 없습니다. 대신에 제가 합격자 발표할 때까지 기도해 드릴 테니 아드님 이름이랑 생년월일, 일러주세요."

"하이고, 감사합니다요. 그렇게 해 주시기만 하면 요번엔 기필코 될 거구먼요."

한창 실력을 쌓아가야 할 중요한 시기에 아들이 행여 요행을 바랄까 봐 걱정되어서였다. 내 어릴 적에는 앳된 아줌마가 생글생글 웃으며 국수를 말아 주었는데 지금은 머릿결이 희끗희끗한 아저씨가 그러고 있다. 아들 하나 낳고 시름시름 앓다가 몇 년 뒤에 병으로 죽었다는 얘기를, 며칠 전에 친구로부터 언뜻 듣고 한번 들른 것이다. 아저씨는 우르르 몰려온 아이들이 밖에 서서 만두를 찾자 거기로 다가간다.

5

장터에서 얻어온 돼지 뼈다귀를 개 밥그릇에 얹었다. 녀석은 오늘도 싸돌아다니느라 코빼기도 보이지 않는다. 하얀 한복으로 갈아입기 바쁘게 바깥에 기척이 있다.

"무당님, 계세요?"

곱상하게 생긴 젊은 아주머니가 머뭇거리며 신당에 들어선다. 척 보니 교회 다니는 여자다. 요즘 지켜보니까 기독교인들이 점을 많이 보러 온다. 귀신이 있다고 믿는 마당이고, 신의 주관에 의해 세상만사가 돌아간다는 굳센 믿음을 지닌 만큼, 그러한 신의 뜻을 어떻게든 알아내고 싶긴

할 게다. 그럼에도 그런 쪽으로는 아무런 언급 없이 무조건 믿으라는 목사의 설교가 때로 얼마나 답답하겠는가. 그러니 대신해서 나 같은 무당이라도 찾는 게 아닐까 싶다.

물론, 불자들이야 더 말할 나위가 없다. 자아라고 내세울 만한 실체가 따로 없다고, 고타마 붓다가 설법하였음에도 무수한 신과 잡귀를 만들어 내는 것이다. 절에서도 천도굿을 하고 부적을 만들고 점을 치고, 교회에서도 예언을 하고 십자가에 의지하고 병 치료와 복과 안녕을 기원하는 안수를 한다. 이런 마당에 무당의 행위와 대체 무슨 차이가 있겠으며, 오히려 이런 기존 종교의 행태가 태곳적부터 내려온 북방 샤머니즘의 끈끈한 무속 신앙에서 비롯된 거나 아닌지 모르겠다.

그녀는 목에 걸린 짤막한 십자가가 블라우스 밖으로 튀어나온 줄도 모른 채 점상에 바짝 붙어 앉았다.

"딴 게 아니고요, 실은…."

그녀는 잠시 머뭇거리다가 간신히 말을 덧붙였다.

"실은, 내 팔자가 왜 이런가 싶어 하소연 좀 하려고 왔어요. 하도 기구한 팔자인 것 같아서요. 기도하면서 울어도 보고, 살아보려고 암만 나부대어도 당최 일이 꼬이기만 하고, 그래서요."

"그런다고 이런 데 찾아와서 어쩌자고요. 누가 뭐라 해도 점집이나 무당굿보다는 종교를 갖는 것이 나아요. 힘들어도 믿는 생활을 잘해 나가세요, 아주머니."

"내가 이 나이에 어린 자식 하나 데리고 과부로 산다는 게, 정말 힘드네요."

"아주머니, 여기서 이럴 게 아니라 차나 한잔 하면서 얘기 나눕시다."

그녀와 함께 바깥 대청마루에 앉았다. 부드러운 햇살이 나뭇결무늬에 퍼지고 봄바람이 산들산들 불어 기분이 산뜻하다. 이렇듯 하소연할 곳을 찾아 물에 떠내려가듯 찾아온 이들에게는 신당이 어울리지 않는다. 신당에서는 간단하게 일러주고 여기 편하게 앉아 대화를 나누는 편이 훨씬 좋다. 그러면 사람들은 마음이 놓여 자기 말을 순순히 하게 되고, 내가 한 번씩 건네는 조언에 고개를 끄덕이며, 만사가 확 풀릴 것 같은 기분을 잠깐이나마 지니고 돌아간다.

때로 바위 같은 사람이 와서 무턱대고 버티는 바람에 점괘가 흩어지곤 하는 그럴 때에도 이렇게 차를 마시면서 서서히 실마리를 찾기도 한다. 본래의 성격이 그러할 때도 있지만 대개는 상처받은 마음이라 그 마음을 닫아서 그런 경우가 많다.

담소를 나누면서 알게 된 젊은 과부의 이름은 고정은, 나이가 서른 살이다. 작년 여름에 아들 낳고 얼마 지나지 않아 남편이 교통사고로 숨졌다고 한다. 태생이 서울인 그녀는 시골서 유학 온 남편을 대학에서 만나 결혼하였다고 한다. 남편이 공무원 시험에 합격하여 지방으로 발령이 났고, 이곳에 신혼을 꾸리면서 그처럼 불행한 일을 겪었다는데, 친정과 친구들이 있는 서울로 돌아가지 않고 그대로 눌러앉은 이유에 대해서는 얼버무렸다. 아직 한이 남은 까닭일 테지….

웬 건장한 청년이 우당탕, 신당 문짝을 부술 듯이 밀치고 들어왔다.

바로 코앞에 놓인 기묘한 제단의 화상이 와락 덮쳤는지 윽! 외마디 비명을 지른다. 순박한 모습의 여러 조각상들 때문에 저러지는 않을 것이고 필시 벽면에 그려진 벽화를 보고 놀랐을 게다.

벽화는 천불사의 삼신각에 장식된 벽화를 그대로 본떠서 꾸민 것이다. 색채가 강렬하면서도 기하학적인 추상성으로 해서 일반 사람들에게는 매우 낯설 것이고, 보는 이의 마음에 따라 형체가 달리 보일 것이다. 그런데 이 청년은 저 벽화를 보고 숨죽인 비명을 질렀으니 아마 공포에 사로잡힐 그 무엇이 보였나 보다. 그는 뒤로 주춤 물러나는가 싶더니 고개를 휙 돌려, 왼쪽 벽면 가까이에 다소곳이 앉은 나를 발견하였다.

나는 오늘따라 손님의 발길이 없어 책을 읽고 묵상에 잠기느라 아무 기척도 느끼지 못했다가 이 급작스런 소동에 순간, 가슴이 덜컥하고 내려앉았다. 모차르트는 대체 뭐 하고 자빠졌남?

청년은 다람쥐를 쫓는 민첩한 매처럼 후드득 다가와 점상 앞에 떡하니 앉았다. 나는 마음을 진정시키며 놈을 노려보았다. 이놈은 순박하게 생기긴 하였으나 지금 무언가 결판을 내려는 듯 모질게 마음먹고 들어왔음이 직감되었다. 이제 겨우 땅거미가 내려앉는 초저녁인데 벌써 거사를 꾀한다고? 기선 제압이 화급하다 싶어, "휘익!" 하고 휘파람을 날카롭게 불면서 곧바로 부채와 방울을 양손에 쥐고 흔들어 대었다.

"어허! 뭐가 있구나, 뭐가 있어!"

청년은 느닷없이 내지르는 거칠고 요란한 내 몸짓에 깜짝 놀라 몸을 부들부들 떤다. 이 뜻밖의 상황을 놓치지 않고 재빨리 그를 윽박질렀다.

"이보게, 왜 그리 살려고 하는가? 조금만 노력하고 열심히 하면 앞날이 훤하겠건만 그걸 못 참고 사고 칠 생각이나 해서야 뭣에 쓰겠는가!

자, 말해보게. 뭐가 필요해서 온 거지?"

거침없이 내뱉는 내 넋두리에 그가 안절부절 어쩔 줄 몰라 하며 식은 땀을 줄줄 흘린다. 나는 펄쩍거렸던 몸을 천천히 수그렸다. 그리고는 목소리를 낮춰 나긋하게 물었다.

"돈이 필요한가?"

자신을 놓고 귀신같이 알아맞히는 무당이라 느꼈는지 그가 땀을 훔치며 씩씩거린다.

"저는요, 고아원 출신이라고 박대만 받다가 헉헉! 억울하게 감방까지 갔던 놈이어유. 얼마 전에 나왔지만 앞이 깜깜하고 울화통만 터지더라고요. 홧김에 강도짓이나 하자 싶어…. 무당님, 죄송하구먼요. 이놈이 정신이 나갔었나 보네유."

말씨를 들으니 아직 어린 티가 줄줄 흘렀다.

"칼은? 어서 이리 내놔요."

"칼? 그런 거 없는데유?"

자기 입으로 강도짓을 하려고 들어왔다면서 칼도 없이 맨몸으로 들어왔단다. 나도 모르게 한숨이 새어나온다.

"어휴! 어찌하자는 얘기야? 한심하구만!"

가부좌를 틀고 앉은 바로 코앞, 마루판 한쪽을 살짝 들어 올렸다. 큼직한 점상에 가려져 맞은편 사람의 시선에 띄지 않는 나만의 비밀 서랍이다. 거기 밑바닥 공간에는 여러 뭉치의 돈다발과 통장이 있고, 아버지가 남긴 권총 한 자루가 놓여 있다. 거기서 지폐 한 다발을 집어 들어 점상 위에다 툭 던졌다.

"가서 국밥부터 한 그릇 먹고, 목욕도 하고, 봄옷으로 좀 갈아입고, 정신 바짝 차려서 살아요. 남의 집에 들어가 일하면 또 어때서. 그렇더라도 순박한 마음은 잃지 말고. 알겠어요?"

청년은 자기 앞에 던져진 돈다발을 선뜻 움켜쥐지 못하였다.

엎어져 나뒹구는 그릇을 바로 하고 개밥을 부었다. 놈이 꼬리를 흔들며 달려들어 허겁지겁 먹어댄다. 싸돌아다니다가도 밥 먹을 때 되면 알아서 재깍 돌아오는 놈인데 오늘은 아예 나가지를 않았다.

"모차르트야, 이 집엔 고기가 없어 어쩌누. 그래서 나다니는 게야? 주워 먹으러? 난 또 네놈이 어디 나간 줄 알았다. 있었으면서도 가만있었어? 강도가 들어왔는데도? 참! 근데 이놈은 어째 짖을 줄을 모르네. 모차르트야, 강도랑 맞닥뜨리면 으르렁 하고 표독스럽게 짖어야 개지. 알겠니?"

아직 조그만 강아지가 짖을 줄을 어찌 알겠고 짖어봐야 눈 깜짝할 강도가 어디 있겠냐마는, 내 딴에는 훈련시키는 것처럼 시늉함으로써 놀란 가슴을 마저 추스르고, 눈앞에 기댈 구석이라도 있는 체하려고 은근히 그리하였다. 그러곤 멋쩍어 몸을 일으켰다.

"이놈아! 손님일까 봐 안 짖는 게야? 흐음, 그래도 한 번 정도는 짖어라. 인사는 해야지."

놈이 밥 먹다 말고 내 쪽을 바라보곤 꼬리를 흔들며 낑낑거린다. 나는 나무라는 시늉을 하였다.

"지금 말고! 누가 오거든 그때 왈왈, 이렇게 겁나게 짖고. 자, 얼른 밥이나 먹어."

"여기가 점쟁이 집 맞소?"

"아이, 깜짝이야!"

소리에 급히 돌아보니 점퍼 차림의 중년 남자가 내 뒤에 바짝 붙어 서 있다.

신당 꽃방석에 앉은 그가 첫마디부터 빈정거린다.

"뭣 때문에 왔는지도 몰라요?"

"이보시게. 내가 귀신도 아니고 하나하나 어떻게 다 압니까?"

"아니, 점쟁이라며? 점쟁이가 그것도 모른다고?"

"이 양반아, 신령님이 아무한테나 아무렇게나 꼬치꼬치 캐고 다닐 정도로 한가한 줄 아슈? 말하기 싫으면 그만 가시게."

"이런! 알겠소. 아무튼 간에 불공드리라 하진 말고 점만 봐 주소."

나는 입을 다물고 그가 말 잇기를 기다렸다.

"마누라가 바람피우느라 싸다니는 겐지 아닌지 그거나 좀 알고 싶소."

방울을 쥐었다. 내 손목부터가 꼼짝하기 싫다. 그러니 방울이라고 어찌 흔들리고 싶겠는가. 계속 멍하니 있을 수가 없어 왼편에 놓인 부채를 오른손에 같이 쥐고서 살랑살랑 부쳐 보았다. 아무런 기운이 와 닿지 않는 이런 경우가 또 있었던가? 건성으로 찰랑거리는 방울 소리에 짜증이 나서 그를 뚫어져라 쳐다보았다. 그가 약간 움찔하였다.

"이곳에 땅 파러 온 게요? 아니오?"

"온천 개발하는 일에 따라오긴 했소만, 그건 왜요?"

"어지간히도 밝혔네, 쯧쯧."

"그게 참말이오? 내 이것을!"

"당신 말이오! 당신이 여색에 빠져 놀아난다는 소리라오!"

"엉? 이 무슨 소리를!"

그가 울컥하여 벌떡 일어서더니 씩씩거린다.

"이보슈! 아직 젊은 처자라 세상살이가 신통찮나 본데, 막일에 휘달리다 보면 짬짬이 아낙네 살냄새가 그리운 법이오. 젠장맞을!"

그가 나가려고 문고리를 잡다가 돌아보며 재차 묻는다.

"그럼 마누라는 괜찮다는 말이요, 뭐요?"

"그게 이상해. 마누라가 지금 살아 있기나 하오?"

"뭐?"

놀라, 그의 인상이 일그러졌다.

"마누라는 언제 본 게요?"

"그게, 그러니까, 한 달포 전에…."

"얼른 나가서 연락이나 취해 보시오. 나도 더는 몰라."

중년 남자는 바로 자리를 박차고 달려 나갔다. 그 후로 어떻게 되었는지 나도 모른다. 나쁜 일이 없었기를 바랄 뿐이다.

8

여러 무당들 중에 더러는 부처를 향하는 기도를 하지 않는다고 얼핏 들었다. 기도하면 신령이 자기에게 잘 오지 않는다고 하던데…. 그러나 한편의 무당들은 부처와 가까이 하면 정도를 걸을 수 있어 좋다고 하였다. 그래서 목사나 스님과 마주쳐도 떳떳하게 대할 수 있다고 하는데….

그렇다면 나는 무엇일까? 나는 성경을 묵상하고, 불경을 사유하고, 철학 책을 해석하면서, 구체적으로 와 닿은 적이 없는 천신, 그 신을 향하는 기도를 올리고 산다. 그러면서 내 영육에서 일어나는 기운을 성령으로 받아들이고, 타인으로부터 와 닿는 기운을 그쪽의 정신, 신령, 때로 귀신으로 다루면서 그것들에 의존해 점을 치고 사물을 풀이해 준다.

고부 갈등이 심해 찾아온 며느리가 그랬다.

"딴 데서는 그러데요. 둘은 악연에 상극이라서 항상 만나면 싸운다고요."

"허망한 소리야. 인간끼리의 관계에는 고정된 감정의 고리가 없어."

"그것이 뭔 소리래요?"

며느리가 고뇌에 벌겋게 충혈된 두 눈을 부릅뜨며 되묻기에, 내가 했던 말을 다시 풀어주려고 하니 머릿속이 지끈거렸다.

"마주쳐서 갖게 되는 감정은 늘 변하기 마련이라, 서로가 마음먹기 나름이라고!"

"그래도 시댁 가느니 죽는 게 낫겠어요."

다른 점쟁이들로부터 주워들은 편협한 관념이 고착되어 좋을 거 하나 없다. 시어머니와의 불화 탓에 심한 우울증을 앓는 그녀를 위해 즉석에서 식칼 굿을 해 주었다.

"얼쑤! 귀신이 나가고 성질이 죽으니 자, 측은지심이 도는구나!"

사람들이 귀로 들어, 타인과의 관계에 있어 나쁜 감정이나 고착된 사고에 빠질 만한 소리는 하지 않는다. 변하지 않는 마음이 없고 사물이 없는데 어찌 소통이라고 다를까. 그리고 사람들이 알기를 꺼리는 것과 고약한 것도 말하지 않는다. 그럴 때 한 가지 힘든 점은, 그런 고약한 것들이 점 볼 때만 오는 게 아니라 미리 내 가슴을 팍팍 때리며 오기도 한다. 사람들이 대개 막바지에 몰려서야 점쟁이를 찾아오기에 더욱 그러하다. 그러니 내 영혼은 또 얼마나 골병이 들겠는가!

사람들이 내게 찾아와서 상대방과 헤어지고 싶다거나, 혹은 헤어지는게 어떠하냐며 묻는 경우가 가끔씩 있다. 인연이 다하고 감정의 골이 깊어져 더 이상 관계가 회복되기 어려운 그런 상태가 아니라, 사랑의 감정이 여전히 마음 한구석에 녹아내리고 있음에도 이해의 부족에서 오는사소한 갈등을 견디지 못해 손쉽게 달아나려는 것이다. 그럴 때에 신명으로부터 오는 넋두리를 들려주고, 관계 회복을 기원하는 굿을 즉석에서 해 주었다.

그렇지만 결심은 당사자들의 몫일 수밖에 없는데 다행히도 이들 중에상당수가 마음을 다잡고 집착을 버려 관계를 회복하게 되었다는 소식을듣곤 하였다. 애초에 요구했던 그들의 원망을 갈아엎은 것이다. 이렇듯무당은 손님이 바란다고 해서 무작정 그러하게 해줄 수는 없다.

사람들의 이런 인간관계를 고민하고 풀어줄 때마다 저절로 엄마의 얼굴이 스쳐 지나갔다. 나는 왜, 엄마와의 갈등을 극복하지 못하고 모녀지간의 인연까지 끊겠다는 작정을 품었던 것일까? 엄마의 재혼이 대체 어떠한 것이기에. 부부간의 애정과 정절이 비록 숭고한 가치를 지닐지라도생사를 달리한 마당에서까지 요구할 수는 없는 일이 아닌가. 죽은 자는영원히 떠났고, 삶을 맘껏 누리며 아름답게 살아갈 자격이 남은 자에게있는 것을.

영산의 엄마에게 조심스레 전화를 드렸다. 막상 대화를 나누니 의외로 편안하였고 담담하였다. 이제껏 서로가 쭉 만났던 사이처럼.

"엄마, 저예요. 설희."

"오, 그래. 몸은 괜찮니?"

"네, 괜찮아요. 결혼 생활은 어떠세요?"

"사는 게 다 그렇지 뭐. 좋다가도 지지고 볶고…. 네가 무사히 고향에
정착했다는 소식을 듣고 마음이 놓였단다. 앞으로도 잘되겠지. 욕심 없
이 돕는다는 마음으로 하면 잘되겠지."

"제 걱정은 마시고 이왕에 치른 재혼이니 행복하게 사세요."

"그래, 고맙구나. 언제 한번 올래? 엄마가 찾아갈까?"

"아니에요. 아직까지는 접신에만 몰두해야 해요. 출가외인이라 생각하
시고, 이다음에 다시 연락드릴게요."

"그래, 그래라. 언제나 건강에 신경 쓰는 거 잊지 말고."

"네, 알겠어요. 엄마, 끊어요."

"그래. 설희도 잘 지내고."

무속 신앙은 정을 다해 점을 치고 혼을 다해 굿을 해 주어도, 다 끝나
고 나면 끝내 손가락질 받기가 일쑤라는데, 그 열 사람 중에 한두 사람
만 자기와 호흡이 맞아도 만족이라는데, 나 같은 경우에는 시절이 짧아
서일까, 아직까지는 군소리가 들려오지 않아 다행이다.

봄날에 하소연을 늘어놓았던 젊은 과부가 가을날에 다시 찾아왔다.

"무당님! 제가 이곳에서 먹고 자고 하면서 일을 도우면 안 될까요?"

"갑자기 왜 그러시오?"

"무당님! 이 넓은 기와집에 할 일도 많을 게고, 더욱이 요즘 손님이 부쩍 늘었다는 소문도 들었어요. 가뜩이나 피곤하실 텐데 허드렛일이라도 돕고 싶습니다."

"대체 왜 그러시는지 묻고 있지 않소?"

"실은, 애 데리고 갈 데가 없습니다. 무당님! 보니까 마당에 풀도 뽑아야겠고, 손이 갈 게 한두 군데가 아니던데요. 빨래도 해야지, 살림을 어찌 살겠어요? 무당 일로도 엄청 바쁘실 텐데요."

제 살길 찾겠다고 피붙이를 매정하게 버리거나 고아원에 맡겨 버리는 부모들이 아직도 수두룩하다. 이런 마당에 제살붙이를 떼어내지 않으려는 저 마음을 어쩌지 못하겠다. 그녀는 내가 망설인다고 생각되었는지 한층 애처롭게 말을 덧붙였다.

"무당님! 주인이 구멍가게를 비우라고 하는데 밑천도 거덜 났고, 정말 갈 데가 없어서 그럽니다. 품삯 달라는 소리가 아니에요. 먹고 자기만 하면 당분간만이라도…"

"알겠습니다. 그렇게 하세요. 그런데 아주머니…"

"예? 말씀하세요."

"무당이 무슨 벼슬자리도 아니고. 앞으로 저를 부를 때는 그냥 아가씨라고 하세요."

"예, 그러죠, 아가씨!"

얼마나 급했던 형편이었는지 그녀는 단숨에 달려가더니 손수레에 짐을 잔뜩 싣고 아이까지 포대기에 싸서 업고는 돌아왔다. 나는 허둥지둥 달려 나가 돌다리서부터 수레 꽁무니를 잡고 끙끙거리며 밀어야 했다.

마침 지나가던 남정네 둘이 달려들어 오르막길에 걸려 헤매는 우리를 도 왔다.

부엌으로 통하는 쪽문이 딸린 방에서 그녀가 거처할 수 있게 해 주었 다. 갓 첫돌이 지난 아이는 몸 상태가 좋지 않은지 누런 콧물을 달고 있었 으나 이목구비가 또렷하여 제법 영특해 보였다. 이름이 철수라고 하였다.

"참! 그런데 교회 사람들이 이 사실을 알면 가만있을까요?"

"그분들은 내게 관심이 없답니다. 몇 번 이 비슷한 일을 했어도 괜찮 았어요."

나는 뭔가 께름칙한 구석이 있었지만 궁지에 몰린 사람을 구제하는 이 것을 놓고 누가 시시비비를 따질까 하였다.

나를 찾는 이들이 부쩍 늘어난 가운데 철수 엄마의 일손이 적지 않게 나를 도왔다. 우선, 잡일을 끊으니 기도와 공부에 좀 더 열심을 낼 시간 적 여력이 생겼고, 제때 골고루 먹게 된 식사 덕분에 고충을 토로하는 이들에게 열성을 다하여도 기력이 버틸 수 있게 되었다. 살림살이도 부 쩍 늘었고 특히, 뒤뜰에 덩그러니 빈 장독대에 크고 작은 독과 항아리가 차곡차곡 채워져 갔다.

대체적으로 신과 접촉을 시도할 때에 방울을 흔들며 말하는데, 짧고 굵다. 길게 늘어뜨리면 인간이 만든 사설이다. 방울을 흔들면 신령 같은 기운이 내 몸에 들어오는 걸 느낄 수 있다. 그럴 때에 어떤 메시지가 떠오르는데, 그걸 남들이 물어 오면 신령이 짧게 말해 주고 가셨다고 일러 주곤 한다. 때로 상대방의 기운이 내 몸과 교류되지 않을 때는 아무 점 괘도 생겨나지 않는다. 그럴 때는 그쪽 신령이 나를 싫어해서 아무것도 알 수 없다고 일러주는데, 그때는 돌팔이라고 손가락질을 받더라도 별수 없는 일이다.

목사나 스님들은 사회에서 높은 위치를 차지하지만 무당은 가장 낮은 곳에서 사제의 역할을 맡는다. 어리석은 무당들은 신이 말하기를, "너를 잘 먹고 잘살게 해 주려고 내가 왔다." 그렇게 해서 자기에게 찾아왔다고 떠들지만 그것은 자신의 이기심만 부추길 뿐, 정작 신은 그러해서 오는 것이 아니다. 전생에 지은 업이 하도 커서, 또는 신의 특별한 소명에 의해, 이 땅에서 가난하고 억울하고 한 맺힌 자들의 원한을 같이 풀어 가도록 하기 위해 신이 왔다고 믿어야 올바른 무당의 길을 걸을 수가 있다. 일이 성공하고 부흥에 이르게 되면 사제들 다수가 교만에 취해 자신을 신의 반열에 올려놓게 된다. 이것을 경계하지 않으면 타락의 길에 들어서게 된다. 오늘날의 현실을 보라.

마음을 열고 다가오는 사람에게는 마음으로 대하였고, 머리를 쓰는 사람은 거기에 맞게 머리를 써서 상대하였다. 그래야만 고개를 끄덕이며 나름 흡족해 하였다. 정해 놓은 복채 값이 따로 없고, 굿과 부적을 권하지 않았다. 그러니 심적으로나 물질적으로 아무 부담감이 없어서인지 이 소문이 나고부터는 참새가 방앗간에 날아들듯 읍내 사람들이 기웃거렸고, 걸핏하면 아무렇게나 내게 물어 오곤 하였다. 심지어 심심하고 따분해서 찾아왔다는 아줌마들까지 생겨날 지경이었으니! 그래도 나는 그들을 흔쾌히 받아들였다. 교회처럼, 이곳도 자유롭게 오가는 공간으로 탈바꿈시켜도 괜찮지 않겠다는 생각이 언뜻 들었다.

"여기 이 남자는 아내가 약사인데요. 꼴에 자기도 약사 행세하면서 같이 약 팔고 있어요. 교회는 매주 꼬박꼬박 출석하긴 하는데 신앙은 좀 그러네요. 소문에는 아내를 보쌈해서 데려왔다나? 워낙 어울리지 않는 부부라 한때 그런 우스갯소리가 떠돌았나 보죠."

철수 엄마는 오늘내일 점치러 올 사람들의 명단이라며 종종 내게 내밀어 보이곤 했다. 그러고는 하나하나 그들의 뒷이야기를 들려주었다.

"아가씨는 곱게 무당이 되셨나 봐요. 돼지 멱따기를 태연하게 하는 무당도 있대요. 피를 뿜고 목 따고 닭 새끼 목 비틀고 그게, 그런 무섭고 험악한 신이 와서 그렇다던데요? 무당도 만능이 아니니까 굿 열두거리 할 때는 전문 분야만 하고 나머지는 여기저기서 손을 빌리더라고요."

"무속 세계에 대해 어찌 그리 잘 아세요?"

"만물상회 허 사장하고 작년하고 올해, 굿판에다 여러 차례 물건을 댄 적이 있어 어깨너머로 알았죠. 어떤 무당은 나를 보고, 신이 온 걸 모르고 사는 사람들이 있는데 바로 내가 그랬대요. 근데 이젠 너무 오래되어 살과 뼈에 굳어 버렸대나 어쨌다나, 그랬어요."

철수 엄마는 자기가 겪은 여러 일들을 틈틈이 내게 들려주곤 하였다. 고달프고 때로 격정적일 수 있는 무당의 삶을 사는 데 있어 그것은 하나의 위안거리였고, 때로 유익한 정보가 되기도 하였다.

"아가씨, 연속극 안 보세요? 빨리 들어와 보세요. 지금 재미나는 거 하네요."

"나중에 9시 뉴스 하거든 부르세요. 세상이 어찌 돌아가는지는 알아야지."

젊은 아주머니가 아기를 데리고 들어와 같이 사니까 사람 사는 집 같다. 아기가 온순해서 그리 칭얼거리지도 않는다. 아빠 없는 줄 알아서 제 딴에 조심하는 것일까? 모차르트, 저 녀석도 그렇고.

"철수가 먹을 거랑 분유는 좋은 걸로 사 먹이고 옷도 잘 입히세요. 돈 걱정은 마시고요."

"네, 그래도 만물상회에서 물건 받아먹으니까 신경 쓰이지 않네요. 다 똑같고 알아서 가져오니까요."

"만물상회 허 사장이 아직 젊던데 어떻게 이 읍내 사람들을 다 아는 거죠?"

"사십 초반인데, 한때 이웃 면 지역을 관장한 무당 할매의 조카 된다던 가, 그렇대요. 할매는 죽고 없어도 워낙 악기를 잘 다뤄 굿패에서 금줄을 쥘 정도라던데, 글쎄요?"

"이 집에 대대로 무당이 살았다던데 맞나요?"

"매월이라는 무당 얘기가 전설처럼 전해 오기는 해요. 어찌나 잘 알아맞히던지 조선총독부에서 밀정을 보내기도 했대요. 만주에서 독립군이 찾아오면, 모아 둔 군자금을 몰래 건네주곤 했다는 얘기도 들은 적이 있어요."

"그래요?"

천대받는 무당이 그런 의로운 일을 감행했다는 사실이 뿌듯하게 다가왔다. 설령 그것이 소문에 그치더라도 때로 의기소침해지는 마음을 추스르기에 족하지 싶다.

"추앙받아 마땅한 무당이었군요. 나는 왜 그 사실을 몰랐을까?"

"하찮은 존재는 늘 역사에서 지워지죠. 그래서 높은 자리에 앉으려고 설쳐 대는지도 모르죠."

11

색정이 강한 자들이 간혹 찾아오기도 한다. 내 가슴을 노골적으로 쳐다보는 손님에게 탁! 손바닥으로 마루판을 내리치며 소리치기도 하였다. "정신 차리라고!" 그들이 가고 나면 자다가도 벌떡 몸을 일으킬 때가 있다. 인간은 누구든지 감정을 지녔기에 색욕의 기운 역시 누구에게나 돌기 마련인데 유독 강하게 와 닿는 자들을 위해 불공드리다 보면 어느새 주위에 색마가 돌게 된다. 목사와 스님이 이 신자, 저 신도를 건드리곤 쉬쉬하는 경우가 바로 그래서이다.

특히 불공이나 굿에 집착하는 스님과 박수의 성욕이 남들보다 엄청나게 강할 때가 있다. 기도를 하면 신명이 들뜨는 데다가 그런 악한 기운, 악귀가 달라붙기 때문에 그렇단다. 그럴 때 성욕에 물든 여자들을 쉽사리 알아낼 수 있어 그들끼리 서로 붙어먹는다는데, 그런가? 구도하려는 의지가 없이는 이런 현상에 허덕일 수 있으니 아무리 여자라 한들, 나 역시도 경계해야 하리라.

밤 기도가 길어졌다. 심장이 자꾸 두근거려 주먹으로 가슴을 툭툭 치며 대청마루로 나오는데, 챙이 달린 검은 모자를 눌러쓴 웬 사내가 담장 너머로 기웃거리다가 슬그머니 사라진다. 그 자리에 털썩 퍼져 앉아 길게 숨을 몰아쉬었다. "이래서 심장이 쿵쾅거렸나. 무엇을 해코지하려고 사내가 엿보는고?" 괜스레 아버지의 권총이 떠올랐고, 아직 그걸 사용할 줄 모른다는 생각이 미쳤다.

한참을 앉아 있자니 부질없이 곽성규의 옛 모습이 떠올라 나지막한 목소리로 푸념을 늘어놓듯이 읊조렸다.

"당신은 어째서, 기도할 때에 영혼을 흔들어 세상을 고독하게 만드시오. 어차피 머물지 못할 사랑이고 나눌 수 없는 마음인 것을 왜, 심장을 쿵덕거리게 해 놓고 무심하게 떠나갔던 것이오."

12

아무리 먹이가 풍족하여 와글와글, 철새가 떼거리로 몰려들어도 철새는 텃새가 아닌 이상 어쩔 수가 없다. 겨울이 닥치고 해가 기울면 으레 손님의 발길이 뜸하다. 추위에 몸이 움츠러드니 만사가 귀찮기도 할 테고, 고만고만하게 한 해를 보냈다는 생각에 운세 따위도 시큰둥해질 게다.

오늘은 아침부터 날씨가 을씨년스럽더니 한낮이 되어 진눈깨비가 흩뿌린다. 신당에 멍하니 앉아 있기가 지루하여 운동복으로 갈아입고 밖으로 나섰다. 나를 반기는 것인지 허옇게 흩어지는 눈발에 신이 난 것인지 내게 달려와 마구 뒹굴며 까부는 모차르트다. 그새 몸집이 엄청 커진 것이, 철수 엄마가 한 번씩 고기를 따로 먹여서 그런 모양이다.

"이눔아, 이젠 그만 좀 안겨라. 무거워 내가 힘들다."

이 녀석을 데리고 오랜만에 어디 거친 눈밭이나 달려 볼까, 그러고 있는데 남자 댓 명이 대문 안으로 우르르 들이닥친다.

"어떻게 오셨어요?"

부엌에서 철수 엄마가 앞치마를 벗을 겨를도 없이 황급히 뛰쳐나오며 물었다.

"점 보러 왔소. 댁이 점쟁이요? 예쁘장한 젊은 여자가 한다더니만. 아하하."

친구로 보이는 같이 온 사람들도 맞장구치듯 떠들썩하게 웃으며 제각
각으로 떠든다.

"손님, 우선은 저기 사랑채로 들어가세요."

철수 엄마가 그들을 사랑채로 이끈다. 나는 말없이 대청마루로 올라
섰다. 썩 유쾌한 기분이 아니어도 일단은 저들을 상대해야 했다. 하얀
한복으로 갈아입고 사내를 맞았다. 사내는 천 원을 탁, 하고 점상에 얹
고는 의기양양하게 묻는다.

"내가 있지요. 할 수 없어 타지에서 술 도매상을 하는디, 이거이 내가
할 짓이 아닌 기라. 하도 지긋지긋해서 때려치울까 하는디, 그래도 괜찮
을라나 봐 주소."

"때려치우면 뭘 하려고 그러시오?"

"내가 군 복무할 때 부대 직속상관으로 계셨던 분이 요번에 저쪽 시장
님으로 오신다카네? 거기 어디 한자리 할 수 있는가, 좀 봐 주소."

권력에 빌붙어 허세라도 움켜쥐고자 하는 자의 복채가 이리 쩨쩨해서
야 되겠나 싶다.

"허어! 복채가 뭐 이렇노?"

절레절레 머리를 가로저으며 방울을 대충대충 흔들자, 사내가 인상을 쓴다.

"싸다고 소문나서 왔더니만 나는 왜 더 받는 거요?"

투덜대며 그가 양복 윗도리에서 지갑을 꺼낸다. 나는 짐짓 방울을 크
게 흔들었다.

"쩨쩨해 가지고서! 무슨 놈의 한자리를 노린다고…. 내, 이런!"

사내는 내 눈치를 힐끔 보며 고작 천 원짜리 지폐 몇 장을 엉거주춤

세고 있기에 잔소리를 해대었다.

"쯧쯧! 돈과 권력이 오가는 점괘는 최소가 만 원부터야. 복채를 많이 낼수록 효과가 터지는 게야. 허어, 이래가 무슨 놈의!"

사내는 이 말에 한자리를 맡을 수 있겠다는 기분이 들었나, 갑자기 지갑에 있는 만 원권 지폐 전부를 점상에 쓱 올려놓는다.

"긴가민가해서 그러는데 되기만 한다면야 이깟 돈이 뭐 아깝겠소. 제발 되게만 해 주소."

사내는 마치 내가 임명권자라도 되는 양 점상 앞에 바짝 달라붙는다. 갑자기 커져 버린 복채에 놀라 절로 손목에 힘이 들어갔다. 방울이 요란을 떨었고 내 언성이 높아졌다. "어허! 한자리 할 수 있겠네!" 부적이 눈앞에 어른거렸다. 사내는 말 한마디면 값비싼 부적도 사들일 판이다. 삿된 잡념을 떨쳐 내느라 시간을 조금 끌었다. 휴우! 한숨을 길게 내쉬자, 사내는 침을 꿀꺽 삼키며 내게서 나올 말을 초조하게 기다렸다.

"당장에 때려치워도 돼!"

"그래요?"

사내의 입이 큼직하게 찢어졌다.

"돈을 한 뭉텅이 싸들고 간다는데 안 될 거 없지!"

그럭저럭 묵은해를 보내고 새해가 되었다. 올해의 운세가 궁금한 몇몇 사람만이 얼어붙은 눈길을 밟고 이곳에 들렀을 뿐이다. 발길이 끊겨 고요하다는 것은 그나마 사람들의 심사가 평안하다는 거겠지?

이처럼 한가한 겨울이 끝나기나 할까? 아침을 먹고 가볍게 뜰을 거닐다가 찬바람에 옷깃을 여미었다. 담장 아래 굳은 흙을 비집고 쑥 돋아난 들풀이 여기저기 꽃봉오리를 맺은 거기에 햇살이 내려앉아 까르르, 간지러운 듯 봄바람과 어우러져 까불어 대었다. 어느새 쑥 커 버린 철수가 고사리 같은 손을 벌려 요리조리 도망치는 모차르트를 붙잡겠다고 아장아장 뛰어다닌다.

"철수야, 다칠라! 살살 걸어."

일요일 아침인데도 철수 엄마는 부엌에서 얼쩡거렸다.

"뭐 하세요? 철수 어머니."

부엌문 밖으로 그녀가 얼굴을 내민다.

"오후 찬으로 겉절이를 담글까 어쩔까 해서요. 왜요, 아가씨?"

"교회는 안 가세요? 저번 주일에도 빠지는 것 같던데?"

"여기 몸담았으면 됐지. 또 어딜 다니고 그러기가 좀…."

"아주머니, 그러심 안 되죠. 여긴 일터이고 종교는 따로 가지셔야죠."

그녀가 젖은 손을 앞치마에다 닦으며 바깥으로 나온다.

"종교고 나발이고, 지금 목사랑 장로들이 양쪽으로 갈라져서 싸움판이나 벌이고 있대요. 그래서 가기 싫어요. 어느 편을 들어야 할지도 모르겠고요."

"아니, 왜 싸워요?"

"목사님이 자기 아들에게 담임목사 자리를 물려주겠대요. 그러니 다른 쪽에서는 교회가 사유물이냐며 반대를 하는 바람에 머시 엉망진창이 되어 버렸고. 두 패로 나눠 가지고 따로 예배를 본대나 어쩐다나, 온통 그러고 있어요."

난리라는 얘기를 들으니 선뜻 다른 교회라도 찾아가라는 소리를 하지 못하겠다. 어느덧 초라한 조각배가 되어 버린 교회가 세상 풍파 하나 다스리지 못하고 거기에 휩쓸려 무기력하게 떠내려가는 게 아닐까 하는 우려가 감돌았다. 건성으로 보기에도 물살을 거슬러 올라가는 묵직한 여객선이기를 포기한 기독교의 모습으로 요즘 다가오긴 하였다.

내가 무당이어서 그런지 몰라도 세상을 살아가는 데 있어서 믿음이 참으로 중요하다는 생각이다. 종교적 믿음이거나 인간적인 신뢰이든 간에 이런 고귀한 감정이 없이는 인생이 힘겨운 나그네 길이 될 수밖에 없을 것이다. 그런데 나를 찾는 이들을 보면 태반이 신앙의 힘으로 여태 버티고 살았다는데, 진리의 추구나 신을 향한 찬양보다는 삶의 고통을 어떻게든 이겨내려는 의지의 촉매로써 거기에 매달린 것 같아 참으로 안타까웠다. 이러니 채 풀어내지 못한 원한이나 절망을 내게 와서 마저 쏟아냈던 것은 또 아닌지!

나는 그랬을지라도 모든 인생이 그러하지는 않을 것인데 고타마 붓다는 인생을 왜 '고(苦)'라고 했을까? 하는 의문을 여태껏 갖다가, 인생이 어째서 '고(苦)'이어야 하는가? 하는 물음으로 이제는 바뀐, 무당의 나날을 보내고 있다.

14

내게 여러 차례 점을, 특히 굿을 치른 사람들은 타성에 젖어 내 행동거지에 의지하려는 경향을 보인다. 자고 일어나면 단골이 생겨나서 집안에 큰일이 있을 때마다 어김없이 나를 찾았다. 철수 엄마의 입김이 작용한 것인지, 아니면 내 곁에서 집사 노릇을 하는 그녀가 거룩해 보이기라도 했다는 것일까? 단골 중에 열성적인 몇몇 사람들이 자청해서 내 일을 돕더니만 급기야 그들이 똘똘 뭉쳐 본격적으로 모임을 결성하였다.

그들은 모임의 이름을 천신회(天神會)라 명명하고, 회장으로 철수 엄마를 뽑았다. 등록된 회원 수가 삼백 명이 훌쩍 넘었는데 이들 중에 가까운 곳에 사는 회원들이 순번을 정해 서로 돌아가면서 신당에서 치르는 점과 굿을 보조하였고, 철수 엄마를 도와 허드렛일도 마다하지 않았다. 그들은 기존 종교의 신자들처럼 서로를 신도님이라 불렀고, 그동안에 내키는 대로 부르던 내 호칭을 만신님으로 통일하였다. 그러고는 내가 머물며 점을 치는 이곳, 내 집을 천신각이라 불렀다.

나는 난처하기가 이루 말할 수 없었다. 품삯을 주는 것도 아니었고, 결코 명예로울 게 없는 일인데도 그들은 나의 손발이 되어 열심을 내는 것이다. 이에 고맙기도 하고 미안하기도 해서 필요에 따라 회원들의 운세를 들여다보고 그것을 풀이해 주기도 하였다. 그런 과정에 어쩌다 보니 내 이야기가 마치 강론처럼 전개되었고, 그것이 그들의 마음을 사로잡았던 모양이었다. 신도들은 이구동성으로 지속적인 강론을 요구하였고 결국 토요일 저녁, 그들의 정기모임 때 강론을 들려주게 되었다. 유독 눈에 띄거나 간절히 원하는 신도들이 있으면 그때마다 운세를 점쳐 주곤 하면서….

누가 보면 영락없이 종교 집단처럼 비칠 것이다. 나는 처음에 이렇게 돌아가는 형세를 두려운 마음으로 지켜보았으나, 구성원들이 요란스럽지 않게 건전한 모임으로 꾸려 나가는 것 같아 점차 마음이 놓였다.

"만신님!"

철수 엄마가 불러, 대청마루로 나섰다.

"쌀하고 부식이 막 도착했네요. 당장에 값을 치러야 한답니다."

"알겠어요. 얼마랍니까?"

살림은 철수 엄마가 도맡아 하는데도 돈 관리를 내가 하다 보니까 늘 이렇게 내게 받아서 쓰게 된다. 번거롭기도 하고 서로를 불신하는 것처럼 비치기도 하여 참으로 어색한 일이다. 좋은 방법이 어디 없을까? 비밀 서랍을 열어 만 원권 지폐 몇 장과 이곳에 와서 따로 만든 통장을 꺼내 들었다. 엄마가 만든 옛 통장에서 빠져나간 돈은 아직 한 푼도 채워 놓지 않았다.

"동생! 사장님한테 가거든 곧 굿판을 벌일 거라고 전해."

부엌 앞에 빈 수레를 세워 놓고 청년이 돈을 챙겨 호주머니에 쑤셔 넣는다. 어쩐지 안면이 많다.

"알겠어유, 누님. 그만 가 볼게요."

그냥 돌아섰으면 몰랐을 텐데 멀리서 나를 힐끔 쳐다보며 인사한답시고 고개를 수그리는 바람에 알아 버렸다. 어리숙한 강도!

나는 짐짓 모르는 척, 계산을 치르고 다가온 철수 엄마에게 물었다.

"단골이야 이제 내가 다 알고 모임을 갖는 신도님도 알겠다만, 내가 모르면서 우리 일에 관여하는 사람이 혹 있는가요?"

"단골도 그렇고, 거래처 사람들도 전부 장부에 적어 놨어요. 갖다 드려요?"

"그래요. 이따 봅시다. 근데 아까 그 청년은 누구죠?"

"아, 그 동생이요? 걔는 작년에 내 가게로 찾아와서는 일꾼으로 써달라기에, 내가 만물상회에다 소개해 줬었어요. 허 사장 말이 부지런하게 일을 잘한다고 그러네요."

"네에, 그랬군요."

"그런데 왜요? 걔를 만신님이 아세요?"

"아니에요. 신도님 말마따나 순박하고 부지런한 청년 같아 물어봤어요."

"단골들이야 건강한 남정네들도 많지만 우리 신도님들은 거의가 힘없는 아낙네들이잖아요. 남편이 있대도 연세가 다들 그만그만하시고요. 아까 동생처럼 힘깨나 쓰는 일손들이 때로 필요한데 아쉽긴 해요."

살림하면서 이따금 물리적 힘이 부치는 일이 생기곤 한다. 그렇다고 일일이 일꾼을 부리기도 어렵기에 고충이 뒤따른다. 내게라도 말해 작은 힘이나마 보태면 좋을 텐데 그러지를 않는다.

"만물상회 사장은 우리 회원이던데, 아까 그 청년은 싫대요?"

"네? 아, 예."

갑자기 물어 뭔 소린가 하다가 서둘러 말한다.

"신도로 가입하라니까 망설이기만 하고 통 응하지를 않네요. 잘 따르면서도 그러네요."

"이름이 뭐래요?"

"나건수라고 하네요. 스무 살이라면서, 나이가 정확치는 않다고 그러네요."

나는 주머니에서 통장과 도장을 꺼내들었다.

"이건 통장입니다. 앞으로는 직접 관리하세요. 작은 금고를 하나 사서 거기다 돈이랑 넣어 두면 좋겠네요."

철수 엄마의 얼굴이 환하게 피어난다.

"아이고, 만신님! 어찌 저를 다 믿어 주시네요? 제가 금전 출납을 엄격히 하고 일일이 장부에 기록할게요. 고맙습니다."

"고맙긴요, 이젠 한배를 탄 처지인걸요. 일과가 끝나면 같이 가계부를 짭시다. 돈은 어느 정도 모이면 바로바로 은행에 입금하시고요."

"아이고, 당연히 그렇게 해야죠. 염려 마세요."

"그리고 건수 청년을 보거든 회원 되는 게 좋겠다고, 내가 그랬다고 전하세요."

"네? 아, 그렇게 전할게요, 만신님."

철수 엄마는 얘기 중에 통장 내역을 살펴보더니 머뭇거린다.

"어머! 생각보다 얼마 없네요?"

15

본격적으로 천신회와 천신각의 살림을 꿰차게 되자 철수 엄마의 활약이 눈에 띄게 활발해졌다. 손님들이 차례를 기다리느라 머무는 사랑채 안팎을 뜯어고치고, 부엌을 개량하고, 군데군데 낡아 허물어지는 고택을 새로이 단장하는 보수공사를 대대적으로 벌였다. 이런 일을 회원인 한 건축업자가 맡은 데다 인부 외에도 회원들의 자발적인 참여까지 일어나, 돈과 시간을 아끼는 가운데 공사가 차근차근 진행되었다.

나도 거들었다. 회원들이 손사래를 치며 말렸지만 그들의 노고를 지켜볼 수만은 없었다. 노동은 신성하여 신과의 교감과 합일을 꾀하는 수행의 일단일지 모른다는 생각에 뙤약볕에 드문드문 일렁이는 미풍을 안으며 허리를 뻗쳤다.

"만신님, 이 우물은 어떻게 할까요? 쓸데없이 공간만 차지해서요."

"멋으로 놔두죠. 덮개를 새로 하는 게 좋겠어요. 송판 같은 나무로요."

"하긴, 아무리 가물어도 말라붙지 않더라고요. 물도 깨끗하고요. 이참에 두레박이나 하나 매달아 놔야겠네요."

이러는 와중에 천신회는 대외적으로도 여러 활동을 펼치며 포교에도 나섰고, 이에 동참하는 회원 수가 점점 불어났다. 조금 우려되기로는 평소에 철수 엄마와 가까이 지냈던 몇몇 교회 신자들이, 교회가 분란을 일으키는 것에 염증이 났다는 구실로 이쪽에 가담하였다는 사실이다. 옛적부터 종교적 알력은 피를 부르는 역사였다.

천신회가 벌이는 보수공사와 대외적 활동으로 신경이 곤두선 내게 철수 엄마가 조심스레 물어 왔다.

"만신님, 단골 중에 어머니가 위독해서 오늘내일한다는데, 죽으면 굿을 해 달라고 하네요."

"신도님, 저는 어지간해서는 산 사람도 굿하지 않을 작정입니다. 이런 제가 어찌 죽은 이를 놓고 덧없는 굿을 하겠습니까? 영혼은 떠났고, 텅 빈 껍질을 두고 뭘 어쩌자고요."

"다들 씻김굿을 하고, 사찰도 천도재라는 걸 하는데, 왜 마다하세요? 이거 아니면 목돈 만질 기회가 별로 없을 텐데요."

"신도님, 잠시 앉으세요."

한 번은 짚고 넘어가야 할 문제인 것 같아, 앞으로 내가 추구할 무속의 세계를 간략하게 일러주었다. 철수 엄마는 내 얘기를 들으면서 때로 놀란 눈으로, 고개를 끄덕이다가, 낙담한 표정을 짓곤 하였다. 그렇게 실컷 다 듣고는 뚱딴지같은 소리를 끄집어내었다.

"그 집에서 원하고 있어요. 그 집 사람들은 거창하게 초상 치르는 것을 조상에 대한 도리이자 가문의 품격이라고 생각하고 있답니다. 그러니 그쪽에서 원하는 대로 무당과 소리꾼을 불러들여서 판소리 한 대목 부르고, 굿거리장단도 맞추고, 한판 신명나게 굿을 펼치는 거예요. 만신님은 지켜만 보다가 맨 마지막에 나와서 집과 가족들에게 축원을 해 주시면 그걸로 되는 것이죠."

"굿판을 다른 무당에게 맡긴다는 얘기예요?"

"맡긴다기보다 뭐, 일당 주고 부려먹는 셈이랄까. 호호."

둘러대고는 있지만 자신도 쑥스러운지 웃음으로 때워 넘기려 한다.

"그렇더라도 그 큰 행사를 어떻게 다 준비한다는 거죠?"

"만신님, 그건 아무 걱정 마세요. 제가 전부터 만물상회 사장하고 가끔 이런 굿판을 엮어 왔다고 했잖아요. 준비는 항상 되어 있으니까 연락만 하면 언제든 곧장 치를 수가 있어요."

나는 혀를 내둘렀다. 싹싹한 성격에다 깔끔하게 일 처리를 하는 사람인 줄은 알고 있었지만 이처럼 꼼꼼하게 계산된 장사꾼 기질까지를 발휘할 줄은 미처 몰랐다. 이 여자는 아무래도 나의 무속 세계를 이용하여 맘껏 자기의 경영 능력이랄까, 수완을 발휘하고픈 것인지도 모르겠다. 그녀의 숨겨진 야망을 엿본 것 같아 조금 아득한 기분이 들었다.

"없던 일로 하겠습니다."

수월하게 목돈을 챙길 수 있다는 씻김굿마저 단칼에 무 자르듯 거절해 버리자 아연 질색한 철수 엄마가 다급해져 내게 이른다.

"만신님의 강직한 성품을 모르는 바는 아니나, 이렇게 나가다가는 밑천이 거덜 나서 우리 전체가 무너지게 됩니다. 뜻이 아무리 좋아도, 죽고 나서야 무슨 소용이 있겠습니까? 만신님이 우선 버틸 힘이 있어야, 죽을 운명도 바꿔주고 맺힌 원한도 풀어주고 그렇게 불쌍한 이들을 위해 선한 일을 베풀 수가 있지 않겠습니까?"

"그런데요? 그렇다면 허 사장은 그쪽 무당과 손잡으면 될 텐데 왜 하필 나였지요?"

"네? 그, 그건… 아무래도 만신님이 용해서 그렇겠죠?"

"…앞으로 씻김굿은 들먹이지 마세요."

어쨌든 그녀의 강변은 허무한 메아리로 끝났다.

철수 엄마가 일을 진행하는 데 있어, 처음에는 살림살이뿐만 아니라 모든 천신회의 활동에 있어 내 허락을 얻었다. 그랬다가, 성전 건축이라는 거창한 타이틀을 내걸어 신도들의 환심을 사서 기와집 보수공사를 밀어붙였고, 천신회 신도들이 애틋한 마음에 발 벗고 나섰다는 미담을 들추어 불우이웃돕기를 펼쳐 나갔다. 나를 억지로 설득시켜 전개한 큰일이었지만 그 결과가 괜찮고 나로서도 만족하였기에, 이후로 어지간한 것들은 철수 엄마에게 맡기다시피 하였다.

하지만 다 좋은데 돈이 문제였다. 일을 벌이다 보니 아낀다고 해도 지출이 많아졌고, 꼬박꼬박 치러야 할 고정 경비도 만만치 않게 되었다. 나와 천신회가 하는 일은 덩치가 커져 버린 데 비해 수입은 보잘것없었다. 손님이 없어서가 아니라 그들로부터 받는 돈이 워낙 미미한 탓이 컸다. 게다가 어려운 이웃을 돕는 데 쓰이는 돈이 녹록지 않아 적지 않은 부담으로 와 닿았다. 남을 돕는 일이 아무리 의롭더라도 제 분수에 맞게 해야 하거늘! 그렇다고 지금에 와서 낮에 한 끼씩 제공하는 노인네 도시락과 고아원의 아이 돌보기를 당장에 중단할 수는 없는 일이었다.

원래, 하설희와 천신회는 별개라 봐야 했다. 내가 모임을 만든 게 아니었고, 나를 추종하는 자들이 자발적으로 만든 단체이며 회장도 철수 엄마, 고정은이다. 그런데 그 천신회가 나를 측면에서 지원하였고, 내 집을 집회 장소로 사용함으로써 묘하게 얽힌 형국이 된 것이다. 그러다 보니 그들의 재정 압박을 빤히 보고도 모르는 체할 수가 없게 되었다.

하는 수 없이 내 통장의 돈 일부를 풀었고, 풀었지만 그 돈마저 쩍쩍 갈라진 논밭에 물을 붓듯 집어삼키니 결국 초조감에 극단의 대책을 세워야만 했다. 철수 엄마 입장에서야 앞서 씻김굿을 거절한 내 탓이 크다고 생각하겠지만, 어쨌든 재정적 고려 없이 무리하게 일을 벌였다는 부담감에 한숨을 몰아쉬며 내게 이른다.

"변명같이 들릴 거예요. 하지만 찾은 손님에 비해 이토록 턱없이 돈이 적게 걷힐 줄은 미처 몰랐어요. 만신님이 너무 후한 인심으로 손님을 받고, 여타 부수입도 변변찮다 보니 이 지경이 되었어요. 이젠 대책을 세우지 않으면 안 되어요."

다급해진 건 나도 마찬가지였다.

"천신회는 회원들의 회비로 운영되어야 마땅하지 않나요?"

"그게 지금 이상하게 돌아가 버렸어요. 만신님을 돕자고 만든 모임이 되다 보니 돈 없어도 됐잖아요. 그런 데다가 회원들이 모두 단골이다 보니 복채와 굿하고 제사상 차린 것들이 헌금한 거라 생각되나 봐요."

"맙소사! 절간 스님에게 하는 시주처럼 그렇게요?"

"예, 만신님."

"회장님."

내가 난데없이 회장이라 부르자, 철수 엄마가 움찔한다.

"네? 마, 말씀하세요."

"신도님들은 어쨌든 헌금을 하셨고, 즉 돈을 쓴 거지요. 저는 그 돈을 받아 이것저것 사느라 썼지만, 어쨌든 돈을 벌었습니다. 그런데 지금 그 돈이 어디 있습니까? 누구한테 들어간 것이지요?"

"그게, 그러니까 그것이…"

계산이 빠른 여자인데도 머뭇거릴 뿐, 말을 잇지 못한다. 갑자기 어둑한 기운이 허공에 감돈다. 내가 단숨에 말했다.

"지금 여기 천신각 식구뿐만 아니라 전체 신도님들이 만물상회에서 공급하는 생필품을 사용한다고 들었습니다. 쌀에서부터 아이 기저귀까지 온갖 것을 거기서 취급한다더군요. 굿이나 제사상에 오르는 제수용품도 말할 것이 없고요. 어림잡아도 상당한 돈이 그쪽으로 흘러갔을 텐데 어째서 허 사장이라는 양반은 이런 위기 상황에서 입 다물고 있는 것이지요?"

"만신님, 그것은 말이죠."

이번에는 재빨리 대답하는 그녀다.

"그것은 이문을 남기려고 공급한 게 아니라 공동체 차원에서 공동 구매한 거라 그렇답니다. 만물상회가 물건을 만드는 곳이 아니니까요."

나는 저절로 고개가 갸우뚱거려졌다.

"자급자족하는 기독교의 일부 공동체처럼 그런 발상에서요?"

"네, 그렇긴 한데 우린 땅이나 공장 같은 게 없어 아직 그렇게는 엄두도 못 내는 것이고 겨우 구매만이라도 그리하는 거랍니다."

스산한 기운이 여전히 감돌지만 꼬치꼬치 따질 상황이 아니다.

"그렇다면 앞으로 어떻게 하실 생각입니까?"

"신도들에게 이 상황을 즉각 알려 생각을 모아야죠. 이번 모임 때 임시 총회를 열도록 할게요."

"알겠습니다. 그렇게 하세요."

철수 엄마는 즉각 임시총회의 개최를 알렸다.

밤 기도를 하는데 오늘따라 기가 모이지 않는다. 아구, 힘드네! 저절로 주먹 쥔 손이 허리를 두드린다. 이럴 때는 맥을 놓고 편한 자세로 앉아 기도하게 된다. 무당도 보국안민을 바라는 기도를 하고, 기도하면 응답을 받는다고 말하는 기독교처럼 나 또한 신도들이 소망하는 삶이 이뤄지기를 바라는 기도를 한다. 단골을 향하는 수많은 축원 외에, 별도로 제목을 정해 놓고 백 일을 합장 배례한 나의 개인적 기원이 있는데 오늘따라 이것을 간구하자 아무 표정 없는 눈물이 주르륵 떨어진다. 눈물이 가녀린 목을 타고 흘러내려 배꼽까지 무명 적삼을 적신다. 내 기원은 곽성규를 만나게 해 달라는 거였다.

곽성규를 만나러 인도를 바삐 걷는다. 그와 만나기로 약속한 장소가 학교 부근의 커피숍이다. 횡단보도에 가까이 이르자 건너편 인도를 걷고 있는 곽성규가 보였다. 소리쳐 그를 불렀고 그가 돌아보았다. 두 손을 치켜들어 흔들어 보이며 그에게로 달려갔다. 환하게 웃으며 반기던 그가 갑자기 놀란 표정이 되어 나를 제지하려 하였다. 순간, 어리둥절하여 걸음을 멈췄는데 도로를 달려오는 트럭이 그만 나를 덮치는 것이었다.

세상은 어둑하였고 나는 눈을 떴다. 무엇이 생시인지를 몰라 잠시 허망한 심정 그대로 꼼짝하지 않다가 휴! 한숨을 가쁘게 몰아쉬었다. 그제야 칭얼거리는 아이의 소리가 들렸고, 안아서 어르는 철수 엄마의 소리가 이어졌다. "어구, 우리 아기가 왜…. 배고파서 그래? 맘마 먹을까? 잠시만, 기저귀 좀 보고."

시계는 밤 세 시를 가리킨다. 곤한 잠에 빠졌어야 할 시간에 이처럼 사나운 꿈으로 잠을 깨다니! 이 꿈이 내게 뭘 암시하려나. 아님 덧없는 개꿈에 불과하려나?

사납던 꿈자리가 이것을 말했던 것일까? 며칠 뒤에 모차르트는 어디론가 또 싸돌아다니다가 차에 치이는 바람에 서울까지 가서 수술할 지경이 되었다. 수술비가 이만저만이 아니라서, 보신탕거리도 안 되는 강아지한테 뭔 정성이냐고 주위에서 수군거렸지만 내 집에 업둥이로 들어왔고 매사가 밝고 천진난만한 개라 반드시 치료해 주어야 도리일 것 같았다. 한편, 마음속으로 액땜했다는 안도감이 은근슬쩍 들기도 하였다.

모차르트가 수술을 받는 동안 근처에 있는 실내사격장에서 권총 쏘는 연습을 하였다.

토요일이 되어, 회원들은 일찌감치 저녁밥을 지어놓고 꾸역꾸역 천신각으로 모여들었다. 멀리 떨어져 사는 회원들 중 몇몇 사람들도 깊은 관심 속에 참석하였다. 천신회 임원들은 총회 진행을 돕기 위해 일찌거니 출석하여, 마당에 멍석을 깔고 군데군데 놓은 교자상에다 간단한 간식거리와 음료수를 차렸다. 한쪽에서는 모기 쫓을 모닥불을 두어 군데 돌아가며 피웠다.

회의의 주안점은 크게 두 가지였는데, 점과 굿에 관한 것이었다. 그런데 생각보다 회의가 오래 걸리지 않았다. 몇몇 회원이 집중적으로 의사를 나타낸 짧은 토의 끝에, 임원 몇 사람이 의논하여 정리한 해결 방안을 가지고 내 견해가 어떠한지를 물어 왔다.

나는 신당 문짝을 활짝 열어젖힌 채 쭉 지켜보고 있었다. 철수 엄마가 다가와 알렸다.

"만신님, 안건이 나왔습니다."

내미는 종이에 적힌 해결책의 골자는 이랬다. 복채 값을 정하고, 30분 기준으로 추가분을 받는다. 예약이 원칙이고, 하루 치 손님 수를 정한다. 웬만하면 부적을 권한다. 굿을 치를 때 공양을 올린다. 신도는 매달 천신각 제단에 나와 기도하고, 헌금을 한다.

회장인 철수 엄마의 안내로 대청마루 한가운데에 좌정하였다. 왠지 어색해지는 마음을 억누르며 앞마당에 둘러앉아 두런거리는 좌중을 찬찬히 살펴보았다. 대략 백여 명의 신도가 참석한 듯하다. 자기네 재물을 쏟으면서까지 성전을 고쳤다고 소문이 자자한 건축업자 양씨. 점과 굿을 치를 때 수족처럼 도운 회원들. 도시락을 만들고 포교에 나섰던 회원들. 보수공사 때 막노동을 자청한 회원들. 여러 봉사활동에 자주 눈에 띄었던 회원들, 그중에 분식집 아저씨도. 그동안에 회원을 상대로 쌀과 찬거리, 생필품을 공급하면서 제법 이득을 챙겼을 법한데도 아무 기부가 없었던 만물상회 허 사장. 유달리 굿에 애착을 보이는 몇몇 회원들. 이들이 하나하나 내 눈에 맺혔다. 나는 목청을 가다듬었다.

"이 자리에 모인 신도님께 감사드립니다. 천신회가 창설된 지 이제 겨우 반년 남짓한데도 신도님의 정성 어린 노력으로 장족의 발전을 하였습니다. 특히 사회봉사에 열심을 내서서 주위로부터 우리 모임에 대해 긍정적 시선을 이끌어낸 것이 가장 뜻깊은 일이었다고 하겠습니다. 우리가 단순히 친목만을 도모하자고 했다면 오늘 이 자리가 필요 없었겠지요. 어렵게 사는 우리 이웃을 돕자는 거룩한 일로 해서 우리가 재정 압박을 받게 된 것임을 다들 아실 것입니다. 그래서 오늘 이렇게 모여 토의를 하셨고, 안건까지 나왔습니다. 이제 제 의견을 듣고자 하시니 지금부터 허심탄회하게 말씀드리겠습니다. 우선 이 안건의 내용을 보면, 현재 무속인들이 시행하고 있는 방식과 거의 똑같습니다. 아마 남들도 이렇게 해 나가니까 우리도 이에 따르자는 취지 같습니다만, 저는 이런 식의 체제를 원하지 않습니다."

주위가 약간 술렁거린다. 토의에 적극 가담한 신도 측에서 이의가 있을 수 있겠다. 이때 문득, 대문가 구석에 웅크리고 앉은 나건수가 눈에 띄었다. 마침내 회원이 된 모양이다.

"개똥밭에 굴러도 이승이 좋다는 말이 있습니다. 아마도 인간의 오감이 갖는 욕망과 그 충족을 부러워한 데서 나온 소리일 테지요. 복채 값을 정해 버리면 정작 나를 필요로 하는 가난한 사람들이 찾아올 수 없게 됩니다. 하소연을 맘껏 쏟아내고픈 사람들은 더 많은 복채를 가져와야 하고요. 이렇듯 사소한 이것이 그들을 주저하게 만들지도 모릅니다.

동전 한 닢을 내거나 막연히 물어오는 할미가 있을지라도 반갑게 맞아야 옳지 않을까요? 그런 까닭에 값을 정하고 싶지 않습니다."

예약은 나도 좋다고 하였다. 미리 기도를 하고 좀 더 나은 조언을 들려줄 수 있을 테니까. 그렇다고 해도 급히 온 사람을 물리쳐서는 안 되니, 쉬는 시간을 이용해서라도 그들을 받아야 한다는 단서를 붙였다. 그리고 기본적으로 하루 인원수를 정하는 것은 체력 소모를 막아 대상에 집중하기가 수월할 것이기에 좋다고 하였다.

"에, 지금부터 언급할 얘기가 중요할 것 같습니다. 부적을 만들고, 굿을 치를 때 공양을 올리자는 안건입니다. 처음에 나 혼자서 굿을 치렀을 때는 돈을 많이 받으면 큰일 나는가 싶어 알아서 내라고 했습니다. 없는 자들은 그냥 해 주기도 했고요. 값을 정하지 않았다고 해서 흥정을 한 것도 아닙니다. 흥정을 하다 보면 무조건 욕심이 깃들게 되니까요. 사람이라 욕심이 아예 없을 순 없잖습니까. 이러니 상대방의 환경과 여러 상황에 맞춰 어느 선이 적절한가를 명확히 파악하는 게 무엇보다 중요하겠지요. 굿은 이러한데요, 아직도 부적에 대해서는 도무지 모르겠습니다. 과연 영험이 있는지 어떻게 해서 있는지도 모르는 상황에서 어떻게 부적을 쓸 수가 있겠습니까. 물론 부적 자체를 무시한다는 얘긴 아닙니다. 제가 이것을 채 알아차리지 못한다는 것이지요. 하나 분명한 것은 부적을 남발해도 벌을 받는다는 사실은 익히 들어 알고 있습니다. 부적은 하늘의 글이라 한다지만 인간이 만든 글이 무수히 있습니다. 그것을 어떻게 구분해 낼 수 있을까요? 저는 모르겠던데요. 게다가 손님들은 부적이든 굿이든 간에 무작정 깎아 달라는 버릇이 있다고들 합니다. 이 말은 뒤탈이 생겼을 경우에 미칠 후환을 암시하는 것이지요. 그러니 여태껏 부적 없이, 내 방식으로 굿을 치러도 아무 문제가 없었는데 굳이 값을 매기는 호화스러운 부적과 굿판을 남발해서 이후에 닥칠 근심을 어찌 피할까 싶습니다. 본디의 심성이 좋아야 마음을 좋게 먹기가 쉽지, 악하면 좋은 마음을 갖기가 참 어렵습니다. 그런 손님들이 갖가지 구실을 붙여 우리를 괴롭히면 그땐 또 어찌하시려고요? 굿한다고 큰돈을 받아도 참여한 일꾼들에게 나눠 주고, 고사를 떡하니 치르고, 굿 끝난 뒤 아파서 병원 가고, 그러면 남는 게 별로 없다고 하던데, 그럼에도 준 사람은 지출된 돈만을 생각하지 않겠습니까? 돈 줬다고 이것저것 주문을 해 대면 무당 자신이 어려움에 처하게 됩니다. 정말 괴로운 짓이 되겠지요. 돈이 많으면 집착이 강해져서 저승에 편히 못 간다고들 하지 않습니까. 그런 돈을 무당이 한몫 챙기려 해서야 어찌 무당이랄 수 있겠고 무당 일을 계속해서 해 나갈 수가 있겠는지요. 에, 그리고…."

여기서 말이 끊겼다. 할 말이 뭐가 더 있을까 궁리하였으나 선뜻 떠오르는 게 없다. 내 말을 기다리는지 주위도 물을 끼얹은 듯 조용하다.

"이상이 제 의견입니다."

말을 끝내자 장내가 다시 술렁거리긴 해도 선뜻 나서서 견해를 밝히는 신도가 없다. 그때 앞쪽에 앉았던 철수 엄마가 일어선다.

"만신님. 우리 신도님들의 헌금 문제를 말씀하지 않으셨어요."

"아, 그렇군요. 매달 제단에 나와서 기도하고 헌금하자는 내용이었는데…."

여기서 잠시 말을 멈췄다. 자칫 내가 표현을 잘못하면 이 조직이 와해될 가능성도 있기에 속으로 가늠해 보았다. 우리는 종교 집단이 아니라서 그런 의식은 덧없는 짓이다. 그런 말을 하고 싶었지만 적당한 표현을 찾기가 쉽지 않았다. 잠시 뜸을 들였으나 별 뾰족한 수가 없어 말을 이었다.

"절이나 교회처럼 우리도 그렇게 하자는 얘긴데요. 재물이 있는 곳에 마음이 있다거나 보시가 큰 공덕에 속한다는 전설이 있어 헌금이나 공양에 나름의 의미를 두기도 합니다. 그런데 있지요. 어느 신이 돈을 바란답니까? 거룩하신 천신은 돈과 재물, 음식조차 바라지 않습니다. 서로 나눠 먹자고 펼친 제물이 탐욕의 축적으로 변질된 요즘입니다. 그러한데 욕망을 쌓은 인간에 의해 찌들어 버린 돈을 헌금이랍시고 신에게 바쳐서야 그게 옳겠습니까? 천신은 마음만으로 충분히 받으십니다. 그렇게 제 자신이 기도하고 있고요. 여기 신도님이라 해서 다를 거 없습니다. 자기 집에서 자기 몸과 마음에 신을 모시고 올바르게 살겠다는 기도를 올리는 것으로 충분한 것이지요. 재정적 문제에 부딪히니까 이런 발상이 나왔겠습니다마는……."

"어매, 그래유. 우리가 돈이 어데 있남."

이번에는 내가 말을 끝맺기 전에, 여기저기서 구시렁거리는 소리가 새어 나왔다.

"여편네야, 고럼 한 푼 없이 모이자고?"

"근데 복채는 왜 받지? 것도 돈인데?"

이때, 중간쯤에 앉은 사십대의 남자 신도가 어기적거리며 몸을 일으킨다. "만신님, 질문이 있습니다." 회의 시작 때부터 적극적으로 의견을 내보였던 신도다. 그는 보수공사 때 목재를 짊어져 나르는 봉사를 했었다.

"네, 말씀해 보세요."

"만신님의 여러 말씀을 듣고 고개가 끄떡여지긴 했는데요. 돈이 아니라 사명으로 살아야 한다는 뜻도 받들고 싶긴 한데요. 그런데 그래도 결국은 돈이 문제 아닙니까? 돈이 없으면 두 손 놓아야 하는 게 현실 아닙니까? 그런데도 만신님은 거룩한 뜻만을 붙들고 있어서요. 이래가지고는 아무 대책도 없이 그냥 흐지부지 끝날 것 같아서…"

그는 얘기를 계속 이으려다가 에잇! 하는 심정으로 포기하곤 굼뜬 동작으로 주저앉는다. 나는 잠시 혼선이 왔다. 내 방식을 고집해서 선포하면 이 천신회는 사상누각이 되어 버릴 게 뻔하다. 아까보다 신도들이 더욱 동요하여 주위가 어수선하다.

"회비라도 걷자."

"비싼 굿 해 봐야 결국 우리 부담이잖아."

"해체하자는 소리네, 뭐."

불안감에 자기들끼리 쑥덕거리는 소란을 한시바삐 잠재워야 했다. 얼른 허 사장을 쳐다보았다. 그는 내 시선을 피하려는 듯 냉큼 앞에 놓인 음료수를 잔에 붓고 있다.

"이렇게 하겠습니다."

바로 장내가 조용해졌다.

"여기 모인 신도님들은 거의가 읍내서 장사하거나 이곳에서 농사짓는 분들입니다. 소득이 빤한데 거기에 달마다 의무적으로 헌금을 요구하는 건 무리입니다. 형편이 닿아 이웃을 돕고자 하는 마음이 생겼을 때에 기쁘게 하십시오. 그래서 제안을 하겠는데, 소득이 상당하거나 재산이 많은 신도님들로부터 자발적 기부를 받도록 하겠습니다. 부유하지만 멀리 떨어져 사는 타 지역의 단골 분들 같은 경우에 이런 기부가 더욱 현실적이지 싶습니다. 그리고 천신회가 헛돈을 쓰거나 부당이득을 취하려고 모인 집단이 아닌 이상, 저도 앞으로는 재원 확보에 조금이나마 보탬이 되는 쪽으로 힘써 보겠습니다. 호화스런 부적과 굿거리를 바라는 손님을 가끔 목격하였으니만큼, 그렇다면 그들의 소원도 들어줄 겸 그럴 경우에 한해 저도 신명을 펼치겠습니다. 제 얘기는 여기까지입니다. 신도님 중에 달리 하실 말씀이 있으시면…"

말이 채 끝나기도 전에 여기저기서 박수 소리가 터져 나왔다. "좋다, 좋아. 괜찮네!" 신도들이 웅성거렸고, 만물상회 주인도 흡족한 듯 몸짓이 들떴다. 대문가에 서 있던 나건수는 뭐가 불만인지 찌푸린 얼굴로 휙, 돌아서 나가 버린다.

18

총회가 끝나기를 기다렸다는 듯, 일단의 중년 남녀가 들이닥친다. 옷차림으로 보아 외지에서 온 듯하다.

"여기가 용하다는 처녀 도사 집이오?"

아직 마당을 빠져나가지 않은 남자 신도들이 그 앞을 가로막고 묻는다.

"그렇소만, 어디서 오셨소?"

일행 중에 화사하게 차려입은 사십대 중반의 여자가 나선다. 요즘 떠도는 말로 복부인이겠다.

"점 보러 왔어요. 급해서 그래요."

"오늘은 끝났습니다."

그러자 무리들이 동시에 한소리씩 해댄다. "에이! 멀리서 온 사람들인데." "길이 헷갈려서 늦었어요." "거 좀 봐 주면 안 되나."

처음에 물었던, 중절모자를 눌러쓴 남자가 웃는 낯으로 부탁한다.

"일정이 빡빡해서 그래요. 근데 저기 저분 아니오?"

그가 대청마루에 앉은 나를 보곤 알은체를 하였다.

"도사님! 저기 나 좀 봅시다. 온천이 쏟아져 나오는 땅이 있다던데 거 좀 알아봅시다. 복채는 섭섭지 않게 드리리다."

갑자기 여기저기서 희열의 소리가 터져 나온다. 주위가 어수선해지면서 급히 대문을 빠져나가는 회원이 있는가 하면, 그들에게 다가서서 뭔가 묻는 회원도 있다.

"들어오세요."

나는 얼른 몸을 일으켰다. 회원들은 느닷없이 날아든 소식이 뜻하는 바를 알아차린 듯 들뜬 기색이다. 일단의 무리들이 점상 둘레에 우글우글 모여 앉았다. 쓸데없이 읍내 주변의 지도와 사진들을 펼쳐놓고 내게 이것저것을 따져 묻는다.

"이 땅을 계약할까 하는데요. 약간만 파 내려가도 온천수가 나온다고 하거든요? 과연 시추하면 온천이 쏟아져 나오겠습니까?"

복부인이 끼어든다.

"어딜 뚫느냐에 달렸지."

사람들이 별것을 다 물어 오는구나 싶다.

"여기 시추 전문가도 오셨죠? 그분이 잘 아실 거 아니겠어요?"

중절모자를 벗으며 남자가 답답한 듯이 말한다. 머리통이 시원스럽게 생겼다.

"그게 단번에 성공하기가 쉽지 않고, 한 번 뚫는 데 시간과 돈이 많이 들어서 그래요. 산신령께서 땡잡을 데를 한 방에 꼭 찍어달라는 거죠, 우리 얘기는."

사람들은 무당이라면 뭐든 죄다 알 거라 생각하는가? 마치 알아야 무당이라고 생각하는 모양새다.

"김 사장, 복채가 부족한 모양이네. 몇만 원 더 얹어 드리게."

묵묵히 지켜보던 다른 일행이 한마디 툭 던졌다.

"하하, 그런가? 우리가 지금 돈 아낄 상황이 아니지. 도사님, 어찌 잘 좀 부탁합니다."

복부인이 거든다.

"부적도 센 걸로 하나 해, 김 사장."

앞장서서 말하는 중절모의 이 남자가 이번 일을 주도할 모양인가 보다.

"당연하지. 큰 사업을 허투루 할 수 있남."

점상 위에다 만 원짜리 지폐를 아무렇지 않은 듯이 쌓는 이들의 행태를 보니 내 마음이 아득해진다. 이것을 즐거워 할, 많은 무당과 종교인이 있음을 나는 안다. 남 말할 것도 없이, 내 속은 우울할지라도 어울려 휩쓸린 내 몸뚱이는 어차피 한통속이다.

일행 중에 누가 지나가는 소리로 툭 던진다. "여기는 작두 타지 않나?" 그 소리를 무시하고, 나는 일부러 폼 나게 자리에서 일어나 부채와 방울을 흔들었고 중얼거렸으며 막판에는 칼춤을 추는 시늉까지 잠깐 해 보였다. 휴우! 다시 앉으니 그들은 입을 떡 벌린 채 마치 황홀한 광경에 도취된 사람처럼 앉았다. 수더분하게 떠들던 그들이 다소곳해졌다.

"여러분은 다들 한동안 돈 벌 운세입니다. 조금씩 욕심을 버리고 조심하면 별 탈 없이 돈을 벌 수 있겠어요. 이번 온천 사업은 땅을 잘 보고

파야 하는데, 내일 아침에 나랑 같이 현장에 가 봅시다. 가서 땅을 사도 괜찮은지, 어디가 명당자리인지, 어디 신령님께 빌어 봅시다. 땅이 정해 지면 날받이하여 굿거리 한판 벌이고, 부적도 센 걸로 여러 장 만들고, 그래 봅시다."

돈이 들어갈 소리만 해 댔는데 그들은 좋아 들썩거린다. 확실히 통이 큰 사람들이긴 하였다.

다음 날 아침에 철수 엄마가 특별 기도를 막 마친 내게 들렀다.

"만신님, 의관이 왔네요."

만물상회에서 굿에 쓸 무당 의복이라며 인편으로 보내 왔단다. 보자 기를 끌러 내 앞에 펼쳐 보인다.

"꼭 이것을 입어야 할까요?"

"그럼요. 화려하게 구색을 갖춰야 외지인에게 잘 먹히죠. 여기 부적도 있네요."

"벌써요?"

"네."

고가로 값 매긴 부적을 이리 뚝딱 해치우다니. 내가 봐도 이건 아니다.

"참! 건수 동생이 가게 일을 관두겠대요."

"아니, 왜요?"

"지금 밖에 와 있는데 좀 붙잡아 주세요. 내 말을 통 안 듣네요."

나 역시 그가 아무 데나 떠도는 걸 방치하고 싶지 않다.

"내가 좀 보자 한다고 그러세요."

나건수가 머뭇거리며 신방에 들어섰다. 고개를 숙인 채 힐끔 벽화를 보는데, 전과 다른 느낌인지 의아하여 고개를 갸우뚱거린다. 그가 계속 머뭇거리며 말을 아끼는지라 철수 엄마를 내보냈다.

"얘기해 봐요. 어딜 가려고 그래요?"

"갈 데 있어서가 아니고요. 만물상회서 일하기 싫어서 그래유."

"왜요? 허 사장이 섭섭하게 하던가요?"

"지금까지 일만 부려먹고 임금은 용돈 쓰라고 조금씩 준 거 말곤 없어요. 저금해 놓는다고 하는디 내가 애송이도 아니고…. 나중에 떼먹으려고 그러는 거예유."

그렇구나! 허 사장은 공동체를 바라기보다 돈벌이로 삼으려는 심사가 앞선다고 봐야 하겠다.

"이 부적에 관해 뭐 아는 거 없어요?"

"그거요? 떡살 같은 나무판으로 회향지에 꾹 눌러 찍어내던데요? 한약방에서 사들인 경면주사(鏡面朱砂)를 빻아 참기름에 개서 빨간 물감처럼 쓰더라고요. 제가 빻았어유."

전문 무당에게 맡긴다고, 부적 값을 다 가져가더니 이렇다. 어디, 부적 가지고만 장난치겠는가. 앞으로 적절한 조치를 취하지 않으면 모든 것이 물거품이 될 공산이 크겠다.

"이보게, 나 군."

"예?"

"내가 볼 때 자네는 돌아다니는 일이 적성에 맞겠어. 거기 그만두는 대로 트럭이나, 읍내 택시면 더 좋겠지? 하여튼 지원을 해줄 테니까 운전을 배우도록 해요. 어딜 가든 써먹을 수가 있어서 괜찮을 게야."

"것보다 여기서 지내면 안 될까유? 밭일하면서요."

"우린 밭이 없어요. 뭔 농사를?"

"우선은 남의 밭을 소작으로 부치면 되어유."

농사일이 재밌을 것 같단다. 나중에 돈 벌면 조금씩 밭을 사들이고 싶단다. 천신각에 머물면서 내 일도 돕고 싶다는 생각을 숨기지 않는다. 나는 잠시 궁리하다가 그랬다.

"좋아요. 직업은 차차 짚기로 하고. 당분간은 만물상회서 그대로 일하세요. 추후, 내 말이 있을 때까지. 알겠지요?"

"알겠구면요. 감사해유, 만신님!"

나건수는 생기를 되찾아 우쭐거리며 돌아갔다.

19

철수 엄마는 외지인이 타고 온 차량에 얹혀 먼저 온지골로 향했다. 나는 굿할 때 입는 하얀 한복을 입고 방울, 부채 외에 식칼 두 짝을 가방에 넣었다. 일단, 무당복과 부적은 오늘 쓸 일이 없겠다 싶어 신당에 놔두었다. 약속한 시각에 도착한 봉고 차 안에는 굿패 두 분과 악기, 그리고 간단하게 고사 음식을 준비한 신도 몇 분이 타고 있었다.

철수 엄마는 외지인들을 데리고 다니면서 온지골의 지형에 대해 설명하고 있었다. 일 년여 전부터 와서 지하수를 뚫고 있다는 개발업체의 가건물과 장비들이 저편 산기슭으로 보였다. 문득 저 사람들이 일부러 소문을 낸 게 아닐까 하는 기분이 바람결에 쏙 묻어 왔다.

"볼수록 이곳 지세가 맘에 드는데? 온천만 나오면 딱 맞아떨어지겠어."

"제발 그렇게만 되라. 관광객들로 북적거리는 꼴 좀 보자."

김 사장이라는 남자와 일행들은 의기양양하였다. 나는 시추 전문가와 함께 지형적으로 온천 지하수가 있을 가능성이 높다고 지목한 구역을 찬찬히 밟았다. 그러면서 어떤 기운이나 천신의 메시지가 혹, 느껴 올까 싶어 방울을 짤랑짤랑 흔들며 이곳저곳에 촉각을 곤두세웠다. 나로서는 이것이 처음 접하는 묘한 일감인데도 별로 걱정이 되지 않았다. 어쨌거나 시추 전문가의 의견을 따르자는 결론이 날 것이고, 액을 때우고 복을 안길 부적을 이들에게 하나씩 건네고, 신령의 가호를 바라는 굿을 한바탕 멋들어지게 치르면 되는 일이었다. 실상, 그들이 시켰고 주문한 그대로 내가 따라하는 셈이니까.

　"신령님이 무어라 하실지 어디 알아봅시다."

　우리는 신도들이 한곳에 마련해 놓은 고사를 지내기 위해 그쪽으로 걸음을 옮겼다.

　고사 치를 자세를 가다듬는데, 철수 엄마가 내 옆에 와서 슬쩍 그런다.

　"여긴 우물 깊이 정도만 파도 나온대요. 근데 수맥이 띄엄띄엄 있어 찾기 어렵고 수량이 적어 별로라나? 어쨌든 나오긴 한대요."

　어디서 들었는지 귀띔하고는 딴 능청을 부린다. 내가 넋두리할 때 참고하라는 얘긴가?

　그런데 그런 잡소리를 들어서 그런지 식칼을 휘두를 때에 유별스럽게 땅에서 더운 기운이 치고 올라와 내 몸을 덥혔다. 그토록 땀방울이 주르륵 흐른 적이 또 없었다.

　돌아오는 길에 손님들과 함께 식사하려고 읍내 식당엘 들렀더니만, 주위가 무척 소란스럽다. 우리가 총회를 여는 동안에 외지인들이 몰고 왔던 바로 그 소문을 가지고 난리법석을 떠는 것이었다. 천신회 신도뿐만

이 아니라 읍내 사람 모두가 벌써 돈방석에 앉은 것처럼 들떠 여기저기서 수군거렸다. 이제 온지골이 개발되면 여기 읍내도 땅값이 엄청 오른다는 둥, 관광 휴양지가 될 거라는 둥, 소문으로 만들어진 청사진이 두루 돌아다녔다.

"허 사장 친척 중에는 온지골에 땅 가진 사람이 많대요. 요번 기회에 묵은 땅을 죄다 팔 모양이네요. 아마 허 사장 땅도 좀 있다죠?"

집에 돌아온 철수 엄마가 짐을 풀며 그랬다.

"아니, 왜 팔죠? 나중에 지분을 갖는 게 더 낫지 않나요?"

"쉿! 이건 허 사장만 아는 비밀이라는데요. 거기가 일제강점기 때부터 더운 물이 나왔긴 해도 경제성이 없대요. 지하수가 부족하다나? 일본인이 물러나면서 인부로 있던 허 씨 집안에 그저 던져 주고 갔대요."

그렇다면 땅을 팔아먹으려고 그가 일부러 소문을 낸 것일까? 그러나 며칠 뒤에 들려온 얘기로는, 처음 온지골에 진출한 개발업자가 땅과 시설물 일체를 다른 업체에 넘겼다고 한다. 그러니 그자들이 소문을 퍼트린 것 같긴 하다. 하긴, 허 사장은 서울의 돈 많은 투자자들을 환기시킬 만한 그런 인물이 못 되니까.

어쨌든 안쓰럽게도 읍내 사람들은 갓 피어오른 소문이라는 연기를 바라볼 뿐이었지 실제로 목돈을 만지는 쪽은 우리들이었다. 개발업자와 투자자들이 찾아와서는 사정하듯이 복채를 뿌리며 부적과 푸닥거리를 마구 요구하는 것이다. 어디를 파야 온천물이 솟나, 미리 투자해도 손해가 없나, 운세가 돈 벌 팔자냐, 얼마큼 벌 수 있나…. 그들은 마음 한구석에 도사린 불안을 억누르며 물어 오면서도 자기들이 획득할 일확천금을 그다지 의심치 않는 눈치였다. 묘하게도 그들은 굿을 하고 부적을 지녀야 액땜에 운이 따라붙을 거라 하였고, 그 값을 후하게 쳐줘야 효험이 더하는 거라며 자신들이 도리어 우격다짐하였다.

"개발하는 데 너무 질질 끌지 않도록 화끈한 걸로 해 주시오!"

뜬구름은 잡을 수가 없다. 미친 듯이 읍내 바닥을 휩쓸던 광풍이 삽시간에 밀려가면서 회오리 하나 남지 않았고, 읍내 사람들의 흥분이 즉각 가라앉았다. 처음 얼마간은 식당이 붐비고 여러 가게의 매출이 오르는 등, 반짝하고 호경기를 맞았으나 외지의 투자자들이 현장에 조립식 숙소를 짓고 일꾼 몇 사람을 배치하고는, 서울로 돌아가거나 가까운 도시로 옮겨 거기서 숙식을 해결하였기 때문이다.

온지골의 땅덩어리가 대부분 팔려 나갔고, 따라서 투자자의 발길이 뜸해졌다. 다만, 용하다는 소문이 어떻게 퍼졌는지 외지인이 천신각을 꾸준히 찾아오는 게 이전과 달라진 점이랄까. 한마디로 미어터진 것이다. 우리는 단시간에 돈을 쌓았고, 옛 통장에서 빠져나간 돈을 도로 채워 넣을 수가 있었다. 이렇듯 천신각이 돈을 모을 수 있었던 까닭은 이랬다.

토요 정기모임 때, 부적을 직접 쓰라는 천신의 계시가 내게 임했음을 신도들에게 알렸다. 그런 뒤에 내가 직접 한약재를 고르고 작은 돌절구에다 찧고 참기름에 개어 붓으로 하나하나 손수 회향지에다 쓴 것이다. 쉬지 않고 주문을 외면서 정성을 기울여 하늘의 기운이 문양에 아로새겨지기를 간구하였다. 이것이 그나마 부적의 가치를 결정지을 거라는 생각에서였다. 나의 이런 시도는 부적의 값을 매기기에 자유로울 수 있어 그것이 나를 더욱 기쁘게 하였다. 물론 허 사장은 이 일로 해서 내게 적의를 품게 되었지만 말이다.

허 사장을 두둔하는 일부의 회원들이 덩달아 불만을 드러냈긴 해도, 아무튼 이를 알지 못하는 신도들은 천신께서 우리의 형편을 아시고 이에 축복을 내리신 것이라며, 굳게 믿는 기색이었다. 나는 강론을 통해, 신께서는 세상 모두에게 단비를 내리시는데 우리가 운 좋게 그 비를 맞은 거라고 설명해 주어도 알아듣는 것 같지가 않았다. 어찌 됐든 간에 우리가 갑작스레 돈을 벌고 부적을 쓰는, 그런 절묘한 행운이 따랐기 때문이었을까?

21

오늘은 유달리 적막이 흐르는 그믐밤이다 싶어, 기도를 드릴 때에도 마음이 차분해지지가 않더니만 정녕 올 것이 왔는가? 와장창 하고 장독 깨지는 소리가 울려 퍼졌다.

"이 누고!"

철수 엄마가 뛰쳐나와 장독대가 있는 뒤뜰로 향하는 모양이다. 뒤이어 철수가 칭얼거린다. 모차르트도 낑낑거린다. 놈은 개라면서도 도대체 짖을 기미가 없다. 나는 일어서고 싶지 않아 그대로 앉은 채 염주를 굴리고 있었다. 잠시 후, 밖에서 철수 엄마의 목소리가 들려왔다.

"어떤 자식인지 돌멩이를 던졌네요. 간장독이 깨졌는데, 나머지는 괜찮고요. 걱정 안 하셔도 되겠어요."

"내일 치우고 철수나 돌보세요."

"네, 그럴게요. 만신님도 일찍 주무세요."

세상은 지금껏 별반 달라진 게 없는데도 무겁고 사악한 기운이 이곳 읍내로까지 몰려들었다. 새로이 권력을 장악한 군사정권과 그 세력들에 대한 불만과 저항이 어느덧 물밑에서부터 요동치면서 격랑에 휩쓸린 탓일까? 어느 한날에 갑자기 두세 사람씩 짝을 지어 대문을 들락거리더니, 그들의 절망 가득한 한탄이 졸지에 나까지를 끌어안고 거센 물살에 허우적거리게 만들었다.

사람들이 여태껏 해온 것처럼 모두가 고만고만한 고민을 달고 와서는, 어떻게 이 애물단지를 끊어낼 수 있을까를 묻고, 가정사나 개인의 인생에 관한 운세와 앞날의 궁금증 따위를 시시콜콜 물어오는 일로 끝날 줄 알았더니 그게 전부가 아니었다.

"애 아빠가 술 먹고 행패 부렸다고 삼청교육대에 갔다 왔었거든요. 그러고는 저리 아프다고 만날 헛소리하면서 사람을 달달 볶는데 이를 어쩌면 좋죠? 푸닥거리라도 해야 골병이 낫고 집구석도 좀 편안해지려나."

"딸내미가 도회지로 나갔지 뭐유. 옆집 순이랑 돈 벌어 오겠다고유. 근디 석 달 전에 딱 한 번 전화하고는 두 년 다 여태 소식이 없구먼요. 썩을 년이 구덩이에 처박혀 죽었는지 어데 붙잡혀 가서 꼼짝달싹 못하는 겐지. 대체 영문도 모르겠고, 그저 애간장만 바짝바짝 타들어가유."

"내 밑에 여동생이 몇 년 전에 교통사고로 죽었는데요. 지지리도 복이 없어 착한 내 동생은 죽고, 못돼 먹은 남편 새끼는 운전하고도 어째 살아남았다고 그랬는데, 나중에 알고 보니 그놈이 보험금을 몰래 타 먹었다는 소릴 듣고 얼마나 놀랬던지. 그놈이 살인한 거라고요. 남편이 요새 좀 수상하다면서 자길 죽일지도 모르겠다고 예전부터 동생이 그랬거든요. 무당님요! 이거 제발 좀 밝혀내 주세요."

거센 세파에 말려들어 헤어나지 못하고 허우적대는 인생의 고통을 내게 탄식하러 밀어닥치니, 마치 내 영혼 앞에 쓰나미가 펼쳐진 듯하였다. 나는 앞이 막막하고 가슴이 먹먹하여 어찌할 바를 몰랐다. 그들에게 무어라 넋두리를 해 댔는지 기억나지 않을 정도로 눈물, 콧물이 범벅되어 같이 울고 서로 엉겨 위로하고 그랬다. 병원비에 보태 쓰라며 돈을 쥐어 주었고, 천신회에다가 그들의 뒷바라지를 부탁하기도 하였다.

내가 무당이라는 사실이 갖는 의미에 새삼스레 몸을 떨었고, 고통과 절망에 빠져 허덕이는 뭇사람들과 이렇듯 평생을 같이해야 한다는 현실이 크나큰 두려움으로 다가왔다.

아직도 다리를 절뚝거리는 모차르트에게 목줄을 채우며 그랬다.

"아무 데고 돌아다니는 버릇, 이제 좀 고치자. 물론 자유롭게 다니는 거야 좋지. 좋긴 하지만 이러다가 좀 더 커서 개장수가 잡아가면 어찌하겠니. 대신에 줄이 많이 기니까 마당까지는 설치고 다닐 수 있을 게다. 알겠지?"

놈은 내 말을 알아듣기라도 한 양 낑낑거리며 꼬리를 마구 흔든다.

해일이 휩쓸고 간 바닷가 마을처럼 내 영혼에 폐선의 쪼가리들이 나뒹굴고 온 몸뚱이가 모래 먼지로 버석거렸다. 물때가 한 차례 지나간 양 사람들의 발길이 다시 뚝 끊겼다. 늦가을의 햇볕을 쬘 생각에 까슬까슬한 얼굴을 쓱 내밀고 대청마루에 주저앉았다.

내가 세상을 너무 쉽게 봤구나! 땅 짚고 헤엄치기로 이 짓을 하려고 했구나!

22

이제나저제나 내 마음에 어떤 해답이 생겨나기를 바라는 나날이 이어졌다. 그럴 때에 남쪽으로 미처 날아가지 못한 파랑새가 추위를 피해 내게로 날아들었다.

잠자리에 누워 잠을 재촉하다가 모차르트가 왈왈, 하고 단 한 차례 짖는 소리에 벌떡 몸을 일으켰다. 놈이 짖었다! 손님…. 누가 왔다는 소릴까? 밖을 내다보니 모차르트가 대문 근처에서 어슬렁거리고 있다. 천신각 대문 앞에는 땅거미가 지면 늘 켜두는 전등이 걸려 있는데 그게 어쩐 일인지 꺼져 있어 어둡다.

기와 담장 너머로는 아무 기척이 없어 섬돌에 놓인 고무신을 신고 내려서자, 놈이 꼬리를 흔들며 다가와 낑낑거린다.

"왜, 누가 왔었니?"

기특하다는 듯이 모차르트의 목덜미를 문질러 주고는 대문가로 다가갔다.

"뉘시오? 누가 왔소?"

야심한 이 시각에 누가 올 리 있겠는가. 나쁜 놈이 아니고서야 이때 누가 방황할까? 쪽문을 삐걱 열고 밖을 내다보았다. 땅바닥에는 깨진 전등알의 파편이 널브러져 있다. 파괴적인 행위에 맛들인 족속이 점차 이곳을 죄어 온다는 기분에 심히 불쾌해졌다.

이때, 돌다리를 허겁지겁 건너오는 두 여자가 보였다. 필시 이쪽으로 달려오는 모양새인데 무슨 일로, 무엇을 바라고 이곳에 오는 것이지? 그들이 누군지도 모르겠고, 어떤 위협이 닥칠지 모를 상황이었지만 그렇다고 쪽문을 굳게 닫고서 모르는 척 외면할 수가 없었다. 우두커니 서 있는 내게 다가온 두 여자가 가쁜 숨을 몰아쉬며 두서없이 말을 쏟아낸다.

"헉헉, 좀 숨겨 주세요! 우린 나쁜 사람들이 아니에요!"

아담한 몸매의 여자가 도와달라고 매달렸다. 나는 어리둥절하여 대꾸할 말을 잃자, 곁에 차가운 표정의 여자가 목이 잠긴 소리로 툭 던진다.

"하설희 씨죠? 나는 당신을 알아요."

"그래요?"

내가 마음을 놓는 기척을 보이자마자, 두 여자가 쪽문 안으로 후닥닥 비집고 들어온다.

"빨리 닫으세요!"

분명, 누군가로부터 쫓기고 있다. 나는 쪽문을 잠갔다.

"이쪽으로 와요."

그들을 입구에서 가까운 사랑채로 데리고 갔다. 모차르트가 내 꽁무니를 따라오며 낑낑거린다.

"모차르트야. 아깐 잘 짖었어. 됐으니까 그만 자러 가."

놈이 말귀를 알아듣고 제집으로 느릿느릿 움직이는 걸 보고는 안으로 들어섰다.

벽에 달린 전기스위치를 더듬자 여자들의 다급한 음성이 들려온다.

"불 켜지 마세요. 단번에 알아차려요."

"귀신도 잡는다고 뻥치는 놈들이니까."

이번에도 덩치 큰 여자가 투박한 목소리로 툭 던지듯 내뱉었다. 그녀의 말버릇이 원래 거친 모양이다.

이때, 대청마루에 불이 켜져 모두 얼른 몸을 숨겼다. 창 너머로 몰래 살피니 철수 엄마가 바깥쪽을 두리번거리고 있다. 인기척에 이제야 잠이 깬 모양이었다. 모차르트가 불빛을 보고 그쪽으로 달려가니 대뜸 한마디 한다. "너였어? 자지 않고 떠든 게?" 철수 엄마는 신당과 안방 쪽을 번갈아 기웃거리는가 싶더니 길게 하품을 하며 불을 끄곤 자기 방으로 들어간다. 휴! 그녀들은 다시금 한숨을 내쉬었다.

어둠이 눈에 익자 맞은편 테이블 의자에 나란히 앉은 모습이 어슴푸레 드러났다. 공장 작업복처럼 보이는 허름한 옷을 걸친 여자들이다.

"누구한테 쫓기는 게요?"

내 질문에 수수하게 생긴 여자가 대답한다.

"경찰이 지명수배를 내렸어요."

"짭새보다 마왕의 충견, 삽살개들이 쫓는 거지."

이번에도 노래의 후렴처럼 보충 설명을 하는 동료다. 어쨌거나 예사 여자들이 아니다.

"그런데 어떻게 나를 알지요?"

"내가 아니고 친구, 얘가 안대요."

아까는 무뚝뚝한 여자가 나를 안다고 하고선, 옆으로 고개를 쓱 내밀었다. 친구라는 여자가 내 앞으로 고개를 숙이며 나긋하게 말을 꺼낸다.

"그때가 몇 년 전이었죠. 공장 창고에서 서로 인사를 나눈 일, 기억나세요?"

나는 깜짝 놀랐고 가슴이 쿵쾅거렸다. 곽성규와 사상적 동료라며 우쭐댔던 그 여자다.

"기억이 떠오르죠? 곽성규랑 같이 밤에 찾아왔었잖아요."

"그래요, 맞아요. 정말 반가워요. 이름이 뭐랬죠? 어쩜, 이렇게 만나게 되다니! 근데 여긴 어떻게 알고 찾아온 거예요?"

내가 갑자기 공허한 말이 많아졌다.

"내 이름은 오미혜예요. 옆의 친구가 이곳에 먼 친척이 있어요. 당분간 숨어 지낼까 해서 같이 왔었는데, 여기까지 냄새 맡고 파출소서 조사를 나왔지 뭐예요. 하도 불길해서 밤길에 달아나려 했다가 검문이 장난 아니어서 도로 돌아오게 됐어요."

"우연히 이곳에 들르게 됐다는 얘기예요?"

"그건 아니에요. 이 친구 고모할머니가 여길 언급하는 중에 이름을 듣고는 긴가민가했죠. 설마하니 무당이 됐을 리가, 그랬죠. 풍문으로 대충 지나쳤을 텐데 쫓기는 바람에 여기가 생각났어요."

"혹시 오다가 마주친 사람은 없었어요? 앞서 개가 짖었거든요."

"못 봤어요. 형사 말고는 누가 우릴 알아볼까나."

"이제 어떻게 하려고요?"

"고모할머니 말씀이, 이곳에 숨을 데가 있을 거라고 하셨어요. 한 이틀만 숨겨 주세요."

"여기가? 아뇨, 숨을 데 없어요. 동굴도 없고요."

"있다 했는데… 할 수 없죠, 뭐. 어디든 가 봐야지."

"못 도와드려서 미안하군요. 여긴 정말 숨을 구석 하나 없어요. 어쨌든 아침 식사는 하고 떠나세요."

"예? 아, 그게… 잠시 숨 돌렸다가 새벽녘에는 떠나야겠어요. 설희 씨 말고 이곳 사람들의 눈에 띄면 위험하거든요."

"마왕의 개들은 사람이 모이는 곳엔 반드시 프락치를 심어 놓지."

이 무뚝뚝한 오미혜의 친구는 심상치 않은 말을 꺼냈고, 왠지 정곡을 찌르는 얘기처럼 들려왔다.

"검문 때문에 되돌아왔다면서 다시 간다고요?"

"지금 최선의 방법으로는 서울에 계시는 선생님과 합류하는 방법밖에 없어요. 그분 주변에 감시자가 많아서 어떻게 만나지느냐가 문제예요."

"조용히 날 따라오세요. 신당에 가서 점괘를 내 봅시다."

신당에 낮은 촉수의 보조 등을 켰다. 한밤중에 철수 엄마가 깰까 봐 방울을 흔들지는 못하고 부채를 설렁설렁 부치면서 여자들을 바라보았다. 어둑한 사랑채에서 얘기 나눴을 때와는 전혀 다른 기운이 내 몸을 덮쳤다. 좌우로 고갯짓을 하다가 상하로 하다가 점차 온몸이 떨려 사시나무 떨듯 몸을 마구 흔들다가 두 눈을 질끈 감았다. 엉덩이까지 들썩거려지며 가부좌를 튼 두 다리가 가벼워져 마치 수직부양을 하는 듯한 착각에 빠질 지경이었다. 두 눈을 감은 채로 재빨리 물었다.

"이것아, 빨리 말해! 뭘 바라는고?"

"예예, 앞으로 우린 어떻게 되나요?"

오미혜가 훌쩍이며 말하는가 싶더니 친구가 뒤이어 말한다.

"언제쯤 해방된 민족으로 살까요?"

털썩, 부채를 놓쳤다. 머리가 지끈거리며 통증이 몰려오는 듯해서 나도 모르게 잠시 헛구역질을 하였다. 휴우! 마침내 이들을 노려보며 말을 뱉었다.

"어떻게 되냐고? 죽는다, 죽어! 민족은 무슨 얼어 죽을!"

친구는 즉각 피! 하고 비웃는 표정을 지었고, 오미혜는 놀라 몸을 부르르 떤다.

"이 집에 사악한 기운이 곧 덮치겠어. 누구든 여기서 달아나지 않으면 죽게 돼."

"달아나면 살아요? 죽지 않아요?"

서서히 정신이 맑아져 오는 것 같아 한숨을 길게 내지르며 악귀를 떨쳐내려는 듯 일부러 고갯짓을 해 보았다.

"휴, 힘들어! 그런 것 같네요. 어디든지 이곳을 떠나기만 하면 잡히진 않겠어요."

"고마워요, 하설희 씨! 얼마나 놀랬다고요."

"고맙기는! 우리가 거추장스럽다는 소리지."

무뚝뚝한 친구의 톡 쏘는 말에 정신이 번쩍 들었다. 이 집에 머물면 그 누구든 죽음에 이른다는 소리가 아닌가? 불현듯 내가 내뱉은 넋두리를 의심하였다.

"설희 씨는 이곳에 남아도 괜찮겠어요?"

불같이 일어나는 나의 격정을 대략 눈치챘는지 오미혜가 조심스레 물어 왔다.

"글쎄요? 여긴 내 집이고 잘못한 것도 없는데 내가 어딜 달아나겠어요? 내가 무어 죽을 짓을 했을까?"

이 말에 줄곧 무뚝뚝한 표정으로 있던 여자가 허둥대는 기색을 보인다.

"미혜야. 우리가 애초에 잘못 온 것 같다. 이 집에 피해를 줄지도 모르겠어."

이 한마디에 모두가 입이 얼어붙었다. 범인 은닉죄, 공범, 빨갱이?

갑자기 떠오른 듯 오미혜가 먼저 입을 열었다.

"곽성규 소식, 아세요? 가르쳐 드려요?"

나는 눈이 번쩍 뜨였다.

"어떻게 지낸대요? 알려 주세요."

그녀는 내 앞쪽으로 바짝 당겨 앉았다. 이렇게 된 마당에 뭔가 보답을 해야겠다는 생각이 일어난 모양이다.

"큰 기대는 하지 마세요. 올 초에 연락이 닿아 경제적으로 도움을 받은 적이 있었어요. 평범한 회사원으로 지내고 있더군요."

그녀는 머릿속에 외워 둔 곽성규의 직장명과 전화번호를 내게 가르쳐 주었다. 나는 바보처럼 들떴고 기분이 유쾌해져 점괘가 일러주었던 사악한 기운 따위는 이제 안중에 없었다.

지폐 뭉치를 오미혜의 손에 쥐어주었다.

"도망 다니려면 돈이 필요할 게요. 곧 한파도 닥칠 텐데 따뜻한 외투라도 사 입으세요."

"다음에 꼭 갚을게요. 한시바삐 곽성규를 만나 보세요. 늦어 좋을 거나 있겠어요?"

오미혜의 친구 되는 여자가 여전히 무뚝뚝한 표정으로 내게 작별을 고한다.

"내 소신대로 점괘가 허튼소리이기를 바랄 수밖에요. 아무튼 몸조심하세요."

점을 너무 누설해도 천벌을 받는다던데, 천기누설! 나는 처음으로 그 여자들에게 죽음이라는 무서운 단어를 내뱉었고, 다행히 처방을 내렸다고는 하지만 그게 나를 올무처럼 엮을지도 모른다는 생각이 들었다. 어둠 속으로 달아나는 그녀들의 뒷모습을 바라볼 때에 스산한 바람이 마구 일었다.

23

이날 아침에 기도와 식사를 걸렀고, 한낮이 되어서야 눈을 떴다. 걱정하는 철수 엄마를 안심시키고 신당에 앉아 빈 공책을 펼쳤다. 곽성규, 그를 만나기 전에 먼저 내 자신의 삶을 돌아보고 정리해서 새로운 마음으로 그와 나눌 얘기를 떠올려야 했다.

단식기도를 한다는 심정으로 곡기를 끊으면서, 태어나서 지금까지의 삶을 공책에 적기 시작하였다. 한낮부터 시작된 수기는 땅거미가 질 무렵에 잠시 펜촉을 멈췄다.

철수 엄마가 사다리를 놓고 대문 앞 전등알을 갈아 끼우고 있다. 모차르트는 음식 찌꺼기를 껄떡껄떡 씹어 삼키고 있다. "혹시, 들고튈 때 이 목줄 땜에 달아나지 못하면 어찌할꼬!" 그러면서 모차르트의 목줄을 끌러 주었다. "숨을 데가 어디 있다고 그러누?" 오랜만에 차근차근 천신각 주변을 쭉 둘러보았다.

"만신님! 정말 식사 안 하셔도 되겠어요?"

"네, 괜찮아요. 참, 철수 어머니, 내일 철수 데리고 며칠간 친정에 다녀오세요."

"정말요? 그래도 되겠어요?"

그녀가 이 집에 와서 처음 갖는 외출이 되겠다.

"다녀오시면 나도 며칠쯤 출타할까 해서 그래요. 같이 놀아야죠."

"네, 그럴게요. 만신님, 고마워요."

신당에 들어가서 기도를 올리고 다시 글쓰기를 계속하였다. 피곤할 때 잠깐씩 일어나 몸 풀기를 반복하면서 적다 보니 어느덧 한밤중이 되었다. 다행히도 우려했던 일이 일어나지 않았다. 막연한 불안에서 벗어난 안도감보다도, 곽성규에게 보여줄 글이 곧 끝마쳐지면 그를 만나게 된다는 기쁨과 설렘이 한층 더 컸다.

철수 엄마는 아이를 부둥켜안고 서울로 향했다. 날이 꽤 춥다. 버스 유리창에 부서지는 투명한 햇살이 한겨울이 머지않았음을 알렸다. 터미널까지 배웅한 뒤, 읍내를 한 바퀴 돌아보았다. 모든 게 그대로다. 그 여자들이 잡히지 않고 무사히 빠져나간 게 틀림없다. 문득, 고모할머니라는 분이 누군지 궁금해졌다. 대체 어디에 숨을 데가 있다는 얘긴지….

혼자서 음식을 챙겨 먹자니 새삼스레 멋쩍어져 글을 마저 끝낼 때까지 금식하기로 하였다. 그렇게 새벽녘이 되어 글쓰기를 마치자, 희열에 빠져 어쩔 줄을 몰랐다. 잊었던, 내게는 다시 없을 줄 알았던 사랑의 감정이 물밀듯이 내 여린 몸뚱이를 휘감는 것이다.

글이 끝났다는 만족감에 허기가 밀려왔다. 대청마루를 지나 철수 엄마 방을 거쳐 부엌으로 들어갔다. 많이도 낯설어진 부엌을 휙 둘러보다가 냉장고 안을 살폈다. 무친 콩나물이 눈에 쏙 들어왔다. 입에 군침이 도는지라, 옷에다 쓱쓱 문댄 손가락으로 얼른 한입 집어 먹었다. 이때, 모차르트가 마구 짖어 대었다. 왈왈, 으르렁, 왈왈!

불현듯 손이 바르르 떨렸다. 올 것이 왔는가! 머리끝이 아득하여 어찌해야 좋을지 아무 생각이 나지 않는다. 맥이 풀려 그 자리에 털썩 주저 앉았다. 그런데 짖던 모차르트가 조용해졌다. 갑자기 조용해지고 적막에 빠지니 그게 나를 더욱 공포로 몰아갔다.

부엌문이 삐걱 열리더니 누군가가 소리쳤다. "여기 있다!"

그자는 후닥닥 다가와 왈칵 내 팔을 꺾었고, "누구세요! 왜 이래요!" 저항하는 내 입에 재갈을 물렸다. 곧이어 몇 놈이 더 달려와 나를 돼지 새끼 실어 나르듯 들쳐 메고 부엌을 빠져나갔다.

"샅샅이 수색해!"

두목으로 보이는 놈이 팔을 휘저으며 지시하였고, 똘마니들이 구둣발로 신당과 안방, 사랑채, 행랑채, 창고 등등, 구석구석을 돌아다니며 내 발길이 닿은 적이 없는 곳까지 낱낱이 뒤지는 모양이었다.

나는 마당에 무릎 꿇린 채 고개 꺾여 웅크리고 있었다. 저편에 모차르트도 내 꼴처럼 어떤 똘마니의 구둣발에 목덜미가 밟혀 꼼짝 못하고 있다. 그런 와중에도 모차르트는 나를 바라보고 있어서 마음속으로라도 놈을 격려해 주고 싶었다. "모차르트! 잘 짖었어. 니 임무는 다한 거야!"

구둣발들이 거칠게 대청마루를 우당탕 오가더니 한 놈이 그런다. "반장님, 아무도 없는데요?"

"수색조는 남아서 계속 뒤지고 나머진 철수해."

"옛! 알겠습니다."

한 놈이 무턱대고 뒤로 수갑 채운 내 팔을 와락 끄집어 당기는 바람에, 무지 아파서 속으로 비명을 질렀다. '아얏! 아, 아파!' 순간, 모차르트가 거칠게 몸을 비틀어 벌떡 일어나더니 자기 목덜미를 밟았던 놈의 장딴지를 꽉 물었다. "아욱!" 놈은 비명을 지르며 냅다 자빠졌고 내쳐 놈의 나부대는 팔을 물어 우두둑, 비틀었다. "악!" 동료의 잇따른 비명소리에 몇 놈이 쫓아왔고, 모차르트는 이빨을 드러내며 으르렁거리다가 담장을 훌쩍 뛰어넘어 달아났다. 나는 속으로 외쳤다. "모차르트! 정말 잘했어!"

24

놈의 구둣발이 내 어깻죽지를 찍었다. 나는 한바탕 나뒹굴며 벽 구석에 거꾸로 처박혔다.

"어이, 살살하지 그래."

놈은 모차르트에게 물린 분풀이를 내게 퍼부으려는가 싶었다. 나는 철망 차에 갇혀 한참을 내달린 끝에 어느 음침한 시멘트 건물 안으로 끌려 왔다. 부질없이 아버지가 떠올랐고, 한탄하셨던 그것이 이것인가 하였다. 놈은 내 멱살을 잡아채더니 더러운 입술을 내 뺨에 문질렀다.

"이러지 마세요!"

"무당년이 어디서!"

놈의 주먹이 내 얼굴을 갈겼다. 나는 다시 구석에 처박혔다. 놈은 나의 호소를 폭력으로 답했다. 코피가 터졌는지 얼굴이 따뜻하다.

"이년이 엄살은!"

놈은 다시 내 멱살을 잡아 일으켜 세우곤 나무의자에 나를 앉혔다.

"살살 말할 때 빨리 불어. 어디다 숨겼어?"

그 여자들을 말하는 모양이다. "숨기지 않았소. 점치고는 돌아갔소." 내 몸에서 탁한 소리가 올라왔다.

"이 쌍년이 진짜!"

놈의 구둣발이 의자를 찼고 나는 또 나뒹굴었다. 수갑이 더욱 조여와 손목까지 통증이 미쳤다. 놈이 차고 나서 욱, 하며 장딴지를 쥐는 폼이 가관이었다.

"오밤중에 어떤 미친년이 점친다고, 썅!"

"조 형사, 상처 내면 안 돼. 이걸로 좀 닦고 해."

딴 놈이 천사라도 되는 양 물에 적신 수건을 동료에게 휙 던지곤 나간다. 놈은 수건을 쥔 채 내 앞에 자기 의자를 바싹 당겨 앉고는 게슴츠레한 눈빛을 번뜩이며 주절거린다.

"요즘은 무당년이 할 게 없어 빨갱이 짓까지 하나? 이것들도 인간이라고 말씨. 그년들, 어디다 숨겼어, 엉! 물귀신 되기 싫으면 오냐오냐할 때 까발리는 게 신상에 좋을 게야. 무당년이라 이게 뭔 소린지 알려나?"

놈은 말하는 와중에 젖은 수건으로 내 얼굴을 문지르다가 슬슬 목젖으로 젖가슴으로 더듬으며 훑어 내렸다. 나는 말할 기력을 잃어 숨소리만 가빴고, 이것이 놈을 자극했는지 몰라도 놈도 덩달아 숨이 가빠지더니 급기야 수건을 팽개치고 험악한 손가락으로 내 젖가슴을 더듬었다. 더듬다 못해 고문하듯이 젖가슴을 꽉 움켜쥐는 바람에, 아! 가냘프게 비명을 지르자 급기야 내 옷고름을 풀어헤치며 불거진 젖가슴을 더러운 입으로 마구 빨아대었다. 성욕엔 조그만 애기 같은 놈이 이리도 포악할 수 있다니! 그것은 경이에 가까웠다.

나는 속에서 올라오는 마귀할멈 같은 음산한 목소리를 내뱉었다.

"니놈은, 급살을 맞을 놈이야!"

괴기스러운 소리에 놀라 놈이 후딱 얼굴을 쳐들었다. 흥분하여 두 손을 벌벌 떨며 버럭 고함을 지른다.

"이 호로 마귀 무당년이? 얻다 대고 저주를 퍼붓는 기고! 좋다, 좋다 해 줬더니만 썅!"

놈의 구둣발이 이번엔 내 젖가슴을 짓밟았다. 나는 숨이 막혔다. 이대로 죽는가 하였다. 내 점괘가 틀리지 않았다는 것에 위안을 삼으며 덧없는 세상, 쓸데없는 인간들과 작별하고 이대로 죽어가도 좋겠다 싶었다. 죽어 가면서 내가 사랑했던 사람, 나와 인생을 같이했던 사람은 지금 아무도 없다는 사실이 허망하게 스쳤다. 이럴 거면서 사람들은 무엇 하러 사람들을 만나고 살아가는 것일까. 이것이 나 혼자만의 문제라면, 정말 다행이겠다.

죽는 줄 알았는데 겨우 찬물 세례에 눈을 떴고 이번엔 다른 놈이 나를 집적대었다. 이게 심문인지, 사회질서를 바로잡겠다는 정의인지! 놈들은 나를 앞에 두고서 맘껏 욕설하고 폭력을 휘두르면서도 내 몸을 놓고는 껄떡거렸다. 놈들이 나의 청명한 정신은 빨갱이라 썩어빠졌다며 함부로 단정 짓고 으스러뜨리면서도, 나의 누렇게 익은 육체에게는 무아의 경지에서 찬양하는 것이었다. 영육을 분리해서 고문할 줄 아는 기묘한 집단들이라니! 죽어도 이들의 행위는 정의가 될 수 없고 공권력의 정당한 집행이 될 수가 없다.

시간이 얼마큼 흘렀던 것일까? 한 놈이 서류를 뒤적거리며 제법 절차를 지키는 인간인 양 거들먹거린다.

"이봐, 하설희 씨, 고집 피워서 좋을 게 없어요. 어차피 다 밝혀지고 잡힐 테니까. 여기 재밌는 게 있는데 뭐냐. 천신회 회원 중에 이북 출신이 12명, 그 2세가 41명, 좀 재밌지 않나? 뭐가 이리 많아. 전과자도 있어. 강력범 17명. 이거야 원! 회원의 절반 이상이 완전 골칫거리잖아. 이리 모아놓기도 쉽지 않을 텐데? 이봐, 이제 그만 순순히 불지 그래?"

나는 말할 기력조차 없어 입을 열지 않았다. 너무나 졸려 옆으로 스르르 넘어갔다. 놈의 소리가 들려왔다. "밖에 누구 없어?" 뛰어 들어오는 발자국 소리가 난잡하게 들렸다. "안 되겠네. 손 좀 봐야겠다."

조 형사라는 놈과 또 다른 한 놈이 축 처진 내 양쪽 팔을 붙들고 욕조로 끌고 갔다. 앞서 연설하던 놈은 밖으로 나가는 소리가 들린다. 놈들의 거친 손아귀가 내 머리통을 눌러 물속으로 처박는다. 나는 몸부림쳤고 숨이 가빠 물을 들이켰다. 얼굴이 물 밖으로 나왔다.

"엄마! 엄마!"

"어, 아직 멀었어!"

놈들이 다시 머리통을 밀어 넣는다. 나는 눈을 번쩍 떴다. 뿌옇게 일렁이는 물속에서 숨을 참으려 하다가 도리어 물을 더욱 들이켰다. 꼬르륵! 머릿골이 온통 하얘지는 느낌이었다. 나는 격한 마비 증세에 필사적으로 몸을 비틀어 보았다. 놈들이 나를 다시 들어올렸다.

"아… 아버지!"

"요것 보소. 힘이 여간 아닌데? 다시 처넣어!"

놈들이 또 다시 내 머리통을 물속에 처박는다. 나는 저항하지 않았다. 아니, 그럴 기력이 정말로 남아 있지 않았다. 내가 저항이 없자 놈들이 후딱 내 머리채를 쥐고 들어올린다.

"뭐야, 뭐야?"

놈들이 당황하여 어수선해졌다.

"간 거 아냐, 이거?"

한 놈이 내 등 뒤로 와서 두 팔을 뻗어 내 명치 쪽을 손바닥으로 힘껏 눌러 댄다. 내 몸이 꺾어져 놈의 사타구니가 내 엉덩이에 찰싹 달라붙었다. 숨이 막혀 죽을 듯싶어도 더러운 불쾌감이 하늘을 찔렀다.

"계속 해 봐. 눈 떴어!"

그럴 때에 간신히 내 숨이 터졌다.

"헉… 하나님!"

"아따, 깜짝이야! 젠장맞을 것! 에이 씨발, 관두자. 진짜 잡겠네."

나는 컥컥거리며 마구 헛구역질을 해 대었다. 입에서 허연 게거품이 묻어나는 게 느껴졌다. 놈들이 이 모습에 기겁을 했는가. 나를 질질 끌고 가더니 긴 나무의자에 눕힌다.

바깥 다른 곳에서 윽! 하는 외마디 비명이 고즈넉하게 들려왔다.

"무당년이 하나님을 다 찾고. 맛이 완전히 갔네, 갔어."

놈들의 소리가 환청처럼 들려오고 주위가 금세 깜깜해졌다.

대체 얼마나 시간이 흘렀던 것일까? 짜장면 냄새에 눈을 떴고 두 놈이 아무렇게나 걸터앉아 훌쩍거리며 면발을 삼키고 있었다. "떴다, 떴어." 한 놈이 소리하였고, 조 형사라는 놈이 내게 다가왔다.

"어이, 이거 먹던 건데 허기라도 때울래?"

"더러운 놈들!"

놈은 내 말에 으쓱거리며 순순히 제자리로 갔다. 다른 놈은 뭐가 우스운지 낄낄거렸다. 두 놈은 짜장면을 계속 먹어 대었다.

문을 벌컥 열어젖히고 들어온 어떤 놈이 투덜거렸다.

"이 사건, 끝났어. 해체해. 언놈들이 죄다 농사에, 장사에, 걸고넘어질 놈이 없네."

"저 계집애는 어떻게 할까요?"

"것도 몰라? 순순히 풀어주면 인권유린이니 고문이니, 하도 지랄 떨어 골치 아파."

"그럼, 경찰서로 이첩하겠습니다. 죄명은 뭐로 하죠?"

"한 몇 년 콩밥 먹게 적당히 들이대라고!"

나는 읍내 경찰서로 이송되어 얼렁뚱땅 조서를 받았다. 묵비권이 아니라 진술 자체가 묵살되었고, 스스로 변호할 엄두도 나지 않았다. 그저 놈들의 손아귀로부터 벗어나 푹 자고 싶을 뿐이었다. 다행히도 어느 형사의 배려로 불구속 입건되어 풀려나왔고, 병원에 입원하여 열흘 정도 치료를 받았다. 공무집행방해, 불법시술행위에 사기, 미풍양속이 어쩌고 저쩌고, 알아먹기 힘든 죄명이 하도 많아 기억조차 못하겠다. 어찌 됐든 나중에 집행유예로 끝났다는 게 나로서는 중요했다.

몸이 만신창이가 되어도 하소연할 데가 없었다. "만신님, 어디 받혔어요? 얼굴이 부은 것 같은데요?" 선량한 신도들은 공권력의 폭력을 알지 못했다. 당하기 전까지는 나 역시도 피부에 와 닿지 않았고, 지금도 도무지 실감이 나질 않으니까. 마치 악몽을 꾸다가 잠을 깬 아이처럼 모든 게 낯선 동네의 풍경으로 와 닿을 뿐인 것을. 이러니 병문안을 온 철수 엄마와 천신회 회원들에게 대체 무슨 말을 할 수 있으랴. 정신과 육체, 그러니까 삶 자체에 심각한 균열이 생겼으나 어느 누구도 이를 알아차리지 못했다. 그저 몸이 추슬러지면 일상의 삶으로 돌아가겠거니 그러고 있었다.

"저도 그렇고 회원 중에 열댓 명이 경찰서로 불려가 조사를 받았어요. 어디와 연계된 조직이냐고 다그치던데, 이 빤한 모임 가지고 우리가 뭐라 그러겠어요. 그래도 만신님이 유치장에 계실 줄은 미처 몰랐네요. 어데 기도하러 가셨나 했죠. 집에 도둑이 들었나 싶기도 하고 연락도 없어 은근히 걱정이 되긴 했었어요."

"모차르트는 어찌 됐어요?"

"집을 나가고 없어요. 밥 먹을 때 되어도 안 들어오네요."

놈이 아무래도 혼쭐이 났던 모양이다. 결국은 그렇게 떠나가는가.

퇴원을 하였다. 신당의 제단은 다행히도 제 모습을 유지하고 있었다. 비밀 서랍이 놈들에게 발견됐다면 어떻게 되었을까? 영락없이 간첩으로 몰렸을 게 틀림없었다. 그곳에는 권총이 가지런하게 놓여 있었고, 이걸 써먹지 못한 게 그나마 다행이라는 생각이 들었다. 부엌이 아니라 그때 마침 신당에 있었더라면 분명히 권총을 뽑아 들고 마구 쏴 댔을 것이다. 지금의 내 심정으로는….

신당 마룻바닥에는 압수되었다가 돌아온 물건들이 여럿 놓여 있었다. 그중에서 공책을 펼쳐 들었고, 놈들의 더러운 손때가 묻었겠다 싶어 불쾌한 마음을 어쩌지 못했다. 그랬는데 중간쯤 펼쳤을 때에 시뻘건 김칫국물 자국이 덕지덕지 묻은 부분이 눈에 확, 띄었다. 글자 몇 줄은 알아보지 못할 정도로 얼룩이 졌다. "뭐야, 이것이!" 갑자기 분노가 왈칵 밀려왔다.

"이 새끼들이 밥 처먹으면서! 이게 지들 잡진 줄 아나! 내, 이놈들을!"

순식간에 터져 나온 악담에 철수 엄마가 후닥닥 달려와 놀란 눈으로 바라본다.

"만신님! 무슨 일이세요? 어떤 놈들이, 왜요?"

하마터면 침을 잔뜩 바른 검지로 공책을 빡빡 문지를 뻔하였다.

"아, 아니에요. 휴! 그냥 괜스레 천불이 나서요."

그들의 무지막지한 구둣발과 수색에 날강도 맞은 듯 어질러졌을 게 빤한 천신각이, 철수 엄마와 신도들의 수고로 말끔하게 치워져 있었다. 나는 당분간 무속 활동을 하지 않기로 하였다. 안타깝지만, 찾는 손님들에게는 묵언 수행에 들어갔다는 구실을 붙였다.

한편, 천신회의 정기모임은 계속 열렸으나 출석하는 인원이 급격히 줄어들었다. 탈퇴한 회원도 있고, 흉흉한 소문에 몸을 사리는 회원이 많았다. 얼마간은 이런 어둑한 분위기가 지속될 것이다.

"극단적이라 할까. 몇몇 과격한 기독교 교파 애들이 천신각을 불사르자고 선동한대요."

그 소리를 듣고도 신도들을 다독거려 힘을 모아야 한다는 마음이 일지 않았다. 의욕이 살아나지 않는 데다가 자칫 잘못하다가는 종교적 갈등에 기름을 붓는 격이 되기 때문이었다.

손님을 받지 않은 게 천만다행이었다. 기도를 해도 그렇고 일부러 점쳐 보려고 애써도, 아무 감흥이 일지 않고 신의 기운을 아예 받을 수 없었다. 철저히 부서져 내린 이 영혼을 어떻게 해야 하나!

신당을 나서니 마침 철수 엄마가 빨래 광주리를 이고 뒤뜰로 간다. 나도 도와야겠다는 생각에 그 뒤를 따랐다. 가는 길에, 부엌 쪽에서 이상한 냄새가 났다.

"철수 어머니. 이 무슨 냄새지요? 뭐가 타는 것 같네?"

"네? 아, 이런! 내 정신 좀 봐."

철수 엄마는 빨래를 널려다 말고, 허겁지겁 부엌으로 달려간다.

어쩌면 내색을 하지 않아서 그렇지 철수 엄마도 천신회 회장이니 만큼 놈들에게 끌려가 어떤 고초를 겪었을지 모른다. 그래서인지 전보다 말수가 줄었고, 뭔가 경계하는 눈빛으로 머뭇거리다가 때로 넋 잃고 한눈을 팔기도 하였다.

빨랫줄에 하얀 기저귀가 천지로 널렸다. 바람에 펄럭이는 이것만 보고 있으면 세상천지도 이럴 것이라는 착각을 받겠다. 하얗게, 깨끗하게, 맑고 순수하게….

"왈왈!"

순간, 내 귀를 의심하였다. 황급히 돌아보니 모차르트가 전에 달아났던 그 기와 담장 위에 올라탄 채 나를 향해 꼬리를 흔드는 게 아닌가!

"모차르트!"

놈은 내려올 생각을 않고 버티며 다시 짖는다. "왈왈!"

"짜식!" 쭈그리고 앉아 두 손을 벌려 손짓하였다. "모차르트, 와라!"

모차르트가 내게 힘차게 달려들었다. "아하하!" 달려와 까부는 놈을 껴안고 마구 뒹굴었다.

"그동안 어디 갔었어? 아, 냄새! 이놈, 목욕부터 해야겠구나. 응? 하하하!"

모처럼 후련하게 웃었다. 소리를 듣고 철수 엄마가 달려왔다.

"얘가 이제 왔네!"

제8부

사랑과 아가

겉보기에 몸뚱이가 말짱해지자, 세월을 덧없이 까먹고 있다는 생각이 들어 속이 탔다. 몇 번을 주저하다가, 앞서 마음먹은 대로 곽성규를 만날 생각에 전화를 하였다.

"감사합니다. 문화부 기자 곽성규입니다. 여보세요?"

나도 모르게 긴장되어 침이 꼴딱 삼켜졌다.

"잘 지냈어요? 저, 하설희예요."

"어, 누구? 누구시라고요?"

그는 내 이름마저 잊어먹은 듯한 목소리를 내었다. 나는 참을성 없이 버럭 고함을 질렀다.

"하설희라고! 바보같이 벌써 내 이름도 잊었어?"

성질을 부리고는 순간, 움츠러들었다. 맙소사! 이 말투는 곱상한 아가씨가 아니라 성깔머리가 고약한 마귀할멈의 짓거리이지 않겠나?

"아! 설희. 그래, 설희구나. 바빠 기사 작성하느라 넋이 나가서 그랬다. 어디야?"

보름이 지나서야 그를 만났다. 기분 같아서는 조금 더 기다렸다가 성탄절 전야에 만나고 싶었지만 그가 그걸 바라지 않았다. "언제 한번 볼까?" 그는 연인의 감정으로 나를 대하는 게 아니라, 마치 잊어먹었다가 전화질에 새삼 기억을 떠올린 동창 정도로 나를 맞았다. 내게 아무런 앙금조차 없는 듯하였다. 그래서 그 말을 꺼내지 못했다.

"빠를수록 좋겠지?" 말해 놓고 비슷한 말을 들려준 오미혜가 생각났다. 그 여자들은 무사히 그 어느 선생님과 합류했겠지?

"내가 요즘 특집을 준비하느라 엄청 바쁘네. 한 열흘쯤 지나면 시간 날 것 같은데…"

"그러자. 보름 뒤, 일요일에 이곳에서 만나."

"그럴까? 거기 가면…"

"아, 아니다! 내가 서울 갈게. 서울역으로 나와."

끝내 떨쳐 버리지 못해 마음 한구석에 자꾸만 돌탑을 쌓기만 했던 그와의 감정을, 이제는 무너뜨릴 필요가 있겠다 싶었다. 그리고 몸과 마음에 생긴 여러 생채기도 어루만져야 했기에, 만날 날짜에 여유를 두었다.

묘한 감정에 이끌려 매일같이 언덕배기를 뜀박질하였다. 모처럼 옷가게에 들러 나들이옷을 하나 사 입고, 화장도 정성을 들여 해 보았다. 약속한 그날에는 일찌감치 가까운 도시, 풍천시로 나가 미용실에도 들렀다. 머릿결을 손질하고 나서 기차표를 끊었다. 이러한 나의 행위는 그의 환심을 사겠다는 시도가 아니라, 혹시 닥칠지 모를 내 자존감의 훼손을 경계하려는, 하나의 몸부림이었다고 해 둘까?

2

그는 기자답게 내가 부르는 시간과 장소에 달려와 주었다. 이렇듯 어김없이 나타나고 만나게 되건마는, 이것이 지금껏 그토록 어려웠었다니! 서글픈 분노가 그를 보는 순간 치밀어 올랐다.

서울역 광장 매표소 입구, 일요일 오후 세 시. 그날은 삭풍이 무지 불어 절로 어깨가 움츠러드는 날씨였다. 금세라도 검은 먹구름이 몰려와 태양을 집어삼킬 듯 우중충한 하늘이었고, 초라한 태양은 퇴색된 빛을 겨우 비추고 있었다.

나는 비교적 한가롭게 떠가는 인파를 헤치며 출구 계단을 딛고 올라섰다. 그는 약속한 장소에 우두커니 서서 하늘을 쳐다보고 있었다. 기차가 연착되어 약속 시간보다 이십여 분이 늦었건만, 그는 두리번거리지 않고 곧바로 손에 쥔 신문지를 펼쳐 뒤적거렸고, 이윽고 다가가는 나를 발견하였다. 그가 서둘러 다가오면서 어색하게 나를 반긴다.

"잘 지냈니? 반갑다."

"어, 그래."

나는 분노를 삼켰다. 삼키느라 말이 제대로 나오질 않았다. 그가 손 내민 것도 모르고 있다가, 간신히 왼손을 뻗어 그의 손등을 만져 보았다. 따뜻하였다.

"오늘 꽤 춥지?"

그 소리를 들으면서도 이게 꿈인지 생시인지 실감이 나질 않아 정신없이 그를 바라보기만 하였다. 전에 없었던 작은 흉터가 이마에 나 있긴 했어도 여전히 나의 마음을 흔들 만큼 그의 얼굴은 멋졌다. 그는 세련된 도시의 직장인으로, 기자의 감각으로 이 어색한 분위기를 바꾸려고 하였다. 그랬기에 지금의 내 기분과는 아랑곳없이 그가 빙긋 웃으며 너스레를 떨더라도 그걸 탓할 수가 없었다.

"정말 오랜만이다. 연락이 끊겼다가 이렇게 보니까, 막상 할 말도 없고 서먹서먹하지? 자주 만나고 그래야 화젯거리가 생기는 법인데…. 뭐 어쩌겠나, 이제라도 스스럼없이 얘기 나누자. 그러다 보면 낯선 구석이 사라지겠지."

말해 오기를 기다리는 듯 물끄러미 나를 바라보다가 그가 묻는다.

"…어디로 갈까?"

"밥 먹어요. 배고파."

"밥? 잘됐네. 나도 점심을 걸렀어. 장충동 쪽에 괜찮은 레스토랑이 있긴 한데…"

"아니, 그냥 한식으로 해."

"그럴까? 저쪽으로 가자."

같이 길을 걷는데 지나치는 인파가 우리를 자꾸만 떼어놓자, 그가 내 어깻죽지를 감쌌다.

3

우리는 택시를 타고, 명동의 한식당 앞에서 내렸다. 그가 한 번씩 애용하는 단골집이라는데 한옥풍으로 지어진 고급스러운 음식점이었다.

그가 비빔밥을 시켰다. 날 보고 뭘 먹겠느냐고 해서 아무거나 좋다고 하니까 그걸 주문한 것이다. 그는 내가 고기를 싫어한다는 걸 기억하고 있었다. 식탁에 놓인 비빔 재료 중에서 고기 살점을 덜어내어 자기한테로 가져갔다. 사소할 수 있을 이 작은 배려에 그만 나의 분노가 누그러졌다. 예전에 그렇게나 바랐던 평범한 삶으로 되돌아간 그를 긍정해야 하지 않을까, 그런 마음까지 일었다.

그는 식사하면서 짬짬이 자기의 일상사, 특히 이제 일 년이 다 되어가는 기자 생활에 대해 심심풀이로 들려주곤 하였다. 그러나 정작 궁금했던 지난날의 격동에 관해서는 일절 아무런 언급이 없어 그게 나를 무척 답답하게 만들었다. 괴로운 날들의 기억을 들먹이고 싶지 않은 심정에 이러리라는 짐작이 가긴 했지만, 나부랭이 같은 이런 잡담이 지금 내게 무어 중요할까나.

"어떻게 된 건데? 그날…."

못내 궁금하여 내가 먼저 말을 꺼내야 했다. 내 질문에 그는 잠시 그날을 더듬는 듯했다.

"나중에 술 한잔 하면서 얘기할까 했는데…."

"그럼, 그때 해."

"말이 나왔으니 한마디만 할게. 변명 같겠지만 당시에는 너를 볼 낯이 없었어."

"바보같이 그게 무슨 소린데?"

울컥, 속에서 분노가 다시 치밀어 올랐다.

"그때 형사들한테 다 실토해 버렸거든. 나 혼자 살자고 동지들을 배신했고, 그 때문에 고초를 겪은 동지들이 있었겠지."

아, 그래서였어? 이제 다 지나간 일을, 밥 먹는 마당에 떠올려서 뭐 하겠는가.

"그만 됐어. …밥이나 먹자."

자기 딴에는 선심 쓴다고 내게 짜장면을 들이대던 놈이 불쑥 떠올랐다. 곽성규도 취조를 당했겠지. 아니지. 군대까지 다녀온 남자라서 훨씬 가혹한 고문이 가해졌을 게다. 그러니 야비한 놈들에게 무참히 굴복했다고 해서 어찌 그를 탓할 수 있으랴. 하 수상한 시절에 태어난 불운을 고뇌해야겠지.

그러나 그랬을지언정 나를 만났어야지! 밥 먹자고 해 놓고선 거칠게 말이 툭 튀어나왔다.

"나중에라도 찾았어야지!"

내가 울컥해하자 그가 내 눈치를 살피며 말했다.

"우리의 인연이 다한 거라 생각했지."

이 말에 화가 치밀어 시비조로 말대꾸하였다.

"우리가 그렇게나 가벼운 인연이었어? 시시하게 그깟 일로 다했다고?"

그가 별안간 긴장하는 기색을 보인다. 의자를 당기며 두어 번 엉덩이를 들썩이더니 식사에 몰두하는 체한다. 그와 같이했던 시간들 속에서 처음 접하는 모습이라 좀 의아스러웠다. 내가 지금 심한 소리를 했던가? 우리의 인연이 가벼웠던 게 아닌 만큼 인연이 다한 게 아니었다는 말을, 그는 달리 들었던 것일까? 그런 것 같다. 바보같이!

이 바보야! 그때는, 그랬다고! 아무럼, 이제는 무당이 된 내가 너를 붙들 거라고? 붙들어서 대체 뭣에 쓰려고?

사랑을 붙들 수도, 붙들어서도 안 되는 나 자신이 원망스럽기도 하였다. 그러나 한편으로 내가 붙들까 봐 조바심을 내는 그의 행동에 무척 실망하였고, 주먹으로 몇 대 때려주고 싶을 만큼 정말로 얄밉기까지 하였다.

"걱정 마." "내가 있지." 우리는 동시에 말이 불거져 나왔다.

"먼저 얘기해."

그가 어색한 표정을 지으며 머뭇거렸다.

"어… 내가 있지, 사실, 요즘에 사귀는 사람이 있어. 양가 어른도 뵀었고…. 그렇다."

"…그래? 잘됐네. 축하해."

좀 전에, 일찌감치 결혼을 포기했음을 알려 그의 걱정을 덜어주려 하였다. 그런데 정작 그로부터 이런 얘기를 듣게 되니 눌러졌던 용수철이 튀어나오듯 심장이 벌렁거렸고, 내 표정이 그에게 어떻게 비칠까 두려워 일부러 빙긋 웃어 보이기까지 하였다. 나는 얼른 밥술을 떴고 먹는 일에 몰두하였다. 널찍한 밥사발에 고개를 처박다시피 하고 먹다가 문득 옆자리에 놓인 초라한 손가방으로 시선이 갔다.

오늘 아침 일찍 신당을 나설 때에, 공책을 몇 번이고 만지작거리며 망설였다. 수기를 처음 적을 때의 내 의도가 창피할 정도로, 곽성규는 나를 대하는 감정이 이미 냉정해져 있었다. 따라서 그가 읽어야 할 이유가 없어졌기도 하였다. 그런 공책을, 혹시나 하는 미련에 꾸역꾸역 손가방에 꾸겨 넣고는 핸드백까지 둘러멘 몰골로 성가시게 들고 왔었다. 한 치 앞도 못 보는 점쟁이라니!

그가 내 눈치를 보며 조심스럽게 말을 꺼냈다.

"이따가 영화 한편 볼까?"

그 말에 다시금 참을성 없는 여자가 되어 말을 토했다.

"지금 그거 볼 정신이야? 것보다, 거 뭐지? 광주, 거기 식당에선 왜 피했어요, 나를?"

말해 놓고는 그가 답하거나 말거나 개의치 않는다는 듯이 밥사발 밑바닥에 달라붙은 밥알을 떼느라 숟갈로 싹싹 긁었다. 그런 뒤, 입으로 가져가면서 그를 바라보았다. 그는 놀란 눈을 하고서 나의 이런 몸 투정을 쭉 지켜본 듯하다. 나와 시선이 마주치자 바로 변명을 해대었다.

"엄마의 눈물을 뿌리칠 수가 없었다. 평범하게 사는 아들이길, 엄마는 간절히 바라셨어."

그게 왜? 아무리 엄마가 그랬기로서니 그것이 나와의 재회마저 가로막을 이유가 된다고?

"대체 이게 뭔 소린지…."

나는 말을 끊었다. 더 이상 꼬치꼬치 따질 게 뭐가 있으랴. 그를 열렬히 사랑했으나, 나를 사랑하지 않은 것을! 가히 짝사랑에 가까웠노라, 그렇게 감정을 돌이킬 수밖에는.

"나가자. 답답해."

나는 자리에서 벌떡 일어났다.

4

어딜 가나 곳곳에 전투경찰이 경계 근무를 서고 있었다. 아직까지도 군사정권과 그런 문화의 틀에서 벗어나지 못하는 민족이라는 사실이 한층 우울하게 다가왔다. 어디서부터 일이 꼬인 걸까? 우리는 딱히 갈 곳을 정하지 않은 채, 이러저러한 잡담도 없이 거리를 배회하다가 명동성당으로 가는 길목에서 발길을 멈췄다. "안 되겠네. 이쪽으로 돌아가자." 한쪽 도로를 점거한 경찰버스에는 데모 진압대가 죽치고 있었고, 멀리 보이는 성당 입구에는 대열을 이룬 전투경찰들이 바리케이드를 친 채, 오가는 이들을 검문하고 있었다.

우리는 다른 길로 돌아가다가 민속주점이 내 눈에 띄었다. "동동주 마실까?" 내가 그렇게 소리를 높이자 그의 얼굴에 화색이 돌면서 그런다.

"클럽에 가자. 혹시 너, 아니? 사랑과 평화라고, 내가 좋아하는 보컬그룹인데 연주 실력뿐만 아니라 노래도 아주 좋아. 근데, 술 먹어도 괜찮겠어?"

"내가 술고래, 말술인 걸 모르는구나? 거기가 호텔이야?"

"응, 호텔에 있는 클럽인데, 비교적 술값이 저렴하고 괜찮아. 왜? 다른 데로 갈까?"

"아냐, 거기 가자. 나중에 잘 데가 있어야지. 거기서 자게, 방도 하나 잡아 줘."

"알았어. 설희야, 저리 가자."

그가 내 손을 잡고 인파 속으로 이끌었다. 그때 확 하고 다가온 게 뭐냐면, 오늘 재회하고서 처음 듣는 내 이름이라는 사실이었다. 그러고 보니 나는 아직 그의 이름을 부르지 않았다. 딱히 부를 일이 없었던 것 같은데도 공연히 어이없게 여겨졌다. 내키지 않는데 억지로 만나는 게 아니잖나?

곽성규는 많이 와 본 솜씨로 웨이터를 불렀고, 술과 안주를 주문했다. 무대에는 이름 모를 여가수가 애잔한 팝송을 부르고 있고 그 아래 중앙 홀에서는 남녀가 쌍쌍이 부둥켜안은 채 조명 속에 흐느적거리고 있다. 아직 이른 시각이라 사람이 많지 않아서인지 쾌적한 기분이 들긴 하였다.

테이블에는 맥주 세 병과 위스키 양주 한 병, 그리고 얼음과 화채, 여러 안주들이 놓였다. 그가 잔에다 맥주를 따르고는 건배를 청한다.

"이렇게 만났으니 기쁜 마음으로 서로의 행복을 바라며, 건배!"

그가 맥주를 시원하게 쭉 들이켠다. 나는 거품을 조금 맛보곤 내려놓왔다. 그가 나를 유심히 바라보기에 한마디 해 주었다.

"내게 부담 갖지 말고 맘껏 먹고 놀아. 분위기에 익숙해지면 나도 양껏 먹을 거야."

"좋았어. 설희야, 분위기 타거든 같이 춤추러 나가자."

약혼녀가 있다면서 이래도 되나? 나도 한때 그의 연인이었으니까 상관없는 일일까?

"나는 있지. 자기가 평탄하게 지내는 것 같아서 좋다. 전부터 내가 바랐던 것이니까. 그런데 우리가 이러고 있을 때, 아까 밖에서 봤지? 검문하고, 데모 진압대가 대기하고 말이야. 그건 아직도 쫓기고 저항하면서 민주주의를 부르짖는 사람들이 여전하다는 소리잖아. 한때 자기가 그랬듯이…"

말을 도중에 그쳤는데도 그는 아무 말 없이 나를 바라보기만 하였다. 술도 마시지 않는다. 나는 하려던 말을 마저 이었다.

"자기가 이러는 게 나쁘다는 소리가 아니야. 이러고 있는 자기가 낯설어 보인다는 것이고, 내가 예전에 바랐던 삶이 온전하게 순수를 지향한 것이었느냐는 것에 의문이 들어서 한소리 해본 거야. 그저 지금 내 기분을 말한 것이니 그리 알고 넘기자. 이번에는 내가 건배를 청하고 싶네?"

내가 맥주잔을 들자, 그가 얼른 양주잔을 채워 내 잔에다 살짝 갖다 대었다.

"인간의 행복을 위하여, 우리의 평강을 위하여, 건배!"

"건배!"

그가 양주를 쭉 들이켰다. 나도 이번에는 잔을 완전히 비웠다. 속이 시원하면서도 왠지 울렁거리는 기분이 들었다. 그가 다시 내 잔에 맥주를 채우면서 그런다.

"그 말 잊지 않을게. 기자로서 정의와 양심에 어긋나지 않는 취재와 보도를 할 수 있도록 최선의 노력을 다할게. 고맙다."

이런! 이러니 내가 어찌 그를 미워할 수 있겠나. 어찌 사랑이라는 몹쓸 감정이 사그라질 수가 있을까. 술이 한잔 들어가니까 괜스레 슬픔이 몰려왔다. 여차하면 눈물이 펑펑 쏟아질 것 같았다. 다행히 주위가 소란스러워졌다. 거칠고 강렬한 연주와 어지러운 조명에 휩쓸려, 사람들이 신들린 듯 몸을 흔들어 대었다. 그는 나의 이런 심기를 알아차리지 못하고 무대 쪽으로 얼굴을 돌렸다.

한참을, 보컬그룹의 연주를 지켜보다가 술을 마시다가 나를 바라보다가, 그랬다. 그러다가 그가 물었다.

"그동안 어찌 지냈어? 어떻게 살았는지가 궁금해."

이렇게 시끄러운 데서 무엇을 말하라고? 부질없이 그저 해 보는 소리려니 싶어 대꾸하지 않았다. 그러자 그가 내 옆으로 자리를 옮긴다. 그러고는 내 귓불에 바짝 입술을 대고 중얼거린다.

"마셔. 이러다 나 먼저 취하겠어. 자, 건배!"

나는 맥주를 들이켰다. 마실수록 속이 편해지고 정신이 맑아지는 것 같아 그게 의아했지만, 어쨌든 갈수록 기분이 흥겨워졌다.

"성규 씨, 이마에 이 상처는 뭐야? 누가 그랬어?"

그의 이마를 손끝으로 문지르며 이런 말을 스스럼없이 꺼낸 걸 보면 취기가 돈 게 분명하였다. 그의 팔을 붙들고는 맥주를 따랐고 안주까지 집어다가 그의 입속에 밀어 넣었다.

"이거? 그때 그 미친 새끼가 일부러 그랬던 건 아닌데, 그렇게 됐다."

한참 전에 물은 말을 생각난 듯 뒤늦게 대꾸하는 걸 보면, 그는 취한 게 분명할 텐데도 묘하게 취한 모습으로 와 닿지가 않는다. 내가 더 취해서 그런 것일까?

"자기 그때 고통, 내가 잘 알지. 나도 당했으니까. 흐흐."

"그랬어? 나쁜 자식들이 설희까지 족쳤었구나! 곽성규 그놈, 어서 숨은 곳을 대! …허허, 정말 미안해. 나 때문에 많이 힘들었지?"

"하하, 괜찮아. 지금, 지금 같이하고 있잖아."

우울할 수밖에 없는 얘기인데도 술김이라 그랬나, 실없는 사람처럼 깔깔거리며 서로가 싱겁게 웃어젖혔다.

"성규 씨, 나도 위스키 한잔 줘 봐. 맛 좀 보게."

"그럴래?"

그가 양주를 반쯤 따라서 내게 잔을 건넨다.

"천천히, 맛보듯이 마셔. 독하니까."

그 말이 없었으면 그와 똑같이 흉내 내어 맥주처럼 홀짝 들이켤 뻔하였다. 살짝 닿은 혀끝에 알싸한 맛이 강하게 느껴진다.

"자기는, 이렇게 독한 술을 마신 거야? 그러고도 안 취해?"

"취하지. 그러자고 마시는 술 아냐? 하하."

나는 아까 무슨 까닭으로 술을 마시자고 그랬을까? 취해서 어쩌자고?

"설희야, 춤추자."

그가 흥겨운 팝송에 몸을 들썩거리며 나를 일으키더니 껴안고 홀로 데려갔다. 그는 내 앞에서 마구 몸을 흔들어 보였다.

"설희야, 춤춰 봐라! 막춤이라고. 무조건 마구 흔들면 돼!"

"이렇게?"

"오, 그래. 그렇게!"

아하하! 우리는 요란한 사운드와 현란한 조명에 파묻혀 마음껏 웃었고 흔들었다. 우리는 서로 끌어안고 블루스까지 추었다.

5

햇살에 눈이 부시다. 베개와 시트가 뒤엉켜 어수선한 침대에서 잠을 깼다. 여기가 어디지? 알몸인 걸 깨닫고 얼른 몸을 움츠리며 주위를 살폈다. 호텔 객실인 건 알겠는데 그가 보이지 않는다. 바닥에 아무렇게나 던져져 있는 속옷과 옷가지를 찾아 입다가, 거울 앞 탁자에 놓인 쪽지가 눈에 띄었다. 그가 남긴 메모다.

"설희, 곤히 잠들어 있어서 깨우지 않았어. 출근해서 업무 처리하고 올게. 만약 오전 열한 시까지 오지 않으면 커피숍에서 기다려. 바로 연락할게."

시계를 보니 막 열한 시를 넘어서고 있다. 마음이 바빠져 허둥대었다. 그러다가 욱, 하고 헛구역질이 나오는 바람에 머리가 어질어질하여 침대에 털썩 걸터앉았다. 어제, 무슨 일이 있었나? 어젯밤에 과음을 했었고, 블루스를 추고 테이블에 돌아와 건배를 한 뒤로 기억이 끊겼다. 아니다. 그 뒤로 내가 곽성규를 떼쓰듯이 주먹으로 휘둘렀던 것 같다. 주위가 아득한 가운데 그의 얼굴이 몽롱하게 보였고, 그의 등에 업혔다가 침대에 눕혀진 기억이 언뜻 떠오른다. 아, 도대체 무슨 일이 일어났지? 또 다시 속이 메스꺼워 황급히 욕실로 달려갔고, 변기에 얼굴을 처박고는 먹은 것을 울컥 토하였다.

뜻하지 않게 꾸물거려 일 층 로비에 있는 커피숍에 늦게 내려왔다. 벽시계가 열한 시 이십 분을 가리키고 있다. 카운터에 알아보니 나를 찾았던 전화는 없었다. 설마, 이대로의 이별은 아니겠지? 또 다시 이렇게 끝이 난다면 정말 허무한 세상일 것 같다.

어젯밤에, 나는 그와 관계를 가졌다. 내 몸이 그걸 말해 주고 있다. 기억은 흐릿하지만 분명, 내가 원해서 그를 끌어당겼을 게다. 그렇지 않다면 취중에라도 나를 건드릴 이유가 없으니까. 그럴 남자가 아니니까. 그렇다면 나는 왜, 이 어수선한 상황에서 그를 원했을까? 이성적 의지가 결여된 상태에서 본능적으로 피어난 욕망에 의해? 그간의 덧없는 세월을 보상받고픈 애틋한 갈구 때문에? 그건 아닐 것이다.

이번 정사로 혹시 다시 아이를 갖게 된다면 그때는 어떻게 하여야 하나? 무당은 두 신을 섬길 수 없다. 남편이 내 발 아래로 내려오면 모를까. 그럴 가능성은 없으니 남자와의 혼인은 이제 불가능하다. 그렇다면 아이를 낳아 아버지 없이 키운다? 천신을 모시는 내게 있어 아이조차 애물단지가 되겠지만(아닐 수도 있겠지만), 어쨌든 아이를 갖고 싶다! 아이를 갖겠다면 곽성규의 아이가 좋을 것이다. 아아, 그래서였구나. 그래서 그를 유혹했던 것이구나!

"늦었다. 많이 기다렸지?"

나는 깜짝 놀랐다. 그의 아이를 가지려 했다는 생각에 골똘해 있다가, 불현듯 그의 목소리가 들리고 모습이 눈앞에 나타나니, 마치 몰래 과실을 따먹다 들킨 아이처럼 화들짝 놀랄 수밖에.

"아니! 방금 내려왔어. 여기서 나가요."

막 도착한 그의 팔을 잡아끌었다. 잠시라도 이 공간에 머무르고 싶지가 않았다.

호텔 주차장에 세워 둔 그의 승용차에 올라탔다.

"속, 괜찮아? 해장할 겸 콩나물 국밥으로 먹을까?"

"나는 아직 속이 더부룩한데? 자기, 먹고 싶으면 가요."

"그럼 우선 국립극장부터 들르자. 홍보 책자 보고 기사 써도 되는 연극인데, 취재 핑계대고 나왔거든. 연출가와 잠시 인터뷰 갖고, 그리고 점심 먹자."

승용차가 호텔을 벗어나 도로로 달려 나가자 이내 저편으로 장충단공원이 나타났다.

취재를 끝낸 후, 점심으로 국수를 먹었다. 따뜻한 햇살을 받으며 우리는 남산식물원 주변을 거닐었다. 그는 자연스레 내 손을 꼭 쥐고 걸었다. 마치 오랜 연인처럼.

"조금만 이대로 걷다가, 기차를 타야 해."

"벌써? 거, 하룻밤으로 되겠어?"

그가 어색한 듯 머뭇거리며 물었다.

"자기 얼굴도 봤고, 이젠 각자의 길을 가야겠지."

무심코 그렇게 얘기했다가 그의 말이 그런 뜻이 아니라는 생각이 미쳤다. 내가 의아한 표정으로 그를 바라보자 그가 상기시키듯 말을 꺼냈다.

"우리의 아이를 갖고 싶다고 했잖아."

"내가? 아, 부끄러워! 나, 어떡해!"

그의 손을 얼른 뿌리치며 빠른 걸음으로 앞서 걸었다. 저절로 고개가 수그러졌다. 그가 다가와 내 어깨를 감쌌다. 그렇게 한참을 걷다가 그가 입을 열었다.

"나도 취중에 이성적 판단을 할 겨를이 없었어. 막연히 설희와 함께하고 싶었고, 그런 감정이 아름답고 소중할 거라는 느낌으로 움직였을 뿐이었어. 운명의 신께서 우리의 행위에 대해 답을 주시겠지."

"성규 씨, 나 괜찮아. 지금도 아기를 원해."

"그러니? …근데 죽은 아기는 또 무슨 얘기야?"

"내가? 내가, 그런 말까지 했구나. 사실, 그때 임신했었어. 내 불찰로 사산했지만…"

그가 걸음을 멈추었다. 그리고 나를 돌려세웠다.

"미안하다, 설희야. 그것도 모르고…. 정말 미안해. 나는 그때 덩그러니 나 혼자 남아 나만 힘든 줄 알았어. 바보처럼 그것도 모르고 말이야."

그 말에, 꽃잎에 낀 된서리가 어둑새벽에 부스러지듯 애틋한 탄식이 새어 나왔다.

"하늘이 그때 조금만 더, 우리의 길을 밝히셨더라면! …그래도 이제 괜찮아. 자기, 힘들었던 거 알겠어. 나는 아무렇지 않아."

우리는 양지바른 벤치에 앉았다. 세상의 모든 평화가 한 줄기 미풍에 실려 유유자적하는 것 같았다. 그는 자기가 겪었던 그간의 형편을 담담히 들려주었다.

동지를 배신한 대가로 복학할 수 있었고, 따가운 시선을 피하느라 공부에만 몰두한 결과였는지 운 좋게도 바라던 언론인으로서의 첫발을 내디딜 수 있게 되었다고 한다. 안정된 직장을 얻으니 여기저기서 혼사가 들어왔고, 적당한 조건의 여자와 중매로 만났다가 약혼까지 이르게 되었다고 하였다.

"설희가 무당이라는 거 알아."

만복식당에서 나를 외면한 이후로 견딜 수가 없어 수소문을 하였다고 한다. 그러나 막상 나를 찾았을 때 무당이 되었다는 소식을 듣고 가슴이 무지 아팠다는데… 도저히 믿기지가 않아 직접 자기 눈으로 확인할 생각에 천신각까지 몰래 왔었다고 한다. 챙 달린 검은 모자를 쓴 사람이 자기였고, 그때 나를 먼발치에서 바라봤다고 하였다.

그는 거기까지 얘기하고, 한동안 우두커니 서울의 전경을 바라보다가 다시 말을 이었다.

"그때 나 자신을 엄청 탓했지. 얼마나 힘들었으면 무당의 길을 택했을까 하고. 돌이킬 수 없는 운명의 장난이라는 생각에 한동안 넋을 잃고 지냈어."

그는 뒤늦게 나와의 재회를 원했으나, 이미 운명은 우리의 인연을 갈라놓고 만 것이었다. 그가 가졌을 고통이 내게 느껴졌다. 옷깃을 여미며 그의 어깨에 기대었다.

서울역 승강장에서 우리는 뜨거운 키스를 나누었다. 그와의 작별이 안타까웠다. 기차 바퀴가 서서히 움직인다.

"성규 씨, 잘 살아!"

신은 왜, 이럴 때 우리를 가만 내버려두느냐는 원망이 숨죽인 흐느낌에 묻어왔다.

그가 눈물을 글썽였다.

"설희야, 잘 가!"

우린 왜 같이하면 안 되는 걸까? 나도 모르게 뜨거운 눈물이 주르륵 흘러내렸다.

이렇게 우리는 또다시 헤어졌다.

겨우 하룻밤을 자고 돌아왔을 뿐인데도 천신각 대문가에서부터 낯선 바람이 쌩 불었다. 모차르트는 코빼기도 뵈지 않는 게, 들어오면 목줄을 다시 채워야겠다는 생각이 앞섰다. 철수 엄마는 장보러 갔는지 아무런 기척이 없다. 안방에 들어가서 하얀 한복으로 갈아입고 건넌방을 기웃거렸다. 피곤하였던가, 철수 엄마는 아이를 끌어안고 곤히 잠들어 있다.

신당에 들어서자 낯선 기운이 우수수 흩어져 내린다. 벽화의 형상이 마치 나를 꾸짖는 듯, 외면하는 듯, 냉랭한 빛을 뿜는다. 어제오늘 빠뜨린 기도 때문일까?

"만신님, 드릴 말씀이 있어요."

철수 엄마가 밥상머리에 앉아 기운 없는 얼굴로 내게 일렀다.

"오늘 낮에 허 사장이 탈퇴했어요. 같이 나간 회원이 절반 가까이 되네요."

전부터 이런 일이 일어날 가능성을 염두에 뒀기에 놀랍지가 않았다.

"오히려 잘됐어요. 영리를 추구하는 자들과 어울려서야 탐욕 외에 생길 게 뭐가 있겠어요. 이번 일을 계기로 의로운 사람들과 아기자기하게 지내고 싶습니다."

인권유린 사태 이후로 그녀가 시무룩해진 까닭에는 이런 소란도 영향을 미쳤겠다. 그녀의 표정에 여전히 그늘이 드리워져 있었지만, 그래도 모른 척하고 밥술을 떴다.

밥알을 세듯 젓가락질하던 그녀가 마침내 입을 연다.

"만신님께 이런 말씀을 드려 죄송한데요. 저도 그만둘 수밖에 없네요. 만물상회하고 지금껏 거래한 관계를 무시할 수가 없어요. 앞으로도 그렇고…"

그녀의 고민이 뭔지를 알겠다. 허 사장과의 은밀한 거래를 거부할 수 없는 입장에 처해 있는 것이다. 그동안에 만물상회가 공급한 부적과 제사 음식을 천신각이 직접 조달함으로써 허 사장의 이득이 줄어드는 결과를 낳았고, 그러한 불만을 속으로만 부글부글 끓이다가 이번 사태를 빌미로 떨어져 나가는 것이리라. 처음에 내게 접근한 이유처럼, 이득을 취하기에 적당할 새로운 무당을 찾아 그와 손잡을 테지. 그렇다면 내 앞의 철수 엄마는 처음부터 허 사장의 지시를 받아 내게 접근했다고 봐야 하겠다. 그렇기에 이제는 그 역할이 끝났으니 내 곁을 떠날 수밖에 없다고 말하는 게 아닌가. 그녀의 말과 몸짓이 그러함을 실토하였다.

"그렇게 하세요. 그동안 고생 많으셨어요."

나중에 장부를 정리하자고 했다. 그간에 보수 없이 애쓴 노고에 대한 답례로 사례금을 드려야 도리일 테니까. 그녀는 괜찮다고 만류했지만 며칠 뒤에 적절한 몫의 금액을 그녀 통장으로 이체하였다.

이 년 전에 짐을 풀 때와 엇비슷한 심정으로 철수 엄마는 짐을 꾸렸다. 양심을 속이고 다가왔다가 양심의 가책을 안고 떠나가는 착잡한 마음일 테지만, 그럼에도 그간에 보여줬던 그녀의 헌신과 성과를 가벼이 다룰 수가 없다. 업혀서 왔던 철수는 그새 엄마 손에 매달린 개구쟁이가 되었다. 그녀의 연락을 받고 손수레를 끌고 온 나건수가 짐을 부렸고 앞에서 손수레를 끌었다.

엄마가 시키는 대로 철수가 내게 손 흔들며 작별 인사를 한다.

"이모, 빠이빠이."

"에구, 이것이. 그새 다 컸구나!"

철수를 품 안에 꼭 끌어안고서 귓불에 대고 덕담을 해 주었다.

"크거든 꼭 훌륭한 사람이 되거라. 신께서 함께하실 게다."

철수 엄마는 수레 꽁무니를 붙들고 떠나가면서 대문가에 서 있는 나를 아쉬운 듯 자꾸만 돌아다보았다.

가야 할 사람 다 떠나보내고 나니, 사람 사는 일이 허망하다는 생각에 대청마루에 퍼져 앉았다. 삭풍이 바깥 저 멀리 감나무 가지에 스치는 듯하다. 한차례 흐르던 적막을 깨고 어릴 적 소꿉친구인 분이가 찾아왔다. 곁에는 분식집 아저씨가 따랐다.

"설희야! 아니지, 저기 만신님. 호호."

나의 고독을 깨부수려는 듯 유달리 호들갑스럽게 굴며 말을 쏟아 내었다.

"여기 분식집 김 씨 아저씨, 너도 알지? 이번에 천신회 회장님 후보로 나서기로 하셨어. 임원도 새로 뽑아야 하고 말이야. 이번 모임 때 다들 모이기로 했어. 남은 사람들끼리라도 똘똘 뭉치기로 했거든. 한시바삐 우리 회를 재건해야지, 안 그래?"

그렇다. 떠날 사람은 떠났더라도 남은 사람들이 있고, 그들이 남은 까닭은 나를 필요로 해서일 게다. 원래부터 친목하자고 만든 모임이 아니니까. 그들은 무속을 신앙으로 받아들인 상태에서 그 전달자이자 주술자인 내게 의지하려는 것이다. 그들이 나를 필요로 하는 한, 힘을 내어 이 역경을 헤쳐 나가야 한다.

내년 봄에는 일꾼을 부려 저기 왼편 담장 가에 굵직한 매화나무를 한 그루 심어야겠다. 뒤뜰 담장 너머 기슭으로는 대나무 숲을 이루게 해야지. 그래서 숲이 내는 바람소리를 듣고 매화의 정기를 온몸에 듬뿍 받아야겠다. 점괘를 받는 손님들의 시선에, 매화의 터진 꽃망울과 신명에 겨워하는 내 모습이 어우러져 보이게끔, 점상 너머 내 뒤편 벽면에도 장엄하게 벽화를 그려 넣는 게 좋겠지? 대청마루에 걸터앉아 머릿속으로 청사진을 그리며 그렇게 웅얼거렸다. 이때, 생각도 못한 나건수가 대문을 들어서면서 소리친다.

"만신님! 저는 어떻게 합니까요?"

이런! 만물상회에서 떨어져 나왔으니 이제 어떡하면 좋으냐는 얘기다.

"당장 갈 데 없지요? 어쩌겠나. 당분간 여기서 지내야지. 뒤뜰 바깥채에 허드레 것들 치우면 지낼 만할 게야."

그러자 그는 속없이 대뜸 기뻐하며 어찌할 바를 모른다. 사내를, 이 집에 냉큼 재울 생각을 떠올린 나도 속없기는 매한가지일 게다. 별수 없어서 철수 엄마와 허 사장을 따를 줄 알았는데 내게 일말의 의리를 느꼈는지 여기 붙박으려 하니, 이게 그를 선뜻 받아들인 이유가 되겠다.

토요일 모임에 육십 명가량의 회원이 참석하였고, 회장과 임원이 새로이 정해졌다. 모임이 끝난 뒤에 새로 선출된 임원과 상견례를 했는데, 회장이 된 김 씨와 임원들 모두가 다행히 예전부터 천신회 활동에 적극 참여했던 사람들이어서 마음이 놓였다.

"서로를 아껴주고 도우면서 살아갑시다. 제 도움이 필요하면 언제든지 찾아오시고요."

회장 말이, 며칠 뒤에 김장하러 다시 다들 모일 거라 하였다. 회원들도 겨울을 나야 하고 무엇보다 불우이웃들과 나눠 먹기 위해서란다. 각자 필요한 분량을 준비하되, 추가될 김장값은 천신회 예산에서 충당하기로 하였다. 나는 망설인 끝에, 회장에게 통장을 넘겨주지 않기로 하였다. 대신에 임원진에게 이런 말을 던졌다.

"천신회 통장을 하나 만드세요. 경비가 필요하면 그때그때 입금하겠습니다. 제가 현재 무속 활동을 멈췄고 회원 수도 줄었으니 여러 대외 행사도 축소가 불가피하겠지만, 그래도 불우이웃에 대한 지원은 그대로 밀고나가세요. 서로 마음을 모아서 좋은 모임이 유지되도록 힘써 주셨으면 합니다."

이번에 일어난 여러 사건을 겪고 나서 느낀 바, 덮어놓고 사람을 믿지 않기로 하였다. 거기서 선이 나오지만, 악도 번창하는 것을.

내 이 어린 나이에 얼마나 더 울어야 이 고통이 사라질까. 밤이 되면 공포에 싸여 몸이 슬슬 떨리고 소름이 돋는다. 살이 다시 빠져 몸이 마르는 것 같다. 고문을 당해서일까. 억울하게 죽은 원혼인지 기운 같은 것이 밤마다 엄습하여 내 가슴속에 한, 설움, 분노를 안긴다. 낮에 뜀박질하지 않으면, 운동량으로 이것을 배출하지 않으면 억장이 무너질 것 같다. 요즘 다시 꿈이 많아져서 편히 잠들기가 어렵다. 그렇다고 약을 먹을 수도 없는 일이다. 감기약조차도 큰일 나겠다는 생각으로 가득하니까.

오밤중에는 시꺼먼 물체가 수시로 눈앞으로 휙 지나가고, 호랑이 같은 형체가 어두운 데서 어른거리다가 흩어진다. 몸이 약해져 오는 쇠약 증세라 여기지만, 마치 나를 겁주려는 귀신의 장난처럼 다가온다. 이럴 때는 반드시 낮에 햇볕을 쬐어야 마음이 평온을 되찾는다. 일부러 점을 치지 않고 굿을 하지 않은 까닭일까. 심장마저 두근거리는 나날이다.

세상의 선생무당들은 언제나 이렇게 말했다. 너 자신을 알라. 먼저 인간이 되어야 한다. 올바른 신을 받으려면 인간 됨됨이가 되어 있어야 한다. 너부터 잘해야 하느니, 그게 기도다.

그리고 살다 보면 가끔씩 깨달음이 일어나고 그것이 거듭 반복되면서 새로운 경지로 한 단계 올라선다는 느낌을 갖곤 한다. 무엇으로도 얻을 수 없는 고귀한 깨달음으로 와 닿기에, 무당이라면 다들 기도하러 전라도 지리산으로, 강원도 태백산으로, 신령과 접하기 위해 다니곤 한다. 나는 그런 말을 듣고서도 여태껏 이곳저곳 이른바, 영험하다는 곳을 찾아다니며 기도한 적이 없었다. 진정으로 참회의 기도를 드리는 그때에 눈물이 흐르면 마음이 기뻤는데, 내 기도를 천신께서 들어주신 것만 같아서였다. 나는 그걸로 족했다.

그런데 이제는 나도 그런 데를 돌아야 하나? 천불사 할머니는 이러할 때 어떻게 하셨을까? 다른 곳은 당장 내키지 않아 머뭇거리더라도 천불사 삼신각에는 반드시 가 봐야 하지 않을까?

9

내게 찾아오지 않는 신명의 무심에, 외부 손님은 일절 받지 않았지만 중절모를 쓴 김 사장과의 상담은 물리칠 수가 없었다. 온천 개발과 관련된 문의였기 때문이다. 전에 내게 귀띔한 철수 엄마의 충고가 들어맞았다. 지하 온천수가 나오긴 하는데 그 수량이 미미하여 상업적 가치가 없다는 얘기였다. 나는 당시에 굿을 하면서 온몸에 받았던 땅의 기운이 떠올라 한마디 해 주었다.

"온천수가 나왔다고 거기가 수맥의 끝이고 전부라 생각지 마시고, 한층 더 깊이 파내려가 보세요."

그는 내 말에 번뜩이는 영감을 얻었는지 흡족해져 돌아가면서 새로이 부적을 주문하였다. 무려 오백만 원짜리였다. 그의 요구를 마지못해 받아들인 뒤, 당연히 심한 압박감을 느꼈다. 만약에 이랬다가 끝내 온천수가 나오지 않으면 전적으로 내 탓으로, 어쩌면 사기로까지 몰릴 가능성이 있기 때문이었다. 그럼에도 별수 없었다. 내게 와 닿는 신명과 기운에 따라 움직일 수밖에 없는 게 무당인 나의 운명이니, 그러한 흐름에 나를 던질 수밖에는….

이번에 회장으로 뽑힌 분식집 김 씨의 아들이 마침내 원하던 대학에 합격하였다는 소식이 들려왔다. 김 씨는 내 기도 덕분이라며 헌금을 내려고 하였으나 내가 만류하였다. 아들의 노력과 운이 따라서 이뤄진 것이니, 그것을 마음으로 감사하고 기도하면 된다고 하였다.

무속 활동을 멈춘 상황에서도 매일같이 여신도들이 천신각의 살림을 거드는지라, 미안한 마음에 조금씩이라도 사례하였다. 그러면 그들은 이 다음에 은근슬쩍 공양을 올리는 거였다. 한편, 나건수는 천신각 주변의 자투리땅에다 텃밭을 개간하겠다며 여전히 농사일에 애착을 보였다. 이에 같이 땅을 일구고 배추 씨앗을 뿌려 보는 둥, 맞장구치며 어울리기도 하였지만 어디까지나 여가를 이용한 전원생활의 일부에 그쳐야 하는 것이었다. 더욱이 그는 농사꾼 체질도 아니고 농사지을 여건을 갖추기도 힘들다.

"학원비를 줄 테니까 운전을 배워 둬. 언제든 써먹을 수 있는 기술이 잖아."

"고거 배워서 어쩌라고유?"

"운송회사에 취직해서 먹고살아야지, 뭘 어째."

"취직이 어데 쉽나유? 바탕이 고아원 출신인데유."

"안 되면 우리 천신각에서 짐차를 몰아. 앞으로는 차가 있어야 하니까."

아무래도 내가 하는 일을 돕자고 인연이 닿은 모양새다. 짐차를 살 거니까 그 차를 운전해도 된다는 소리에, 나건수는 우물쭈물하다가 내 말을 따르기로 하였다.

곽성규와 헤어진 뒤로 월경이 없다. 들썽거리는 마음을 꾹 누르다가 두 달쯤 지나서 풍천의 한 병원에 들렀더니 뱃속에 아기가 들어섰다고 한다. 그 말을 듣자마자 의사가 당황할 정도로, 나는 울음을 터뜨렸다.

돌아와서 천신께 기도를 올렸고 하마터면 곽성규, 그에게 알릴 뻔하였다. 냉정히 따져, 이건 알려서 될 일이 아닌 것이다. 그와 결혼할 것도 아닌데 부질없이 부담을 떠안길 이유가 없다. 아버지라는 존재를, 태어날 아기로부터 함부로 빼앗는 것이라서 미안하긴 하여도 어쩔 수가 없다. 두 신을 모실 수 없어 그렇다. 아이는 애물단지여도 내가 껴안고 가야 했다.

만물이 소생하는 봄날이 되자 아름드리 매화나무를 앞뜰에 심었다. 그런 뒤에 작심하고 신도들에게 나의 임신을 알렸다. 일시적으로 동요가 있었으나 곧 진정이 되었다.

"만신님, 축하드려요. 아기가 복덩이라 좋으시겠어요."

한둘씩 찾아와 기쁨을 같이하였고, 출산 예정일이 가까워질수록 적극 나서서 출산 준비를 도왔다. 출산이 임박해서는 엄마에게도 이 사실을 알렸다.

"몸은 괜찮고? 아기는? 의사가 뭐래?"

읍내서 가까운 도시, 풍천시에다 셋방을 하나 얻었다. 태어나는 아기를 천신각에 데려가고 싶지 않아서다. 이 아기는 무속의 입김 없이, 귀신의 장난 없이, 오로지 티 없이 맑은 아이로 키우고 싶었다.

그리고 아기를 돌봐 줄 가정부를 고용했다. 같은 고아원에서 알고 지낸 동생이라며 나건수가 한 소녀를 데려왔는데, 행동하는 노릇이 무척 당돌하였다. 그는 소녀를 호야라 불렀다. 그 둘의 관계가 범상치 않게 여겨져 소녀에게 은밀히 물어보았다.

"제가 일하던 집에서 도망치게 해 줘서 따라오긴 했는데요. 오빠랑 친하진 않아요."

"오빠는 네게 관심이 많던데?"

"오빠는 전부터 걸떡거렸어요. 하지만 제 꿈은 따로 있어요."

병원에 입원하자 엄마는 곧바로 달려오셨고, 아이를 낳을 때까지 병원과 셋방에 머물며 나를 돌봐 주셨다.

마침내 고대하던 예쁜 딸이 태어났다. 1983년 초가을, 내 나이 27살 때다.

"아기가 참 예쁘네. 근데 암만 봐도 너 안 닮았다."

산후 조리가 끝나자 엄마는 더 지체할 수가 없어 염려 속에 떠나야 했다.

"아기 잘 키우고. 언제 또 얼굴 볼까?"

어느새 훌쩍 늙어버린 엄마의 손등을 매만지며 버스 타는 곳까지 따라나섰다.

"따라 나올 거 없다. 몸조리 잘하고 살어."

"결혼생활은 어때요? 재밌지요?"

"그럭저럭 산다. 사는 게 별거 있겠니."

"잘 가요, 엄마!"

"참! 아기는 호적에 올려야 해. 취학 때문에라도 필요하단다."

할 일이 없어도 기도를 빠트릴 수 없어 매일같이 천신각에 출근하였다. 그동안에 틈틈이 운전을 배워 면허증을 딴 나건수가, 얼마 전에 구입한 짐차로 풍천시와 천신각을 하루도 빠짐없이 나를 태워서 오갔다. 이리도 기막힌 정성이 어디 있겠는가. 마치 천신께서 내게 보내주신 수호천사라 할 만하였다.

아가를 낳고 석 달쯤 지나서부터 무속 활동을 재개하였다. 추운 한겨울에는 손님이 뜸하여 정신 집중이 수월한 점을 최대한 살렸다. 신령의 기운이 예전만큼 강렬하게 감지되진 않았지만 그럴수록 본래의 모습을 되찾기 위해 기도와 수련에 힘썼다. 특히 어린 날의 기억을 되살려 눈발이 서는 날이면 언덕을 줄기차게 오르내렸고, 눈밭을 헤치며 허우적대었다.

11

계절이 바뀌는 가운데, 본래의 예지 능력을 조금씩 되찾아 갔다. 거기다가 결정적으로 자신감을 회복한 계기가 있었는데 그것이 뭐냐면, 천신각 무당이 점찍어준 대로 땅을 팠더니 온천수가 터져 나왔다는 소문이 퍼지면서였다. 나는 대체 이게 뭔 소린가 하여 내심 궁금했다가, 마침 인사치레로 찾아온 중절모의 김 사장과 일행들로부터 그것에 관한 소식을 직접 들을 수 있었다.

온지골에 풍부한 수량의 온천수가 발견되어 본격적으로 온천장 개발에 착수했다고 한다. 온천수의 수량은 풍부하지만 수질과 광물질 함유량이 다소 떨어져 아쉽긴 하여도 음용과 목욕을 하기에 그럭저럭 괜찮은 수준이라서 개발을 서두르게 되었고, 이에 추가로 필요한 투자금을 모으기 위해 현재 발 벗고 나선 상태라고 하였다.

추후에 있을 개발의 문제야 어떻게 되든 일단, 내가 받았던 기운을 믿고 그대로 조언한 그 결과가 좋았기에 나의 예지를 스스로 신뢰할 수 있게 되었다. 이렇듯 자신감이 붙자 왠지 신께서 내게 임하셨다는 느낌을 갖기에 이르렀다. 나의 무속 활동 재개와 뒤따른 좋은 소식으로 해서 천신각이 활기로 넘쳐 났고, 덩달아 신도들의 삶에도 생기가 더하였다.

복채가 쌓이고 적립금이 두둑해지자 그 성과물을 불우한 이웃뿐만 아니라 천신회 신도들에게도 나눠 주는 작업을 하였다. 신도의 자녀들에게 장학금을 지급하고 길흉사에 부조를 실시하는 것이었는데, 이러한 복지 차원의 지원은 천신각이 쇠할 때까지 계속해서 이루어졌다.

한동안을, 아가라는 소리가 좋아 "아가야!" 그렇게 불렀다. 그러다가 아기 이름을 지었다. 곽아리! 엄마의 염려와 회원들의 지원에 힘입어, 마침 곽씨 성을 가진 늙은 농부가 신도로 있어 거기 아이로 입적한 것이다. 미련스럽게도 내 성과 같게 해서는 안 된다는 묘한 심리에 휘말려 저지른 어처구니없는 촌극이랄 수밖에는…. 한편으로 딸에게 아버지가 곽성규라는 상징성의 흔적을 이름에 남기고 싶어서였는지도 몰랐다.

내 딸 아리는 아픈 데 없이 무럭무럭 잘 자라났다. 붙임성이 좋아 주변의 아이와 곧잘 어울렸던 내 어린 시절과는 달리, 아리는 아무나 사귀고 그러지 않았다. 자기를 괴롭히는 아이가 있으면 그게 남자아이라 하더라도 거침없이 달려들어 혼내 주었다. 엄마를 잘 따르면서도 한편으로 자기주장이 강했고, 집에 머무는 걸 좋아하여 밖에 나가서 놀기보다는 주로 책을 즐겨 읽는 아이였다. 제 아버지의 유전자를 많이 물려받은 것 같아 정말 다행이라는 생각에 한숨을 돌렸다.

아기를 낳고 나서부터 가끔 작두를 탔다. 작두는 날을 잘 밀어야 한다. 칼을 가는 사람은 입에 부적을 물어야 하는데, 일주일 전부터 남녀 관계를 금하고, 술을 금하고, 살생한 곳에 가지 말고, 초상집에 가지 말고 등등, 다 가려 줘야 날이 잘 서고 발바닥이 멀쩡해진다. 이렇게 준비한 작두를 탈 때에 작두 신명이 오지만 시도 때도 없이 오는 게 아니라 그 시기가 있다.

하루는 신도의 간청이 있었고 마침 신명도 왔기에 서 보았다. 알싸한 기운이 쎄, 치고 올라와 발바닥에 느껴진다. 올라타니까 쨍, 소리가 난다. 작두 양쪽 칼날에 살짝 긁혔을 때 베이지는 않았지만 그런 소리가 났다. 올라타면 잡은 손을 놔야 한다. 그리고 칼날 위에 서서 동서남북으로 돌아야 하고, 이리로 저리로 돌아야 한다. 작두 신명이 몸에 실렸을 때 타야 베이지 않는다.

가끔이었지만 작두를 타자 내 명성이 한결 드높아 갔다. 전에는 작두를 타기 싫어서 일부러 피했다. 작두를 타면 험한 꼴을 보게 될 것만 같고 힘에 버거울 거라 생각되었다. 그러나 신명이 왔을 때조차도 작두를 타지 않으면 그만한 대가를 치르기도 한다는 소리를 듣고는 버티기 어려워서 받아들였다. 그런데 그게 무당으로서의 격조를 높이는 수단이 될 줄이야.

12

무당이 되고 나서 초창기의 어려움을 이겨낸 이후로는 전반적으로 무난한 삶을 보냈다. 천신각에서 신도와 손님을 상대하는 무당으로서의 생활과, 풍천시에서 딸과 마주한 엄마로서의 생활, 이 모두가 그럭저럭 순탄하였다. 그러나 내 개인사와는 달리 무속의 세계는 그러하지를 못했다. 꽃다운 스물다섯 나이에 무당이 되어 얼굴에 주름이 지기 시작한 마흔 살이 되기까지의 세월 동안에 무속 신앙은 과연 어땠는가.

낡고 케케묵은 습속을 버려야 한다는 국가 주도의 운동이 이 땅을 휩쓸면서 인간의 의식뿐만 아니라 시골의 풍경까지를 급속도로 바꿔 버렸고, 세상의 풍조 또한 물질문명의 사고방식으로 흘러갔다. 그러니 일찌감치 세상에 내팽개치다시피 버려진 무속은 점점 발붙일 곳마저 사라져 갔다. 더구나 시골 인구의 급격한 감소가 이런 현상을 더욱 몰아붙였다고 봐야 하겠다. 무속은 그렇지 않아도 어느 때부터인가 낙후한 지역과 농어촌 그리고 서민을 상대로 하여 가까스로 이어왔으니까.

이러한 쇠망의 판세가 결국 이곳 읍내에도 덮쳤고, 천신각에도 적지 않은 영향을 끼쳤다. 온지골의 온천장 개발이 일차 완료되어 읍내에도 다소나마 유동 인구가 증가하고 몇몇 위락시설이 들어서기까지 했지마는 무속 신앙의 융성과는 하등 상관이 없는 일이었다. 빠르게 확산된 물질문명의 발달과 풍요 덕에 허망한 게 푸닥거리요, 미신 짓거리라는 인식이 사람들의 뇌리에 깊숙이 파고들었고, 이것은 중절모자의 김 사장 쪽이라고 예외가 될 수 없었다.

그동안에 그들은 여러 차례 천신각에 들러 점을 보고 굿을 치르기도 하였지만 그게 전부였다. 자금 문제로 뒤늦게 착수한 기공식 때만 해도 나를 불러 조촐하게 고사를 지내더니만, 그리고 나서 불과 사 년여 뒤에 열린 일차 준공식 때에는 읍내에서 가장 규모가 크다는 한 교회의 목사를 초대하여 성대하게 준공 기념예배를 펼친 것이다. 물론 사업적 이해관계를 고려하여 대세에 영합하려는 측면도 있었겠지만 말이다.

내가 어릴 때 다녔던 읍내 교회는 아들이 담임목사가 된 후에 점차 사태를 수습하여 새로이 부흥을 꾀하는 중이었다. 그때 뜻밖의 소식이 들려왔는데, 만물상회의 허 사장과 그쪽으로 붙었던 회원들이 일제히 그 교회에서 세례를 받고 신자가 되기로 결정했다는 것이다. 공동체 사업을 펼쳐 나간다는 단서를 붙이고 추진한 이번 일에 철수 엄마가 무던히 애를 썼다는 얘기를, 신자 되기를 거부하고 다시 천신회에 돌아온 전 회원을 통해 알게 되었다.

이곳 읍내는 그동안에 새로운 교회들이 여럿 생겨났다. 교파가 달라 그렇게 됐다고는 하지만 한정된 인구를 놓고 그럴 필요가 있을까 싶은데도 막무가내로 개척교회를 열었다가는 사라지곤 하였다. 교파마다 다투듯이 신학교를 확장하고는 마구잡이로 신학생들을 배출한 탓이 크다고 하겠다.

그중에 성경의 근본 원리를 교리로 내세웠다고 하는 어느 교파의 교회가 교세 확장 차원에서 우리 천신각을 괴롭히기 시작하였다. 광신자로 보이는 몇몇이 모여 미신 타파라는 구실을 내세우며 천신각 주변에서 종종 유세를 벌이곤 하는 것이다. 때로는 천신각에 오는 손님들의 접근을 방해하는 일까지 빚어졌고, 비록 정체를 밝혀내지는 못했지만 간간이 밤중에 벌어지는 기물 파손 등의 소란이 짐작컨대 그들의 소행일 듯싶었다.

하루는 이날도 돌다리 너머 공터에서 피켓을 들고 웅성거리는 무리들이 있어, 나건수가 이들과 몸싸움이라도 한판 벌일 기세로 대문을 나서는 걸 보고는 내가 얼른 말렸다.

"나 서방은 하던 일이나 계속하게. 내가 나가 보든지 할 테니."

마음이 심란하였다. 여느 때처럼 맥 놓고 지켜보다가는 오늘따라 말썽이 터질 것만 같아 노파심에 그들에게 나아갔다. 거리낌 없이 다가가는 나를 보고 그들이 움찔 뒷걸음질을 쳤다.

"그러지 말고 하나 물어봅시다. 대체 우리들의 잘못이 뭣이기에 이러시오?"

그중에 젊어 보이는 남자가 앞으로 나서며 대꾸하였다. 전도사가 아닐까 싶다.

"글쎄요? 우상을 숭배하는 사람하고는 논쟁 자체가 무의미해서요."

"그래도 말을 해 보시오. 기독교 경전에도 우리가 서로 변론하자는 구절들이 있잖소."

그가 힐끗 무리를 둘러보다가 내처 말한다.

"그럼, 두 가지만 문제점을 지적할게요. 병에 걸렸는데도 사람 잡듯 굿하는 미신 행위와 굿을 핑계로 온갖 제물을 요구하여 금품을 갈취하는 행위, 이것들이 어찌 혹세무민이 아니겠어요?"

지금껏 너무도 혼하게 듣던 소리이고, 특히 무신론자들이 종교를 비난할 때에 주로 써먹는 계략의 소리다.

"당신네 경전에도 기도로 병을 고친다고 적혀 있지 않소? 무당도 병에 걸리면 병원에 갑니다. 그런데 병원에 가서도 원인을 모르거나 치료해도 낫지 않을 때는 사람들이 지푸라기라도 잡는 심정으로 굿을 부탁해 올 때가 있지요. 그럴 때에 어찌 그 원망을 감히 차 버리겠소, 들어주지 않겠소? 또한 굿할 때에 지극정성의 표현으로 신에게 제물을 바치는 것이 어찌 나쁘다 할 것이오. 능력껏 마음으로 바치는 제물을 어찌 탐욕스럽다고 말할 수 있겠소이까?"

그의 눈빛이 분노에 차오른 듯 이글거리며 말투까지 거세진다.

"하지만 무당들은 무지한 사람들의 재물을 뜯어먹을 생각에만 빠져 있어요! 온통 거짓투성이인데 무슨 놈의 얼어 죽을 지극정성이오?"

나는 즉각 대꾸하지 않고 그가 차분해지길 기다렸다. 그리고 목소리를 낮춰 대답했다.

"몇몇의 거짓 무당을 보고 전부 다 그럴 거라 판단하지 말아 주세요. 무속의 세계가 비록 제대로 된 경전 하나 갖지 못해 타 종교로부터 미신 취급을 받고 있지만, 무속 신앙은 그야말로 인간 근원의 심성을 표현하고 받드는 종교예요. 만약 이것이 거짓이라면 다른 종교, 다른 신도 다 거짓일 테지요. 타 신앙에 대한 혐오와 비방은 자기네 종교, 특히 우리 모두의 신에게 향하는 먹칠 행위임을 부디 잊지 말았으면 합니다."

그가 버럭 돌아서며 어깨를 으쓱대었다.

"이러니 헛된 변론을 하지 말라고 말씀하셨지. 우상 숭배자하고는 도저히 말이 통하지가 않아! 다들, 오늘은 이만 돌아갑시다."

13

딸이 초등학교 3학년이 되면서 호야는 가정부 일을 그만두었다. 아리 혼자서도 제 할 일을 챙길 수 있게 되었고, 무엇보다도 결혼을 해야 했기 때문이다. 나건수와 호야, 이 둘은 부부가 되었고, 천신각과 가까운 곳에 신혼살림을 차렸다. 천신각에서 살기 싫다는 호야의 뜻을 꺾을 수 없어 나건수가 떨어져 나갔고 이후로는, 철야기도나 굿 등 특별 행사가 있을 때를 제외하고는 아무도 밤에 머물지 않게 되었다. 모차르트만이 홀로 야밤에 주인 없는 집을 지키는 꼴이었다.

어쨌든 내가 호야를 설득하여 가까스로 치른 결혼이었던 만큼 그들의 신혼 생활에 무척이나 신경이 쓰였다. 그들에게 약간의 갈등이라도 생기면 그 원망이 내게로 돌아올지 모른다는 생각 때문이었다. 십여 년 동안

내 곁에서 묵묵히 맡은 일을 해온 수고의 대가로 그들에게 신혼집을 얻어 주었고, 적지 않은 액수의 돈을 통장으로 만들어 주었다. 평소에 월급을 꼬박꼬박 챙겼던 그들이었기에 이 뜻밖의 사례에 깜짝 놀라며 어쩔 줄 몰라 했다. 이 일로 해서 호야는 천신각의 일에 더욱 열심을 내었는데 무엇보다도 부부의 애정이 두터워진 것 같아 다행이었다.

딸은 풍천에서 초등학교를 졸업하고 영산시 장포, 그러니까 그동안에 세놓았던 아파트로 갈 때까지 엄마가 무당이라는 사실을 몰랐고, 그저 일반 회사에 일하러 다니는 걸로 알고 있었다. 딸은 나건수도 알지 못했고, 결혼해서 천신각 업무에 몸담게 된 호야 역시 다시는 아리를 만나지 못했다. 그건 나의 조치였는데, 비밀의 누설뿐만 아니라 잡스러운 기운이 딸에게 배어들까 봐 두려워서였다. 내 어린 날의 고뇌를 다신 딸에게 물려주지 않겠다는 나름의 교육지책이었다.

이런저런 세상사의 형편에 따라 무속의 부침이 거듭되자 회원들도 들쭉날쭉하였다. 내가 정도를 걷는다고 해서 해결될 문제가 아닌 것이다. 다수의 회원들이 물 새듯 슬그머니 빠져나갔고, 불과 몇몇 사람들만이 엉거주춤한 표정을 지으며 새로 회원으로 가입하였다. 이러다 보니 모임에 참석하는 신도들의 숫자가 눈에 띄게 줄어들 수밖에 없었고, 천신각을 찾는 손님들의 발길도 급격히 뜸해졌다. 재정적으로도 간신히 버틸 정도로 열악해져 갔고 남을 도울 여력마저 상실되었다. 어찌 보면 초라하기 그지없는, 떠나지 못한 신도들이 죽을힘을 다해 명맥을 잇고 있다고 봐도 좋았다.

나건수에게 회사 택시 운전을 권유하였다. 굿할 일이 거의 없어 그다지 쓸 일이 없게 된 짐차를 계속 붙들고 있게 내버려둘 수 없었다. 읍내와

온지골을 왕래하는 인파가 쏠쏠하여 그게 수입이 괜찮을 것 같았고, 그쪽으로 경력을 쌓아 둬야 추후에 개인택시를 몰기에도 수월하지 싶었다.

이러한 때에 어떤 사내가 천신각을 찾아왔다. 나건수와 비슷한 나이의 독신으로 날렵한 몸매에 매서운 눈빛을 지녔다.

"한때 중으로 살다가 무속에 심취하여 파계하였소."

그는 기도 중에 신령의 점지가 있어 나를 찾게 됐다면서 자기를 제자로 받아달라는 요청이었다.

"나는 제자를 키울 여력이 없는 사람이오."

단도직입적으로 거절하였더니, 그는 신도로라도 남겠다며 여장을 풀고 읍내에 머물렀다. 그를 받아들이지 않은 이유로 몇 가지가 있었는데 그중에 특히, 사람대접 받는 불교를 버리고 구석빼기에 내몰린 무속을 굳이 잇겠다고 하는 계기가 뚜렷하지 않았고, 고작 호기심과 공부 차원만으로 제자를 거쳐 박수무당이 되려고 하는 의도를 수긍할 수 없었다.

몇 달이 지난 뒤에 나건수에게 슬쩍 물었더니, "기이한 사람이라고 소문이 자자하구만유." 한다. 그러면서 읍내서 조금 떨어진 학마을의 빈집에 들어가 지내고 있고, 뚜렷한 직업 없이 떠돌이처럼 생활하고 있다고 하였다.

"알겠네. 거동에 미심쩍은 데가 있으면 즉시 내게 알려 주게나."

혼자 우두커니 신당을 지키는 나날이 늘어만 갔다. 이게 무슨 꼬락서니람! 마치 죽음을 앞두고 목숨을 연명하기에 급급한 식물인간의 몰골처럼, 이 천신각이 부질없이 버티기만 해서 어쩌자는 것인지? 그런 회의를 품게 되자 곧장 무기력과 싫증이 파고들었고 딸을 위해서라도 이제 그만 천신각을 벗어나는 게 좋겠다는 생각이 치밀었다. 이제부터는 영산시 장포, 내 집에 돌아가 딸의 공부를 뒷바라지하면서 오붓하게 살림을 꾸려 나가는 주부로서의 삶을 살고 싶었다.

"천신이시여! 어찌하여야 좋습니까? 정녕 이 허물을 벗을 수 없다고 하시렵니까?"

그러나 내 마음에서 거칠게 일어나는 갈망일 뿐, 마음먹는다고 쉽사리 될 일이 아니었다. 직업에도 정년이 있듯이 때가 이르면 무당 활동에서 벗어날 게 분명했지만 그렇다고 해서 지금 무턱대고 선언할 수는 없었다. 기존 신도들의 불만과 저항을 무시할 수 없겠고, 만약 그랬을 경우에 일어날지 모를 내 몸의 손상도 염두에 두어야 했다. 여태껏 나와 함께한 신도들은 이제 골수에 가깝다고 봐야 하니까.

한편으로 점과 굿을 그만둘 때에 가없이 선하신 천신께서야 노하실 리가 없지만, 예전부터 잇따라 나를 괴롭혔던 신병이 기도만으로 다시금 도지지 않을지가 의문이었다. 이렇듯 이러저러한 이유로 해서 무당 활동의 포기 선언이 주춤거려질 수밖에 없었다.

제9부

귀신과 인간

1

　정든 고향이고 청춘의 한때를 불사른 천신각이지만 때가 되면 떠날 수밖에 없다는 생각을 품은 이후로 종종 마음이 들썽거려졌다. 날씨마 저 애꿎게 장마철에 접어들었나? 굳은비가 며칠째 시나브로 내리던 날 에 나건수가 평소보다 일찍 데리러 왔다. 회사에 급한 일이 있단다. 딸은 방학이라 아직 꿈나라에서 헤엄치고 있다. 어린아이에게 집을 맡기고 일 터로 가야 하는 어미 마음이 편치 않다.

　이른 시각이라 호야는 아직 출근하지 않았고, 모차르트가 제 집에 들어 박힌 채 나를 반겼다. 녀석도 이 구질구질한 비를 맞기 싫을 테지. 나이가 들어가서 그런가, 애처롭게도 부쩍 게을러졌다. 목줄이 있으나 마나였다.

　오늘 하루는 손님이 오긴 하려나? 요즘 들어 신도들의 발길마저 뜸하 다. 회원들의 탈퇴로 분위기가 어수선해졌고, 세상살이가 먹고살기 힘들 어져 그렇대도 어쩔 수 없다. 그 탓이 크니까. 사실 나라고 해서 별다르 지 않다. 요즘에는 나조차도 아침기도를 종종 빠뜨려 먹는다.

　아침기도를 올리고 있는데 모차르트가 왈왈, 짖는다. 좀처럼 짖지 않 는 녀석이다. 이 시간에 누가, 무슨 일로? 그렇지 않아도 마음이 뒤숭숭 해 일찍 끝내려던 참이었기에 얼른 기도를 끝마무리하고 자리에서 일어 났다. 바깥은 끄느름하여 여전히 비를 뿌리고 있다. 비를 피해 섬돌에까 지 올라와 앉은 모차르트가 낑낑거리며 꼬리를 마구 흔든다.

"모처럼 짖었구나. 무얼 알려 주려고 그랬니?"

그러나 주위에 아무 기척이 없다. 귀찮아하던 녀석이 제집을 박차고 여기 기어 올라올 정도면 예삿일이 아닌 텐데…. 나는 얼른 신당으로 들어가 방울과 부채를 들고 나왔다. 대청마루에 어슬렁거리며 방울을 흔들어 보았다. 어둠침침한 날씨만큼이나 와 닿는 느낌이 애매하다. 보이는 것보다 들리는 감촉이 예민해진다. 저기 냇가의 물소리가 며칠 새 불어난 물로 천둥소리인 양 우르르, 요란을 떤다. 고인 물웅덩이에 빗줄기가 후두두, 파문을 그린다. 바깥채에서 문소리가 삐걱 하고 들려왔다.

이 소리에 문득, 방울과 부채를 내려놓고 섬돌에 걸쳐 놓았던 우산을 챙겼다. "모차르트야, 같이 가 볼까?" 모퉁이를 돌아가는데 모차르트는 따라올 생각이 없다. "인마, 바람 소리야. 개가 저리 겁이 많아서야, 원." 뒤뜰의 곳곳을 둘러보자니 걷어잡은 치맛자락이 금세 축축하게 젖는다.

걸음이 바깥채로 향하는 그때에, 누군가가 문 뒤로 몸을 쓱 감췄다. "이 뭐야!" 나는 소스라쳐 그 자리에 털썩 주저앉았다. 놓친 우산이 비바람에 나뒹군다. 예전에 이곳을 침입하여 나를 납치했던 악몽이 불쑥 치올라 몸서리치게 만든다. 팽개쳐 덩그러니 열린 문 너머로 사악한 기운이 연기처럼 뿜어져 나온다. "모차르트! 모차르트, 이리 와!" 두려움에 모차르트를 불러 대었다. 등 뒤로 누군가가 내 목을 건드린다. "헉!" 아니, 모차르트였다.

흠뻑 비를 맞아서 그런가, 정신이 번쩍 드는 기분이 되었다. 나지막한 목소리로 모차르트에게 일렀다. "모차르트야. 저놈이 누군지 달려가서 쫓아 줄래?" 모차르트는 낑낑거리며 꼬리를 흔들기만 한다. 잠시 심호흡을 하고 마음을 다잡으니 바로 담대해진다. 나는 그제야 차가운 땅바닥에서 몸을 일으켰다.

"그래그래, 배고픈 노숙자거나 사람 닮은 귀신일 테지. 모차르트야, 가 보자."

그러나 모차르트는 두어 차례 왈왈, 짖어 댈 뿐 도무지 앞으로 나서려 고 하지 않는다.

"왜? 무서운 놈이라도 되니?"

녀석의 이상한 행동에 기묘한 기분이 스쳤다. 필시 모차르트가 아는 사람이고, 그건 회원이나 손님이 아니라 모차르트를 괴롭힌 존재라는 얘 기다. 그게 누굴까? 아아, 모차르트의 목덜미를 구둣발로 뭉개고 나를 물고문한 작자!

나는 정신없이 후닥닥 달려 나갔다. 흠뻑 젖은 몸으로 대청마루에 올 라 신당으로 달려 들어갔다. 그리고 비밀 서랍을 열어 권총을 뽑아 들었 다. 달려오느라 가빠진 숨을 고르며 점상 앞에 그대로 꼼짝 않고 눌러앉 았다. 바깥에 모차르트가 섬돌에 버티고 앉은 모양이다. 잠시 낑낑거리 더니 조용하다. 가쁜 숨이 점차 골라지자 곁에 놓인 수건으로 얼굴과 몸 을 주섬주섬 닦았다.

시간이 숨죽인 초조감 속에 흘러갔다. 놈은 달아났을 게 분명하지만 방심할 수가 없었다. 이렇듯 다급한 상황이래도 일터로 간 나건수를 부 를 수는 없다. 그러자 순간, 호야가 떠올랐다. 그녀는 조금 있으면 내 일 을 도우러 이곳에 올 것이고 어떤 위험에 빠질지 또 모르는 일이다. 그 생각에 황급히 폰을 들었고 번호를 눌렀다.

그런데 마당에서 전화벨 소리가 울린다. 호야가 대청마루에 올라서는 가 싶더니 전화를 받는다.

"예, 만신님."

나는 다그치듯이 외쳤다.

"끊고 곧바로 신당으로 오게. 바로 즉시!"

"예."

전화가 끊기고 꾸물거리는 소리가 들렸다.

"모차르트야, 너는 왜 여기 있어? 집에 비라도 새?"

호야는 영문도 모른 채 빗물로 흥건한 마룻바닥을 돌아가며 걸레질하였다. 그러는 동안, 나는 옷을 갈아입고 차분히 신당에 앉아 있을 수 있었다. 아는 사람과 함께한다는 사실이 때로 커다란 힘이 되는 것임을 알았다. 그것이 실상 위기에 직면했을 때 아무런 도움이 되지 못할지언정 말이다. 뒤늦게 괜한 공포심을 안겨줄 필요가 없겠다 싶어 호야에게 아무 언질을 주지 않은 게 여러모로 다행이랄까. 호야는 부엌에 들어가 공양 올릴 준비를 하였고, 바깥채에 있는 창고에 들러 부식물을 챙겨 오기까지 하였다.

"별일 없었어?"

"뭐가요?"

내 질문에 호야가 의아해한다. 어깨를 으쓱거리는 폼이 아무래도 오늘 나의 행동을 수상쩍게 여기는 듯하다.

2

오후 공양을 마치고 비가 그친 틈을 타서 일부러 뒤뜰을 거닐어 보았다. 여기저기서 물방울 듣는 소리를 낸다. 산뜻한 기분도 잠시, 바깥채 쪽을 바라볼수록 뇌리에 어둑한 기운이 채 가시지 않은 듯 다시금 소름이 돋는다. 바깥채를 둘러보는데 왠지 섬뜩하다. 여태 숨어 있을 리가 없건마는 구석구석 살피는 내 머리끝이 곤두서는 기분이다. 귀신은 암만 설쳐도 무섭지 않으나 인간의 도발은 두렵다.

한때 나건수가 지냈던 바깥채는 겉으로 보기에 아무렇지가 않다. 나 그네가 단순히 하룻밤을 자고 간 것에 불과하였나? 아무리 생각해 봐도 문민정부가 들어선 이 시점에까지 정보원이 이곳을 뒤질 이유가 없는 것이다. 그렇지만 사악한 기운이 채 사라지지 않기에 이대로 있으면 안 되겠다 싶어 신당으로 걸음을 옮겼고, 점상에 반듯이 앉아 방울을 흔들어 보았다. 문 너머 어둑한 곳으로 모습을 감춘, 검은 비옷을 걸쳤던 그 사내가 정확히 누군지를 알아보려 했다.

그런데 뜬금없이 비밀 서랍이 나타나고 권총이 보인다. 같이 있어야 할 통장과 돈은 보이지 않았다. 묘한 기분에 냉큼 방울을 멈추고 비밀 서랍을 열어보았다. 권총이 그대로 있고 통장과 돈도 그대로다. 고개를 갸웃거리며 다시 방울을 흔들었다. 이번엔 아무것도 보이지 않는다. 놀란 까닭에 권총이 보였나? 비밀 서랍…. 이 집에 숨을 데가 있다고 했었다. 비밀의 방! 나는 화들짝 놀라 호야를 불렀다.

"호야, 호야!"

연락을 받은 나건수가 급하게 달려왔다.

"걱정 마세유. 일 끝마치고 온 거구먼요."

"그래?"

나는 일부러 호야를 일찍 퇴근시켰다.

"낭군도 왔으니 오늘은 이만 돌아가게. 나도 곧 나갈 참이야."

"예, 만신님. …자긴, 모셔다 드리고 바로 올 거지?"

"고럼. 오늘 일은 끝났구먼."

호야가 대문을 나서자, 그를 데리고 바깥채로 갔다. 나는 혹시나 싶어 품에 권총을 숨겼다. 주인도 아니면서 남들 모르게 은밀히 접근해야 할 일이 뭐가 있을까. 비밀의 공간이라서? 설령 그러한 장소가 있대도 그 자체가 중요할 수는 없다. 남의 집에 숨어 봤자 뭣에 쓸까나. 혹시 그렇다면? 아까 잠입한 그 작자는 이곳에 비밀의 방이 있고 거기에 뭔가가 숨겨져 있다는 정보를 입수했지만, 아직까지 그 비밀의 방을 찾지 못했다는 얘기가 아닐까? 아, 그럴 가능성이 높겠다.

"나 서방, 여기서 지내면서 이상한 점 혹시 못 느꼈어?"

"이상한 점이유?"

"그래, 비밀 통로라든지."

"비밀 통로요? 거, 모르겠는데유?"

마룻바닥을 막대기로 두드려 보았다. 도드라져 보이는 마루판을 들어 올리려고도 해 보았다. 내가 그 짓을 하고 있자 그제야 그가 말을 꺼냈다.

"통로는 아니고 구멍 난 데가 한 군데 있긴 해유."

그가 나를 데려간 곳은 엉뚱하게도 신당이었다. 제단 왼쪽 벽면의 널빤지 여러 개를 들어내자 안쪽으로 빈 공간이 나타났다. 그곳은 성인 한 사람 정도는 얼추 눕고 앉을 수 있는 크기였다. 그러나 그게 다였다. 나는 의구심이 더욱 깊어졌다. 그 어둑한 작자가 이곳을 찾는 거라면 놈은 헛물을 켜는 꼴이 된다. 과연, 그럴까? 대체 이런 곳을 찾아서 뭣에 쓰게? 이걸 찾는 게 아니다!

나는 의혹과 호기심이 증폭되어 사실을 밝혀내고 싶어졌다. 그래서 그에게 오늘 있었던 일의 자초지종을 말해 주었다. 그는 놀라워했다.

"그래유? 그렇담 보통 일이 아니구먼요."

"그래서 내 생각엔 오늘 밤에 여기 있을까 하는데…."

"그렇게 해유. 언제고 만신님께 해코지할지 모르잖아요. 후딱 잡아서 경찰에 넘겨야 해유."

　우리는 오늘 밤에 숨어서 놈의 동태를 살피기로 하였다. 나는 딸에게 전화를 하였다.

"오늘 밤에 일이 생겼네. 그래서 못 들어갈 것 같은데 괜찮겠니?"

"괜찮아, 엄마. 내가 알아서 밥 챙겨 먹고 공부하다가 잘게. 대신에 아침에는 날 깨워 줘야 해."

"그래, 알겠어. 엄마가 꼭 깨울게. 작은 불은 켜 놓고 자거라."

　오밤중에 치르는 굿이 있을 때면 가끔 아리 혼자서 재우곤 했다. 어린 아이지만 이런 일에 잘 대처하여 혼자서도 곧잘 지내는 아이다. 부모들이 처한 환경에 맞춰 자라날 줄 아는 게 아이들의 세계이런가. 어쨌거나 이 엄마의 마음이 안타까울 수밖에 없다.

　우리는 퇴근할 때 켜 놓는 조명을 한 뒤, 뒤뜰이 내려다보이는 대나무 숲에 숨어 있었다. 나건수는 따로 준비한 몽둥이를 손아귀에 꽉 쥐고 있다. 얼마나 시간이 흘렀을까. 장맛비가 다시 천둥에 이어 쏟아지기 시작해 얼른 준비한 우산을 펼쳤다. 비옷을 미리 챙겨 입긴 했지만 워낙 거센 빗줄기인지라 운동복을 입은 몸까지 다 젖을 각오를 해야 했다. 미련스럽게도 한참 지나서야 후회가 밀려들었다.

"나 서방. 집 안에서 기다릴걸 그랬어. 주거침입죄로 무조건 붙잡을 수 있잖나."

"그런가유? 지금 들어갈까유?"

"그럴까?"

말은 그렇게 하고서도 아무 움직임이 없다. 우리는 두 눈만 멀뚱멀뚱 뜬 채 한기에 주눅이 든 것이다.

"일어나야지?"

그러고 퍼져 앉은 몸을 겨우 일으키는데 그때, 저 멀리 냇가 쪽에서 우산을 펼친 사내의 어둑한 모습이 눈에 띄었다. 지금은 비옷을 걸치지 않고 등산복 차림을 했지만 단박에 새벽에 본 그 사내임을 알겠다. 사내가 점점 가까이 다가오자 나건수가 소리를 높였다.

"조 형사다!"

그 소리에 내가 더 놀랐다. 어디선가 많이 본 모습이라 했더니만 그 이름을 듣고서야 알아차렸다. 옛날에 나를 고문했던 그놈이었다.

"나 서방이 저놈을 어떻게 알아?"

"저 양반이 옛날에 신도님들을 조사했거든유. 근데 여긴 어쩐 일일까?"

그러게 말이다. 무어 뒤질 게 있어 야밤에 몰래 기어드는 거지? 놈은 뒤뜰 바깥채 쪽의 담장에 다가와서는 주위를 두리번거리더니 등짝에 짊어진 배낭을 안으로 집어던진다. 모차르트가 왈왈 짖는다. 그러곤 바로 조용해졌다. 모차르트가 그동안에 저놈의 등장으로 밤마다 심한 스트레스를 받았을 거라는 생각이 절로 들었다.

비옷도 없이 우산까지 접어 팽개치는 폼이 마치 마음 단단히 먹고 어디 산꼭대기라도 오를 기세다. 놈은 민첩한 몸놀림으로 담장을 넘었고, 바깥채 주변을 두리번거렸다.

"만신님, 어떡할까유?"

"좀 더 지켜보세. 무슨 짓을 하는지 알아야겠어."

놈은 우물가로 걸어가서 배낭 속을 뒤져 조명등이 장착된 안전모를 꺼내어 머리에 쓴 뒤 다시 배낭을 메었다. 면장갑을 끼고 돌 받침대에 묶인 두레박 밧줄을 잡더니 우물 덮개를 열고 능숙한 솜씨로 우물 속을 타고 내려간다.

"왜 저러지?"

"우물 안엔 물밖에 없을 텐데유?"

잠시 기다려 봤지만 내려간 뒤로 아무 기척이 없다.

"가자. 올라오기 전에 기선을 제압하는 게 좋겠어."

우리는 긴장감에 허둥대며 대문으로 달려갔다. 쪽문을 따고 들어서니 모차르트가 어찌 알고 코앞에서 낑낑거린다. "쉿! 조용히 해." 우리는 조심스레 뒤뜰로 향했다. 녀석은 비를 피하겠다는 듯 얼른 제집에 틀어박힌다.

두레박이 그대로 우물에 걸쳐 있고 놈의 모습이 보이지 않는다. 나건수가 먼저 우물 속을 슬쩍 들여다보곤 내게 손짓하였다. 나는 다가가서 들여다보고 깜짝 놀랐다. 밧줄이 중간에 끊겼다. 아니, 밧줄은 중간쯤에서 안으로 휘어져 들어갔다. 아, 그쪽에 구멍이 나 있는 것이다.

"저기가 비밀의 방인 게로군. 아니, 거기로 가는 통로야."

소리 죽여 나건수에게 말해 주었다. 통로가 이어졌을 위치를 대충 눈짐작으로 훑으니 천신각 본채 쪽으로 나 있는 듯하였다. 어디지?

"만신님, 어떡해유? 경찰에 신고할까유?"

빗줄기가 점점 굵어졌고, 거친 바람에 천둥과 벼락까지 때려 댔다. 나는 어떻게 해야 좋을지, 순간적으로 판단이 서지 않았다. 정보기관의 요원을 경찰에 알린들 무슨 소용이 있을까?

"우리가 때려잡자. 왜 이런 짓을 하는지 알아내야 해."

"저기 바깥채에 숨을까유?"

"그게 좋겠네."

우리는 비를 피해 바깥채 처마 밑으로 몸을 숨겼다. 나는 품에 감춰둔 권총을 얼른 더듬어 보고는 호주머니에서 손수건으로 싸맨 방울을 꺼냈다. 혹시나 하고 이것들을 챙긴 게 다행이라 하겠다. 나건수는 방울 소리가 놈의 귀에 들릴까 싶어 눈이 뚱그레졌으나, 나는 개의치 않고 마구 방울을 흔들어 대었다. 뇌성벽력에 기대서라도 이 사태를 풀어내고 싶었다.

좀처럼 눈을 감지 않는데 스르르 눈이 감겼다. 봇짐장수들의 환영이 대문을 들락거리고 봇짐 속에 든 금괴를 줄지어 우물에 빠트린다. 나는 정신이 사나워져 눈을 번쩍 떴다. 그때 놈의 비명 소리가 울려 퍼졌다. "아이고, 으윽!" 우물가의 밧줄이 출렁거리더니 팽팽히 당겨졌다. 조명등 불빛이 어지러이 휘적거리는 가운데, 마구 헛소리를 내지르며 허겁지겁 기어 올라오는 소리가 들려왔다. "아구, 아구야!"

나건수가 나를 쳐다보았다. 어찌할까 하고 묻는 표정이다.

"다 올라오면 저 밧줄로 꽁꽁 묶어 둘 수 있겠나?"

"형사라던데 그래도 괜찮을까유?"

"놈은 나쁜 놈이야. 내가 알아서 할 테니 꼼짝 못하게만 해 줘."

"예, 알겠어유. 엉?"

말이 끝나기가 바쁘게 나건수가 뛰쳐나간다. 놈의 머리가 보이고 한쪽 다리가 우물 밖으로 막 걸쳐졌기 때문이다. 도대체 놈은 지하에서 무슨 일로 저리 혼쭐났던 것일까? 부들부들 떨며 넋 나간 몰골로 기어 나오다가 느닷없는 나건수의 기습에 땅바닥으로 나가떨어진다. "꼼짝 말고 있어라우!" 나건수가 이미 기진맥진한 놈을 잽싸게 제압하고는 두레박 밧줄로 두 팔이 뒤로 꺾인 몸을 칭칭 묶는다. 그런 뒤, 내 쪽으로 놈을 끌고 왔다.

"거기 비 오는 곳에다 놔두세요."

내 표정이 심상치 않다고 느꼈는지 가차 없이 놈을 무릎 꿇려 주저앉힌다. 그리고는 여전히 옆에서 지키기에 내가 불렀다.

"나 서방은 이리 들어와요. 감기 걸리게 왜 거기 서 있어."

내 말에 묶은 밧줄을 흔들어 보고는 안으로 들어온다. 아마 놈의 도주를 염려하나 보다.

"나를 알겠어요?"

대뜸 물었더니 놈이 고개를 슬쩍 숙인다. 하기야 어찌 나를 모르겠는가. 그날의 생생한 기억들을! 게다가 이 집을 침입할 구실이 어찌 집주인인 나와 무관할까나.

"그래, 무슨 이유로 남의 집에 함부로 쳐들어왔는지 이실직고해 보우."

놈은 매우 놀란 탓에 어안이 벙벙한 표정으로 앉았다. 그렇게 잠시 침묵이 흐르는 가운데, 한바탕 번갯불이 번뜩이더니 세상이 무너지듯 천둥이 귓전을 때린다.

"이놈아!"

나는 버럭 소리를 질렀다. 그만, 참았던 억장이 무너져 놈에게 달려갔다. 그리고 발길질을 해 대었다. 놈의 안전모가 땅바닥을 나뒹군다. 나는 헛발질하고 넘어져서야 노여움을 누그러뜨리며, 놈의 면상에다 얼굴을 가까이 대고 되물었다. 빗줄기가 놈의 얼굴을 사정없이 때리고 있다.

"무얼 훔치러 왔던 게야? 대체 네놈의 정체가 뭐야?"

드디어 놈이 말을 뱉었다.

"지하에 백골이 있어! 누가 사람을 죽였어!"

이게 뭔 헛소린가 했다. 어쨌든 비밀의 방이 있긴 있다는 소리잖나.

"이 벼락 맞을 놈아! 산 사람도 쳐 죽이는 놈이 썩은 시신을 무서워해?"

후딱 방울을 꺼내들었다. 그리고 놈의 눈앞에서 격렬하게 흔들어 대었다.

"어허! 이놈의 꼴 좀 보소. 날개 꺾인 독수리 짝일세. 허어, 네놈이 필시 황금에 눈이 먼 게로구나."

이 소리에 놈이 두 눈을 번쩍 치켜뜨며 두려워하기에, 틈을 주어 실토하기를 기다렸으나 여전히 놈은 입술을 우물거릴 뿐이다. 낙뢰를 헤아릴 듯이 있다가 더 이상 참을 수 없어 방울을 거세게 흔들며 외쳤다.

"이놈 보소! 아무래도 네놈이 서릿발 같은 저주를 기다리는 게로군! 아예 주둥이를 처닫게 해주겠다!"

놈은 생사람을 잡고 다닌 인간답게 나의 엄포를 긴가민가하며 여유까지 부리는 듯했다.

"불벼락 맞아 뒈질 놈! 금괴가 네 손아귀에 붙을 성싶으냐!"

그렇게 소리치면서 구부렸던 몸뚱이를 벌떡 세우자, 그제야 놈이 급하게 외쳤다.

"잠시만, 잠시만! 다 말하겠소."

나는 선 채로 휙 뒤돌아보았다.

"뭔 말이야?"

이번에는 놈의 말이 봇물 터지듯 쏟아졌다.

"알다시피 이 집 지하에 금괴가 있다는 첩보를 입수하고 들어온 게요. 지하 통로를 겨우 찾았지만 막상 찾고 보니 금괴는 없고 해골만 덩그러니 있었소. 뜻밖이라 공포심을 억제하지 못해 도로 나왔지만 지금 생각하니 거기 어딘가에 반드시 금괴가 숨겨져 있을 거요. 이러지 말고 찾아서 같이 나눠 가집시다. 절반씩 나눕시다. 아니, 나는 삼분지 일만 가지겠소."

놈의 단도직입적인 말투에 오히려 의심이 갔다.

"대체 어떻게 주워들은 정보기에 그토록 자신한다는 말이오?"

"이러다 한기 들겠네. 안에서 얘기하면 안 되겠소?"

그리고 보니 퍼붓는 빗줄기가 좀처럼 사그라질 줄을 모른다. 나는 힐끗 돌아보았다. 나건수가 후닥닥 다가와 놈을 일으켜 세웠고, 놈을 처마 밑으로 데려가 편하게 앉혔다. 놈은 얘기를 계속했다.

"대한제국 말엽에 매월이라는 무당이 전국의 금붙이를 사들여 금괴로 만들어 뒀다지 뭐요. 나라가 망하자 그걸 봇짐장수를 통해 만주의 독립군에게 보냈다는 얘기요. 나중에 대한독립군대인 북로군정서와 체코슬로바키아 망명군대가 러시아 블라디보스토크에서 금괴와 무기를 맞바꾸기로 하자 거기 보낼 금괴를 따로 준비해 뒀다는 게요. 하지만 봇짐장수로 위장한 독립군 몇몇이 오는 도중에 사살되는 바람에 수포로 돌아갔다는 첩보였소. 신빙성이 상당히 있었지만 공직의 몸이라 미뤘다가 이제 찾을 생각을 한 것이오."

"그럼, 당신은 이제 형사가 아니라고?"

묵묵히 듣기만 하던 나건수의 입이 드디어 터졌다. 놈도 아차 하는, 속내가 엿보였다.

"햐! 이 양반이 그땐 위세가 등등하더니만 어째 쥐새끼처럼 숨어 다닌다 했네유. 요걸 그냥 콱!"

"어! 이거 왜 이래!"

이런 상황에서 더 이상 분위기를 험악하게 끌고 갈 이유가 없겠다 싶어 내가 얼른 말을 꺼냈다. 물론 태도를 누그러뜨리고 부드러운 말투로 물었다.

"그러니까 백골이 있는 그곳 어딘가에 금괴가 있다, 이 말이오?"

놈이 능글맞게 씩 웃는다. 벌써 몸짓이 느긋해졌다.

"물론 뒤져봐야 확실히 알겠지. 것보다 먼저, 어디 수건 없소? 몸이나 좀 닦게. 이것도 풀어주고."

놈의 미심쩍은 언행을 속으로 따지느라 머뭇거리는 사이에 나건수가 밧줄을 끄른다. 나는 순간, 손을 뻗쳐 제지하려다가 그만두었다. 하긴, 다 알아낸 마당에 묶어 두어 뭐 하겠는가. 나건수가 내 손짓에 얼른 물어 왔다.

"어째, 그대로 둘까요?"

"아니, 풀어주게. 밤도 깊고 날도 궂으니 다들 가서 한숨 돌려야지. 내일 어찌하든지."

나건수가 마저 풀자 놈이 능청스레 떠든다.

"우린 이제 동업자야. 같은 배를 탄 거라고. 아고, 팔이야!"

나는 일단 이 어둑한 곳을 벗어나고 싶었다. 밝은 안채로 가서 이 사건의 해결책을 모색하고 싶었다.

"나 서방, 안채로 자리를 옮기세."

우리가 바깥채에서 나가려고 하니까 놈도 따라붙으려고 하였다.

"당신은 일없으니 그만 돌아가시오."

내 말이 뜻밖이었는지 놈이 당황하여 허둥댄다.

"거, 왜 이러서. 내가 처음 발견했으니 법적으로도 절반의 몫은 내 것이야. 집주인이라고 다 가지는 게 아니지."

"기가 차구만! 겨우 첩보 하나 가지고 발견한 거라고유?"

"통로와 장소까지 내가 발견했잖소. 얼마나 더!"

"그곳에 시신이 있다고 했지요? 그렇다면 경찰에 신고부터 해야죠. 우리 맘대로 처리할 수는 없는 일."

"그건 안 돼! 골치 아파져!"

"이 양반이 큰일 날 소리를 하는구먼. 그러다 살인범으로 몰리면 어쩌라고 이런대요?"

놈은 우리가 한심하다는 듯 인상을 잔뜩 찌푸린다.

"이봐! 일단은 금괴를 빼돌린 뒤에 신고해도 늦지 않잖아. 외부에 알려지면 금괴 주인이라 주장할 작자들이 개떼같이 몰려들 게 뻔해. 법정 다툼까지 가다 보면 날 새버린다고!"

이미 탐욕에 빠져 허우적대는 놈을 어떻게 처리해야 뒤탈이 없을 것인지….

"이보세요, 알겠어요. 무슨 말인지 다 알겠는데, 그렇다고 오늘 밤에 여기서 같이 붙어 자자는 소린 아니겠죠? 다들 집에 가야 하니 당신도 왔던 길로 돌아가시고 내일에나 봅시다. 지금껏 기다렸다면서 그깟 하룻밤을 못 참아요? 날도 이토록 얄궂잖소."

놈이 정신 차리고 생각할 여유를 주는 게 좋겠다 싶어 가만히 지켜보았다. 나건수가 뭔가 말을 재촉하려는 걸 내가 손을 내저어 제지시켰다. 눈이 뚱그레지며 내 눈치를 살피던 놈이 마침내 입을 열었다.

"좋소. 차로 돌아갔다가 날이 밝는 대로 오지. 하여튼 내가 주도해서 찾아볼 테니까 일을 맡겨만 주시오."

"알겠소. 나 서방, 가세."

우리는 비를 피해 안채 처마 밑으로 해서 걸음을 옮겼다. 놈은 숨어들 때와 달리 이제는 당당하게 대문으로 나갈 모양이었다. 놈을 보자니, 시대의 변천을 겪고 육체의 주름이 늘어나도 제 천성만큼은 쉽게 고쳐지지 않는 성싶었다. "왈왈!" 제집에 웅크리고 있던 모차르트가 우리 뒤를 따라오는 놈을 보고는 두어 번 짖어 댔다.

놈이 대문을 빠져나간다. 놈의 동태를 쭉 지켜보던 나건수가 걱정스러운 표정을 짓는다.

"아무 걱정 말고 나 서방도 가서 눈을 붙이게나. 내일 일찍 출근해야지."

"저 자식이 이 부근에다 진을 치고 저러는 모양인데유?"

"집에 호야 혼자잖아. 빗길에 사고 난 줄 알겠어. 후딱 가 보게."

"만신님, 그래도 놈은….."

"괜찮아. 제깟 놈이 뭔 짓을 할까. 아침 되면 즉각 신고할 참이니 그리 알게나."

"네, 알겠어유. 그럼 아침 일찍 연락드릴게유."

"그래요. 빗길 조심하고. 참! 아침에 나 좀 집으로 데려줘야겠네."

"염려 마세유. 만신님, 아침에 봬유."

마지못해 대문을 나서면서도 불안을 떨쳐 버리지 못하는 나건수다. 사실, 나 또한 은근히 걱정이 되어 그가 가자마자 천신각에 설치된 모든 조명등의 스위치를 올렸다. 별안간에 주위가 환하게 밝아져 거기 놀랐는 지 모차르트가 왈, 하고 한 차례 짖었다. 그제야 비로소 한숨 돌리며 안 방에서 옷을 갈아입고 신당으로 들어갔다.

제단 앞에 좌정하고 방울을 흔들어 보았다. 아무것도 들리지 않고 보이지 않는다. 밤하늘을 가르는 뇌성벽력만이 이 천신각을 통째로 흔들고 있다. 폭우 속에 너무 오래 머물렀던 탓일까. 몸이 오슬오슬 춥고 떨려 왔다.

보료에 비스듬히 누웠다. 이 자리는 좌정하여 점을 치는 곳인데 처음으로 기대 누워 보는 것이다. 안방은 기거하지 않은 지가 오래되어 왠지 으스스한 기분에 내키지 않았다. 긴장이 풀리자 권총이 무겁고 거추장스러워 품에서 빼내어 마룻바닥에 놓았다.

번뜩이는 번갯불에 놀라 벌떡 몸을 일으켰다. 깜빡 졸았던 모양이다. 기도하면서 비몽사몽에 빠진 적이 여태껏 한 번도 없었는데? 어수선한 기분에 신당 문을 벌컥 열어젖히니 사방이 온통 어둠 속에 잠긴 채 빗줄기를 퍼붓고 있다. 이것이 대관절 무슨 조화지? 아! 제단에 촛불이 하나

켜져 있다. 분명히, 아까는 시간대와 상황이 적절치 못하여 향촉을 밝히지 않았다. 그럼에도 밝힌 조명등은 죄다 꺼져 있고 촛불 하나가 고고하게 켜져 있는 것이다.

마치 귀신의 장난과도 같은, 이런 어리석은 짓을 당돌하게 저지를 자가 누구일까 생각하다가 얼른 마룻바닥에 놓인 권총을 집어 들고, 겁도 없이 컴컴한 대청마루로 나가 주위를 살폈다. 보나마나 나를 고문했던 아까 그놈의 짓일 게다. 확인 없이 지레짐작하고는 억수로 퍼붓는 빗속을 걸어 뒤뜰로 향했다.

개집에는 모차르트가 보이지 않는다. 아뿔싸! 놈이 벌써 일을 저질렀단 말인가? 슬픔과 분노가 울컥 치밀어 권총의 안전장치를 풀고 검지를 방아쇠 고리에 끼워 넣었다. 검지에 힘이 들어갔다. 한바탕 벼락불이 치자 저쪽 바깥채에서 웬 물체가 어둠 속으로 스윽 사라진다. 나는 빗속을 뚫고 달려갔다. 그리고 놈이 달아난 모퉁이를 돌자마자 권총을 쏘았다. 탕! 폭우 속에 어두워 분명치는 않았지만 놈은 나의 총 솜씨를 비웃듯 바깥채 안으로 후다닥 달아나 버렸다. 비록 맞히지는 못했지만 실제로 총이 발사된다는 안도감과 총을 쏠 수 있다는 자신감이 붙어 놈의 뒤를 따라 문을 박차고 들어갔다.

이상하게도, 귀신 같은 그림자들이 여기저기 획획 떠돈다. 이게 무슨 조화일까? 그리고 보니 여긴 일본식 구조의 집채라, 방으로 이어진 통로 어디서 놈이 덮칠지 도무지 알 수가 없다. 그 생각에 주춤 뒷걸음질을 치자 그때, 옆쪽에서 칼날이 번뜩였고 나는 놀라 총을 쏘아 댔다. 탕! 탕! 탕! 헛디뎌 자빠진 내 몸 위로 놈이 덮쳐 내 목을 졸랐다. 나는 죽을 힘을 다해 놈의 머리통에다 대고 총을 쏘아댔다. 탕! 한 차례 더 발사되고는 탁, 탁, 총알이 떨어졌다! 어찌된 일인지 놈은 죽지도 않고 여전히 내 목을 졸랐다. 헉, 귀신같은 놈!

숨이 막히고 괴로워 눈을 번쩍 떴다. 식은땀이 온몸을 적셨다. 촛불이 꺼져 있고 바깥이 환하다. 여기는 신당이다. 아마 눈 붙이자마자 악몽에 시달렸던 모양이다. 그때, 우당탕거리는 소리가 건넌방 쪽에서 들렸고 으윽, 하고 사내의 비명 소리가 들렸다. 나는 마룻바닥에 놓인 권총을 얼른 집어 들고 대청마루로 나섰다. 건넌방에서는 격투가 벌어진 듯 무척 소란스러웠다. 꿈자리도 그렇고 심각한 사태가 눈앞에 펼쳐졌다는 생각에 화급히 달려가, 반쯤 열린 문 너머로 들여다보곤 깜짝 놀라 고함을 질렀다.

"이놈아! 꼼짝 마라! 움직이면 쏜다!"

그러나 한발 앞서 놈의 칼날이 위에서 누르는 나건수의 옆구리를 찔렀다. 아! 나건수가 외마디 비명을 지르며 옆으로 쓰러졌고, 놈은 비로소 내 손에 쥐어진 권총을 바라보고는 주춤거린다.

"아, 쏘지 마쇼! 이자가 먼저 덤벼든 게요."

"나 서방, 괜찮아? 저런! 피가 많이 흐르네. 어떻게 지혈하지?"

"괜찮아유. 이 정도쯤이야!"

나건수가 오른손으로 찔린 곳을 거머쥔 채 내게로 다가온다. 고통에 인상이 잔뜩 찌그러졌다.

"안방에 가 봐. 서랍에 압박붕대가 있을 거야."

"것보다 경찰에 신고부터 해야겠어유. 이놈아 필시 사람 죽이러 들어온 놈이구먼요."

나건수는 전화하러 신당으로 들어갔고, 나는 두 손으로 권총을 꼭 쥔 채 놈을 겨냥하고 있었다. 경찰을 부른다는 소리에 놈의 안색이 바뀌었다. 놈은 벽에 기댔다가 꿈지럭거리며 일어나려고 하였다.

"어어, 움직이지 마. 이건 장난감 총이 아니야."

그러나 놈은 말을 하는 와중에도 능글맞은 얼굴빛을 띠며 일어나서는 슬슬 내게로 다가왔다. 나는 뒷걸음질로 물러나면서 마지막 경고를 하였다.

"거기서 한 발짝만 더 다가오면 쏠 테다!"

놈은 거침없이 발걸음을 뗐고, 나는 방아쇠를 당겼다. 탕!

헉! 놈이 놀라 뒤로 자빠졌고, 나 역시 두려워 다리가 후들후들 떨렸다. 그런데 웬일인가? 놈이 도로 벌떡 일어났다. 나는 또다시 악몽을 꾸는 듯한 기분에 빠져 의기소침해졌다. 제기랄, 왜 안 맞는 거지? 나는 놈에게 붙들릴 위기에 처하자 놈의 몸통을 향해 총을 연달아 쏘았다. 탕! 탕!

나는 놈의 손아귀에 붙들린 몸을 빼내느라 엎치락뒤치락하다가 대청마루에 나뒹굴었고 바로 숨이 막혀 왔다. 놈이 내 목을 강하게 조르는 순간에, 갑자기 놈의 둔중한 몸이 내 몸 위로 털썩 고꾸라졌다.

"만신님, 괜찮으세유?"

어느 새 달려온 나건수가 놈의 머리통을 둔기로 내리친 것이다.

칠흑 같은 어둠을 뚫고 경찰차와 구급차가 달려왔다. 기절했다가 깨어난 놈은 체포되었고, 나건수는 구급차에 실려 병원으로 갔다. 나는 경찰서로 가서 사건의 경위를 진술하였고, 연락을 받고 달려온 호야와 함께 병원에 들렀다.

"상처가 깊지 않고 장기를 피해 갔다 하네. 그만하기 다행이야."

다음 날 아침부터 경찰은 우물 속의 통로를 뒤져 기도 장소로 보인다는 곳에서 백골 상태의 시체 두 구를 찾아내었다. 소식을 듣고 달려온 신도들은 이구동성으로 매월이라는 무당과 그 수제자의 시신이 분명할 거라 떠들었다. 그들의 행적이 말년의 어느 시기에 뚝 끊긴 것을 근거로 들었다. 거기서 죽은 이유를 명쾌하게 밝혀내지는 못했지만 죽음에 임박하여 스스로 그곳을 자기 장지로 선택한 게 아닐까 하는 추측을 하였다.

내가 쏜 총알은 모두가 공포탄이었고, 남은 총알 중에서 맨 마지막 한 발이 탄알이 장착된 실탄이었다. 결과지만, 거기까지 총알을 발사하지 않은 게 천만다행이라 하겠다. 나는 권총을 우연히 마룻바닥 밑 비밀 서랍에서 발견하였고, 이날 마침 강도가 든 것이라 둘러댔는데, 그것이 경찰에게 쉽게 먹혀들었다. 권총과 탄창이 워낙 오래된 것이라 일부러 구입하기가 불가능했기에 그리되었다. 나의 행위는 생명의 위험에 직면했을 때에 대처할 수밖에 없었던 정당방위로 즉각 인정되었다.

어쨌거나 금괴는 없었다. 다른 곳에 숨겨 놓았을지도 모를 일이지만 군이 힘들여 찾고 싶지 않았다. 비밀 통로의 끝은 신당 마룻바닥 밑에까지 이어져 있었다. 출입의 흔적이 없고 그 구멍의 폭이 좁은 걸로 보아, 일제강점기 때에 매월이라는 무당의 언행과 출입자의 동태를 염탐하기 위해 몰래 만들어졌을 거라는 추측에서 일단락되었다.

이렇듯 인생살이에서 좀처럼 겪어보지 못할 사건을 치르고 난 후, 나는 더욱 천신각에서 벗어나고 싶어졌다. 무엇보다도 내 딸 아리의 교육과

장래를 무작정 방치한 채로 지내고 싶지가 않았다. 고심 끝에 중대한 결정을 내리기로 마음을 굳히고서 임시총회를 요청하였다. 1995년 12월, 진눈깨비가 휘날리는 어느 토요일 저녁에 사랑채에서 총회가 열렸다.

"신도 여러분, 그동안 고마웠습니다. 저는 이제 이곳을 떠납니다. 제 삶의 여정이 아직 그 도상에 놓여 있어 인력으로는 막을 수가 없네요. 여기 천신각에 온 지도 햇수로 십오 년, 제 나이 마흔이 되었습니다. 아쉽게도 이 땅의 무속이 이지러지다 보니 마땅한 인물 하나 찾기 힘들다는 핑계로 여태껏 제자 하나 키워 내지 못한 자책감이 밀려듭니다."

제자 얘기를 꺼내자 간이 의자에 기대앉은 마고영이 꿈지럭거린다. 그는 몇 해 전에 나를 찾아와 무릎 꿇고 제자로 받아주기를 간청했던 인물이다. 내가 이런 회고를 들먹이자 새삼스레 실망이 잡히는 표정을 지었다.

"하긴 제 자신도 그간에 접신과 예지의 능력이 부쩍 떨어졌음을 솔직히 이 자리에서 털어놓습니다. 앞으로 재충전을 하거나 은퇴의 결단까지도 심각하게 고민해야 할 처지가 됐습니다. 그러지 않으면 나 역시 사이비의 범주에서 벗어나지 못할 테지요. 그러니 이제 저를 놓아주셨으면 합니다."

여기서 말을 그치고 신도들의 반향을 살폈다. 모두들 조용히 나를 지켜보고만 있다. 마음이 얼마쯤 놓여 계속해서 말을 이었다.

"여기 천신각은 신도님들의 피와 땀이 밴 곳이라 천신회 몫으로 남겨두겠습니다. 당연히 통장에 든 공금도 그리해야겠지요. 앞으로는 신도님들께서 서로 의논하셔서 천신각의 미래를 결정해 나가셨으면 합니다. 그럼, 안녕히 계십시오."

작별 인사를 마치자 작년에 회장으로 다시 선출된 나건수가 몸을 일으켰다.

"만신님은 천신각을 버리시면 안 된다고 봐유. 우리 회원이 갈수록 줄어들어 이젠 삼십 명도 채 안 되고 모은 공금도 얼마 없어유. 그런데도 만신님이 손을 떼시면 모임이 해체되는 거나 진배없어유. 따님 때문에 영산으로 이사하시는 거야 어쩔 수 없대도 반드시 날을 정해 천신각에 오셔야 해유. 그게 안 되면 우리가 그쪽으로 집단 이주라도 할 참이구먼요."

회원들이 술렁거렸다.

"우리도 만신님을 따라 옮깁시다."

나를 붙잡기 위해 즉흥적으로 꺼낸 말일 텐데 의외로 회원들의 호응이 뜨겁다.

"우리 다 같이 도회지로 나가 살아보자고!"

그런데 이게 무슨 말인가. 집단 이주라니?

"촌구석이 지긋지긋해. 먹고살기 힘들어."

나는 당혹스러웠다. 나건수도 얼떨결에 내뱉은 말을 두고 놀라는 기색이 역력했다. 구석에 앉은 아내, 호야는 도시로 가자는 얘기에 낯빛이 밝아졌다.

한 달간에 걸쳐 대책을 논의하고 조율을 거듭한 끝에 나온 결정은 이러하다. 영산시의 변두리, 바다와 평지와 가파른 산세가 어우러진 남부동에다 임야가 딸린 땅을 사서 정착하기로 하였다. 그곳은 일찍이 피난민이 일군 동네로 서민주택이 밀집해 있어 그들과 어울리기에 적당해 보였다. 그곳에 덩치를 대폭 줄인 천신각을 새로 짓고 다가구주택을 사들여 지원자에 한해 집단생활을 하기로 하였다. 물론 개인의 사생활을 존중하여 능력이 닿으면 별도의 집채를 가져도 되었다.

이러한 계획에 가담한 회원의 가구 수가 무려 스물셋에 달했다. 우리는 잔류하기로 한 회원이 소수에 그쳐 천신각을 처분할까도 했다가 결국 그대로 보존하여 천신회 지부로 삼기로 하였고, 신도들의 휴양처 등으로 활용하기로 의견을 모았다.

"너도 어느덧 나이를 먹었구나. 여기서 맘껏 뛰노는 게 더 낫겠지?"

모차르트의 머리를 쓰다듬는데 녀석이 귀찮은지 머리를 저리로 뺀다. 모차르트가 이 집에 들어온 지도 벌써 십여 년이 훌쩍 지났다. 녀석도 늙어 가니 바깥출입보다는 드러누워 잠자는 시간이 많아졌다.

천신회에 관한 일들이 대략 마무리되어 이사를 서둘렀다. 딸의 중학교 진학에 차질이 빚어져서는 안 되었다. 신도들은 여건이 갖춰지는 대로 그때그때 형편에 맞춰 한둘씩 이주하게 될 것이다. 그러니 나의 무당 복귀 여부는 신도들이 집단 이주를 끝낸 그때에 결정해도 될 것이다. 마침내 나는 무당 활동의 중단을 선언하였고, 천지신명께 구구절절이 아뢰었다.

만사가 해결되었다는 기분이 들자, 이곳 천신각에서의 무당 생활을 회고하는 기록을 두 번째로 적어 두었다.

딸은 복직하기 위해 서울로 떠나야 했다. 이 엄마와 같이 살면 얼마나 좋겠냐마는, 자유로운 개인적 삶에 익숙해 있고 언젠가 결혼도 해야 할 테니 어쩌랴. 한편으로 나 자신, 개인적으로 서울이라는 공간이 썩 내키지 않는다. 일찍이 서울 생활을 해 봤지만 도무지 정들지가 않는 도시였다. 또한 이미 바다와 친해져 버린 나다. 산중에서 태어나 인생의 절반을 산골에서 보냈음에도 이곳 몰운포의 바다에 흠뻑 빠져 있다.

딸은 주일예배를 마친 뒤 교회 청년부 회원들과 작별 인사를 나누었다. 교회가 돌아가는 사정을 알지 못하고 타락한 어른들의 계교에 관심조차 없을 아리이고 청년들이니, 그저 먼발치서 바라보기만 해도 그 모습들이 아름답기가 그지없다. 그리고는 목양실에서 오영석과도 한참을 보내었다.

나건수는 쉬는 날이라며 오늘따라 내 주변을 떠나지 않는다. 아리가 떠나는 걸 봐야겠다고 둘러대지만 필시 교회에서 떠도는 소문이 걱정되어서일 게다. 그래서 지나가는 말투로 슬쩍 이렇게 말해 줬다.

"하나도 걱정할 거 없는 일일세. 소문이 무서웠으면 무당 짓을 못 했지."

딸은 주위 사람들의 아쉬운 배웅을 받으며 자기 승용차에 오른다.

"아리야, 항상 몸조심하고 일 생기면 바로바로 전화해. 알겠지?"

"네, 그럴게요. 엄마도 건강하시고요."

딸은 오영석을 향해 찡긋 눈웃음을 지어 보이고는 서서히 차를 움직였다. 골목길을 내려가면서 차창이 닫힌다. 나는 사람들이 뿔뿔이 흩어질 동안에도 큰길로 사라지는 딸의 차를, 아니 딸의 뒷모습을 물끄러미 지켜보았다. 그러면서 평안하기를 바라는 기도를 마음속으로 드렸다.

나건수의 귀띔을 짐작하자니, 나에 관한 소문을 알 만한 교인들은 죄다 알겠거니 싶다. 전직이 무당이었다는 이유로 출교를 당하지는 않겠지만 내게 창피를 주고 교회에서의 내 입지를 약화시키려는 저의가 분명하였다. 무엇보다 무당의 딸과 결혼한다고 했을 때 오 목사의 위치가 변함없이 유지될 수 있을까? 목사의 자리까지 흔들 이런 소문이 어떤 의도를 갖지 않고는 생겨날 수가 없는 것이다. 그러니 나와 딸, 오영석까지 싸잡아 대적하려는 세력은 필시 박춘식과 그 측근이 아닐 수 없다.

공책을 읽고 나의 세계를 들여다본 그가 설교 중에 이런 말을 덧붙였다.

"날이 갈수록 기독교의 교세가 위축되고, 최근 들어 출석하는 교인마저 급감하는 이유를 놓고 의견이 분분합니다. 여러 신학자들이 연구한 바에 의하면 많은 교회가 주일 저녁예배를 오후로 옮기고 새벽예배를 없애고 십일조와 헌금 바치기에 인색하고 기도를 게을리하여 하나님을 우러르는 경외가 소홀해진 까닭에 그렇다고들 합니다. 그러나 실상 그것 때문에 그럴까요? 믿는 자임을 버젓이 내세우면서도 우리의 행실이 세상의 본보기가 되지 못해 빚어진 당연한 결과가 아닐까요? 이런데도 아직까지 진리를 바로 볼 생각을 하지 못하고 우리의 행위를 아름답게 엮어 나가겠다는 의지도 없이, 부질없이 남의 지난 허물이나 시시콜콜 들춰내는 일에 급급해 한다면 이보다 어리석은 일이 또 없을 것입니다."

설교 자체야 하등 문제 삼을 게 없는 내용이지만, 일을 획책하는 무리가 듣기에는 자신들을 향한 도발적 발언으로 비칠 게 분명하였다. 따라서 반발과 함께 뒤따를 불협화음과 그들의 술수가 두려울 수밖에 없다.

서울로 올라간 딸은 예전과 다르게 매일같이 안부를 물어 왔고, 자신의 일 처리 과정을 마치 리포터가 보도하듯이 구체적으로 알려 주었다.

"엄마, 너무 자기들 마음대로야."

"어쩌겠나. 참고 지내야지. 세상이 자기 마음 같으면야…"

복직하여도 방송국은 아무것도 달라진 게 없다고 한다. 자신의 업무가 문화부로 배속되어 실망스러웠으나 그래도 그동안의 공백을 인정해야 했기에 군소리 없이 받아들였다며 볼멘소리를 낸다. 방송국 사정을 비교적 자세히 언급하면서도 최수호에 대한 얘기는 일절 없다. 어떤 속사정이 따로 있을지 몰라도 아무튼 다행이다.

딸을 위로하면서도 골치 아픈 정치보다는 문화 관련 취재가 한결 여유로울 거라는 생각이 살짝 들었다. 정치에 휩쓸리지 말라고 하셨던, 내 아버지의 조언이 문득 가슴을 스친다.

"엄마, 다음 주쯤 전라도 진도에 갈 예정이에요. 진돗개의 현황을 밀착 취재하라고 하네요. 어휴, 내가 개를 다루게 될 줄이야."

"얼굴이 좋아 보이는구나. 몸 생각해서 쉬엄쉬엄 일해라. 알겠지?"

항상 좋은 일이 생길 리 만무하고 애가 탈 소리가 많이 들려오겠지만 그래도 매일매일 몸 상태를 살필 겸 딸과 밤마다 화상통화를 나누는 이것이, 내게 새로운 즐거움이 되어 갔다.

우려했던 대로 오영석의 설교가 역풍을 맞는 모양새다. 주위에서 그의 설교 내용과 나의 행적을 놓고 이런저런 군소리가 들려오면서 그걸 공론화하려는 기색이 뚜렷해졌다. 우상을 믿는 집단을 공공연하게 두둔하면서 거룩한 성도의 행위를 비난하는 이단적 발상이 교회에 팽배해 있다는 주장이 누군가에 의해 퍼져 나간 것이다. 이쯤 되면 그를 목사의 자리에서 끌어내릴 수작을 구체화한 게 틀림없어 보인다. 이것을 어떻게 대처해야 하나? 그러나 이런 소문을 모를 리 없을 텐데도 오영석은 설교 때의 모습도 그렇고 교인들과 인사를 나눌 때의 표정을 보면 담담하기

이를 데 없다.

한번은 걱정이 되어 오영석에게 전화를 걸었더니 그가 그런다.

"진리와 정의의 하나님이 우리와 함께하시는데 무슨 걱정이 있겠습니까?"

그에게 작은 힘이나마 실어 주려고 짐짓 느긋하게 대꾸하였다.

"진작 느낀 일이지만 목사님의 그 배짱이 맘에 듭니다. 저도 맘 놓고 지내보렵니다."

딸이 뜬금없이 한낮에 화상전화를 걸어 왔다.

"엄마, 지금 내 옆으로 늠름한 진돗개들이 보이죠? 같이 촬영 나왔어요."

그러고는 야산에 뛰어다니는 진돗개 몇 마리를 이리저리 비춰 가며 온통 개 얘기로 시끌벅적하다. 나는 천신각에다 두고 떠나왔던 모차르트를 떠올렸다. 마치 어린애같이 순박한 녀석이었는데 천수를 다했는지 우리가 떠나고 난 후에 곧 죽음을 맞았다는 소식이 들려왔다. 녀석과 같이했던 세월을 되새기면서 모차르트를 대나무 숲에 고이 묻었던 기억이 새삼 애잔하게 다가온다.

"모레쯤 올라갈 거예요. 눌러앉고 싶을 만큼 여기가 맘에 들긴 한데 뭐, 어쩌겠어요. 하하."

진돗개의 몸짓에 어울려 까부느라 활기가 넘치는 딸이다. 그래! 사람들의 아귀다툼에 휩쓸려 영혼을 숨죽이는 것보다 저렇게 자연 속에서 동물과 허물없이 벗을 삼는 게 얼마나 좋은가 말이다. 그렇게 심신을 추스르면 더러운 기운이 말끔히 흩어질 테지.

8

세 번째 공책을 서랍에서 꺼냈다. 공책을 마저 읽고 싶다는 오영석의 전화를 받고, 내가 먼저 읽어 봐야겠다는 생각이 들어서였다. 오히려 어릴 적의 기억보다도 더욱 가물거리는 사오십 대의 기억들을 미리 들추어 보고 그것의 공개 여부를 결정짓고 싶은 것이다.

지금까지의 내 삶을 이토록 차분하게 적을 수 있었다니! 처음에는 곽성규에게 내 어린 시절의 고된 삶을 들려주어 무당으로서의 인생을 살아갈 수밖에 없었던 내 처지를 알아달라는 뜻에서 적은 것이 그만, 버릇처럼 시기별로 기억을 더듬어 적어 가게 된 것이다. 어쨌든 한심스럽다. 내세울 것 하나 없는 무당의 세월을 살아오면서 무어 그리 적을 게 있었을까나? 한스러운 절망의 기록 외에 뭐가 더 있을 거나?

마침내 영산시 장포, 아파트로 돌아왔다.

"엄마, 저 왔어요. 영산에 완전히 온 거예요."

"그러니? 잘됐구나. 어서 들어와."

엄마를 만나러 의붓아버지 집에 들렀다. 나와 시선이 마주치는 걸 피하는 의붓아버지를 이때 처음 보았는데, 비록 늙은 노인네의 모습일지언정 부드럽고 자상한 기운이 몸에 배어 있는 점잖은 분이셨다. 나를 반기는 그분에게 손을 내밀어 악수를 청하였다.

떠날 때는 새 집이었으나 그간의 세월에 낡고 더러워져 새로이 내부 수리를 하지 않으면 안 되었다. 그런데 믿고 맡겼던 업자에게 놀림을 당하듯이 속아 넘어간 충격이 매우 컸다.

"말한 거랑 너무 다르잖아요."

"뭐가 달라요? 나 참!"

이것저것을 뜯어고치고 바꾸고 하는 데에 얼마가 든다고 해서 순순히 공사를 맡겼더니, 말한 것과 딴판인 조잡한 제품을 설치하고 구두로 약속한 사실들을 뚝 잡아떼었다. 또한 주인의 주문에 아랑곳없이 막무가내로 밀어붙이고는, 일을 마저 끝내려면 공사비가 추가로 들어가야 한다며 으름장을 놓기까지 하는 것이다. "내가 언제 그런 말을 했소. 이 아줌마가!" 견적서 없이, 계약서 작성 없이, 무턱대고 믿고 맡겼다가는 낭패를 보기가 십상이라는 친정엄마와 주위 사람들의 말을 무시한 게 화근이었다. 그러나 정상적 절차를 거쳤음에도, 나중에 지은 천신각조차도 예외가 아니어서 업자와 또다시 갈등을 겪어야 했다.

이 나라에서 정치하는 자들이나 권력을 쥐었다고 자부하는 자들만이 거짓과 속임수에 능한 줄 알았건마는, 막일꾼 역시도 마찬가지라니! 그래도 가진 자들은 교묘하게 잔머리를 굴려 감쪽같이 남을 속이는 재주라도 있지, 이렇듯 눈앞에서 속보이는 짓을 저지르고도 언제 그랬느냐는 듯 고집스럽게 잡아떼는 행태 앞에서는 분노에 앞서 기가 차고 어이가 없을 지경이 된다. 성스러워야 할 육체의 노동에도 사기가 더해져 부실과 날림이 자행되고 있는 것이다.

사람을 믿는다는 게 이다지도 어려운 일인가? 처음에는 도시라서, 세상이 각박해져서, 모두가 그런 게 아니고, 몇몇 사람이 일시적으로 그런 행태를 보이는 줄로 알았다. 그런데 구체적으로 가정 일을 꾸리고 사회와 접촉하는 생활을 지내다 보니까 꼭 그런 것만도 아니었다. 온갖 유형의 크고 작은 거짓과 속임수 그리고 조작과 같은 사기들이 사회의 구석구석에 도시의 매연처럼 쫙 퍼져 있는 것이다.

과연 직업이나 지적 능력에 상관없이, 사람이라는 존재 자체가 거짓과 속임수의 유전자를 근본적으로 지닌 것들이라는 얘기인지…. 생존과 자기 유지에 유리한 이기주의가 빚어낸 원초적 죄악이든지, 그게 아니면 선악과를 따먹음으로 해서 분별의 지혜를 가졌던 만큼이나 거짓과 속임수라는 사기의 성질마저 원초적으로 갖게 됐든지, 그렇다고 볼 수밖에는….

어쨌든 반드시 하늘이 있어야 하고 천벌이 있어야 비로소 우주의 이치가 바로 서지 않겠느냐는 것이다.

"만신님, 마누라가 드디어 아이를 가졌구면유!"

"축하하네! 나 서방이 마침내 아빠가 되는구나."

무던히도 나건수의 애간장을 태우던 임신 소식이 이곳 영산으로 나와서야 들려왔다. 호야가 이제 겨우 아이를 낳아 키워야겠다는 마음을 품은 것이다.

다행히 무당 생활을 하지 않아도 몸에 별다른 이상 증세가 나타나지 않았다. 이따금 기도 중에 게거품이 보글보글 입가에 피어나기도 했지만 그 정도는 천신이 내게 임하신 징표로 새겼다.

딸은 야무지게 공부를 잘했다. 외모뿐만 아니라 기질 또한 갈수록 제 아버지를 닮은 듯하였다. 겨우 중학생이 된 아이가 깜짝 놀랄 소리까지

해 대었다. 기자가 되겠다고?

천신회 회원들의 집단 이주가 의외로 신속히 진행되어 나를 당황하게 만들었다. 지긋지긋한 시골로부터 벗어나려는 갈망이 부채질을 했다고 봐야겠지만, 무엇보다도 경제 운용의 실패로 국가가 IMF 경제위기에 직면하여 실업자가 양산되고 재화의 가치가 폭락한 것에 기인한 영향이 매우 컸다. 그러니까 회원들은 이주를 목표로 일찌감치 논밭과 주택 등 전 재산을 처분하여 자금을 확보하는 데 혼신의 노력을 기울이던 차에 이런 위기가 닥쳤고, 이것이 그들에게는 천재일우의 기회가 된 것이다.

그들은 가격이 폭락한 영산시 남부동의 땅과 집을 사들였고 천신각을 새로 지을 건축자금까지 손쉽게 확보하였다. 새로 천신각이 세워질 터전에 회원들이 모두 모여 천지신명께 감사의 기도를 올렸다.

"무당 집을 왜 이리 거창하게 지으려고 그러죠?"

"안 그러면 세상 사람들이 깔봅니다요."

건축에 관한 회의석상에서 그렇게 말을 꺼냈더니 신도들이 이구동성으로 떠들었다. 가뜩이나 손가락질을 당하는 처지인데 건물까지 초라해서는 아무도 얼씬거리지 않을 거라 한다. 행여나 내가 천신각의 건축 규모와 시설에 대해 제재를 가할까 싶어, 세상 풍조가 그렇다 보니 타 종교 집단들도 다들 성전을 화려하게 쌓아 올리는 추세라며 여러 실례를 들먹이면서 입방아를 찧었다.

그들은 들뜨고 흥겨워했지만 나로서는 마냥 좋을 수만은 없는 일이었다. 또다시 이들과 어울려 무당의 명맥을 이어가야 한다는 사실이 좀처럼 실감이 나지 않았다. 그저 딸을 키우면서 이대로 호젓하게 살고 싶었다. 여기 장포에 와서 보낸 이 년여의 세월이 꿈결인 양 싶었다. 그러는 사이에 호야가 아기를 낳았다. 딸이었다. 좋아 어쩔 줄 모르는 아기 아빠에 비해 아기 엄마는 못내 섭섭한 속내를 감추지 못했다.

일부러 연락을 게을리하고 권태로운 기척으로 듬성듬성 대하는 내 태도 때문에 신도들 간에도 분위기가 뒤숭숭해졌고, 그걸 감지했으면서도 짐짓 모르는 척 넘겨 버렸다. 매사가 어수선한 상황인 탓에 계속해서 회장을 맡은 나건수가 내게 달려와 귀띔을 해주었다.

"만신님, 지금 발을 빼시면 큰일 나거든요. 제발 무당 시늉만이라도 해주세유."

나는 그 소리에 발끈하였다.

"이만큼 했으면 각자 알아서 살 것이지, 누가 함부로 남의 삶을 이래라저래라 한다는 게야!"

"그리 간단치가 않아서 그렇구먼요. 어구, 이걸 어찌 설명해야 좋을까."

설명하지 않아도 알겠다. 천지신명께 전적으로 매달리는 골수 신도가 있다는 소리겠지. 그 천신의 대리자인 내게 기댄다는 소리이겠고. 내가 없으면 천신과의 연결 고리가 끊긴다고 굳게 믿는 한, 그들의 만신이 되어 언제까지고 지켜봐야 한다는 소리일 테지.

"아! 갑갑해. 이 일을 어쩌면 좋누!"

저절로 탄식이 흘러나왔다.

"네? 만신님, 뭔 말씀이세유?"

"아니, 아닐세. 그냥 허투루 내뱉은 넋두리일세. 그래, 언제쯤 이주가 끝나고 본격적인 활동이 시작되는가?"

"이주는 다 마쳤고요. 천신각도 준공을 앞뒀구먼요."

"그렇군! 천지신명께 준공을 아뢰야 하니 성대히 굿을 치러 보세. 우리

네 존재를 만방에 알려야지. 어서 준비하시게."

그들의 은밀한 압력에 순순히 따를 수밖에 없었다. 내가 따로 걸어갈 길은 없어 보였다.

아침을 함께 한 뒤에 딸이 등교하고 나면, 이어 나건수가 데리러 왔다. 가끔가다가 현관 앞에서 마주칠 때가 있었지만 딸은 대수롭지 않게 여겼다. 나건수가 모는 택시에 얹혀 남부동의 작은 천신각에 매일같이 출근하였다. 택시기사로 일하는 그는, 나를 출퇴근시키고 나면 곧바로 일터로 달려갔다. 아직 일거리를 찾지 못해 천신각에 머무는 몇몇 신도들의 도움을 받아 가며, 늙고 쇠약한 서민들의 푸념과 불안을 들어주고 풀어주는 것으로써, 나는 무당 활동을 재개하였다.

10

쇠퇴하는 무속 신앙은 도시라고 해도 마찬가지였다. 다윈 진화론을 기반으로 하는 생명기원설이 과학의 소산이라는 그럴듯한 이유로 해서 사람들의 지지를 얻고 저마다의 의식에 깊숙이 자리하였다. 그 탓에 버젓이 경전의 가르침을 펴는 기존 종교들마저 점차 외면을 받는 이 마당에 미신으로 내몰린 무속이 어찌 온전할 수 있겠는가. 그러니 찾는 손님이 뜸한 데다가 그마저도 버릇처럼 찾거나 호기심에 심심풀이로 물어볼 뿐, 정작 절박하거나 한이 맺혀 찾는 이들이 드물었다.

세상이 살기 좋아져서 그러지는 않을 게고, 대체 어떤 식으로 한을 풀어내는 것인지. 혼자 속으로 끙끙 앓다가 마는 것일까? 그게 아니면 반듯하게 모양을 갖춘 정신병원을 찾아 거기 의사로부터 상담과 치료를 받는 것일까? 종교에 귀의해서? 어떻게 하든지 한을 풀어낼 방법이 있기만 하다면 그게 나로서는 속 편한 일이 되겠다. 그들의 절망과 설움에 뒤엉키지 않아도 되니까.

이러다 보니 사람들의 왕래가 뜸하든 흥청거리든 나로서는 그다지 신경 쓸 일이 못 되었다. 더구나 그들을 상대로 돈 벌 꿍꿍이수작을 품었던 게 아니었으니까. 손님이 없다 보니 춘곤증에 잠이 쏟아지고 하품이 그칠 새 없이 나오는지라, 외출복으로 갈아입고 산비탈도로 아래로 걸어 내려갔다. 여기 야산을 거슬러 올라가며 지어진 동네 앞쪽으로는 바다가 펼쳐 있어 고기잡이로 생계를 잇는 어부들이 의외로 많이 살고 있었다. 선착장에는 크고 작은 어선들이 물결 따라 두런거렸고, 바람결에 깃발들이 펄럭거렸다.

내 어릴 적 같았으면 풍어제나 별신굿을 한다고 야단법석을 떨었겠지만 요즘 시절에는 참 조용하다. 굿이 없어도 일기예보를 잘 새겨듣고 첨단기술로 만들어진 철선을 타고 안전 조업에 힘쓰다 보면, 절로 만사형통하여 풍어를 이룰 수 있음을 다들 눈치채서 그러할까.

이때 어디선가 징을 치는 소리가 들려왔다. 얼른 방파제에 올라서니 저 아래 귀퉁이의 바윗돌에 한복을 곱게 입은 여자 둘이 쭈그리고 앉아 고사를 지내고 있다. 향촉을 피우고 술, 떡, 고기를 단출하게 차린 모양이 문득 정겹게 다가왔다. 바닷물에 빠져 죽어간 무수한 원혼들을 달래고, 해신의 자비를 바라며, 선한 기운을 온몸에 흠뻑 받아 중생을 구제하는 일에 긴요하게 쓰일, 신령이 내려 지피기를 어서 바라는 기도를 올리는 것일까?

가까이 다가가지 못하고 먼발치서 그들의 기원을 바라보았다. 한참을 무엇에 이끌린 듯 그렇게 바라보다가, 불현듯 설움이 물밀듯이 밀려왔다. 휴우! 길게 한숨을 몰아쉬며 가슴을 부여잡고 그곳에 무너지듯 쭈그리고 앉았다.

얼마 전에 어떤 아이가 물에 빠져 죽었을 거라는 생각이 미쳤다. 죽은 여자아이의 흐느낌이 내게 전해졌다. 아니다. 두 손을 모아 싹싹 비는 젊은 여인네의 흐느낌이 바람결에 묻어왔다. 흐느끼는 소리가 점점 커져 가자, 가볍게 징을 두드리던 옆의 무당이 덩달아 세차게 징을 두들긴다. 그러면서 원혼을 달래는 주문을 외는데, 그 소리가 마치 죽은 여자아이의 호소처럼 들려왔다. "내 잘못이 아니야. 어른들의 탐욕이 물속으로 나를 밀어 넣었어. 나는 살고 싶어요!"

환청처럼 여자아이의 울부짖음이 들려왔고, 지난날에 당했던 물고문의 파편이 다시금 내 가슴을 숨 막히게 짓누른다. 나락인 양 막막하도록 펼쳐진 푸르스름한 빛깔의 어둑한 세계….

11

천신회 신도들은 도시의 척박한 환경 속에서도 장사를 하고 직업을 갖는 등 저마다의 삶을 일궈 나갔다. 그러면서 알게 모르게 그들 역시 도시인의 속물을 닮아가는 양상을 띠면서 자연스럽게 천신각에도 소홀히 대하는 경향이 짙어졌다. 기도와 공양을 빠트리고 점이나 굿을 의뢰하는 횟수가 줄어들었다. 매주 갖는 토요일 모임마저 건너뛰는 회원이 생겨나기까지 했다. 이런 현상이 뚜렷하게 반복되는데도 다그치지 않았다. 차라리 이렇게 해서라도 자연스레 천신회가 소멸되기를 내심 바랐다.

그러나 이 기대는 오래가지 않았다. 이주 생활이 정착되자 총회를 열어 그간에 미뤘던 회장 선거를 실시했는데 그야말로 골수의 사내가 뽑힌 것이다. 마고영, 그는 포교를 통한 세력 확장을 공언하였고, 절대적 신앙심의 실천을 각 신도들에게 주문하였다. 시대적 흐름에 거침없이 도전장을 낸 야심만만한 이 사내는, 자기 말로는 불교대학을 나와 스님 생활을 하다가 신령의 점지로 나를 찾아왔다는 기묘한 사람이었다.

"진리를 깨닫는 수행을 하다 보니 부지불식간에 사람들에 대한 혐오가 생겨나더이다. 완전한 진리에 이르게 되면 또 어찌될지 모를 일이긴 하오만, 여하튼 이런 심사에서 속히 벗어나야겠다는 갈망으로 이곳에 와서 제자가 되려는 것이라오."

그때 그렇게 말했던 것 같다. 그럼에도 기어코 제자로 받아들이지 않았다. 그로부터 나오는 강한 기운이 나와 맞지 않았고, 그의 열성이 오히려 나를 힘에 부치게 만들 것 같아서였다. 지금은 자주 접촉하다 보니 그런 감각이 무뎌졌지만 그의 눈에는 언뜻언뜻 서릿발이 쳤다.

그는 예전에 읍내서 생활할 때는 학마을의 빈집을 전전하면서 주로 도축장에서 일하였고, 이곳으로 이주하고부터는 화훼단지에서 일한다고 하였다. 이렇듯 유별난 직업을 전전하는 그가 앞으로 어떤 일을 꾀할 것인지 우려되지 않을 수 없었다. 그래도 신도들은 탈 없이 잘들 꾸려 나가겠지?

회장 선출을 끝내고 집으로 돌아가는 길에 나건수에게 은근슬쩍 물어보았다.

"그가 어떻게 회장이 될 수 있었을까?"

"포교를 많이 하잖아유. 자기편이 많겠지유."

"그렇군! …그래도 나 서방이 천신회를 잘 챙겨야 해. 택시 일이 아무리 힘들더라도."

"예, 알겠어유."

딸은 어느덧 고등학생이 되었다. 열악한 천신각의 수입에 의존하지 않아도 은행에 저축한 돈과 이자로 공부시킬 수 있어 정말 다행이었다.

마고영이 포교 활동에 발 벗고 나서, 한때 총회에 참석하는 회원 수가 백여 명에 이르기도 했지만 재정 상태는 좀처럼 나아지지 않았다. 새로 가입한 대부분의 회원들이 부녀자이거나 직장을 잃은 영세민이었기 때문이다. 그런데도 으레 그랬듯이 복지 제공을 내세우며 포교에 임했다고 하니 앞으로 그 기대치의 비용을 어떻게 마련할 계획인지 묻지 않을 수 없었다. 그래서 그를 신당에 불러들였다. 마침 나건수도 나를 퇴근시키려고 도착해 있었다.

"그렇지 않아도 알려드리려고 하던 참입니다. 공동으로 운영할 공판장과 사업장만 있으면 바로 해결됩니다."

"그건 옛날에도 거론됐었지만 능력 부족으로 포기한 것들인데요?"

"우리가 직접 자금을 들여 마련하는 게 아니라, 기존의 사업장을 우리 소유로 만들면 됩니다."

"아니, 어떻게유?"

곁에 앉아 잠자코 듣고만 있던 나건수가 끼어든다.

"적자에 허덕이는 사업장들을 골라 거기 사장들과 거래를 하는 거지요. 우리가 인력을 대고 수익을 반반 나누는 식으로요."

"그게 가능하겠어요? 아무리 경영이 어려울망정 애지중지하던 사업체를 덜컥 아무렇게나 남의 손에 맡길 리 만무하고, 또한 수익을 올린다는 보장이 있는 것도 아닐 텐데요?"

"이미 몇 군데에 손을 뻗쳐 놨습니다. 기업은 이익 창출이 우선이니까요. 사장이 천신회 신도로 들어오고, 천신회 이름으로 운영을 시작하면 만사가 끝나는 게임입니다."

"근디 고것이, 어디서 많이 듣던 소리 같은데요? 이상야릇하게 생겨 먹은 사이비 종교 집단들이 그러지 않남?"

"뭔 소리를? 우리도 남들이 보면 이단 사단 사이비 귀신 패거리라고 할걸요?"

"거, 회장이라는 사람이 무슨 말을 그리 험악하게 내뱉는대요?"

둘의 감정이 격해질 것 같아 내가 재빨리 끼어들었다.

"이게 간단치 않은 문제이네요. 일단 안건이 불거져 나온 상태이니 좀더 숙고하면서 이다음에 전체 회원들의 의견을 들어보도록 합시다."

"신도들이야 결정에 따르도록 하면 되고, 임원들과는 의견 조율을 마쳤습니다."

"나도 몰랐던 얘긴데 이 무슨 소리래유?"

마고영이 독단적으로 밀어붙이는 이 일에 제동이 필요하다는 생각이 미친다. 화근을 불러들일 수도 있는 엄청난 일을 꾀하고 있지 않은가. 예전에 고정은과 허 사장이 꾀를 내어 저지른 수입금의 착복 사건도 그렇고, 설령 만사가 잘 풀려 공정하게 관리된다고 할지라도 나 자신은 사이비교 교주라는 굴레를 오롯이 뒤집어쓸 게 불 보듯 빤하다. 내 딸 아리의 장래를 바라봐서라도 절대 그리될 수는 없는 일이다.

사업장 문제를 놓고 티격태격하는 둘의 대화를 가로막았다.

"이 양반이 평신도라 해도 한때 회장을 맡았던 인물이 아니겠소. 그런데도 이 중요한 문제를 나도 그렇고, 여태 모르고 있었다는 것은….."

"만신님, 그래서 지금 알려드리는….."

"그러니, 이제야 안건을 들었으니 시간을 두고 충분히 검토를 해 보자는 얘기지요."

지극히 당연한 얘기에 마고영이 한발 물러선다.

"네, 알겠습니다. 검토해 보시고 궁금한 점이 있으시면 언제든지 불러주십시오. 가급적 빠른 시일 내에 답을 주셨으면 합니다."

그가 방석에서 몸을 일으켰다. 따라나서려는 나건수를 손짓으로 주저앉히며 방울을 천천히 흔들어 보았다. 감지되는 기운이 있는지 어떠한지를 알아보고 싶어서다. 짤랑짤랑, 별문제가 없는 것인지 아니면 천신의 지피심이 없는 것인지 아무 어림짐작조차 일지 않았다. 어쨌거나 평소에 와 닿았던 느낌을 선선히 따르고 싶었다. 그래서 나건수에게 나직한 목소리로 일렀다.

"생각하고 어쩌고 할 것도 없네. 어떠한 사업체 운영도 있어서는 안돼. 알아서 힘써 주게나."

"네, 만신님. 무슨 말씀이신지 잘 알겠구먼유."

부담을 잔뜩 짊어지게 하는 말인데도 그의 표정이 담담하다. 아니, 어쩌면 나로부터 받은 부탁을 즐거워하는 기색 같기도 하다.

움직임을 봐 가며 대처해도 될 텐데, 나건수는 서둘러 마고영의 계획을 제지하고 나섰다. 이것은 그의 반발을 불러왔고 신도들에게도 적지 않은 동요를 일으켰다. 심지어는 회장의 계획에 반대하는 자들의 축출을 공공연히 떠드는 부류까지 생겨났다.

"만신님! 마고영이가 글쎄, 딴 무당을 내세울 수작인가 봐유."

이 말을 듣자마자 타성에 젖은 내 정신이 깨어나며, 번쩍! 한 줄기 섬광이 비치는 듯하였다.

"옳거니! 바로 그거야!"

드디어 달아날 절호의 기회가 왔다 싶어, 나건수의 두 손을 꼭 쥐고 소리 낮춰 일렀다.

"지금부터 내 말 잘 들어요. 계속 마고영의 계획에 제동만 걸게. 나는 일에 열심을 내지 않을 작정일세. 그럼, 조만간에 새로 무당을 영입하자는 얘기로 공론이 분분할 거야. 그때 당당히 이곳에서 나가는 게야. 내 말이 무슨 뜻인지 잘 알겠지?"

"만신님! 그게 무슨⋯."

"쉿! 조용히 하고."

바깥에서 인기척이 났고 곧 누군가가 들어올 것 같아 서둘러 말을 이었다.

"다른 세상에서 이제라도 조용히 살아가고 싶네. 나 서방, 나 좀 도와 주게나."

그는 이렇다 할 대꾸 없이 놀란 눈으로 나를 쳐다보고만 있다가, 손님의 방문을 알리는 신도의 얘기가 있자 벌떡 자리에서 몸을 일으켰다. 그는 횡하니 문밖으로 나가 버렸고 잠시 후, 얼굴에 수심이 가득한 중년 여자가 들어왔다.

"어찌 왔소?"

말없이 앉아만 있기에 내가 답답해져 그렇게 물었다. 그러니까 그제야 한숨을 내쉬며 중얼거리듯이 말을 꺼내었다.

"사람들을 믿을 수가 없어요."

"사람을 믿지 못하겠다면서 여긴 어찌 왔소? 나도 사람인데."

"무당님은 사람이래도 귀신의 뜻을 전달하는 사람이니까 다르잖아요."

"그래, 사람들과 무슨 일들이 그리 많았기에 이토록 풀이 죽어 있단 말이오?"

그녀는 다시 입을 다물었다.

"설마 나보고 그걸 알아맞히라고 찾아온 건 아니겠지요?"

내 말에, 살짝 정신이 드는 듯 그녀가 생각을 가다듬으며 말을 꺼냈다.

"내 재산을 노린 년에게 사기를 당했고, 가게 물건까지 직원 놈이 빼돌려 달아났고, 병신 같은 놈까지 단물 다 빼먹고는 나를 찼고, 짓고 있는 건물마저 업자의 농간에 넘어가 지금 법원에 계류 중이고…. 휴! 이 세상이 모조리 싫은 게, 별로 살고 싶지가 않아요. 인간들이 지긋지긋해!"

그녀 따라 저절로 한숨이 나왔다. 휴우! 그렇다고 그녀처럼 무한정 퍼져 있을 수가 없다.

"어디 보자!"

서서히 방울을 흔들고 부채를 부쳤다.

"어허, 사람을 너무 믿어서 탈이구나! 믿지 않고 항상 조심하면 사람들과도 충분히 지낼 수가 있겠는데 그게 그리도 안 될까?"

동작을 문득 멈추고 그녀를 뚫어지게 바라보았다.

"돈을 자꾸 불리려는 욕심 따위는 이제라도 버려. 그리고 있는 돈이나 잘 간수하도록 해. 앞으로는 아무 일도 하지 마. 은행에 돈 넣어놓고 이 자만으로 지내. 땅하고 건물을 되찾게 되더라도 후딱 팔고 정리해."

"그래요?"

그녀의 표정이 일순 밝아졌다.

"무작정 기다리면 되나요? 아무래도 굿하고 부적을 해야겠지요?"

"이 여편네야! 그따위 것이 무슨 소용이 있어!"

무당이 대체 무슨 헛소리를 하는가 싶어 그녀의 눈이 휘둥그레졌다.

"아무것에도 기대지 말라니까. 그러다 죽은 남편이 모은 재산, 다 까먹 겠네. 쯧쯧."

"다 까먹어요?"

그녀의 낯빛이 다시 어두워졌다.

"허어! 누구든지 돈 얘기를 꺼내면 죄다 무시하라는 말이야. 그저 은행 이자로 먹고살고 가끔 어려운 이웃이 보이면 조금씩 돕는 선에서 그 치라고. 인생 망치고 싶지 않으면! 알겠어요?"

귀가 얇아 남의 말이라면 솔깃해져 선뜻 믿어 버리는 그녀의 습성이 느껴져 그게 나를 답답하게 만들었다. 작정만 하면 이 여자의 재산을 후 려쳐 먹는 일은 그다지 어려울 것 같지 않았다.

"집에 자식은 있나?"

"아들이 하나 있어요."

"그럼, 아들한테만 투자하고 아들만 보고 살어. 아들이 부적이야. 내 말을 새겨들어."

나건수의 불만은 오래가지 않았다. 체념한 듯, 나를 설득하지도 않았고 불평을 늘어놓지도 않았다. 마고영의 계획에 번번이 제동을 걸면서 그의 반란 획책에 부채질을 하였다.

결국 마고영은 임시총회를 열었고 나를 포함하여 나건수와 양 씨, 김 씨 등, 나를 따르는 몇몇 사람을 제명하기에 이르렀다. 나는 총회의 의결을 순순히 받아들였고, 오랫동안 지켜온 만신의 자리에서 완전히 물러났다. 마음이 후련하였다.

그러나 후련한 마음은 그때뿐이었다. 나는 결코 천신과의 단절을 감행한 게 아니라 천신각의 무당이라는 이름에서 벗어나고 싶어 그리했을 뿐이었다. 그런데도 막상 집에 들어와 앉으니 모든 게 내게서 떨어져 나간 것만 같은, 불쑥불쑥 돋아나는 허망한 마음을 어쩌지 못해, 그게 두고두고 나를 괴롭혔다.

13

대망의 2000년대가 시작되었다며 세상이 떠들썩했다. 무당의 신분이 아닌 자연인으로서 맞이하는 새해가 밝았고, 내 나이 어느덧 마흔네 살이 되었다. 숫자만 달라졌을 뿐 별다를 것 없는 일상 속에서 뭔가를 잃어버린 사람처럼 하루하루를 보내다가 마침내 중대한 결심을 하기에 이르렀다. 바로 기독교에 귀의하기로 한 것이다.

물론 단숨에 그렇게 작정한 것은 아니었다. 천신께 기도를 올리고픈 마음이 하도 간절했던 어느 날, 딸아이가 있는 집에서는 기도를 금해 왔기에 가까운 교회의 새벽기도에 살짝 얼굴을 비쳤고, 그러다가 차츰 수요일 저녁예배에도 참석하면서 내 어릴 적의 기억을 더듬었다. 교회가 전혀 낯설지 않았고 마치 고향 집에 돌아온 듯한 기분마저 들 정도였다.

나는 교회 사람들의 눈에 띄어 학습을 받게 되었고, 세례를 받아 정식으로 기독교 신자가 되고 말았다. 처음에는 나건수의 눈에 띄게 되면 그때 사실을 알리자고 했다가, 나중에는 그가 받을 충격이 걱정되어 감추기에 급급한 형편이 되었다. 딸에게는 이때쯤에 사실을 알렸고, 의외로 호감을 보이는 딸과 함께 주일예배에도 출석하였다.

"네가 이럴 줄 알았으면 같이 세례를 받을걸…."

"엄마도…! 담에 받으면 되지, 그게 뭐가 급해서요."

그때는 아쉬운 마음에 그렇게 말했지만 김요셉이 담임목사로 있는 교회라는 사실을 상기해 볼 때 참 다행이었다는 생각이다.

비밀이 오래 갈 수 없었다. 어디서 전해 들었는지 내가 개종했다는 사실을 나건수와 몇몇 신도들이 알아 버렸다. 초인종이 요란하게 울렸다. 문을 여니 나건수가 흥분을 가라앉히지 못한 채 씩씩거리고 서 있다.

"들어와서 얘기하게나."

들어올 생각도 없이 그는 현관문을 붙들고 불만을 쏟아 내었다.

"만신님! 참말로 이러시면 어떡해유. 제게 한마디 상의도 없이 교회에 나가시다니요."

"종교는 다 똑같아. 모양만 다를 뿐이야."

"변명하지 마세유. 무당 짓이 창피해서 그러시는 거 다 알구먼유."

"변명같이 들리겠지만 같은 하늘의 같은 신을 믿는 것이야."

"지금 천신각 신도들이 뭐라는 줄 아세유? 변절자라고 난리가 여간 아니구먼요."

"그들이 왜? 제명했으면 그만이지."

"걔들 말이, 만신님이 개종했다고 소문나면 자기들 회원 수가 줄어들 거래유."

"도시가 워낙 커서 거기 가려 해도 한참 걸리는데 뭣이 소문난다는 게야?"

아까보다 그의 흥분이 수그러졌다.

"천신각 얼굴에 먹칠했다고, 특히 마고영 이놈이 가만있지 않을 거구 먼요. 이 일을 대체 어떡할 거예유."

"나 서방, 일단 들어와. 들어와서 차근차근 얘기 나누자고."

"갈래유. 일해야 해유."

그는 화풀이가 어느 정도 됐는지 불만이 가라앉은 기색을 보이면서도 투정을 부리듯 현관문을 거칠게 닫고 가 버렸다.

14

새벽예배를 드리려고 교회로 향하는 주택가를 걷는데, 저편 골목에서 낯선 두 사내가 가로등 불빛 아래 긴 그림자를 끌며 내게로 다가왔다. 나는 직감에 위협을 느껴 피하려 했으나 그들은 잽싸게 내 팔을 붙들고 어디론가 납치하려 하였다.

"누구냐! 왜들 이래!"

성경책이 땅바닥에 굴러 떨어졌고 나는 순순히 끌려가지 않겠다는 생각에 저항하였다.

"놔라! 이놈들아!"

그들은 마스크를 하고 모자를 눌러쓴 모습을 하고서 일절 아무 말 없이 나를 강제로 끌고 갔다. 이때, 전조등과 비상등을 켠 택시가 급하게 이쪽으로 달려와 끼익 하고 서더니, 거기서 나건수가 내렸다. 그의 손에는 쇠파이프가 들려 있었고, 챙! 하고 울릴 정도로 아스팔트 땅을 두드리며 다가왔다. "좋은 말 할 때 물러서지!" 그러나 놈들은 꿈쩍 않고 품에서 칼을 빼들었다. 만만치 않은 놈들이라는 생각에 내 몸이 절로 몸서리쳐졌다.

나건수에게 대항하려고 놈들이 한눈파는 사이, 나는 잽싸게 택시 안으로 몸을 피했다. 놀란 마음에 파출소까지 한달음에 달려갈까 했다가 놈들과 폭력으로 같이 맞서는 나건수라서 지켜보기로 하였다. 여차하면 경적을 울려 온 동네를 떠들썩하게 만들 생각이었다.

놈들이 나건수를 양쪽에서 위협하다가 덤벼들었다. "얏!" 쇠파이프가 칼을 쥔 한 놈의 손목을 강타했고, 다른 놈의 옆구리를 발차기로 후려쳤다. 칼이 떨어져 나가고 한 놈이 윽! 하며 그 자리에 엎어졌다. 손목을 움켜쥔 놈이 아! 신음 소리를 내며 뒤로 물러섰다가 비틀거리며 일어나는 다른 놈과 함께 아까 그 골목으로 허겁지겁 달아나 버린다. 나건수는 지켜볼 뿐 더 이상의 폭력을 휘두르지 않았다.

좋다! 그의 멋진 진면목을 발견했다는 기분에 마음이 들떴다. 분명, 폭력인데도 폭력이 이처럼 아름답고 황홀한 기분까지 안겨주는 경우를 처음 맛보았다.

"만신님, 괜찮으세유?"

차 문이 덜컥 열리고 그가 물어 왔다. 나는 고개를 끄덕였다.

"천만다행이네요. 앞으론 얼씬도 못 하게 할게유."

그의 말대로 놈들은 다신 나타나지 않았고, 나의 신앙생활이 조용히 영글어 갔다. 안타깝게도 나의 개종을 이해하고 나와의 관계를 유지하면서도 그는 교회에 출석하지 않았다.

15

세월이 흘러갔다.

"엄마, 기자가 꼭 되고 말 테니까 기대하세요."

"씩씩해서 좋구나. 여자라고 기죽지 말고 맘껏 실력을 발휘해 봐라."

딸은 원하던 대학에 합격하여 의기양양하게 서울로 떠났다.

처음에는 기독교의 하나님과 내가 모셨던 천신을, 같은 하늘의 같은 신으로 여겼었는데 그것이 갈수록 다르게 느껴졌다. 김요셉의 설교를 들을수록, 그리고 교회에서 일어나는 갖가지 현상을 목격할수록 그 이질감은 더해져 갔다. 그러던 차에, 담임목사와 여신도 사이에 이상한 소문이 떠돌았고, 교회 내에 흐르는 기묘한 기류에 피곤을 느껴 교회에 다니고 싶지 않아졌다.

게다가 무당은 원망을 들어주고 한을 풀어주는 일로 족했다. 사람들과의 관계에 있어 정실에 얽매일 여지가 별로 없었다. 물론 무당이라고 해서 정치적 성향을 띤 인물이 어찌 없겠냐마는 사회적 위치의 한계 때문에라도 대개는 그럴 수 없는 것이다. 그런데 불교의 스님이나 가톨릭의 신부, 특히 많이도 세속화의 길을 걷는 기독교의 목사는 대중들과의 관계가 예사롭지가 않다. 그러니 사람들에게 치이고 상처받는 성직자들이 의외로 많아 그들은 사람을 불신하기에 이르렀다. 믿음을 내세우고 사랑을 설파하는 종교가, 의혹과 회피의 대상으로 인간을 바라보는 것이다. 내가 무당이었기에 놓쳐 버린 이 사실을 이곳 교역자들과 장로들의 태도를 지켜보면서 비로소 아! 그렇게 한탄을 쏟아 놓았다. 그래서 더더욱 머무를 수가 없었다.

그러니까 내 나이 마흔일곱 살 때, 살던 아파트를 처분하고 몰운포로 이사하였다. 같은 도시래도 가급적이면 장포와 남부동으로부터 멀리 떨어진 동네를 찾다 보니 한 번도 와 본 적이 없는 이곳 한적한 바닷가 마을까지 오게 되었다. 해 질 녘이면 모래톱이 깔린 바닷가로 노을이 짙게 물드는 고즈넉한 정취에 그만 흠뻑 취해 주저앉은 것이다.

규모가 크지 않았지만 이곳에도 교회가 여럿 있었고, 그중에 하나를 선택해 다녀볼까 하고 고심도 해 보았으나 제풀에 포기하고는 집에서 성경을 읽고 기도하는 것으로 만족하며 지냈다.

이러는 사이에 어느덧 딸은 대학을 졸업하여 방송기자로 취직이 되었다.

"네가 운이 좋은 건지 실력이 있는 건지 어쨌든 잘도 붙는구나. 아무쪼록 몸조심하고 열심히 살도록 해라."

"엄마, 염려 마세요. 한국 최고의 기자가 되어 보일 테니까. 핫핫."

전혀 예감하지 않은 것은 아니지만 이러다가 신문기자인 제 아버지와 마주치게 될까 봐 은근히 신경이 쓰였다. 같은 업종의 사람들이 서로 교류하다 보면 우연이라도 마주칠 수 있는 문제이니까.

내 딸 아리가 사회인으로서의 기반을 착실히 갖추어 나가는 모습을 보게 되자, 나도 또한 새로이 마음을 다잡아 교회를 다녀야겠다는 궁리를 하기에 이르렀다. 이때쯤에 아파트 상가 지하에 있는 한 개척교회가 유독 눈에 들어왔다. 오영석 전도사라는 청년이 매일같이 전도 길에 나서는 모습을 보곤 감동을 받은 참이어서 거기 다니기로 결정하였다. 매주 스무 명 남짓 되는 교인이 출석하는 작은 교회로, 한창 쇠퇴할 때의 천신각 신도 수와 엇비슷하였다. 그러니 당시 얼마나 보잘것없는 무리처럼 보였겠는가.

나는 천신각 시절과는 전혀 다른 모습을 보이며 전도에 열심을 내었다. 기존 신자들과 함께 성령의 충만을 기원하는 모임을 수시로 가졌고, 사방팔방 다니며 예수의 복음을 전파하였다. 놀랍게도 신자의 숫자가 하루가 다르게 부쩍 늘어갔다.

"집사님의 헌신적인 노력으로 교회가 부흥되고 있습니다."

"별말씀을 다 하세요. 목사님의 순수한 정신이 하늘에 닿은 까닭일 테지요."

오영석 목사가 나를 격려하였고, 나는 그의 정신을 우러러 보았다. 이때에 뜻깊은 일이 하나 있었으니, 바로 나건수가 천신각에서 이탈한 몇몇 회원들을 데리고 이곳에 합류한 것이었다.

"만신님, 골수들이 다시 뭉치기로 했구먼요."

"잘 왔어요. 이제야 내가 겨우 한숨 돌리겠네."

16

　어느 날, 잎사귀가 말라 떨어지고 아침저녁으로 서늘하여 지난날의 아스라한 기억에 마음이 쓸쓸해지는 그런 늦은 가을날이었다. 이십여 년이 지나도록 마음속으로만 품었지 여태껏 만나지를 못한 일봉 스님이 불현듯 그리워진 것이다. 생명의 은인이자 스승이나 매한가지인 분을 지금껏 안부 하나 묻지 않고 무심하게 지냈다니!

　나는 마음이 움직이는 걸 억누르지 않고 바로 나건수에게 전화하였다.

　"내일 일찍 들러 주게나. 멀리 가 볼 곳이 있네."

　새벽같이 집에 온 그의 택시를 타고, 기억을 더듬고 물어물어 천불사를 찾았다. 여기 오기까지 한참 걸렸다는 기억으로 있었는데 웬걸, 해가 아직 중천에 떠 있다. 도로가 널찍하게 뚫려 있어서 그러할까.

　천불사는 고풍스러운 옛 모습을 지니다 못해 빛바래어 초라해 보이기까지 하였다.

　일봉은 부쩍 마르고 쇠한 기력으로 우리를 맞았다.

　"스님, 많이 야위셨어요."

　"술 끊고 소식해서 그렇다. 너나 나나 몸뚱이가 삭아 가는구나."

　차를 대접받은 뒤에 일봉이 나를 따로 불렀다.

　"언제나 오려나, 애만 태우고 있었네. 여기도 전화가 있다."

　"죄송해요, 스님. 일찍 찾아뵙지 못했어요."

　"괜찮다. 밖에는 신랑이더냐?"

　"스님도, 참! 무당이 무슨 결혼을 한다고요."

"그렇더냐? 아이도 없고?"

"딸 하나가 있는데 다 커서 직장 생활을 하고 있어요."

"애는 왜 낳누, 아버지도 없이. 쯧쯧!"

"보살할미가 다른 분이던데, 큰언니는 어디 갔어요?"

"죽었다."

"네? 예… 상심이 컸겠어요."

"일없다. 죽고 떠나고 다들 그러니까. 그래, 요즘 어떻게 지내누?"

"무당 일을 접고 자연인으로 살아가고 있어요. 그래서 이 소중한 유품을 다시 돌려주려고요."

보자기에 싸들고 온 모시 한복과 식칼, 방울, 부채 등등, 이전에 할머니가 쓰셨던 도구를 펼쳐 보였다.

"여기 삼신각에 뒀다가 새 임자에게 물려주는 게 좋을 것 같아서요."

"너는 쓸 일이 없어졌더냐?"

"저는 이제 은퇴했고…. 실은 기독교 신자 된 지 한참 됐어요. 그러니 이것을 다룰 자격이 없는 몸이에요."

"이 천불사를 옛날에 그랬듯이 물려줘야 할 터인데 네 생각은 어떠냐?"

"스님도, 참! 갑자기 제 생각을 물으면 어떡해요."

"밖의 그놈이 너랑은 부부보다도 더한 인연 같던데, 그놈을 제자 삼아서 물려주는 건 어떨꼬?"

"스님 얼굴도 뵈었고, 이만 가 볼게요. 생각보다 가깝네. 앞으로 자주 들를게요."

"벌써 가려고? 올 때 또 오더라도 하룻밤이나 자고 갈 것이지."

자꾸 이상한 소리만 되뇌는 스님 같아 일찍 떠나려고 했다가, 그의 눈빛을 보고서는 도로 주저앉았다. 나는 그의 야윈 두 손을 꼭 잡아 주었다.

"그럴게요, 스님. 절밥도 얻어먹고 주위도 둘러보다가 한숨 푹 자고 내일 떠날게요. 생각해 보니 그게 낫겠네."

같이할 큰언니도 없고 사람이 그리워서 저러나 싶어 마음이 짠하였다. 그러고 보니 일봉이 앉은 뒤편의 매화나무 벽화가 흔적도 없이 지워져 버렸다.

이때가 2006년, 내 나이 쉰 살 때의 이야기이다. 기독교에 귀의한 몸으로서 접신의 절차를 밟았던 처음의 터전으로 되돌아와 무당의 상징성마저 훌훌 벗어 버린 이 마당에 더 이상의 회고는 헛되겠다는 생각에 기록을 끝내기로 하였다.

내게 남은 생애만큼이나, 기록된 세 번째 공책도 여백의 뒷장들을 남겼지만 이걸로 족하겠다. 더 이상은 고뇌의 기록을, 특히 접신한 무당의 넋두리를 입 밖에 내지 않는 것만으로도 내게는 신의 크나큰 축복이겠다. 은혜의 삶을 살아가는 것이겠다.

이렇듯 작심하고 할머니의 혼과 땀이 밴 삼신각에 들르니, 마음이 찹찹해지면서 지난날들이 주마등같이 스쳐 갔다.

딸은 일이 다 끝났다며 내일 서울로 돌아간다고 하였다. 그랬는데 이튿날 아침때에 아직 진도라면서 뜻밖의 소식을 전했다.

"엄마, 여객선이 조난당했어요. 취재차 급히 현장에 왔는데 승객들이 무사히 전원 구조됐다고 하네요. 어린 학생들이 많다고 해서 걱정했는데 다행이에요."

"어쩌다가 또 그런 일이? 그나마 다행이구나. 너도 몸조심해라."

"알겠어요. 엄마, 취재 끝내고 서울 가서 전화할게요."

얼마 전에도 여객선이 바다 한가운데서 멈춰 선 적이 있었는데 비슷한 사고가 또다시 일어나다니…. 안전에 대한 대비는커녕 사후 대책마저 부실하여 같은 재난이 반복해서 일어날 정도로 안전 불감증이 이 사회에 널리 퍼져 있다는 얘기가 아닌가. 모두들 구조됐다고 하니 다행이긴 하다만 요즘 들어 왜 이리도 사건과 사고가 많이 터지고 무고한 사람들이 덧없이 희생되는 것인지 알다가도 모를 일이다.

딸의 소식을 듣고 나니 마음이 뒤숭숭해져 텔레비전을 켰다. 속보로 전하는 뉴스를 지켜보자니, 처음에는 별것 아닌 단순 사고처럼 비쳐지던 것이 조금씩 사태가 악화되는 양상으로 번져 갔다. 오보가 속출하고 사망자가 생겨났다. 구조된 인원이 탑승객의 일부에 불과하다는 보도가 나오는 등 혼선이 일어나고, 중앙재난안전대책본부의 발표가 갈수록 오락가락하였다.

두루뭉술한 뉴스 매체들의 보도에 불안감이 커져, 딸에게 전화를 해 보지만 받지를 않는다. 불길한 기운이 엄습하여 앉은 자리에서 눈을 질끈 감고 기도하였으나 울렁거리는 심정이 좀처럼 풀리지가 않는다.

오후 두 시쯤 되어 딸한테서 전화가 왔다. 긴장한 탓인지 목소리가 거칠다.

"엄마! 배가 금세 거의 침몰했어요. 여객선 선사의 발표에 따르면 탑승객은 477명이고, 앞서 대책본부 발표에서 179명을 구조했고 사망자 수가 2명이라 했으니 아직까지 실종자 수가 296명일 텐데도 좀 전에 느닷없이 구조자가 368명이라 발표하네요. 내가 현장에서 조사한 바로는, 구조자가 200명이 채 안 되는 가운데 현재 추가로 구조된 사람은 없는 상태이거든요. 사태가 급박한데도 명색이 국가기관이라는 것들은 멍청이처럼 허둥대기만 하고 구조조차 엉망진창이에요. 도대체가 이럴 때에 어떤 조치를 취해야 하는지도 모른 채 조난 현장에 뛰어든 자들 같아요. 준비된 지침서 하나 없이 말이죠. 이러한 사실들을 본사에 급히 보고했더니 대뜸 즉각 철수하래요. 젠장, 다른 보도 팀을 급파했다나요."

"아리야. 어서 거길 떠나. 다른 사람들에게 맡기고."

"배는 침몰했고, 구조자는 없고, 다들 산 채로 수장당한 거야. 아아, 끔찍해! 그런데 엄마, 지금 내 속이 무지 이상하다? 울분이 급격히 쌓여서 그런 걸까? 다 토해 내고 싶은데도 어찌할 줄을 모르겠네!"

딸이 그런 말을 내뱉자 나까지 울컥하고, 물고문을 당한 그때의 몹쓸 기억이 솟구쳤다.

"아리야. 엄마가 내일 중으로 서울에 갈게. 퇴근하거든 집으로 곧장 오너라."

"엄마가, 갑자기 왜요?"

"아무래도 네 몸 상태를 직접 봐야겠다. 일단, 거기서 떠나거라."

"알겠어요, 엄마."

딸이 전화를 끊었다. 나는 정신없이 서랍을 뒤지고 이곳저곳을 살폈다. 아아, 방울! 무심결에 방울을 찾겠다고 구석구석을 뒤진 것이다. 후훗!

짧게 한숨을 내쉬며 그 자리에 털썩 주저앉았다. 점치고 싶은 갈망으로 온몸의 세포가 꿈틀거린다. 가라앉은 이들의 생사가 아직껏 어떠한지, 어린 학생들의 간절한 외침이 지금껏 들려오는지, 신께 간구하면 심연에 빠진 그들이, 호흡할 대기와 빛의 세상으로 건져 오를 것인지, 이 모든 것을 당장에라도 알아내고픈 심정에 목이 말랐다.

일부러 텔레비전을 켜지 않았다. 그럼에도 종일토록 우울과 분노가 교차하는 묘한 기운에 시달렸다. 설마하니 딸에게까지 이런 몹쓸 기운이 엄습하는 것은 아니겠지? 하지만 그런 생각이 한차례 뇌리에 스친 순간부터 매우 초조해졌다. 시들어 가는 나에 비해 생기로 넘치는 딸이 아닌가? 더욱이 신병 증세를 보이기까지 하였으니 잡것들의 기운이 유별날지도 모른다.

18

"여긴 방송국 편집실이에요."

딸한테서 화상전화가 왔다. 피곤한지 의자에 널브러진 모습으로 투덜거렸다.

"내가 취재한 세월호 보도물이 하나도 뉴스로 채택되지 못했어요. 보도는커녕 불필요하니 삭제하라고까지 하네요. 아까 나온 뉴스를 보니까, 구조 작업에 일사불란하게 대처하는 기관들의 웅장한 모습을 보여주기에만 급급했더라고요. 실종자 수조차 아직껏 오락가락하고 있고요. 이다지 다급한 상황에서도 윗자리에 앉았다 하는 것들은 현실 파악은커녕 무조건적으로 정부를 두둔하려 하고 불어닥친 문제점을 애써 감추려는 짓거리를 자행하고 있다니요. 내가 여기 몸담고 있다는 사실 자체가 정말 기분 더러워!"

"아리야. 당장에 불의를 꺾으려 하지 마라. 때가 이를 때까지 기다릴 줄을 알아야 한다. 어느 시절이고 독버섯은 자랐어."

"알겠어요. 그런데 아까 피곤해서 깜빡 졸았는데 어린 학생들의 원혼이 내게 찾아와서 아니, 덮쳤다는 표현이 맞다 할까? 엉엉 울면서 살려 달라고 막 애원하는 거예요. 어찌나 무섭고 한편으로 슬펐던지…."

"취재하느라 신경이 온통 거기 쏠려서 그랬구나. 괜찮다. 별일 아니야."

말은 그렇게 했지만, 듣는 내 심장이 다 벌떡거렸다.

"알겠어요. 엄마, 내일 봐요. 마침 최 기자가 찾아왔네. 끊어요."

통화가 끝나자 바로 나건수에게 전화를 걸어 내일 점심때쯤 서울 갈 채비를 하라고 일렀다. 그러고는 이대로 머뭇거려서는 안 되겠다 싶어 작은방으로 들어갔다. 딸이 서울로 떠난 뒤로 이곳을 기도실로 쓰고 있다. 아무 형상도 두지 말라고 하셨지만 일부러 나무 십자가 하나는 벽면에 세워 두었다. 무당 때의 천신과 내 하나님하고 의식적으로 어떠한 구별을 하고 싶었다. 어떤 차이가 있는지 아직도 모르겠지만, 그랬다.

한참을 피땀 흘리며 기도드리고 있는데 전화가 걸려왔다. 이번에는 화상통화가 아니다.

"자는데 전화한 거 아녀요?"

"아니다. 왜, 무슨 일이라도 생겼니?"

"최 선배하고 늦은 저녁을 같이 먹으면서 얘기를 나눴는데 왠지 갈수록 속상해져 전화했어요."

엄마에게 달려가서 친구와 놀다가 생긴 일들을 낱낱이 일러바치는 아이처럼, 딸은 자기 마음속에 갇혀 버린 생각들을 나에게 쏟아 놓고 싶은

가 보다.

"그래, 이 엄마한테 말해 봐라."

"얘기 중에 최 기자가 이러는 거예요. '사고야 이미 일어난 것이고, 수습이 절실한 이 마당에 굳이 국가의 초동 대응 부실을 지적하고 민심을 동요시켜 어쩌자는 거야?' 그래서 내가 그랬죠. '얼렁뚱땅 넘어가서는 어느 시기가 되면 또 그러겠지. 국가 안보를 위협하고 혼란을 야기해 언제고 체제를 전복시키려고 획책하는 종북 세력들이, 이번 사고에도 교묘하게 개입하여 민족의 분란과 국가적 경제 동력의 상실 쪽으로 몰아가고 있다고 떠들겠지. 이렇듯 여론을 호도하여 이념의 대결장으로 유도하고서는, 이에 양분된 좌우익의 지지자들로 인해 결국 본질마저 흐려 놓게 만들겠지. 종교 집단들도 진리보다는 정치색에 함몰되어 충실히 거기 따를 것이고. 그때 비로소 집권 세력은 이 재난에 그다지 잘못이 없다는 식으로 이상한 결론을 내리겠지.' 그렇게 말했더니 최 기자가 이러는 거예요. '국가적 재난에 직면한 정부 입장에서, 이것을 극복할 수 있다는 긍정적 신념을 국민에게 불어넣는 것이 더욱 중요한 게 아닐까? 부질없이 의혹을 키우고 불신을 불러일으켜서 좋을 게 뭐 있겠어. 이미 일어난 일, 앞으로의 극복이 중요하니까.' 그래서 내가 그랬어요. '재난이 일어나면 무엇이 잘못되었고 어떻게 대처했어야 했나를 조목조목 따져야지. 그래서 문제점을 바로잡고 시스템을 고쳐 또다시 일어날지 모를 재난에 대응하는 자세를 가져야지. 문제점을 짚어 가는 과정에 의혹이 일면 그것에 적극적으로 대응하여 해답을 제시해야 옳은 것이지 어찌 감추려고만 하고 쉬쉬하면서 모르쇠로 일관하겠다는 것인지. 극복도 그래. 열 명 중둘만 살아남아도 극복했다고 그래. 살아남은 자들에 의해 명명되는 것이니까. 아니지? 살아남은 자들도 평생을 악몽에 시달릴 테니 극복한 게 아닐 테지. 멀찍이서 구경만 하던 것들이 극복했다고 떠들겠지. 그럼, 죽은 자들과 그 유가족들은 뭐야? 덧없이 허망하게 정부의 허술한 대처로 죽어 나갔어도 나중엔 극복했노라고 떠들겠다는 거야? 물론 그러하겠지만, 여태껏 그리해 왔으니까.' 그런데 엄마…."

딸은 나를 불러놓고는 갑자기 말이 없다. 불안하여 얼른 대꾸해 주었다.

"아리야, 잘했다. 속 시원하게 말 잘했어. 언론의 사명이란 게 엄연히 있는 법인데 말이야."

"그런데 엄마, 그것보다 내 몸이 이상해요."

"아니, 왜? 어디가 어때서?"

놀라 화급히 물었다.

"몸에 열이 나면서 엄마가 일전에 언급한 그 신병이라는 놈이 다시 온 모양이야. 내가 그동안 신병에 대해 연구를 좀 해 봤는데, 현대 의학 치료로는 아직 불가능하고 오직 굿을 해야만 한다던데…. 내가 있지요…."

딸은 여기서 잠시 말을 멈췄다. 딸이 무슨 말을 해올 것인지 짐작이 갔지만 아무 대꾸조차 지금은 할 수가 없어 묵묵히 다음 말이 나오기를 기다렸다.

"아무래도 씻김굿을 하든, 내림굿인가 뭔가를 하든 간에 해야 할 것 같아요. 그래야 내가 살 것 같아."

"아리야, 굿은 사람들이 배우지를 못해서 의술이 변변찮았을 때나 해 댔던 미신이야. 지금은 세상이 달라졌고…."

"엄마, 만약 내가 다시 쓰러지거나 해서 의식이 없거나 하면 바로 굿을 치러 줘요. 엄마한테 이런 말을 해서 정말 미안하지만…."

"아리야, 지금 곁에 누가 있니? 최 기자?"

"여긴 아직 방송국이야. 최 기자는 자기 일을 하러 갔고. 좀 전에 오 목사랑 통화했었어요."

"그래? 오 목사님은 네 몸 상태를 아니? 말해 줬어?"

"아뇨, 모르고 있어요. 알아봤자 방해밖에 더하겠어요? 엄마, 사실 거기도 조직의 교단이라 생각이 나오는 차이를 보여요. 세월호의 참사에 대해서도 나중엔 교단의 지시를 따를 테고 같은 언행을 보일 테죠. 그것조차도 살아남는 방법이라고 해야 하나? 아, 그리 따지면 나는 마치 이 세상에서 살아갈 수 없는 인간 같기만 해. 어쩐지 다 싫어!"

딸이 점점 신경질적인 상태로 빠져드는 것 같아 내 심장이 타들어갔다.

"아리야, 엄마가 이따 새벽같이 올라갈게. 엄마가 도착할 때까지 집에서 쉬고 있어라. 알겠니?"

"언제 온다고요? 내일 아침, 출근 전에?"

"지금 회사가 문제니? 최대한 빨리 갈 테니까 출근하지 말고 있어. 알겠지?"

"그래요. 엄마 덕에 한 번 쉬어 보자고요. 핫핫."

엄마가 올라간다는 소리에 힘을 얻었는지 막판에 딸의 목소리가 쾌활해졌다. 전화를 끊고 나자 조바심이 났다. 그렇다고 이 늦은 시각에 잠들어 있을 나건수를 깨워 서울로 향하게 할 수는 없다. 아무리 급해도 내일 새벽께나 출발할 수밖에 없다.

아아, 굿! 딸이 자기 몸에 이상을 느끼고는 저리 당돌하게 굿을 떠올리다니! 정녕 인생 유전이란 말인가?

거실 소파에 쭈그린 채 고민하다가 어느 결에 깜빡 졸았던 모양이다.

악몽에 시달리는 듯싶다가 전화 진동음에 눈을 떴다. 윙윙! 잠결에 손길을 더듬어 전화기를 들었다. 액정화면을 보니 딸이다.

"그래, 아리야!"

"아리 어머니시죠? 저는 최수호 기자입니다."

불길한 조짐이 뇌리를 스쳤다.

"아 네, 안녕하세요. 근데 무슨 일이기에 아리 폰으로? 옆에 아리가 있나요?"

"여기는 방송국에서 가까운 데 위치한 병원입니다. 아리가 막 응급실로 들어갔습니다."

하마터면 전화기를 놓칠 뻔하였다. 놀란 마음을 추스르려고 애를 썼다.

"어떻게 된 거죠? 많이 아픈가요?"

어지러운 몸을 일으켜 세웠고 벽시계를 바라보았다. 밤 열두 시가 다 되어간다.

"이런 말씀을 드려서 죄송합니다만, 아리가 게거품을 물고는 졸도했는데 아직까지 깨어나지 못한 채 혼수상태입니다. 어머니께서 속히 올라오셔야겠습니다."

"지금 당장 올라가지요. 거기가 어딥니까?"

구체적으로 위치를 물은 뒤에 전화를 끊고, 바로 전화를 걸어 나건수를 불러들였다. 그가 올 동안 서울로 떠날 채비를 서두르는 중에, 문득 일봉의 모습이 떠올랐다. 아, 그렇다!

"이 야밤에 무슨 일이더냐?"

"스님, 제게 딸이 하나 있는데 지금 많이 아픕니다."

"아프면 병원에 갈 것이지, 내게 전화는 왜 했누?"

"내 딸이 옛날에 나처럼 신병을 앓고 있습니다. 내게 했듯이 내 아이의 나쁜 기운을 몰아내 주세요."

"다 헛소리여. 무슨 놈의 굿! 아프면 병원에서 나을 생각을 해야지, 그 무슨!"

"이제 와서 갑자기 그러시면 어떡해요? 그럼, 나에게는 그때 왜 굿을 해 주셨어요?"

"그때는 나도 정신이 나가서 그랬다. 그리고 이제 나는 돌팔이도 아니고 박수도 아니고, 그저 산속에 묻혀 사는 땡중일 뿐이야. 불경과 참선만이 내 의지처다. 일없으니 그만 끊자."

전화 끊기는 소리가 차갑게 들려왔다. 모든 기댈 것들이 한꺼번에 무너지는 듯한 아득한 기분에 멍하니 서 있는데, 초인종이 다급하게 연거푸 울렸다. 나건수가 왔다.

19

밤길을 달려 병원에 도착하였다. 피곤할 텐데도 최수호는 병상을 지키고 있다가 우리를 맞았다.

"한 고비는 넘긴 것 같습니다. 아까 의식이 돌아왔고, 의사 말이 지금은 잠든 상태라고 하니까 너무 걱정하지 않으셔도 될 것 같습니다."

"정말 고마워요. 마침 곁에서 돌봐준 사람이 있었기에 망정이지 큰일 날 뻔했네요. 우리가 왔으니 얼른 가서 눈 좀 붙이세요."

"그렇게 하겠습니다. 나중에 시간 내서 들리겠습니다. 참, 이건 아리

소지품입니다."

최수호는 딸이 늘 지니고 다니던 가방을 건네주고는 총총걸음으로 복도를 빠져나갔다.

"나 서방도 어디 가서 눈 좀 붙이지?"

"찜질방 가서 좀 쉴게유. 무슨 일 생기면 바로 전화주세유."

딸은 잠든 아이치고는 좀처럼 깨어나지 않다가, 점심때에야 간신히 실눈을 떴다.

"아리야, 괜찮니? 엄마다."

딸은 고개만 잠시 끄덕였을 뿐, 말을 하지 않다가 기력을 잃어 버렸는지 스르르 눈을 감는다. 나는 걱정이 되어 의사를 불렀다. 의사는 몸 상태를 짚어 보더니 응급치료는 적절하였고, 이제 휴식을 충분히 취하면 점차 병세가 호전될 거라 하였다. 병명을 물으니 검사가 끝나는 모레쯤에 정확한 결과가 나올 거라 하였다.

병실을 나서는 의사의 등짝을 바라보며 의구심을 떨치지 못해 머리를 절레절레 흔들었다. 진단 결과는 보나마나 스트레스로 인한 신경쇠약 또는 과로에 의한 뇌졸중, 아니면 간질 증세 따위를 들먹이겠지. 내가 어릴 때도 그랬고 딸에게도 앞서 그랬으니까.

딸은 호흡이 거칠어졌다가, 식은땀을 흘리다가, 악몽을 꾸는지 중얼거렸다.

"얘들아, 내 손을 꼭 잡아. 잡으래도!"

필시 심연으로 가라앉은 어린 학생들을 부르는 소리일 테다. 그 고통과 한탄이 오롯이 내게도 전해져 살며시 딸의 손을 잡아 주었다. 딸이 또다시 중얼거린다.

"죽어도 살려야 해. 죽어도…."

취재를 했다고는 하지만, 딸은 왜 수많은 죽음들을 앞에 놓고 유독 세월호의 침몰로 인해 희생된 아이들에게 연민의 감정을 이리도 쏟아 버리는 것일까? 그것이 하도 안타까워 마음속으로 간절히 신께 기도를 올렸다.

"신이시여! 아이들을 불쌍히 여겨 주시옵소서!"

저녁 무렵이 되어 딸이 다시 눈을 떴고 가만히 입을 열었다.

"엄마, 언제 왔어요?"

"아리야, 이제 정신이 드니?"

"여긴, 어디예요?"

아직 기력이 없는지 간신히 말을 잇는다.

"병원이다. 최 기자가 널 데려왔다."

"미안해요, 엄마."

"미안하기는. 이만하기 다행이다."

"아이들은, 어떻게 됐대요?"

"글쎄, 그게…."

말을 얼버무려야 했다. 딸이 또다시 충격을 받게 할 수는 없었다.

"여기 오느라 뉴스를 못 들었네. 다들 괜찮다고 하는 것 같던데…."

"아이들이야 미안하긴 해도 어쩌겠어요. 이담에는 좋은 세상에 태어나기를 빌 수밖에 없겠지만…. 이래 놓고도 뻔뻔하게 낯짝을 들이대는 어른들이 정말 싫어!"

재빨리 말을 쏟아 놓고 딸은 다시 침묵 속으로 빠져들었다. 눈을 멀뚱거리며 주위를 살피기에 계속해서 말을 시킬까 하다가, 마음의 안정이 우선이겠다 싶어 나도 또한 말을 삼갔다. 딸은 이내 눈을 감고 잠에 빠져드는 듯하였다.

나건수가 먹을 것을 사들고 왔다. 그러고 보니 여태 한 끼도 먹지 않았다.

"그래, 좀 쉬었는가?"

"예, 푹 잤구먼요. 참! 아까 오 목사님한테서 전화가 왔었어유. 권사님을 찾던데 폰이 꺼져 있더군요."

아, 배터리가 방전된 상태다. 딸이 입원했다는 소식에 오영석을 떠올리지 않은 건 아니었지만 이번 일은 그냥 모른 체 넘어가고 싶었다. 딱히 무어라 말할 게 없어서 더욱 그랬다.

"폰 좀 빌리세."

나건수의 휴대폰을 들고 병실 밖으로 나갔다. 오영석에게 전화를 했더니 집회가 있는지 주위가 떠들썩하다. 보통 이럴 때는 전화를 받지 않는데 아무래도 전화를 초조하게 기다렸던 모양이다.

"나 집사님한테서 대략 얘기를 들었습니다. 제게 진작 연락을 주시지 그러셨어요. 아리도 전화가 안 되고…."

"괜한 걱정을 하겠다 싶어 그랬어요. 아리는 괜찮아요."

"그렇습니까? 아리하고 잠시 통화할 수 있을까요?"

"지금 잠들었어요. 나중에 깨어나면 연락드리라 할게요."

"예, 알겠습니다."

그가 서둘러 전화를 끊는다. 어쩌면 동참한 신자들과 함께 세월호 탑승객들의 생환을 바라는 특별 기도를 드리는 중인지도 모른다. 그러고 보니 심란하다는 핑계로 어젯밤에 수요예배를 빠트렸었다. 어디가 잘못된 것일까? 이 중요한 시기에 예배를 경솔히 대했으니 말이다.

20

기력을 회복하는 듯이 보이던 딸이 밤이 되면서 급격히 상태가 나빠졌다. 이번에는 숨을 쉬기가 어려운 듯 숨이 고르지 못하고 매우 가빴다. "아리야, 아리야!" 내가 딸의 이름을 부르면 딸은 고개를 약간 끄덕여 주는 게 다였다. 의료진이 달려왔고 중환자실로 옮겨 인공호흡기를 코에다 부착하였다.

"왜 이렇죠? 강제로 호흡시키면 몸에 해롭지는 않나요?"

최선의 치료를 다하고 있으니 의사를 믿고 차분하게 기다려 달라는 병원 측의 요구를 따를 수밖에 없었다. 뾰족한 수가 없어 속수무책의 심정으로 앉았는데 곁에서 묵묵히 지켜만 보던 나건수가 뜻밖의 얘기를 꺼냈다.

"만신님, 이러지 마시고 따님한테 직접 굿을 해 주세유."

"나 서방, 그게 무슨 소린가?"

"저도 알 만큼은 안다고요. 저 병은 굿을 해야 낫지 안 그러면 힘들 거구먼요."

번갯불처럼 번뜩이는 소리에 자리를 박차고 일어나 곰곰이 생각해 보았다. 비록 오늘은 아무 소리도 듣지 못했지만 어젯밤에 내 딸 아리가 원했다. 나도 심정적으로 그래야 할 것 같다. 그런데 저 나건수마저도⋯.

"자네도 그렇게 생각하는가? 그렇다면 나 좀 도와주게나."

일단은 의사를 찾았다. 이 상황에서 절차 없이 퇴원은 불가하며 빨라도 내일, 상태를 검사한 이후에나 가능하다는 얘기다.

"집으로 데려가겠다는데 불가능하다고요?"

"당장에 호흡기를 떼면 어떤 일이 벌어질지 모르는 판국에, 환자의 생명을 함부로 다룰 수는 없습니다. 아무리 보호자라 하더라도 말이죠."

"호흡기 부착 말고는 별다른 치료가 없어도 그렇다고요?"

더 이상 병원 측과 실랑이를 벌여 봐야 무의미하다. 방법은, 지켜보든가 몰래 달아나는 것이다. 병원 측은 우리의 탈출을 전혀 예상치 못했기에 아무런 감시도 없었고 제재도 받지 않았다. 딸의 인공호흡기와 링거 주사를 빼고 일상복으로 갈아입힌 뒤, 나건수가 둘러업고서 유유히 병원을 빠져나갔다. 우리는 택시를 몰아 곧장 천불사로 향했다.

일봉의 허락이 없어도 삼신각에다 딸을 눕혀 놓고 내가 직접 내림굿을 치를 작정이다. 앞서 내가 내려놓은 그 무속 도구를 써서 오늘 밤, 이 달 밝은 밤에 딸에게 천신의 지피심이 있기를 바라는 굿을 애틋하게 올릴 것이다. 내게 닥친 평생의 이 원한을 하늘의 신께서 모를 리 없을 테다. 이번만큼은 나를 가엾게 여겨 내 원망을 들어주실 게다. 내 딸 아리의 숨결을 고르게 하시고 눈을 뜨게 하시고 일어나 이 어미를 뜨겁게 끌어안을 수 있도록 해주실 게다. 분명히….

다행히도 인공호흡기를 뗐을 때 벌어질지 모를 긴박한 상황이 딸에게 나타나지 않았다. 감사와 불안과 초조감이 감도는 가운데, 우리는 어둠 속을 달려 천불사에 도착하였다. 인기척에도 일봉은 모습을 드러내지 않았다. 그러나 손님을 맞이하는 듯 방마다 불이 켜져 있다. 아마 암묵적으로 굿을 허락하는 성싶었다.

21

삼신각 대리석 바닥에 멍석을 깔고 담요로 감싼 딸을 눕혔다. 그리고 삼신각 제단에 올라 향촉을 밝혔다. 무당 일을 하면서도 소중한 유품이라고 여태껏 모셔 두기만 했던 천불사 할머니의 모시 한복을 처음으로 주섬주섬 챙겨 입었다. 내게 컸지만 나름 상징성을 갖는 옷이라 이렇게 굿을 치르고 싶었다. 움직일 때마다 내 모습이 마치 나풀거리는 하얀 나비 같을까나! 어리석게도 이 옷에 어떤 영험한 기운이 도사릴지 모른다는 기대치까지 잔뜩 품었다.

제단 앞에 우두커니 선 채로 한참을 묵상 기도하다가, 돌아 내려와 딸 곁에 주저앉아 천기의 오묘한 흐름을 느끼고자 밤하늘을 우러렀다. 북두성이 어디더라? 저 은빛 물결! 눈물겹도록 아름다운 영혼들이 모여 이룬 마을 같기만 하다. 딸이 저리 돌아가겠다는데 무어 그리 슬플까. 슬퍼해서 무어 할까. 우주의 이치 앞에 이깟 굿이 뭐라고! 굿조차 허망한 몸짓처럼 비쳐져 점점 넋을 놓고 있는데, 불쑥 내 뒤로 나타난 일봉이 허리를 굽혀 딸의 얼굴을 들여다본다.

"살아남아 무엇 할꼬?"

그 딱 한마디를 던지고는 휙 돌아서 가 버린다. 그랬거나 말거나 묘하게도 나의 넋이 좀처럼 깨어나려 하지 않는다. 딸의 호흡이 거칠어지면서 신음이 점점 커져 갔다. 나는 딸의 머리를 쓰다듬으며 상체를 품에 꼭 껴안았다.

"어쩔거나. 너를 내 품에 두고도 넋 놓고 먼 하늘의 별만 자꾸 세고 있누나. 늦은 밤새가 성가신 듯 푸덕거려 그만 내 뺨에 이슬이 듣는구나. 아! 저 하늘의 북두성이 휘돌아 바람이 일고 내 거친 삶의 고뇌에 초라한 넋마저 수레바퀴에 걸려 옴짝달싹 못하누나. 이 일을 어찌할거나."

내 탄식이 허공에 떠돌 때에, 따악! 똑, 똑, 똑… 목탁 두드리는 소리가 밤공기를 깨뜨리며 들려왔다. 법당에서 반야바라밀다심경을 외는 일봉 스님의 염불 소리가 밤하늘에 은은하게 퍼졌다.

"…여기에서 사리불아, 물질적 집착은 빈 것이요, 빈 것은 곧 물질적 집착이니라. 물질적 집착 떠나서 빈 것 없고, 빈 것 떠나서 물질적 집착 없어 물질적 집착이 바로 빈 것이요, 빈 것이 바로 물질적 집착이니라. 느낌 생각 결합 식별 또한 이와 같도다. 여기에서 사리불아, 모든 법은 빈 것을 나타내나니 발생 또는 소멸이 없었고 더러움 또는 깨끗함이 없었고 모자람 또는 가득함도 없었노라. 그러므로 사리불아…"

이 독경 소리에, 어쩌지 못하고 멀뚱히 지키고 섰던 나건수가 후닥닥 무릎을 꿇고 앉았다. 그러고는 누구를 향한 기도인지 모를 자세로 두 손을 꽉 낀 채 머리를 조아린다.

나는 마침내 염불과 목탁 소리에 기대기라도 하듯 몸을 일으켜 세웠고, 날렵하게 삼신각 계단을 내딛고 올라서서는, 제단에 놓인 식칼을 양손에 쥐었다. 이윽고 달빛을 받아 서슬이 시퍼런 식칼을 번뜩이며 춤을 추었다. 춤은 점점 격렬해져 갔고, 내 입에서 넋두리가 마구 쏟아졌다.

22

나는 출판된 책을 들고 다시 선배를 찾았다. 선배는 탁자에 놓인 책을 손끝으로 한참 어루만지더니 가만히 들어 책갈피를 훑어 내렸다.

"수고 많았네."

그러고는 다시 상념에 잠겨 드는 것 같아 나는 얼른 물었다.

"글 쓰는 내내, 이 사람들이 지금 어떻게 지내는지 궁금했습니다만, 선배님도 잘 모르시겠지요?"

선배는 나를 물끄러미 바라볼 뿐, 대답을 하지 않았다. 무거운 공기가 실내에 자욱한 기분이다. 나는 이 어색한 분위기에서 벗어나려고 몸을 일으켰다.

"그만 가 보겠습니다. 그런데 쪽지를 건네준 후배가 누군지 아십니까?"

선배는 그제야 정신이 드는 듯 눈을 번쩍 치켜뜨고 나를 쳐다보았다.

광주 만복식당에 머무는 곽성규의 주소를 건네준 후배는 바로 나였으며, 하설희라는 여자를 캠퍼스에서 몇 번 마주친 적이 있었기 때문에, 소설 형식으로 적어 내려가면서 나 자신, 결코 이 이야기가 낯설게 느껴지지 않았다고, 그렇게 말을 꺼내려고 했다가….

"한때 배신의 굴레를 뒤집어쓴 선배님한테서 이런 말할 수 없는 고뇌가 있었다는 것을 알게 되어 다행입니다. 전설처럼 회자되던 학생운동의 무용담에 왜 선배님이 없을까 하고 그때 궁금했었거든요."

생각이 많은 듯 말수가 줄어든 선배가 내 뒤를 따르며 물었다.

"자네, 그 여자를 본 적 있는가?"

"글쎄요? 언뜻 스쳤을지도…. 본래 얽히고설키는 게 인생이니까요."

선배는 이전처럼 출입구에서 멀찍이 떨어진 채 나를 배웅하였다. 나는 마른하늘에도 일부러 달음박질을 쳤다. 마치 날벼락을 피하려는 듯 멈추지 않고 계속 달렸다. 달리다가 문득 한 생각에 우뚝 멈춰 섰다.

하설희는 왜, 자신의 공책을 보냈던 것일까?

-끝-